Fascination

Hilary Norman

Fascination

traduit de l'américain
par Corinne Rice

Super Sellers

Données de catalogage avant publication (Canada)

Norman Hilary

Fascination
(Super Sellers)
Traduction de : Fascination

ISBN 2-89077-108-3

I. Titre
PR6064.073F3814 1994   823'.914   C94-940860-3

Titre original : Fascination

ISBN 2-89077-108-3

Dépôt légal : 3ᵉ trimestre 1994

À mon frère, Neal

Remerciements

De nombreuses personnes et organisations m'ont aimablement apporté leur aide au cours de mes recherches et de la rédaction de mon roman, mais je tiens à particulièrement remercier (par ordre alphabétique) :

Estelle et David Amsellem; Howard Barmad; Dawn Bates; Police Officer Frank Bogucki, Community Affairs Officer, 17th Precinct, NYPD; Clare Bristow; Carolyn Caughey; Sara Fisher; Sharon Freedman; Shelagh Harris; John Hawkins; Angela Heard; Peter Horwitz; Sabine Ibach et Sebastian Ritscher; Murray Klein et Zabar's Mary Kling; Elaine Koster; Audrey LaFehr; Dot Mc-Cleary du Burlington Bookshop, New York City; Barbara Müller du Verkehrsbüro, Davos Platz; National Stroke Association (USA); Mrs H. Norman; Anna Powell; Anne Restall de TWA; Helen Rose; Anne et Nicholas Shulman; Ruth Sylvester de Barclays Bank; Dr Jonathan Tarlow; Michael Thomas.

New York
Le 18 décembre 1968

Chapitre 1

Dans la 74e Rue Ouest, il tombait une lourde neige mouillée, à demi mêlée de pluie. Tout près, sur l'avenue Amsterdam et sur Broadway, un coin de rue plus à l'ouest, des hommes et des femmes qui, en temps ordinaire, auraient préféré la chaleur de leur foyer à cette humidité maussade, continuaient d'un air déterminé leurs emplettes de Noël. Les bras chargés de colis, certains se précipitaient à l'intérieur d'un bar, d'autres sortaient repus d'un restaurant et se pressaient sous un parapluie, d'autres marchaient sur les trottoirs luisants ou couraient pour ne pas rater un autobus, d'autres encore hélaient des taxis qui, le plus souvent, poursuivaient leur chemin sans s'arrêter.

À l'intérieur de l'appartement chaud et douillet de Maddy, un coin du vivoir était tout illuminé par le sapin de Noël, tandis que dans l'autre coin, le téléviseur allumé renvoyait l'image de Bing Crosby chantant son répertoire des fêtes. Gédéon Tyler jeta un coup d'œil sur la petite boîte qui se trouvait sur la table de la salle à manger. Le couvercle de la boîte, en carton blanc lustré, était retenu par un ruban de satin bleu. Il savait que c'était probablement une pièce à conviction et qu'il ne devait pas y toucher, mais il l'ouvrit tout de même.

Il lui fallut un moment avant de comprendre ce qui gisait au fond de la boîte, à côté du billet. À première vue, cela ressemblait à un morceau de tissu marron ou à une pièce de daim.

Mais il y toucha et il comprit.

Chanel, un petit teckel femelle qu'il avait donné à Maddy et à son fils âgé de six ans, le jeune Valentin, à l'occasion de l'Action de Grâces, avait disparu la semaine précédente. Son nouveau maître l'avait emmené faire une promenade dans Central Park en compagnie de sa gardienne, Jennifer Malkevitch. La petite chienne courait tout près d'eux, la truffe rivée au sol, puis, en un instant, elle disparut, se volatilisant dans les buissons.

Gédéon réalisait maintenant que ce qui reposait au fond de la boîte était l'une des oreilles de la petite chienne. Ce petit appendice brun et soyeux qui battait joyeusement l'air lorsque le teckel courait. C'était maintenant froid au toucher et le fond de la boîte était humide et légèrement teinté de rose. Gédéon songea que l'oreille avait dû être emballée sur un lit de glace ou de neige.

Le corps de Jennifer Malkevitch était penché au-dessus de l'évier de la cuisine et le sang coulait encore doucement de la blessure qu'elle avait à la nuque. Elle tenait dans sa main droite, les doigts crispés sur l'appareil, la bouilloire de Maddy, à demi remplie d'eau. Grande, la taille élancée, elle avait adopté dans la mort une position bizarre. Elle était pliée en deux, le buste penché dans l'évier, les orteils nus frôlant le linoléum du parquet.

Gédéon savait qu'il devait appeler la police mais il avait besoin de temps pour réfléchir, pour planifier ce qu'il devait faire avant que les policiers n'arrivent et ne le questionnent. À leurs yeux, il ne manquerait pas de passer pour le principal suspect. Il ne pouvait plus rien faire pour la jeune fille, de toute façon, et il avait besoin de quelques heures encore.

À présent, Valentin occupait toutes ses pensées.

Il avait su que l'enfant était absent avant même d'avoir inséré sa clef dans la serrure. Il avait d'abord pressé le bouton de la sonnette; Valentin reconnaissait toujours son coup de pouce particulier. Chaque fois, le gamin s'était précipité pour l'accueillir à la porte, à moins qu'il ne soit déjà au lit, dormant à poings fermés. Il était plus de vingt-deux heures et la plupart des enfants de six ans dormaient déjà depuis belle lurette, mais le fils de Maddy était un couche-tard, tout comme sa mère. Il était rarement au lit avant vingt-trois heures et ne s'en portait pas plus mal le lendemain.

Dès son arrivée, la peur s'était emparée de Gédéon et il s'était dirigé vers la deuxième chambre, celle de Valentin. En trouvant la pièce vide, son estomac s'était noué. La porte de la cuisine était fermée ; en l'ouvrant, il avait senti le sang et la mort. Puis il avait vu Jennifer. Mais il n'y avait aucune trace de l'enfant.

Seulement un morceau d'oreille du teckel, dans la petite boîte. Et la note, dactylographiée sur un papier blanc ordinaire et adressée à Maddy :

La vie du garçon en échange d'Éternité.

Madeleine chantait chez Lila dans la 2e Avenue. Sa chevelure blonde et courte scintillait comme un halo sous les projecteurs lorsque Gédéon entra. Elle chantait avec toute son âme parce qu'elle ne savait pas chanter autrement, sachant que plus tard, lorsque le spectacle serait terminé, elle pourrait rentrer dans son modeste appartement. Elle avait dû lutter durement pour transformer cet appartement en un foyer heureux et paisible pour Valentin. Elle aurait pu, si elle l'avait voulu, être beaucoup plus à l'aise, posséder des millions de dollars et voir tous ses vœux exaucés. Mais Madeleine avait choisi la voie de l'indépendance et de la fierté. Et un fils de six ans, avec de doux cheveux noirs et de grands yeux bleu marine. Des yeux qui dévoilaient tout son amour et son innocence.

Elle avait interprété la moitié de la chanson « Yesterday » lorsqu'elle aperçut Gédéon. L'expression de son visage était à ce point sinistre qu'elle faillit s'interrompre brusquement. Toutefois, se ressaisissant immédiatement, elle termina la chanson avant de dire quelques mots, à voix basse, au trio de musiciens qui l'accompagnaient, puis elle vint le rejoindre sans tarder.

— Il est arrivé quelque chose à Valentin ?

Sans un mot, il l'entraîna doucement à l'extérieur dans l'air froid et, sous l'éclairage d'un réverbère, lui montra le billet.

— On l'a enlevé, Maddy ! lui dit-il, la gorge serrée.

Il la regarda et vit dans son visage si beau et délicat que ses yeux turquoise s'étaient élargis de terreur. Il eut peine à continuer :

— Et il y a pire.

Pendant tout le trajet de la voiture vers son appartement, elle ne desserra pas les lèvres et ses yeux demeurèrent secs. Elle écouta le récit de Gédéon, mais ne put trouver les mots pour exprimer sa douleur. Elle avait tellement souffert pendant toutes ces années et elle avait connu tant d'angoisses. Enfin, jusqu'à maintenant, elle avait cru qu'ils étaient en sécurité, son fils et elle.

D'abord le chien. Puis, à présent, son fils.

Et Madeleine savait pourquoi. La note disait tout. *Éternité*. Un objet mesurant à peine trente centimètres, créé par l'amour le plus pur. Elle ne l'avait pas vu depuis plus de treize ans. En ce moment, elle l'aurait volontiers fait éclater en dizaines de milliers de fragments insignifiants et sans valeur si cela avait pu ramener son fils.

Cet objet ne valait sûrement pas tout le mal qu'il avait causé.

Il n'y avait pas de prix pour autant de peine et de douleur.

Première partie

Magdalen
La Suisse

Chapitre 2

Deux mois après son seizième anniversaire de naissance, Maggy Gabriel décida de s'enfuir de chez elle. Au moment de prendre cette décision lourde de conséquences, elle se fixa trois objectifs : s'éloigner de sa famille, retracer *Éternité*, la création de son grand-père, et retrouver son père.

Ses souvenirs les plus lointains et les plus heureux la ramènent au moment où elle s'asseyait sur les genoux d'Alexandre, son père, la tête tendrement appuyée sur sa poitrine, alors qu'il lui faisait la lecture. Ce qu'il lui lisait n'avait rien de commun avec les contes de fées que les parents racontent habituellement aux enfants. C'étaient plutôt des romans policiers, les romans à suspense de Dashiell Hammett, George Harmon Coxe et Raymond Chandler.

— Encore, Papi, encore ! s'exclamait-elle, lorsque Alexandre refermait le livre pour le ranger dans sa collection d'éditions originales, bien avant qu'elle ne soit rassasiée de l'entendre.

— Tu dois aller au lit, Schätzli. Mami me grondera si tu dors encore trop tard.

— Je te promets que je dormirai bien, Papi.

Elle ne suivait pas vraiment le récit, pas plus qu'elle n'en comprenait l'intrigue, qu'Alexandre abrégeait et censurait librement afin de préserver ses jeunes oreilles et son imagination trop vive lors des dialogues et des narrations plus sordides. Mais elle était très sensible à l'atmosphère dramatique et à l'excitation qui perçait dans la voix de son père. Rien au monde ne pouvait l'éloigner de ces fins d'après-midi intimes avec lui.

Ils vivaient rue Aurora, dans une grande et belle maison, dans le quartier Zürichberg, verdoyant et légèrement incliné, l'un des quartiers résidentiels les plus tranquilles et les plus réputés de la banlieue de Zurich. La villa avait été construite en 1865, par les grands-parents de Maggy, Léopold et Elspeth Gründli, durant l'âge d'or de Zurich qu'on avait appelé « *grosse Zürcher Beauperiode* ». Malgré tout le luxe et le confort de la maison, Maggy s'était toujours sentie oppressée par ses sobres allures de grandeur. Elle aimait bien le grand jardin, toujours si bien entretenu, à l'arrière de la villa, mais elle lui préférait mille fois les forêts avoisinantes. Chaque fois que cela lui était possible, en revenant de l'école située en contrebas, elle omettait de descendre du « Dolderbahn » — un petit funiculaire rouge, qui montait et descendait inlassablement la montagne du matin au soir — et elle continuait jusqu'au terminus situé à l'orée de la forêt. Là, elle flânait, parmi la verdure, s'asseyait sur un tronc d'arbre pour surveiller les oiseaux, les écureuils et les lièvres, respirant à pleins poumons l'air pur et frais, rempli d'odeurs merveilleuses, ou encore, elle passait de longs moments à chanter à pleine voix. Chaque fois, elle se sentait transportée par le même désir de liberté qui lui faisait terriblement défaut à la maison.

Elle adorait chanter et elle aurait voulu chanter du matin au soir. Elle avait une belle voix, un peu voilée, d'un registre légèrement grave et, lorsqu'elle ouvrait la bouche et laissait s'envoler les mélodies qui prenaient forme à l'intérieur d'elle, elle avait le sentiment d'être vivante et heureuse. Mais il lui était interdit de chanter à la maison. Et même à la chorale de l'école, on lui avait ordonné de chanter *sotto voce* — à mi-voix — parce que sans faire le moindre effort, sa voix dominait facilement celles de l'ensemble de ses compagnes.

La banque Gründli de Zurich avait continué de financer

et de régir toute la vie de la famille, même si les arrière-grands-parents de la fillette étaient morts dans les années vingt et même si leur fille, Hildegarde, avait épousé Amadéus Gabriel en 1914. Plusieurs années après que le fils de ces derniers, Alexandre Gabriel, eut épousé une voisine, Émilie Huber, les commerçants, les visiteurs, les domestiques et la population locale continuaient de parler de la maison de la rue Aurora comme étant la Maison Gründli.

Jusqu'à l'âge de sept ans, son frère Rudi en avait alors quatre, Maggy ne connut pas de véritable bonheur ; un vague sentiment de vide l'habitait. Si elle n'avait pas été une petite fille et si on l'avait laissée parcourir à sa guise les quartiers de Zurich qu'elle préférait, les ruelles étroites de la vieille cité, où elle se plaisait à imaginer les gens qui avaient foulé ces mêmes pavés dans des temps plus anciens, à ces époques très religieuses dont ils apprenaient l'histoire à l'école. Elle aimait aussi les berges du lac où elle pouvait nourrir les cygnes et d'où elle pouvait apercevoir, par les journées claires, les cimes des hautes montagnes entourant la ville. Si elle avait pu bouger à sa guise, Maggy aurait probablement été presque parfaitement heureuse. Mais lorsque sa mère ou sa grand-mère l'emmenaient à Zurich, elle devait leur tenir constamment la main et marcher sagement le long de Bahnhofstrasse, pendant qu'Hildegarde ou Émilie faisaient leurs achats chez Grieder, Sturzenegger ou Jelmoli. Maggy détestait ces journées de courses, particulièrement s'il fallait lui acheter des vêtements, puisqu'elle devait alors se hâter de se changer plusieurs fois dans de toutes petites cabines d'essayage surchauffées, puis faire la parade devant les grandes personnes qui ne comprenaient absolument rien au genre de vêtements confortables qu'elle aurait aimé porter. On lui achetait alors invariablement de délicates petites robes au col blanc amidonné, ou, pis encore, d'élégants petits tailleurs.

— Tu as presque l'air d'une petite dame, lui disait Émilie, avec un soupçon de reproche dans la voix.

La tenue vestimentaire incorrecte de Maggy était devenue un sujet quotidien de réprimandes pour sa mère.

— Cela me gratte, Maggy se plaignait-elle à mi-voix, consciente que si elle insistait, elle serait réprimandée pour ses mauvaises manières.

— Nous le prendrons, merci, répondait invariablement Émilie à la vendeuse et Maggy rougissait alors en baissant les yeux, docile en apparence, mais faisant le vœu intérieur de ne jamais porter le vêtement qu'on lui imposait.

De même, sa chevelure suscitait constamment les plaintes de sa grand-mère, Hildegarde, autant que celles d'Émilie. Maggy était une enfant pleine d'entrain, à l'esprit vif et ses abondantes boucles blondes semblaient avoir une vie indépendante, à l'image de celle de leur propriétaire. Quoi que l'on fasse, elle avait toujours l'air ébouriffée. Chaque matin, une longue séance de tressage serré semblait vouloir, momentanément, dompter les mèches dorées, mais elles se dénouaient aussitôt, comme par magie. Souvent Maggy se décoiffait elle-même. Mais, la plupart du temps, il lui suffisait de desserrer les tresses et ses cheveux s'éparpillaient d'eux-mêmes pour former un halo d'or autour de son visage. Chaque fois elle était grondée et punie comme si elle avait commis une faute capitale.

— Puisque tu as choisi de ressembler à une sauvageonne, Magdalen, lui disait Hildegarde (on ne l'appelait jamais par son prénom, sauf lorsqu'il s'agissait de la gronder), tu ne peux espérer manger à table avec des gens qui se tiennent convenablement.

Et Maggy était renvoyée dans sa chambre, où Frau Kümmerly, la gouvernante, lui apportait du pain, un morceau de fromage et un verre d'eau. Et c'était tout ce à quoi elle avait droit, jusqu'à ce que son père vienne la rejoindre, en secret, pour lui apporter le chocolat qu'il lui achetait régulièrement à la Confiserie Sprüngli.

Rudi, son petit frère, la laissait indifférente; il était trop jeune, trop aimable et ses bonnes manières ne l'intéressaient pas. Seules les heures passées avec Alexandre, son papi adoré, lui faisaient accepter le reste. Mais les moments plus beaux — les meilleurs moments — restaient toujours ceux où Alexandre l'emmenait dans les montagnes pour rendre visite à Amadéus, son grand-père.

Amadéus était joaillier, tout comme son père l'avait été avant lui. Mais il était avant tout un montagnard et un skieur accompli. En 1913, à vingt-deux ans, il était venu de Berne, sa ville natale, jusqu'à Zurich où il était vite tombé amoureux de la jolie et séduisante héritière des Gründli, une éminente famille de banquiers. Hildegarde avait éprouvé les mêmes sentiments à l'égard du colosse à la chevelure de lin et, après de brèves fréquentations (selon les usages traditionnels des Gründli), ils s'étaient fiancés puis mariés, tout cela en moins d'un an.

N'ayant aucun attrait particulier pour le métier de joaillier qui lui avait été transmis par son père, comme c'était la coutume, Amadéus n'avait élevé aucune objection lorsque sa belle-famille l'avait invité à apprendre le métier de banquier. Sans faire partie du club sélect des grandes banques privées de Zurich, la banque Gründli était tout de même relativement importante et surtout, très vénérable. Léopold Gründli, qui approchait soixante-dix ans, continuait de la gérer d'une main de fer. Personne n'aurait osé émettre la moindre objection à ce qu'il donne une place à son beau-fils.

La banque avait été fondée en 1821 par le père de Léopold et elle avait maintenant des bureaux à Francfort et à New York. Le siège social continuait cependant d'avoir pignon sur rue à Zurich, sur Pelikan-Strasse, près de Bahnhofstrasse, dans l'immeuble où il avait été installé en 1872. Hildegarde était une véritable héritière : l'immeuble lui-même valait maintenant une immense fortune, sans compter les nombreuses œuvres d'art qui ornaient ses murs — des Rembrandt, des Van Dyck et des Gainsborough — qui, pour la plupart, étaient exposées dans le grand hall d'entrée de la banque, là même où les employés se réunissaient chaque matin, avant de disparaître chacun dans son minuscule bureau.

Amadéus commença au bas de l'échelle, comme apprenti. On le payait pour regarder, écouter et apprendre. On espérait qu'il saurait ainsi identifier le domaine qui lui plairait le mieux et où il aurait le plus de chances d'exceller. Rien ne lui convint. Ce monde de la finance qui excitait tant de gens l'ennuya au plus haut point. Pis que cela, sa jeune épouse cessa rapidement d'être séduisante et montra des signes évidents de désintérêt. Ses lèvres qui lui étaient apparues si désirables n'arboraient plus qu'une mince ligne pincée et ses yeux brillants où tant de sourires avaient germé le regardaient dorénavant d'un air accusateur.

Amadéus attribua cette conduite d'Hildegarde à son égard à sa grossesse présente. Il s'imagina qu'elle le blâmait pour ses nausées matinales et pour l'épaississement de sa taille. Toute sa grossesse fut difficile et l'accouchement de leur fils, Alexandre, fut long et pénible. Les médecins d'Hildegarde déclarèrent par la suite qu'il serait dangereux pour elle de vivre une seconde grossesse. Enchanté par la naissance de son fils Alexandre, Amadéus espéra que sa femme retrouverait ses dispositions initiales à son égard. Mais la jeune fille enjouée et amoureuse qu'il avait épousée avait disparu à jamais. Ils continuèrent de vivre ensemble dans la Maison Gründli, se tolérant mutuellement, sans être vraiment malheureux ni heureux.

En février 1922, lorsque Alexandre eut sept ans, Amadéus prit ses vacances d'hiver habituelles à Davos. Il y allait toujours seul, puisque Hildegarde demeurait résolument citadine et qu'elle détestait les sports d'hiver. Amadéus, qui avait réservé une chambre à l'hôtel Flüela de Davos, se levait tôt chaque matin, enveloppait ses skis de peaux pour la longue et dure montée du Parsenn, puis redescendait en skiant, transporté de joie. Il ne revenait à l'hôtel qu'au crépuscule. Un après-midi qu'il était de retour plus tôt qu'à l'accoutumée suite à une chute qui l'avait détrempé, il déposa ses skis sur le porte-skis à l'extérieur du Café Weber et il entra pour y prendre un verre de réconfortant *Glühwein*.

Pour la première fois, il vit Irina.

Elle était assise à une table de coin, revêtue d'un chandail de couleur cerise, une zibeline de couleur sombre drapée négligemment sur ses épaules. Elle avait enlevé sa toque de fourrure et ses cheveux, ramassés en un chignon français, étaient brun foncé et si soyeux qu'il aurait voulu y toucher. Ses yeux étaient immenses et brillants. Leur noirceur contrastait avec le rouge de ses joues. Sur ses genoux reposait un petit teckel au poil lustré, à qui elle présentait de minuscules morceaux de strudel recouverts de crème fouettée.

Amadéus jeta un regard circulaire dans la salle et, avec un pincement de plaisir, constata que toutes les autres tables étaient occupées. Il attendit un instant, le temps de se ressaisir, puis il s'avança vers elle.

— Pardon, mademoiselle, dit-il en s'inclinant. Me permettriez-vous de partager votre table?

— Avec plaisir, lui répondit-elle avec un léger sourire.

Amadéus s'assit en face d'elle. Le teckel grogna, montrant les dents. Après que la serveuse lui eut apporté son vin chaud et un morceau de gâteau au chocolat, Amadéus en plaça quelques miettes sur une serviette de papier qu'il tendit à l'animal. Celui-ci les accepta immédiatement et les avala gloutonnement jusqu'à la moindre parcelle — après quoi il se remit à grogner.

La dame se mit à rire. C'était un rire à résonance cristalline, chaleureux, gai et ensorceleur. Amadéus se rendit alors compte qu'auparavant, il n'avait jamais connu d'amour véritable.

En réalité, elle était la comtesse Irina Valentinovna Malinskaya, originaire de Saint-Pétersbourg. Elle s'était enfuie de Russie et de la Terreur rouge de 1918, avec Sofia, sa sœur, et Anushka, sa jolie petite chienne de race teckel, après que son père fut tué par balles au cours d'une émeute. Leur mère était morte en couches quelques années plus tôt. Les deux jeunes femmes avaient tout d'abord trouvé refuge à Terioki, en Finlande, puis avaient séjourné à Stockholm, pour enfin venir s'installer à Paris. Elles avaient dû quitter cette ville pour venir en Suisse lorsque les médecins avaient diagnostiqué la tuberculose de Sofia. Elles avaient choisi l'un des meilleurs sanatoriums suisses, ici à Davos.

— Et comment se porte votre sœur ? demanda Amadéus d'un ton neutre.

— Elle est morte il y a quatre mois.

— C'est une tragédie, répondit-il doucement, surpris de sentir ses yeux se remplir de larmes.

— Oui.

Ils étaient assis depuis bientôt deux heures à leur table au Café Weber. Les vêtements d'Amadéus étaient maintenant bien secs et il avait commandé une assiette de Bündnerfleisch, un plat de bœuf séché, une spécialité du canton où ils se trouvaient, le Graubünden. Le bœuf était plutôt destiné à Anushka qu'à lui-même. Il espérait ainsi gagner les faveurs du petit animal et l'empêcher de grogner sans cesse. Il ne voulait surtout pas qu'Irina Malinskaya parte ; il craignait ne plus jamais la revoir.

— Habitez-vous toujours Davos ? lui demanda-t-il.

— Oui, lui répondit-elle. Je ne quitterai plus jamais cet endroit.

— C'est un village charmant.

— N'est-ce pas ? répliqua-t-elle.

Ils parlaient en français, la langue de l'aristocratie russe et l'une des trois langues officielles de la Suisse. Amadéus s'étonnait de sa candeur et de la facilité avec laquelle elle conversait ainsi, avec un étranger. Comme si elle avait instantanément senti qu'elle pouvait faire confiance à Amadéus Gabriel et que, de toute façon, il importait peu qu'elle se soit trompée ou non.

— J'ai gardé la chambre que j'avais louée au sanatorium, un mois avant que ma sœur ne décède, afin d'être toujours à ses côtés. Là, je me sens plus à l'hôtel qu'à l'hôpital.

— Mais maintenant...

Amadéus se tut soudainement.

— Après sa mort, continua-t-elle, j'espérais retourner à Paris. Elle eut soudainement l'air nostalgique. J'adore Paris.

— Pourquoi restez-vous ici, alors ?

Elle eut un bref haussement d'épaules, raffiné, mais éloquent ; le sens implicite qui se dégagea glaça Amadéus jusqu'au plus profond de lui-même. À peine avait-il découvert Irina, qu'il devait déjà se résigner à la perdre.

Ils se comblèrent l'un l'autre : Irina, malade, mais encore solide, assoiffée de parole et de chaleur humaine, Amadéus, sevré d'amour et de passion. Cela commença dans le café et se poursuivit sur la promenade, elle, enveloppée de sa zibeline et lui, plein d'admiration, de fascination et d'adoration. Anushka tenta vaillamment de jouer son rôle de chaperon entre sa maîtresse et l'étranger à la chevelure de lin. Lorsque Amadéus essaya de lui caresser l'oreille, le teckel mordit son doigt ganté et refusa de lâcher prise avant qu'il ne s'éloigne à une distance plus respectueuse. Cela les fit rire tous deux et alors que leur haleine s'envolait en volutes dans l'air glacial, Irina se mit à tousser. Amadéus sentit soudain le désespoir et la peur. Mais il n'abandonnerait pas. Il ne lui permettrait pas de rendre les armes. Peut-être sa sœur était-elle de constitution fragile, mais Irina était forte. Il ne pouvait ni ne voulait la perdre.

Ils se rencontrèrent presque chaque jour, au moment de la promenade qui avait été prescrite à Irina. Amadéus apprit tout de la tuberculose et de son traitement; le sanatorium de Davos était un endroit plutôt agréable, de loin supérieur aux établissements équivalents dans la plupart des pays, lui dit-elle. Mais, bien que la nourriture soit copieuse et de bonne qualité, les repas étaient servis à heure fixe et la présentation des plats laissait à désirer. Jusqu'à maintenant, il lui fallait beaucoup de repos, de fréquentes prises de température et de petites promenades, si le cœur y était et si le climat était propice.

— Peut-être ne devriez-vous pas sortir par ce temps? lui demanda Amadéus, un après-midi, alors qu'ils marchaient dans la neige, autour de la patinoire située sur Davos Platz, la place centrale du village.

— Sûrement pas, si j'en crois le professeur Ludwig, lui répondit Irina, une lueur amusée dans les yeux. Mais je me connais et je connais mon corps beaucoup mieux que tout médecin; je sais que si je ne sors pas, je dépérirai.

— Mais que font-ils là-bas, pour vous ? s'enquit Amadéus. Il me semble qu'ils ne font rien du tout. Comment espèrent-ils vous guérir ?

— Oh ! mais je leur suis reconnaissante de ne pas trop en faire, répliqua-t-elle en grimaçant. Il y a tant de soi-disant traitements, tant de remèdes affreux. Un jour, ils ont injecté à Sofia le sang de pauvres petits lapins qui avaient été contaminés au préalable du sang d'humains et de vaches, atteints de la tuberculose. Il est maintenant question d'un vaccin produit avec des tortues contaminées.

Elle sourit.

— Tout cela semble si étrange, comme si on essayait de se raccrocher désespérément à un espoir futile.

Elle se tut un instant et son visage s'assombrit.

— Lorsque l'état de Sofia empira, ils essayèrent de provoquer un collapsus pulmonaire afin que l'un de ses poumons puisse se reposer et guérir. Malgré les souffrances qu'elle endurait, ils ont continué à lui perforer la poitrine à plusieurs reprises avec de longues aiguilles. Et tout cela en vain.

La seule pensée qu'Irina puisse subir le même traitement fit frémir d'horreur Amadéus. Il se consola en pensant que même si elle était incontestablement malade, si elle avait des accès de fièvre en fin d'après-midi et durant la nuit et si son teint exhibait cette pâleur caractéristique, elle semblait tout de même se porter relativement bien. Sofia avait sans doute été bien plus mal en point. Même à cette étape-ci de la maladie. Qu'elle en soit morte ne signifiait rien. Plusieurs en guérissaient.

Ce fut en lui rendant visite au sanatorium qu'il se sentit le plus déprimé. Comme Irina le lui avait dit, l'endroit n'était pas sinistre du tout. Le directeur et le personnel se montraient gentils et prévenants envers les patients et leurs visiteurs. Mais la maladie et la mort semblaient omniprésentes et rendaient l'atmosphère suffocante. Amadéus avait visité de nombreux hôpitaux par le passé et il y avait toujours inévitablement des salles où l'on était témoin de tragédies et de grandes souffrances. Mais dans les hôpitaux ordinaires, la majorité des patients suivaient un traitement et guérissaient. Ici, en dépit de l'allure courageuse qu'affichaient les compagnons d'infortune d'Irina, la plupart étaient conscients de leur situation sans espoir. Même lorsqu'ils affirmaient se sentir mieux, Amadéus sentait qu'ils n'y croyaient pas vraiment. Ils semblaient tous obsédés par leur maladie, par le rythme auquel on prenait leur température et par l'horrible petit flacon que plusieurs transportaient pour recueillir leurs expectorations. Les sujets de conversation concernaient surtout les malheureux qui s'étaient éteints dans la nuit, ou ceux qui avaient fait venir le prêtre pour recevoir les derniers sacrements.

À son retour au Flüela après l'une de ses visites, Amadéus se sentit si troublé qu'il dut avaler plusieurs verres de schnaps avant de pouvoir se calmer. Même Irina n'était plus la même, une fois ces murs franchis. Elle semblait se résigner à l'atmosphère artificielle des lieux, acceptant la fatalité de son état à tel point que tout désir de vivre la quittait.

Il prit une décision. Irina devait quitter le sanatorium avant qu'il ne la détruise, comme sa sœur. Il saurait la soigner à l'extérieur de ces murs. Il continuerait de suivre les conseils des médecins pour son traitement, mais il pourrait faire beaucoup plus qu'eux : il pourrait lui donner tant d'amour qu'elle en guérirait.

— Et votre famille ?

— Ils seront sûrement malheureux. Hildegarde me détestera. Je ne lui ai jamais voulu aucun mal, mais c'est surtout son amour-propre qui en souffrira. Elle a cessé de m'aimer depuis très longtemps.

— Et Alexandre, votre petit garçon ?

Il ne trouva pas de réponse, pas plus cette fois-ci qu'à chaque fois qu'il avait abordé ce sujet avec Irina. Elle sentait ses émotions balayées par un grand vent. Parfois, elle était envahie par la joie et la gratitude, parfois, elle était submergée par la culpabilité et la honte. Dès leur première rencontre, elle avait ressenti la même joie et la même attirance irrésistibles qu'Amadéus. Plus tard, bien qu'il lui eût révélé qu'il était marié et qu'il avait un fils, elle n'avait pas pu se résoudre à repousser son amitié. Mais depuis le premier instant, tous deux savaient ce qu'Amadéus lui offrirait et ce dont elle se languissait. Et c'était infiniment plus que de l'amitié.

Seul un profond ressentiment face à l'injustice de son sort allégeait un peu le poids de sa culpabilité. L'enfance d'Irina avait été féerique. Son adolescence s'était déroulée dans la joie et le bonheur, sauf quand elle avait regretté la mort prématurée de sa mère. Tout le monde adorait les deux jeunes Malinskaya, belles, talentueuses, qui aimaient s'amuser en demeurant toujours respectueuses. L'avènement des Bolcheviks avait amené la peur, le meurtre de leur père, puis leur fuite effrayante de Saint-Pétersbourg. Tout cela commençait à peine à s'estomper lorsque la maladie s'était abattue sur Sofia. Maintenant, elle avait rencontré cet homme — cet homme merveilleux et extraordinaire qui l'aimait — et la décence lui dictait d'essayer de l'éloigner, de le renvoyer vers sa femme et son fils.

Peut-être ne fut-elle pas assez respectueuse, ou peut-être n'essaya-t-elle pas assez, mais quoi qu'il en soit, Amadéus Gabriel était beaucoup trop amoureux pour lui céder. Il était obsédé par Irina et par le besoin qu'il ressentait d'être auprès d'elle, de l'aider, de la sauver.

Après un déchirant voyage de retour à Zurich, après avoir annoncé sa décision à Hildegarde et à ses parents abasourdis, après avoir tenté d'expliquer, sans succès, au jeune Alexandre qu'il continuait de l'aimer et qu'il l'aimerait toujours, il ramassa ses affaires personnelles et quitta la Maison Gründli pour toujours. Son seul véritable regret allait à son fils. Il lui avait fallu moins de deux jours à Zurich pour mettre fin à son mariage avec Hildegarde et il comprenait qu'elle refuse maintenant de lui parler. Dès son départ définitif de la Maison Gründli et à peine arrivé à Landquart où il devait changer de train pour retourner à Davos, il était déterminé à convaincre Hildegarde de lui permettre de rendre visite régulièrement à Alexandre, aussitôt que les esprits se seraient un peu apaisés. Pour l'instant, toute son âme et son esprit se tournaient vers Irina et le moment où ils seraient de nouveau réunis.

Dès son retour à Davos, Amadéus se mit à l'œuvre afin d'assurer leur avenir. Jamais durant ses trente et une années de vie, il n'avait ressenti autant d'énergie et de détermination. Avec l'aide financière de son père qui habitait toujours Berne, il acheta une petite boutique de joaillerie située sur le Dorf, retournant à son premier métier avec une vigueur renouvelée. Il lui pressait de rembourser la dette qu'il avait contractée afin d'acquérir la maison où ils vivraient.

C'était une petite ferme en rondins de bois, sise sur un versant du Schwarzhorn, dans la vallée Dischma. Construite à même la pente, elle avait une étable et un grenier pour entreposer le grain à l'arrière, de petites fenêtres aux vitres plombées et une frise sculptée et peinte sous un toit à pignons.

— Alors? demanda-t-il anxieusement, lorsqu'il emmena Irina voir la maison pour la première fois.

Elle resta là, regardant en silence.

— Vous ne l'aimez pas.

— Non, dit-elle.

La déception se peignit sur son visage et il demeura muet. Il se maudit. Il avait été vraiment fou de s'endetter et d'acheter cette maison avant même de lui avoir montrée. En Russie, Irina avait été habituée aux splendeurs et au luxe, partageant son temps entre une grande maison à la ville et une *datcha* à la campagne. Si lui-même avait facilement accepté de quitter le confort de la Maison Gründli, ce n'était pas une raison pour croire qu'Irina — une comtesse, après tout — accepterait de vivre dans une modeste maison rurale.

— Pardonnez-moi, lui dit-il, désolé.

— Mais quoi?

— Cette sottise. J'avais fait de tels plans pour notre maison... dès que je l'ai vue, j'ai commencé à rêver... j'avais des visions de...

— Vous aviez des visions?

— Je ne sais pas si je pourrai la revendre, continua-t-il,

sachant très bien qu'il serait impossible de revendre la maison, mais prêt à tout pour la rendre heureuse.

— Pourquoi voudriez-vous la revendre ? demanda doucement Irina.

— Vous venez de me dire que vous ne l'aimiez pas.

— Et c'est vrai, lui dit-elle, en se plaçant entre lui et la maison, plongeant ses yeux noirs dans son regard. « Aimer » est un mot beaucoup trop banal. J'adore cette maison.

— Vous dites cela pour me faire plaisir, répliqua-t-il avec une moue.

— Il est vrai que rien ne m'arrêterait pour vous plaire, lui dit-elle en souriant. Mais ce n'est pas le cas. Je pense que cette maison est absolument merveilleuse...

Il l'interrompit, la tristesse balayée de ses traits comme par enchantement :

— Oh ! mais pas encore ! Attendez de voir ce que j'en ferai. Encore quelques mois et je vous jure qu'elle aura tout le confort qui vous est nécessaire, continua-t-il, son élan et son désir de tout faire pour elle se lisant maintenant clairement sur son visage.

— Mais je ne veux pas attendre encore des mois !

— Donnez-moi quelques semaines alors, je m'efforcerai de travailler vite.

— Pourquoi ne pourrions-nous pas emménager immédiatement ?

— Parce qu'il y fait froid et humide et qu'il n'y a pas de salle de bains. Vous ne pouvez pas vivre sans salle de bains. Et même si vous le pouviez, je ne vous le permettrais pas. Et en plus, il n'y a pas de lit.

Irina se mit à rire, ce même rire qui tintait comme du cristal et qui avait ensorcelé Amadéus en février, au café Weber. « Ne s'était-il vraiment écoulé que trois mois depuis cette rencontre ? » se demanda-t-il. Aujourd'hui, il avait l'impression de la connaître depuis toujours.

— J'ai commencé à fabriquer un lit pour vous, dit-il. Un lit pour nous.

— Vraiment ? lui répondit-elle, le rouge lui montant aux joues.

Pour une fois, il fut content de la voir rougir. Cette fois-ci, il savait pourquoi alors que bien souvent, il craignait toujours qu'il ne s'agisse d'un symptôme de sa maladie.

— Je le sculpterai moi-même, mais nous irons acheter le matelas ensemble, vous le choisirez vous-même. Ce sera le lit le plus confortable dans lequel vous n'aurez jamais dormi.

— Ou jamais fait l'amour, ajouta-t-elle.

Amadéus travailla jour et nuit, gagnant un modeste salaire à la joaillerie entre huit et seize heures. Puis, il fermait boutique, peu importe le travail qui attendait et il se précipitait à la maison. Il y travaillait de longues heures pour d'abord la rendre habitable, mais surtout confortable et répondant aux besoins d'Irina. Le mois d'août débutait à peine lorsqu'il arriva au sanatorium, en voiture tirée par des chevaux et qu'il l'emmena définitivement. Il conduisit lentement jusqu'à la petite maison, la prit dans ses bras pour lui faire franchir le seuil de la porte et la porta jusqu'à l'étage pour l'étendre sur le magnifique lit qu'il avait sculpté de ses propres mains.

— N'as-tu pas peur ? lui demanda-t-elle, d'une voix sourde.

— De quoi ?

— De la tuberculose.

Ses yeux exprimaient maintenant toute son angoisse. Amadéus s'assit au bord du lit et prit ses mains dans les siennes.

— Pour moi ? demanda-t-il.

Elle acquiesça, sans voix.

— La seule chose que je crains dans ce monde, lui répondit-il, la voix vibrante d'émotions, c'est de te perdre.

Ses yeux s'emplirent de larmes, mais elle demeura silencieuse. Elle ouvrit les bras et il vint s'y blottir, s'allongeant près d'elle. Ils n'avaient jamais fait l'amour, jusqu'à maintenant. Tous deux en avaient rêvé. Chacun avait senti son corps palpiter de désir, mais le mariage d'Amadéus, son travail et la routine du sanatorium s'étaient toujours interposés entre eux. Jusqu'à aujourd'hui, Irina avait été prisonnière de sa maladie. Soudain, elle redevenait un être humain normal, une femme emplie de désir.

Elle était si pâle qu'elle paraissait translucide. Elle avait vingt-cinq ans. Son corps était mince, doux comme de la soie, son odeur était enivrante. Elle était au summum de sa beauté. Amadéus avait craint de lui faire l'amour, il avait eu peur que sa passion ne l'emporte et qu'il ne la blesse. Il était grand et fort et trop conscient de la fragilité d'Irina. Comme ils commençaient à s'embrasser et à s'enlacer, puis à se toucher et à se caresser, il remarqua en elle un changement presque magique. Sa peau prenait une teinte rose pâle, ses mamelons durcissaient sous ses doigts, une force mystérieuse l'habitait. Il vit son désir effacer chaque trace de faiblesse et de fragilité.

— Je t'adore, lui dit-elle, lorsqu'il la pénétra la première fois. Il réprima son envie de s'enfouir au plus profond d'elle-même, se forçant à être doux et ce fut comme un cri du cœur qui l'embrasa d'amour pour elle. Et Irina s'ouvrit à lui, commença à bouger à son rythme, voulant l'aider, voulant lui faire oublier toutes ses craintes, désirant avant tout qu'il exprime son désir, sa passion et qu'il oublie le passé et le futur, tout sauf le présent, ce moment merveilleux.

Avant de faire sortir Irina du sanatorium, Amadéus avait eu de longs entretiens avec le professeur Ludwig, ainsi qu'avec les autres médecins et les infirmières, pour connaître la meilleure façon de prendre soin d'elle. Ils s'étaient d'abord objectés au départ d'Irina, mais devant la force de caractère d'Amadéus et devant la décision irrévocable de leur patiente, ils durent s'incliner. Finalement, ils en vinrent à un compromis ; Amadéus devait conduire Irina une fois par mois au sanatorium et consigner quotidiennement sa température et son état général.

— Non, lui annonça-t-elle. Je ne retournerai pas là-bas.

— Mais ce n'est que pour un petit examen, une fois par mois, mon amour.

— Non.

Ses yeux noirs brillaient d'obstination.

— Mais je leur ai promis que je veillerais sur toi.

— Tu veilles sur moi de façon extraordinaire.

Elle vit son visage inquiet et s'adoucit un peu.

— Très bien, alors. Qu'ils viennent m'examiner ici tous les mois, s'ils le veulent. Qu'ils viennent ausculter ma poitrine et mon dos. Qu'ils viennent aussi entendre les bruits de mes poumons. Je tousserai même un peu pour eux, puis, qu'ils retournent au sanatorium et nous laissent tranquilles.

— Et s'ils n'acceptent pas ?

— C'est cela ou rien.

Il avait commencé à construire une terrasse, la plaçant de telle sorte qu'Irina puisse bénéficier au maximum des rayons du soleil, quel que soit le temps. Il la voulait à l'abri du vent mais inondée de ce bon air alpin si réputé qui lui était essentiel. Irina regardait Amadéus travailler, le torse nu, chantant ou sifflant, sciant, plantant des clous, toujours absorbé, mais ne manquant pas de s'arrêter régulièrement pour vérifier si elle se sentait bien, ou encore pour aller effleurer ses lèvres d'un baiser. La vue de son amant était bien plus bénéfique que toute la cure qu'elle avait suivie pendant de longs mois au sanatorium. Une fois la terrasse terminée, Irina passa la plupart de ses moments de repos sur une chaise longue, Anushka sur les genoux, alors qu'Amadéus s'asseyait près d'elle pour lire ou pour s'abandonner à la beauté du paysage, ou encore pour rester là simplement à la regarder, elle. Le professeur Ludwig venait, comme convenu, toutes les quatre semaines et semblait très satisfait. Mais il ne parla jamais de progrès réel. Il ne prononça jamais non plus les paroles qu'Amadéus aurait tant voulu entendre : la guérison.

À la fin de l'été, Amadéus eut un choc. Dans sa hâte de trouver une maison pour Irina et lui, il ne s'était pas rendu compte que son emplacement dans le Dischmatal, le mont Jakobshorn devant et le Schwarzhorn derrière, ne permettait pas de recevoir les rayons du soleil pendant l'hiver. Amadéus savait que la vie hors saison dans les Alpes était dure, parfois même lugubre. Sans vacanciers, le Davos Dorf et le Davos Platz perdaient leur aspect joyeux et n'étaient plus parcourus que par quelques rares montagnards stoïques et endurcis, quelques patients ainsi que le personnel des cliniques. Amadéus craignait que leur maison, à bonne distance de la petite route qui montait à partir du Dorf, puisse être isolée au moment des neiges. Lui ne risquait rien, mais Irina qui avait besoin de soleil et de sécurité... Il devint angoissé et se sentit de plus en plus coupable. Il avait voulu ce qu'il y avait de mieux pour elle, mais la maison était froide et humide, et la terrasse était continuellement à l'ombre. Il avait failli à sa tâche.

Irina ne se plaignait jamais, mais en novembre elle attrapa un mauvais rhume et, pour la première fois depuis qu'il la connaissait, Amadéus fut confronté à la preuve irréfutable qu'elle était aussi gravement malade que les médecins le prétendaient. Jusqu'à maintenant, sa maladie avait semblé irréelle. Si Irina était raisonnable et qu'Amadéus s'occupait d'elle correctement, ils en arrivaient à oublier sa maladie. Mais maintenant, on aurait dit qu'un minuscule démon endormi l'avait habitée tout ce temps, les trompant par son apparente inertie.

La fièvre d'Irina grimpa, son teint devint de cendres, ses joues d'un rouge surnaturel, ses yeux étaient brillants mais creux et cernés. Elle transpirait et frissonnait, n'avait aucun appétit. Une douleur lancinante la tenaillait, elle avait des accès pénibles de toux et cachait souvent son mouchoir, de sorte qu'Amadéus, de plus en plus terrifié, savait qu'elle crachait du sang. Le professeur Ludwig recommanda de la ramener au sanatorium et Amadéus, bien malgré lui, fut forcé d'admettre qu'il avait raison. Mais Irina continuait de refuser.

— C'est pour le mieux, mon amour, essaya-t-il de la rassurer. Ce n'est que pour un bref séjour.

— Ce ne serait pas un bref séjour, lui répondit-elle, et sa voix rauque lui arracha des larmes. Ils ne me laisseraient plus jamais repartir.

— Je les y obligerai.

— Tu n'y pourras rien. Et lorsqu'ils auront commencé leurs examens monstrueux et leurs traitements, je n'aurai plus la force de lutter contre eux.

Ses yeux se firent implorants.

— Je suis sûre que je guérirai de ce rhume si je reste ici, mon amour.

Elle tint fermement ses positions et le gentil professeur Ludwig vint l'examiner un jour sur deux. Chaque fois, Amadéus, malade de peur, faisait les cent pas dehors, sous la pluie, convaincu qu'il entendrait prononcer la sentence de mort de sa bien-aimée. Il se blâmait, se maudissait d'avoir mis sa vie en danger. Il était prêt à conclure un pacte avec Dieu ou avec le Diable, ou avec n'importe qui et serait prêt à échanger sa vie pour celle d'Irina.

Elle reprit des forces à l'approche de Noël, la maladie se cachant de nouveau au plus profond d'elle-même. Irina avait beaucoup maigri, mais elle retrouva rapidement son enthousiasme. Ils allèrent patiner ensemble, bras dessus bras dessous, riant comme tous les autres couples sur la patinoire, ils mangèrent des pâtisseries au café Schneider sur Davos Platz; ils partagèrent des dîners romantiques au restaurant Flüela à la lumière d'une chandelle, ils se gavèrent de fondues dans le Jenatschstube, puis ils revenaient à la maison et faisaient l'amour. Ils allèrent même skier ensemble sur quelques pentes faciles des environs. Amadéus était plus reconnaissant qu'il ne l'avait jamais été. Il ne la quittait pas des yeux, douloureusement conscient que cette période de joie intense n'était que du temps hypothéqué, d'une fragilité extrême.

Ils traversèrent les pires mois de l'hiver sans autres difficultés, ils recommencèrent dès le printemps à faire de longues promenades, Anushka sur les talons. Pendant l'été, Irina avait l'air plus forte que jamais et pleine d'énergie. Les jours sombres de sa vie s'estompaient et elle ne s'ennuyait plus de sa jeunesse passée à Saint-Pétersbourg. Elle adorait les montagnes et leur beauté sauvage apprivoisée par l'été, elle aimait l'immense variété de fleurs des Alpes qui poussaient en bouquets exquis de couleurs sur les pentes les plus rocailleuses, elle aimait s'étendre dans l'herbe lorsqu'il faisait chaud, délaissant le tapis qu'Amadéus installait pour elle, elle voulait sentir les brindilles balayer ses bras et chatouiller ses pieds.

Au cours de l'une de ces promenades, elle trouva, non loin de la maison, l'endroit qui devait devenir, à ses yeux et dans son cœur, l'expression parfaite de toute la beauté qu'Amadéus avait apportée dans sa vie. C'était une chute d'eau, une simple petite cascade comme celles qu'on trouve partout dans les montagnes. Mais Irina la trouvait particulièrement envoûtante dans sa turbulence incessante, pleine de couleur et de vie, ne se laissant jamais dominer par les roches imposantes qui l'entouraient.

— Regarde bien dans la chute, mon amour, dit-elle à Amadéus, regarde, on dirait que les fleurs jettent toutes leurs couleurs dans l'eau !

— Je vois.

Amadéus la prit dans ses bras et elle s'y fit toute petite, sans quitter des yeux cette eau qui éclaboussait la verdure alentour.

— Aujourd'hui, il fait si chaud, si humide, ajouta-t-elle, mais ici, la chute rafraîchit tous les environs. Elle est si jolie, si forte, j'envie son immortalité.

Lorsque l'hiver revint, la chute continua de l'attirer comme un aimant. Alors que le plus gros de la cascade semblait suspendu en brillantes aiguilles de glace, Irina s'imaginait encore y voir une vie éternelle, toujours victorieuse, survivant à toutes les saisons et à tous les obstacles. Lorsqu'elle tomba malade, dans les premières semaines de 1924, et qu'elle devint trop faible pour s'aventurer dehors, la chute d'eau, symbole de la force qu'elle aurait aimé avoir, resta omniprésente dans son esprit.

— Apporte-moi les jumelles, demandait-elle à Amadéus, dans un souffle, la voix rauque. Sa gorge était en feu et le professeur Ludwig ne pouvait rien pour la soulager.

— Je veux la regarder encore.

— Tu devrais dormir, mon amour, répondait Amadéus, en les lui apportant, ayant déjà approché la chaise longue à l'extrémité de la terrasse d'où elle pouvait tout juste apercevoir la cascade gelée.

Amadéus savait qu'Irina était mourante, que cette fois il n'y aurait pas de rémission, que ni prière ni pacte secret avec Dieu pourraient enrayer la terrible maladie qui semblait soudain dévorer sa bien-aimée. Il ne s'était jamais senti si impuissant, sans espoir. Et le courage d'Irina devant le sort cruel qui l'attendait ne faisait qu'augmenter son angoisse.

— Que puis-je faire pour toi ? lui demandait-il, plusieurs fois par jour.

— Reste près de moi, lui répondait-elle, chaque fois.

— Je serai toujours là.

Une fois seulement, son visage, encore si beau malgré ses traits tirés, se remplit de terreur, comme si une pensée horrible venait de troubler sa sérénité.

— Qu'est-ce que tu as, mon amour ? lui demanda-t-il, qu'y a-t-il ?

— Ne me renvoie pas, lui dit-elle d'une voix à peine audible, je ne veux pas mourir au sanatorium.

— Tu n'as rien à craindre. Je ne te renverrai jamais là-bas, mon amour, c'est ta maison, ta place est ici, avec moi et Anushka.

Irina fit un grand effort pour s'asseoir un peu.

Lorsque tu m'as sortie du sanatorium, ils m'ont dit que je devrais y retourner avant la fin. Ils m'ont dit que ce serait mieux pour mourir — et ses yeux s'emplirent de larmes. Peut-être qu'ils pourraient m'aider à mieux dormir, à moins souffrir...

— Alors, peut-être...

— Non, jamais.

Elle agrippa faiblement ses mains.

— Je ne veux manquer aucun moment avec toi, pas même le plus petit instant.

Amadéus sentit ses joues se mouiller silencieusement de

larmes.

— Merci, chuchota-t-il, ayant peine à parler.

— Pourquoi me remercies-tu ?

— De m'avoir appris la vie et l'amour.

— Mais nous l'avons appris l'un de l'autre.

Irina attira faiblement la lourde main d'Amadéus jusqu'à ses lèvres. Elle y déposa un long baiser avant d'y poser la joue.

— Si tu ne m'avais pas trouvée, si tu ne m'avais pas sortie de cet endroit, j'aurais peut-être survécu encore quelques mois, mais je serais morte depuis longtemps déjà.

Sa voix tremblait lorsqu'elle continua.

— Je pensais que ma vie était finie après la mort de Sofia et quand j'ai appris que, moi aussi, j'étais malade. Je n'aurais jamais imaginé que la plus belle partie de ma vie restait à venir.

Le teckel, couché au pied du lit, commença à gémir. Amadéus le prit pour le mettre dans les bras de sa maîtresse, pour qu'Irina le caresse un peu.

— Pauvre Anushka, dit-il.

— Mais tu t'occuperas d'elle, lui dit-elle.

Puis, doucement, elle continua :

— Et toi, comment seras-tu ? Après.

Il ne répondit pas.

— Je sais, dit-elle, sa voix montrant toute la pitié qu'elle avait pour lui. Je sais comment ce serait pour moi, si tu me quittais le premier.

Elle fit une pause, respirant encore plus difficilement que la veille, tellement son état empirait rapidement.

— Si je t'entendais me dire que tu vivras, cela m'aiderait.

— Je vivrai, lui dit-il.

— Pas comme cela, lui dit-elle en secouant la tête, pas comme un mort-vivant. Promets-moi que tu essaieras, que tu chercheras...

— Quoi, mon amour ?

— La vie, répondit-elle.

Le dixième jour d'avril, se sentant un peu plus forte, Irina demanda à Amadéus de l'aider à descendre de sa chambre et à sortir sur la terrasse. C'était une belle journée, le soleil avait finalement percé la grisaille hivernale et une odeur furtive de printemps avait pénétré dans la petite maison de bois.

— Ce n'est pas trop pour toi ? demanda-t-il avec empressement.

— J'en ai besoin, lui répondit-elle.

— Je te propose un marché. Si tu acceptes de boire un peu de soupe, je t'aiderai à descendre sur la terrasse.

Depuis plusieurs jours déjà, Irina s'était à peine nourrie.

— Est-ce que je fais chauffer la soupe ?

— Si tu insistes, répondit Irina en souriant.

Il prépara un bol de *Kürbissuppe*, une soupe légère aux légumes, dont le bouillon est fait à partir de moelle. À la cuillère, il réussit à lui faire avaler la moitié du bol, puis elle s'appuya sur ses oreillers, afin de se reposer quelques minutes. Elle ne se réveilla qu'à la fin de l'après-midi et Amadéus pensa qu'elle reporterait au lendemain l'idée de descendre, mais elle fut inébranlable.

— Je veux regarder ma chute d'eau, lui dit-elle avec un tel sentiment d'urgence dans sa voix éraillée qu'il ne put la contredire.

Il l'enveloppa dans une chaude couverture de laine et la prit dans ses bras. Son cœur eut un tressaillement de douleur en constatant à quel point elle était devenue frêle : elle pesait à peine plus qu'un tout petit enfant. Il la transporta par l'escalier étroit, puis sur la terrasse. Il l'installa confortablement sur sa chaise longue, puis il plaça Anushka sur ses genoux.

— Je t'apporte les jumelles, dit-il.

— Non, pas encore. Tiens ma main un peu.

Il s'assit près d'elle, tenant sa main blanche toute frêle, lui caressant la joue de son autre main, lui murmurant à l'oreille des mots tendres, de douces expressions de son amour.

— Maintenant, dit Irina, apporte-moi les jumelles, s'il te plaît.

Comme elle était trop faible pour les tenir, Amadéus les lui plaça devant les yeux et l'aida à tourner la tête vers la cascade.

Irina admira un long moment la chute au loin, devenue encore plus resplendissante grâce aux reflets des rayons du soleil couchant. Elle repoussa enfin les jumelles, regarda Amadéus, avec ses magnifiques yeux noirs remplis de larmes.

Et elle lui parla pour la dernière fois.

— À l'éternité !

Chapitre 3

Amadéus était seul et sa peine infinie. Seule Anushka lui tenait compagnie, mais elle souffrait autant que son maître. Amadéus n'avait pas vu son fils, Alexandre, depuis plus de six mois ; les brèves visites qu'il s'était permis à Zurich ces deux dernières années étaient intolérables à cause de la présence froide d'Elspeth Gründli, sa belle-mère, pendant la petite heure qu'on lui accordait avec son fils. Amadéus avait presque abandonné tout espoir de ce côté. Après la mort d'Irina, il s'était peu à peu replié sur lui-même, travaillant comme un automate à son atelier de joaillier et employant une jeune fille de Davos pour répondre aux clients. Tout contact avec ses semblables ne lui était plus d'aucun intérêt.

Il quitta Davos une fois pour aller à Berne aux funérailles de sa mère. Puis, trois mois plus tard, il y retourna pour celles de son père. Cette même année, peu avant Noël, il reçut un message d'Hildegarde lui annonçant que Léopold et Elspeth avaient tous deux été tués dans un accident d'automobile. Amadéus s'arma de courage pour faire le trajet jusqu'à Zurich et pour assister encore une fois à une autre veillée funèbre. Alexandre, qui avait maintenant tout près de dix ans et qui, en apparence du moins, était tout le portrait de son père — avec les mêmes cheveux blond pâle et les mêmes yeux bleu vif — semblait un peu distant. Mais Hildegarde, au grand soulagement d'Amadéus, eut une attitude presque correcte. Maintenant que sa rivale n'était plus de ce monde, elle acceptait enfin de lui accorder le divorce qu'il avait réclamé. Même si elle désirait ne plus jamais revoir Amadéus, elle acceptait qu'il puisse déjeuner avec son fils, Alexandre, une fois par mois, s'il le désirait. « Un fils, disait-elle, avait le droit de connaître son père, même si ce dernier est indigne de connaître son fils. »

L'année suivante, un après-midi d'avril, un notaire de Zurich vint au Dischmatal rendre visite à Amadéus concernant les dernières volontés et le testament de la comtesse Irina Valentinovna Malinskaya.

— Mon étude vous doit des excuses : un long délai s'est écoulé avant que nous puissions venir vous voir, Herr Gabriel, lui dit d'un air affable l'avoué à la chevelure blanche. Mais nous devions authentifier le document et, selon les désirs de madame la Comtesse elle-même, nous avons dû vérifier qu'elle n'avait aucun parent encore vivant.

Amadéus était tout pâle et un léger tremblement agitait sa lèvre.

— Peut-être devriez-vous prendre un siège, Herr Gabriel, lui dit l'homme, remarquant son désarroi.

Ils étaient encore debout sur le seuil de la petite maison. Amadéus avait perdu l'habitude de recevoir du monde et sous le choc, il en oubliait les bonnes manières.

— S'il vous plaît, dit-il, hochant la tête en indiquant le fauteuil près de la fenêtre, après avoir pris le manteau et le chapeau de son visiteur. Prendriez-vous un peu de thé ? À moins que vous ne préfériez quelque chose d'un peu plus fort ? Un verre de schnaps, peut-être ?

Cette visite était tout à fait inattendue. Il ne lui était jamais venu à l'esprit qu'Irina ait pu lui laisser quelque chose ; les choses matérielles avaient eu si peu d'importance pendant leur vie commune trop courte.

Le notaire accepta le schnaps, autant pour Gabriel que pour lui. Amadéus semblait avoir grandement besoin de réconfort. Puis, l'avoué reprit la parole.

— Avec votre permission, monsieur, je vais vous lire le testament. Par la suite, nous devrons nous déplacer jusqu'au sanatorium où la Comtesse a séjourné.

— Mais pourquoi? Amadéus demanda-t-il vivement. La seule mention du sanatorium lui transperçait le cœur.

— Au moment de leur hospitalisation, la comtesse Malinskaya et sa sœur ont déposé un petit coffre sous la garde du directeur, Herr Jäggi. J'ai le mandat de vous y accompagner et de signer en tant que témoin les documents nécessaires à votre prise de possession du coffre.

Amadéus avala son schnaps qui lui brûla un peu la gorge et lui redonna quelques forces.

— Savez-vous ce qu'il y a dans ce coffre?

Les lèvres du notaire se plissèrent en un léger sourire.

— Selon le testament, le coffret doit contenir les joyaux des Malinskaya.

Des joyaux! Le terme était faible et ne parvenait pas à décrire les splendeurs qui reposaient dans le coffret de métal qu'Irina et Sofia avaient confié à Herr Jäggi, au moment de leur arrivée au sanatorium en 1920. Des rubis, des émeraudes, des diamants et des saphirs — une collection stupéfiante autant par la qualité extraordinaire des pierres que par leur taille et leur quantité. Amadéus ne pouvait en croire ses yeux. Irina ne lui avait jamais parlé de ces joyaux. Naturellement, il avait conclu qu'elle devait avoir quelques ressources lui permettant de s'offrir la luxueuse suite qu'elle occupait au sanatorium, mais il avait toujours cru malvenu de la questionner à ce sujet et elle-même n'en avait jamais parlé.

Une courte lettre d'explication pliée dans une enveloppe était déposée avec les bijoux. Les pierres appartenaient à la collection que leur mère leur avait laissée à sa mort et constituaient les biens qu'elles avaient réussi à emporter avec elles, cousus dans leurs vêtements et cachés dans leur chevelure tressée et coiffée en chignon, lorsqu'elles s'étaient enfuies de Russie.

Elles avaient vécu à Paris, puis en Suisse, du fruit de la vente de quelques diamants, parmi les moins gros. Ce qui restait de la collection avait une valeur quasi inestimable.

De retour à la petite maison de bois, après avoir déposé les joyaux dans le coffre d'Amadéus à la banque du Dorf, le notaire reprit :

— La Comtesse a aussi émis le désir que je vous remette cette lettre après que vous auriez pris possession du coffre. La lettre nous a été envoyée à Zurich par la Comtesse en même temps que son testament au début de l'année 1923.

Irina avait donc écrit son testament et la lettre qu'il tenait, peu après s'être remise de la mauvaise grippe qu'elle avait traînée tout cet hiver-là. La lettre était écrite simplement, avec la modestie et le calme d'Irina, mais son amour jaillissait à chaque mot, à chaque syllabe. Amadéus lui avait déjà donné plus de bonheur et de joie qu'elle n'aurait jamais pu imaginer, disait-elle. Le don qu'il lui avait fait était plus qu'un homme peut offrir à une femme. Elle désirait lui laisser tous les joyaux des Malinskaya sauf un, une remarquable émeraude de Colombie, d'un vert riche et tendre.

Je désire léguer cette pierre à mon ami très cher, Kons-
tantin Ivanovitch Zeleyev de Saint-Pétersbourg. Je sou-
haite qu'un jour elle puisse lui être remise. Je t'ai souvent
parlé de lui, mon bien-aimé. Nous ne pourrons jamais
oublier que c'est lui qui organisa notre fuite de Russie. Et
Sofia et moi lui en serons éternellement reconnaissantes.

Konstantin Zeleyev était orfèvre et émailleur; il avait appris son art sur les genoux de son père. La renommée de ce dernier était telle que toute la fabrique de son atelier était destinée en exclusivité à Pierre Carl Fabergé. Irina n'avait aucune nouvelle de lui depuis sa fuite de Russie et elle n'avait jamais cessé de prier afin qu'il puisse, lui aussi, échapper à la révolution russe. Au cours de son périple en Europe, elle avait toujours laissé son adresse à son intention, n'abandonnant pas l'espoir de le voir apparaître à Davos, ce qui l'aurait rendue tout à fait heureuse.

Passés les premiers moments de stupeur causés par les dernières volontés d'Irina et surtout par ce legs royal, Amadéus entreprit d'examiner de plus près les joyaux Malinskaya. Il était joaillier et, sans être ni médiocre ni exceptionnel, il n'avait jamais été passionné par son art. Il avait réparé de nombreux bijoux et il avait vu sa belle-mère, sa femme et leurs amies porter des pierres superbes. Mais jamais il n'avait eu sous les yeux de telles splendeurs. Des joyaux dont il était le seul propriétaire.

Son père et lui-même avaient été des artisans-joailliers plutôt que de véritables artistes. Il s'agissait davantage d'un métier qui leur permettait de gagner leur vie plutôt que l'appel d'une âme créatrice. Mais le père d'Amadéus lui avait appris à reconnaître et à apprécier les pierres de grande valeur, au cas où un jour, le sort lui en placerait sous les yeux. Amadéus n'avait jamais vu un saphir du Cachemire, ni un rubis du Mogok, et pourtant, il en était presque certain, il y en avait là, resplendissant de tous leurs feux bleu vif et rouge sang. Il y avait aussi de nombreux diamants de coupe exquise, certains en forme de rose, éblouissants par leur lumière bleutée, un autre diamant jaune vraiment remarquable, d'au moins quinze carats et sans le moindre défaut...

Déjà, Amadéus savait ce qu'il allait faire de tous ces joyaux. Bien entendu, il était conscient qu'il suffirait d'en vendre à peine quelques-uns pour devenir très riche, mais la richesse ne lui était d'aucun intérêt. Il ne quitterait jamais la maison qu'il avait partagée avec Irina, il ne retournerait jamais vivre à la ville et les voyages ne l'intéressaient pas. Ses parents lui avaient laissé un héritage qui suffisait amplement à ses besoins, sa boutique lui rapportait un revenu confortable et, de toute façon, il n'avait que de mauvais souvenirs des années passées dans le luxe des Gründli.

Il ne savait pas par où commencer. Son expertise limitée

ne l'avait pas préparé à la tâche qu'il s'était fixée. Mais rien ne l'arrêterait. Il créerait une œuvre à la mémoire d'Irina. Il reproduirait avec les joyaux Malinskaya la chute d'eau de sa bien-aimée — son *Éternité*.

Lorsque, en 1926, il arriva à la petite maison sur le Dischmatal, ce fut Konstantin Zeleyev qui, près de deux ans après la mort d'Irina, transforma le rêve d'Amadéus en réalité.

C'était un homme d'apparence très remarquable, plus petit et moins musclé que Gabriel, mais fort et vigoureux : il avait des cheveux roux, des yeux verts et une moustache taillée agressivement au-dessus d'une bouche sensuelle. Lorsqu'il apprit que Sofia et Irina étaient toutes deux décédées, il fondit en larmes sous le regard abasourdi d'Amadéus. Il était plus touché par l'inconsolable chagrin de cet étranger de trente-cinq ans que par quiconque depuis la mort d'Irina.

— Je n'ai pas connu Sofia, lui dit-il doucement, mais il me semble que tous deux, nous aimions Irina.

— Je l'adorais, lui répondit Zeleyev, la voix morne et distante. Il n'y aura jamais plus une femme comme elle. Sa sœur était charmante, mais Irina Valentinovna était — la joie de vivre incarnée, continua-t-il après une pause.

— Voulez-vous rester ici un certain temps ? offrit Amadéus. C'est ce qu'elle aurait voulu et c'est ce que je souhaite aussi.

— Merci.

Ils n'avaient pratiquement rien en commun et pourtant, ils furent amis dès le premier instant. Amadéus donna l'émeraude de Colombie à Zeleyev et un magnifique rubis. Il lui parla aussi de son projet de sculpture.

Konstantin ramena Gabriel à la vie. Il alla admirer avec lui la cascade d'Irina et ses yeux d'artiste comprirent ce que son nouvel ami tentait de décrire. Il comprit le fond de ce qu'Amadéus avait essayé de représenter avec maladresse dans ses esquisses. C'était encore le milieu de l'hiver, le temps le plus triste de l'année, mais Zeleyev fixa son regard au milieu de la cascade et lorsque le soleil perça faiblement à travers les nuages pour en faire jaillir et scintiller la lumière, il vit ce qu'Amadéus et Irina y avaient vu, des monceaux de diamants et de saphirs dansant dans l'eau à moitié gelée.

— Est-ce réalisable? lui demanda Amadéus, plus tard, à la maison, pendant qu'ils se réchauffaient devant un café.

— Réalisable, oui. Mais sûrement très difficile.

— Explique-moi.

Zeleyev sourit.

— Mon ami, tu es joaillier dans une petite ville où d'autres vendent au détail de la haute joaillerie. Toi, tu vends des bagues de fiançailles, tu répares des colliers, tu fais la gravure des anneaux de mariage et parfois, tu fabriques une paire de boucles d'oreilles selon le modèle d'un client.

— Oui, je sais, c'est très limité et je n'ai pas beaucoup d'expérience.

— Oui, mais tu as une imagination extraordinaire. Et surtout, tu es décidé à mener ce projet à terme.

Après une pause, il continua :

— Moi, je suis un orfèvre et un émailleur très réputé. Je ne crois pas à la fausse modestie, ajouta-t-il avec un sourire. S'il n'y avait pas eu ces Bolcheviques, j'aurais peut-être été aussi bon que Michaïl Evamplevitch Perchin — tu as sûrement entendu parler de lui.

Amadéus fit signe que non.

— Cet homme est l'auteur des œuvres les plus extraordinaires de Fabergé, du Maître lui-même. Et tu ne le connais pas !

Incrédule, il poursuivit :

— Ce que j'essaie de dire, c'est qu'à nous deux, nous avons l'habileté nécessaire pour réaliser l'œuvre dont tu rêves. Mais il faudra faire plusieurs essais et des erreurs avant d'arriver à quelque chose de bien.

— Tu dis « nous », dit Amadéus, avec hésitation. Est-ce que tu acceptes de m'aider?

— Seul, tu n'y arriverais jamais, répliqua froidement

Zeleyev.

— Mais ta vie, ton appartement à Genève ?

Le Russe avait raconté à Amadéus qu'il avait vécu longtemps à Londres, où il avait travaillé pour la maison Wartski.
Puis il avait déménagé à Genève. Il pensait maintenant à abandonner une existence bien rangée et un travail bien rémunéré
pour un fantasme qui n'était même pas le sien.

— Je suis un artiste, répliqua Zeleyev. Toi, tu vises le
merveilleux, alors que moi c'est le miraculeux. J'ai vu tes dessins
et la cascade. J'ai déjà imaginé des formes et des textures dont
tu ne pourrais jamais même rêver. Une montagne en cloisonné
d'or blanc, où les rubis et les émeraudes seraient sertis en
grappes pour représenter les couleurs de l'été, avec, en filigrane,
une cascade d'émail en forme de réseau en *plique-à-jour* au travers duquel la lumière resplendirait et semblerait s'engouffrer
dans des diamants taillés en rose et dans des saphirs, et où elle
déferlerait à la base sur du cristal de roche et sur des glaçons de
diamants.

Amadéus était sans voix. Il regardait l'autre homme, ses
yeux verts, brillants et animés. Il savait que les années futures,
qui lui avaient paru comme un long désert, seraient maintenant
débordantes d'activités.

— Ce sera très difficile, mon ami, continua Zeleyev, mais
nous réussirons, n'est-ce pas ?

— Pour Irina, répliqua Amadéus.

Pendant un moment, il crut sentir sa présence dans la
pièce. Et pour la première fois en deux ans, il se sentit apaisé.

Ce projet allait prendre des années. Il fallait d'abord
sélectionner les joyaux d'Irina les plus appropriés, puis vendre
les autres pour se procurer les matériaux et l'équipement nécessaires. Ils utiliseraient l'atelier d'Amadéus dans le Dorf, sans
nuire à la routine quotidienne, mais installeraient aussi un nouvel
atelier et un studio de sculpture dans la maison ; ils construiraient
un four pour la cuisson des argiles, qui serviraient par la suite de
moules pour faire la montagne en or massif ; ils devraient enfin

construire une forge pour fondre l'or et aider au procédé d'émaillage.

Au début, Amadéus raffinait ses dessins et Zeleyev voyageait beaucoup : Zurich, Genève, Paris, Amsterdam, achetant des matériaux, puis il revenait au Dischmatal en ramenant quelquefois certains effets personnels. Il ramena surtout ses livres — ses deux romans favoris, *Anna Karénine* et *Les misérables*. Il avoua à Amadéus qu'il les avait lus un nombre incalculable de fois, à chaque fois fasciné par le romantisme, le lyrisme et surtout par la tragédie. Il rapporta aussi des vêtements très élégants et confortables, un habit de soie sauvage, des chandails de cachemire, des chemises faites sur mesure et du coton le plus pur. Ses bagages livrèrent aussi quelques fragments de son passé : un beau samovar en argent et deux reliques des jours glorieux de Fabergé, une boîte à cigares guillochée en émail et une dague à la lame recourbée et au manche de néphrite orné de dorures.

Amadéus était très intrigué par ce personnage, par sa complexité, ses idiosyncrasies et ses contradictions. Zeleyev avait des manies assommantes et une routine exaspérante. Il était aussi très critique et sévère envers tout et tous, sauf lorsqu'il s'agissait de lui-même. Deux fois par jour, il se prélassait dans un bain légèrement parfumé à la bergamote, une huile très chère qu'il se procurait régulièrement à Genève ; chaque fois, il se rasait longuement avec un rasoir bien affûté et il taillait minutieusement sa moustache blond roux avec de petits ciseaux. Chaque matin, quelle que soit la température, il faisait une séance d'exercices sur la terrasse, avec la précision et la discipline d'un militaire, avant de s'admirer longuement dans le miroir en forme de cheval qui n'avait servi à personne depuis la mort d'Irina. Amadéus, lui, se souciait peu de sa propre apparence. Zeleyev gardait sa chambre bien ordonnée et incroyablement propre et si, par malheur, il voyait la moindre éraflure sur ses bottes faites sur mesure, il les astiquait pour qu'elles brillent comme un sou neuf.

Au travail, Zeleyev n'était plus le même homme. Lorsque

la sculpture, ou ce qu'il imaginait qu'elle serait, envahissait toutes ses pensées, il rompait tous ses liens avec le monde pour pénétrer dans un autre univers, aussi éloigné de ce modeste chalet que Saint-Pétersbourg l'était du Dorf Davos. Mais si quelque chose n'allait pas, ou si un instrument n'était pas disponible au moment précis où il en avait besoin, ou encore, si Amadéus, qui tenait le rôle d'apprenti, ne comprenait pas immédiatement ce qu'il attendait de lui, Zeleyev se mettait aussitôt dans une colère terrible et lançait tout ce qui lui tombait sous la main, souvent même vers Amadéus.

— Je n'arrive pas à te comprendre, protestait Amadéus avec colère, lui qui était habituellement si calme. Tu te dorlotes et tu prends soin de ton corps et de ton visage comme si tu étais une femme, tu pleures comme une débutante lorsque tu lis, puis tu me hurles après et tu tournes comme un ours en cage !

— J'ai un caractère un peu difficile, admettait alors un Zeleyev calmé.

— Impossible !

— Peut-être mais je suis génial !

L'alcool le métamorphosait encore plus que le travail. Zeleyev ne buvait pas régulièrement. Parfois, il se passait un mois sans qu'il boive une seule goutte. Mais lorsqu'il se mettait à boire, habituellement de la vodka, il buvait à l'excès. Cela prenait toujours un bon moment avant que l'alcool ne fasse effet, mais à chaque fois, à mi-chemin, il devenait très excité sexuellement. Lorsque cela lui arrivait, Zeleyev quittait la maison en trombe et se rendait au village dans la vieille Opel de Gabriel, lorsqu'elle était en état de rouler, ou attrapait le premier autobus de la Poste qui passait, ou encore il marchait sur les routes glacées, tellement son désir était irrésistible.

Le plus souvent, il n'était pas satisfait puisque les femmes de Davos lui tournaient le dos, ou le giflaient, plutôt que d'être sensibles aux avances de cet étranger ivre. Zeleyev se retirait alors dans un *Stübli* et continuait à boire jusqu'à rouler sous la table. Alors, on appelait Amadéus pour le ramener à la maison.

— Il faut que tu attendes de te rendre en ville pour boire,

mon ami, dit-il au Russe, après un sévère avertissement du policier de Davos. Il n'y a pas de prostituées ici et aucune femme digne de ce nom ne t'accorderait la moindre attention dans cet état.

— C'est un pays de sauvages, grommela Zeleyev.

— Si tu n'aimes pas ce pays, quitte-le!

— C'est la première chose que je ferai — demain.

Mais, le lendemain, une fois remis, il arrivait dans l'atelier et la sculpture reprenait le dessus. Plus il restait, plus il s'impliquait dans le rêve de Gabriel, plus cela devenait son rêve à lui aussi et plus il lui était difficile de partir. Konstantin Zeleyev était un homme dont les grandes ambitions avaient été brutalement réduites à néant par la révolution russe. Maintenant il pouvait devenir un grand artiste et se faire reconnaître, il pourrait peut-être même atteindre la postérité. *Éternité* ne serait pas seulement son œuvre la plus remarquable, mais il était décidé à en faire l'une des sculptures les plus uniques, l'une des plus belles, des plus admirées qui soient.

Il fallut six mois pour que les deux hommes soient assez satisfaits de leur modèle d'argile pour se risquer à faire le premier moule expérimental. C'est ce moule qui servirait à créer les prototypes de la sculpture en étain, avant de tenter la version finale en or pur. Ils atteignirent presque la perfection au premier essai, mais accidentellement, ils brisèrent le moule. Zeleyev entra dans une rage folle et Amadéus eut tout juste le temps d'intervenir avant qu'il ne réduise en miettes le modèle d'argile.

— Tu es devenu fou! s'écria-t-il, en tenant la pièce de terre cuite au-dessus de sa tête. Tu passes des mois à fignoler le moindre détail et maintenant, tu voudrais le lancer sur le mur comme un vulgaire verre de vodka vide?

— C'est parce que je travaille avec un maladroit congénital! hurla Zeleyev, écumant de colère. Cela ne sert à rien de continuer. Tes sales pattes de porc viendront toujours détruire la perfection que je crée.

— C'est toi qui as brisé le moule!

— Parce que j'ai dû te l'arracher avant que tu ne le salisses encore plus. Tu n'es qu'un petit joaillier de campagne, pas plus artiste qu'un forgeron !

— Et tu as autant de contrôle qu'un nourrisson. Je ne te tolère que parce qu'Irina avait un bon souvenir de toi !

Le visage de Zeleyev devint écarlate.

— Tu n'es pas digne de prononcer son nom ! Irina Valentinovna a dû perdre l'esprit du fait de sa maladie. Sinon, elle n'aurait jamais permis que tu l'approches et que tu prennes sa vie en main !

Amadéus lui envoya un coup de poing au visage, puis recula, effrayé par son geste. Il n'avait plus frappé qui que ce soit depuis sa plus tendre enfance.

— Pardonne-moi, dit-il à Zeleyev, l'air penaud.

Le Russe s'assit lentement sur le banc de son établi, en se touchant la mâchoire.

— Étonnant ! murmura-t-il, tout en bougeant son maxillaire, pour vérifier qu'il n'y avait pas de fracture.

— Je suis impardonnable, reprit Amadéus, en tremblant de tout son corps. Je t'accuse de manquer de contrôle et je me comporte comme un animal.

— Je le méritais bien !

— Oh non !

Zeleyev continuait à se caresser le visage, mais il était maintenant tout souriant.

— Mais absolument, tu as eu tout à fait raison de me frapper, mon ami. Et, grâce à Dieu, tu as réussi à préserver le modèle.

Amadéus continuait de le tenir au creux de son bras gauche. Il n'avait d'ailleurs pas cessé de le tenir précieusement tout contre lui, même lorsqu'il avait frappé Zeleyev.

— Tu peux le poser maintenant, il ne risque plus rien.

Amadéus le déposa sur l'établi et demanda :

— Tu es prêt à faire un nouveau moule immédiatement ?

— Tu n'es pas trop fatigué ?

— Je ne me suis jamais senti aussi reposé !

— La bagarre te rajeunit, mon ami.

Trois mois plus tard, la petite montagne d'or blanc était terminée et ils étaient prêts à passer à l'étape suivante. Encore une fois, Amadéus fut l'élève. Zeleyev lui expliqua une technique connue sous le nom de *samorodok*, qui permettait de souder une surface rugueuse et crevassée à la surface lisse de la réplique du rocher. Zeleyev avait vu des artisans utiliser cette technique en Russie et bien qu'il ne l'ait jamais utilisée lui-même, il savait que le résultat serait exactement celui qu'ils désiraient. Il était certain que rien d'autre ne le satisferait. La tension monta jusqu'à l'insoutenable vers la fin de leur expérimentation. Ils devaient chauffer l'or à une température d'une extrême précision afin d'obtenir le résultat escompté. S'ils portaient la température à un degré légèrement plus élevé, le résultat de tous ces mois de travail fondrait sous leurs yeux en une flaque informe et la couche n'adhérerait pas.

Ayant réussi cette phase au-delà de toute espérance, les deux hommes décidèrent de s'accorder une période de repos ; Zeleyev sentait plus que jamais qu'il avait besoin d'un séjour à la ville pour se revitaliser ; de son côté, Amadéus était rongé de remords : depuis des mois, il n'avait pas eu le temps de rendre visite à son fils Alexandre. Ils se quittèrent joyeusement. Le Russe ne pensait plus qu'aux plaisirs qui l'attendaient à Paris. Ils se promirent de reprendre le travail tout au début du printemps. À la fin mai cependant, Amadéus attendait impatiemment le retour de Zeleyev et à la fin du mois de juin, il était toujours seul dans la petite maison de bois, avec les souvenirs de chez Fabergé amassés par son ami, espérant avec désespoir son retour.

Il arriva en août, sans excuse ni explication. Il avait l'air plus fatigué que lors de son départ et il était clair qu'il avait passé la semaine précédente, au moins, dans des frasques éhontées.

— Je te croyais mort !

— Comme tu peux le voir, je suis bien vivant.

— Je t'attendais en mars ! Et j'étais sans nouvelle de toi !

— Je ne suis pas ton mari !

Amadéus ravala la réplique cinglante qui lui montait aux lèvres. Au fond de lui et malgré les circonstances, il était bien plus content qu'il ne l'admettait que Zeleyev soit de retour. Au début, il avait été soulagé de se retrouver seul dans sa petite maison, puis il avait regretté la présence de son hôte excentrique. Maintenant qu'il était habitué à la présence souvent agaçante du Russe, la solitude lui était devenue insoutenable. Il avait bien pensé essayer de terminer seul la sculpture, mais il s'était aperçu très vite que, sans l'habileté et l'ardeur de Zeleyev, il ne réussirait jamais à réaliser son rêve.

Ils se remirent à l'ouvrage. Amadéus commença le filigrane d'or blanc qui devait devenir la structure de base de la cascade elle-même, alors que Zeleyev se lança dans diverses expériences d'émaillage, toujours guidé par le principe qu'aucun élément isolé de la sculpture ne devait attirer plus l'attention, ou ne devait sembler disparate par rapport à l'ensemble. *Éternité* devait être une représentation abstraite et éthérée d'une merveille de la nature ; l'observateur devait pouvoir éprouver du plaisir en admirant l'ensemble de l'œuvre, ne remarquant que dans un deuxième temps le positionnement exquis des joyaux Malinskaya, ou qu'un émaillage en champlevé avait été utilisé plutôt qu'en cloisonné.

Zeleyev devait faire deux autres escapades avant la fin de leur œuvre. Cela se passa à chaque fois de façon aussi imprévisible et sans plus d'égards envers son ami. En janvier 1929, alors qu'ils étaient allés skier, Zeleyev fit une mauvaise chute et se fractura le poignet gauche. L'incident plongea les deux hommes dans une inactivité morose, à peine bouleversée par une lettre arrivant de Zurich, leur annonçant qu'Hildegarde avait permis à Alexandre, âgé de quatorze ans, de venir passer quelques jours chez son père. La nouvelle frappa Amadéus de stupeur et il sentit une terreur soudaine s'emparer de lui.

— Je le connais à peine, essaya-t-il d'expliquer à Zeleyev. C'est mon fils et je le connais à peine plus qu'une quelconque relation avec laquelle j'irais déjeuner de temps à autre. Nous

nous concentrons sur nos assiettes, ne sachant pas de quoi parler et, lorsque la glace commence à peine à se rompre, il est déjà l'heure de le ramener à cette affreuse maison.

— Cette visite se passera bien, répondit le Russe. Tu seras sur ton propre terrain et il pourra enfin te voir comme tu es véritablement, un montagnard dans son habitat naturel.

— Je ne sais même pas si ce garçon veut vraiment venir me voir.

— Mais bien sûr que oui. Si j'en crois ce que tu m'as dit au sujet de ton ex-épouse, mon ami, elle n'aurait jamais accepté de le laisser venir ici sans qu'il l'en ait suppliée.

— Pourquoi la supplierait-il de venir me voir? demanda Amadéus, tristement. Il n'était plus un bébé lorsque je les ai quittés, lui et sa mère. Il était assez âgé pour comprendre ce qu'est une trahison et je sais qu'il m'a détesté de l'avoir abandonné.

— Peut-être désire-t-il mieux comprendre les raisons de ton geste, maintenant qu'il est plus âgé. Peut-être commence-t-il à comprendre que tu n'es pas le traître sans cœur qu'il croyait avoir comme père.

Tous les arguments de son ami ne réussissaient pas à calmer les appréhensions d'Amadéus.

— Vas-tu rester avec nous?

Il avait peur que Zeleyev, avec son bras prisonnier dans un lourd plâtre de Paris, ne parte pour une autre de ses interminables visites dans l'une de ces métropoles qu'il affectionnait tant.

— Si tu es ici, Alexandre se sentira peut-être un peu plus libre de mieux me connaître ou pas.

— Il ne m'aimera peut-être pas. Je suis sûr que sa mère désapprouverait.

— Seul avec moi, il s'ennuiera. Je suis un homme banal.

— Irina Valentinovna n'aurait jamais aimé un homme inintéressant, répliqua le généreux Zeleyev. Si ton fils l'avait connue, il t'aurait compris et pardonné sur-le-champ.

— Mais il ne l'a pas connue.

Il fallut quelques jours à Alexandre pour se débarrasser de sa réserve toute citadine. Depuis plusieurs années déjà, le garçon avait voulu apprendre à skier et Amadéus fut enchanté que son fils lui demande de lui enseigner. Il n'était pas très brave. Il avait du mal à garder son calme quand il dérapait sur une plaque de glace et il se laissait volontiers tomber sur les fesses plutôt que de risquer une mauvaise chute. Mais l'air pur et froid, de même que les rires des autres jeunes qui descendaient les pistes faciles, revigorèrent Alexandre beaucoup plus que toutes les autres vacances qu'il avait passées avec Hildegarde.

Comme Amadéus l'avait prédit, la présence de Zeleyev allégea l'atmosphère entre le père et le fils, comme celle d'Anushka, maintenant âgée de plus de douze ans et qui semblait devenir plus fragile chaque semaine. Le teckel, qui n'acceptait les étrangers qu'après d'énormes efforts et des encouragements répétés, aima Alexandre dès son arrivée et se laissa prendre et transporter dans ses bras, happant joyeusement les gâteries qu'il lui présentait; le petit animal avait même choisi son lit pour y passer ses nuits.

— Ton fils est doux de caractère, confia Zeleyev à Amadéus lorsqu'ils se retrouvèrent seuls. Il est tellement gentil avec Anushka — il n'a rien dit lorsqu'elle a fait ses besoins dans sa chambre.

C'est seulement parce que la vieille chienne était chère à Irina que Zeleyev s'était retenu de la lancer dans la neige, lorsqu'elle lui avait joué le même tour.

— Il n'y a jamais eu de chien à la Maison Gründli, expliqua Amadéus. Et n'ayant ni frère ni sœur, Alexandre n'a jamais pu prendre soin de qui que ce soit.

— J'aime beaucoup ton fils.

— Il te trouve stimulant, Konstantin. Et tu le traites comme un égal, ce qu'il n'a sûrement pas connu chez lui jusqu'à maintenant, poursuivit Amadéus, secouant la tête. Je suis amer, je sais, et je n'ai aucun droit de l'être. J'ai abandonné ma femme et mon fils pour Irina et Hildegarde l'a élevé de son mieux.

— Elle n'a pas si mal réussi, répliqua Zeleyev.

— Et surtout, elle lui a permis de venir à Davos, ce dont je lui serai éternellement reconnaissant.

Il hésita un moment, puis il continua :

— Pourtant Alexandre me semble trop doux et cela me trouble un peu, sans que je sache pourquoi. Je préfère sans aucun doute que mon fils soit un tendre plutôt que l'un de ces jeunes hommes au cœur dur, mais...

— Mais un garçon doit faire preuve d'un minimum de dureté pour survivre aujourd'hui.

— Exactement.

— Tu ne peux espérer guider ce garçon, ou même avoir de l'influence sur lui en trois semaines, mon ami, lui dit Zeleyev en souriant. Tu as de la chance de devenir son ami.

Deux jours avant qu'Alexandre ne retourne à Zurich, Anushka mourut dans son sommeil. Son dos commençait à être raide et Amadéus craignait qu'elle ne devienne paralysée, un problème fréquent chez les teckels. C'est pourquoi il pleura davantage la perte d'un autre souvenir d'Irina que la perte d'un animal dont les souffrances ne pouvaient qu'empirer.

Alexandre, lui, était inconsolable.

— Elle dormait sur mon lit, je ne me suis même pas rendu compte qu'elle était malade.

— Elle dormait, le consola Amadéus. Tu n'aurais rien pu faire pour elle. C'est mieux ainsi.

— Comment ça, c'est mieux ? répliqua le garçon, les yeux pleins de larmes. Anushka est morte !

— Elle était très vieille, tenta de lui expliquer Zeleyev. Elle avait plus de quatre-vingts ans, si on compte en années humaines.

Ils l'enterrèrent sous un sapin près de la maison de bois, à l'endroit où elle s'abritait souvent pour dormir durant l'été. Alexandre insista pour creuser seul la petite fosse, ce qui n'était pas facile dans la terre gelée. Amadéus y déposa la petite chienne, les yeux humides au souvenir de ces tristes années

59

partagées avec elle, où elle avait été sa seule compagne. Alexandre pleurait encore. Lorsque tout fut terminé et qu'ils se retrouvèrent dans la maison, il était encore tout pâle et avait l'air triste.

— Nous devrions tous prendre un verre, dit Zeleyev.

Amadéus trouva une bouteille de schnaps aux abricots et en versa une petite portion dans un verre pour Alexandre :

— Tu te sentiras mieux.

— Mère ne me permet pas de boire de l'alcool.

— Tu n'as jamais pris un verre? demanda Zeleyev, abasourdi.

— J'ai déjà pris une goutte de vin, la veille du Jour de l'An. J'aime beaucoup ça.

Amadéus jeta un regard vers la bouteille de vodka, dans un recoin de l'armoire, préféra éviter de conduire Zeleyev vers l'une de ses beuveries devant son fils et choisit de verser du brandy dans son verre et celui du Russe.

— Portons un toast à Anushka, dit-il, levant son verre. À Anushka!

— À Anushka, reprirent les deux autres, en portant le verre à leurs lèvres.

Alexandre toussa un peu, car le schnaps lui écorcha le gosier.

— Sois prudent, l'avisa Amadéus. Ne bois que de petites gorgées.

Le garçon but encore un peu, puis regarda dans son verre.

— C'est étrange, je sens comme de la chaleur, dit-il en humant l'arôme qui s'en dégageait.

C'est bon. Il s'y trempa encore les lèvres, puis leva de nouveau son verre.

— À Anushka, répéta-t-il et, sans mot dire, il avala le reste.

— Alexandre! dit Amadéus en riant. Pas comme cela.

— Tu te sens mieux? demanda Zeleyev.

Alexandre réfléchit un instant, se passa la langue sur les lèvres, puis répondit :

— Un peu!

— Je t'en verse encore ! poursuivit le Russe, en se levant pour aller chercher la bouteille.

— Ça va le rendre saoul, intervint Amadéus. Ou malade.

— Mais non ! affirma Alexandre.

Ses joues étaient moins pâles, mais l'anxiété se lisait encore dans ses yeux.

— S'il vous plaît, Konstantin, encore un petit peu.

— Tu devrais essayer la vodka, répondit Zeleyev en souriant.

— Non ! répliqua Amadéus d'une voix ferme.

Au souper, les deux hommes burent de la bière tandis qu'Alexandre se contenta d'un verre d'eau. Plus tard, dans la nuit, Amadéus se réveilla et, apercevant de la lumière, descendit pour trouver son fils, assis par terre, un verre de brandy à la main.

— Nom de Dieu ! que fais-tu là ?

— D'après vous ? répondit le garçon d'une voix légèrement pâteuse.

Amadéus lui enleva le verre et lui demanda brusquement :

— Combien de verres as-tu bu ?

— Quelques-uns !

— Pourquoi ?

— Je n'arrivais pas à dormir.

— Ce n'est pas une solution, lui répondit-il, inquiet. Tu aurais dû me réveiller. L'alcool n'est pas bon pour toi.

— Vous m'avez dit que cela me ferait du bien, répliqua Alexandre, l'air sombre.

— Un verre, après l'enterrement d'Anushka. Même le second était une erreur. Et je ne t'ai jamais permis de boire du *Branntwein*.

— Au début, ça m'a écorché la gorge encore plus que le schnaps, mais j'aime ça.

— Ça peut te rendre malade. Tu es beaucoup trop jeune.

— Qu'est-ce que ça peut bien vous faire ?

Pour la première fois depuis son arrivée, Alexandre montrait du ressentiment.

— Mais bien sûr que je me fais du souci pour toi.

— Depuis quand ?

Amadéus ne sut que répondre.

— Va au lit.

— Laissez-moi finir mon verre avant.

L'alcool qu'il avait ingurgité le rendait insolent.

— Fais ce que ton père te demande, Alexei.

Amadéus et Alexandre se retournèrent et virent Zeleyev, au pied de l'escalier. Même avec l'écharpe qui soutenait son bras gauche, il avait l'air élégant dans sa robe de chambre de soie.

— Va au lit, reprit-il d'une voix douce.

Le garçon, rouge de honte, se releva et se dirigea en titubant vers l'escalier qui menait à sa chambre.

— Ne te fais pas trop de souci, confia-t-il ensuite à Amadéus. Il aura probablement la gueule de bois demain matin et il ne recommencera pas de sitôt.

Les prédictions de Zeleyev se confirmèrent. Alexandre se leva avec un mal de tête lancinant et il avait retrouvé ses bonnes manières. Il s'excusa avec profusion et sincérité, autant à Amadéus qu'à Zeleyev. Lorsqu'ils se retrouvèrent sur le quai de la gare de Davos Dorf, le lendemain, il s'exprima avec beaucoup de chaleur :

— Je suis désolé pour Anushka, dit-il en tendant la main à son père.

Amadéus n'hésita qu'un instant, puis enlaça son fils et l'embrassa. Ses yeux s'emplirent de larmes de gratitude lorsque son fils lui rendit son étreinte.

— Je te prie de remercier encore ta mère pour t'avoir permis de me rendre visite, lui répéta-t-il d'une voix émue. Je lui écrirai pour la remercier moi-même, bien entendu.

— J'aimerais que vous m'écriviez aussi, demanda Alexandre.

— Je serai très heureux de le faire, si c'est ton désir.

— Oh oui ! Rien ne me ferait plus plaisir.

Puis, se tournant vers Zeleyev, Alexandre poursuivit :

— Merci à vous aussi, Konstantin. Je suis vraiment désolé pour votre poignet — j'espère qu'il guérira bientôt.

— Encore quelques semaines et je suis sûr que tout sera normal.

Zeleyev le serra à son tour contre son buste et il reprit, ses yeux verts brillant de malice :

— Ton père croit que j'ai eu une mauvaise influence sur toi l'autre soir.

— Et c'est vrai, enchaîna Amadéus.

— Je vous prie de m'excuser, Papi, si j'ai pu vous être désagréable.

— Tout cela est déjà oublié.

Le train entra dans la gare en sifflant, s'arrêta brièvement, puis repartit aussitôt. Ils se firent signe de la main, Zeleyev avait sorti un grand mouchoir blanc qu'il agitait en signe d'adieu. Le train disparut bientôt et Zeleyev se retourna vers Amadéus. Il s'attendait à voir de la tristesse sur le visage de son ami, il y vit au contraire de la joie. Amadéus rayonnait. Son fils venait de l'appeler Papi pour la première fois depuis sept longues années.

Éternité fut terminée deux années plus tard, en 1931, à l'automne. Il leur avait fallu cinq ans. À la fin, ils avaient travaillé plus lentement : car d'une part, le travail demandait une extrême minutie et d'autre part, ils savaient qu'une fois la sculpture terminée, ils n'auraient plus de raison de vivre ensemble. En dépit des différences qui les séparaient et des conflits qui avaient jeté des étincelles dans l'atelier et la maison, les deux hommes s'appréciaient beaucoup, finalement. C'est surtout Amadéus qui appréhendait ce moment ; il avait peur de la solitude qui assombrirait de nouveau sa vie.

Éternité dépassait à peine trente-cinq centimètres et Zeleyev soupçonnait que si Fabergé avait daigné poser son regard sur la sculpture, il l'aurait dédaignée car elle ne répondait sûrement pas à ses critères extrêmement élevés. Malgré cela, Konstantin Ivanovitch Zeleyev n'avait jamais ressenti une fierté et une satisfaction aussi intenses. Il était convaincu qu'*Éternité* était exactement ce dont il avait rêvé : une œuvre d'art, fabriquée entièrement à la main avec des matériaux sans prix, créée avec passion, génie et avec une exceptionnelle patience.

— Et maintenant ? demanda Zeleyev, le lendemain du dernier polissage, après qu'ils étaient tombés endormis dans leur fauteuil, épuisés.

— Je ne sais pas.

Amadéus se sentait vidé de toute énergie.

— Et toi ? Qu'est-ce que tu vas faire ?

— Je n'ai plus rien à faire ici, répondit Zeleyev en haussant les épaules.

— Genève ?

— Non, je pense que j'irai à Paris.

Puis, après une pause, il reprit :

— C'est de Paris dont j'ai besoin en ce moment. Tu pourrais venir avec moi, ajouta-t-il après une seconde pause.

— Je ne pense pas, répondit Amadéus en souriant.

— Tu resteras ici, alors ?

— Je n'ai pas d'autre endroit.

Ils demeuraient étrangers l'un à l'autre, n'ayant pratiquement rien en commun, poussés l'un vers l'autre par amour pour Irina et par cet objectif commun. Leur rêve réalisé, les sujets de désaccord surgissaient de nouveau, au point où ils en ressentaient un certain malaise. Pourtant, aucun d'eux ne souhaitait blesser l'autre. Leur attachement demeurerait, même longtemps après leur séparation.

— Et qu'en feras-tu ?

— Ce que je ferai d'*Éternité* ? Rien ! répondit Amadéus en secouant la tête.

Zeleyev s'avança sur sa chaise, le regard brillant.

— C'est une grande œuvre, une pièce unique.

— C'est ce que je crois aussi.

— Toutes les grandes œuvres d'art doivent être montrées, mon ami.

— Toutes les œuvres créées dans ce but doivent être exposées au public... Mais mon objectif a toujours été de créer une sculpture représentant la cascade d'Irina comme un monument à sa mémoire. Je voulais utiliser le legs qu'elle m'a fait pour cela et, grâce à toi, c'est ce que nous avons fait. Je ne veux pas que quiconque la voie, sauf mon fils. J'aimerais que mon fils voie cette sculpture, qu'il comprenne notre travail.

Zeleyev demeura silencieux pendant un moment, puis il demanda :

— Me permettrais-tu de l'apporter à Paris avec moi ?

— Non.

Amadéus, secouant de nouveau la tête, reprit :

— Je veux qu'elle demeure ici. Cette sculpture n'a de raison d'être qu'ici. Je suis désolé, Konstantin.

— Alors, nous devrions l'apporter à Genève, ou à Zurich si tu préfères. Je sais que les joyaux et l'or t'appartiennent, mon ami, mais tu admettras, n'est-ce pas, que cette création est en grande partie la mienne. Comme artiste, je veux que mon travail soit vu et admiré.

La tension était devenue très lourde dans la pièce. Un véritable fossé venait de se creuser entre eux. Amadéus avait cru que Zeleyev comprenait ses objectifs personnels. La perfection finalement atteinte dans la sculpture n'avait, pour lui, rien à voir avec sa valeur, ni même avec une possible reconnaissance de leur talent et de leur habileté.

— Konstantin, je croyais que tu avais compris ce que je ressens depuis le tout début, à propos d'*Éternité*.

D'une voix douce, il essaya de nouveau de s'expliquer :

— Je croyais que tu m'avais compris. Je voulais créer un objet intime exprimant mon amour pour Irina. Un monument privé.

L'autre homme se leva et il répliqua d'une voix où pointait une froideur inhabituelle :

— J'avais compris. Mais cette œuvre a pris cinq années de ma vie, comme de la tienne, mon ami. Moi aussi, j'y ai mis toute mon énergie créatrice, toute mon âme.

Amadéus le regarda longuement, puis demanda :

— Qu'attends-tu de moi ?

— Oh ! Très peu. Cette sculpture est sans aucun doute mon œuvre la plus belle et celle que j'ai le mieux réussie. Je crois aussi que c'est le plus merveilleux objet de fantaisie jamais créé depuis la mort de la Maison Fabergé.

Pendant un moment, il caressa sa moustache rousse et son regard se fit vague.

— Je voudrais que quelqu'un, un seul individu si tu ne me permets pas plus, examine cette sculpture et donne son opinion. Mais je voudrais que ce soit un expert en la matière.

— Qu'il donne son opinion sur quoi? Sur son prix?

— Pas en terme d'argent, mon ami. En terme d'excellence.

Le regard et la voix de Zeleyev se firent implorants.

— C'est tout ce que je te demande, est-ce trop?

Amadéus réfléchit longuement, puis il reprit :

— Non. Mais à une condition.

— Qui est?

— L'anonymat, répliqua-t-il, en regardant intensément le Russe. Tu peux apporter *Éternité*, comme tu l'as dit, à cet expert et la lui montrer. Mais tu ne dois jamais mentionner mon nom, ni celui d'Irina. Il ne doit y avoir aucun lien explicite avec les joyaux Malinskaya.

Une pointe d'ironie traversa les yeux verts de l'autre.

— Est-ce que je peux signaler mon — intérêt — dans sa création?

— Mais bien sûr! Si ton expert te laissait sous-entendre sa valeur éventuelle, je ne veux pas le savoir.

Il lui tendit la main.

— Sommes-nous bien d'accord?

La main de Zeleyev enserra la sienne.

— Complètement. Et je te remercie.

— Tu n'as pas à me remercier, Konstantin.

L'expression du Russe retrouva tout son charme et son élégance désabusée.

— Tu n'as jamais dit si vrai et, quoique tu sembles en douter, je te comprends, Amadéus Gabriel.

Une semaine plus tard, Zeleyev quitta la maison pour se

rendre en un endroit dont il ne révéla pas le nom afin d'y rencontrer un expert dont il cacha également l'identité, la sculpture emballée amoureusement et avec précaution dans la plus petite de ses malles de cuir.

— Je ne la quitterai pas des yeux, assura-t-il à Amadéus. Et je serai de retour dans moins d'une semaine, je le jure. Me fais-tu confiance ? demanda-t-il en souriant.

— Complètement.

— Bien des gens considéreraient que c'est de la folie, mon ami.

— Peu m'importe ce qu'ils pourraient en dire, je te fais confiance.

Amadéus regarda calmement le Russe.

— Comme je crois que tu ne t'enivreras pas pendant qu'elle est sous ta responsabilité, parce que je sais qu'elle est aussi importante pour toi que pour moi.

Zeleyev revint six jours plus tard.

Amadéus le regarda gentiment, l'air interrogatif.

— Tu veux savoir ?

— Je veux seulement savoir si tu es satisfait, Konstantin Ivanovitch.

Amadéus scruta le visage de son ami, y cherchant autant le soulagement que la déception, mais ce dernier ne laissa rien transparaître.

— Tu aurais dû être un joueur. Ta façon de masquer tes sentiments t'aurait permis de faire fortune au poker.

— C'est bien connu dans certains milieux.

— Es-tu satisfait ? lui demanda de nouveau Amadéus.

— Merci, mon ami, lui répondit un Zeleyev souriant.

Il resta à Davos encore un mois, en partie parce qu'Alexandre devait leur rendre de nouveau visite à la mi-mai. Il était revenu à deux reprises depuis cet hiver de 1929 et, à chaque fois, même si son père et Zeleyev travaillaient assidûment à la sculpture, ils ne lui avaient même pas permis le moindre coup d'œil sur l'état de leur œuvre, pas plus qu'ils ne lui avaient donné la moindre explication sur ce qu'ils essayaient de créer.

Alexandre avait maintenant seize ans et, bien que de la même taille que son père, il était beaucoup plus mince. La douceur des traits de son visage avenant rappelait cependant beaucoup plus Hildegarde qu'Amadéus.

— C'est terminé, n'est-ce pas ? demanda-t-il, dès son arrivée.

— Comment le sais-tu ? questionna son père.

— C'est l'atmosphère qui règne dans la maison — elle est différente. Tout semble plus calme.

— Est-ce qu'on la lui montre ? demanda Amadéus, en regardant Zeleyev.

— C'est ton privilège.

— Papi ? Puis se retournant vers l'autre homme, il continua : Konstantin, vous ne voudriez pas me la montrer ?

— S'il n'en tenait qu'à moi, je la montrerais au monde entier, répliqua Zeleyev en riant.

— Qu'attendez-vous, alors ?

— Viens, lui dit son père, en lui jetant un regard plein de tendresse.

La sculpture était recouverte d'une toile et était posée sur la table au centre de l'atelier construit à l'arrière de la maison. Lorsque Amadéus la découvrit, les genoux subitement vacillants et les mains tremblantes, Alexandre la fixa des yeux, clignant à peine des paupières. Pendant de longues minutes, il resta immobile, puis il se déplaça lentement autour de la table, examinant l'œuvre d'art sous tous ses angles, s'en pénétrant complètement.

Personne ne souffla mot, mais après un moment, Zeleyev s'approcha silencieusement de la table et montra à Alexandre trois joyaux montés sur charnière sous lesquels des initiales étaient gravées : les siennes sous un saphir taillé en forme de rose placé sur le rebord rocailleux en or *samorodok* rugueux ; celles d'Amadéus sous une émeraude de Russie de l'autre côté de la cascade en émail et en filigrane, avec ses minces aiguilles de

cristal de roche dont la pointe aiguë se terminait par de minuscules diamants taillés en rose; et enfin, les initiales d'Irina
Valentinovna Malinskaya, placées sous l'énorme diamant jaune
qui brillait, tel un soleil, au sommet de la cascade.

Ne pouvant plus attendre, Amadéus demanda :

— Qu'en penses-tu?

Alexandre continuait de contempler la sculpture, ne
pouvant en détacher les yeux.

— Je suis ébahi, murmura-t-il, je n'ai jamais rien vu de
pareil.

— C'est ce que j'ai dit à ton père, c'est une œuvre tout à
fait unique, reprit Zeleyev, à mi-voix.

— C'est... extraordinaire... c'est la chose la plus belle que
j'ai jamais vue.

Prudemment, il avança lentement la main pour l'effleurer
de ses doigts.

Regardant Amadéus dont le visage exprimait une intense
émotion, Zeleyev lui dit :

— Tu peux la toucher. Elle s'appelle *Éternité*.

Alexandre effleurait le diamant jaune de son index droit
lorsqu'il se retourna vers son père et demanda :

— C'est pour elle? Papi?

Amadéus s'approcha de son fils et lui répondit :

— Viens, je te raconterai.

Ils sortirent seuls et marchèrent vers la cascade qui
resplendissait sous les feux du soleil couchant. Avec tact,
Zeleyev avait prétendu avoir besoin de repos.

— C'est glorieux, s'exclama Alexandre devant la vue qui
s'ouvrait devant lui. Je peux comprendre pourquoi elle aimait
tant cette cascade. Mais votre cascade est encore plus belle d'une
autre façon.

— C'est vrai.

— Je n'ai jamais su que vous aimiez autant cette femme.
Vous ne me disiez que si peu de choses sur vous et Mami niait
jusqu'à son existence.

— Tu ne peux pas l'en blâmer.

— Non.

Ils furent silencieux un instant, puis Alexandre reprit :

— Cette sculpture doit avoir beaucoup...

Il se tut avant de terminer sa phrase.

— De valeur ? enchaîna Amadéus, complétant sa pensée. Je crois que oui.

— Ça ne vous intéresse pas du tout, n'est-ce pas, Papi ?

— Est-ce que je devrais ?

— Je ne sais pas.

— Beaucoup de fils auraient bien vite eu une opinion là-dessus.

Le regard d'Amadéus se perdit dans le flot déferlant jusqu'à ses pieds.

— Ta mère pourrait aussi avoir son idée, mais pour préserver tes intérêts, pas les siens.

— Mère ne voudrait même pas en connaître l'existence, répliqua Alexandre en rougissant un peu.

— Bien entendu, tu as raison, acquiesça Amadéus.

Ils se remirent en marche, suivant le sentier herbeux qui les ramenait à la maison dans l'air doux du printemps. C'était une petite prairie où fleurissaient les marguerites, les orchidées sauvages brillaient étrangement dans le crépuscule rosé et un couple d'écureuils roux gambadaient joyeusement au-devant d'eux.

— Konstantin aimerait qu'*Éternité* soit exposée au public, dit Amadéus.

— Je le comprends.

— Crois-tu que je sois injuste en lui refusant cela ?

Alexandre secoua la tête et répondit :

— Cette sculpture n'existe que parce que vous l'avez voulu, père.

— Je ne l'aurais jamais terminée sans lui. Je pouvais en rêver, mais il a fallu que Konstantin y apporte son génie pour qu'elle prenne vie.

Après un soupir, Amadéus reprit :

— Et malgré cela, je ne peux accéder à sa demande.

Prenant le bras de son père, Alexandre affirma :

— Mais c'est votre droit.

Une semaine après qu'Alexandre fut retourné à Zurich, Zeleyev quitta Davos. La veille de son départ, Amadéus lui donna un rubis cabochon et deux diamants taillés en brillants, ce qui constituait la moitié de ce qui restait de la collection Malinskaya.

— Tu es fou ! s'exclama Zeleyev.

— Ça fait des années que tu me répètes ça !

— Tu pourrais être immensément riche et tu donnes le peu qu'il te reste !

— J'ai ce qu'il me faut.

Zeleyev haussa les épaules.

— Et Alexandre ? En as-tu discuté avec lui ? Lui as-tu dit ce que tu avais l'intention de faire avec le reste des joyaux ?

— La mère d'Alexandre a plus d'argent qu'elle peut en dépenser, même si elle vivait mille ans. Alexandre n'a rien à craindre de ce côté.

— Le droit d'aînesse ne se mesure pas en argent, mon ami. Il n'a que faire de ces pierres précieuses, bien entendu, mais j'ai vu son regard s'enflammer à la vue de notre sculpture.

Amadéus secoua la tête et répliqua :

— Alexandre comprend parfaitement mon sentiment vis-à-vis d'*Éternité*.

— Ce qui ne signifie pas qu'il le partage. Souviens-toi qu'il est autant le fils d'Hildegarde que le tien.

— Que veux-tu me dire, Konstantin ? Alexandre voudrait s'approprier notre jolie petite cascade lorsque je serai mort ? Mais j'en suis très heureux.

— Il ne sera peut-être pas le seul, poursuivit Zeleyev d'une voix douce. Il y aura toujours des gens fascinés par la beauté et par les œuvres d'art sans prix, et qui voudront les posséder.

Amadéus releva la tête abruptement et le regarda

durement :

— M'as-tu trahi quand tu as emmené *Éternité*? Tu m'avais promis l'anonymat.

— Et j'ai tenu parole.

— Alors tes prédictions ne veulent rien dire. Je me fiche totalement de ce qui peut arriver à mes biens après ma mort, y compris *Éternité*. Ce qui m'importe, c'est la signification de cette sculpture maintenant et cela me suffit.

Ils demeurèrent silencieux et Amadéus, jetant un regard circulaire dans la pièce, remarqua tous les vides laissés par les biens de Zeleyev mis dans des boîtes qui l'attendaient à la gare.

Lisant dans ses pensées, Zeleyev lui demanda :

— Vas-tu te sentir seul après mon départ ?

— Bien sûr, affirma Amadéus d'une voix qui avait repris toute sa douceur coutumière. Lorsque Irina m'a quitté, je croyais que ma vie était terminée. Son legs, puis ta générosité, m'ont ramené parmi les vivants et je vous en serai éternellement reconnaissant.

— Ce furent des années merveilleuses, dit Zeleyev, des larmes au coin des yeux. Des années hors du temps, hors de la dureté du monde réel.

— Tu reviendras.

— Oui, mais ce ne sera jamais plus pareil.

Le lendemain, avant de partir pour la gare, les deux hommes allèrent de nouveau admirer la sculpture. Ils avaient démantelé l'atelier, puisqu'il n'avait plus raison d'être et ils l'avaient reconverti en écurie, avec un grenier à foin.

C'est dans ce fenil qu'ils avaient décidé de cacher leur trésor, dans une niche creusée spécialement dans l'un des murs et camouflée derrière un tas de meules de foin. Ils avaient montré la cachette à Alexandre avant son départ et personne, en dehors de Zeleyev, d'Amadéus et de son fils, n'en connaîtrait l'existence.

Personne avant Maggy.

Chapitre 4

Elle naquit de l'union d'Alexandre et d'Émilie, le septième jour de décembre 1939, trois mois après la mobilisation générale de l'armée suisse et dix mois après le mariage de ses parents réunissant les deux familles voisines de l'Aurora Strasse. Les Huber possédaient une imprimerie renommée et une maison imposante, quoique plus petite que celle des Gründli. Mais la fortune considérable des Huber, bien que moins importante que celle des Gründli, était de toute façon trop récente pour pouvoir en tenir compte sérieusement. Émilie avait deux frères, destinés à diriger des compagnies appartenant aux Huber, de sorte qu'Émilie devait faire un mariage avantageux pour la famille. Hildegarde était très sensible à la mésalliance que ce mariage représentait, mais elle était aussi très consciente des faiblesses de son fils qui interdisaient toute union avec l'une des grandes familles de Zurich.

Alexandre buvait trop. C'était un jeune homme charmant, attrayant, et son sourire gagnait tous les cœurs ; il avait toujours été un fils modèle. Mais, au cours des neuf dernières années, il avait passé trop de temps avec son père au gré d'Hildegarde, ce *schwarzes Schaf* — le mouton noir des Gründli — ; Alexandre admirait et respectait Amadéus, un homme qui pourtant ne méritait ni respect ni admiration, et cela mettait Hildegarde profondément mal à l'aise. Malgré son irresponsabilité et son égoïsme, Amadéus avait une grande force de caractère et une personnalité marquante. Alexandre Gabriel était d'une tout autre étoffe, c'était un être faible et il buvait beaucoup trop.

Tout au début de son mariage avec Émilie et au cours des premières années qui suivirent la naissance de Magdalen, la vie au foyer et le travail à la banque Gründli allaient permettre à Alexandre une certaine stabilité. Le couple avait, bien entendu, élu domicile dans la Maison Gründli. Rien d'autre n'avait été envisagé, même par Émilie, qui s'entendit tout de suite à merveille avec sa belle-mère. Alexandre fit son service militaire par intermittence : de 1939 à la fin de la guerre en Europe, Alexandre fut mobilisé puis démobilisé à de nombreuses reprises. Cela l'empêcha de trop s'ennuyer. Quand il se retrouvait assis en sécurité dans son fauteuil à la banque, il faisait des efforts considérables pour garder une certaine sobriété contraire à sa nature. Car il était conscient d'être l'un des rares privilégiés comblés par la vie. Il aimait sa femme, une jolie fille blonde, surtout lorsqu'elle le laissait tranquille. Et surtout, il adorait leur Maggy, avec ses masses de boucles dorées et rebelles et ses yeux émerveillés qui changeaient selon l'éclairage, d'après son grand-père, prenant parfois la couleur du lapis-lazuli et parfois celle d'une turquoise perse.

— Elle est la lumière de ma vie, confia Alexandre à Amadéus, lors d'une visite au Dischmatal ; Magdalen était alors âgée de quatre ans.

— Pas seulement de la tienne.

Amadéus regardait sa petite-fille occupée à démanteler sa bibliothèque, se retournant occasionnellement pour leur lancer des sourires désarmants.

Ils venaient aussi souvent que possible, compte tenu des circonstances. Même si Hildegarde se gardait de faire des commentaires. Émilie avait vite compris les sentiments de sa belle-mère et avait refusé dès le début d'accompagner son mari et sa fille, demeurant ostensiblement à Zurich. Elle se plaignait lorsqu'ils revenaient à la maison en montrant un peu trop, à son gré, leur bonne humeur et leur gaieté. Davos s'était considérablement développée au cours des dix dernières années comme lieu de sports d'hiver. Il y avait eu l'inauguration du Parsennbahn, un remonte-pente sur le Strela. Puis, un engin appelé le Holzbügel-Skilift, qui permettait aux skieurs d'attraper des barres de bois et de métal attachées à un câble d'acier et d'être tirés jusqu'en haut de la montagne sur leurs skis, avait attiré dans la ville un tout autre genre de skieurs qu'autrefois, où seuls des amateurs enthousiastes et endurcis comme Amadéus s'y retrouvaient.

Maggy appréciait de plus en plus les fins de semaine et les vacances à Davos. C'étaient des moments privilégiés, partagés uniquement entre son père et Opi puisque, même si Rudolph, son frère né en 1942, exactement trois mois, jour pour jour avant son troisième anniversaire, était assez âgé pour les accompagner, Maggy et Alexandre continuaient d'aller seuls à la montagne.

Zurich avait été bombardée accidentellement à quelques reprises, principalement à cause du black-out. La loi suisse obligeait Alexandre et Maximilien, le maître d'hôtel, à porter une carabine et quarante-huit cartouches de munitions où qu'ils aillent. Malgré cela, la vie dans la cité demeurait très confortable et impeccablement ordonnée. Maggy dormait entre des draps de soie et, si on oubliait les lourds stores pour le black-out, sa chambre était très agréablement décorée en rose pâle. Lorsqu'elle fut plus âgée, une femme de chambre continua de l'aider à sortir de la baignoire en lui tendant une chaude serviette turque brodée à ses initiales. Les repas familiaux étaient servis par Maximilien, sur des plateaux d'argent, dans la grande *Speisezimmer*. En temps de paix, il était aussi le chauffeur, conduisant Hildegarde dans son Hispano-Suiza et Alexandre dans sa Mercedes-Benz. Mais pendant la guerre, à cause du rationnement d'essence, les voitures privées étaient interdites.

On enseigna à Maggy — ce qui ne signifia pas pour autant qu'elle apprit — à coudre, broder, tricoter et savoir se tenir comme une dame en toutes circonstances. « Savoir se tenir comme une dame » signifiait qu'elle devait toujours porter un mouchoir propre et fraîchement repassé, mais qu'elle ne devait l'utiliser qu'en cas d'absolue nécessité, qu'elle ne devait jamais donner son opinion, ni même ouvrir la bouche à moins d'être questionnée et qu'elle ne devait jamais courir dans un endroit public et, naturellement, qu'elle ne devait jamais chanter, sauf à l'église.

Là-haut sur la montagne, la maison de son grand-père était chauffée par un poêle à bois et Maggy dormait sous une simple couette de coton et de plume d'oie et, lorsque la neige arrivait, on ajoutait sur son lit une couverture de laine rugueuse. Amadéus, son père et elle, mangeaient de simples mais délicieux repas : ragoûts de bœuf, saucisses grillées avec du *Böleschwäizi*, un plat à base d'oignons frits servis dans une sauce légère, ou encore de la raclette, que l'on faisait en suspendant du fromage au-dessus du feu avec une grosse fourchette, puis en le laissant fondre et s'égoutter dans des assiettes de métal. Son grand-père lui permettait de lécher la mousse qui couronnait son verre de bière et il l'encourageait à chanter à pleins poumons, pour les remplir d'air pur. Il la laissait courir, lui enseignait à skier, à patiner et il lui inculqua même des rudiments d'alpinisme. Là-haut, la vie était toujours joyeuse et semblait infiniment plus stimulante qu'en bas, à Zurich.

Tout cela prit fin une nuit de 1947. En une seule nuit, en quelques heures même, tout ce que Maggy aimait fut détruit à jamais.

Elle avait sept ans et son frère, Rudi, n'en avait pas encore cinq. La guerre était terminée depuis deux ans. Alexandre et Émilie Gabriel, mariés depuis huit ans, étaient loin d'être aussi satisfaits de leur vie commune qu'ils l'avaient espéré. À vingt-neuf ans, Émilie était une femme pétillante et encore très jolie. En compagnie d'hommes, elle pouvait être douce et enjouée, mais elle ne se donnait pas autant de peine avec les autres femmes. Elle aimait et respectait Hildegarde, mais elle était souvent impatiente et d'une trop grande sévérité avec Maggy. À travers sa vision étroite du monde, son propre mari la décevait beaucoup, mais Rudi était un mâle et donc plus digne d'intérêt. Alexandre et elle se disputaient souvent à propos de leurs enfants, comme à propos de tout et, particulièrement de la banque. Comme son père avant lui, Alexandre trouvait son travail monotone et peu propice à son épanouissement personnel. Mais, contrairement à Amadéus qui avait eu le courage de partir, Alexandre Gabriel était faible et manquait de ténacité et de conviction.

Alexandre cherchait de plus en plus les moyens de s'évader, de fuir sa femme et sa mère. Il y avait d'abord les pages des romans américains légers et, chaque fois que c'était possible, il partait à Davos. Mais le plus souvent, il se réconfortait dans les buvettes de Zurich, ou dans les bras de prostituées, infiniment plus expérimentées et plus inventives qu'Émilie. Il se mit à fréquenter des bars de plus en plus sordides puis, à consommer de la drogue. Il fumait de la marijuana, il couchait à droite et à gauche, il buvait du whisky et il mâchait du cannabis dans les arrière-salles de la cité, puis il retournait à la maison, Aurora Strasse, et essayait d'assumer son rôle de fils, de mari et de père. Il devint de moins en moins apte au travail, son agitation et son besoin grandissant de narcotiques, de stimulants et d'hallucinogènes lui enlevant toute concentration. Bientôt, plus rien ne parvint à captiver son attention pour plus de quelques instants, ni ses vieux romans, ni Rudi. Ni même Maggy.

Un samedi soir de juin, Maggy regardait par-dessus la balustrade, en haut de l'escalier du hall d'entrée ; elle vit Frau Kümmerly, la gouvernante, ouvrir à un étranger. C'était un homme roux, à la chevelure lisse et à la moustache bien taillée.

— Herr Gabriel, s'il vous plaît, demanda-t-il en s'inclinant légèrement et en lui tendant sa carte de visite.

— Un instant, s'il vous plaît, répondit Frau Kümmerly, en se dirigeant vers la bibliothèque.

L'étranger leva la tête, vit Maggy et lui sourit. Ses yeux étaient verts et son sourire chaleureux donna l'impression à Maggy que l'homme la reconnaissait, même s'ils ne s'étaient jamais rencontrés.

— Konstantin ! s'exclama Alexandre en accourant dans le hall, les mains tendues.

Maggy se hâta alors de reculer vers sa chambre, au cas où sa mère la surprendrait à écouter les conversations des adultes.

— Alexei ! comment vas-tu ?

— Je suis très heureux de te revoir. Quand es-tu arrivé ? Es-tu allé à Davos voir mon père ?

Maggy revint doucement vers l'escalier, la curiosité l'emportant sur sa peur d'être grondée ; elle savait maintenant qui était cet homme. Son grand-père lui avait si souvent parlé du Russe, de son grand ami, Konstantin Ivanovitch Zeleyev. Même son nom la fascinait. L'homme qu'elle avait sous les yeux n'avait rien du sombre étranger chevelu aux yeux noirs, coiffé d'un chapeau de fourrure, qu'elle s'était imaginé d'après les récits d'Amadéus.

— Je n'y suis pas encore allé. Je pense m'y rendre dans quelques jours. Mais auparavant, je t'invite à dîner si, par chance, tu es libre.

Il regarda de nouveau vers le haut de l'escalier, parfaitement conscient que Maggy était encore là. Elle posa un doigt sur ses lèvres pour lui intimer le silence et, dans un moment de parfaite complicité, il détourna le regard et pivota vers Alexandre.

— Ça peut s'arranger, répondit ce dernier. Je te sers un verre et je vais parler à Émilie.

— Si vous aviez prévu autre chose pour ce soir, alors...

Leurs voix s'estompèrent alors qu'ils pénétraient dans la bibliothèque et qu'ils refermaient la porte derrière eux. Maggy resta sur place, indécise. Elle aurait aimé les suivre et être présentée au Russe. Elle savait que son père n'y verrait aucun inconvénient. Mais sa mère et sa grand-mère n'apprécieraient pas. Même si elle avait souvent risqué des punitions en leur désobéissant, cette fois-ci l'enjeu était de taille car elle ne voulait surtout pas se voir interdire d'accompagner son Papi au Zoo, le lendemain.

Elle fit quelques pas, très lents, en direction de sa chambre. Si elle marchait vraiment très lentement, son père la verrait peut-être lorsqu'il viendrait parler à sa mère. Mais, lorsque enfin, Alexandre monta à l'étage, il avait l'air préoccupé et ne la remarqua même pas. Maggy patienta encore quelques instants, entendit les voix de ses parents s'amplifier, comme lorsqu'ils étaient en colère, puis elle abandonna.

Dix minutes plus tard, la porte de sa chambre s'ouvrit.

— Papi! s'écria-t-elle en s'élançant hors de son lit.

C'était tellement ridicule de continuer à vouloir qu'elle soit au lit, tous les soirs, à dix-huit heures trente, alors que tout le monde savait qu'elle ne pouvait s'endormir avant vingt-deux heures et parfois plus tard. Et le lendemain, elle n'était jamais fatiguée, comme on le lui avait prédit.

— Tu ne dors pas encore, Schätzli?

Alexandre ouvrit les bras et elle courut s'y blottir, sentant le froid de la boucle de son ceinturon sur sa joue.

— Vous sortez, Papi? Avec le Russe?

Il l'éloigna un peu pour voir son visage.

— Toi, tu as écouté en haut de l'escalier?

— Oui, Papi, répondit-elle en souriant, le regard malicieux.

Maggy avait toujours été l'honnêteté même. Et elle serait toujours ouverte et franche avec son père encore plus qu'avec quiconque.

— C'est le Russe d'Opi, n'est-ce pas? Celui qui a vécu chez lui?

— C'est lui.

— Est-ce que je peux descendre et le rencontrer?

— Non, Schätzli, pas ce soir. Tu dois être raisonnable et retourner au lit.

— Où allez-vous?

— Je sors pour dîner et je ne sais pas encore où.

— Est-ce que Mami est fâchée?

Alexandre eut un petit sourire.

— Seulement un peu. Maintenant fais ce qu'on te

demande, Maggy.

Elle remonta sur son lit, son père la borda minutieusement, puis il se pencha pour embrasser son front.

— Fais de beaux rêves.

— Vous viendrez me voir lorsque vous rentrerez ?

— Il sera beaucoup trop tard.

— S'il vous plaît, Papi. Si je sais que vous allez venir, je vous promets de bien dormir, sinon, je resterai éveillée jusqu'à votre retour.

— Mais c'est du chantage, lui dit-il en lui caressant les cheveux.

Puis il l'embrassa de nouveau et continua :

— Je viendrai t'embrasser en arrivant, mais seulement si tu dors très bientôt.

— C'est promis.

Ils montèrent dans le taxi que Zeleyev avait fait attendre, puis empruntèrent les routes abruptes menant au Römerhof, ils tournèrent ensuite vers l'ouest pour traverser le Quaibrücke et se diriger vers le centre-ville.

— Je te suis reconnaissant, Alexei, lui dit le Russe, assis à ses côtés. Est-ce qu'Émilie était très fâchée que j'arrive à l'improviste et que je t'enlève pour la soirée ?

— Pas plus que d'habitude. Nous n'avions rien de prévu, sauf dîner ensemble à la maison. Ma mère est là, elle ne sera donc pas seule.

— Où allons-nous ? s'enquit le chauffeur.

— Le Baur au Lac ? proposa Alexandre. J'ai pensé que nous pourrions commencer au Grill Room et après, nous verrons. Ce sera une soirée inoubliable. Depuis notre dernière rencontre, j'ai trouvé un ou deux endroits qui t'intéresseront.

Zeleyev sourit.

— Tu n'es pas du genre de ceux avec qui on s'ennuie, n'est-ce pas, Alexei ? Tu n'es pas toujours raisonnable, mais j'avoue qu'avec toi on s'ennuie rarement.

D'un ton ironique, Alexandre répliqua :

— Konstantin, la plus grande partie de ma vie est ennuyeuse à mourir. C'est pourquoi j'ai dû trouver les moyens de m'aider à survivre.

À la Maison Gründli, Hildegarde faisait sa ronde quotidienne avant de se retirer pour la nuit. Elle rendit d'abord visite à Rudi, s'assura que le petit garçon dormait gentiment comme d'habitude, posa un baiser sur son front bordé de boucles blondes et referma sans bruit la porte de sa chambre. Puis elle se dirigea vers la chambre de Maggy, située plus loin que celle de la gouvernante de Rudi.

À sa surprise, l'enfant dormait, étendue sur le dos, ses longs cheveux bouclés formant un halo autour de son visage. D'un bras, elle serrait son oreiller et ses couvertures gisaient en désordre au pied de son lit. Hildegarde ressentit un léger pincement au cœur en contemplant le visage angélique de sa petite-fille. Elle regretta que Maggy la considère comme une grand-mère sombre et rigide. Elle était la seule à blâmer, pensa-t-elle, mais elle ne pouvait assouplir ses principes d'ordre et de bonnes manières. Si seulement Magdalen était aussi docile que son petit frère, la vie aurait été d'autant plus facile pour elle et Émilie. Cette dernière n'avait malheureusement aucun talent naturel pour être mère. Dans l'idéal, une mère devait aimer ses enfants en dépit de leurs faiblesses et de leurs défauts. Même si le comportement de Maggy laissait souvent à désirer, elle était généreuse et sa chaleur ainsi que son courage deviendraient plus tard des qualités qui feraient oublier ses écarts de conduite.

Hildegarde présumait que Maggy avait hérité cette chaleur d'Amadéus ; elle se rappelait la véritable amabilité et la tendresse du jeune homme qu'elle avait aimé, il y avait tant d'années. Jamais elle ne lui pardonnerait ce qu'il lui avait fait subir, mais elle était assez honnête pour reconnaître qu'elle aussi avait des torts dans le départ de son mari. Maggy tenait aussi son courage de son grand-père car, bien qu'Émilie soit très tenace, Hildegarde ne croyait pas qu'elle ait jamais eu l'audace et la liberté de pensée de cette jeune enfant. Et malheureusement, il était impensable qu'elle tienne cela de son père.

Elle referma la porte de la chambre de Maggy en soupirant, pensant qu'Alexandre fuyait continuellement les responsabilités et la vie. Il l'avait encore fait ce soir en décidant d'accompagner cet homme, en faisant passer un vague ami de son père avant sa propre épouse. Et Dieu seul savait dans quel état il allait rentrer, si jamais il rentrait avant le petit jour.

— Tu devrais rentrer, dit Zeleyev à Alexandre.
— Pourquoi?
— Ton épouse va t'attendre.
— Émilie? questionna Alexandre en faisant la grimace. Elle est déjà au lit depuis un bon moment. Nous devons tous aller au lit tôt à la maison, tu sais. Ma mère et mon épouse dirigent tout, dans les moindres détails.

Ses yeux étaient injectés de sang et son articulation était imprécise. Ils avaient quitté l'élégance du Baur au Lac pour l'atmosphère détendue du Zeughauskeller, une immense brasserie sur la Bahnhofstrasse, où Alexandre avait ingurgité six chopes de bière pendant que Zeleyev faisait honneur à une demi-bouteille de vodka.

— Tu as au moins une femme dans ton lit. Et je crois qu'elle est assez jolie.

Zeleyev n'avait jamais rencontré la jeune Frau Émilie Gabriel, mais il avait entendu dire qu'elle était très charmante.

Alexandre haussa les épaules.

— Émilie est très belle, en apparence, mais son regard inquisiteur me suit partout.

— Est-elle sensuelle? demanda Zeleyev.

Les pupilles de ses yeux étaient distendues, au point où le vert avait presque disparu, et il était en érection. Il savait que trop d'alcool rendait la plupart des hommes impuissants, mais lui, comme toujours, la vodka avait renforcé sa libido.

— Au début, ce n'était pas si mal.

Alexandre porta sa chope à ses lèvres, la bière dégoulina sur son menton. Puis il reprit:

— Mais, depuis un bon moment, je dois aller voir ailleurs.

— Dans cette ville ? Toujours si collet monté, si raffinée ! répliqua Zeleyev, l'air moqueur.

— Tu en sais autant que moi là-dessus, probablement plus, même. Papi m'a raconté tes exploits, où plutôt tes besoins irrésistibles, continua-t-il après une pause.

— Ton père avait l'habitude de beaucoup s'inquiéter lorsque je me laissais aller à la débauche, répondit le Russe en riant. Ce sont ses propres paroles, pas les miennes, Alexei. Quant à moi, c'est une question de détente.

Alexandre se pencha vers lui et ses traits prirent soudainement des allures lubriques.

— Et ce soir, Konstantin, as-tu besoin de te détendre ?

— J'ai encore plus besoin de détente que de me soulager la vessie.

Sur ces mots, Zeleyev se leva et fit le tour de la salle du regard.

— Peux-tu arranger quelque chose ? demanda-t-il.

— C'est comme si c'était déjà fait.

À la Maison Gründli, à vingt-trois heures trente précises, Émilie déposa son exemplaire du mois de *Die Elegante Welt* sur sa table de chevet, regarda l'horloge posée sur la cheminée, puis éteignit sa lampe avec un soupir.

Deux portes plus loin, Hildegarde faisait une réussite, assise à une table dans le petit salon adjacent à sa chambre. Elle savait l'heure sans regarder l'horloge, puisque, bien malgré elle, elle comptait les minutes depuis plus d'une heure, parfaitement consciente que son fils n'était pas rentré. Ce nouvel écart de conduite l'ennuyait, comme tous les précédents, et elle était inquiète pour Émilie et les enfants. Mais ce soir, il y avait quelque chose d'indéfinissable dans l'air, pour des raisons qu'elle n'aurait pu expliquer. L'angoisse la tenaillait.

Dans la nursery, de l'autre côté du palier, Rudi Gabriel dormait d'un sommeil paisible, propre à son jeune âge. Il n'avait que quatre ans et les gens qui comptaient le plus pour lui, sa mère, sa bonne d'enfants et sa grand-mère, étaient près de lui, à la maison. Il était entouré, autant qu'il pouvait le souhaiter, d'amour, de tendresse, de chaleur et de sécurité.

Dans la petite chambre rose, sa sœur rêvait. Elle dévalait, avec son père, le flanc d'une merveilleuse montagne, recouverte de neige. La neige était épaisse et bruissait doucement sous ses skis qui suivaient les traces laissées par ceux de son père. Elle était aussi experte que n'importe quel adulte, ses mouvements étaient si confiants qu'elle n'avait besoin d'aucune concentration ; c'était encore mieux que de voler, la poussière blanche soulevée par ses skis l'entourant dans un nuage argenté...

— Attends-moi, Papi, lui cria-t-elle, inquiète soudain de voir sa silhouette disparaître derrière un nuage de neige.

— Je ne t'abandonnerai jamais, Schätzli, lui lança-t-il par-dessus son épaule, et Maggy sentit alors toute la profondeur de son amour et elle eut la certitude d'occuper une place privilégiée dans son cœur.

La crainte passagère qu'elle avait éprouvée disparut aussitôt et elle continua son envol, avec son père, vers la vallée, au bas de la montagne.

Zeleyev et Alexandre se trouvaient dans une petite chambre sordide d'une maison décrépie, dans une rue étroite et sombre, près de la Niederdorf-Strasse, parallèle à la rivière Limmat et réputée pour ses bars miteux, ses cafés bohémiens et les personnages louches qu'on y rencontrait. Alexandre prenait de la marijuana ; il était oppressé et conscient de ne plus posséder tous ses moyens, mais l'euphorie momentanée que lui procurait la drogue était exquise. Si seulement cela pouvait durer, pensait-il.

Le Russe tenait une bouteille de vodka pas encore débouchée. Il n'en avait pas encore envie et n'avait pas besoin, lui, de drogues pour fuir ses propres démons. Il avait tout ce qu'il lui fallait, dans sa bouteille et sur le lit. Elle avait environ vingt-cinq ans et son corps reflétait toute la vigueur de sa jeunesse. Elle avait les cheveux bruns, les yeux noisette, les seins lourds et la peau blanche, douce au toucher. Il n'y avait qu'une femme pour eux deux, mais, lorsque les circonstances s'y prêtaient, il avait toujours aimé les parties de plaisir à trois.

— Tu es prêt, Alexei?

— Pas encore, lui répondit l'autre.

Alexandre sortit deux pilules d'une petite enveloppe et, lui tendant la main, demanda :

— Vodka !

— Qu'est-ce que c'est? s'enquit Zeleyev, croyant le jeune Gabriel sur le point de perdre conscience.

Tout ce que son ami avait ingurgité lui revenait maintenant à la mémoire. Avant le dîner, Alexandre avait bu du whisky, du vin rouge, plusieurs chopes de bière et la drogue pour couronner le tout. Il avala les deux comprimés, s'accompagnant d'une large rasade de vodka.

— Que vient-il d'avaler? demanda la jeune femme.

C'était la première fois qu'elle ouvrait la bouche depuis leur arrivée dans la chambre et elle semblait inquiète.

— Je ne veux pas de brutalité.

— Ne crains rien, répliqua Zeleyev.

Son regard n'avait pas quitté Alexandre. Cela lui était égal d'attendre le jeune homme. Son érection était solide comme le roc; son pénis ne lui avait jamais fait défaut. Il boirait encore un peu en regardant Alexandre se déshabiller. Il n'avait pas vu sa nudité depuis la première visite du garçon à Davos, il y avait très longtemps de cela, alors qu'il était entré dans la salle de bains pendant qu'Alexandre se lavait, debout dans la baignoire. Le Russe avait alors été frappé par sa beauté et maintenant, l'anticipation faisait bouillonner le sang qui coulait dans ses veines. Il couchait rarement avec des hommes. Mais ils commenceraient par s'amuser un peu avec la fille, puis prendraient du plaisir ensemble et enfin, il écarterait les cuisses rondes et glabres de la femme pour la baiser et la baiser encore, jusqu'à ce que son cerveau en explose.

Un peu de temps passa. Le visage d'Alexandre se transformait, la léthargie provoquée par l'alcool se dissipait pour laisser place à un éveil et à une vigueur artificiels. Des amphétamines, se dit Zeleyev. Gabriel laissa tomber sa cravate sur le sol et commença à déboutonner sa chemise avec des doigts subitement fébriles.

— Je double mon tarif, dit la femme.

— Ferme-la! répliqua Alexandre, sans élever la voix, et Zeleyev ressentit un puissant surcroît d'excitation à l'idée de la sexualité incontrôlable qui prenait forme chez son ami.

Les pantalons et la culotte d'Alexandre suivirent la chemise et la cravate sur le tapis miteux. Son corps était pâle, quoique pas aussi blanc que le sien, et son pénis était plus petit, mais son engorgement le faisait pointer frénétiquement vers le haut. Le regard de Zeleyev passa de l'homme à la femme. Ses larges mamelons, d'un beige sombre, s'étaient durcis et il constata que, malgré elle, elle avait succombé à une excitation intense.

Une force était à l'œuvre dans la chambre sordide, une folle frénésie s'emparait d'eux et élevait sensiblement la température de leurs corps.

Tous trois étaient maintenant prêts.

Le hurlement réveilla Maggy. Elle reconnut le cri de sa mère, hystérique, brusquement couvert par des voix. La fillette s'assit dans son lit, son cœur cognant dans sa poitrine, l'oreille tendue pour en entendre plus.

Elle se leva et courut à la porte de sa chambre pour écouter. Les voix continuaient, d'homme et de femme, l'une stridente, l'autre assourdie et basse, impossibles à reconnaître ou à identifier. Elle ouvrit sa porte et avança, pieds nus, dans le couloir.

— Magdalen! Que fais-tu là?

Sa grand-mère, vêtue d'une robe de chambre de couleur pêche, ses cheveux blancs retenus dans un filet, s'avançait rapidement vers elle, les bras tendus, pour l'arrêter et la repousser dans sa chambre.

— J'ai entendu un cri, Omi.

— Ce n'était rien, mon enfant.

Le visage d'Hildegarde était blanc comme de la craie.

— C'était maman ? Que se passe-t-il ?

— Ta mère a eu un petit choc, mais tout va bien maintenant et tu dois retourner au lit.

— Est-ce que Papi est ici ? demanda Maggy en s'avançant pour contourner sa grand-mère, mais Hildegarde attrapa fermement son bras.

— Retourne au lit immédiatement ! lui dit-elle d'un ton sans réplique.

Elle essaya de dormir mais en fut incapable. Elle entendit des voix pendant longtemps encore, parfois fortes, mais souvent elle ne percevait que des chuchotements. La curiosité l'emportant, elle retourna sans bruit à sa porte pour constater qu'on l'avait fermée à clef. Elle fut choquée, mais réussit à réprimer le hurlement de protestation qui montait et elle se réfugia sous son édredon, soudain tremblante de peur.

Le bruit d'une automobile la tira du lit, elle courut à la fenêtre, d'où elle essaya de percer les ténèbres. L'Hispano-Suiza de sa grand-mère était dans l'allée circulaire, devant la maison, tous phares allumés. Maximilien, le chauffeur, sortait par la porte principale. Un homme marchait à ses côtés. Dans la demi-obscurité, elle reconnut le Russe, Konstantin Zeleyev, qui grimpait sur le siège arrière et qui refermait lui-même sa portière avant que Maximilien, déjà installé au volant, ne fasse démarrer la voiture.

Elle conclut que son père et l'homme aux cheveux roux avaient dû revenir à la maison après avoir bu un peu trop. Elle avait entendu sa mère se plaindre à quelques reprises que son père rentrait tard et qu'il se comportait alors « de façon indigne ». Elle avait d'ailleurs souvent entendu ses parents se disputer à ce propos. Ils se querellaient sur tellement de sujets. Maggy se rappelait les personnages des livres que son père lui lisait, buvant de la bière et du whisky ; cela paraissait normal dans les livres, c'était banal dans la vie des hommes. Maggy n'accordait aucune importance à ce que son père faisait en dehors de la maison, pourvu qu'il y revienne et qu'il continue de l'aimer. Elle espérait maintenant qu'il monte l'escalier, qu'il ouvre légèrement la porte pour voir si elle était endormie, comme il le lui avait promis. Si seulement il pouvait venir la serrer dans ses bras, la réconforter de l'un de ses baisers si doux, elle pourrait se rendormir et demain, tout serait comme à l'accoutumée.

Il ne vint pas. Maggy sommeilla un moment, par intermittence, se réveillant de temps à autre en entendant toute cette agitation dans la maison. Il y avait des pas devant sa porte, dans l'escalier, sur le parquet du hall d'entrée. Puis des voix murmurantes, aussi la voix de sa grand-mère, plus forte, comme si elle parlait au téléphone. Elle entendit sa mère, clairement, ensuite, c'était la voix de son père et, lorsqu'elle regarda l'horloge, elle constata qu'il était près de cinq heures et la peur revint la tenailler. Pourquoi son père n'était-il pas venu la voir comme il l'avait promis ? Mami disait parfois qu'on ne pouvait pas se fier à ses promesses, mais son père n'avait jamais trahi sa confiance. Il était si solide et si vrai, il l'aimait plus que quiconque au monde — plus que Mami, plus même que Rudi — et elle l'adorait. Mais cette nuit, il n'était pas venu la voir à son retour.

Elle essaya de nouveau d'ouvrir la porte. Comme elle était encore verrouillée, elle se mit à marteler les panneaux de chêne avec ses poings. Personne ne vint. La colère et la frustration la gagnèrent et elle cogna de plus belle la porte de ses petits poings serrés, les larmes mouillant ses joues. Sous la porte, elle pouvait voir que toutes les lumières étaient allumées dans la maison. Elle pouvait les entendre, tout près, aller de-ci de-là, se hâtant et l'ignorant.

Puis, tout juste après l'aube, l'Hispano-Suiza revint et Maggy se précipita à la fenêtre. Maximilien descendit de la voiture, éteignit les phares, mais laissa le moteur en marche. Il entra dans la maison, pour en ressortir, quelques instants plus tard, accompagné d'Alexandre.

Les yeux de Maggy s'ouvrirent bien grand. Papi s'appuyait pesamment sur le chauffeur qui lui tenait le bras d'une main et transportait une lourde valise de l'autre. Maggy ne pouvait voir le visage de son père, mais à ce moment, Émilie et Hildegarde sortirent de sous la porte cochère et les lumières vives du hall les éclairèrent. Elles portaient d'élégants tailleurs noirs. Cela rappelait à Maggy le jour où elles s'étaient rendues aux funérailles de son grand-père — le père d'Émilie. Elles avaient le même air, rigide et solennel, et sa mère tenait un mouchoir devant sa bouche.

N'y tenant plus, Maggy secoua la poignée et réussit à ouvrir la lourde fenêtre.

— Papi, appela-t-elle.

Alexandre se retourna et la regarda. Il avait le teint cendreux, hagard, et même dans la lumière blafarde de l'aube, Maggy vit que ses yeux bleus étaient baignés de larmes. Il ne lui répondit pas.

— Papi, qu'y a-t-il?

Maximilien le tira vers la voiture. Alexandre se retourna vers sa femme et lui dit quelque chose que Maggy ne put entendre. Les deux femmes demeurèrent de glace, implacables, sans pitié. Maggy se sentit désespérée. Son père la quittait, on le lui enlevait. Elle eut soudainement l'affreuse prémonition qu'elle pourrait ne jamais le revoir.

— Non! s'écria-t-elle.

Tant bien que mal, elle réussit à grimper sur le large rebord de pierre de la fenêtre.

— Mami! Qu'est-ce qui se passe? Je veux savoir!

— Magdalen! Descends immédiatement de là! lui lança sévèrement sa grand-mère.

Maggy demeurait debout sur le rebord, paralysée. Puis elle cria:

— Non! Je ne veux pas — je veux Papi! Je veux que vous me laissiez sortir!

Toujours en équilibre dans sa position précaire et se retenant par le cadre de la fenêtre, une légère brise matinale faisant voleter sa robe de nuit, elle ajouta:

— Papi, dites-leur de me laisser sortir!

— Maggy, s'il te plaît...

La voix de son père lui parut étrange et fragile.

— Descends de là, c'est dangereux.

— Mais Papi, je veux vous parler. Je veux...

— Schätzli!

Ce fut tout ce qu'il prononça, mais elle sentit sa peur et, pour lui, uniquement pour lui, elle obéit et redescendit du rebord de la fenêtre, un flot de larmes coulant sur ses joues. Et lorsqu'elle regarda de nouveau par la fenêtre, Alexandre s'asseyait avec difficulté sur la banquette arrière de la voiture alors que Maximilien refermait la portière dans un claquement sinistre, final.

— Papi? s'écria de nouveau Maggy, d'une voix brisée, pendant que le chauffeur plaçait la valise dans l'énorme coffre arrière de la voiture, puis prenait place derrière le volant pour embrayer aussitôt et partir.

Maggy ne comprenait plus rien. Elle continuait de regarder sa mère et sa grand-mère, en bas, mais ces dernières semblaient l'avoir oubliée. Elles se retournèrent, sourdes à ses sanglots, et rentrèrent lentement dans la maison, refermant la lourde porte derrière elles, éteignant les lampes, la laissant seule dans l'aube grise.

Une heure s'écoula encore avant que la clef ne tournât dans la serrure. Frau Kümmerly entra dans la chambre.

— *Müseli*, lui dit-elle gentiment et, voyant son visage baigné de larmes, elle la serra contre sa poitrine.

— Qu'est-il arrivé, Frau Kümmerly?

Maggy tenta de se reculer un peu pour observer le visage de la gouvernante, mais la solide étreinte qui la retenait l'en empêcha.

— Où mon père est-il allé? Pourquoi m'ont-ils enfermée ici?

— Tout doux, mon enfant, lui répondit Frau Kümmerly d'une voix pleine de tendresse, tout en continuant de lui caresser les cheveux. Tout ira bien, continua-t-elle.

— Mais qu'est-ce qui ira bien ?

La gouvernante la relâcha et lui dit :

— Maintenant, il est l'heure de faire votre toilette et de vous habiller pour aller à l'église. Vous vous sentirez beaucoup mieux après un bon petit déjeuner...

— Je ne veux pas de petit déjeuner !

Exaspérée, Maggy la repoussa et courut à l'extérieur de sa chambre. La maison était silencieuse, toutes les autres portes étaient fermées à l'étage. Maggy se précipita vers le bureau de son père et ouvrit vivement la porte. Tout semblait en ordre, comme à l'accoutumée ; les papiers de Papi étaient à leur endroit habituel et un roman à suspense de Chandler gisait ouvert sur la table en noyer ; aucun signe des bouleversements de la nuit. Maggy ressortit en courant et, dépassant la porte de la chambre d'Hildegarde, s'arrêta devant la suite de ses parents. Entendant les sanglots de sa mère, elle tourna la poignée sans frapper.

Émilie Gabriel était assise dans un fauteuil en velours. Elle avait enlevé le costume noir qu'elle portait pour assister au départ de son mari et portait maintenant un négligé en satin eau-du-Nil.

— Maggy ! dit-elle, en apercevant sa fille à la porte et, dans l'un de ses rares élans de tendresse, elle lui tendit les bras. Maggy courut s'y réfugier, recherchant instinctivement le réconfort que lui offrait le sein maternel. Mais le chagrin qu'elle avait vu dans le regard d'Émilie l'effraya plus que tout ce qu'elle avait pu imaginer jusque-là. Les yeux de sa mère étaient rouges et gonflés et le mouchoir qu'elle tenait à la main était détrempé de larmes.

— Mami, que se passe-t-il ?

Baissant les yeux, Maggy vit que le cadre d'argent contenant la photographie de mariage de ses parents reposait, en morceaux, sur le tapis, près du fauteuil de sa mère.

— Où est Papi ?

Le moment d'intimité avait été bref et Émilie fit un mouvement d'impuissance avec ses mains et, du même coup, cessa de tenir sa fille contre sa poitrine.

— Il n'est pas ici et il n'y a rien d'autre à en dire.

Le ton décisif de sa mère redoubla la terreur de Maggy.

— Mais où est-il allé ? Et pourquoi avez-vous crié, Mami ? Je vous ai entendue et j'ai aussi entendu des voix et puis, j'ai vu cet homme...

— Quel homme ?

— L'homme qui a des cheveux roux.

Maggy eut un moment d'hésitation, puis, s'appliquant, elle réussit à prononcer le nom qu'elle avait mémorisé, pensant qu'il s'agissait d'un si joli nom :

— Konstantin Ivanovitch Zeleyev. L'ami de grand-père.

— Depuis quand le connais-tu ? demanda Émilie, d'une voix soudainement beaucoup plus distante.

— Je ne le connais pas, mais Opi m'a beaucoup parlé de lui. C'est un Russe et je l'ai vu arriver, ce soir.

Maggy rougit un peu en s'apercevant qu'elle venait d'avouer avoir espionné les adultes depuis le palier, en haut de l'escalier, mais cela n'avait plus d'importance maintenant.

— Et je l'ai vu repartir avec Maximilien, cette nuit.

Après une pause, elle reprit :

— Pourquoi avez-vous crié, Mami?

Sans lui répondre, Émilie épongea ses yeux avec son mouchoir et dit :

— Va t'habiller maintenant, Maggy.

— Mais je veux savoir... reprit Maggy en regardant sa mère, incrédule.

— Tu « veux ». Une jeune dame ne « veut » pas, Magdalen, répliqua sèchement Émilie, toute sa tendresse avait maintenant disparu. Je désire qu'on me laisse seule. J'ai passé une nuit terrible et je suis épuisée.

— Mais, Papi...

— Je ne veux plus entendre un mot sur ton père. Va et habille-toi. Frau Kümmerly va vous conduire, toi et Rudi, à l'église, ce matin.

— Mais, Papi avait l'air malade et...

— Pas maintenant, Magdalen, cria Émilie, éclatant tout

à coup en sanglots.

L'intensité des sentiments montrés par sa mère alarma Maggy au point qu'elle recula, confuse.

— Je suis désolée, Mami, balbutia-t-elle, subjuguée par une vague de pitié à l'endroit de sa mère.

Elle s'avança de nouveau, voulant la réconforter.

— Ne pleurez plus, je ne voulais que...

— Laisse-moi seule !

La voix d'Émilie la cingla et son visage semblait distordu par un dégoût absolu.

— Va-t-en !

Maggy s'enfuit aussi vite qu'elle le put.

Les explications que Maggy reçut, plus tard, de sa mère et de sa grand-mère, étaient vagues, insatisfaisantes et l'angoissèrent encore plus. La scène se passa un peu avant le déjeuner, pendant que Rudi se trouvait dans sa chambre avec la gouvernante. Les adultes avaient décidé qu'il ne servait à rien de perturber inutilement un enfant de quatre ans. Il était trop jeune pour comprendre et, de toute manière, il s'habituerait à cette situation qu'on jugeait être dans son intérêt.

— Ton père, commença Émilie, en s'adressant à Maggy, a causé un terrible accident du fait de son intempérance.

— Qu'est-ce que c'est intempérance ? demanda Maggy.

— Cela signifie que ton père est un ivrogne.

Émilie était plus calme, maintenant ; quoique les poches sous ses yeux la trahissent, son attitude était redevenue glaciale.

— Comprends-tu ce qu'est un ivrogne ?

— Je suis sûre que oui, intervint rapidement Hildegarde.

Elle aussi semblait autant maîtresse d'elle-même qu'à l'habitude, mais elle était plus pâle et ses larges mains, à la poigne si solide, tremblaient légèrement.

— Tu as été témoin de ses frasques une fois de trop, continua Émilie, d'un ton résigné. Je regrette sincèrement que ton père n'ait jamais montré de véritable considération pour toi et Rudi, pas plus qu'il n'en a montré pour sa femme et pour ta grand-mère. Les yeux d'Émilie se posèrent dans ceux de sa fille. Il ne servirait à rien d'essayer de te cacher la vérité, maintenant, Maggy, n'est-ce pas ?

— Non, Mami, répondit Maggy en attendant la suite anxieusement.

— La vérité est que ton père a provoqué un scandale qui a déshonoré notre famille et qu'il a dû quitter la maison pour toujours.

— Non !

— J'ai bien peur que ce soit la vérité, dans toute sa laideur.

— Jamais il ne ferait cela !

Maggy était devenue d'une blancheur crayeuse.

— Il ne peut pas être parti — Papi ne m'abandonnerait jamais !

— Il t'abandonnerait et c'est d'ailleurs ce qu'il a fait, ma chère, répliqua Émilie. Et maintenant, tu dois l'oublier.

— Jamais ! s'écria Maggy, alors que des larmes roulaient sur ses joues.

Hildegarde s'interposa de nouveau :

— Mais bien sûr que tu n'oublieras jamais complètement ton père, lui dit-elle avec un peu plus de douceur. Mais ta mère a voulu t'annoncer les faits tels qu'ils sont, parce que toutes deux, nous croyons que tu es une grande et brave jeune fille et nous ne voulons pas te mentir.

Puis, après une pause, elle reprit :

— Ce fut un choc terrible pour nous tous, crois-moi. Ton père est mon fils unique, Maggy — je l'aime autant que tu peux l'aimer.

— Il n'est pas digne d'être aimé.

La voix d'Émilie trahissait la fragilité de son calme apparent et l'âpreté de ses sentiments.

— Mais on ne m'a pas encore dit ce qui est arrivé, s'écria Maggy. Quel accident a-t-il provoqué ? Et où est-il allé ?

Elle les supplia du regard tour à tour.

— Où Maximilien l'a-t-il emmené ? Je sais qu'il ne voulait

pas partir — je l'ai vu dans ses yeux...

— Tu n'as pas à savoir où ton père est allé, répliqua sèchement sa mère, souhaitant clore la discussion au plus tôt.

Émilie se sentait malade, une douleur de plus en plus intense lui vrillait les tempes. Elle se prit la tête entre les mains pour continuer :

— Alexandre Gabriel est un être immonde, inique...

— Non ! s'écria Maggy, de plus en plus désespérée.

Puis, se tournant vers sa grand-mère, elle poursuivit :

— Dites-lui, Omi — dites-lui que Papi n'est pas immonde. C'est elle qui est immonde de dire ça !

Émilie retint l'impulsion qui lui vint de gifler sa fille. Pour sa part, Hildegarde se tenait très droite, silencieuse et seul un léger vacillement laissait voir qu'elle avait suivi l'échange entre la mère et la fille.

— Je t'interdis formellement de prononcer le nom de ton père en ma présence à l'avenir, annonça Émilie, les dents serrées, se retournant pour quitter la pièce.

Elle ne pourrait pas déjeuner — elle se demandait même si elle pourrait jamais manger de nouveau après ces événements.

— Jamais ! Tu m'as bien comprise ?

— Je me fous de ce que vous dites.

Les larmes de Maggy coulaient maintenant sans aucune retenue.

— Je me fous de ce que vous dites sur Papi — je ne vous crois pas !

— Magdalen ! la réprimanda Hildegarde. Ne parle pas ainsi à ta mère !

— Mais elle ment au sujet de mon père — elle l'a obligé à partir !

— Nous ne nous en porterons que mieux ! répliqua Émilie.

Un calme glacial s'abattit sur la pièce.

Maggy essaya en vain de découvrir la vérité, mais les domestiques avaient bien appris leur leçon et ni la bonne d'enfants de son frère, ni Frau Kümmerly, pas plus que Maximilien, n'acceptèrent de lui en dire davantage. Le chauffeur semblait comprendre sa douleur, mais il travaillait chez les Gründli depuis plusieurs décennies et sa loyauté était absolue.

Ce fut la première véritable angoisse dans la vie de Maggy et elle n'y put rien. Elle les méprisa tous pour ces mensonges et, n'ayant encore que sept ans, elle ne pouvait exiger d'eux la vérité. Elle n'avait jamais cru que son père était un saint. Mais sa présence était toujours stimulante, il était toujours joyeux et tendre, la prenant dans ses bras : il l'aimait. Maggy ne pouvait croire un seul instant qu'il puisse être aussi inique et immonde que sa mère le décrivait. Mais personne d'autre au monde ne semblait se soucier de son sort, sauf peut-être Opi, et Maggy savait, sans qu'on le lui ait clairement dit, qu'il lui serait interdit de rendre visite à son grand-père à l'avenir. Rudi posa quelques questions sur la disparition de son père, mais il avait toujours été le préféré d'Émilie, son petit chouchou, et à son âge, il semblait beaucoup plus s'intéresser à ceux qui l'entouraient qu'aux absents.

Comme Maggy l'avait deviné, le départ d'Alexandre marqua la fin de ses visites à Davos. Elle sentit qu'elle avait perdu les deux seules personnes qu'elle avait jamais vraiment aimées, et la cruelle injustice qu'elle en ressentit la détermina plus que jamais à manifester son ressentiment vis-à-vis d'Émilie. Alors qu'auparavant ses sottises n'étaient que le fruit de son exubérance naturelle, maintenant elle était malheureuse pour la première fois de sa vie et cela la rendit entêtée et désobéissante.

Maggy se mit à détester sa mère de toutes ses forces.

Chapitre 5

Par un chaud matin de septembre 1950, trois années après qu'Alexandre eut quitté Zurich, Émilie Gabriel, après avoir obtenu un divorce de son mari pour abandon du foyer conjugal, épousa un marchand d'armes prospère, Stephan Julius. Julius, âgé de quarante-quatre ans et dont c'était également le deuxième mariage, était de douze ans l'aîné d'Émilie. Ils formaient un couple idéal. Les airs distingués, les cheveux et les yeux gris de Julius convenaient bien aux Gründli. En effet, Émilie autant qu'Hildegarde se considéraient des Gründli, beaucoup plus qu'Amadéus ou Alexandre eux-mêmes. Julius contribua largement à la prospérité de la maison Gründli ; l'élégance et le confort avaient cédé la place au luxe et à l'opulence.

Stephan Julius n'avait pas eu d'enfant de son mariage précédent. Maggy et Rudi furent donc les seuls demoiselle d'honneur et page présents au mariage célébré à la chapelle St-Peter ; bien que Rudi s'en soit donné à cœur joie, Maggy n'avait participé qu'à contrecœur. Elle éprouvait une forte antipathie vis-à-vis de son nouveau beau-père, qu'elle jugeait froid et calculateur. En retour, ce dernier la prit en grippe. Il avait usurpé la place légitime de son Papi à la tête de la famille et plus les mois passèrent, plus il fut évident, à son plus grand chagrin, qu'il l'avait usurpé magistralement.

— Je le déteste, dit-elle à Rudi.

— Vraiment?

Son frère, maintenant âgé de huit ans, sembla sincèrement étonné.

— Moi, je l'aime.

— C'est parce qu'il t'offre des cadeaux, répondit-elle avec mépris.

— Et il fait rire maman.

En cela, il avait raison. Grâce à son nouveau mari, Émilie avait retrouvé les côtés vaporeux et légers de sa féminité et de sa personnalité, perdus très vite après son mariage décevant avec Alexandre. Elle se sentait comblée, en sécurité, beaucoup plus heureuse et tout cela rendait sa compagnie plus agréable. Hildegarde était heureuse pour elle, satisfaite de cette nouvelle union et reconnaissante que, malgré quelques changements effectués par Stephan dans la maison, il comprenait et appréciait les valeurs des Gründli. Elle n'avait nullement l'intention de mettre en doute sa place comme chef de la maison et de la famille. Rudi aimait quiconque était gentil à son égard; c'était un enfant dénué de malice. Seule Maggy continuait à brûler la chair de sa mère, la seule fausse note au milieu des satisfactions de sa nouvelle vie.

— Pourrais-tu faire un effort pour être un peu plus gentille avec ton beau-père? demanda Émilie à sa fille, six mois après son mariage. Tu es à peine polie. Il le supporte par égard pour moi. Mais je ne vois vraiment pas pourquoi il devrait le faire.

— Il ne m'aime pas, se rebiffa Maggy.

— Pourquoi t'aimerait-il puisque tu es toujours si difficile?

Émilie s'interrompit, cherchant à maîtriser son humeur et à rester le plus calme possible.

— Qu'est-ce que tu attends de lui, Maggy? De nous? Que veux-tu exactement, mon enfant?

— Je veux voir mon père.

Ils lui avaient tous dit qu'elle oublierait Papi, mais Maggy savait qu'elle n'oublierait jamais et qu'un jour, elle le reverrait en dépit de tous.

— C'est impossible, répondit Émilie d'un ton las.

— Pourquoi?

— Tu sais très bien pourquoi.

— Ce n'est pas vrai.

Les yeux turquoise de Maggy défièrent Émilie. Elle n'avait jamais pardonné à sa mère, pas plus qu'elle n'avait oublié son père. Plus le temps passait, plus son désir était fort.

— Oh! Maggy, soupira Émilie, pourrais-tu renoncer juste un peu? Tu ne peux pas changer le passé, mais si tu le voulais vraiment...

Maggy attendit un court moment.

— Alors, laissez-moi au moins voir mon grand-père.

Sa mère hocha la tête.

— Tu n'abandonnes jamais, n'est-ce pas? Tu es vraiment une fille exaspérante.

— Si vous me laissez voir Opi, je vous promets que je me comporterai bien.

Avec une autre enfant, cela aurait pu être du chantage, mais Émilie savait que sa fille de onze ans était trop honnête pour cela. Maggy était un flot incessant d'émotions, mais elle était aussi extraordinairement déterminée. Son offre était logique et prouvait qu'elle était prête à faire un compromis. Émilie savait pertinemment que s'ils lui permettaient de voir Amadéus, elle ferait alors des efforts.

— Je vais en parler à ton beau-père, répondit Émilie. Mais je ne peux rien te promettre.

Le peu de relation qu'elle avait entretenu avec Stephan s'avéra alors un atout considérable. Julius trouvait que Maggy était une enfant si insupportable qu'il fut ravi de la voir quitter la maison le plus souvent possible. Ainsi, ses voyages à Davos furent rétablis et l'atmosphère de la maison Gründli d'autant allégée.

Amadéus n'avait pas tout à fait soixante ans, mais avec ses cheveux blancs et sa peau tannée par l'air de la montagne, Maggy avait l'impression qu'il était très vieux. Il avait voyagé jusqu'à Landquart pour attendre le train de Zurich et son visage rayonnait de joie. Ses yeux bleus brillaient d'émotion et ses bras solides et forts l'entourèrent fermement. Cela faisait des années que Maggy n'avait pas ressenti tant de chaleur.

Le second soir, Amadéus quitta un instant Maggy assise sur la terrasse pour aller répondre à la porte. Lorsqu'il revint, il n'était pas seul.

— Schätzli !

Au son de la voix, Maggy se dressa sur ses pieds. Ses yeux s'agrandirent comme des soucoupes et ses joues s'empourprèrent de joie.

— Papi !

Ils restèrent debout, figés, se dévisageant. Une fraction de seconde plus tard, Maggy se jeta dans les bras d'Alexandre, pleurant de joie ; Amadéus les regardait silencieusement depuis l'embrasure de la porte.

— Papi, j'en étais sûre, je savais que si je venais ici, je vous reverrais ! Je savais que tout irait bien par la suite ! Oh, Papi, vous m'avez tellement manqué !

Maggy sanglotait en se cramponnant à son père, les mots se précipitant dans sa bouche.

— Où étiez-vous ? Où êtes-vous allé ? Pourquoi vous ont-ils forcé à partir ? Ils vous ont obligé à partir, n'est-ce pas ?

Alexandre la prenait solidement contre lui, sentant sa douceur, retrouvant toute la ferveur de l'amour de sa fille. Il n'avait jamais connu personne qui puisse aimer avec autant de force et de transparence que sa Maggy. Le souvenir amer de ce qu'il avait perdu lui sembla trop lourd à supporter.

Maggy l'inonda de questions sur la nuit de son départ, mais Alexandre les esquiva toutes. Il l'assura cependant qu'il l'aimait et qu'il l'aimerait toujours de tout son cœur. Amadéus assis dans un coin fumait la pipe ; il y avait pris goût dernièrement. Il les observait pensivement. Alexandre et Maggy étaient blottis l'un contre l'autre et le père raconta à sa fille ses vieilles histoires de détective. Il voulait ranimer des jours perdus plus heureux, mais sa voix et son attitude n'étaient plus les mêmes.

Maggy s'aperçut qu'il avait changé ; il était beaucoup plus mélancolique et son regard était malheureux.

— Pourquoi êtes-vous si triste, Papi ? lui demanda-t-elle doucement.

Alexandre sourit.

— Je ne suis pas triste — pas maintenant — puisque tu es près de moi.

— C'est bien, dit-elle en lui donnant un baiser tendre.

En l'observant attentivement, elle pouvait le trouver plus maigre, plus usé, avec des cernes sous les yeux et des mains qui tremblaient. Elle comprit qu'il ne répondrait pas à ses questions. Aussi longtemps qu'elle serait une enfant. Une fois encore, elle se sentit frustrée, mais sans colère, cette fois. Elle ne pouvait pas en vouloir à son père, elle l'aimait trop pour cela. De toute manière, cela importait peu, puisqu'ils étaient de nouveau réunis.

Sa joie fut brève. Maggy devait rester six jours chez son grand-père, mais Alexandre quitta la maison après deux nuits.

— Mais pourquoi devez-vous partir, Papi, pourquoi ?

Elle pleurait de nouveau, mais à présent, elle était désespérée.

— Je n'ai pas le choix, Schätzli.

— Je ne comprends pas !

Son grand-père avait essayé de lui expliquer un peu. La famille croyait qu'Alexandre n'était plus en Suisse et on ne pouvait pas prédire leur réaction si jamais ils apprenaient qu'il était au pays. Maggy avait juré qu'elle ne dirait jamais rien à personne, peu importe ce qui arriverait. Son père partait, il la quittait encore une fois.

— Ne sois pas malheureuse, Maggy, supplia-t-il, le visage plus crispé que jamais. Je ne supporte pas de te voir ainsi.

— Alors, restez près de moi !

— Je ne peux pas.

— Seulement un autre jour. Je vous jure, je ne dirai rien quand vous partirez.

Ses yeux l'imploraient.

— Personne ne saura jamais que...

— C'est impossible, Schätzli, répliqua-t-il. Ton grand-père me laissera savoir quand tu lui rends visite et je te jure que je reviendrai te voir.

— Mais où serez-vous, Papi ? Où allez-vous ?

Maggy savait qu'il se tairait, mais elle devait tout faire en son pouvoir pour l'empêcher de retourner dans l'absence, vers ce lieu mystérieux où il se réfugiait pour échapper à sa famille et pour des raisons qu'elle ne comprendrait peut-être jamais.

Elle n'avait que onze ans et aucun pouvoir sur lui. Être enfant lui était odieux, c'était une perte de temps. Intérieurement, elle fit le serment que, lorsqu'elle serait plus âgée, elle prendrait sa vie en main.

— Quand je serai plus grande, dit-elle à Alexandre, peu avant son départ, je n'attendrai pas qu'ils me laissent venir à Davos, ni que vous veniez me voir, je viendrai habiter chez vous, où que vous soyez. Même si vous ne me dites pas où vous êtes, je vous trouverai !

Son père se pencha et souleva son menton pour la regarder dans ses yeux magnifiques.

— Lorsque tu seras grande, ma petite Maggy, tu seras une très belle femme. Plein d'hommes tomberont amoureux de toi et tu n'auras plus de temps pour ton vieux fou de père.

— Vous n'êtes pas fou et j'aurai toujours du temps pour vous !

Alexandre ravala ses sanglots.

— Sur la terre il n'existe personne comme toi, Schätzli.

Puis, embrassant sa chevelure dorée, il ajouta :

— Que Dieu te garde et te bénisse.

Ils laissèrent aller leur chagrin et leurs larmes, s'accrochant l'un à l'autre, jusqu'à ce qu'Amadéus tape doucement sur l'épaule de son fils et lui fasse signe de partir.

Après ce séjour, Maggy retourna à Davos presque à toutes les vacances scolaires et à deux reprises Rudi l'accompagna. Ils passèrent d'heureux moments ensemble au grand bonheur d'Amadéus si heureux de recevoir son petit-fils chez lui ;

Rudi était un enfant si facile. Toutefois, il n'avait pas la hardiesse et l'audace de sa sœur. Il était docile et faisait toujours ce qu'on lui demandait. Lorsque Maggy et son grand-père allèrent skier, Rudi accepta de les accompagner mais lorsqu'Amadéus le planta à côté de sa sœur sur le télésiège, le visage du garçon devint blanc comme neige et il se mit à trembler tout le long du parcours. Maggy avait pitié de lui et entoura ses épaules d'un bras protecteur. Peu après, elle alla se plaindre auprès d'Amadéus.

— Si seulement il n'était pas venu, c'est une vraie poule mouillée.

— Tu es dure, Maggy.

Amadéus fronça ses sourcils blancs, devenus plus touffus avec l'âge.

— Ça ne te ressemble pas.

— Mais il n'aime pas beaucoup ça être ici.

Maggy se tut un moment.

— Et en plus, quand il est ici, Papi ne vient pas.

Amadéus tapota sa main.

— Je sais, Herzli, c'est difficile.

— Mais pourquoi il ne vient pas quand Rudi est ici ? Il ne lui fait pas confiance ?

Son grand-père hésita avant de répondre. En vérité, Alexandre avait beaucoup moins confiance en son fils qu'en Maggy. Mise à l'épreuve, la loyauté de Rudi irait vers Stephan et Émilie, ce qui était parfaitement compréhensible puisque le garçon avait peine à se rappeler son père. D'un autre côté, il était difficile de faire comprendre à Maggy que son petit frère n'était pas digne de la confiance de son père.

— Rudi avait quatre ans quand il a cessé de voir votre père, dit-il finalement, conscient de l'importance d'être sincère. Ce n'est pas de sa faute s'il n'a pas les mêmes dispositions que toi face à Alexandre. C'est un petit garçon très ouvert, comme toi à son âge...

— Je n'ai jamais ressemblé à Rudi, répondit Maggy, avec une légère moue.

— Tu as toujours été franche et généreuse et ton frère aussi. Il est si sincère que la première chose qu'il ferait en revenant à Zurich, après avoir vu ton père, serait de le dire à ta mère et à ton beau-père. Même si nous lui disions de garder le silence, il oublierait facilement. Il ne saurait pas mentir.

Chaque fois que Maggy allait seule au Dischmatal, Alexandre apparaissait quelques jours après son arrivée. Il ne disait jamais d'où il venait et il disparaissait toujours aussi mystérieusement. Maggy se sentait vivante lorsqu'elle était avec Amadéus et Alexandre. À Zurich, elle survivait et elle attendait.

Émilie Julius croyait son ex-mari à l'extérieur du pays et elle ne se doutait pas que sa fille le voyait régulièrement à Davos, mais elle était mécontente que Maggy puisse subir l'influence du premier mouton noir de la famille Gabriel. Stephan, cependant, encourageait toujours les visites de sa belle-fille chez son grand-père. Et Émilie, heureuse en mariage pour la première fois de sa vie, ne voulait en rien compromettre son union. Si seulement, pensait-elle au fond d'elle-même, Maggy ressemblait davantage à son cher Rudi, si facile, toujours content d'être à la maison et il adorait son beau-père...

La visite la plus mémorable de Maggy à Davos fut sans aucun doute celle du début de l'hiver 1953. Dès le lendemain de son arrivée, Alexandre surgit, transportant un minuscule teckel femelle au court poil blanc.

— Papi! Elle est magnifique! s'exclama-t-elle, alors que son père la lui tendait. Quel âge a-t-elle?

— Tout juste six mois.

Amadéus s'était approché et semblait, lui aussi, admirer l'adorable petite bête.

— Quel est son nom?

— Hexi, en souvenir d'Hexe, la sorcière. On l'a appelée ainsi parce qu'elle réussit toujours à ensorceler les gens et à leur faire faire tout ce qu'elle désire.

Puis, après une pause, Alexandre reprit :

— Je n'ai jamais oublié Anushka, Papi. Lorsque j'ai vu

que cette petite bête était à vendre, je n'ai pas pu résister. J'ai pensé qu'elle pourrait vous tenir compagnie.

— Où l'avez-vous trouvée? demanda rapidement Maggy, avec l'espoir que son père s'échapperait.

— En voyage, Schätzli, lui répondit-il en souriant.

Hexi leur fit du charme dès son arrivée dans la maison; elle était plus forte, plus effrontée et beaucoup plus gentille qu'Anushka. C'était une voleuse accomplie, dérobant avec une facilité surprenante des tranches de jambon sur la table et les pantoufles sous les lits. Mais lorsqu'on commençait à la réprimander, elle fixait ses petits yeux bruns et, en un instant, elle avait renversé la situation de sorte qu'on lui souriait. Personne n'était capable de la gronder.

Deux jours plus tard, ils étaient assis en train de dîner, lorsqu'on frappa à la porte. Sans dire un mot, Alexandre se leva et se précipita dans les escaliers tandis qu'Amadéus faisait disparaître rapidement son couvert.

— Opi! demanda Maggy, à mi-voix, que dois-je faire?

— Tiens-toi normalement, nous sommes seuls ici, toi et moi, c'est compris?

Elle fit un signe de la tête. Son grand-père alla ouvrir la porte calmement.

— Après tout ce temps! Je te croyais mort!

Amadéus échappa un éclat de rire et de soulagement en étreignant l'homme debout sur le seuil de la porte. Konstantin Ivanovitch! C'est incroyable!

— En chair et en os, mon ami.

Maggy dévisagea l'homme tandis qu'il enlevait sa toque de fourrure. Il avait à peine changé, aussi le reconnut-elle facilement. Ses cheveux étaient toujours aussi roux et sa moustache soigneusement taillée luisait de brillantine. Le Russe. L'homme qui était sorti avec son père cette nuit fatidique, il y avait plus de six ans.

— Et qui est cette charmante jeune demoiselle? demanda Zeleyev, en entrant dans la pièce.

Amadéus se hâta de refermer la porte et repoussa à l'extérieur la neige qui commençait à tomber.

— C'est ma petite-fille, Magdalen.

Maggy se leva et se sentit enveloppée par la chaleur qui se dégageait des yeux verts du visiteur.

— Est-ce possible ? dit Zeleyev en lui tapotant la joue. La fillette dans les escaliers ? Mais ce n'était qu'une enfant ! Je vois que vous êtes maintenant devenue une jeune demoiselle. Serait-il trop indiscret de vous demander votre âge ? ajouta-t-il après une hésitation calculée.

— J'ai quatorze ans, monsieur, répliqua Maggy d'un ton grave.

— Konstantin ! Alexandre descendait les escaliers en courant. Quelle bonne surprise !

— Quelle joie, dit Zeleyev, en l'embrassant chaleureusement. Comment vas-tu, Alexei ?

Il le tenait à bout de bras en scrutant son visage.

— Pas si bien, hein ?

Alexandre recula de quelques pas.

— Ce n'est pas facile.

Pendant un instant, son visage s'assombrit, mais il se dirigea alors vers Maggy et l'entoura de son bras.

— On t'a présenté ma fille ?

— À Magdalena Alexandrovna ? répondit Zeleyev solennellement. En effet. Et c'est un très grand plaisir pour moi.

— Pourquoi vous m'appelez comme ça ? demanda Maggy.

— En Russie, c'est ainsi qu'on s'adresserait à vous, répondit-il. C'est un patronyme, le deuxième nom veut tout simplement dire que vous êtes la fille d'Alexandre. Ça vous plaît ?

— Oh oui ! beaucoup.

Elle se tut un moment.

— Mais, c'est un peu long, vous ne trouvez pas ? Habituellement, les gens m'appellent Maggy.

— Eh bien je choisirai votre nom selon les circonstances, dit Zeleyev. Maggy est joli, mais ça ne convient pas tout à fait à une jeune demoiselle aussi adorable et intelligente que vous.

— N'essaie pas de charmer ma petite-fille, espèce de

vieux dépravé ! s'exclama Amadéus en riant.

Zeleyev lui répondit par un grand éclat de rire, mais Alexandre se détourna et Maggy, devinant son trouble, alla vers lui et glissa sa main dans la sienne. Papi semblait vraiment heureux de revoir le Russe. Néanmoins, elle sentait que sa présence le troublait et elle comprenait pourquoi. Sans doute cette fameuse nuit... D'une certaine façon, l'arrivée de ce visiteur la troublait elle aussi. Mais au fond, elle était excitée à l'idée de pouvoir enfin découvrir les raisons de l'exil de son père.

Elle patienta pendant trois jours. Elle avait appris suffisamment sur la façon de se comporter avec les adultes pour savoir qu'en étant trop prompte, elle renforcerait le silence entourant ce mystère vieux de six ans. Elle s'entendait à merveille avec Zeleyev. À de nombreuses reprises, des amis de sa mère et de son beau-père avaient complimenté sa chevelure dorée et la couleur de ses yeux. Elle était consciente que ces flatteries n'étaient pas toujours sincères. Quant au Russe, il avait une façon de la regarder qui ne trompait pas. Il pensait sincèrement ce qu'il disait en répétant de mille manières qu'il la trouvait particulière et qu'il aimait sa personnalité. Maggy n'avait jamais rencontré quelqu'un comme lui auparavant, avec ses allures et ses manies étranges, ses explosions soudaines de gaieté ou de colère, mais elle était certaine de l'aimer.

L'occasion se présenta un après-midi, alors qu'ils se rendaient ensemble à Davos Platz. Zeleyev avait cassé son peigne la soirée précédente et voulait en acheter un nouveau, sans quoi il ne pourrait plus dormir, affirmait-il. Il ne pouvait pas se contenter de n'importe quel peigne. Il lui fallait un peigne anglais et, s'il ne le trouvait pas ici, il n'hésiterait pas à se rendre jusqu'à Zurich. Amadéus et Alexandre avaient décidé de profiter de cette magnifique journée pour une longue randonnée en skis. Maggy ne se sentait pas bien. Elle avait donc préféré rester à la maison, avant de se décider à accompagner Zeleyev.

Heureusement, ils trouvèrent, dans la deuxième pharmacie visitée, un peigne de marque Kent qui convenait à Zeleyev. Il faisait encore jour. Ils allèrent donc s'installer à une table au Café Schneider. Zeleyev acheta quelques petits gâteaux au chocolat nommés *Mohrenkopfe* ainsi que des beignets saupoudrés de sucre. Ils restèrent silencieux tandis que le Russe engloutissait deux gâteaux au chocolat et que Maggy grignotait un beignet, en sirotant son thé.

Zeleyev prit la parole le premier.

— Et alors?

— Alors quoi?

— Et bien, interrogez-moi. Zeleyev lui sourit. Ça fait des jours que j'attends. Vous avez été très patiente.

Puis, la voyant rougir, il reprit:

— Ne soyez pas gênée, ma chère. J'ai observé la détermination de vos yeux lorsque vous avez décidé de me parler.

Maggy le regarda.

— Vous voulez parler de Papi?

— Bien sûr.

— C'est seulement que...

Elle s'arrêta et se mordit la lèvre.

— Continuez.

— C'est seulement que je l'aime tant et je ne peux pas supporter de ne pas savoir... de ne pas pouvoir l'aider.

— Vous êtes déjà d'un grand secours, car vous l'aimez, répondit Zeleyev.

— Mais ce n'est pas assez.

Maggy parlait à voix basse bien que la table près d'eux fût inoccupée.

— Il devrait pouvoir revenir à la maison.

— Vos parents sont divorcés, Maggy.

— Alors il devrait au moins avoir le droit de vivre à Zurich. Je ne sais même pas où mon propre père habite.

Elle prit une profonde inspiration.

— Et il a si peur. Vous auriez dû voir son visage lorsque vous avez frappé à la porte, le jour de votre arrivée. Il est devenu tout blanc et il a grimpé les escaliers en courant, comme si...

— Comme si?

— Comme s'il allait être arrêté.

Elle reprit son souffle.

— Pourtant, je suis certaine qu'il n'a rien fait de honteux. Il ne le ferait pas. Il ne pourrait pas.

Zeleyev se pencha vers elle.

— Personne ne viendra arrêter votre papa. Tant qu'il sera prudent, tout ira bien.

— Mais pourquoi doit-il être prudent? Je ne comprends pas. Je dois savoir ce qui s'est passé cette nuit-là. Vous êtes sorti avec lui, vous le savez sûrement.

— Je ne peux rien vous dire, Maggy, répondit Zeleyev gentiment. Votre père est le seul à pouvoir le faire...

— Mais il refuse! l'interrompit-elle d'une voix forte, oubliant pendant un instant les autres clients du café. Je ne peux pas l'aider si je ne comprends pas? Ma mère a dit que Papi avait causé un accident, qu'il était un ivrogne et qu'il avait apporté honte et déshonneur sur notre famille. Mais je sais qu'elle mentait, que ça n'était pas vrai.

Elle se rappelait chaque mot d'Émilie et la douleur causée par chaque syllabe.

— Vous êtes un peu injuste à l'égard de votre mère, Maggy, n'est-ce pas?

— Elle a dit tant de choses si horribles à son sujet. Même s'il y avait eu un accident et même si Papi buvait...

Elle s'arrêta, attendant que Zeleyev prenne la parole, mais il garda le silence.

— Mon père est un homme bon, insista-t-elle. Généreux. Vous avez vu, il a offert Hexi à Opi, parce qu'il sait combien mon grand-père se sent seul.

— Oui, c'était très délicat de sa part.

— C'est une erreur terrible, comme ce qui est arrivé au Capitaine Dreyfus.

Maggy avait écouté attentivement le récit de l'affaire Dreyfus à l'école, avait espéré que son innocence soit enfin reconnue, rêvant du moment où sa propre famille viendrait implorer à genoux le pardon de son père.

— Je suis de tout cœur avec vous, dit Zeleyev, plus que vous ne le croiriez, mais...

— Alors, dites-moi, je vous en prie. Vous étiez avec lui. Et vous étiez dans notre maison au milieu de la nuit. Je vous ai vu... j'ai vu Maximilien vous reconduire.

— Cette histoire ne regarde que votre père. Je n'ai pas le droit de vous dire quoi que ce soit. Lorsqu'il décidera que le moment est venu pour vous de connaître la vérité, il vous en parlera lui-même.

— Mais il pense encore que je suis trop jeune.

— Peut-être. Peut-être devez-vous être un peu plus patiente, ma chère, et vous concentrer sur ce qui est le plus important.

— Que voulez-vous dire ?

— Vous êtes tous ensemble, vous, votre Papi et votre grand-père, réunis dans cet endroit merveilleux.

— Avec vous.

— En effet, répondit-il avec un sourire.

Il lui prit la main et la pressa gentiment dans la sienne.

— Vous devez apprendre à savourer chaque moment de votre vie, Magdalena Alexandrovna. Malgré tout, vous voyez toujours votre père et vous l'aimez beaucoup, comme lui vous aime. Personne ne pourra jamais vous enlever cela.

Maggy resta silencieuse. Soudain elle se sentit épuisée. Elle avait mobilisé son énergie pour cet entretien avec Zeleyev, pour trouver les mots qui délieraient la langue du Russe. Mais elle était encore dans le même suspense depuis des années. Elle n'avait plus la force de se battre. Lasse, elle s'excusa auprès de Zeleyev et descendit les escaliers qui menaient aux toilettes. Après un très long moment, elle revint à sa place. La fatigue qui l'avait d'abord envahie avait maintenant fait place à un mélange d'agitation, d'émotion et de peur.

Zeleyev se leva poliment, mais elle ne voulut pas se rasseoir.

— Voulez-vous partir ? demanda-t-il.

— S'il vous plaît.

Son visage était très pâle et deux taches de couleur ombrageaient ses joues.

— Mais... dit-elle, puis elle se tut.

— Qu'y a-t-il, ma petite? lui demanda Zeleyev en fronçant les sourcils. Etes-vous malade?

— Non, dit-elle. Du moins, je ne pense pas.

Sans dire un mot, Zeleyev paya la serveuse, prit le bras de Maggy et la guida vers la sortie jusqu'à la rue. L'air frais lui redonna un peu de couleur, mais elle demeurait agitée.

— Prenons-nous un traîneau? lui demanda-t-il.

Il aimait le cliquetis des clochettes, l'odeur des chevaux et le bruit discordant de leurs sabots alors qu'ils trottaient sur la Pferdeschlitten. Cela lui rappelait les troïkas de son pays et il aimait se remémorer les jours heureux de sa jeunesse.

Maggy regarda autour d'elle furtivement.

— Je dois aller...

— Où voulez-vous aller? Désirez-vous acheter quelque chose?

— Oui. À la pharmacie.

— Je vous en prie.

Tenant toujours son bras, il lui fit faire volte-face dans la direction de la pharmacie la plus proche, mais Maggy se raidit et ne bougea plus. Il la regarda.

— Quelque chose vous tracasse, n'est-ce pas? Etes-vous bien certaine de ne pas être malade? Comment vous sentez-vous?

Elle secoua la tête et une rougeur embrasa aussitôt ses joues.

— Je ne suis pas malade, mais... souffla-t-elle en fixant le sol enneigé, agonisant soudainement sous le poids de la gêne. J'ai peur de marcher trop longtemps, dit-elle avec hésitation.

— Mais pourquoi?

Le désespoir de Maggy était à son comble. En d'autres circonstances, elle ne se serait jamais confiée à lui pour tout l'or du monde, mais il n'y avait personne d'autre et il était plus tolérable d'être humiliée devant un seul homme que devant une ville entière, elle se hissa sur la pointe des pieds et chuchota à son oreille :

— Je perds du sang.

Pendant un bref instant, Zeleyev eut l'air confus, puis il comprit. Sensible devant son embarras, il se pencha à son tour et lui parla d'une voix étouffée :

— C'est la première fois, Maggy?

Le visage encore empourpré, elle hocha la tête. Elle savait si peu de choses à ce sujet, sinon que toutes ses compagnes d'école avaient déjà commencé à perdre du sang et qu'elles semblaient tout savoir sur le sujet parce que leur mère les avait informées. Émilie n'en avait jamais soufflé mot et voilà que, soudain, au beau milieu de la rue...

— Venez, ma petite, lui dit Zeleyev, prenant la situation en main et hélant un traîneau sur son passage. Vous allez grimper là-dessus et vous couvrir avec cette couverture, continua-t-il en l'aidant.

Puis, s'adressant au conducteur, il reprit :

— Veuillez attendre un moment, s'il vous plaît... je dois aller acheter quelque chose.

A peine quelques secondes plus tard, il revenait au pas de course vers le traîneau, tenant un sac en papier de sa main gantée et il se hissa à ses côtés.

— Ça va? lui demanda-t-il.

Devant son signe de tête affirmatif et son air de gratitude, il continua :

— Alors, retournons à la maison.

Durant le temps qu'ils mirent à se rendre au chalet de bois, Maggy sentait un écoulement chaud le long de ses collants. Elle portait presque toujours des pantalons lorsqu'elle venait chez son grand-père. Mais aujourd'hui, elle avait décidé de mettre la jupe de laine écossaise et le chapeau que sa mère lui avait achetés à Zurich quelques semaines auparavant. Elle avait été terrifiée, en voyant le sang traverser ses sous-vêtements et ses épais collants, à l'idée de tacher la neige dans la rue. Elle serait certainement morte de honte.

Zeleyev fut magnifique. Il alla rapidement au deuxième

étage et fit couler un bain chaud, ajoutant un peu de son huile de bergamote préférée — d'habitude, il ne la partageait avec personne. Ensuite, il lui donna le sac et lui expliqua clairement et gentiment ce qu'elle devait faire avec son contenu.

— Après cela, vous n'avez qu'à vous changer au besoin, termina-t-il. Maintenant, allez prendre votre bain, ma chère, et lorsque vous aurez terminé, nous ferons une petite fête avant que les autres ne reviennent.

Maggy, bien que plus calme, se sentait encore bizarre.

— Que fêterons-nous ?

Zeleyev caressa tendrement ses cheveux d'or.

— Votre féminité, répondit-il. Et je suis honoré d'y participer.

Après ce jour-là, Maggy se sentit très proche du Russe. Il avait été bon et attentionné et si merveilleusement pragmatique. Il lui expliqua le miracle de ses ovaires et de son utérus de telle façon qu'elle crut, pendant un moment, qu'il l'enviait d'être une femme et de pouvoir un jour donner la vie. Il l'avait réconfortée, lui avait prêté son peignoir de bain moelleux et l'avait serrée dans ses bras, adoucissant ainsi toutes les tribulations de cette journée-là. Puis il n'en avait jamais plus parlé et pour cette raison plus que pour ce qu'il avait fait, Maggy lui en était reconnaissante. Konstantin Ivanovitch Zeleyev était définitivement un homme à qui on pouvait se confier. Il l'avait prouvé en ne trahissant pas le secret d'Alexandre alors qu'elle avait tant insisté.

Deux jours plus tard, un autre événement se produisit. C'était une belle matinée ensoleillée et ils avaient tous déjeuné ensemble sur la terrasse, lorsque Amadéus se leva.

— Je crois que le moment est venu, Alexandre, dit-il, de montrer *Éternité* à ta fille.

Il s'arrêta un moment, puis continua :

— Êtes-vous tous deux d'accord avec moi ?

— Pourquoi m'y opposerais-je ? répondit Alexandre.

— Konstantin ?

Le sourire de Zeleyev était un peu forcé.

— Tu sais très bien après toutes ces années, mon ami, que si ce n'était que de moi, je l'aurais bien montrée au monde entier. Cela dit, il n'y a personne au monde à qui j'aimerais mieux montrer notre trésor qu'à Maggy.

— Trésor?

Maggy leva la tête vers son grand-père avec curiosité.

— Notre trésor enterré, dit Alexandre en riant.

Ils mirent leurs bottes et se dirigèrent derrière la maison, vers la vieille étable. Les poules d'Amadéus, rentrées pour la saison hivernale, becquetaient tout autour de leur enclos, caquetant tandis qu'Amadéus montait l'échelle qui menait au grenier.

— Ici? demanda Maggy.

— Attends un peu, Schätzli, lui dit Alexandre, pendant que son grand-père et Zeleyev utilisaient des fourches afin de déplacer des balles de foin.

— Laissez-moi aller en haut, Papi.

Alexandre gravit l'échelle, enlevant le dernier ballot et le foin éparpillé qui remplissaient l'espace vide de la cachette et il parvint à saisir et à en retirer la sculpture.

— La voilà, dit-il doucement, en la passant avec précaution à Amadéus.

Tout comme son père l'avait fait, plus de vingt ans plus tôt, Maggy, émerveillée, eut le souffle coupé et ses yeux s'écarquillèrent.

— Eh bien? la voix de Zeleyev la fit sursauter.

— C'est la cascade, n'est-ce pas? Celle qu'on voit, un peu au-delà de la vallée, dit-elle, fixant l'objet, désirant y toucher, mais effrayée à l'idée de l'abîmer. Celle qui scintille, même dans le noir.

— C'est cela, répondit Amadéus, touché qu'elle ait su y lire non pas l'or et les bijoux mais ce qu'ils représentaient. Nous l'avons appelée *Éternité*.

— D'où vient-elle? demanda-t-elle.

— Nous l'avons faite, répliqua Amadéus.

— Vous? questionna-t-elle, incrédule.

114

— Konstantin et moi. Davantage lui que moi, en vérité.

— Vraiment?

Ses yeux fixèrent Zeleyev jusqu'à ce qu'il acquiesce.

— Quand l'avez-vous faite?

— Nous l'avons commencée en 1926, dit Zeleyev, la voix un peu rêveuse. Et on l'a terminée cinq ans plus tard. Je demeurais ici à ce moment-là, avec votre grand-père et Anushka.

— Le teckel d'Irina, dit Maggy. Celui que vous avez enterré, Papi.

Son père et Amadéus lui avaient souvent parlé de ces jours anciens, mais sans trop élaborer, pour ne pas blesser la mère de Maggy et, bien sûr, Hildegarde. C'était particulièrement difficile pour Amadéus, qui avait désiré être honnête et ouvert avec sa petite-fille, tout en sachant qu'une jeune enfant peut laisser échapper les histoires qu'on lui raconte et offenser alors la famille ou, pis encore, risquer de voir interdites de nouveau ses visites à la montagne.

Maggy avait maintenant quatorze ans. Elle était mûre et avait un sens des valeurs et de l'indépendance plutôt rare pour son âge. Rudi, âgé de onze ans, était en retard par rapport à sa sœur, non pas intellectuellement mais en ce qui concerne le courage et l'ambition. Ni Amadéus ni Alexandre n'auraient jugé prudent de montrer *Éternité* à Rudi. Amadéus fit clairement comprendre à Maggy que personne ne devait jamais connaître l'existence de la sculpture — puisqu'on ne considérerait que sa valeur monétaire et non sentimentale — mais il sut, en regardant dans les grands yeux exquis de sa petite-fille qu'il pourrait lui confier sa vie, s'il le fallait.

— Parlez-moi d'Irina, supplia-t-elle, après avoir entendu l'histoire des joyaux des Malinskaya. Parlez-moi de votre amour pour elle.

— J'aimais Irina, commença lentement Amadéus, de tout mon être. Il sourit mélancoliquement. En vérité, je la vénérais, ce qui n'est peut-être pas la meilleure façon d'aimer, mais en retour, Irina me donnait l'impression de me vénérer plus que je ne le faisais moi-même.

Il avait déjà parlé d'Irina dans le passé, mais jamais de leur histoire d'amour. Maintenant, Zeleyev et Alexandre assis à ses côtés et Maggy à ses pieds, il commença à leur parler avec franchise. Dès qu'il commença, il eut l'impression de déverrouiller son cœur à moitié gelé et tout l'amour, l'adoration, la douleur et la colère s'échappèrent de lui, comme la cascade chatoyante d'Irina.

Maggy n'avait jamais entendu une histoire romantique aussi tragique et brillante, elle n'avait jamais vu rien de plus touchant que la sculpture que les deux hommes avaient créée en mémoire d'Irina.

— Peut-être, s'aventura-t-elle, que si vous aviez expliqué tout cela à Omi, elle aurait mieux compris.

Cela l'avait toujours blessée d'entendre Amadéus traité de mouton noir.

Ce fut Alexandre qui lui répondit.

— Si ma mère s'était aperçue de ce qu'ils faisaient des bijoux, ou si elle avait su que pendant cinq ans, deux hommes s'étaient coupés du monde, se donnant corps et âme à la poursuite d'un travail artistique, sans salaire, pour une question d'amour — je crois qu'elle aurait plutôt essayé de faire entrer mon père dans un asile de fous, Maggy.

Zeleyev s'interposa calmement.

— C'est sans aucun doute ce qu'elle et Émilie essaieraient de faire aujourd'hui, si jamais elles l'apprenaient.

— Jamais je ne leur dirai, dit Maggy d'un ton catégorique. Jamais.

— Nous le savons, Schätzli, répondit Alexandre. Sinon Opi ne t'aurait pas mise au courant.

Maggy se tourna vers Zeleyev.

— Parlez-moi de ce temps, en Russie, lorsque Irina et vous étiez amis — et de Fabergé et des fameux Œufs de Pâques qu'il a fabriqués pour l'empereur.

Clouée sur place, elle écouta pendant des heures, Hexi blottie sur ses genoux, parmi trois hommes avec lesquels elle avait grandi et qu'elle considérait comme sa seule vraie famille.

Elle fut fascinée par Irina Valentinovna et par l'éclat qui, après trente ans, habitait encore Amadéus et Zeleyev lorsqu'ils parlaient d'elle. Zeleyev raconta d'interminables histoires sur le Saint-Pétersbourg de sa jeunesse — puis il parla des années qu'il avait passées à Paris, à Genève et des quelques mois à Londres, Berlin et Amsterdam ; toutes ces villes magnifiques d'Europe où des artisans, des marchands et des collectionneurs faisaient le commerce de métaux précieux et de bijoux.

— Paris est la plus merveilleuse ville, dit-il à son auditoire. Comme Hugo l'a si bien dit, Paris est le firmament de l'humanité. À Paris, même seul, un homme peut se sentir amoureux.

— Est-ce là que vous habitez maintenant ? lui demanda Maggy.

— Hélas, non, répondit Zeleyev avec une pointe de regret. Je dois habiter là où le meilleur travail s'accomplit et, à présent, c'est à Genève. Mais il n'y a rien — et je crains qu'il n'y ait plus jamais rien — qui égale ce que nous avons créé ici, dans ce petit chalet.

À chaque fois que Maggy était chez son grand-père, on la priait de chanter. C'est justement ce qu'on tentait de la dissuader de faire à la maison Gründli. Zeleyev lui apprit sa chanson préférée, « La Vie en rose » et Maggy l'aima sur-le-champ. Elle s'en souvint rapidement, ses capacités à apprendre la musique étaient grandement supérieures à ses aptitudes à apprendre à l'école où, le plus souvent, elle s'ennuyait. Et bien qu'elle soit encore jeune, sa voix riche et légèrement rauque captiva les trois hommes et donna la chair de poule à Zeleyev.

— Regardez ! dit-il en lui montrant ses bras. C'est là le signe d'une grande interprète, Maggy. Ah ! vous pouvez bien rire et être embarrassée, ma chère, mon instinct ne me trompe jamais.

— Croyez-vous réellement que je pourrais devenir une chanteuse ? demanda-t-elle, subitement gênée.

— Vous êtes déjà une chanteuse, répondit Zeleyev sur un ton de confidence. Mais avec un bon entraînement et du travail sérieux, vous pourriez attirer les foules à vos pieds.

Il s'interrompit et regarda Amadéus.

— Vous savez, mon ami, son esprit me rappelle parfois notre Irina Valentinovna — vous ne l'avez pas connue lorsqu'elle était jeune et encore pétillante de vie. Elles partagent la même fraîcheur d'âme.

Alexandre étreignit sa fille, gardant le silence et Maggy se pressa contre lui, savourant sa tendresse tout en sentant l'étrange tremblement de son corps. Elle savait que d'ici quelques jours, peut-être quelques heures, ils seraient de nouveau séparés.

— Paris, continua Zeleyev, rêveusement. Allez-y un jour, Maggy, comme Irina. Cette ville réussit même à rendre belles les choses les plus laides. Ils comprennent ce qu'est la beauté là-bas et le talent — ce sont eux qui ont inventé la « joie de vivre ». Si jamais vous allez à Paris, Magdalena Alexandrovna, je crois que vous serez éblouie.

Elle le crut.

Chapitre 6

Pendant les deux années qui suivirent, Maggy se rendit souvent au Dischmatal : c'étaient des moments heureux et précieux. Alexandre continua d'être fidèle à ces rendez-vous avec son père et sa fille. Maggy ne connut jamais la vérité sur les événements qui eurent lieu la nuit où il quitta Zurich et, au fil du temps, cela eut moins d'importance puisqu'elle avait encore son père, leur vie secrète ensemble. C'est tout ce qui importait.

Pendant l'hiver 1955, Maggy venait d'avoir seize ans, la neige tomba lourdement et abondamment sur Davos et la route menant jusqu'au chalet fut ensevelie et inaccessible. À Zurich, Maggy, Rudi, Hildegarde et Stephan tombèrent tous malades et malgré la guérison de Maggy au bout de quelques jours, Émilie refusa de la laisser rendre visite à son grand-père tant que la température ne s'adoucirait pas. Maggy se sentait comme un lion en cage, emprisonnée dans la Maison Gründli, accablée par une odeur persistante de camomille et d'huile d'eucalyptus. Elle se tracassait pour son grand-père qui lui avait semblé fort malade à sa dernière visite et elle regrettait les occasions où elle aurait pu passer quelques moments avec son père. Elle avait espéré célébrer Noël parmi eux cette année-là, se soustrayant ainsi aux festivités familiales ennuyeuses. Mais Frau Kümmerly et surtout sa mère, qui voulait consacrer plus de temps à son mari, comptaient sur elle pour veiller sur Rudi et sur sa grand-mère. Ce serait un miracle si elle réussissait à aller à Davos avant la nouvelle année.

Amadéus savait qu'il ne passerait pas l'hiver. Il avait seulement soixante-quatre ans mais depuis quelques mois, il avait beaucoup vieilli. Il connaissait son mal depuis longtemps. Il avait vu dans le miroir de la salle de bains, qu'il avait jadis installé pour Irina, le cerne morne de ses yeux et la teinte anormale de ses joues. Il l'avait déjà vu trente ans plus tôt.

En l'entendant tousser et cracher la nuit, Maggy lui avait demandé, plusieurs mois auparavant, s'il avait consulté un médecin. Son expression était si douce, si inquiète, qu'il n'avait pu se résoudre à lui dire la vérité et l'avait assurée que tout allait bien. Mais il avait menti, n'ayant pas besoin de diagnostic, pas plus qu'il n'avait besoin de ces antibiotiques qui n'étaient pas disponibles à l'époque d'Irina. La vie avait été bonne pour lui, lui offrant bien plus que ce qu'il méritait. L'intensité de sa vie, sa plus grande joie et sa plus profonde tristesse avaient été brèves. C'était le seul moment de son existence où il avait eu une profonde connaissance de lui-même, de son âme. Deux années courtes mais éternelles.

Il était prêt à mourir. Il s'accrochait encore un peu, espérant avoir des nouvelles de Maggy afin qu'il puisse envoyer un dernier mot à Alexandre. Il désirait les quitter en douceur.

Mais la neige continuait à tomber. À Zurich, à l'intérieur de la vieille maison austère dans Aurora Strasse, Hildegarde, Stephan et Rudi s'étaient enfin débarrassés de leur grippe, mais c'était au tour d'Émilie et de Frau Kümmerly d'être malades, empêchant plus que jamais Maggy de quitter la maison.

La nouvelle de la mort d'Amadéus parvint à Zurich la première semaine de février. Les routes étaient maintenant complètement dégagées et les habitants de la Maison Gründli enfin guéris, mais Stephan et Émilie défendirent à Maggy d'assister aux funérailles.

— Mais je dois y aller ! répondit Maggy, stupéfaite.

— Malheureusement, c'est impossible, répliqua Émilie, légèrement compatissante. Ce ne serait pas convenable.

— Comment cela pourrait-il ne pas l'être? C'est mon grand-père.

Maggy était hors de ses gonds, outrée, la colère et la peur étreignant son cœur. Elle avait été complètement dévastée en recevant la lettre de Frau Kranzler qui s'était occupée du commerce de Gabriel pendant plus de quinze ans; mais sa peine s'était accrue lorsqu'elle avait réalisé qu'avec la mort d'Amadéus, elle avait aussi perdu le seul lien qui l'unissait à son père.

— C'est de votre faute si je n'ai pas pu être là lorsqu'il avait besoin de moi, jeta-t-elle rageusement à l'endroit de sa mère et de Julius.

— Nous avions besoin de toi ici, lui fit remarquer Julius. Ta mère avait besoin de toi.

— Elle n'a jamais eu besoin de moi.

— C'est faux, Maggy.

Émilie parlait avec dignité tandis que la colère montait aux joues de Julius qui supportait mal les provocations de sa belle-fille.

— Tu nous as souvent fait clairement comprendre que tu préfères cet homme à ta propre famille. Ne sois pas plus impertinente.

— Mais Opi faisait aussi partie de la famille! protesta Maggy. Vous l'avez laissé mourir tout seul.

— Nous ne savions pas qu'il était mourant, dit froidement Émilie. De toute façon, il avait choisi de vivre à sa façon depuis bien longtemps.

Maggy s'efforça de garder son calme, consciente que la colère ne la mènerait nulle part.

— Vous m'avez laissée lui rendre visite si souvent... vous avez même laissé Rudi y aller quelques fois. Pourquoi pas maintenant, surtout maintenant? demanda-t-elle plus gentiment. Ce serait tout à fait correct que je sois là pour ses obsèques. Je ne comprends pas vos objections.

— As-tu pensé à ta grand-mère? demanda Julius.

— Cela ne la dérangerait pas.

— Bien sûr, cela la dérangerait.

— Mais pourquoi ?

La confusion de Maggy était sincère.

— Pourquoi maintenant, après tout ce temps... puisqu'il est mort.

Sa mère prit la parole.

— Parce qu'il sera enterré auprès d'elle, lui dit-elle d'une voix rauque. Près de sa maîtresse.

— Près d'Irina ? Mais c'est normal, répondit Maggy.

— Je t'interdis de prononcer son nom dans cette maison, siffla son beau-père sur un ton catégorique.

— Qu'est-ce que cela peut bien vous faire ?

— J'ai de l'estime pour ta mère et pour ta grand-mère et pour tout ce qu'elles ont enduré quand leur famille a été déshonorée par Gabriel et son fils.

Pour une fois, Maggy eut l'impression que l'homme aux tempes grisonnantes qui lui parlait était sincère. Julius n'avait jamais prétendu éprouver de sentiments tendres à son égard et son irritation se manifestait souvent par des élans de colère, suivis d'indifférence. Maintenant, Maggy sentait la fierté dans sa voix, elle lut dans son regard et comprit qu'il aimait réellement sa mère et qu'il la respectait. Elle comprit aussi qu'il serait inopportun de poursuivre cette discussion car Stephan ne la respectait pas autant et qu'il ne l'autoriserait jamais, pas plus qu'Émilie, à assister aux funérailles.

Il avait été vaguement acceptable que Maggy entretienne un certain contact avec cette brebis galeuse selon les bons désirs de Julius. Maintenant, c'était assez.

Amadéus fut enterré trois jours plus tard et Maggy, étroitement surveillée à l'école par ses professeurs et à la maison par Maximilien et Frau Kümmerly, ravala silencieusement son chagrin et cacha ses griefs et ses peurs au plus profond de son cœur. Elle ne comptait pas capituler, ni perdre le droit de faire ses propres adieux. Elle avait maintenant seize ans, elle n'était plus une enfant et personne ne dirigerait sa vie. Dès qu'ils relâcheraient leur surveillance, elle courrait sa chance. Elle irait à Davos se recueillir sur la tombe de son grand-père et verrait la maison une dernière fois. Et d'une façon ou d'une autre, elle serait là lorsque son père, qui n'avait sans doute pu assister aux funérailles, retournerait sur les lieux. Alexandre ignorait sans doute la mort d'Amadéus ; s'il l'apprenait, il viendrait, comme Maggy, dès que le calme serait rétabli.

Six jours après les funérailles, à l'heure du déjeuner, Maggy se sauva de l'école, prit le tramway jusqu'au Hauptbahnhof, attrapa le premier train vers Landquard, prit le chemin de fer alpin et arriva dans le Dorf au moment où les premiers skieurs revenaient des pentes. Elle avait, dans le passé, visité le petit Friedhof avec Amadéus, quand il lui avait montré les tombes d'Irina et de sa sœur. Elle reconnut les vieilles traces dans le cimetière emmuré. Le crépuscule était déjà tombé derrière les montagnes, projetant une ombre sinistre sur la place enneigée et silencieuse, mais Maggy ne pouvait risquer d'attendre l'aube ; Stephan et Émilie étaient probablement déjà au courant de son escapade.

Leurs pierres tombales étaient à peine séparées et Maggy vit qu'on avait tassé la neige empilée sur la tombe d'Irina lorsque celle d'Amadéus avait été creusée. Maggy imagina que les amants étaient assez près l'un de l'autre pour pouvoir tendre leur bras et joindre leurs mains sous la bonne terre suisse. Elle regarda la gravure qui ornait la pierre de son grand-père :

Ruhe in Frieden

— Je reviendrai, dit-elle doucement, avec des fleurs.

Mais pour l'instant, elle avait peu de temps. Elle retourna dans le Dorf et se dirigea vers le magasin situé sur la Promenade, à la recherche de Frau Kranzler qui avait toujours été si gentille avec elle et bonne pour Amadéus. La porte était verrouillée et les volets clos ; une petite note avisait les clients du départ du propriétaire.

Elle trouva Frau Kranzler chez elle rue Tschaggen; ses cheveux poivre et sel étaient couverts d'un foulard; son apparence, habituellement élégante, était rendue terne et ordinaire à cause de son tablier fleuri. Elle était essoufflée et son visage était rougi par l'effort. La mort de son employeur lui avait permis, cette année, d'entreprendre plus tôt son grand ménage de printemps. Elle serra Maggy dans ses bras, l'invita à entrer et prépara du thé.

— M. Gabriel est mort dans son sommeil, lui dit-elle. Je l'ai trouvé chez lui. Je n'avais pas eu de ses nouvelles depuis plus d'une journée. Votre grand-père ne venait pas à la boutique tous les jours, comme vous le savez. Je lui avais déjà proposé de se faire installer un téléphone, mais il n'a jamais voulu. Je lui rendais visite presque chaque jour pendant sa maladie, sinon il me faisait transmettre des messages par le facteur.

— A-t-il beaucoup souffert?

— Pas vraiment, répondit gentiment Frau Kranzler. Le médecin a dit que son cœur a tout simplement cessé de battre.

Elle s'interrompit.

— Il me parlait de vous constamment.

Le visage de Maggy se durcit.

— Ils n'ont pas voulu me laisser venir.

— Je sais. La grippe.

Frau Kranzler s'interrompit une autre fois.

— Votre grand-père comprenait la situation.

Maggy avala son thé rapidement. Elle désirait, plus que tout au monde, s'informer de son père mais la gérante, visiblement, n'était pas au courant de ses allées et venues. Maggy se doutait bien que Frau Kranzler désapprouvait la conduite de sa famille qui avait laissé mourir seul le vieil homme. Mais, malgré toute la sympathie que la dame lui témoignait, elle courait un certain risque à se confier à elle.

— Où est passée Hexi? demanda-t-elle. Je croyais la trouver chez vous.

— Les Meier l'ont emmenée. M. Gabriel avait pris des arrangements, il y a plusieurs mois.

Les Meier étaient fermiers et habitaient un peu plus bas dans la vallée.

— Est-ce que la maison est verrouillée, comme la boutique? demanda Maggy.

— Oui, oui, répondit vivement Frau Kranzler. M. Walther, l'avocat, a les clés. Vous trouverez son bureau dans le Platz, rue Obere.

Elle se leva.

— Voulez-vous que je lui téléphone pour annoncer votre visite?

— Non, répliqua rapidement Maggy. Je vous remercie, mais il est tard. J'attendrai plutôt demain matin.

— Bien sûr. Où passerez-vous la nuit, ma petite?

— Au Belvédère, mentit Maggy et elle ajouta, sur un ton décontracté : quelqu'un est-il venu rendre visite à mon grand-père au cours des dernières semaines, Frau Kranzler?

Son cœur battit plus fort.

— Pas depuis le mois de novembre.

Frau Kranzler plissa les lèvres sévèrement.

— Je crois bien que son ami étranger a passé une semaine à ce moment-là. M. Zeleyev.

— Personne depuis?

La bouche de Maggy était sèche, malgré le thé qu'elle venait de boire.

— Qui d'autre aurait bien pu venir?

La femme s'était adoucie de nouveau.

— Il n'avait que vous.

Elle fit une pause.

— Et ses souvenirs.

Frau Kranzler insista pour appeler un taxi qui la conduirait à l'hôtel Belvédère mais dès qu'ils furent hors de vue, Maggy pria le chauffeur de la conduire dans la rue Dischmat. Elle savait qu'il était inutile de demander les clés à l'avocat qui aurait, de toute évidence, téléphoné à Zurich afin d'obtenir la permission de les lui remettre. Elle désirait être seule, tranquille, pour quelque temps.

Elle régla la course et parcourut à pied les cent derniers mètres qui la séparaient du chalet, appréciant l'épaisse neige sous ses bottes. La nuit était belle, éclairée par le scintillement des étoiles. Un nouveau croissant de lune s'élevait loin dans le ciel, l'air était pur, glacial et calme. Maggy regarda devant elle et vit la maison. Habituellement si accueillante, elle semblait maintenant déserte, avec ses fenêtres obscurcies et sa cheminée éteinte. Elle brisa une fenêtre sur le côté, rejeta au loin les éclats de verre et grimpa sur le rebord, jusque dans le salon. Même dans l'obscurité la plus totale, la maison était pleine de la présence d'Amadéus. Elle reconnut immédiatement les vieilles odeurs familières, sa pipe, la cheminée, un soupçon de schnaps, sa boisson préférée, son savon dans la salle de bains. L'électricité avait été coupée et Maggy alluma une chandelle qu'elle trouva dans le buffet. Elle erra dans la maison, regardant, touchant, se rappelant. Elle s'arrêta un petit moment sur la terrasse qu'Amadéus avait construite pour Irina trente ans plus tôt, puis elle revint à l'intérieur et s'assit sur le fauteuil qu'Amadéus occupait pendant ses visites. Maggy ferma les yeux et pria pour qu'un miracle se produise, que son père se manifeste, là, immédiatement, comme il venait chaque fois, comme si son grand-père, ce sorcier, avait brandi sa baguette magique, pour le convoquer. Mais le sorcier avait disparu et Maggy savait qu'il n'y aurait pas de miracle, qu'Amadéus avait emporté dans sa tombe ces moments magiques, la laissant toute seule à jamais.

Tout ce qu'il possédait était demeuré là, simplement. Opi n'avait jamais accordé beaucoup d'importance aux choses matérielles. Ses biens se résumaient à une reproduction de Hodler, de mauvaise qualité, sur un mur, une étagère à pipe, sculptée par un artisan de la région, et quelques photographies. L'une montrait Irina drapée dans son manteau de zibeline, une autre au bras d'Amadéus ressemblait à n'importe quelle photo de couple rangé et heureux en mariage, une autre représentait Alexandre, tenant dans ses bras Maggy âgée de deux ans, et une autre de Zeleyev, magnifique dans un veston de soirée en soie.

Maggy escalada les marches de bois, entra dans sa

chambre et s'étendit sur son lit quelques minutes, cachant son visage dans le doux édredon, inspirant une bouffée de sécurité et de joie, ce qu'avait été cette maison pour elle, puis elle prit la chandelle et descendit. Dehors elle se dirigea vers l'étable, à l'arrière de la maison.

Pour la première fois, elle se mit à songer à *Éternité*. Elle laissa prudemment tomber goutte à goutte de la cire sur une latte du plancher et enfonça la chandelle fermement avant de se diriger vers le grenier. Rien ne semblait avoir été déplacé. Empoignant une fourche à foin, elle grimpa sur l'échelle et déplaça quelques ballots jusqu'à ce qu'elle se rapproche de la cachette.

Tremblante sous l'effort physique et l'appréhension, elle retira la paille cloisonnant l'ouverture et scruta à l'intérieur de la cachette. La sculpture n'y était pas. À sa place, retenu par une lourde pierre, il n'y avait qu'un papier plié en quatre. Maggy descendit et s'accroupit sur le sol pour lire, à la lumière de la chandelle, la note, très brève, écrite de la main de son père.

Je dirai à Zeleyev où tu pourras me joindre. Ne dis rien à personne. Que Dieu te garde, ma chérie. Fais-moi confiance.

Maggy relut trois fois le bout de papier et le cœur battant, elle approcha le message de la flamme et le brûla. Elle grimpa de nouveau l'échelle, bourra de paille l'ouverture de la cachette, souleva et replaça chaque ballot à l'aide de la fourche, puis redescendit, prit la chandelle et fit disparaître, du bout du pied, la cire collée au plancher. Nul ne semblait avoir touché le grenier. Maggy revint devant la maison et y entra. Elle remonta les escaliers de bois, se dirigeant cette fois dans la chambre de son grand-père, puis elle s'étendit sur son lit, s'imprégnant de sa chaleur et de sa présence pour la dernière fois. Puis elle versa toutes les larmes de son corps jusqu'à ce que le sommeil s'empare d'elle.

Elle fut réveillée peu après huit heures le lendemain matin par l'avocat, Herr Walther, qui avait lui-même été dérangé au milieu de la nuit par Stephan Julius. Ce dernier avait exigé qu'il retrouve et ramène Maggy à Zurich, dans les plus brefs délais.

— Vous avez dit à Frau Kranzler que vous seriez au Belvédère, lui dit-il doucement, impressionné malgré lui par la charmante jeune fille ébouriffée qui avait été assez intrépide pour s'introduire dans la maison, seule, au milieu de la nuit.

— Je suis désolée de l'embarras que je vous cause, répondit-elle, docilement.

— Je vais demander qu'on barricade la fenêtre brisée.

— Voulez-vous que je le fasse moi-même ? offrit-elle.

— Je crois que je devrais plutôt vous ramener à la maison, répliqua Walther. Vous êtes prête ?

Il jeta un coup d'œil à sa montre.

— Voulez-vous vous arrêter au Café Weber, pour prendre une bouchée ?

— Vous êtes très aimable. Maggy hésita. J'aimerais mieux voir le chien de mon grand-père, avant de partir, si vous n'y voyez pas d'inconvénient. Frau Kranzler m'a dit qu'il est à la ferme des Meier.

L'avocat accepta et la conduisit en silence à la ferme et l'attendit dans la voiture.

Maggy trouva Frau Meier et Hexi dans la cuisine dont la porte était grande ouverte : le petit teckel était attaché à l'une des pattes de la table. En voyant Maggy, le chien fut transporté de joie et se mit à aboyer vivement, sa queue s'agitant frénétiquement. La dame d'âge moyen, dodue et souriante, se leva aussitôt et s'essuya les mains couvertes de farine sur son tablier.

— *Gruezi mitenand, Fröli Gabriel,* dit-elle en élevant la voix par-dessus les jappements aigus d'Hexi.

Toutes deux s'étaient rencontrées à deux ou trois reprises au fil des années.

— Frau Kranzler m'a dit que vous viendriez peut-être.

Elles se serrèrent la main et Maggy dirigea son attention

vers le teckel qui tremblait de tout son corps et qui ne cessait d'aboyer.

— Vous êtes bien aimable de vous en être occupée, dit Maggy, tout en défaisant la corde attachée au cou d'Hexi.

— C'était la moindre des choses.

Frau Meier jeta un regard suspicieux vers Maggy.

— Ne la laissez pas s'échapper.

— Pourquoi? Maggy prit l'animal dans ses bras. Elle vous a ennuyée?

— Ennuyée n'est pas le mot, *Fröli*.

Les joues rondes de Frau Meier s'empourprèrent et ses yeux sombres brillèrent avec un amusement forcé.

— Cette créature est impossible, elle jappe et se plaint jour et nuit, mord les vaches, terrifie les poulets. Je suis soulagée que vous soyez venue la chercher. J'ignore combien de temps encore Herr Meier aurait pu la supporter.

Maggy hésita une fraction de seconde. Aucun animal n'avait jamais été autorisé à pénétrer dans la Maison Gründli. Elle savait que le chien d'Opi ne serait pas le bienvenu, mais à l'idée qu'Hexi passerait sa vie attachée et retenue par une corde...

L'avocat, qui attendait patiemment dehors, eut l'air étonné.

— Cela vous dérange, Herr Walther?

Maggy lui lança un sourire désarmant.

— Je la tiendrai sur mes genoux.

En voyant l'éclat de ses yeux turquoise, Herr Walther songea qu'il n'y voyait aucun inconvénient, malgré les nouveaux sièges de cuir dans sa voiture achetée à peine trois mois auparavant. Mais il craignait que Stephan Julius ne se montre pas aussi compréhensif.

— Vous désirez la ramener chez vous, Fraülein?

Maggy s'installa dans la voiture, Hexi blottie contre elle.

— Je la ramène à Zurich, dit-elle, s'apercevant avec un pincement au cœur qu'elle ne pouvait pas appeler la maison de Aurora Strasse, sa maison. Elle venait de quitter à tout jamais sa maison, le petit chalet de bois vieilli, dans le Dischmatal.

Ce fut le teckel qui déclencha, par inadvertance, une explosion dans la Maison Gründli. Ni Hildegarde, ni Émilie ne voulaient d'un chien dans leur reluisante maison, mais ce fut Stephan qui montra le plus de véhémence. S'il avait jamais voulu d'un chien, affirma-t-il sombrement, il se serait procuré un vrai chien, pas un petit animal gâté, en forme de saucisse, avec les jambes arquées. Hexi ne fit rien pour aider sa cause. La première nuit, elle urina sur le tapis Aubussun de couleur crème dans la salle de séjour d'Émilie. Le lendemain matin, elle vomit dans la salle de bains d'Hildegarde et l'après-midi, mordit Rudi à la cheville.

— Pourquoi a-t-elle fait ça? questionna Rudi dont l'étonnement était plus aigu que la douleur.

Le frère de Maggy était complètement étranger à la douleur. Personne ne l'avait jamais maltraité, sauf peut-être Maggy elle-même qui ne lui avait jamais pardonné ni son manque de soutien face à Alexandre, ni sa loyauté vis-à-vis de Stephan.

L'orage éclata une heure plus tard lorsque Stephan et Émilie, de retour d'un dîner d'affaires, apprirent les dernières frasques d'Hexi que Frau Kümmerly rapporta scrupuleusement. Maggy se trouvait dans le jardin, cherchant à persuader Hexi d'utiliser les parterres de fleurs pour se soulager plutôt que les pelouses ou les tapis.

— Magdalen!

Elle reconnut la voix de son beau-père et comprit que Rudi y était allé de ses histoires. La rage et l'irritation commencèrent à bouillir en elle et elle ordonna à Hexi de revenir près d'elle — en vain, puisque le teckel était préoccupé à explorer une haie de rosiers.

— Veux-tu bien enlever ce maudit animal de là et venir dans la bibliothèque, immédiatement!

Ils l'attendaient tous, sa grand-mère également, ainsi que son frère qui, malgré son air malheureux, était sagement assis dans son coin. « Mon peloton d'exécution », songea Maggy. Cela accentua sa colère intérieure.

— Où est le petit monstre ? lui demanda Julius.

— Dans ma chambre.

— La porte est-elle verrouillée ?

— Hexi ne mesure que vingt centimètres de haut, répondit Maggy presque insolemment. Elle ne peut pas atteindre les poignées de porte.

— Tu vois ?

Julius se tourna vers sa femme.

— Tout ce que j'obtiens d'elle est affront et encore affront ! Et tu me demandes de faire des efforts !

— Maggy, commença Émilie. Tu dois comprendre...

— Bien sûr qu'elle comprend, cingla Julius. Elle n'est pas idiote, elle avait parfaitement bien compris qu'elle n'avait pas le droit d'aller à Davos. Elle connaissait les raisons de notre refus, mais elle y est allée quand même. Elle n'en a toujours fait qu'à sa tête ! C'est une enfant impossible !

— Je ne suis plus une enfant.

Maggy se mordit les lèvres.

— Alors, c'est que ta méchanceté dépasse les bornes et qu'on ne peut te faire confiance.

— Stephan, calme-toi, tenta d'intervenir Émilie.

— Ces gestes sont certes répréhensibles, mais ils ne sont pas d'une telle gravité, fit remarquer Hildegarde.

La fugue et l'escapade de sa petite-fille avaient dérangé Hildegarde. Et si Stephan ne s'était pas montré si inflexible en interdisant à Maggy d'assister aux funérailles de son grand-père, elle aurait peut-être réussi à la convaincre d'abandonner ses projets. Elle craignait maintenant que le problème prenne des proportions considérables et redoutait l'agitation qui avait envahi sa maison ordinairement si tranquille.

— Gravité ! Julius se mettait rarement en colère mais il refusait désormais de laisser Émilie s'occuper seule de la discipline de sa fille. Cette fille a menti, déçu et enfreint la loi. Si Peter Walther ne s'était pas occupé de cette affaire, la police aurait pu être appelée sur les lieux.

— Ce n'est pas le cas, répondit Émilie.

— Enfin elle ramène à la maison cette créature ridicule qui n'a pas plus de retenue que son maître en avait et, comme si ce n'était pas suffisant, la sale bête se met à attaquer Rudi sans raison apparente!

— Ce n'était rien.

Rudi prenait la parole pour la première fois.

— Elle t'a mordu.

— Une petite morsure, dit le garçon. Sincèrement, père, ce n'était qu'une toute petite morsure.

Maggy se retourna vers lui.

— Si c'était si petit, pourquoi leur as-tu dit?

— Je n'ai rien dit.

— Alors, comment l'ont-ils su? accusa-t-elle. Hexi en a parlé?

Émilie prit la défense de son fils.

— C'est Frau Kümmerly qui nous a mis au courant et, de toute façon, ça ne change rien.

— Et pourquoi tu avais besoin de pleurer sur l'épaule de Frau Kümmerly? répondit Maggy, dégoûtée. Il a déjà quatorze ans et il agit encore comme un bébé.

— Comment oses-tu critiquer ton frère? tonna Julius. Alors qu'il agit avec courtoisie, décence et...

— Moi aussi, riposta Maggy.

— Tu m'en vois ravi. Tu comprendras alors qu'il n'y a plus rien à ajouter à propos de cet animal.

— Que voulez-vous dire?

Julius ignora sa question.

— Émilie, si tu veux bien trouver le numéro de téléphone d'un vétérinaire, je vais l'appeler sur-le-champ — Maximilien pourra l'y conduire.

Émilie jeta un regard à l'horloge.

— Il est trop tard, aujourd'hui.

— Pourquoi faire? la voix de Maggy était tendue.

— À la première heure, demain matin, alors, dit Julius.

— Pourquoi faire?

Maggy avait l'estomac noué.

— Une injection.

Julius parlait calmement maintenant.

— Je crois que c'est ainsi que les choses se passent. Je suis sûr que c'est indolore.

— Vous voulez tuer Hexi ?

Maggy avait tout de suite soupçonné les intentions de son beau-père mais elle ne voulait pas y croire.

— Pour une toute petite erreur ?

— Père, je vous en prie.

Rudi était blême.

— C'est sans doute moi qui ai effrayé la petite bête, je ne crois pas qu'elle voulait me faire mal.

Hildegarde semblait également mal à l'aise.

— Cela me semble plutôt radical, Stephan, dit-elle doucement. Maggy pourrait essayer de trouver des nouveaux maîtres pour le chien.

— Où ? Dans la région ?

Le ton de Julius était sarcastique.

— Elle s'est si bien comportée chez les Meier qu'ils devaient la garder attachée jour et nuit. C'est Magdalen elle-même qui nous l'a dit.

Il fit une pause.

— Non, j'ai pris une décision et c'est irrévocable.

— Vous n'avez pas le droit, répondit Maggy, d'une voix blanche.

— Il a raison.

Émilie approuvait son mari bien qu'à contrecœur ; mais puisqu'il exigeait si rarement quelque chose de l'un ou l'autre de ses enfants, elle se sentait obligée de le soutenir. Tu dois voir, Maggy, que...

— Je ne vois rien d'autre que sa cruauté.

Émilie se mordit la lèvre.

— Tu as un autre choix, Julius répondit-il brusquement à sa belle-fille.

— Oui ?

— Je pourrais abattre la créature.

Tout comme les autres hommes de la région, Julius gardait son arme chargée dans ses appartements.

— C'est ce que tu préférerais, Magdalen?

Maggy le fixa.

— Père, commença Rudi, puis il se tut.

— Eh bien? Julius attendit.

Le pouls de Maggy battait à tout rompre et elle se sentait malade. Elle réalisait qu'elle s'était contenue toutes ces années. Elle avait choisi de souffrir en silence, sauvée par ses visites à Davos qui lui faisaient oublier son existence étouffée à Zurich. Avant chacun de ses retours, Amadéus l'avertissait de ne pas souffler un seul mot sur Alexandre et chaque fois, elle refoulait ses émotions.

Maintenant, elle craquait.

— Vous êtes un homme immonde, dit-elle à Julius, la voix tremblante. Je l'ai su dès que je vous ai vu, mais je n'étais alors qu'une petite fille, je n'avais aucun droit.

— Tu as toujours eu des droits, dit Hildegarde, d'un ton de détresse.

— Vraiment? J'ai eu des droits lorsque vous avez renvoyé Papi loin de moi, sans même me laisser lui dire un mot?

Elle se retourna vivement vers sa mère.

— Croyez-vous que j'allais jamais oublier cette nuit où vous m'avez enfermée à clef dans ma chambre?

— C'était pour ta propre sécurité, dit Émilie.

— Je ne vous crois pas! Je ne vous ai jamais pardonné et je ne le ferai jamais!

— C'est assez! interrompit Julius.

Maggy était incapable de s'arrêter.

— C'était déjà affreux comme ça mais vous avez tous agi comme si Papi était un criminel, de façon à ce qu'il ne puisse pas revenir en Suisse... pour qu'il ne puisse pas me revoir. Mais il m'a revue.

Sa peau était brûlante et ses yeux brillaient de rage.

— Il m'a revue souvent... chaque fois que j'allais à Davos!

— Pas quand j'y étais.

Rudi était abasourdi.

— Bien sûr que non. Papi ne venait pas quand tu y étais, il savait qu'on ne pouvait pas te faire confiance.

Maggy savait qu'elle malmenait son frère, elle savait que rien n'était de sa faute, mais sa rage était si grande qu'elle ne pouvait la contrôler.

— Je vous l'avais bien dit, soupira Hildegarde, le teint livide. J'avais dit qu'Amadéus aiderait Alexandre, malgré sa culpabilité.

— Il n'a rien fait, lança violemment Maggy à sa grand-mère. Rien comparé à ce que vous lui avez fait... ainsi qu'à moi !

Elle prit une profonde respiration.

— Nous vous avons bien eus ! Malgré vous, nous avons passé de merveilleux moments ensemble et vous n'avez jamais rien soupçonné !

Toute la haine et les frustrations de Maggy éclataient dans une passion déraisonnée, ainsi que l'amour fidèle et indestructible qu'elle vouait à son père et son grand-père. Elle leur avoua tout puisqu'il était trop tard et qu'elle ne risquait plus rien, qu'elle ne retournerait plus jamais là-bas. La famille écouta dans un silence consterné alors qu'elle décrivait les jours et les nuits idylliques passés en compagnie d'Amadéus et Alexandre. Elle leur parla de Konstantin Zeleyev et de ses histoires fascinantes sur Irina, Saint-Pétersbourg et Paris. Elle leur parla de la sculpture en or solide avec des diamants, des saphirs et des rubis, une sculpture plus belle et précieuse que tout ce qu'ils avaient jamais pu voir.

— Parle-nous, dit enfin Julius, interrompant pour la première fois son discours exalté. Parle-nous davantage de cette sculpture.

Maggy s'aperçut trop tard de son erreur. Le beau-père de Maggy oublia momentanément le sort d'Hexi et les révélations sur Alexandre. Il l'interrogea, exerçant un contrôle impressionnant sur la haine qui le hantait.

— Herr Walther n'a pas mentionné l'existence d'une sculpture lorsqu'il nous a fait un compte rendu des biens du vieil homme. Il n'a rien dit sur de l'or ou des bijoux. Au contraire, il a affirmé qu'il n'y avait aucun bien de valeur, sauf la maison.

Maggy s'en voulut en silence de sa stupidité.

— Elle invente des histoires, déclara Émilie, d'un ton incertain.

— Je ne crois pas, répondit Julius, ses yeux ne quittant pas le visage de sa belle-fille. Elle a peut-être exagéré un peu, mais il y a du vrai dans ce qu'elle raconte.

Maggy gardait toujours le silence. Elle songea à la note que son père lui avait laissée et se jura de ne plus jamais dire un seul mot pouvant le trahir, peu importe ce qui lui arriverait.

— Vous ne pourrez jamais m'enlever tous ces moments merveilleux, lança-t-elle à sa mère.

Le regard d'Émilie devint glacial.

— Quel plaisir y avait-il de passer du temps dans une vieille maison avec un homme adultère et un sauvage?

Maggy dévisagea sa mère avec haine. Elle était prête à la cingler de nouveau.

— Tu crois vraiment que ton père est un homme bon et décent, n'est-ce pas? demanda froidement Émilie. Et pourquoi pas, puisque personne ne voulait que tu saches la vérité, toute la vérité.

— Émilie! lança Hildegarde en l'avertissant.

— Nous voulions t'éviter plus de peine que tu n'en avais déjà, continua Émilie. Tu croyais que je ne m'inquiétais pas de ton sort, que j'étais méchante et vindicative. Je t'ai caché la vérité toutes ces années, malgré la colère et la haine que tu me vouais, quoi que tu fasses pour me punir.

— Émilie! essaya une autre fois Hildegarde, mais Julius lui coupa la parole.

— Laissez-la continuer, dit-il calmement. Elle est assez âgée pour connaître la vérité.

— Mais Rudi? Hildegarde jeta un regard désespéré vers le garçon.

Émilie hésita un court instant, regarda son fils sagement assis dans son coin, puis elle hocha la tête.

— Je ne peux pas continuer ainsi plus longtemps, dit-elle. Rudi n'a jamais nourri d'idées fantaisistes sur Alexandre — il a si peu de souvenirs de lui, n'est-ce pas, mon chéri?

Elle esquissa un petit sourire désabusé.

— Il porte peut-être le nom de Gabriel, mais il n'a certes pas leur nature. Ce n'est pas comme Maggy.

Maggy était restée debout depuis son entrée dans la bibliothèque. Maintenant, ses jambes chancelaient et elle s'assit sur la chaise la plus proche.

— Quels nouveaux mensonges allez-vous me raconter, mère?

— Pas des mensonges, répondit cette dernière, je vais te dire la vérité dans toute son horreur.

Émilie apprit à sa fille et à son fils qu'Alexandre Gabriel était un homme faible qui, pendant des années, s'était non seulement saoulé mais également drogué pour fuir les réalités de la vie. Jusqu'à cette terrible nuit de juin, neuf années auparavant, il était parvenu à conserver un minimum de contrôle sur lui-même. Ce soir-là pourtant, une de ses vieilles connaissances était venue en ville. C'était l'homme dont parlait Maggy comme d'un personnage de contes de fée. C'était Zeleyev, le Russe.

— Je ne savais pas que c'était un ami de votre grand-père. Je croyais que c'était un étranger, je ne l'ai bien vu qu'au moment où il a ramené votre père au milieu de la nuit.

Émilie regarda Maggy.

— Tu l'as décrit comme l'homme le plus élégant que tu aies jamais vu. Lorsque moi je l'ai vu, cette nuit-là, il était répugnant, ivre mort.

— Continuez, mère.

La voix de Maggy tremblait légèrement. Elle se sentait engourdie, mais protégée par un étrange et épais cocon d'irréalité.

— C'est ce Russe qui m'a appris ce qui était arrivé. Votre père était à peine conscient à ce moment-là... je me souviens qu'il a fallu un océan de café noir pour lui redonner un peu de vie. Je me rappelle aussi que votre grand-mère et moi essayions de lui faire avaler le café. Il s'étouffait et vomissait sur nous.

À ce souvenir, son visage s'aigrit.

Hildegarde étendit le bras vers Émilie.

— Je souhaiterais que tu ne continues pas, lui dit-elle. Rien de bon n'en sortira.

— Ça me fait du bien, répliqua brusquement Émilie.

— Continuez, mère, répéta Maggy.

— Le Russe nous dit qu'il avait bu trop de vodka. Il nous avoua qu'il buvait de temps à autre et qu'alors son comportement n'était plus le même. Il nous a dit que mon mari avait bu du whisky, du vin et de la bière et qu'il avait fumé de la marijuana. Ensuite, ils avaient ramassé une prostituée sur Niederdorf-Strasse et ils l'avaient conduite dans une chambre à l'intérieur d'une maison mal famée.

— Maman, s'il vous plaît, dit calmement Rudi.

— Je ne peux pas m'arrêter, Rudi, je suis désolée.

Émilie poursuivit implacablement son récit.

— Le Russe affirma qu'Alexandre était trop saoul pour profiter de la prostituée et, malgré ses protestations, il avala des pilules. De la benzidine, une sorte d'amphétamine. Je n'avais jamais entendu parler de ça avant cette nuit-là. Le Russe nous expliqua que ces pilules stimulent le métabolisme de façon prodigieuse.

Elle regardait Maggy et son récit sortait, tombant de ses lèvres calmement, sans le moindre soupçon de colère.

— Cela conduisit votre père à deux doigts de la folie, le changeant en animal sauvage.

— Je ne vous crois pas.

Le cocon de protection disparaissait peu à peu. Maggy serra les poings très fort.

— Crois-moi, Maggy, personne n'inventerait une vérité aussi cruelle. C'était mon mari, souviens-toi, pas seulement le père de mes enfants. Ton père adoré...

Elle attendit un moment.

— C'était mon mari qui a violé, battu et à demi étranglé

cette femme avant que son camarade ne les sépare.

— Comment osez-vous mentir de la sorte? souffla Maggy.

Émilie n'avait pas encore terminé. Zeleyev, heureusement, avait assez de présence d'esprit pour sortir le corps de la prostituée hors de la maison et la laisser, sans être vu, dans une ruelle avec une liasse de francs assez substantielle, espérait-il, pour qu'elle garde le silence lorsqu'elle reviendrait à elle. Ensuite, il avait ramené Alexandre à la Maison Gründli.

— Votre grand-mère a tout organisé, j'avoue que j'étais dans un tel état que je n'aurais pas pu être utile à grand-chose.

— Qui l'aurait été? dit Julius.

— Hildegarde savait qu'il était impossible qu'Alexandre reste ici une nuit de plus. Si la femme avait appelé la police, ou si elle avait été trouvée, on ne sait pas ce qui aurait pu nous arriver. Notre mariage était manifestement terminé... Je ne supportais pas l'idée qu'il puisse vivre sous le même toit que nous tous, qu'il puisse encore partager mon lit. Et il fallait songer à votre sécurité, les enfants.

— Comprends-tu pourquoi, maintenant? demanda calmement Julius à Maggy, mais elle ne pouvait pas répondre.

Hildegarde continua le récit entrepris par Émilie.

— J'ai réveillé mon avocat, insistant pour qu'il vienne à la maison sur-le-champ afin de préparer les papiers nécessaires. J'ai dit à Maximilien de reconduire le Russe au Hauptbahnhof et de se préparer à conduire Alexandre au-delà de la frontière la plus proche le plus rapidement possible.

Le corps de Maggy tremblait bien que son regard demeu-rât clair.

— Tu n'avais que sept ans, Maggy. Nous t'avons enfer-mée à clef afin que tu ne découvres pas la sordide vérité. Nous avons préféré que tu nous en veuilles, plutôt que tu saches ce que ton père avait fait.

— Comment l'avez-vous forcé à partir?

La voix de Maggy était maintenant éteinte. Le choc et l'horreur et, par-dessus tout, l'incrédulité tourbillonnaient au-dedans d'elle, la laissant un moment indifférente, un moment épuisée.

— Comment l'avez-vous forcé à m'abandonner ?

— Il n'a pas eu le choix, répondit Émilie. Il ne pouvait pas rester ici et, s'il avait été arrêté, si on l'avait envoyé en prison, il savait qu'il n'aurait pas pu le supporter. Il était désespéré. Nous lui avons fait prendre une douche froide, nous l'avons aidé à mettre des vêtements propres... nous avons brûlé ceux qu'il portait. Il a signé tout ce que l'avocat a mis devant lui... sa main tremblait.

— Que lui avez-vous fait signer ?

— Un document stipulant qu'il n'avait plus aucun droit sur l'héritage de ta grand-mère, un autre cédant ses droits sur ce qu'il hériterait de son père...

— Le document qu'il a signé nous transmet la totalité de ce que son père lui laisse, précisa Hildegarde.

— C'était peut-être davantage que ce que nous imaginions, ajouta Julius en se souvenant de la sculpture.

— Il a signé un papier confirmant qu'il m'abandonnait, qu'il ne contesterait pas notre divorce et qu'il ne revendiquerait aucun bien.

Ayant presque terminé son récit, Émilie ne pouvait plus reculer.

— Et enfin, il signa un dernier papier, continua-t-elle en baissant le regard.

— Oui ? Les yeux de Maggy brûlaient.

— Ton père a juré que jamais il ne te reverrait, pas plus que ton frère et ce, pour le restant de ses jours.

Toutes les émotions déchirées de Maggy se transformèrent en une seule et violente réponse. Elle croyait avoir connu la haine, elle réalisait maintenant que ce n'était que la passion d'une enfant, banale à côté de l'horreur brûlante qu'elle ressentait à présent.

Sa mère mentait, c'était évident. Maggy ne croirait jamais l'histoire hideuse d'Émilie, jamais. Quelque chose d'épouvantable était arrivé cette nuit-là, mais ce n'était certainement pas ce qu'elle venait de raconter. Sa mère, mariée à un homme qui avait bâti sa fortune en vendant des armes, dont plusieurs avaient été destinées aux Allemands avant la guerre, parlait de son père comme d'un monstre dépravé. Maggy savait qu'Alexandre Gabriel était un père et un fils doux, bon et aimant.

Maggy se redressa lentement et les dévisagea tous, un par un, chaque membre de sa famille réunie autour d'elle. Son beau-père immonde. Sa grand-mère, si digne, mais capable pourtant de bannir son fils. Rudi, son propre frère, ébahi, le visage cramoisi, ne songeant pas un seul instant à défendre son père ou sa sœur. Puis elle regarda Émilie, la pire de tous, maintenant usée, minée par l'effort de ses inventions et de sa cruauté.

Maggy savait maintenant ce qu'était la haine pure.

Chapitre 7

Maggy quitta la Maison Gründli cette nuit-là.

Elle partit avec Hexi, le pauvre teckel condamné, une petite valise de cuir Madler et son passeport secrètement récupéré dans le secrétaire du cabinet de travail de son beau-père. Elle se glissa hors de la maison peu après quatre heures du matin.

Elle n'éprouvait aucun regret. Elle ressentait peut-être un soupçon de remords pour Rudi, mais rien de plus. Elle et son frère se ressemblaient, mais ils n'avaient jamais rien eu en commun. Ils ne s'étaient jamais sentis proches et n'avaient que rarement partagé de secrets même les plus insignifiants.

Elle marcha jusqu'à Römerhof, en suivant la route du tramway numéro 8, elle se dirigea vers la Schauspielhaus, puis se rendit jusqu'à Ramistrasse. Arrivée au Quaibrücke, Maggy hésita ; la route qui suivait le Limmatquai était plus directe, mais elle risquait davantage d'y rencontrer des fêtards nocturnes et elle désirait éviter tout ennui. Elle traversa le pont, regardant au loin le rivage du lac baigné de lumière, traversa la Place Bürkli et tourna à droite sur Bahnhofstrasse.

— Voici l'une des rues les plus élégantes au monde, dit-elle à Hexi, tapie au pied d'un tilleul.

Elle remuait sa petite queue, tirant sur sa laisse,

impatiente d'arriver.

— Mami et Omi ont passé la moitié de leur vie, ici, à faire du lèche-vitrines et à boire du café, à bavarder. Moi, je n'ai jamais aimé ça.

La plupart des gens qu'elle connaissait adoraient cette ville. Les Zurichois en étaient fiers et les touristes la trouvaient la plus civilisée et la plus charmante de toutes les villes. Maggy se demandait parfois si sa vie aurait été différente si elle était née dans une autre famille, élevée dans un milieu moins étouffant. Ses amies à l'école semblaient toutes très heureuses. Elle devait bien l'avouer, elle aussi avait été heureuse jusqu'au départ de Papi...

La Paradeplatz était calme et le crissement des semelles de caoutchouc de Maggy ainsi que le grattement des pattes d'Hexi étaient presque les seuls sons que l'on percevait dans la paix du petit matin. Elles dépassèrent Franz Carl Weber, le grand magasin de jouets, puis Goldschmidt, le magasin préféré de Omi, les grands magasins à rayons, Jelmoli et Globus, situés derrière les jardins Pestalozzi, puis les deux hôtels au bout de la rue, le St Gotthard et le Schweizerhof, d'où se dégageaient lumière et chaleur. Tout était silencieux, presque fantomatique, mais Maggy éprouvait un calme intérieur étrange, rassurant, qui l'encourageait à poursuivre sa route.

Le Hauptbahnhof était calme également, chaque son résonnait dans le grand édifice. Maggy acheta un billet, aller simple jusqu'à Genève, puis elle alla se cacher avec Hexi dans une cabine des toilettes pour femmes, jusqu'à ce que le premier train du jour soit prêt pour le départ.

Ne voulant pas attirer l'attention sur elle et inquiète qu'Hexi lui fasse honte pendant le voyage, Maggy s'installa avec la petite chienne sur le sol du train de marchandises, essayant de réfléchir rationnellement à ce qu'elle devait faire. Elle allait à Genève parce qu'elle croyait y trouver Konstantin Zeleyev; c'est là qu'il lui avait dit travailler la dernière fois qu'ils s'étaient vus. La note de Papi laissait clairement sous-entendre que le Russe était désormais le seul homme à qui il pouvait faire confiance.

Maggy devait le retrouver à tout prix.

Elle avait vidé sa tirelire — un gros cochon de porcelaine qu'Alexandre lui avait donné pour ses quatre ans et dans lequel il glissait quotidiennement des pièces de monnaie et des petits mots, jusqu'à ce qu'il parte. Maggy avait continué d'y ajouter ses économies depuis. Elle avait également apporté son carnet de banque pour le compte qu'on lui avait ouvert le jour de son douzième anniversaire à la Banque Shweizerische. Elle se doutait bien qu'il lui serait difficile de retirer de l'argent sans le consentement de ses parents, elle savait également que les fonds investis en sa faveur à la Banque Gründli étaient sans doute perdus à jamais, mais d'une façon ou d'une autre, elle se débrouillerait. Elle portait sur elle deux bijoux, la montre en or blanc Patek Philippe qu'Hildegarde lui avait offerte pour son dernier anniversaire et la petite chevalière en or gravée à ses initiales que son père lui avait donnée. Elle avait laissé derrière elle plusieurs objets de valeur, ses jolis pendentifs en saphir, son bracelet à breloques en or, son collier et sa croix en or dix-huit carats offerts pour sa première communion. Elle avait ces bijoux depuis le mariage de sa mère avec Stephan Julius et elle n'en voulait plus. Elle préférait mourir que de vendre sa chevalière, mais en cas de besoin, elle vendrait sa montre.

La journée était superbe ; la vue sur le lac Léman coupait le souffle et, en arrivant à la gare de Cornavin, Maggy était presque comblée. Elle savait que Genève était une ville plus petite que Zurich, mais elle semblait plus grande, plus resplendissante et si étrangère. Les yeux écarquillés, elle déposa sa valise au comptoir des bagages, acheta une barre de chocolat au lait Lindt qu'elle partagea avec Hexi et sortit pour marcher dans la rue des Alpes, arrivant bientôt sur le Quai du Mont-Blanc et au magnifique lac de Genève.

La matinée était claire et un vent glacial balayait le lac tandis que Maggy traversait la Rade de Genève en contemplant les bateaux de plaisance et la fameuse fontaine qui propulsait de l'eau vers le ciel. Elle se balada dans les rues pendant plus de deux heures, le long du lac, croisa le Rhône de la rive droite à la rive gauche, appréciant le soleil, le son français des voix qui l'entouraient et regardant avec plaisir les devantures des magasins. « C'est une ville de montres », observa-t-elle, en voyant des centaines, toutes très belles et chères ; des Baume et Mercier, des Blancpain, des Rolex, des Audemars Piguet, des Vacheron Constantin. Genève n'était certainement pas la ville désignée pour essayer de vendre sa Patek Philippe. Elle songea combien il lui avait été désagréable de faire les magasins chez elle. Peu importe la beauté et la valeur des marchandises, la Bahnhofstrasse était charmante avec ses tilleuls en fleurs et Maggy était invariablement à la remorque de sa mère ou d'Omi. Cet après-midi, pour la première fois, elle se sentait libre. Par contre, elle se rendait bien compte qu'elle ne pouvait pas demeurer ici trop longtemps. Les Industries Julius AG avaient plusieurs bureaux sur la rue Rothschild et son beau-père se rendait à Genève une fois par semaine, habituellement le lundi ; aujourd'hui, c'était mercredi mais Maggy préférait ne pas courir de risque. De toute façon, elle était venue pour une seule raison.

Zeleyev avait parlé d'une firme d'orfèvres nommée Perrault et Fils. Serrant un peu plus la laisse d'Hexi, Maggy s'arrêta devant un téléphone public, feuilleta l'annuaire et trouva l'adresse. Son optimisme remonta, elle allait se retrouver nez à nez avec le Russe dans quelques instants. Et elle trouverait son père également.

Située dans la rue du Rhône, la maison Perrault et Fils paraissait vieille et imposante, sa salle d'exposition s'étendait sur deux étages, un endroit silencieux imprégné d'une atmosphère respectable qui rappelait à Maggy la *Grosse Halle* de la banque familiale. Une dame était assise sur une chaise de velours dans un coin reculé du magasin, conseillée par un homme aux cheveux grisonnants, chic dans son uniforme gris de vendeur. La dame portait des fourrures et serrait un petit chien sur sa poitrine. Maggy fit de même avec Hexi, attentive à ne pas salir le tapis rose pâle de l'entrée ; le teckel tenta de s'échapper mais Maggy le serra plus encore tandis qu'un autre vendeur élégant s'approchait d'elle.

— Bonjour, mademoiselle.

Il s'adressa à elle avec la plus grande courtoisie malgré l'air désapprobateur qui transparaissait de chacun de ses traits. Maggy réalisa que c'était ses vêtements qu'il désapprouvait. Elle possédait une garde-robe superbe choisie surtout par Émilie, le genre de vêtements qui auraient servi de passeport pour être reçue avec respect dans un établissement si huppé. Elle avait fui la maison, vêtue de pantalons de ski noirs, d'un pull-over bouffant couleur turquoise et de son vieux manteau en peau de mouton. Des vêtements qu'elle aurait pu porter dans la Schwarzhorn, mais pas dans ce haut lieu du raffinement, après avoir passé la nuit dans des toilettes pour dames à la gare et voyagé dans un wagon de marchandises.

— Je cherche M. Zeleyev, dit-elle en retenant son souffle.

Hexi se tortillait dans ses bras en gémissant.

Le vendeur demeura impassible.

— Vous deviez rencontrer ce monsieur ici, mademoiselle?

— Non, monsieur. Bien sûr, j'espérais le rencontrer, mais...

— Monsieur est un client?

Il pencha sa tête légèrement.

— Je crains ne pas me rappeler d'un client nommé — il hésita.

— Zeleyev, répéta Maggy. Il travaille ici.

L'air désapprobateur réapparut aussitôt.

— Non, mademoiselle.

Le cœur de Maggy se noua.

— Alors, il travaillait ici, il y a quelque temps.

— Combien de temps, exactement?

La porte d'entrée s'ouvrit et un couple âgé et distingué entra. Le vendeur inclina la tête vers eux.

— Il y a deux ou trois ans, répondit Maggy, mais M. Zeleyev n'aurait pas travaillé dans ce magasin, monsieur. C'est un orfèvre.

Elle vit l'agacement poindre dans ses yeux.

— Auparavant, il travaillait pour la Maison Fabergé à Saint-Pétersbourg.

— Vraiment?

Ses lèvres se plissaient d'une ironie désabusée.

— Ainsi, c'était il y a très longtemps de cela, n'est-ce pas? De toute façon, ce monsieur ne travaille pas pour Perrault et Fils maintenant. Je suis désolé.

Le chemin avait été trop long pour abandonner la partie aussi facilement.

— Peut-être pourriez-vous vérifier dans vos anciens livres?

— Je n'ai aucune raison de le faire.

— Mais si, justement, insista-t-elle.

Toujours dans ses bras, Hexi grogna, un désagréable petit bruit venant du fond de sa gorge.

— Il est urgent que je trouve M. Zeleyev.

L'air désapprobateur devint de la répulsion.

— Alors, je vous suggère de nous laisser vos nom et adresse. Si jamais il était possible de retracer ce monsieur, alors la compagnie le laissera savoir.

— Je ne peux pas faire ça. Je veux dire, je ne peux pas attendre une lettre. C'est trop urgent.

— Je ne peux rien faire de plus, sinon vous souhaiter une bonne journée.

Il se dirigea vers la porte et posa sa main sur la poignée.

— S'il vous plaît, monsieur.

Maggy fit appel à lui une dernière fois, mais sans succès. La porte s'ouvrit.

— Au revoir, mademoiselle.

De façon significative, le vendeur ne jugea pas important de la remercier pour sa visite. La porte se referma derrière elle. Maggy serra Hexi contre sa poitrine pour la rassurer comme si le teckel avait été insulté lui aussi, puis elle le posa par terre.

— Que fait-on, maintenant? demanda-t-elle et, ne recevant pas de réponse, elle ajouta :

— Nous continuons.

Elle ne pouvait plus perdre de temps, Maggy s'embarqua donc pour une tournée rapide des orfèvres de la ville. Il y avait moult magasins reconnus dans la rue du Rhône, quelques-uns encore sur le Quai du Général Guisan, Place du Molard et, sur l'autre berge, à la Place des Bergues. Ce fut une expérience exceptionnelle mais combien décevante. Personne ne connaissait Zeleyev, personne n'avait jamais entendu son nom. Maggy s'arrêta au bureau de poste de la rue du Mont-Blanc et lut tous les annuaires de la ville et des quartiers avoisinants, mais le nom de Zeleyev ne s'y trouvait pas listé. Elle échangea quelques francs pour des centimes, s'enferma dans une cabine téléphonique et appela les orfèvreries qu'elle n'avait pas encore vues. Hexi qui avait faim s'agitait et remuait en geignant et en grattant les murs. Puis elle se mit à japper, si bien que Maggy n'entendait plus les voix à l'autre bout du téléphone. Si Konstantin Zeleyev était toujours à Genève, ce dont elle doutait de plus en plus, elle ne le retrouverait pas.

Pour la première fois, elle était démoralisée. Bientôt, il ferait noir et elle n'avait aucun endroit où dormir. Entourée de luxueux hôtels, elle réalisait que si elle payait une chambre, elle dilapiderait tout son argent en quelques jours. Par contre, si elle retournait à Zurich, elle craignait d'être engloutie à tout jamais dans le monde cupide et cruel des Gründli et des Julius. Ses espoirs et ses rêves seraient réduits à néant. Et elle risquait de ne plus jamais revoir son père.

Elle marcha, plus lentement, vers un petit parc situé à côté du lac, où Hexi, à la faveur de la nuit, put se soulager sur l'herbe, gambader quelques minutes puis, comme si elle se rappelait sa faim et sa lassitude, revenir en courant vers Maggy et gratter les jambes de sa maîtresse avec ses petites pattes, jusqu'à ce que Maggy s'avoue vaincue et la prenne dans ses bras.

— Et maintenant ?

Elle s'assit sur un banc, Hexi sur ses genoux.

— Que penses-tu de passer toute la nuit ici ?

Le teckel fourra son long nez à l'intérieur de la poche de Maggy, à l'endroit d'où elle avait sorti plus tôt la tablette de chocolat. Maggy songea, que, même si l'endroit semblait sécuritaire, la police risquait de passer par là, de l'interroger et elle se retrouverait à Zurich avant l'aube. Ce serait la fin d'Hexi.

C'est alors que la solution lui apparut. Il devenait évident qu'elles devaient poursuivre leur route. Un seul endroit lui vint à l'esprit. La ville dont Zeleyev avait parlé avec tant d'entrain ; la ville où Irina Valentinovna Malinskaya, la femme que Maggy n'avait jamais rencontrée mais avec qui elle s'était sentie parfois avoir plus d'affinités qu'avec sa propre mère, avait été si heureuse. L'endroit où Zeleyev avait le plus de chance de se rendre s'il avait quitté Genève. Il l'avait assurée qu'elle en serait éblouie.

— C'est cela, murmura-t-elle, en plantant un baiser sur la fourrure rugueuse d'Hexi.

Elle avait pris sa décision. Elle retournerait jusqu'à la gare et trouverait une chambre pour la nuit dans une pension modeste et, au matin, elle ferait un dernier effort pour retrouver le Russe dans cette ville. Alors, elle et Hexi s'embarqueraient dans un autre train et quitteraient la Suisse.

Pour Paris.

Elle attrapa un train au début de l'après-midi et fit un autre voyage désagréable. Elle avait tenté de s'installer dans un compartiment de seconde classe avec Hexi, mais le chef de train avait expédié le chien dans un wagon de marchandises et Maggy l'avait accompagné.

Elle se souciait peu du manque de confort, car elle contemplait le paysage à travers les vitres du couloir. Le passeport de Maggy avait été vérifié à deux reprises, premièrement par les officiers suisses et ensuite par les Français. Les Alpes étaient maintenant derrière et le train s'était arrêté un peu à Lyon. Maintenant, ils longeaient la Saône, du côté nord à travers la Bourgogne, traversant la campagne, particulièrement jolie malgré les froids de février, avec ses montagnes, ses forêts, ses vignobles et ses énormes troupeaux de bovins Charolais.

Le chef de train, plein de remords d'avoir confiné la jolie jeune fille dans un wagon de marchandises, profita d'un arrêt à

Dijon, pour lui apporter un plateau où il avait placé une assiette de Camembert, du pâté ainsi qu'un quignon de pain frais, un verre de vin rouge et une serviette de table.

— Pour vous, mademoiselle, avec mes compliments.

Il posa le plateau sur une caisse d'emballage et esquissa un sourire en voyant le teckel s'animer, remuer la queue et gémir de faim.

— Sans doute votre p'tite amie voudra goûter au pâté, dit-il. Pour vous, puisque nous venons de passer Beaune et que ce serait sacrilège de quitter cette région sans boire une goutte, je vous ai apporté un verre provenant de ce vignoble.

— Merci beaucoup, monsieur.

Maggy fut touchée. Elle venait à peine de quitter le toit familial et déjà, on la traitait en adulte — c'était une sensation merveilleuse. Zeleyev lui avait aussi donné cette impression. Cela lui plaisait, mais elle avait également reconnu les ruses du Russe pour lui faire du charme. Cette fois, elle sentit qu'elle avait charmé cet étranger. Il ne l'avait pas traitée en adolescente, mais en vraie jeune femme.

« C'est bizarre », pensa-t-elle, « de quitter sa terre natale, presque sans crainte et sans appréhension ». Elle adorait la Suisse, sa beauté et sa splendeur. Elle méditait sur sa fuite de Zurich et elle savait qu'elle aurait sans doute été merveilleusement heureuse parmi les siens si elle n'était pas née dans la famille Gründli. Mais sa vie là-bas appartenait maintenant au passé. Elle avait franchi une étape et encore une autre, laissant derrière elle le pays des vins et glissant vers le nord-ouest, à travers l'Ile de France. Sa nouvelle vie l'attendait.

Le train entra dans la gare de Lyon, à Paris, peu après six heures. Maggy, excitée mais accablée par la cohue du soir, ramassa sa valise d'une main, aida Hexi à quitter la plate-forme de l'autre et se fraya un chemin à travers la foule, hors de la gare, jusqu'au boulevard Diderot. Maggy se sentait sale et échevelée. Ses longs cheveux épais s'étaient depuis longtemps échappés du ruban de satin qu'elle avait noué tôt le matin. La veille, à Genève, elle s'était sentie seule et vulnérable. Elle pensa qu'à présent elle devait redouter dix fois plus cette *terra incognita*, cette ville étrangère. Pourtant, elle ne s'était jamais sentie plus sûre d'elle-même, plus convaincue de la justesse et du bien-fondé de ses actions.

D'instinct, elle tourna à gauche sur le boulevard embouteillé et elle se retrouva sur le Quai de la Râpée. Au bout de la rue coulait la Seine. Ce fleuve dont ils fredonnaient jadis les charmes au chalet de son grand-père.

— C'est un présage, Hexi, dit-elle au teckel qui, sentant son excitation, éternua en se tortillant. Encore quelques minutes... nous devons traverser cette rue.

Maggy franchit la rue, puis traversa son premier pont de Paris ; elle avait remarqué du côté éloigné du fleuve, des marches menant au quai. Son excitation augmenta, c'était un signe favorable et une nouvelle énergie anima ses jambes tandis qu'elle descendait les marches et, finalement, qu'elle déposait Hexi sur le sentier. L'allée était très large et caillouteuse, garnie de carrés d'herbes et d'arbres et le petit chien, ravi de ne plus être enchaîné à sa laisse, gambada ici et là, reniflant, creusant par terre, se retournant souvent vers Maggy en jappant.

Il faisait noir et passablement froid ; toutefois, Maggy n'avait pas la même anxiété que la veille à Genève. Elle se sentait libre et en sécurité. Personne ne songerait à la chercher ici. Lorsqu'elle avait explosé devant sa famille dans la bibliothèque — cela faisait deux nuits déjà ? — et révélé toute la vérité sur son père, ses rencontres, Zeleyev, ses aventures et ses histoires, elle n'avait cité Paris qu'en exemple. Si sa famille la recherchait, elle irait plutôt du côté des montagnes, là où elle pensait que Maggy avait été le plus heureuse. La valise de cuir qu'elle tenait à la main lui parut plus légère. Son instinct semblait clairement la conseiller et l'encourager : « Continue », entendait-elle, « tout ira très bien, continue, toujours devant ».

Un épais brouillard s'abattit sur Paris. La berge du fleuve, éclairée seulement par quelques becs de gaz, prit une allure plus sombre et moins accueillante. Les saules pleureurs courbaient gracieusement leurs feuilles au-dessus du large sentier et de temps à autre, des couples enlacés passaient d'un pas vif. Ils étaient venus près de la rivière dans l'espoir de faire une promenade romantique, mais ils trouvaient le temps trop frais pour s'attarder. Hexi, de nouveau fatiguée et impatiente de manger et d'avoir un gîte confortable, sautait sur les jambes de Maggy, voulant être portée. En passant près de péniches amarrées, Maggy reconnut des arômes de cuisine et, figée sur place, elle huma pendant quelques secondes une bouffée d'air chaud qui s'échappait de l'une des péniches ; elle entendit des rires et des voix claironnantes. Elle poursuivit sa route, l'estomac tiraillé par la faim. Le repas composé de pain et de fromage qu'elle avait pris tôt en après-midi, était bien loin. Le petit teckel geignait entre ses bras et sa valise lui semblait de nouveau plus lourde.

— Nous devons prendre une décision, dit-elle à Hexi.

Un instant plus tard, elle aperçut des marches à quelques mètres de là, qui menaient vers des rues éloignées du fleuve, elle les escalada dans l'espoir de trouver un endroit bienveillant, qui la ranimerait. Au lieu de cela, elle se sentit désorientée et anxieuse et se précipita de nouveau jusqu'au quai, sa valise cognant contre ses genoux, les pieds gelés et douloureux. C'était peut-être à cause de la réputation de la Seine ; tant qu'elle demeurerait près du fleuve, elle serait moins perdue que dans les rues sombres et humides.

Sa confiance était ébranlée. On était en février, l'un des mois les moins agréables de l'année. Le Paris dont Zeleyev avait parlé était une ville égayée au printemps, avec ses boulevards joyeux et ses cafés-terrasses, où une jeune fille pouvait siroter une tasse de café ou boire un bol de soupe pendant des heures et contempler le monde des impressionnistes flotter autour d'elle...

— J'aurais dû prendre mon temps à la gare, dit Maggy à Hexi, et changer de l'argent contre des francs français. J'aurais dû apporter une carte et de la nourriture. J'aurais pu demander conseil.

Elle était mécontente d'elle-même ; elle était toujours trop impétueuse, trop pressée pour réfléchir convenablement et prévoir les conséquences de ses actes.

Un immense bateau, de près de trente mètres, tout illuminé, vogua lentement au loin et Maggy put apercevoir, à travers ses fenêtres embuées, des hommes et des femmes qui mangeaient et buvaient. Ils paraissaient heureux, au chaud et en sécurité. Les pavés ronds sous les pieds de Maggy étaient larges et usés par le temps et rendaient la marche difficile. Elle avait l'impression que sa valise était remplie de plomb. Ses épaules brûlaient, elle déposa Hexi par terre, mais la petite chienne geignit de nouveau et gratta férocement le sol sous ses pattes dans l'espoir de remonter dans ses bras.

— Non, fit Maggy, tandis qu'Hexi aboyait, un son empli de reproches que Maggy préféra ignorer.

Un homme s'avança vers elle, à travers le brouillard, les épaules voûtées, une casquette sur la tête. Tandis qu'il s'approchait, elle vit que son manteau était usé et qu'il avait une large cicatrice le long de la joue ; il sentait la transpiration, l'ail et une odeur de légumes, comme s'il avait dormi dans un amas de détritus ; son regard sombre la scruta de haut en bas et la rendit nerveuse. Accélérant le pas, Maggy tapa contre sa jambe pour appeler Hexi et le teckel jappa furieusement. Ses oreilles volaient autour de sa tête tandis qu'elle sautillait sur ses petites jambes, pour éloigner l'étranger. Maggy, soulagée, vit ce dernier faire demi-tour.

Un peu plus loin, Maggy vit que le fleuve se séparait en deux, divisé par une petite île, deux îles en fait, éclairées par les lumières d'immeubles qui rayonnaient comme des phares à travers la brume. Maggy s'arrêta et fixa le paysage. Une immense et majestueuse cathédrale munie de tours en arc-boutant se dessinait à travers le brouillard et une magnifique flèche perçait les nuages au centre. Son cœur battit soudainement la chamade en reconnaissant avec plaisir la cathédrale : Notre-Dame de Paris. Et l'île qui s'étalait sous ses yeux n'était pas simplement une île, mais l'Ile de la Cité, le cœur de Paris, flottant sur la Seine.

Maggy se laissa tomber sur un banc de bois, les jambes molles. Elle avait tellement froid, sa gorge picotait de douleur, sa voix était éraillée et des frissons parcouraient son corps. Hexi gémit et Maggy la prit dans ses bras et l'installa sur ses genoux. Elle déboutonna sa veste afin que la petite bête puisse s'y blottir et se réchauffer. Il était temps de prendre une autre décision. Peut-être reviendrait-elle sur ses pas, retournerait-elle jusqu'à la gare de Lyon pour s'y abriter jusqu'au matin ou alors, franchirait-elle le pont qui reliait le quai à l'Ile de la Cité? Est-ce que Notre-Dame, l'une des plus célèbres cathédrales d'Europe, était encore une église où elle pourrait chercher asile? De toute façon, c'était impossible de rester là, il faisait trop froid et humide.

Mais lorsqu'elle essaya de se relever du banc, elle se sentit malade, sa tête tournait, ses jambes refusèrent de la porter et elle fut contrainte de se rasseoir de nouveau. Elle éprouva, pour la première fois depuis son départ de la maison, le besoin de pleurer et les larmes lui montèrent aux yeux. Mais alors, elle fit ce qu'elle avait souvent fait par le passé dans des moments de désespoir. Elle commença à chanter, doucement, pour elle-même. Les mots d'une chanson de Paris que Zeleyev lui avait apprise lui revinrent facilement en mémoire tandis qu'elle essayait mentalement de se réchauffer en imaginant de quoi la Seine aurait l'air au mois d'août — ses eaux coulant sereinement, le clapotis des vaguelettes résonnant contre les berges, accompagnant la marche des amants.

Elle chanta calmement, la voix teintée, mais avec ferveur tandis qu'Hexi léchait la peau froide de son poignet, là où il y avait un espace entre son pull et son gant.

Soudainement, elle entendit une seconde voix, masculine mais douce, joignant la sienne en toute harmonie.

Déconcertée, Maggy s'interrompit. La voix surgissant du brouillard, semblait désincarnée. Son cœur lui lança un avertissement, elle agrippa Hexi fermement contre elle, entendit le grognement sourd du petit chien.

Alors, elle l'aperçut, marchant lentement vers elle, comme un spectre dans la nuit, puis prenant peu à peu une forme plus humaine. L'homme apparut, portant un trench-coat, le col remonté, un feutre sur la tête, les mains enfoncées dans les poches de son imperméable. Il chantait encore, une buée s'échappant de sa bouche tandis qu'il terminait la chanson que Maggy avait entamée; il s'arrêta devant le banc.

— Bonsoir, mademoiselle.

Il lui sourit en soulevant courtoisement son chapeau. Hexi cessa de grogner.

Maggy releva la tête et aperçut un visage d'environ trente ans, des yeux noisette au regard doux et un cheveu foncé assez clairsemé.

— Bonsoir, monsieur.

— J'espère que je ne vous ai pas alarmée, dit-il, gentiment. J'ai entendu votre voix et j'étais intrigué de savoir qui chantait aussi mélancoliquement cette jolie chanson estivale par une fraîche nuit de février.

Il avait l'air respectable et bon. Elle tendit la main.

— Magdalen Gabriel, dit-elle.

— Noah Lévy, répondit-il, en souriant au teckel. Et votre petite amie?

— Elle s'appelle Hexi.

— Ah! fit-il. Une petite ensorceleuse.

— Vous parlez allemand, monsieur?

— Je suis né à Berlin.

Il fit une pause.

— Puis-je m'asseoir près de vous?

Maggy hocha la tête et il s'assit, prenant soin de laisser suffisamment d'espace entre eux. Il aperçut la valise.

— Nouvellement arrivée ou prête à partir?

— Nouvellement arrivée.

— Nulle part où aller?

— Pas encore.

Il semblait gentil. C'était un homme qui, en peu de mots et sans s'imposer, parvenait à inspirer confiance. En quelques minutes, il avait parfaitement bien compris sa situation et lui offrit une solution.

— C'est une chose, lui dit-il, pour vous de choisir de dormir à la belle étoile dans une ville inconnue, mais c'en est une autre d'infliger un tel supplice à un teckel.

Les teckels, rappela-t-il à Maggy, nécessitaient des soins particuliers. Hexi avait trouvé l'endroit le plus chaud et le plus sécurisant compte tenu des circonstances. Il connaissait bien les teckels, il y en avait eu dans sa famille.

— Avant de continuer, je crois qu'il serait plus sage de vous donner mon titre complet, au cas où vous vous méprendriez sur mes intentions.

— Votre titre ?

— Je suis le rabbin Noah Lévy...

— Un prêtre ? Maggy parut étonnée.

Il hocha la tête.

— Un chantre, continua-t-il.

Maggy lui sourit.

— Vous chantez dans une synagogue.

— Exactement.

Lévy s'interrompit.

— Je possède un grand appartement dans le quartier de l'Opéra, avec deux chambres libres. Il me ferait plaisir de vous offrir, ainsi qu'à Hexi, l'hospitalité jusqu'à ce que vous trouviez quelque chose de plus adéquat.

— Je ne peux pas, dit Maggy, ahurie.

— Je comprends, continua-t-il d'une voix égale, une jeune fille bien élevée venant d'une famille distinguée de Zurich se doit de refuser une invitation aussi douteuse venant d'un étranger, mais...

— Au contraire, l'interrompit Maggy.

— Vraiment ?

— Mon instinct me dit d'accepter, répondit Maggy en rougissant. Mais je me fie toujours à mon instinct et je me suis promis, qu'à l'avenir, j'essaierais de ne pas être aussi impulsive.

— Je vois.

Le rabbin réfléchit un moment.

— Mais alors, Magdalen, quelle autre alternative avez-vous ? Certainement pas de rester seule ici — vous allez mourir de froid.

Maggy se mordit la lèvre.

— Je pensais peut-être aller à l'église.

Il suivit son regard.

— Notre-Dame ?

Un air taquin pointa dans son regard. Un peu grand, non ? Je suppose que votre mère préférerait un prêtre ou un pasteur à un rabbin.

— Je ne vois pas pourquoi — nous ne sommes pas particulièrement pieux.

— Alors, venez-vous ?

Il montra Hexi qui tremblait.

— Si ce n'est pas pour vous, faites-le pour la petite.

Maggy le dévisagea.

— Vous êtes si bon, dit-elle doucement.

— Seulement un de vos semblables. Et je comprends votre situation.

C'est ainsi que Maggy et Hexi passèrent leur première nuit à Paris, en buvant de la soupe au poulet et aux nouilles et en mangeant des côtelettes d'agneau et un plat de *gefilte fish* dans le confortable appartement situé au 32 bis, boulevard Haussmann, chez le chantre juif de la synagogue Libérale.

Noah Lévy était né à Berlin en 1925 et avait passé ses treize premières années dans la grâce et le confort, entouré de parents amoureux de la musique, de deux sœurs et deux teckels, jusqu'au jour où les Nazis anéantirent toute sa famille, sauf le jeune Noah qui trouva refuge chez un boucher belge protestant qui le garda caché chez lui jusqu'à la fin de la guerre. Noah avait alors appris très vite qu'il était possible pour un juif, s'il n'avait pas le choix, de subsister en mangeant des restes de porc. Il apprit comment survivre en temps de crise. Cette jeune demoiselle, avec ses boucles dorées rebelles et ses yeux remarquables, son étrange voix de mezzo-soprano, avait toute la vie devant elle — et Noah Lévy avait été incapable de la laisser seule dans la rue au milieu de la nuit.

— Si vous voulez, nous y retournerons lorsqu'il fera jour, dit-il pendant le repas, et vous verrez les pêcheurs et les bateaux débarquant leurs marchandises provenant de tous les coins de France. Vous verrez des clochards — les vagabonds les plus snobs et les plus huppés sur terre. Ils s'approprient même le droit d'habiter et de cuisiner dans les péniches, en l'absence de leurs propriétaires, lorsque la température est trop mauvaise.

— Je pense en avoir aperçu quelques-uns, ce soir.

Maggy se souvint des odeurs délicieuses qui lui avaient tant creusé l'estomac.

— Ce soir, vous vous êtes sentie vulnérable et un peu nerveuse, lui fit remarquer Lévy. Dans un jour ou deux, vous irez beaucoup mieux et vous aurez un endroit où demeurer. Vous aurez l'impression d'être devenue une vraie Parisienne.

Après le dîner, Maggy observa le chantre tandis qu'il chantait une mélodie étrange et sonore, puis il mit des draps propres sur le lit de la chambre qu'elle devait occuper et mit Hexi en laisse pour qu'ils aillent se promener tous ensemble. Elle le vit sourire, un vrai sourire indulgent lorsque la petite bête s'échappa sur le parquet dans le hall d'entrée. Maggy ne s'était pas sentie aussi heureuse et aussi bien accueillie depuis la dernière fois où son grand-père l'avait reçue au Dischmatal, au mois de septembre précédent.

Et elle sut, encore une fois, qu'elle avait bien fait de quitter Zurich, qu'elle ne s'était pas trompée en venant à Paris, qu'elle réussirait à poursuivre sa route et à faire sa vie, ici. Et qu'elle trouverait Konstantin Zeleyev et, grâce à lui, son père.

Le rabbin Noah Lévy était un autre bon signe.

Deuxième partie

Madeleine
Paris

Chapitre 8

Le lendemain, Maggy sortit de sa chambre et vit le révérend Noah Lévy assis sur le minuscule balcon qui donnait sur son salon. Un grand bol de café au lait était posé sur une petite table de fer forgé blanche et il tenait Hexi sur ses genoux en lui faisant manger un croissant au beurre.

— Bonjour, Maggy.

— Bonjour, monsieur.

Elle s'était immobilisée, indécise. Le teckel remua la queue en l'apercevant, mais continua à avaler goulûment son petit déjeuner, sans aucune marque de reconnaissance à son égard.

— On ne s'était pas entendu ? Vous ne deviez pas m'appeler par mon prénom ? lui demanda-t-il, en indiquant une chaise de l'autre côté de la table. Faites comme chez vous. Servez-vous une tasse de café et venez prendre votre petit déjeuner.

Maggy se faufila et s'assit. La matinée était fraîche. Elle était contente d'avoir mis un des deux chandails qu'elle avait apportés. Le soleil brillait en dépit de l'air frais et la foule bigarrée et pressée semblait se déplacer sur les larges trottoirs vers un but précis. La plupart de ces gens se rendaient au travail mais partout, il semblait se dégager d'eux comme une énergie et un entrain qui l'enveloppaient, comme pour lui signifier qu'elle aussi devait se hâter.

— Voici Paris, lui dit Noah. Vous avez l'air de l'aimer déjà.

— C'est merveilleux, lui répondit Maggy en prenant son bol à deux mains. J'ai très bien dormi. Dès que je me suis réveillée, j'ai su où je me trouvais et je me suis sentie tellement heureuse... et puis, je n'arrive pas à croire que je vous ai rencontré.

— C'était la volonté de Dieu, lui dit-il. C'est Dieu qui m'a convaincu de faire cette promenade du soir que, normalement, je n'aurais jamais faite avant le mois de mars.

Maggy n'avait jamais rencontré personne d'aussi calme. Il semblait prêt à accepter de bon gré tout ce que Dieu lui imposait. Mais il n'avait pas l'air passif pour autant. Contrairement à beaucoup d'adultes, il ne s'embarrassait pas de formalités. Lorsque Maggy l'informa qu'elle désirait vendre sa montre pour pouvoir payer une pension — si Noah acceptait toujours de l'héberger, naturellement — jusqu'à ce qu'elle se trouve un travail et un logement bien à elle. Il ne discuta pas.

— Je vous ai dit, hier soir, que vous et Hexi pouviez rester ici aussi longtemps qu'il sera nécessaire ou tant qu'il vous plaira. Je vous conseille cependant d'apporter votre montre au Mont-de-piété plutôt que de la vendre.

— Qu'est-ce que c'est?

— Les Français vont y mettre en gage leurs objets de valeur. Ailleurs, vous n'auriez qu'à vous rendre chez le premier usurier venu. À Paris, il est préférable d'aller au Crédit municipal. Ils vous avanceront immédiatement un montant correspondant à un pourcentage de la valeur de votre montre et si vous désirez toujours la vendre, vous pourrez leur faire confiance. Ils la vendront à sa valeur marchande et vous en remettront le produit.

Lévy avait fini son croissant et n'ayant plus d'intérêt aux yeux d'Hexi, elle le quitta pour sauter sur les genoux de Maggy.

— Tu devrais avoir honte, lui dit-elle.

— Ces petits animaux ne connaissent pas la honte, dit-il en secouant les miettes de croissant qui étaient tombées sur sa cravate. Il n'y a qu'une chose que j'aimerais vous voir faire,

Maggy. J'aimerais que vous informiez votre famille que vous êtes saine et sauve.

— Très bien.

— Et vous leur donnerez votre adresse.

— Non, répondit-elle vivement en secouant la tête. Je ne peux pas faire ça.

Lévy pencha la tête de côté et la regarda fixement.

— Vous n'avez que seize ans, Maggy. Ils vont être très inquiets.

— Je leur écrirai.

— Et l'adresse?

— Si vous insistez pour qu'ils sachent où je suis, dit-elle d'une voix où perçait son entêtement, je m'en irai. Je n'attendrai pas ici qu'ils viennent me chercher. D'ailleurs, ils ne viendraient pas parce qu'ils m'aiment, mais parce qu'ils pensent que je leur appartiens. Ils croient pouvoir décider de ma vie pour moi.

— Légalement, ils en ont le droit.

— Je ne le permettrai plus jamais.

Ils en arrivèrent à un compromis. Maggy écrirait une lettre immédiatement et la posterait du bureau de la rue du Louvre. Puis, elle prendrait deux semaines pour trouver un travail et pour retracer Konstantin Zeleyev. Afin d'éviter les commérages, Noah Lévy demanderait à une dame respectable de sa communauté religieuse de venir habiter quelque temps chez lui, dans la deuxième chambre d'ami. Après une quinzaine de jours, si Maggy n'avait pas retrouvé Zeleyev ou si elle ne s'était pas trouvé de travail ni de logement convenables, il contacterait lui-même les Julius. D'un autre côté, si Maggy insistait pour emménager dans son propre appartement et s'il croyait alors qu'elle avait pris une décision prudente et rationnelle, il se plierait à sa décision et ne préviendrait pas sa famille. Noah savait qu'il se trompait rarement lorsqu'il s'agissait de juger quelqu'un. Cette fille était jeune, mais courageuse et déterminée. Il était aussi absolument convaincu qu'elle était d'une honnêteté sans faille. Il avait confiance en elle.

Cette journée-là, Noah ne quitta pas Maggy. Il lui fit visiter les environs de l'Opéra et il lui acheta un petit livre rouge bordeaux qui contenait le plan de la ville ainsi que les trajets d'autobus et de métro. Puis, après avoir reconduit Hexi à l'appartement, il l'accompagna au Crédit municipal, rue des Francs-Bourgeois, où Maggy se départit de sa montre Patek Philippe en échange d'une imposante liasse de francs que Noah plaça en sécurité dans son propre portefeuille. Puisqu'ils se trouvaient dans le Marais, l'un de ses coins préférés, il en profita pour montrer à Maggy la Place des Vosges, la plus ancienne de Paris.

— Je viens ici lorsque je veux m'éloigner de la frénésie. Tout y est si solide, si tranquille.

Ils prirent leur déjeuner au Coconnas, avec vue sur la place, assis sur de magnifiques chaises Louis XIII, entourés surtout d'hommes d'affaires. Jetant un regard sur le menu, Maggy se rendit compte que Noah avait intentionnellement choisi un restaurant cher et elle se sentit embarrassée.

— Je me serais contentée d'un sandwich, lui murmura-t-elle.

— Vous pourrez manger des sandwiches, ou plutôt des baguettes, tous les jours si vous le voulez, répondit-il avec un sourire. Mais pas avec moi, pas le premier jour de votre nouvelle vie dans cette ville gastronome.

Après le déjeuner, Noah l'emmena visiter sa synagogue, située dans une petite rue, près de la rue Montmartre. Il lui expliqua qu'ils se trouvaient dans le deuxième arrondissement et que Paris était divisé en vingt, chaque arrondissement formant un quartier avec son propre caractère et ses traditions.

— Ne vous attendez pas à connaître Paris rapidement, lui expliqua-t-il. Vous vous perdrez souvent, au début, mais se perdre dans Paris peut être un grand plaisir de la vie. Et ça ne dure pas longtemps, vous n'avez qu'à demander votre chemin à n'importe quel gardien de la paix ou à un passant, il vous renseignera aussitôt.

Au premier abord, la synagogue semblait terne et sombre. Noah montrait à Maggy ses particularités, en désignant fièrement l'Arche sacrée où reposaient les précieux rouleaux de la Torah. Maggy ressentit alors une impression de solennité, cette sensation un peu surnaturelle que l'on éprouve dans les lieux de culte. Elle n'avait jamais rencontré de juif auparavant et tout ce qu'on lui avait raconté sur eux semblait injustifié; Noah Lévy lui semblait plus humain et charitable que tous les chrétiens qu'elle avait connus.

Ils continuèrent de visiter tout l'après-midi. Après la synagogue, Noah entraîna Maggy dans le métro, puis à Montmartre où il lui fit voir le Sacré-Cœur, la vue magnifique depuis la Butte et la Place du Tertre, la jolie petite place recouverte de pavés et entourée de cafés et de restaurants où, même à cette époque de l'année, fourmillaient déjà les artistes locaux essayant de vendre leurs œuvres aux touristes.

À dix-huit heures, conformément à la promesse de Lévy, une dame respectable arriva à l'appartement. Mme Wolfe, la chevelure grisonnante, austère et douce à la fois. Elle regarda Maggy d'un œil soupçonneux et jeta sur Hexi, qui venait de se laisser aller sur le tapis persan, un œil accusateur.

— Combien de temps resteront-ils? demanda-t-elle à Noah, sur un ton confidentiel, même si Maggy se trouvait dans la même pièce qu'eux. Pas plus que quelques jours, j'espère!

— Au moins deux semaines, répondit Noah avec un large sourire de satisfaction.

Il ne se rappelait pas avoir passé une si belle journée. C'est pourquoi, il s'empressa d'ajouter :

— Peut-être plus longtemps.

— Et sa famille est d'accord?

Déjà, son air désapprobateur l'avait quittée. Elle trouvait le rabbin impulsif, mais elle le savait aussi incapable de s'écarter du droit chemin.

— Pourrait-il en être autrement?

Jusqu'alors, Maggy aimait Noah. Elle se mit à l'adorer.

Mme Wolfe partagea leur dîner, supervisa la toilette du soir de Maggy et assista à sa retraite dans sa chambre. Le matin venu, elle prit son petit déjeuner avec Maggy et le rabbin. Noah parti à la synagogue, Mme Wolfe retourna chez elle jusqu'au soir. Regardant la porte d'entrée se refermer sur elle et entendant les souliers à talons hauts claquer sur les marches de l'escalier, Maggy se pencha vers Hexi et émit un grand soupir de soulagement. Ces personnes étaient gentilles et merveilleuses, mais d'une certaine manière, elles étaient aussi étouffantes que sa propre famille.

— Quelques heures de plus, dit-elle tout haut, et je serais morte, étouffée par tant d'attentions.

Elle se brossa les cheveux d'abondance, attacha la laisse de Hexi et sortit, armée de son plan. Lorsqu'elle lui avait parlé de Zeleyev, Noah lui avait suggéré de commencer sa recherche en se rendant chez Perrault et Fils. Il lui avait également conseillé de faire suivre sa visite d'une lettre expliquant sa démarche. Il lui avait expliqué que tous les joailliers importants de Paris avaient pignon sur rue à Place Vendôme ou à côté, alors que les ateliers de joaillerie étaient plutôt situés dans la rue du Temple, dans le Marais. Mais Maggy voulait respecter la promesse qu'elle avait faite au rabbin de commencer par chercher du travail. Et puis, c'était la première fois qu'elle était seule, à Paris. Elle désirait avant tout en profiter pour errer à sa guise.

— Pas de mission, aujourd'hui, dit-elle à Hexi. Nous sortons sans chaperon et sans filet de sécurité.

À peine avait-elle mis les pieds dans la rue, qu'elle constata que tout ce qu'elle avait vu et admiré la veille, avec Noah, lui semblait totalement différent. Ce carrefour achalandé, avec les Galeries Lafayette à sa droite et son amoncellement d'affiches l'attirait. Il n'y avait personne pour lui dire quoi faire, où aller. C'était sa propre décision.

L'indépendance, pensa-t-elle avec une excitation croissante. C'est ça la liberté ! C'est ça vivre dans le vrai monde. Elle remarqua un étalage de fleurs au coin et songea en acheter un énorme bouquet à son retour, afin de montrer toute sa gratitude envers son hôte. Pour l'instant, elle traversa le boulevard, puis la rue de la Chaussée d'Antin et enfin, elle tourna à gauche dans la rue Halévy, se dirigeant vers la Place de l'Opéra. Oh! comme c'était beau et majestueux! Cet escalier, ces colonnes et ces fresques. Maggy se retint d'aller jeter un coup d'œil à l'intérieur. Non, pas aujourd'hui. Ce n'était pas pour elle. Une touriste aurait fait cela, mais elle, elle était une vraie Parisienne ce jour-là. Elle avait l'impression d'être une flèche dirigée vers sa destinée. D'autres jours elle pourrait prendre son temps et observer à loisir les détails de la cité, mais pas aujourd'hui, pas ce matin-là.

Elle marchait d'un pas décidé, débordante d'énergie et de foi. Elle se sentait confiante car elle avait, du moins pour une quinzaine de jours, un foyer, un ami et cette liberté dont elle avait tant rêvé pendant toutes ces années. Son grand-père bien-aimé était mort mais, d'une certaine manière, elle sentait Amadéus tout près d'elle, l'accompagnant en ce matin ensoleillé d'hiver. Elle sentait son approbation, comme s'il la tenait par la main, l'entraînant dans l'avenue de l'Opéra vers la rue de Rivoli, puis au Jardin des Tuileries.

Là, elle voulut s'asseoir, non qu'elle était fatiguée, mais parce qu'elle le voulait. Elle s'assit, dans les jardins silencieux presque désertés, tout près d'un carrousel immobile. Elle défit la laisse d'Hexi pour qu'elle se dégourdisse les pattes et jouisse elle aussi de cette liberté. « C'est étrange », pensa-t-elle, « que je me sente comme chez moi, ici ». Ces jardins étaient si stricts. Il y avait plus de gravier que d'herbe et malgré cela, là où elle était assise, près d'un carré d'herbe où trônait une sculpture, elle ressentait une sorte d'intimité, difficilement perceptible, mais très présente. La matinée était fraîche et, puisque la saison touristique n'était pas encore commencée, il n'y avait que quelques promeneurs solitaires dans l'allée centrale. Maggy se sentait tout à fait rassurée. Une douce chaleur l'enveloppait, comme si cet endroit revêtait à ses yeux une signification particulière, encore inconnue.

Maggy quitta les Tuileries et s'arrêta brièvement près de la gigantesque Place de la Concorde. Elle se demandait si elle n'allait pas s'élancer vers cet espace majestueux dont la beauté coupait le souffle. Elle décida plutôt d'éloigner Hexi de toute cette circulation et elle l'entraîna vers la rue Royale. Maxime était à sa gauche — elle se rappela que Zeleyev lui en avait parlé — et elle remarqua un joaillier, puis Christofle. Son attention se détourna vers une immense structure, au bout de la rue, qui ressemblait à un temple néo-classique. Elle s'approcha et s'aperçut que c'était une église, cachée derrière une affreuse colonnade corinthienne, en plein centre d'une charmante petite place, avec de jolis étalages de fleuristes sur deux des côtés de la place.

Sainte Marie-Madeleine, y lut-elle. La Madeleine.

— C'est mon église, annonça-t-elle au teckel, qui commençait à se fatiguer.

Elle leva les yeux et vit le nom du lieu. Place de la Madeleine.

— Ma place, dit-elle, puis elle sourit.

Maggy aperçut deux traiteurs à un bout de la place. Il y entrait et en sortait un flot continuel de clients impeccablement vêtus. C'étaient Fauchon et Hédiard. Elle s'approcha et s'arrêta devant Fauchon. Chaque fois que la porte s'ouvrait, des arômes envoûtants de charcuterie, de pain frais, de fromage et de chocolat la faisaient saliver.

Hexi gémit.

— Nous ne devrions pas.

Tout y était très cher et Maggy savait que, compte tenu des circonstances, ne sachant pas combien de temps il lui faudrait pour trouver un travail, elle devrait se contenter d'acheter un sandwich au jambon dans un café ordinaire et le partager avec le chien. Mais c'était une journée exceptionnelle, une journée où la raison n'avait pas sa place.

C'était étrange, presque insoutenable, de se sentir plus dynamisée par la vue, les odeurs et le goût de la nourriture que par toute la gloire de Sacré-Cœur ou même par la générosité de Noah Lévy. Et pourtant, pendant les trois quarts d'heure où Maggy vagabonda dans les deux édifices où logeait Fauchon, elle eut le curieux sentiment de se métamorphoser. Elle ne se sentait plus propulsée vers l'avant, avec cette folle joie d'avoir acquis sa liberté nouvelle et cette crainte de se la voir arrachée. Elle se sentait tout à coup attirée et transportée tandis qu'elle parcourait les allées paradisiaques. Elle en avait oublié Hexi, attachée à l'extérieur. Elle buvait tout du regard et sa bouche salivait. Il y avait sans doute des boutiques d'aliments fins à Zurich, pensa-t-elle, mais elle n'y était jamais allée, puisque c'était Frau Kümmerly, conduite par Maximilien, qui achetait toutes les provisions de la Maison Gründli.

C'était une pure félicité. Maggy regarda un homme répandre des herbes séchées sur le sol. Il se redressa, l'air satisfait, pendant que les clients les écrasaient sous leurs pieds, envoyant de délicates effluves dans l'air déjà merveilleusement parfumé. Elle vit de magnifiques fruits et légumes importés, des seaux de bois remplis de pâté de foie gras, de grosses saucisses appétissantes, des truffes, des crêtes de coq en conserve — c'était ça, le raffinement. C'était ça la cité de Zeleyev et, peut-être avec un peu de temps, sa propre cité.

Maggy acheta une saucisse cuite dans une brioche, puis, à reculons, sortit pour retrouver son teckel outragé, en proie à la panique.

— Je suis désolée, vraiment désolée.

Elle prit la chienne dans ses bras et la petite bête, le nez attiré par les odeurs émanant de son sac, posa sur sa maîtresse un regard suppliant. Maggy ne voyait rien, son esprit était absorbé par la transformation qui s'opérait en elle. Une adolescente suisse en fugue était entrée chez Fauchon. Elle était encore confuse et désorientée. Mais, tandis qu'elle parcourait la boutique et, maintenant, une fois ressortie et mêlée aux Parisiens qui faisaient leurs courses Place de la Madeleine, elle se sentit enveloppée, aspirée par cette ville. Elle s'était transformée comme par magie. Elle devenait une Parisienne.

De retour à l'appartement, boulevard Haussmann, elle chercha un vase pour y plonger les fleurs qu'elle avait achetées. Elle remit de l'ordre dans sa tenue après avoir enfermé Hexi dans sa chambre. Avant même de faire sa recherche des joailleries, elle avait déjà décidé de changer de prénom pour qu'il corresponde mieux à sa nouvelle identité. Elle n'avait jamais aimé son prénom ; Magdalen paraissait si démodé, si sacré, alors que Madeleine avait plus de sonorité, c'était comme un élan...

Madeleine Gabriel.

Elle adorait.

Elle ne trouva aucune trace de Zeleyev Place Vendôme, ni chez aucun des joailliers moins connus chez qui elle alla dans le quartier des bijoutiers au cours des journées qui suivirent. Aucun des émailleurs et des artisans ne connaissait le Russe et, pour autant qu'elle puisse le vérifier, après avoir épluché les annuaires et mené de nombreuses enquêtes dans les quartiers situés entre la Gare Saint-Lazare et la Place des Batignolles — elle avait appris que de nombreux émigrés russes y vivaient depuis leur arrivée en France — Zeleyev ne vivait ni à Paris, ni même dans ses banlieues.

Elle serra les dents pour ne pas trop montrer sa déception et passa à la deuxième priorité, trouver un travail. Cela aussi s'avéra infructueux. Pour une jeune fille suisse de seize ans, sans permis de travail ni carte d'identité, sans aucune qualification, sans expérience et refusant de répondre aux questions portant sur sa famille ou son origine, c'était presque sans espoir. Madeleine aurait pu, bien entendu, laver la vaisselle dans un restaurant ou dans un bar, servir aux tables pour un maigre salaire, ou encore, servir de modèle pour un quelconque photographe miteux, mais elle savait que Noah préférerait la ramener, de force s'il le fallait, à Zurich, plutôt que de permettre qu'elle accepte un travail peu convenable.

Le délai de deux semaines était presque écoulé, lorsqu'un après-midi, vers seize heures trente, assise devant un café crème au Café de Flore à Saint-Germain-des-Prés, feuilletant *Une Semaine de Paris*, Madeleine leva les yeux juste à temps pour voir une fille aux cheveux noirs, assise à la table voisine, perdre connaissance et tomber de sa chaise.

— Ne vous inquiétez pas, la réconforta-t-elle, lorsque la jeune femme revint à elle, tandis que Madeleine l'aidait à se relever. Vous n'avez pas de mal.

Puis, appelant le garçon, elle commanda :

— Un cognac, s'il vous plaît, monsieur.

— Je suis désolée, murmura faiblement la jeune fille en refermant les yeux.

— Il n'y a pas de quoi, lui répondit Madeleine.

Le garçon lui tendit le cognac ; elle approcha doucement le verre à sa bouche et lui humecta les lèvres.

— Allez-y doucement, rien ne nous presse.

— Trois fois ! gémit la fille et les sanglots lui étreignirent la gorge.

— Ne pleurez pas ! lui dit Madeleine, décontenancée. Vous avez peut-être besoin d'air frais, venez, je vais vous aider à sortir.

— Pas tout de suite ! lui répondit la jeune fille, en cherchant un mouchoir dans son sac à main pour s'éponger les yeux. Je suis désolée, répéta-t-elle.

— Je ne vois pas pourquoi, vous avez eu un malaise, voilà tout !

— Ce n'est pas un malaise, balbutia la jeune fille, les larmes coulant de plus belle. Je suis enceinte !

— Oh ! s'exclama Madeleine et, remarquant qu'elle ne portait pas d'alliance, elle ne sut quoi dire.

— Buvez votre café, lui dit-elle en se ressaisissant. Je me sens mieux, maintenant.

— Oh non ! vous n'êtes pas mieux. Comment vous appelez-vous ? ajouta-t-elle, après une courte pause.

— Simone.

— Buvez du cognac, Simone.

— Et vous ? demanda-t-elle en obéissant.

— Madeleine Gabriel.

Puis, après une autre pause :

— En êtes-vous sûre ?

— Que je suis enceinte ? Certaine.

Les yeux de Simone étaient comme deux cerises noires, bordées de rouge, sa peau était de couleur olive clair, sa lèvre inférieure charnue mais gercée, comme si elle l'avait longuement mordillée.

— De trois mois, continua-t-elle. Et lorsqu'ils s'en apercevront, je serai à la rue pour de bon.

— Qui?

— M. et Mme Lussac, mes patrons. Je suis leur bonne, leur domestique et je ne suis pas assez forte pour leur cacher plus longtemps mon état. C'est la troisième fois que je perds connaissance.

— Ils vous aideraient peut-être?

— Non, répondit Simone, en secouant la tête. Comment le pourraient-ils? Ce sont des gens comme il faut, avec de jeunes enfants. Et puis, il y a des choses que je ne pourrais plus faire si je veux garder mon bébé.

— Mais bien sûr que vous voulez le garder!

— Ce serait plus facile de... commença Simone en haussant les épaules, puis elle se tut.

— Venez avec moi, lui dit Madeleine en la regardant, l'air songeur.

— Je ne dois pas rentrer maintenant. Je veux me reposer encore un peu.

— Nous n'allons pas chez les Lussac.

— Où allons-nous?

— Avec moi, lui répondit Madeleine, en souriant. Nous allons à la maison.

Madeleine avait déjà fomenté un plan qui lui semblait brillant et simple. Même si les employeurs de la jeune fille étaient plus généreux et plus ouverts d'esprit que Simone ne le croyait, elle devrait tout de même cesser de travailler bientôt puisqu'elle ne pourrait plus faire de lourdes tâches. Ce qui laisserait une place vide pour laquelle Madeleine croyait posséder les qualifications. Ce qui n'était pas le cas de la plupart des emplois disponibles.

— Je suis forte, dit-elle à Simone d'un ton décidé. J'ai de la volonté et je ne demande pas mieux que de travailler. Et il s'agit d'un travail où je serai logée et nourrie. Rien ne pourrait être plus parfait!

— Et moi? demanda Simone. Je vais où?

— Vous pourrez rester ici avec Noah.

Madeleine avait tout résolu.

— Il a besoin d'une bonne, mais c'est un travail beaucoup moins difficile que le vôtre, et c'est l'homme le plus gentil et le plus doux au monde.

— Mais, il ne me connaît pas. Vous ne savez rien de moi. Vous venez tout juste de me ramasser sur le plancher d'un café. Vous ne connaissez même pas mon nom de famille!

— C'est quoi?

— Daïa.

— C'est étrange! D'où vient-il?

Pour la première fois depuis leur rencontre, Simone eut un petit sourire.

— Mon père est algérien et ma mère, française.

— Bon, dit Madeleine. Eh bien maintenant, je connais votre nom.

Lorsque Noah arriva à l'appartement, Madeleine était prête. Elle ordonna à Simone de se cacher dans sa chambre. Elle fit au rabbin un récit mélo-dramatique de la situation de la jeune fille, et poursuivit avec le plan qu'elle avait élaboré.

— Je veux me présenter chez Mme Lussac dans son bel appartement. Ils vivent dans un appartement de deux étages boulevard Saint-Germain, près du Palais Bourbon. Je lui apporte la solution à son problème avant même qu'elle ne sache qu'elle a un problème. Elle s'éviterait ainsi la difficulté de trouver une nouvelle bonne, puisque je peux commencer à travailler dès que Simone quitte son emploi.

Elle s'arrêta un moment, reprenant son souffle, cherchant à déceler une réaction quelconque dans les yeux de Noah.

— Est-ce que j'ai le droit de parler? demanda-t-il doucement.

— Bien sûr!

— Et comment ceci aide Simone?

175

Madeleine lui révéla alors le deuxième volet de son plan.

— Et ne dites surtout pas que vous n'avez pas besoin d'une bonne! Ce serait faux! Un homme de votre condition devrait avoir une gouvernante. Vous devez vous occuper de tant de choses plus spirituelles que toutes ces tâches domestiques. Simone pourrait faire vos courses...

— Mais j'aime faire les courses!

— Certaines choses, peut-être. Mais pas pour aller acheter du savon et de la cire. Et de toute façon, vous n'aimez pas épousseter et je sais que vous détestez repasser vos chemises. Simone est une experte en repassage!

— Vous l'avez vue travailler?

— Non, mais elle me l'a dit et je la crois. Elle a un visage honnête.

— Est-ce que moi aussi, je peux voir ce visage? s'enquit Noah. Je présume que c'est la raison qui pousse Hexi à gratter à la porte de votre chambre sans cesse depuis mon arrivée?

— Je vais la chercher.

— S'il vous plaît.

Simone était cramoisie par l'embarras, ses yeux encore plus rouges qu'auparavant.

— J'ai une si grande honte, Monsieur, murmura-t-elle.

— Où vit votre famille?

— En Avignon, Monsieur.

— Ne serait-il pas préférable que vous retourniez dans votre foyer, chez vos parents?

— Peut-être, Simone admit-elle. Je n'aurai peut-être pas le choix, Monsieur, mais je continue d'espérer que... — elle rougit violemment — que mon ami m'épousera.

— Vous l'aimez?

— Beaucoup!

— Et il sait que vous portez son enfant? demanda Noah avec gentillesse.

— Il a peur, je crois, répondit Simone en hochant la tête dans un signe d'affirmation. Ce n'est pas un mauvais garçon. Il me reviendra peut-être. Mais si je quitte Paris maintenant, il n'y a plus aucun espoir.

— Je vois.

— Oui ? intervint Madeleine avec empressement. Je savais que vous comprendriez.

— Je vois que mademoiselle Daïa est dans une situation difficile.

— Mais tout devient facile, maintenant.

Les yeux de Madeleine brillaient encore plus que d'habitude.

— C'est une si merveilleuse solution, pour nous tous.

— Oui, mais impossible, reprit Noah.

— Non seulement c'est possible, argumenta Madeleine, mais c'est la seule imaginable. Vous m'avez dit que si je trouvais un travail convenable et un endroit où vivre, vous seriez d'accord. M. et Mme Lussac sont très respectables.

— C'est vrai, fit Simone en écho.

— Que fait M. Lussac ? demanda Noah à Simone.

— C'est un antiquaire, monsieur. Il possède une galerie Faubourg Saint-Honoré et son appartement est rempli de si belles choses.

— C'est merveilleux, dit Madeleine. J'ai très hâte de voir tout ça.

— Je ne peux pas vous empêcher de vouloir ce travail, lui dit gravement Noah. Mais je crois qu'il serait préférable que Mlle Daïa renseigne Mme Lussac sur son état avant que vous ne vous fassiez des idées, avant de croire qu'il y aura une place pour vous.

— Mais c'est trop dur pour Simone et, de toute manière, si elle peut venir ici...

— Non, répondit-il fermement.

Simone se remit à pleurer et Madeleine s'empressa de placer un bras protecteur sur ses épaules.

— Ce ne serait que pour un temps limité, dit-elle d'un ton suppliant. Avec votre aide, Simone réussira à convaincre son ami de l'épouser et, même dans le cas contraire, elle devra retourner en Avignon lorsqu'elle aura le bébé.

Noah regarda tour à tour les deux jeunes femmes, l'une si impulsive, l'autre si perdue.

— Même si je le voulais, je dois tenir compte de mes coreligionnaires. Ils désapprouveraient sûrement et Mme Wolfe ne peut pas servir indéfiniment de chaperon.

Madeleine jeta un coup d'œil à l'horloge au-dessus de la cheminée. Elle s'aperçut que la dame charitable arriverait dans quelques minutes pour passer la soirée. Elle se rappela un mot hébreu que Mme Wolfe avait souvent utilisé au cours des douze derniers jours, surtout lorsqu'elle parlait de Noah : *Mitzvah.* Cela signifiait une bonne action, un acte charitable.

Elle tendit son mouchoir à Simone. Puis, regardant les doux yeux noisette de Noah, une petite lueur de défi dans le regard, elle lui dit solennellement, sachant qu'elle jouait sa dernière carte :

— Ce serait un merveilleux *mitzvah* pour vous !

Un large sourire fendit le visage de Noah et il se laissa envahir par ce sentiment, conscient que Madeleine venait de gagner. Et il sut, avec certitude, qu'elle saurait convaincre Mme Lussac et qu'elle serait probablement la plus extraordinaire bonne que ces gens n'avaient jamais connue.

Et il sut qu'elle lui manquerait.

Chapitre 9

— Vous n'avez aucune expérience, n'est-ce pas, Madeleine?

— En effet, Madame, mais je suis jeune et forte.

— Vous savez coudre?

— Oui, Madame.

— Et repasser?

— Naturellement, Madame.

— Le père Beaumarchais me dit que vous venez d'une excellente famille et que votre maison est pleine d'objets de valeur. J'imagine que vous saurez vous occuper de notre intérieur avec beaucoup de souci et de précaution.

— Je vous assure que j'en prendrai grand soin, Madame.

— Vous êtes toute décoiffée, Madeleine. M. Lussac et moi souhaiterons que vous soyez bien tenue et bien coiffée en tout temps.

— Bien entendu, Madame. Mais il y a beaucoup de vent dehors, aujourd'hui.

Puis, après une pause, elle reprit, cherchant à impressionner :

— Je suis très bonne cuisinière, Madame.

— Nous avons une merveilleuse cuisinière, Madeleine. Par contre, vous servirez aux repas de famille et aux réceptions. Vous pouvez faire cela, n'est-ce pas?

— J'en serai ravie, Madame.

— Très bien, alors.

À peine quarante-huit heures après avoir rencontré Simone Daïa, Madeleine était déjà installée dans son nouveau logis, une toute petite chambre blanchie à la chaux, sous les combles, avec un toit en pente, un petit puits de lumière et une fenêtre à peine plus grande qu'un mouchoir de poche. Il n'y avait pour tout ameublement qu'un lit étroit, une petite table et une chaise droite sur laquelle elle passa sa première soirée, peinant sur sa première besogne. Elle devait reprendre les uniformes de Simone pour les mettre à sa taille. Madeleine s'était toujours enorgueillie de sa franchise. Elle venait de mentir effrontément au sujet de ses habiletés de couturière. Il est vrai qu'elle avait suivi de nombreuses leçons de couture, avec Hildegarde puis à l'école, mais elle détestait ce genre de travail et n'y avait jamais prêté la moindre attention.

— Je paie cher mes mensonges..., marmonna-t-elle en se piquant le doigt pour la cinquième fois, se hâtant de sucer le sang avant de tacher le col ou les poignets blancs de l'uniforme noir ; elle savait qu'il était essentiel d'apparaître dans une tenue impeccable le lendemain matin, car tous les efforts de Noah auraient alors été vains.

Il avait, en effet, réalisé un petit miracle en appelant à l'aide le père Beaumarchais, un prêtre du quartier qui était aussi son ami. Le prêtre avait rendu visite aux Lussac pour leur expliquer la situation fâcheuse de Simone et leur suggérer Madeleine comme une remplaçante valable. Noah et Simone, de leur côté, s'étaient appliqués d'abord à trouver à Madeleine des vêtements convenables pour se présenter à l'entrevue, puis à se battre contre sa chevelure pour en cacher l'allure rebelle.

Le seul obstacle insurmontable était Hexi. Il n'y avait absolument aucune chance que Gabrielle Lussac accepte de recevoir un animal dans son appartement impeccable. Encore une fois, les jolis yeux de Madeleine avaient imploré Noah.

— Vous connaissez les teckels mieux que quiconque.

— Je sais à quel point ils demandent de l'attention, grommela-t-il.

— Simone lui fera faire ses promenades, ce sera bon pour elle : cela la forcera à prendre l'air. Et je lui rendrai visite chaque fois que je pourrai.

— Vous n'aurez pas beaucoup le temps, vous savez, l'avertit gentiment Noah. Vous êtes venue à Paris pour y trouver la liberté, mais je crains que votre liberté n'ait duré que deux semaines.

— C'était votre échéance, rappela-t-elle. Et vous aviez raison d'en fixer une. J'ai bien l'intention de travailler fort et, lorsque ce sera difficile, je me souviendrai que c'est juste un moyen d'atteindre mon objectif.

En moins d'une semaine, Madeleine sut que, selon son habitude, elle avait agi sans réfléchir. Il aurait été difficile de trouver une personne moins apte qu'elle à occuper les fonctions de domestique. Néanmoins, elle demeurait déterminée à réussir puisqu'il n'y avait aucune autre alternative. En attendant de trouver mieux, ce qui était improbable, ou de retrouver son père ou Zeleyev, elle estimait avoir de la chance de s'en être sortie aussi bien jusqu'à maintenant.

L'appartement était splendide, plein d'objets de valeur. Il y avait de riches et soyeux tapis, des rideaux qui tombaient admirablement, des collections de porcelaines fragiles, des meubles lourds et magnifiques, des œuvres d'art raffinées et de l'argenterie amoureusement polie. Madeleine avait grandi dans une maison qui contenait autant de splendeurs, mais elle n'était alors qu'une enfant amère, qui considérait tous ces objets précieux comme autant d'obstacles à ses plaisirs. Gabrielle et Édouard Lussac attachaient beaucoup d'importance à tous leurs biens. À leurs yeux, c'était la concrétisation d'une vie de labeur. C'était à Madeleine de prendre soin de ces objets et cette nouvelle responsabilité l'effrayait.

Elle était complètement épuisée à la fin de la journée, car elle n'avait jamais travaillé aussi dur au cours de sa vie. Ses employeurs avaient beaucoup de considération pour leur personnel, mais ils étaient exigeants et attendaient beaucoup d'eux. Leurs deux filles, Andrée, âgée de quatorze ans, et Hélène de deux ans sa cadette, étaient joyeuses, bien élevées et ne posaient aucun problème à Madeleine puisque, la plupart du temps, elles étaient à l'école ou en visite chez des amies. De toute façon, Mme Lussac, qui n'était devenue mère qu'assez tard, adorait s'occuper elle-même de ses filles.

— Madeleine est à peine plus âgée qu'Andrée, fit remarquer Édouard Lussac à sa femme. Je crois qu'il doit être difficile pour elle de ne pas agir comme une amie de l'âge de nos deux filles.

— Je dirais que tout lui est difficile, acquiesça Gabrielle Lussac. Elle n'a vraiment pas l'habitude du travail manuel.

— Mais elle est tellement pleine de bonnes intentions, n'est-ce pas, chérie?

— On ne peut sûrement pas lui reprocher sa bonne volonté, reprit Mme Lussac en souriant. Elle essaie tellement qu'elle réussit parfois, mais cela ne lui vient pas naturellement.

Madeleine devait tenir dans un état impeccable chaque centimètre carré des deux étages de l'appartement, faire la lessive et le repassage, aider la cuisinière, Mme Blondeau, une femme forte de cinquante-cinq ans, aux yeux gris acier et aux proportions majestueuses, lorsque celle-ci le décrétait. Elle devait aussi nettoyer et polir l'argenterie de la famille, une tâche ingrate et interminable, selon elle, puisque chaque fois qu'elle avait terminé, elle avait l'impression que c'était le moment de recommencer. Il fallait servir les repas, depuis le petit déjeuner au lit de Mme Lussac jusqu'aux réceptions que sa patronne considérait modestes, mais qui semblaient somptueuses à sa bonne et épuisantes par leur fréquence.

Ses patrons le reconnaissaient, elle essayait très fort, refusant de se laisser abattre et, puisqu'elle était jeune et en bonne santé, elle savait que, physiquement, elle était capable de faire ce travail. Mais la discipline et la nature astreignante de l'emploi la blessaient dans ce qu'elle était au plus profond d'elle-même. Madeleine voulait courir librement, vagabonder dans la ville et au-delà. Elle voulait retrouver Zeleyev et Alexandre. Elle avait choisi de quitter sa famille, mais elle craignait qu'ainsi il soit impossible à son père de la retrouver, elle. Plus le temps passait et plus l'amour et la tendresse d'Amadéus lui manquaient; et plus son père aussi lui manquait, même s'ils n'avaient passé que peu de temps ensemble au cours des dernières années. Si seulement elle savait où il se trouvait, elle aurait peut-être pu accepter plus facilement d'en être séparée. Mais Alexandre Gabriel aurait bien pu être mort, lui aussi, comme son père.

En juillet, le petit ami de Simone Daïa arriva au 32 bis boulevard Haussmann pour la chercher avec l'enfant qu'elle portait. Noah Lévy se retrouva de nouveau seul dans son foyer, en compagnie d'Hexi, toujours exigeante, mais compensant un peu, à sa façon, la solitude éprouvée depuis le départ de Madeleine. Simone était une jeune fille bonne et reconnaissante et elle avait tout fait pour essayer de lui plaire. Mais Madeleine, qui n'avait été là que deux semaines, sa chevelure dorée et ses yeux turquoise si extraordinaires, son courage et son — il ne trouvait pas d'autre mot que *chutzpah* — avaient laissé une empreinte indélébile dans son cœur. Il était certain que leur amitié durerait, mais Noah sentait aussi que la jeune fille quitterait Paris un jour et il savait qu'il souffrirait de ne jamais plus la revoir. Elle avait cet effet sur les gens — tous succombaient sous ce charme. Noah soupçonnait qu'elle aurait toujours ce don.

Les Lussac semblaient également ensorcelés puisqu'il était évident qu'ils avaient eu l'envie de la congédier à de multiples reprises. Malgré tous ses efforts, Madeleine n'avait pas l'allure et le savoir-faire d'une bonne. Ses cheveux rebelles refusaient de demeurer sous le bonnet blanc qu'elle devait porter. Elle était incapable d'avoir l'air modeste. En quelques mois à peine, elle avait roussi les draps de soie des Lussac avec le fer à repasser, cabossé le service à thé victorien en argent, brisé de nombreux morceaux en porcelaine de Sèvres et une figurine de Meissen.

Elle avait aussi lavé le chandail en pure laine rouge d'Hélène avec le cardigan crème préféré de M. Lussac.

— Il est ressorti avec de grandes traînées roses, gémit-elle devant Noah, un après-midi où elle lui rendait visite. Mais il est si gentil avec moi. Pourtant, je savais qu'il aurait dû se fâcher.

— Il savait que c'était une erreur, répondit Noah, de sa voix si douce.

— Mais bien entendu, c'était une erreur, mais j'en fais tellement, dit Madeleine, se laissant tomber par terre, près du fauteuil de Noah, cherchant du réconfort en caressant les oreilles d'Hexi. Je suis tellement maladroite — la plupart du temps, on croirait que j'ai des pattes d'ours et la grâce d'un éléphant !

— Vous ne devriez pas vous en faire autant.

— Je ne peux pas faire autrement ! Ils sont très bons pour moi. Elle est parfois sévère, mais jamais méchante. Mme Blondeau, elle, me traite de tous les noms, et elle m'a même giflée, une fois.

— Ce n'est pas vrai ! s'écria Noah, outragé.

— Ce n'est rien. J'avais laissé tomber par terre un des magnifiques soufflés au fromage dont elle a le secret, au moment où il était prêt à être servi. Elle s'est excusée, plus tard, d'avoir perdu son calme, mais je suis sûre qu'elle me déteste.

— C'est insensé !

— Mais je n'abandonne pas, continua Madeleine, se levant. Ils m'ont déjà donné plus de chances que je le mérite, il va falloir que je me force davantage.

Et, avec une lueur dans les yeux, elle poursuivit :

— Je deviendrai une bonne parfaite, même si je dois en mourir.

L'après-midi suivant, elle supplia Mme Lussac de ne pas envoyer son nouveau peignoir en soie et en dentelle chez Moisset, Faubourg Saint-Honoré, pour y coudre son initiale. Elle voulait que Madame constate à quel point elle avait fait des progrès en couture. Madeleine termina son ouvrage pour se rendre compte qu'elle avait cousu ensemble les deux épaisseurs de tissu, la poche était maintenant inutilisable. Trois jours plus tard, après avoir desservi la table du dîner, Madeleine mit le feu à la nappe en appliqués avec une chandelle qu'elle croyait avoir éteinte. Et, au cours d'un après-midi de congé en novembre, après avoir promené Hexi pendant plus d'une heure sur le boulevard, elle fit entrer le teckel par la porte principale. Hexi s'accroupit et laissa une large flaque sur le tapis vert pâle des Lussac.

Et ils ne la congédiaient toujours pas. Parfois, elle aurait préféré qu'ils le fassent.

Pendant plusieurs mois, Madeleine avait placé régulièrement des messages dans la section des annonces classées de journaux spécialisés dans le domaine de la joaillerie. Puis, un après-midi d'avril de 1957, elle fut demandée au téléphone.

— Allô!

— Magdalena Alexandrovna? Est-ce bien vous?

— Ce n'est pas vrai! s'exclama-t-elle, son cœur battant la chamade. Où êtes-vous?

— À Paris!

Ils se donnèrent rendez-vous le soir, à la Brasserie Lipp, place Saint-Germain des Prés. Ils ne s'étaient pas vus depuis plus de quatre ans, mais Madeleine trouva Zeleyev inchangé. Ses cheveux étaient toujours aussi roux et aussi bien coiffés, sa moustache toujours aussi jeune et bien taillée, ses yeux toujours aussi verts et moqueurs.

— Maggy, vous êtes ravissante!

Son étreinte était énergique et sa joue avait l'odeur familière de son parfum préféré, l'huile de bergamote.

— Et vous, toujours aussi charmeur — mais c'est Madeleine, maintenant.

Ils s'assirent, en face l'un de l'autre. Le restaurant décoré art nouveau était aussi animé qu'à l'habitude, rempli du bruit des conversations et du tintement des verres de bière.

— Pourquoi avez-vous changé votre nom?

— Cela me semblait approprié. J'ai changé de vie, pourquoi ne pas changer de nom en même temps?

— Vous n'avez pas besoin de changer d'identité — mais Madeleine vous sied bien.

— Mais où étiez-vous donc?

Madeleine avait peine à croire qu'il se trouvait enfin là; elle aurait aimé le toucher pour se persuader qu'elle ne rêvait pas.

— Comment m'avez-vous trouvée?

— Je suis arrivé à Paris il y a deux jours, lui raconta Zeleyev. Et hier, un collègue de la rue du Temple m'a montré votre annonce — j'étais si heureux que j'ai presque volé jusqu'au téléphone. Je vous ai écrit à de nombreuses reprises à Zurich, mais je n'ai jamais reçu de réponse à mes lettres.

— Sans doute parce que j'ai quitté Zurich il y a plus d'un an.

— Après Amadéus, dit Zeleyev, en hochant la tête. C'est ce que j'avais soupçonné.

— Mais où étiez-vous? J'ai fait paraître mon annonce pendant des mois et je suis allée à Genève à votre recherche avant de venir à Paris — personne n'avait jamais entendu parler de vous.

— Les gens oublient vite, répliqua sèchement Zeleyev.

— Vous m'avez dit avoir travaillé pour Perrault et Fils.

— Et vous êtes allée là?

— Seulement au magasin — et ils ne m'ont pas aidée.

— J'étais en Amérique, dit Zeleyev. À New York. Mes talents étaient passés de mode en Europe, là-bas, on m'apprécie à ma juste valeur. Mais j'aime toujours autant voyager et puis, je déteste être loin de Paris pendant trop longtemps.

— Et nous voici ensemble!

Madeleine se tut, puis, sentant une tension dans tous ses muscles, elle reprit :

— Et mon père?

— Je n'en ai aucune nouvelle.

— Mais savez-vous où il est? Il m'a laissé un mot, disant que vous sauriez comment entrer en contact avec lui, qu'il vous le ferait savoir.

Toute sa peine et son anxiété percèrent dans sa voix lorsqu'elle continua faiblement :

— Où est-il ?

— Je voudrais pouvoir vous le dire, Maggy, je ne m'habitue pas à votre nouveau nom, continua-t-il en souriant.

— Ça ne fait rien.

Le garçon les interrompit. Ils commandèrent leur dîner avec chacun une chope de bière, puis Zeleyev continua :

— J'ai gardé une adresse postale pendant des années, ici, à Paris. Votre père la connaît. Mais je n'ai eu de ses nouvelles qu'une seule fois depuis la mort d'Amadéus.

— Quand cela ?

— Trois mois après les funérailles. La lettre portait le cachet de la poste de Hambourg, mais il n'y avait pas d'adresse de retour. Alexandre m'indiquait qu'il déménagerait bientôt. Il n'y a rien eu d'autre.

— Mais que disait-il dans cette lettre ?

Madeleine avait l'impression d'être demeurée sur sa faim trop longtemps. Elle était prête à se contenter de miettes.

— Avez-vous cette lettre avec vous ?

— À cette époque, je ne savais pas que ce serait la dernière lettre d'Alexandre que je recevrais avant de vous rencontrer, ma chère, lui répondit-il en secouant la tête.

— Ah !

— Mais je me souviens de ce qu'il m'a écrit.

— Oui !

— Sa lettre était très brève et il me parlait surtout de vous et aussi d'*Éternité*.

— Vous savez, alors ? lui demanda-t-elle tranquillement.

— Qu'il l'a emportée avec lui ? Oui. Il m'a écrit qu'il avait peur que les Julius ou Hildegarde ne la trouvent avant que vous puissiez vous y rendre, alors il l'a emportée pour la mettre en sécurité. Il écrivait aussi qu'il vous aimait plus que jamais et que le plus grand chagrin de toute sa vie était de ne pas pouvoir vous voir. Il disait aussi qu'*Éternité* vous revenait de droit et qu'un jour, il vous la remettrait en mains propres. Mais jusque-là, il jurait de la garder précieusement, par amour pour son père et pour vous.

Zeleyev but avidement sa chope de bière. Madeleine le regardait, accrochée à ses lèvres pour la suite du récit. Mais c'était tout.

— S'il vous écrit encore, vous pourrez lui faire savoir où je me trouve.

— Seulement s'il me donne une adresse de retour.

— Pourquoi ne le ferait-il pas ? demanda-t-elle doucement.

— Il ne pourra peut-être pas.

— Pourquoi ? À cause de cette femme ? À cause de ce qui est arrivé cette nuit-là ?

— Qui vous a dit ? demanda Zeleyev, ses yeux verts devenus soudainement plus perçants.

— Ma mère. C'est pour cela que j'ai quitté Zurich. A cause de tous les mensonges qu'elle m'a racontés.

— Je vois.

— Vraiment ?

Madeleine était très contente de revoir Zeleyev, de renouer avec ce qui avait été la partie la plus importante de son passé. Elle était également soulagée d'apprendre qu'il y a quelques mois, son père était encore en sécurité en Allemagne. Mais l'angoisse qu'elle avait refoulée la nuit de son départ de Zurich, la colère qu'elle avait éprouvée contre Émilie et la crainte que les révélations de sa mère ne soient vraies, avaient toujours été présentes au fond de son cœur, brûlant silencieusement, dans l'attente de se voir apaisées.

— S'il vous plaît, Konstantin, dites-moi la vérité.

Voyant ses pâles joues rosir, elle ajouta :

— Je ne suis plus une enfant. Vous ne rendrez pas les choses plus difficiles en me racontant ce qui est arrivé. S'il vous plaît.

— Immédiatement ? demanda-t-il.

— J'ai attendu dix ans, répliqua-t-elle, la voix tremblante. Je ne veux plus attendre.

Ses yeux n'étaient plus que de minces fentes, son visage exprimait du dégoût pour ces images du passé qu'il préférait voir enfouies à jamais, puis ses traits s'adoucirent et elle y décela de la pitié pour elle. Il lui raconta tout. C'était la même histoire qu'Émilie lui avait dite, mais différente. Sa voix douce bredouillait légèrement comme s'il essayait d'amoindrir le crime de son père.

— Nous étions tous deux à blâmer, dit-il. Nous étions ivres tous les deux. Je l'étais énormément. Mais les drogues, ces drogues maudites, ont fait perdre le contrôle à Alexandre, elles l'ont rendu fou, fou furieux.

— Continuez, murmura-t-elle, la gorge serrée.

— Depuis cette nuit fatidique, votre père a payé plus de mille fois son dû pour ce péché, pour sa faiblesse et son inconscience, Maggy. Mais moi aussi, je n'ai jamais cessé de me blâmer pour le rôle que j'ai joué.

— Vous n'avez pas frappé cette femme, lui dit-elle d'une voix faible et misérable. Vous n'avez pas essayé de la tuer.

— Non, mais j'étais tout de même coupable.

Le visage de Zeleyev exprimait maintenant toute sa souffrance à évoquer ce passé.

— Si je n'étais pas allé à Zurich cette journée-là, si je n'avais pas éprouvé le besoin, comme un jouvenceau immature, de me soûler, d'acheter les services d'une prostituée, d'entraîner un homme marié avec moi dans une soirée de débauche, votre père et votre mère seraient peut-être encore ensemble, malheureux, mais ensemble, et vous continueriez de vivre dans le confort dans lequel vous êtes née.

— Vous croyez que c'est important pour moi?

— Jamais! répliqua-t-il d'un ton amer. Mais pour moi, ce l'est.

Ils se rencontrèrent aussi souvent que possible avant qu'il ne quitte Paris. Ces rencontres furent les moments les plus agréables que Madeleine avait vécus depuis sa dernière visite à Davos. En d'autres occasions, ils se querellèrent violemment, car

Konstantin n'acceptait pas qu'elle soit une bonne et qu'elle gaspille ainsi les talents dont Dieu l'avait pourvue.

— Vous devriez suivre des leçons de chant, lui répétait-il incessamment. Pas frotter des parquets ! Une telle humiliation n'a sa place que dans les romans, pas dans la vraie vie.

— Mais vous adorez vos romans, lui répondit-elle, l'air amusé.

Elle se rappelait que Zeleyev ne voyageait jamais sans *Les misérables* et *Anna Karénine*.

— Ça me fait plaisir de pleurer à chaque lecture pour Fanzine et pour Anna, répliqua Zeleyev, mais je ne veux verser aucune larme sur le sort de l'une des très rares personnes au monde que j'aime.

Ils tombèrent dans les bras l'un de l'autre à ce moment. Madeleine se sentait très touchée par son souci même si sa véhémence l'amusait, ce qui rendait Konstantin d'autant plus véhément. Elle le présenta aux Lussac, espérant que cette rencontre adoucirait sa position. Il se contenta de lui faire remarquer qu'il serait enchanté que ce soient ses amis, mais pas ses patrons car ainsi ils se considéraient, à tort, comme lui étant supérieurs. Il rencontra aussi Noah Lévy et fut touché qu'Hexi le reconnaisse et lui réserve un accueil chaleureux. Madeleine fut chagrinée cependant qu'il garde ses distances envers Noah.

— Je ne vous comprends pas, lui confia-t-elle, peu après. Noah m'a pratiquement sauvé la vie le jour de mon arrivée à Paris. Sans lui, j'ose à peine imaginer ce qui aurait pu m'arriver.

— Et je lui en suis très reconnaissant, lui répondit-il. Mais ce n'est pas l'homme qu'il vous faut, Maggy.

— Madeleine, le corrigea-t-elle. Et que voulez-vous dire par « pas l'homme qu'il me faut » ? Ce n'est pas mon petit ami, nom d'un chien !

— Ne soyez pas vulgaire !

— Et ne soyez pas snob, ça ne vous ressemble pas.

Zeleyev vint la retrouver, un après-midi de congé, trépidant d'excitation.

— Quelle matinée j'ai passée, Madeleine !

— Où êtes-vous allé ?

— Dans les égouts, lui répondit-il.

— Mais pourquoi ?

— Pour Valjean, bien entendu.

— Pour qui ?

— C'est le héros de Hugo dans *Les misérables*, Jean Valjean, lui dit-il, levant les yeux au ciel. Vous ne l'avez pas encore lu ? À votre âge ?

— Je suis désolée, lui répondit-elle en souriant.

— C'était extraordinaire. J'ai toujours voulu visiter les égouts — je ne sais pas pourquoi je ne l'avais pas encore fait. Mais maintenant que j'y suis allé, je ne pourrai m'empêcher d'y retourner souvent.

— Dans les égouts ?

— Dans le monde souterrain de Paris.

Ils étaient assis à une table chez Fouquet's, sur les Champs Élysées, où grouillent tout ce qui est célèbre et ces mondains qui aiment regarder et écouter, espérant qu'un peu de cette célébrité les éclabousse.

— À partir de maintenant, vous voyagerez toujours en métro, blagua-t-elle.

— Oubliez le métro, rétorqua Zeleyev. J'ai une bien meilleure idée.

— Quoi ?

— Attendez et vous verrez.

Il paya leurs consommations et l'entraîna sur la rue, où il héla un taxi.

— Place Denfert-Rochereau, commanda-t-il.

— Qu'y a-t-il là-bas ? demanda Madeleine, intriguée.

— Le cimetière de Montparnasse est tout près, répondit Zeleyev.

— Nous allons dans un cimetière ?

— On pourrait dire ça.

En sortant du taxi, Madeleine remarqua un groupe de personnes se tenant devant une porte de couleur verte. Des touristes, pensa-t-elle, reconnaissables à leurs lunettes fumées, aux appareils photos qu'ils portaient en bandoulière, aux cartes et aux guides touristiques qu'ils tenaient à la main.

— Où sommes-nous?

— Regardez, lui dit Zeleyev lui montrant du doigt l'inscription gravée dans les pavés.

Elle lut : ENTRÉE DES CATACOMBES.

— Non! Konstantin! s'exclama-t-elle, levant les yeux vers lui.

— Vous n'avez pas peur du noir, j'espère?

— Non, mais je préfère le soleil.

— Alors, après une heure de noirceur, le soleil ne vous paraîtra que plus radieux.

La porte s'ouvrit quelques instants plus tard et le groupe de personnes s'y engouffra. Zeleyev marchait devant Madeleine et, après avoir payé leurs entrées, il lui tendit la main, souriant, en lui montrant les premières marches de l'escalier qui s'enfonçaient dans le sol.

— Venez, lui dit-il.

L'escalier était très étroit, une spirale interminable. Les ténèbres s'épaississaient autour d'eux, jusqu'à ce qu'ils arrivent au fond. Les touristes qui les avaient précédés commencèrent à s'avancer lentement le long du premier tunnel, leurs murmures étaient étouffés et leurs rires, incertains et nerveux, à peine audibles.

— Pourquoi sommes-nous ici? demanda Madeleine à Zeleyev.

— Par plaisir.

— Vous avez d'étranges façons de vous divertir, lui répondit-elle en faisant une grimace.

— Venez, répéta-t-il, lui prenant la main et l'entraînant dans une enfilade de tunnels, tous plus sombres et humides les uns que les autres. L'odeur de moisi et de renfermé était de plus en plus présente. De rares ampoules ne jetaient qu'une faible lumière sur leur chemin et, comme le sol était très inégal, Madeleine devait s'accrocher à son guide pour ne pas tomber.

— Mes chaussures seront abîmées, se plaignit-elle.

— Je les nettoierai pour vous, ma chérie, lui dit Zeleyev, serrant un peu plus sa main dans la sienne. Ça en vaut la peine, je vous le promets.

Puis, s'arrêtant soudainement, il se retourna et la regarda dans les yeux.

— Avez-vous peur, ma petite?

— Bien sûr que non, mentit-elle.

— Même pas un petit peu?

— Je suis désolée de ne pouvoir vous faire ce plaisir.

Puis, sentant des gouttes d'eau couler le long de son dos, elle ajouta :

— On continue?

Elle avait surtout hâte que cette visite se termine.

Ils avancèrent et les yeux de Madeleine finirent par s'habituer à la lumière ambiante. Mais son anxiété augmentait car elle constatait la complexité du labyrinthe où ils s'enfonçaient. Partout des barrières et des chaînes indiquaient le chemin à suivre.

— Si nous quittions ce chemin, lui dit Zeleyev d'une voix rendue sourde, nous nous perdrions.

Madeleine frissonna et s'approcha davantage de son guide.

— Sommes-nous bientôt arrivés?

— Nous sommes presque au cœur des catacombes, lui répondit-il.

Au loin, devant eux, ils entendirent un petit cri d'effroi, suivi d'un éclat de rire, puis ils aperçurent l'entrée d'une salle dont l'ouverture était peinte en blanc et noir.

— Regardez, ma chère, lui dit Zeleyev, pointant vers le haut.

Au-dessus de l'entrée était écrit:

ARRÊTE, C'EST ICI L'EMPIRE DE LA MORT.

— Qu'est-ce que cet endroit? demanda Madeleine, épouvantée par l'inscription.

— Exactement ce qui est écrit, lui répondit-il simplement, l'entraînant dans la salle. C'est le centre d'attraction des catacombes.

Madeleine s'arrêta brusquement et arracha sa main de son étreinte. Elle regardait fixement les murs, hypnotisée. Ils n'étaient plus faits d'argile comme le long du trajet jusqu'ici. Partout, on voyait des ossements. Des os humains : des tibias, des fémurs, des cages thoraciques. Et des crânes. Surtout des crânes, aux orbites vides, béantes. Partout, elle ne voyait plus que ces anciens crânes qui semblaient la regarder.

— Sortez-moi d'ici, dit-elle dans un souffle.

— Nous ne sommes pas très loin de la sortie, lui dit-il.

Ses pupilles semblaient dilatées au point qu'elle ne voyait plus qu'un grand cercle noir où brillait une lueur d'amusement.

— C'est fantastique, ne trouvez-vous pas ?

— Sortons maintenant ! dit Madeleine d'une voix devenue rauque et insistante. Je ne veux pas voir ça — je ne veux pas rester une seule minute de plus. Je veux sortir immédiatement, ou je ne vous parlerai plus jamais.

— Ça va mieux, maintenant ? demanda Zeleyev, lorsqu'ils furent de retour à l'air libre. Voulez-vous un peu de thé ? Ou un cognac, peut-être ?

— Je veux retourner chez moi !

Malgré le soulagement qu'elle éprouvait à être de nouveau dehors, dans le monde réel, rempli de bonnes odeurs, aussi ensoleillé et rassurant qu'il lui avait paru moins d'une heure auparavant, elle restait fâchée contre lui.

— C'était si terrible ? demanda-t-il. Je n'aurais jamais pensé que cette visite pouvait vous perturber autant, ma chère.

Le ton de sa voix montrait à quel point il se faisait du souci pour elle et qu'il regrettait vraiment de lui avoir déplu.

— C'est bien vrai ?

— Je vous le jure, répliqua-t-il, l'air blessé. Je croyais que vous auriez peut-être un pincement au cœur, comme dans un manège, mais pas plus.

— C'étaient des ossements humains, lui dit-elle avec véhémence. Je ne vous aurais jamais cru aussi insensible, Konstantin Ivanovitch. Comment pouvez-vous supporter une telle saleté? continua-t-elle, se frottant les bras furieusement. Je me sens dégoûtante. Comment pouvez-vous vous plaire là-dedans? Vous qui prenez deux bains par jour?

— Au moins deux par jour.

— Ce n'est pas drôle.

— Sûrement pas, puisque cette visite vous a tant déplu, lui dit-il gentiment. J'ai cru que vous seriez fascinée par le véritable Paris souterrain — je n'aurais pas dû vous l'imposer.

— Non, vous n'auriez pas dû.

— Je suis vraiment désolé, dit-il humblement. De tout mon cœur.

Madeleine ne répondit pas.

— Allez-vous me pardonner?

— Je me suis sentie prise au piège, là, en bas, lui dit-elle, le regardant dans les yeux.

Il lui prit la main, heureux qu'elle le laisse faire.

— Pardonnez-moi, Maggy, s'il vous plaît.

On pouvait sentir toute sa détresse.

— Je vous pardonne, lui dit-elle enfin.

Mais elle pensa qu'elle venait de connaître un aspect inquiétant de la personnalité de son ami.

Plus tard, cette nuit-là, elle rêva qu'elle se faisait écraser vivante, sous un amas de crânes blancs qui dégringolaient sur son corps, pendant que des squelettes dansaient autour d'elle, leurs os claquant comme des castagnettes dans un flamenco macabre et elle se réveilla en sueur, ses mains s'agitant dans l'air, son cœur battant à tout rompre. Elle s'essuya le visage et se rendit compte qu'elle pleurait.

— Ne sois pas sotte, se dit-elle doucement. Ce n'était rien.

Mais elle s'éveilla ainsi pendant plusieurs nuits encore et il lui fallut deux semaines avant qu'elle n'ose fermer sa lampe de chevet avant d'apercevoir les premières lueurs de l'aube et elle ne reprit le métro qu'après un mois.

La veille de son départ de Paris, Zeleyev apporta un cadeau à Madeleine : une charmante montre antique achetée au Vieux Cadran, rue Bonaparte, pour remplacer la Patek Philippe qu'elle avait depuis longtemps vendue aux enchères au Crédit municipal.

— C'est pour vous rappeler, lui dit-il, que le temps file et qu'on ne doit pas le gaspiller. Ce travail que vous faites...

— Je croyais que vous aviez compris, l'interrompit-elle dans un soupir.

— Je comprends. Du moins, je peux accepter que quelqu'un doit parfois faire des compromis, mais je veux que vous me promettiez que c'est une situation temporaire, ce n'est qu'un moyen vers une fin, comme vous l'avez dit vous-même.

— Je vous en fais le serment, Konstantin.

— J'ai la chair de poule chaque fois que je pense à vous, dans cet uniforme de bonne, soumise à tous les caprices de patrons, malgré toute la gentillesse de ceux-ci.

Et pour illustrer son propos, Zeleyev eut un frémissement théâtral.

— Je me souviendrai, lui répondit-elle en souriant.

— Vous ne chantez pas, continua-t-il. Vous devriez chanter et pas faire le ménage.

— Comment je pourrais ?

— Vous ne voulez plus chanter ?

— Mais bien sûr que je veux.

Madeleine s'efforçait de ne plus penser à ce désir qu'elle avait toujours eu. Après tout, il lui manquait bien d'autres choses dans la vie et, de toute façon, il fallait beaucoup d'énergie pour chanter. Elle avait l'impression d'épuiser toujours toutes ses réserves dans ses tâches quotidiennes. Elle se rappelait toutefois la sensation presque magique de liberté, de joie qui accompagnait ses chansons lorsqu'elle marchait dans les forêts entourant Zurich, ou lorsqu'elle allait rendre visite à son grand-père.

— N'abandonnez jamais, lui ordonna Zeleyev. Ni la

chanson, ni tout ce que vous désirez dans cette vie.

Après son départ pour New York, Madeleine ressentit une grande déception. Elle se sentit vidée, comme si elle avait soudainement perdu tout but dans la vie. La rencontre tant attendue avec Zeleyev avait eu lieu. Au moment de leurs adieux déchirants, il avait juré qu'il lui téléphonerait dès qu'il aurait des nouvelles d'Alexandre. Elle pouvait nourrir ce mince espoir de revoir un jour son père. Pour l'instant, elle n'avait plus rien à faire que de continuer sa routine.

Le pire était qu'elle savait enfin la vérité sur cette nuit fatidique et, ce faisant, elle devait admettre qu'Émilie ne lui avait pas menti. C'était comme d'accepter une défaite. Les différences essentielles entre Madeleine, Hildegarde et sa mère ne s'en trouvaient que confirmées, puisque Madeleine savait maintenant que son amour pour son père était inconditionnel. Elle le voyait désormais comme un homme faible et non plus comme le héros resplendissant de son enfance. Mais elle n'était plus une enfant et ni les faiblesses d'Alexandre, ni même ses péchés ne diminueraient l'amour qu'elle éprouvait pour lui.

Madeleine était venue à Paris pour trouver son père et pour recommencer sa vie, se sentant un peu comme l'héroïne d'un film, prête à faire les sacrifices nécessaires pour ce qu'elle croyait juste. Elle se retrouvait maintenant face à la réalité, sachant qu'elle avait laissé derrière elle une vie de luxe et de sécurité, pour un travail de bonne qui lui laissait aussi peu de liberté qu'à Zurich.

Pendant ses après-midi de congé, elle se promenait dans les quartiers riches de la ville, se rappelant tout ce qu'elle avait abandonné sans même jeter un regard en arrière. Elle regardait les objets de valeur exposés dans les vitrines de Hermès, se rappelant les gants en cuir glacé d'Hildegarde. En allant à la buanderie, Faubourg Saint-Honoré, elle reconnut dans les vitrines de Louis Vuitton, les valises de cuir brun ornées de lettrage d'or de son beau-père. Elle se remémora qu'il s'était vanté en avoir hérité de son père et que les Julius avaient leurs propres serrures et leurs propres clefs, enregistrées pour la postérité avenue Marceau. Elle passa devant Balenciaga, Guy Laroche et Nina Ricci. Elle pouvait encore entendre les petits cris de plaisir d'Émilie lorsqu'elle admirait les photos dans ses magazines. Elle vit des baignoires de marbre et de longs peignoirs, des hôtels de grand luxe et des restaurants fins, puis elle retournait dans sa petite chambre, mal chauffée, pour remettre son uniforme noir et blanc, en tissu rêche qui lui grattait la peau et elle courait dans la cuisine pour aider Mme Blondeau à préparer le dîner.

Madeleine était trop honnête pour se mentir. Elle éprouvait certains regrets, mais elle se rappelait les conseils de Konstantin : la vie qu'elle menait maintenant ne devait être que temporaire, ce n'était qu'un moyen devant la mener à son objectif.

Et elle savait au plus profond d'elle-même qu'en dépit de tout, elle avait eu raison de quitter la maison Gründli. Et qu'elle n'y retournerait jamais.

Chapitre 10

Édouard et Gabrielle Lussac continuaient à se montrer tolérants vis-à-vis de leur bonne peu commune. Ils ne s'expliquaient toujours pas pourquoi ils agissaient ainsi. Ils reconnaissaient d'une part que Madeleine apportait un peu de soleil dans leur maison, ce qu'ils appréciaient comme Andrée et Hélène et, d'autre part, qu'ils auraient ressenti un inexplicable sentiment de culpabilité s'ils l'avaient renvoyée.

Cependant, Madeleine s'ennuyait. Elle adorait toujours Paris, mais elle avait peu de temps pour goûter et découvrir les plaisirs de la ville. Elle pouvait toujours compter sur l'amitié de Noah et elle se réjouit beaucoup lorsqu'il se fiança à une jolie Lyonnaise aux cheveux foncés, Estelle Gallant, qui était profondément amoureuse de lui et montra beaucoup d'affection pour Hexi. Madeleine appréciait beaucoup l'humour, la gentillesse et la patience de Noah, mais, d'une certaine manière, le bonheur de son ami faisait ressortir davantage le vide de sa propre existence qu'elle s'efforçait d'ignorer. Elle était seule.

La veille de son dix-huitième anniversaire, en décembre, Maggy céda à l'une de ses impulsions et transféra toute sa frustration sur ses cheveux. Elle savait qu'ils étaient très beaux, mais ils la rendaient folle. Ils lui avaient d'ailleurs causé des ennuis tout au long de sa vie. D'abord enfant, Hildegarde, Émilie et tous ses professeurs n'avaient jamais cessé de lui reprocher sa tête en broussaille. Elles lui faisaient des tresses — qu'elle avait toujours haïes ! — de plus en plus serrées, coupant les mèches rebelles qui s'échappaient sur son front et ses joues. Bien que Mme Lussac n'ait jamais songé à commenter plus longuement l'aspect de sa chevelure, l'air de reproche subtil qu'on lisait parfois sur son visage était amplement éloquent.

Madeleine en eut donc assez. Elle sortit ses ciseaux de son petit panier de couture en osier, s'enferma dans la salle de bains, s'installa devant le miroir et commença à couper. Trop courts, trop carrés. Elle courut à sa chambre chercher les grands ciseaux qu'elle utilisait pour tailler le linge. Snip, snip. Elle fit preuve d'audace, s'assurant de réduire d'abord la longueur, se disant qu'elle se soucierait de la forme et du style une fois l'épaisse chevelure élaguée.

Bien avant de finir, Madeleine savait qu'elle venait de commettre une bourde effrayante, peut-être même la plus terrible. Elle voulait avoir l'air chic, propre et soignée, mais, en se regardant dans la glace, le visage blême, elle constata qu'elle ressemblait plutôt à un épouvantail.

— Madeleine !

Elle entendit Mme Lussac l'appeler et réalisa qu'elle était en retard. Affolée, elle rassembla ses cheveux en toute hâte, fourra dans un sac en papier toutes les mèches dorées qu'elle venait de sacrifier, s'empressa de revêtir son uniforme et se trouva, pour une fois, bien heureuse de devoir porter une coiffe qu'elle s'enfonça sur les oreilles autant qu'elle put.

— Madeleine, où donc étiez-vous passée ? Je suis en retard pour mon rendez-vous chez le dentiste et je voulais vous remettre la liste des courses.

Sa patronne était si pressée qu'elle ne lui jeta même pas un coup d'œil, Dieu merci ! Elle lui prit la liste des mains et s'enfuit presque, remerciant le ciel de la tournure des événements. Elle allait exécuter ses tâches en un temps record, ensuite elle s'efforcerait de faire quelque chose pour ses cheveux avant que toute la famille ne revienne. Elle aurait amplement le temps, après, de pleurer le désastre. Elle se rendait compte qu'il lui faudrait vivre avec une nouvelle tête pendant des mois.

Mme Lussac lui avait accordé un jour de congé supplémentaire pour son anniversaire et Madeleine était attendue pour déjeuner chez Noah. Il faisait très froid, ce qui lui permit de porter un chapeau de laine, bas sur les oreilles ; elle insista pour le garder au moment où Noah et Estelle portaient un toast à sa santé, mais Noah tendit la main en riant et le lui enleva.

— Mon Dieu !

Son rire s'étouffa dans sa gorge. Hexi grogna.

La lèvre inférieure de Madeleine trembla, mais elle ne flancha pas.

— Vous aimez ? demanda-t-elle gaiement. C'est la toute dernière mode.

— Que s'est-il passé ? demanda Estelle.

— Vous y avez mis le feu ? s'enquit Noah, le regard fixe. On vous a attaquée ?

— Ne soyez pas ridicule, répliqua Madeleine, un peu fâchée.

— Mais que vous est-il arrivé ?

— Je les ai coupés.

— Vous vous êtes servie d'une hache ?

— Noah, ne sois pas désagréable, le réprimanda Estelle.

— Je regrette. C'est le choc. Vos si beaux cheveux !

— Je sais.

Madeleine garda les yeux penchés sur l'assiette de soupe qu'Estelle venait de poser devant elle.

— On pourrait arrêter d'en parler ?

Estelle se leva.

— Venez, dit-elle.

— Où donc ? demanda Noah.

— Pas toi. Madeleine. Venez avec moi.

— Pour quoi faire ? interrogea Madeleine en levant les yeux.

— Réparer.

— Pensez-vous pouvoir faire quelque chose avec ce qui en reste ? s'enquit Madeleine, pleine d'espoir. J'ai essayé, mais tout allait de mal en pis.

— Je n'oserais jamais y toucher moi-même.

Estelle sortit promptement de la pièce et revint, son manteau sur le dos et celui de Madeleine sur le bras.

— Mais un bon coiffeur peut faire des miracles.

— Vraiment ? demanda Madeleine, hésitante.

— Allez-y, dit Noah catégoriquement. Faites ce qu'Estelle vous dit. Soyez sans crainte, elle a presque toujours raison.

Il se tut un moment, puis ajouta :

— De toute façon, on ne peut faire pire.

Madeleine se leva et Hexi grogna encore.

— Je n'ai pas le choix, dit-elle.

— Absolument pas, admit Noah.

— Mais le repas ? demanda Madeleine qui se sentait un peu coupable. Vous vous êtes donné tant de mal. Ne devrions-nous pas manger d'abord ?

— Non, allons-y immédiatement, dit Estelle en tendant à Madeleine son manteau. Chez Charles, au Ritz, on prend les réservations des semaines à l'avance, sinon des mois. J'ai bien peur qu'il va nous falloir supplier. J'espère seulement qu'un coiffeur, en vous jetant un coup d'œil, se sentira l'envie de relever un grand défi.

Trois heures s'écoulèrent. Les deux jeunes femmes sortirent du salon, l'une inchangée, l'autre complètement transformée.

— Ce n'est pas moi, chuchota Madeleine en tenant le bras d'Estelle. Ça ne se peut pas.

— Je vous assure que c'est tout à fait vous, la rassura Estelle en lui jetant un regard admiratif.

Madeleine se retourna pour examiner encore une fois son reflet dans la baie vitrée.

— C'est merveilleux, n'est-ce pas ?

— Prodigieux.

— Merci.

Madeleine se retourna vivement, le regard rempli de gratitude.

— Je ne sais pas comment vous remercier, Estelle. Vous venez de me sauver. Je... pensais... j'espérais qu'ils me redonneraient un air présentable, mais là...

— C'est de toute beauté.

— Vraiment?

Estelle sourit.

— Jusqu'à maintenant vos cheveux formaient une auréole sauvage et éclipsaient votre visage, votre corps et même votre personnalité.

Elle examina Madeleine minutieusement.

— Je peux voir tout à coup que vous avez de belles pommettes, un cou parfait et une bouche sexy.

— Vraiment? Madeleine se sentit rougir.

— Tout ce qu'il vous faut maintenant, c'est une nouvelle garde-robe.

— Je ne peux me permettre aucune autre dépense vestimentaire. Ce manteau a rongé toutes mes économies.

Madeleine plongea les mains dans les grandes poches du manteau en tweed à capuchon sur lequel elle avait jeté son dévolu, le mois précédent, à un étal du Marché aux Puces, faisant alors preuve d'un sens des affaires inhabituel. Elle n'avait jamais porté de vêtements d'occasion auparavant, n'avait jamais trouvé l'idée attrayante, mais ce duffel-coat avait attiré son attention à deux cents mètres de distance.

— Vous ne l'aimez pas? demanda-t-elle à Estelle. Il a une telle allure.

— Je l'aime beaucoup. Mais vous ne portez pas de manteau à l'intérieur, non?

Estelle fit une pause avant d'enchaîner :

— Laissez-moi vous offrir quelque chose de neuf.

— Certainement pas, coupa court Madeleine. Vous vous êtes montrée déjà beaucoup trop généreuse.

Estelle avait insisté pour payer la note chez Charles, prétextant que c'était leur cadeau d'anniversaire. Même si Maggy avait voulu discuter, elle savait qu'il lui aurait été impossible de trouver l'argent nécessaire.

— Bon, alors offrez-vous ne serait-ce qu'une seule chose, s'obstina Estelle. Nous avons encore un peu de temps. Allons dans la rue de Sèvres.

Madeleine choisit finalement un pull de laine bleu lapis-lazuli qui, selon Estelle, mettait en valeur la beauté de ses yeux et en faisait ressortir leur grandeur et leur éclat maintenant qu'ils n'étaient plus cachés par sa chevelure. Après avoir embrassé Estelle avec ferveur, Maggy s'excusa de ne pas retourner avec elle boulevard Haussmann. Il se faisait tard et elle avait senti soudain l'impérieux besoin de se retrouver seule. Elle était vraiment la nouvelle Madeleine, maintenant. La petite Maggy avait disparu à jamais. C'était là un sentiment particulier, presque grisant et elle tenait à le partager avec Paris parce que cette ville lui avait déjà tant apporté, de bons amis et un travail décent qui lui assurait un toit et la révélation progressive de sa véritable personnalité.

La neige avait commencé à tomber, mais Madeleine ne voulut pas coiffer son capuchon. Elle avait par ailleurs jeté son chapeau de laine. Rien ne lui ferait couvrir sa splendide nouvelle tête. De gros cristaux de neige mouillée se posèrent dans ses cheveux, mouillèrent ses joues et glacèrent ses petites oreilles découvertes, mais elle ne s'en souciait pas.

Tout à coup affamée et se trouvant près de la Place de la Madeleine, elle entra chez Fauchon. Elle n'était plus allée dans ce magasin depuis son deuxième jour à Paris. Aujourd'hui elle avait dix-huit ans. C'était différent. Elle était différente. Elle acheta deux quiches lorraines miniatures et un mille-feuille léger. Après, elle alla chez Tanrade se procurer deux petites boîtes de marrons glacés, l'une pour Estelle, l'autre pour Mme Lussac. Munie de ses achats et du sac où la vendeuse avait glissé son vieux pull, elle marcha d'un pas vif jusqu'au Jardin des Tuileries.

Le crépuscule tombait sur le parc et Madeleine venait juste de balayer de la main la neige qui recouvrait un banc afin de s'y asseoir et manger ses quiches lorsqu'elle le vit.

Il se trouvait à quelques mètres à peine. Elle aurait presque pu le toucher. Grand et mince — très mince — tout en angles, mais élégant, il portait un pull et un pantalon noirs sous un imper vert olive. Sans chapeau, ses cheveux étaient droits et bruns, ses yeux, dans la pénombre, paraissaient bleu foncé et étaient surmontés d'épais cils noirs. Une cigarette allumée dégageait un petit filet de fumée et pendait négligemment au coin de sa bouche. On aurait dit une extension de sa personne.

Il avait cessé de neiger et Madeleine put l'observer de près, mais il ne semblait pas l'avoir aperçue. Sa peau semblait douce et pâle, comme si elle ne voyait que rarement le soleil et ses mains étaient élégantes, ses doigts effilés. C'est un bel homme, pensa-t-elle.

Il nourrissait quelques moineaux avec des morceaux de croissants et Madeleine se rendit compte après un certain temps, qu'il leur parlait tout doucement, gentiment. Elle continua d'observer et retint son souffle au moment où un moineau sauta sur son pied gauche, piétinant le cuir de sa chaussure. Sans s'en rendre compte, Madeleine se retenait de manger, se gardait même de seulement lever la quiche à sa bouche, pour ne pas gâcher la scène.

Les oiseaux avaient terminé de picorer les miettes et la plupart d'entre eux s'étaient envolés avec leur butin, mais l'homme parlait toujours doucement, s'adressant au moineau sur sa chaussure, ne bougeant pas jusqu'à ce que, finalement, la longue cendre pendue au bout de sa cigarette cède et tombe sur le sol enneigé, ce qui rompit l'enchantement. Le moineau s'enfuit et l'homme se tourna vers Madeleine.

— Merci d'avoir attendu, dit-il.

Son sourire, pensa Madeleine, était chaleureux et sincère. Elle songea qu'il devait sourire souvent parce que, bien que son visage fût jeune, les plis de rire autour des yeux et de la bouche étaient plutôt prononcés.

— Voulez-vous vous asseoir?

Elle n'avait pas peur et ôta la neige à côté d'elle sur son banc.

— Merci.

Il s'assit. Il remarqua les quiches.

— Elles ont l'air délicieuses.

— En voulez-vous une ? Je ne peux pas manger les deux.

Madeleine lui en tendit une qu'il accepta volontiers.

Ils échangèrent quelques mots et une sensation pétillante d'excitation parcourut le corps de Madeleine. Ce moment faisait partie de sa journée très particulière. Il s'appelait Antoine Bonnard.

— Comme le peintre ? demanda-t-elle.

— Exactement.

Il était né et avait grandi en Normandie, mais vivait à Paris depuis sept ans où il travaillait comme gérant d'un petit restaurant à Saint-Germain des Prés.

— Ça s'appelle *Fleurette*, révéla-t-il.

Elle vit combien il en était fier.

— Les choses allaient bien quand j'ai commencé, mais là, ça va encore mieux.

Ils restèrent silencieux le temps de manger et Madeleine nota que ses dents étaient blanches et acérées et qu'il sentait merveilleusement bon une eau de Cologne mêlée à l'odeur de gauloises qu'il n'avait cessé de fumer que le temps d'avaler sa quiche.

— Vous aimez cet endroit ? lui demanda-t-il.

— Les Tuileries ? Elle hocha la tête. Beaucoup. Même s'il y a de bien plus beaux jardins dans Paris, non ?

— Je préfère le Jardin du Luxembourg, dit-il. Il est beau toute l'année. Je m'y rends lorsque j'ai les idées noires et que je veux me remonter le moral pour ne pas ennuyer mes clients.

— Et ici ?

— Je viens ici quand je me sens particulièrement bien, surtout les mois d'hiver. Je me dis toujours que dans ce parc, snob, les oiseaux affamés ont moins de chance d'être nourris par les passants qu'au Luxembourg.

Ils parlèrent ainsi pendant presque une heure, partageant

le mille-feuille, après quoi il fuma encore deux cigarettes tandis que Madeleine racontait à cet étranger tout ce qu'elle pouvait dire sur sa vie à Paris, évitant de parler de Magdalen ou de son passé. Elle raconta, succinctement, son travail de bonne et il rit au récit des bourdes qu'elle continuait de commettre. Elle révéla la générosité de la famille Lussac, l'existence de ses merveilleux amis, Noah et Estelle, sans oublier de mentionner Hexi. Elle parla de son ambition de devenir chanteuse et de l'impossibilité de même essayer de nourrir cette ambition puisqu'elle n'avait aucun endroit où pratiquer, pas plus d'argent pour s'offrir des leçons.

Et tandis que Madeleine parlait et parlait, s'ouvrant le cœur comme s'ils avaient été des amis de toujours, Antoine Bonnard écoutait attentivement chaque mot. Il lécha sur ses doigts les restants de crème anglaise et alluma une autre cigarette ; la noirceur s'était installée et les lampadaires s'étaient allumés le long des sentiers.

— Vous n'avez pas froid ? demanda Madeleine, réalisant tout à coup qu'elle-même était gelée jusqu'aux os.

— Je suis glacé.

— Je dois partir.

Elle ne voulait pas partir.

— Je peux vous raccompagner ?

— S'il vous plaît.

Ils quittèrent le jardin ensemble par la Place de la Concorde. Madeleine trouvait incroyable qu'ils puissent vivre et travailler à quelques kilomètres l'un de l'autre, sur la rive gauche, mais que c'était pourtant sur la rive droite qu'ils s'étaient rencontrés, à cet endroit précis qu'elle avait visité presque deux ans auparavant, un jour d'hiver. À l'époque, elle ressentait déjà l'importance mystérieuse que revêtiraient les Tuileries pour elle, un jour. Ils traversèrent le pont de la Concorde et Antoine Bonnard marchait à ses côtés, tout près, sans jamais la toucher. Madeleine pensa qu'il était aussi courtois que beau et déjà, elle était impatiente de le revoir.

Ils arrivèrent enfin à la maison des Lussac et Madeleine

eut envie de prétendre habiter plus loin sur le boulevard pour continuer à marcher sans se quitter; pourtant, elle s'immobilisa.

— Je dois rentrer.

— C'est une belle maison.

Antoine Bonnard regarda l'impressionnante façade de pierres à travers les barreaux de la haute grille de fer forgé, au-delà d'une petite cour de graviers.

— Pas un mauvais endroit où travailler.

— Non, admit-elle; mais ce n'est pas comme *Fleurette*.

— Non. Il fit une pause. C'est dommage de travailler le jour de son anniversaire.

— Ils m'ont donné ma journée. Ce soir, ils reçoivent.

— Et ils ont besoin de vous.

— Pour renverser la soupe sur les invités, dit-elle en riant tristement. Ce ne serait pas la première fois. Je n'arrive pas à comprendre pourquoi ils me supportent.

— Je pense que je comprends.

Il lui ouvrit la lourde porte.

— Je suis en retard.

Il s'empara de sa main droite inopinément, en retira le gant et l'amena à ses lèvres, y posant un léger baiser.

— Joyeux anniversaire, dit-il.

Après quoi, il se retourna et marcha lentement, le long du boulevard Saint-Germain, jetant sa cigarette et en rallumant aussitôt une autre. Madeleine le suivit des yeux jusqu'à ce qu'il devienne tout petit au loin, sa main toujours brûlante du baiser reçu; elle se rendit soudainement compte, avec un vif pincement de cœur, qu'ils n'avaient pas parlé de se revoir.

« Je ne peux pas le supporter », se dit-elle à haute voix. Elle dut se retenir de courir après lui et de laisser tomber les Lussac. Mais elle eut alors un sursaut d'amour-propre en réalisant qu'elle avait pris une heure de plus que prévu dans son entente avec Mme Lussac. Les jambes soudainement plus lourdes, elle monta à sa chambre où elle enleva son beau pull lapis-lazuli pour ensuite revêtir son uniforme.

Sa coiffe blanche n'avait plus à cacher une chevelure

enchevêtrée. Maintenant, elle s'ajustait, irréprochable, à la nouvelle tête rayonnante de Madeleine. Quand elle descendit et que Gabrielle Lussac la vit, elle leva les sourcils de surprise puis sourit, mais Madeleine sentit que ce n'était pas tout à fait un sourire d'approbation.

La réaction de M. Lussac fut encore plus déroutante.

— Qu'avez-vous fait, Madeleine?

Il semblait déçu.

— Vous n'aimez pas cela, Monsieur?

Il la regarda, songeur, et elle remarqua une lueur d'admiration dans ses yeux.

— Très joli, reconnut-il.

Puis il détourna rapidement le regard, non sans un certain trouble.

Beaucoup plus tard cette nuit-là, une fois que Madeleine eut enlevé sa robe noire et lavé son tablier blanc, alors qu'elle rinçait ses lourds bas noirs, elle se vit dans le miroir et comprit, brusquement, ce qui avait pu prendre ses employeurs par surprise. Sa nouvelle coupe de cheveux avait fait bien plus qu'accentuer sa beauté naturelle. Elle avait gommé l'innocence que sa blonde chevelure lui conférait, pour l'imprégner de quelque chose de nouveau et d'incroyable : la sensualité. Sous son uniforme, jusqu'à ce soir, l'apparence de Madeleine avait appelé une certaine sympathie amusée; elle avait plu à Édouard et à Gabrielle Lussac en tant que jeune fille de bonne famille qui connaissait des moments difficiles et qui se débattait pour garder un travail pour lequel elle n'était manifestement pas faite. Maintenant, se dit Madeleine, elle pouvait avoir l'air provocante. Cette constatation l'amena à penser de nouveau à Antoine Bonnard. Elle se demanda sous quel jour exactement il l'avait vue.

Suspendant ses bas à sécher, elle se remémora Antoine si vivement qu'il aurait pu se trouver tout à côté d'elle, si mince et fort, d'une force due uniquement à sa présence... ses yeux bleu marine, ses lèvres minces, traînant toujours une cigarette... sa gentillesse avec les oiseaux, la chaleur de son sourire... son baiser sur le dos de sa main...

— Antoine, dit-elle tout haut. Le nom sonnait merveilleusement bien et plus elle le répétait, plus il lui semblait beau. Doucement, encore et encore, ses lèvres formant un baiser lorsqu'elle prononçait la deuxième syllabe :

— Antoine.

C'est seulement au moment où elle éteignit la lumière en se glissant dans son lit qu'elle comprit ce qui lui était arrivé cet après-midi au Jardin des Tuileries enneigé.

— *Ich bin verliebt,* murmura-t-elle.

Puis, comme elle s'était habituée à sa seconde langue, elle prononça en français :

— Je suis amoureuse.

C'était pareil en quelque langage que ce soit. Madeleine était amoureuse.

Noël arriva, puis ce furent les célébrations du Nouvel An. Le vaste logement resplendissait de festivités, de réceptions. Les Lussac, toujours prévenants, firent appel à du personnel supplémentaire venu de l'extérieur pour que Madeleine ne soit pas surchargée de travail. Andrée et Hélène supplièrent leurs parents de laisser Madeleine prendre place avec eux à la table du réveillon, mais M. Lussac refusa afin de ménager la sensibilité de Mme Blondeau. Elle partagea toutefois le repas de la Saint-Sylvestre alors que la cuisinière était partie à Marseille pour une semaine.

— Que dois-je faire? demanda Madeleine à Noah et Estelle qui l'avaient également invitée à célébrer avec eux la veille du Nouvel An. J'aimerais beaucoup mieux me retrouver avec vous, mais ils ont toujours été si gentils avec moi. Je ne veux pas les blesser.

— Je ne crois pas qu'ils soient contrariés, opina Noah.

— Ils pourraient bien l'être, estima Estelle. Je suis convaincue que Madeleine est la première bonne qu'ils aient jamais invitée.

— Ils devaient le faire, dit Noah.

— Peut-être bien, chéri, mais Madeleine sait bien que

jamais nous ne serions offensés qu'elle ne puisse se joindre à nous ; par contre, M. et Mme Lussac pourraient être insultés de son refus.

Portant une courte robe de velours noir de la garde-robe d'Estelle, Madeleine vit donc apparaître la nouvelle année en compagnie d'antiquaires et de marchands d'art, d'une poignée d'aristocrates et de quelques comédiennes et play-boys, tout ce monde se mêlant dans une merveilleuse atmosphère de grande famille. Un vieux comte de plus de quatre-vingts ans la regarda longuement, un éleveur de chevaux de course trois fois divorcé flirta avec elle et, pendant une demi-heure périlleuse, Marc, le nouvel amoureux d'Andrée, un beau jeune homme blond de dix-sept ans, bourdonna autour d'elle avec tout l'enthousiasme d'une abeille s'aventurant pour la première fois dans un pot de miel. Madeleine se défendit de tous avec grâce et tact, évita Marc pour le reste de la soirée et, bien que d'une certaine manière, elle ne se fût jamais tant amusée, la personne qu'elle souhaitait voir le plus n'était pas là.

Elle ne pouvait pas effacer Antoine Bonnard de son esprit. Une fois les vacances terminées, elle fit de sérieux efforts pour replonger dans le travail, mais elle se rendit compte qu'elle voyait son visage reflété sur tous les meubles qu'elle polissait, sur chaque drap, chemise et blouse qu'elle repassait et, chaque fois qu'elle pensait à lui, presque tout le temps en somme, elle réprimait son désir de chanter à haute voix et s'efforçait de se calmer en fredonnant.

Elle alla aux Tuileries à trois reprises, apportant un petit sac de miettes de pain et, chaque fois, elle s'assit un instant puis flâna et se fit reprocher de salir le jardin parce que, soit les oiseaux n'avaient pas faim, soit parce qu'elle n'était tout simplement pas Antoine et ils ne s'approchèrent pas d'elle. Elle ne vit pas Antoine non plus.

— Peut-être, dit-elle à Hexi, lors de leur troisième sortie, alors qu'elle revenait boulevard Haussmann pour y ramener le teckel chez Noah, suis-je trop jeune pour être fière. Peut-être devrais-je tout simplement trouver son restaurant, *Fleurette,* et aller vers lui.

Hexi, toujours follement excitée quand venait le temps de ces randonnées, se montrait maintenant impatiente de retourner à la chaleur du foyer, à sa nourriture et à son propre fauteuil. Elle tira vers l'avant, s'étouffant à moitié contre son collier et faillit s'étrangler.

— Noah dit que je ne sais pratiquement rien à son sujet, que je ne devrais pas parler à des étrangers dans les parcs, mais si j'agissais ainsi, nous n'aurions jamais rencontré Noah et Estelle, non?

S'immobilisant avant de traverser la rue de Rivoli, le basset décida qu'il était maintenant temps de se faire porter et gratta les jambes de Madeleine qui, obéissante comme toujours, se pencha et le prit dans ses bras.

— C'est à toi de décider, lui dit-elle, regardant l'animal droit dans ses petits yeux intelligents. À mon prochain congé, devrais-je aller le voir ou non? Si tu penses que oui, lèche-moi le visage.

Hexi lui lécha le nez.

— Tu es une petite chienne très douée, tu sais?

Hexi lui lécha les joues. Si Noah Lévy avait été témoin de la scène, il aurait fait remarquer qu'Hexi aimait autant lécher les visages que les poitrines de poulet fraîchement bouillies, mais il n'était pas là.

Une heure plus tard, juste au moment où Madeleine regagnait la maison des Lussac, elle entendit un raclement de graviers dans la cour, un peu derrière elle, et puis, toute douce, une voix.

— Madeleine.

Elle se retourna. Il était là, appuyé contre la clôture de fer forgé, pareil à la dernière fois, comme s'il avait marché depuis le jour de son anniversaire, tout de noir vêtu, à l'exception de l'imper vert olive, ses cheveux noirs droits tombant un peu sur son front, une cigarette au coin de la bouche.

— Bonjour, dit-elle, tandis que son cœur se contractait.

— Je veux vous entendre chanter, dit-il simplement.

— Maintenant?

— Si c'est possible.

Il attendit un moment.

— Ç'est possible, n'est-ce pas?

— Bien sûr. Et sans arrière-pensée, Madeleine le suivit, au-delà de la grille, le long du boulevard. Comme la fois précédente, ils marchaient côte à côte, sans se toucher, lui, les mains dans les poches, elle, ajustant son pas au sien, n'osant dire un mot.

Ils prirent le métro à la Chambre des Députés, sortirent Gare Saint-Lazare. Antoine ne parla à peu près pas, prenant tout simplement son bras quand ils traversaient une rue et écrasant de la semelle une dernière cigarette au moment où ils entraient dans une maison de la rue de Rome.

— Où sommes-nous? demanda Madeleine.

— Vous verrez. Il la précéda dans l'escalier et, au deuxième étage, ouvrit une porte qui donnait sur un studio de danse entouré de murs couverts de miroirs et de barres d'exercices et dont le piano trônait dans un des coins.

— Donnez-moi votre manteau.

Il le lui prit, enleva son imperméable, le plia et les laissa tomber tous deux sur le plancher de bois. Il prit ensuite place sur le banc du piano dont il ouvrit l'abattant.

— Chantez-moi quelque chose, dit-il.

Madeleine le regarda fixement. Elle se demandait si elle ne rêvait pas — peut-être était-ce là, après tout, une autre de ces rêveries qui avaient envahi son esprit depuis le tout premier moment où ils s'étaient rencontrés. Pourtant, elle savait qu'elle était tout à fait éveillée, qu'elle n'avait, en fait, jamais été aussi éveillée de toute sa vie. Tout comme elle savait que Paris faisait partie de sa destinée, que les Tuileries seraient importantes pour elle et que cet homme lui était essentiel. Et s'il voulait qu'elle chante, alors elle chanterait.

Elle interpréta d'abord « J'ai deux amours » et il l'accompagna, jouant doucement, gentiment, suivant son rythme puis la rejoignant, s'adaptant à son style. Elle termina la chanson et attendit.

— Continuez, dit-il.

Alors elle continua. Elle chanta toutes les chansons et d'autres qu'elle ne pensait pas connaître, des chansons qu'elle avait entendues à la radio, dans des cafés ou dans la rue et, quand elle ne se rappelait pas les mots, elle improvisait ou fredonnait. Sa voix, manquant de pratique, fatigua et devint plus rauque, mais Madeleine continua pourtant de chanter et, tout ce temps l'homme la suivait et, parfois, l'entraînait, ses yeux ne quittant jamais son visage.

Jusqu'à ce que, enfin, elle ne sût plus de chanson et n'eût plus de voix ; Antoine Bonnard joua encore deux doux accords, ferma l'abattant et lui tendit la main droite.

— Venez.

Madeleine traversa le studio en se dirigeant vers lui ; il se leva, inclina la tête et l'embrassa, sur la gorge.

Il l'emmena dans un club de nuit près des Champs-Élysées et Madeleine téléphona à Mme Lussac pour lui dire qu'elle était retenue pour une raison qu'elle ne pouvait pas expliquer au téléphone. Antoine commanda un whisky pour lui et du vin chaud pour elle, pour apaiser sa gorge, puis il s'alluma une cigarette et parla enfin.

— J'aurais aimé vous emmener chez *Fleurette* ce soir, mais c'est fermé pour la soirée — et, de toute façon, je voulais vous faire entendre une chanteuse en vedette ici.

Madeleine ne désirait qu'une chose, l'observer, lui. Il semblait différent maintenant. Il était toujours détendu, mais une plus grande intensité s'exhalait de son corps. Elle était fascinée par le club et les clients qui entraient tranquillement, mais elle avait du mal à quitter Antoine des yeux.

— Ça va ? s'informa-t-il.

— Merveilleusement, dit-elle.

Tout le temps où ils s'étaient retrouvés dans le studio, les chansons et le fait de chanter avaient absorbé Madeleine, l'élevant, pour ainsi dire, au-dessus d'elle-même, comme c'était toujours le cas lorsqu'elle chantait. Maintenant qu'elle se retrouvait sur un terrain plus solide, plus coutumier et qu'elle était assise juste à côté d'Antoine Bonnard, elle ressentait le plus brûlant, le plus irrésistible désir de le toucher. Il était si réel, assis là tout près sur sa chaise comme un chat noir lustré aux yeux bleu marine. Pour la première fois de sa vie, Madeleine éprouvait le besoin physique d'un homme. Elle sentait la chaleur de son corps sous son léger pull de laine noir — elle désirait, violemment, se blottir dans le creux de ses bras et appuyer sa joue contre la peau de sa poitrine et le respirer...

— Nous devrions commander le repas, lui dit-il.

— Commandez pour moi, répondit-elle faiblement, heureuse de le laisser décider, car elle n'avait pas faim, ne se souciait nullement de ce qu'elle mangerait ni même de manger. Une fois servis, elle fit des efforts pour goûter à son repas et boire le vin rouge qu'on avait versé dans son verre.

— Je pense, si vous êtes d'accord, que vous devriez suivre des leçons de chant, dit Antoine doucement. J'ai un ami, un professeur.

— Pensez-vous qu'il accepterait?

— Il vous écoutera, puis, il décidera.

Ayant terminé le premier service, Antoine alluma une cigarette et se pencha vers elle.

— Vous devez vous monter un répertoire, Madeleine. Si les leçons se déroulent bien, je souhaiterais que vous chantiez pour les invités chez *Fleurette*.

Il la regarda fixement.

— Cela vous intéresserait?

— Beaucoup, murmura-t-elle. Pendant un petit moment, même si elle savait qu'elle aurait dû être excitée au plus haut degré, Madeleine ne ressentit que le plus amer désenchantement. Il lui parlait de son chant alors qu'elle était ailleurs et elle ne pensait plus qu'à lui.

— Mangez un p'tit peu, lui dit-il. Si vous ne mangez pas, vous perdrez vos forces. Vous êtes assez fragile.

— Je suis plus forte qu'il n'y paraît, dit-elle.

Puis elle le regarda profondément dans les yeux. Antoine Bonnard soutint parfaitement son regard. Elle se rendit compte que, bien qu'il ne soit pas prêt, pour des raisons que lui seul connaissait, à parler de ses sentiments, en réalité, il pensait à bien plus qu'au seul chant de Madeleine. Certaine de cela, elle commença à rayonner.

C'est alors que la musique débuta.

Madeleine ne s'était jamais retrouvée dans une boîte de nuit, ne s'était jamais assise dans l'atmosphère enfumée aux relents de whisky et de pastis d'un club de jazz. Elle n'avait jamais vu des gens assis, tranquilles et envoûtés, les yeux mi-clos, leurs voix plus basses que des murmures. Et tout ça à cause de la musique. À cause de la chanteuse.

— Qui est-ce ? demanda-t-elle à l'oreille d'Antoine.

Il tourna la tête légèrement.

— Regardez, dit-il. Et écoutez.

C'était une Américaine noire âgée d'au moins cinquante ans et très laide, mais elle envoûtait son auditoire par sa présence, sa voix et son talent. Elle commença par « Stormy Weather » et continua de chanter surtout en anglais et, bien que Madeleine comprît peu, elle écouta tout. C'était une voix comme elle n'en avait jamais entendu, profonde et gutturale, mélodieuse mais qui glissait parfois délibérément hors note pour revenir à l'exacte mesure, quoique souvent une octave plus haute ou plus basse. C'était un chant émotif, évocateur et sensuel. Il prit Madeleine à la gorge, à l'estomac, au cœur, et ses yeux s'emplirent de larmes. Quand elle jeta un coup d'œil bref et extatique à Antoine, elle s'aperçut qu'il la regardait, elle, et non la chanteuse. Bien qu'elle fût très absorbée, un frisson de joie la parcourut de part en part.

Il était plus de deux heures lorsqu'ils quittèrent la boîte.

— Cela vous posera des problèmes ? lui demanda Antoine alors que l'air frais de la nuit saisissait leurs visages enfumés.

— Sans doute.

— Je regrette.

— Ça n'a pas d'importance.

Madeleine se rendait compte qu'elle aurait dû s'en faire, mais elle ne s'inquiétait pas. Elle sentait que sa vie de bonne chez Gabrielle Lussac était plutôt irréelle alors que cette soirée seule était la réalité. Elle ne voulait plus quitter Antoine, elle voulait qu'il l'emmenât chez lui, dans le petit appartement qu'il habitait au-dessus de son restaurant. Elle voulait qu'il lui fît l'amour et au diable les conséquences.

Mais en lieu et place, il héla un taxi, donna l'adresse des Lussac et la ramena jusqu'à la haute grille de fer forgé, dans la maison et à la porte du logement lui-même.

— C'était merveilleux, murmura Madeleine lui offrant son visage.

— J'en suis heureux, dit-il, en souriant, les plis de rire autour de ses yeux semblaient plus marqués.

Mais tous ses souhaits, ses désirs se virent anéantis, car il ne l'embrassa même pas. Pas sur la bouche, pas sur la gorge, pas même sur la main. Il toucha tout juste sa joue de ses doigts, gentiment, tendrement puis il partit.

Le matin suivant, Madeleine vint plus près que jamais d'être congédiée. Elle devait, à dix heures, prendre chez la célèbre Mme Lapierre, une demi-douzaine d'orchidées en sucre tiré pour la réception de ce soir-là ; mais, sur le chemin du retour, Madeleine les échappa et les brisa. Toutes ses tentatives pour les remplacer dans leur boîte finement recouverte de cellophane par de véritables orchidées s'avérèrent vaines, même avec l'aide de Mme Blondeau.

— Mais qu'est-ce qui s'est passé ? s'exclama Mme Lussac qui attendait toujours une explication de Madeleine quant à son absence de la veille et qui fut horrifiée à la vue des orchidées qui se flétrissaient déjà. Qu'avez-vous donc fait ?

— J'ai échappé les boîtes dans la rue, Madame, confessa Madeleine, les yeux baissés. J'espérais que celles-ci les remplaceraient, mais...

— Pourquoi ne pas avoir demandé à Mme Lapierre de les

remplacer?

— Elle est toujours tellement occupée, j'ai pensé qu'il serait trop tard.

— Je vais lui téléphoner sur-le-champ.

Mme Lussac fut donc distraite, s'occupant déjà de chercher le numéro de téléphone dans son carnet d'adresses. Elle prit le combiné et commença à signaler, puis elle regarda Madeleine.

— Une fois ceci réglé, dit-elle, j'aimerais savoir ce qu'il vous était impossible de m'expliquer hier soir, au téléphone.

— Comme vous voudrez, Madame.

Même si cela n'était pas toujours la chose la plus sensée, Madeleine était encore incapable de mentir. Face à face avec sa patronne, une fois que la merveilleuse Mme Lapierre eut proposé une solution, elle lui raconta donc l'absolue vérité, sans vernis.

— J'étais si heureuse de le revoir, Madame, je suis tout simplement partie avec lui.

— Oubliant vos devoirs.

— J'en ai bien peur.

— Et j'imagine que vous le regrettez.

— Bien sûr, quoique...

— Quoique? interrogea Mme Lussac, un sourcil dangereusement relevé.

Madeleine se risqua.

— Ce fut si merveilleux, Madame. Je regrette seulement de vous avoir laissés tomber, vous et Monsieur. Vous êtes en droit de vous attendre à beaucoup mieux de moi.

— En effet.

Madeleine attendit que tombât le couperet. Mais comme d'habitude, quelque chose retint Gabrielle Lussac de congédier cette jeune fille. L'intensité de sa colère sauva Madeleine. Elle hésita à prendre une décision sous son emprise, décision qu'elle pourrait regretter par la suite et, après quelques secondes de réflexion, elle consentit à lui donner une autre chance. Et puis, songea-t-elle, était-il vraiment prudent de mettre à la rue Madeleine Gabriel dans l'état vaporeux un peu niais où elle se trouvait? Dieu seul savait quel sort l'attendait.

Une semaine s'écoula sans nouvelle d'Antoine. Madeleine s'agitait et fabulait continuellement, s'attendant un instant à le voir se matérialiser miraculeusement dans le logement, ou dans la rue ou au marché de la rue de Seine, puis, l'instant suivant, misérable, elle était convaincue qu'elle ne le reverrait jamais.

La concierge de l'immeuble, une femme aux cheveux roux affichant autant d'expression qu'un citron, tendit une note à Madeleine le huitième matin suivant leur dernière rencontre.

Votre première leçon avec M. Gaston Strasser aura lieu à quatorze heures, lundi prochain, au studio de la rue de Rome.

A. B.

Il n'y avait rien de plus, aucune mention de sa présence, aucun mot tendre, pas même une petite note personnelle. Dans un bref accès de dépit, de frustration et de désespoir, Madeleine froissa la note et la jeta au loin. Quelques minutes plus tard, elle était à genoux, défroissant la note, examinant les mots scrupuleusement à la recherche d'un sens caché, étudiant l'écriture, inclinée vers la droite, claire et égale, y cherchant un quelconque indice de son caractère.

— J'ai reçu un billet, confia-t-elle à Andrée, avant le dîner, ce soir-là. L'aînée des filles Lussac avait pris l'habitude dernièrement de retrouver Madeleine dans sa chambre. Elle se confiait à elle, lui relatant les petits détails qui animaient sa relation avec Marc, son amoureux, petites choses dont elle n'aurait jamais parlé à sa mère et pour lesquelles elle ne faisait pas confiance à sa plus jeune sœur.

— De lui?

Les yeux foncés d'Andrée s'allumèrent.

— Montre-moi.

— Ce n'est qu'un mot.

— Pas une lettre d'amour?

— Mais non! Il a arrangé une leçon de chant pour moi.

C'est tout.

— Vraiment ? Comme c'est romantique !

— Il n'y a rien de romantique là-dedans, Andrée, expliqua Madeleine à la jeune fille de seize ans. Il n'a même pas signé son nom.

— Montre-le-moi alors.

Elle prit le bout de papier, l'examina un certain temps, puis l'approcha de son visage, ferma les yeux et le sentit.

— Qu'est-ce que tu fais ?

— Je sens, un parfum.

— Ça, c'est son eau de Cologne.

— J'aime bien.

Andrée gardait toujours les yeux fermés.

— Et je sens, des épices, et un rien de poisson. Il a dû écrire cette note dans la cuisine.

— Tu inventes n'importe quoi, Andrée, dit Madeleine en riant.

— Pas du tout. Tiens, attends, elle fronça le nez : ça sent les gitanes.

— Maintenant, je suis sûre que tu fabules.

Elle reprit le billet.

— Il fume des gauloises.

— J'aime son écriture, dit Andrée, impassible ; je dirais honnête et artistique.

— Bien sûr, tu vois tout cela.

— Pourquoi pas ?

Madeleine haussa les épaules.

— De toute manière, cela ne fait aucune différence puisqu'il a arrangé cette leçon avec l'intention de se débarrasser de moi.

— S'il ne voulait plus te revoir, pourquoi se donnerait-il tant de mal ?

— Parce qu'il a dit qu'il le ferait.

— Je viens de te dire qu'il est honnête.

Andrée jeta à Madeleine un regard singulier.

— Je parie qu'il viendra à cette leçon ; mais, s'il ne vient pas, que vas-tu faire?

— Rien. Chanter, soupira Madeleine. Ce sera une perte de temps pour M. Strasser puisque je n'ai pas les moyens de payer plus d'une leçon.

— Il va venir, dit Andrée avec confiance. Tu es bien trop ravissante pour qu'il t'oublie.

Madeleine rit.

— Tout le monde estime que tu es bien trop belle pour être notre bonne. Je sais que Marc a eu un faible pour toi à la réception. C'est seulement parce que tu l'as envoyé dans les roses et que j'ai menacé de lui briser un bras qu'il est revenu.

Madeleine sourit.

— Es-tu certaine de n'avoir que seize ans?

— Seize ans, bientôt vingt, dit maman.

Andrée fit une pause.

— Que vas-tu porter le jour de ta leçon?

— Je n'y ai pas pensé.

— Tu pourrais porter ta robe noire.

— L'après-midi, dans la rue de Rome?

— Tu vas chanter, tu dois avoir l'air séduisante.

— M. Strasser est un professeur de chant, pas un producteur de cinéma, Andrée. Ça ne ferait aucune différence si je mettais un sac.

— Mets ton pull bleu alors, celui qui va si bien avec tes yeux.

— Antoine l'a déjà vu.

— Je croyais que cela n'avait pas d'importance.

Le lundi suivant, Madeleine se présenta au studio, vêtue d'un chemisier de laine crème, emprunté à Estelle, d'un fichu de soie turquoise, emprunté à Andrée, noué autour du cou et d'une longue jupe noire boutonnée qui lui appartenait. Elle avait dix minutes d'avance et tremblait fortement.

Quand Gaston Strasser se présenta, ce tremblement s'aggrava.

— Mademoiselle Gabriel?

— Bonjour, monsieur Strasser.

Madeleine lui tendit la main. Il était dans la quarantaine avancée, estima-t-elle et, quand il eut enlevé son chapeau et son manteau, elle vit qu'il était chauve comme un œuf et incroyablement musclé.

— Commençons-nous?

Il se dirigea vers le piano, découvrit le clavier et s'assit.

— Commencer?

Sa voix trembla.

— Si j'ai bien compris Antoine Bonnard, vous désirez chanter, n'est-ce pas?

— Oui, bien sûr que oui, marmonna Madeleine.

— Alors, allez-y.

Elle blêmit.

— Que dois-je interpréter, monsieur?

— Qu'est-ce que vous avez chanté pour Bonnard?

Il vit que ses mains tremblaient.

— Avez-vous froid, mademoiselle?

— J'ai peur, monsieur.

— De moi?

— Oui.

Strasser s'adoucit un peu.

— Il est commun d'avoir le trac, mademoiselle Gabriel — il faut trouver quelque chose pour le surmonter. Que faites-vous habituellement quand vous avez peur?

Madeleine sourit.

— Je chante.

— Alors?

Elle commença à chanter « J'ai deux amours », comme elle l'avait fait pour Antoine. Sa voix tremblait un peu dans les premières mesures. L'enchantement qui s'emparait habituellement d'elle, lorsqu'elle chantait, semblait lui échapper cette fois-ci; Gaston Strasser la fixait des yeux tout en jouant et son regard avait l'air furieux. Au contraire d'Antoine, qui s'était adapté à elle rapidement et qui avait paru satisfait de le faire, Strasser l'accompagnait avec une précision absolue. Il ne permettait pas à

Madeleine de s'attarder là où elle était naturellement encline à le faire, ni d'utiliser sa voix ou de donner une interprétation personnelle qui ne répondait pas exactement à la partition.

— Continuez, lui ordonna-t-il une fois la première chanson achevée.

Elle obéit, continuant de chanter. Strasser l'accompagnait parfois au piano, parfois se levait pour l'examiner de ses yeux gris de pierre.

Il l'arrêta au bout de vingt minutes.

— Ça suffit, dit-il. À partir de maintenant, vous allez pratiquer vos gammes et faire des exercices de voix et de contrôle de la respiration tous les matins. Avez-vous appris à faire les gammes?

— Pas vraiment, monsieur. À l'école, avec la chorale, nous...

— Je vous apprendrai, mais vous devez me promettre de répéter.

— Je n'ai pas d'endroit où répéter, dit Madeleine à contrecœur. Mes employeurs ne seraient pas d'accord — cela les dérangerait.

— À quelle heure vous levez-vous le matin?

— À cinq heures et demie.

— Alors dorénavant, vous devrez vous lever une demi-heure plus tôt de manière à pouvoir sortir à l'extérieur pour répéter. Allez chez un ami ou même dans le métro — allez dans un parc, si la température le permet, mais répétez.

— Oui, monsieur.

Strasser la regarda encore une fois sévèrement.

— Souffrez-vous d'une laryngite, mademoiselle Gabriel?

— Non.

— Avez-vous déjà eu un rhume de cerveau?

Madeleine nia de la tête.

— J'ai une excellente santé.

— Alors pourquoi votre voix est-elle si rauque? Vous fumez?

— Pas du tout. Il en a toujours été ainsi.

— Une maladie d'enfance, peut-être ?

— Non, monsieur.

— Il est impossible d'avoir la voix rauque sans raison. Un spécialiste a-t-il déjà examiné votre gorge ?

— Ça n'a jamais été nécessaire. J'étais comme ça même toute jeune enfant. Il est vrai que ma voix est rauque, mais elle est forte.

— J'ai des oreilles, mademoiselle.

— Oui, monsieur, dit-elle humblement.

— Si vous voulez chanter, comme Bonnard me l'a dit, ce désir doit être plus fort que tout le reste, votre travail, votre vie personnelle, tout.

Pendant un moment, Madeleine se tut, puis elle rassembla son courage et demanda :

— Pensez-vous que j'ai du talent, monsieur Strasser ?

— Un certain genre, dit-il sans se commettre davantage.

Quand Madeleine offrit de le payer pour la leçon, Strasser refusa, lui disant que, pour le moment, il n'y aurait pas de frais puisqu'il avait des dettes envers Antoine Bonnard.

— Vous êtes suisse, n'est-ce pas ?

— C'est exact, monsieur.

— Je suis né à Vienne, dit Strasser. Cela fait de nous deux étrangers.

— Je me sens tout à fait chez moi à Paris, n'est-ce pas votre cas, monsieur ?

— Autant que partout.

Le redoutable professeur chauve n'alla pas plus loin dans ses confidences et Madeleine comprit que la session de chant était maintenant terminée.

— Et les gammes ? demanda Madeleine alors que Strasser revêtait son manteau et prenait son chapeau. Quand me les enseignerez-vous, monsieur ?

— La prochaine fois.

— La semaine prochaine, ici ?

— Si vous le désirez.

Pour la première fois depuis le début de leur rencontre,

Madeleine se détendit.

— De tout cœur, monsieur.

Elle se serait sentie heureuse, peut-être même un peu triomphante d'avoir survécu à cette épreuve, mais Antoine n'était pas venu et en regagnant le domicile des Lussac, Madeleine était plus troublée que jamais.

Il vint à l'appartement le jour suivant, se présentant à la porte principale plutôt qu'à l'entrée de service, comme il aurait dû le faire. Il portait une douzaine de roses rouges veloutées.

Elle répondit à la porte vêtue de son uniforme tandis que M. Lussac rôdait dans le hall derrière elle. Madeleine savait bien, qu'en tant que bonne, elle aurait dû se sentir terriblement gênée et, qu'en tant que jeune femme de bonne éducation, elle aurait dû faire montre d'un rien d'indifférence.

— Bonjour, Madeleine, dit doucement Antoine en lui tendant les roses.

Sa joie et le profond soulagement qu'elle éprouva à sa vue et à celle du bouquet — enfin une déclaration ouverte d'un sentiment réciproque — furent trop forts pour elle.

— Merci, dit-elle, et elle se jeta sans la moindre honte dans ses bras, alors qu'Édouard Lussac souriait, bien malgré lui.

Avec la permission de Gabrielle Lussac, Antoine emmena Madeleine chez *Fleurette* ce soir-là. Le restaurant se trouvait dans la rue Jacob, dans ce petit quartier amical et plein de charme de Saint-Germain-des-Prés. C'était confortable, davantage un bistro chic qu'un véritable restaurant, joli, tout simple et sans prétention, comme son nom pouvait le suggérer.

— Je suis passée devant si souvent sans savoir, s'exclama Madeleine, excitée.

— Pas plus que je ne savais que vous passiez devant.

Antoine la regarda.

— Vous aimez ?

— C'est merveilleux. Est-ce que le propriétaire vit à Paris ?

Antoine secoua la tête.

— Il possède un autre commerce en Provence et, pour l'instant, il a choisi de vivre là-bas et de me confier l'administration de *Fleurette*. Cela me permet de croire que le restaurant m'appartient presque.

— Pourquoi pas ? puisque c'est grâce à vous qu'il marche.

Il haussa les épaules.

— C'est vrai.

Trois tables, sur environ une douzaine, étaient déjà occupées et de nouveaux clients se présentaient pour dîner. Mais Antoine prit le temps de présenter Madeleine à ses six employés, Grégoire Simon, son chef, Patrick Hugo, son assistant et Suki, leur plongeuse, travaillaient à la cuisine et Georges, Jean-Paul et Sylvie s'occupaient du service aux tables.

— C'est quand j'ai trouvé Grégoire que tout a changé pour *Fleurette*, raconta Antoine à Madeleine en l'installant à une petite table au fond du restaurant. Il a grandi à Honfleur, à quelques kilomètres d'où j'habitais. J'avais idée de faire valoir la cuisine de Normandie puisque c'est celle que je connais le mieux et Grégoire était libre, comme par enchantement.

— Ils ont tous l'air très heureux, dit Madeleine.

— J'espère qu'ils le sont. Patrick et Jean-Paul vivent ensemble dans la rue de Buci, à quelques minutes d'ici seulement.

— D'où vient Suki ?

— Elle est née à Singapour, mais elle habite Paris depuis l'âge de cinq ans. Elle peint des aquarelles quand elle ne travaille pas ici et elle est mère d'un petit garçon de deux ans — elle l'emmène ici parfois quand son père n'est pas là pour s'en occuper.

Georges, l'un des serveurs, un jeune homme aux cheveux clairs et au visage rond, apporta un menu à Madeleine.

— Je vais prendre sa commande, avisa Antoine.

— Vous allez manger vous aussi, non ?

— Je dois travailler, mais je vais vous servir moi-même.

Il pointa la carte entre ses mains.

— Puis-je vous recommander quelque chose ?

— Choisissez pour moi, dit-elle.

— Vraiment?

— Absolument.

— Vous me pardonnerez de devoir vous laisser?

— Bien sûr.

Madeleine se cala dans sa chaise, tout à fait heureuse, observant Antoine dans son environnement habituel. *Fleurette* ne lui appartenait peut-être pas, mais il était évident qu'il l'avait empreint de son style et de son goût. Il lui servit d'abord un potage cressonnière. Il resta près d'elle le temps qu'elle le goûte et lui versa un verre de vin blanc.

— Un petit muscadet, mais excellent — aimez-vous la soupe?

— Délicieuse.

— Puis-je vous abandonner encore un petit moment? demanda-t-il, attentif.

— Laissez-moi au plaisir de savourer ma soupe.

Il lui apporta ensuite une sole sautée avec homard et morilles, nappée d'une sauce au champagne et à la crème, et elle en savoura chaque morceau, ne le quittant pas des yeux. Georges et Jean-Paul, les serveurs, lui jetaient fréquemment des regards amicaux alors que Sylvie, une jolie brunette aux cheveux longs, la regardait avec un air suspect sinon carrément hostile. Cela n'avait aucune importance — rien n'allait perturber sa bonne humeur.

— Ça va? lui demandait Antoine, chaque fois qu'il passait près d'elle. Georges lui offrit un trou normand — ce petit verre de calvados servi entre les plats pour faciliter la digestion — mais elle refusa.

Elle n'avait jamais imaginé qu'il pouvait être possible de trouver un homme si beau qu'elle pourrait l'étudier pendant des heures, comme s'il était une œuvre d'art vivante.

Madeleine fut fascinée par sa vitesse et sa grâce. Ses mains, aux longs doigts habiles, étaient toujours occupées : écrivant les commandes et les réservations, débouchant des bouteilles, défroissant de nouvelles nappes, disposant des serviettes sur les genoux, serrant des mains, répondant au téléphone, ouvrant et fermant la porte d'entrée. Il se montrait sociable et charmant en même temps qu'il faisait preuve de la plus absolue discrétion avec ses clients et de la plus vive attention avec ses employés. Il semblait savoir très exactement quand il fallait les stimuler ou, au contraire, les laisser se détendre de manière à ce qu'ils trouvent du plaisir dans leur travail, lui-même sachant s'amuser. Et pourtant, malgré toute cette occupation, tout au long de la soirée, ses yeux, qu'elle aimait déjà — qu'elle savait qu'elle aimait depuis le tout premier moment aux Tuileries — effleuraient l'assistance jusqu'au fond de la salle pour se poser sur elle avec plaisir, souci et chaleur.

Ils ne se retrouvèrent seuls qu'après une heure du matin. Antoine alluma la première gauloise qu'il pouvait fumer paisiblement, leur versa un calvados et s'écrasa sur la chaise à côté d'elle.

— Un peu plus tôt que de coutume.

— Vraiment?

Il hocha la tête et but un peu.

— C'est ainsi que les choses roulent. Déjeuners et dîners, tous les jours sauf le lundi — puis alors, quelques heures de répit avant que Georges et moi n'allions au marché. Il lui arrive parfois d'y aller seul, mais je déteste rater ce moment — j'adore ça.

— Je comprends, avoua Madeleine tout doucement.

— Croyez-vous? Il lui sourit. Si j'aime mon travail, je sais qu'il n'est pas facile à supporter pour les autres. Il est surtout très difficile d'entretenir une amitié avec quelqu'un qui ne fait pas le même genre de travail.

Il réprima un bâillement.

— Vous êtes fatigué — je devrais m'en aller.

— Non, non — je vais revivre dans un petit moment, c'est toujours ainsi.

— Mais vous venez de dire que vous ne dormez que quelques heures.

— Je peux dormir n'importe quelle autre nuit. Il la regarda intensément. Mais, cette nuit, j'ai besoin de parler, j'ai besoin de vous expliquer certaines choses.

— Quoi?

— La raison pour laquelle je ne suis pas venu vers vous plus tôt qu'aujourd'hui.

— Cela n'a pas d'importance, répliqua Madeleine promptement. Vous êtes venu, c'est tout ce qui compte.

Elle se sentit soudainement inquiète, presque effrayée d'entendre ce qu'il avait à lui dire au cas où cela pourrait tout gâcher.

— J'ai besoin de me montrer honnête, dit Antoine. C'est important.

— D'accord.

Il inspira profondément sa bouffée de cigarette et expira la fumée par les narines.

— J'ai eu dernièrement une aventure avec une autre femme. Je vous l'ai présentée plus tôt — Sylvie Martin.

La serveuse aux cheveux foncés et au regard désagréable. Madeleine ne dit mot, attendant, écoutant.

— Nous n'étions pas amoureux, mais amants.

Antoine fit une pause.

— Je ne suis pas du genre à folâtrer en cette matière — je n'aime pas mentir.

Il haussa légèrement les épaules.

— C'est terminé maintenant. Sylvie comprend. Je savais que je devais mettre un terme à cette aventure dès la première fois où je vous ai vue, cette veille de Noël. Ce fut instantané pour moi — un vrai coup de foudre. Cela ne m'était jamais arrivé avant.

— C'était pareil pour moi, avoua Madeleine, tout bas.

— Je sais.

— Vraiment?

Elle rougit.

— Je n'ai jamais été amoureuse! Pas seulement cet amour foudroyant. Je n'ai même jamais eu d'amoureux...

Elle chancela sur ces mots, rougissant davantage. Elle semblait si naïve, si jeune. Elle voulait se montrer franche, sincère, mais elle craignait de paraître idiote.

— Êtes-vous certain que Sylvie comprend ? demanda-t-elle vivement.

— Tout à fait.

Antoine but un peu de calvados.

— Sylvie est une gentille fille, quoique coriace. Elle n'est pas comme vous, Madeleine, elle est plus âgée, elle a eu plein d'amoureux. Elle m'a dit qu'elle s'était déjà recasée. Ne soyez pas inquiète pour elle.

Ils parlèrent franchement, ouvertement, se vidant l'âme. Madeleine sentait que l'espace entre eux se refermait même si leurs mains s'effleuraient à peine. Il lui semblait que leurs esprits se joignaient, s'entrelaçaient et cela lui procurait une sensation exquise. Elle savait, intuitivement, tout ce qu'Antoine Bonnard représenterait pour elle. Elle savait que ces sentiments pourraient peut-être grandir avec le temps, mais ils ne changeraient jamais fondamentalement ni ne s'altéreraient. Maintenant elle voulait tout lui dire, sur son enfance, sa vie en Suisse, les Gründli et les Gabriel, sur son grand-père, Irina et Alexandre, sa mère, Stefan et Rudi. Et aussi l'exil de son père, Zeleyev et *Éternité*. Et elle se rendit compte, avec une joie profonde, qu'Antoine voulait tout savoir d'elle, comme elle de lui.

— À vous maintenant, dit-elle en terminant.

— Il n'y a pas beaucoup à dire — ma vie a été banale comparée à la vôtre.

— Qu'importe. Racontez-moi.

— Je viens d'une petite famille, commença-t-il. Mon père s'appelle Claude, ma mère, Françoise et j'ai une sœur cadette de deux ans, Jacqueline.

— Quel âge avez-vous ? demanda Madeleine.

— Vingt-sept ans. En mars, j'aurai dix ans de plus que vous.

— Est-ce que cela compte ?

— Pas pour moi.

— Pour moi non plus. Elle sourit. Continuez.

— Ma famille possède un petit hôtel juste en dehors de Trouville. La *Pension Bonnard*. Un de ces endroits, propres et fiables, où les touristes aiment revenir tous les ans. Les lits sont chauds et douillets, mon père est affable et accueillant et ma mère fait les plus délicieuses soupes au monde.

— Ils vous manquent sûrement.

— Beaucoup. Et la Normandie me manque aussi, mais pas assez pour me faire quitter Paris. À cause de ma famille et du petit hôtel, je sais que je pourrais m'y réfugier si j'en ressentais le besoin, mais je pense aussi que je ne le ferai jamais.

— J'ai aimé cette ville sitôt arrivée, lui confia Madeleine. Puis je me suis sentie un peu effrayée, mais Noah est apparu et tout est allé pour le mieux par la suite.

— Paris est tout ce que j'attends d'une ville, reconnut Antoine. Brave et audacieuse, c'est une survivante. Elle me fait penser à une belle femme, amoureuse de la vie et d'elle-même.

— Une ville humaine.

— Exactement.

Il alluma une autre cigarette.

— Paris a tout pour elle : splendeur, charme, musique, arts, gastronomie et passion.

Il était arrivé en 1950, alors âgé de vingt ans. Il n'était pas marqué par la guerre et était impatient de commencer. Il avait trouvé un travail comme garçon de table chez *Fleurette* à peine un mois plus tard, puis, au bout de six mois, il était déjà gérant du petit bistro. Il ne craignait pas le travail dur et en même temps, il réussissait à servir avec plaisir une clientèle exigeante mais fidèle.

Mais derrière tout cela, le vrai Antoine Bonnard est un auteur-compositeur.

— Vraiment ?

Madeleine était stupéfaite. Elle aurait dû s'en douter en l'entendant jouer au studio. Elle aurait dû se demander pourquoi un restaurateur était si intéressé par son désir de chanter.

— J'ai écrit ma première chanson, paroles et musique, à neuf ans.

Il avait poursuivi en composant toute une série de chansonnettes satiriques sur les nazis pendant la guerre et était parvenu à faire publier une première chanson un an seulement après son arrivée à Paris.

— Elle s'intitulait « Les nuits lumineuses ».

— Je veux l'entendre.

— Bientôt. Il sourit. Je l'ai tout le temps sur moi, je veux dire la feuille de musique, pliée et repliée dans mon portefeuille, comme un talisman.

Il fit une pause.

— Il n'y a qu'un chanteur qui l'ait interprétée jusqu'ici — Gaston Strasser, lorsqu'il chanta chez *Fleurette,* pour une saison.

Il s'interrompit une autre fois.

— Dès le moment où vous avez chanté pour moi, Madeleine, dès que j'ai entendu votre voix, j'ai su que c'était votre chanson.

Elle fut incapable de parler. Ses yeux s'emplirent de larmes.

— Si vous êtes prête, dit doucement Antoine, je vais vous reconduire chez vous.

— Je me sens chez moi ici, murmura-t-elle.

— Oui, dit-il.

Madeleine désirait en connaître plus à son sujet, à propos de sa musique, de chaque petit détail. Elle savait qu'elle aurait du temps, un temps infini pour eux, mais pour l'instant, elle se sentait fatiguée et elle était tristement consciente qu'il était environ trois heures et qu'elle devrait encore se lever un peu avant six heures pour faire son travail. Toutefois, alors qu'Antoine la reconduisait et qu'ils déambulaient bras dessus bras dessous le long du boulevard Saint-Germain, elle voulut en savoir davantage :

— Parlez-moi de Gaston Strasser, dit-elle en appuyant sa tête contre son épaule. Il semble si étrange.

— A-t-il essayé de vous impressionner?

— Il a réussi, en tout cas.

— Gaston est un tendre au fond, mais il sent constamment le besoin de se défendre.

— Contre moi?

— Contre tout étranger. Contre tout le monde.

Ils marchèrent silencieusement un petit moment. La ville aussi était tranquille, bien qu'elle ne s'endormait jamais tout à fait; la musique s'adoucissait, la vitalité se modérait, les philosophes et les rhétoriciens très sérieux et infatigables tempéraient leurs propos et les amants apaisés se reposaient. Antoine Bonnard et Madeleine Gabriel, se découvraient l'un et l'autre, apprenaient aussi l'émerveillement de flâner corps à corps, les bras enlacés négligemment, appuyés l'un contre l'autre, attentifs.

— Quel âge lui donnez-vous? demanda Antoine.

— Quarante-cinq, cinquante ans?

— Il n'a que quarante ans.

Le froid glacial de la nuit pinçait les oreilles et le cou de Madeleine, mais elle ne s'en souciait pas, ne voulant pas mettre son capuchon. Elle aimait toujours le sentiment de liberté et d'aisance que lui procurait sa nouvelle coupe de cheveux et de plus, elle ne voulait pas cacher son visage à Antoine.

— Sa calvitie le fait peut-être paraître plus vieux, dit-elle.

— Il se rase la tête.

— Pourquoi?

— C'est l'image qu'il a choisie, celle dont il a besoin.

Gaston Strasser, lui apprit Antoine au fil de leur marche, avait été un brillant étudiant d'opéra quand il dut fuir Vienne et les nazis en 1938 pour venir se réfugier à Paris, chez des cousins de sa mère d'origine française.

— Est-il Juif?

— Homosexuel. C'était presque aussi mauvais à cette époque.

Sous l'occupation, Gaston n'était pas plus en sécurité ici qu'en Autriche. À vingt ans, il avait une épaisse chevelure blonde et une frêle et mince allure. Une victime parfaite. Une nuit de 1942, piégé par une bande de voyous nazis, il fut sauvagement battu et violé. Il s'en remit physiquement, mais il en resta psychologiquement affaibli. Il sombra de façon chronique dans de profondes dépressions.

— Après la libération, ses cousins le mirent à la porte.

— Comment ont-ils pu faire une chose pareille ? s'indigna Madeleine.

— Ils étaient eux-mêmes des bigots, j'imagine, et la présence de Gaston devait leur poser trop de problèmes. La suite de l'histoire montra cependant qu'ils lui avaient rendu service.

— Comment cela ?

— Cela l'obligea à faire le point. Il se pencha sur lui-même et réalisa qu'il était devenu un être pathétique et qu'il devait changer.

Strasser s'était alors rasé le crâne et avait commencé à se rebâtir physiquement, se forçant à manger des repas sains et équilibrés, même lorsqu'il n'avait pas faim, et se liant d'amitié avec le gérant d'un gymnase où des boxeurs s'entraînaient. Il devint fort et laid. Personne ne l'aimait, personne ne le comprenait, mais au moins personne n'osa plus le menacer. Ses espoirs d'exercer une carrière de ténor s'étaient envolés depuis longtemps cependant, et il ressemblait davantage à un dompteur de lions qu'à un chanteur sérieux. Acceptant ses nouvelles limites, Gaston s'était trouvé des emplois contraires à sa nature, des emplois qui exigeaient la force physique: il fut tour à tour gardien de sécurité, videur dans une boîte de nuit et surveillant de nuit. Ses désirs de réussite s'estompèrent rapidement et il sombra dans une nouvelle dépression jusqu'à ce qu'il rencontre Antoine en 1951.

— Où vous êtes-vous rencontrés ? demanda Madeleine.

— Au Jardin du Luxembourg.

— Vous deviez être d'humeur maussade, dit Madeleine, se remémorant ce qu'il lui avait révélé aux Tuileries.

— Je pense que j'essayais de composer et que rien ne venait.

Il fit une pause, se souvenant.

— Gaston était assis dans l'herbe au pied d'un arbre,

observant les enfants devant le théâtre des marionnettes. Mais il pleurait au lieu de rire. Je me suis assis à ses côtés et nous avons commencé à bavarder.

— C'est à ce moment que vous l'avez invité à chanter chez *Fleurette*?

Antoine haussa les épaules.

— Il possédait — et possède toujours — une belle voix et Saint-Germain a l'habitude des personnages.

La laideur inventée de Strasser lui causa cependant des torts au restaurant et les affaires commençaient à décliner. Le Viennois proposa de partir, mais Antoine refusa de l'abandonner. Il avait déjà pensé que Gaston pourrait enseigner, mais jusqu'à ce qu'il trouve des élèves, il continuerait de chanter chez *Fleurette*.

— Les clients revinrent petit à petit — ils savaient que la nourriture et le service étaient toujours aussi bons. Et, en fait, comme la confiance de Gaston se raffermissait, il apprit à tirer profit de son apparence. Il s'en servit, développant un genre de fausse férocité qui en vint à faire partie de son personnage.

— Cela explique qu'il n'ait pas voulu prendre mon argent, dit Madeleine. Il m'a dit qu'il avait une dette envers vous. Je pensais qu'il parlait d'une dette financière, mais c'était beaucoup plus.

— Ce n'était rien, vraiment. Juste une chance. C'est Gaston qui a dû faire preuve de courage.

— Bien sûr, dit Madeleine.

Au fond d'elle-même, elle se réjouissait, elle était encore plus enchantée qu'auparavant, car cette histoire lui confirmait qu'elle était amoureuse d'un être gentil et généreux. Si seulement, pensa-t-elle alors qu'ils approchaient de la maison des Lussac, elle ne devait pas rentrer — si seulement cette nuit ne se terminait pas.

Ils s'arrêtèrent.

— Demain, dit-il, vous serez la plus impossible des bonnes. Il prit son visage entre ses mains. Je prédis que vous briserez au moins un objet et que vous brûlerez leur petit déjeuner.

— Je ne cuisine pas — Mme Blondeau ne me laisse pas faire.

— Une femme avisée.

— Je suis peut-être une excellente cuisinière.

— C'est possible.

Madeleine le regarda d'un air endormi.

— Pourquoi tenez-vous mon visage entre vos mains?

Ses yeux bleu marine étaient très foncés et étroits.

— J'attends.

— Quoi? et elle sentit son corps frémir.

— Notre premier baiser.

Il fit une pause.

— Je peux?

Elle hocha la tête, n'osant ouvrir la bouche.

Il se pencha sur elle. Elle sentit ses lèvres, minces, fraîches, douces et fermes rencontrer les siennes avec une telle tendresse que ses yeux s'emplirent de larmes. Oh! c'était la plus belle sensation au monde — elle ferma les yeux et lui rendit son baiser, ses lèvres s'entrouvrirent et sa bouche était chaude et vivante et, pour un petit instant, leurs langues se touchèrent, légèrement et elle se sentit faiblir, faiblir de désir.

Puis il se retira.

— Tout ça, murmura-t-elle, dans un seul baiser.

Antoine sourit, ses dents blanches brillant dans le noir.

— Et beaucoup plus, dit-il gentiment, laissant son visage, retenant son bras sous le sien tandis qu'il lui ouvrait la grille.

En haut des marches, il murmura :

— Dites-leur que c'est de ma faute si vous êtes restée dehors si longtemps. Dites-leur que cela ne se reproduira plus. Dites-leur que nous avions besoin de ce long moment pour commencer à apprendre à nous connaître.

— Mais qu'allons-nous faire? s'inquiéta Madeleine soudain. Si parfois le restaurant ne ferme pas avant deux heures, quand trouverons-nous le temps d'être ensemble?

— Ne vous en faites pas, ma chérie, la réconforta-t-il.

Nous aurons pleinement le temps. C'était notre première soirée, pas la dernière.

— Notre premier baiser.

Madeleine sourit.

L'expression d'Antoine était ardente.

— Notre commencement, dit-il.

Chapitre 11

— Détendez-vous.

— C'est ce que je fais.

— Vous êtes aussi souple qu'une poutre en acier, oui — ne soyez pas si anxieuse.

— C'est vous qui me rendez anxieuse.

— Recommençons. Penchez-vous, complètement, à partir de la taille. Maintenant, laissez pendre votre tête, laissez tout pendre, comme si vous étiez une poupée de chiffon. À présent, redressez-vous lentement, très lentement étirez votre dos, puis votre nuque. Ne redressez la tête qu'à la toute fin. Maintenant, laissez tomber vos épaules, remuez-les sans effort, de manière à ce que votre poitrine s'agite aussi. Parfait. Et maintenant, haletez comme un chien, ne soyez pas si timide, haletez.

Madeleine haleta.

— Rappelez-vous que le support doit venir de votre diaphragme. Gardez votre gorge ouverte de manière à ce qu'il y ait plein d'espace pour laisser sortir le son sans effort. Et nous recommençons avec la la la.

Gaston retourna au piano et entreprit de nouveau l'interminable et laborieux piochage des gammes aller et retour. Madeleine, qui se sentait comme une conscrite dans un régime militaire, obéit, haïssant chaque instant.

— La la la laaa la la la.

— Maintenant mii mii mii.

Et cela continua.

— C'est effrayant, confia-t-elle à Andrée et Hélène un peu plus tard. Tout ce que je veux c'est chanter, mais M. Strasser me fait répéter les gammes encore et encore et encore jusqu'à ce que j'en vienne à avoir envie de hurler.

— Mais tous les chanteurs doivent faire les gammes ? demanda Hélène.

— Oui, bien sûr, mais pas tout le temps et pas que les gammes.

— Il ne te laisse jamais chanter autre chose ? s'enquit Andrée.

— Rien. Il me fait haleter et faire des exercices de respiration. Le plus amusant est lorsqu'il allume une chandelle et qu'il me la plante devant le visage.

— Pour quoi faire ?

— Pour s'assurer que je ne l'éteins pas.

— Mais comment arrives-tu à souffler ? demanda Hélène.

— La flamme ne doit même pas vaciller. Évidemment, dans mon cas, elle vacille comme une folle et s'éteint. M. Strasser hurle ou devient très, très calme, ce qui est pis encore.

— Mais quoi, tu n'as pas le droit de respirer ?

— Bien sûr, Andrée. Mais une chanteuse est supposée prendre une respiration et puis la contrôler si parfaitement avec son diaphragme que seul un soupçon d'air est relâché à la fois. Strasser dit qu'on n'a pas vraiment besoin d'air pour produire le son.

— Cela semble très difficile, dit Andrée.

— Ça l'est, chérie, ça l'est.

— Alors pourquoi tu n'arrêtes pas ? demanda Andrée.

— Parce que je veux chanter.

— Gaston déteste ma voix, dit-elle à Antoine un après-midi dans le petit jardin de l'église de Saint-Germain-des-Prés.

— Mais non, ce n'est pas du tout vrai.

— Oui, c'est vrai et il a bien raison. Pour la première fois depuis que nous avons commencé les leçons, il m'a laissée chanter, vraiment chanter. C'était un des lieds de Schubert — pas du tout ce que je veux chanter, mais c'était très beau, évidemment, et de loin préférable aux exercices et aux gammes.

— Et cela s'est mal passé?

— Mal! Ce n'est pas le mot! gémit Madeleine, affolée. Premièrement, j'ai oublié à peu près tout ce que j'ai appris à l'école pour lire la musique, si seulement j'y avais prêté plus d'attention à l'époque!

— Je suis convaincu que cela va vous revenir.

— Mais Gaston s'est vraiment impatienté. Il a cogné le piano de ses poings — et puis, évidemment, il s'en est voulu furieusement d'avoir ainsi frappé un délicat instrument de musique.

— Et le chant? demanda gentiment Antoine.

— Désastreux!

— Sûrement pas.

— Vous connaissez ma voix. Pensez-vous qu'elle convienne à l'interprétation d'un lied?

— Peut-être pas, mais...

— Je sais, je sais, cela fait partie de l'apprentissage, dit-elle avec frustration.

— Exactement.

— Alors je vais essayer, mais Gaston ne sera jamais satisfait de moi. C'est un professeur classique, un chanteur classique. Pour lui, la musique est sacrée dans sa forme écrite et ne doit pas être touchée par le chanteur, surtout pas par une modeste béotienne comme moi.

Antoine gloussa.

— Je ne peux m'imaginer que Gaston, ou qui que ce soit, ose vous traiter de béotienne, ma chérie — modeste, peut-être.

Madeleine n'était pas d'humeur à plaisanter.

— Vous ne comprenez pas, continua-t-elle avec passion. Gaston voudrait que j'essaie de chanter comme les grandes mezzo-sopranos. Bien sûr, je ne pourrai jamais! Je veux bien travailler dur pour m'améliorer et répéter encore, mais ce que je souhaite le plus c'est d'utiliser ce que je crois posséder comme talent.

— Vous avez une bonne oreille — une intonation naturelle.

— Mais je veux me sentir libre quand je chante, je veux me servir de ma tête et de mon cœur, je ne veux pas...

Elle s'arrêta, le temps de souffler, se calmant petit à petit.

— Gaston dit que je dois apprendre à marcher avant de pouvoir courir et que je dois apprendre à contrôler mes émotions.

— Vous ne pensez pas qu'il ait raison?

— Si.

Madeleine rougit.

— Et quand je m'écoute parler, maintenant, je me dis que je dois vous paraître très arrogante et j'ai honte de moi parce que malgré tout, j'aime ces leçons et je suis plus reconnaissante à Gaston que je ne pourrais jamais le dire. Je sais aussi qu'il a raison et que je dois apprendre la technique et le contrôle. Mais s'il me laissait chanter une seule petite chanson de mon choix, librement, à ma tête, une fois par leçon, cela ferait toute la différence du monde.

— Vous souhaitez que je lui parle? demanda tranquillement Antoine.

— Non! Elle secoua la tête violemment. Je veux gagner le respect de Gaston et non provoquer son mépris. S'il pense que vous devez vous battre à ma place, il me méprisera encore plus qu'il ne déteste ma voix.

Antoine lui tendit la main.

— Venez, ma belle.

Elle s'approcha de lui et il la prit alors dans ses bras.

— Gaston vous porte déjà beaucoup de respect. Il me l'a dit. Il ne l'admettra jamais, mais il aime être défié. Et il sait que vous désirez chanter des ballades et des chansons populaires, peut-être aussi un peu de jazz, et que vous aimez la musique émouvante, passionnée ; il sait aussi que vous trouverez votre voie et que vous réussirez.

— Mais je dois faire preuve de patience, admit Madeleine, doucement.

Elle observait une mère et ses deux enfants dont l'un, âgé d'environ cinq ans, courait après un ballon rouge alors que sa petite sœur, qui trottinait à peine, le regardait aller avec une évidente frustration.

— Comme cette petite fille, dit-elle. Elle pourrait bien d'ici peu courir plus vite que son frère. C'est l'attente qui est difficile à supporter.

D'un geste doux, Antoine ramena son visage vers le sien.

— Je vous laisserais chanter dès maintenant chez *Fleurette* si vous vous sentiez prête.

— Non. Pas encore.

Elle lui sourit.

— Mais un jour, pas si lointain, si vous voulez bien m'attendre.

— Pour toujours, dit-il.

Ils se voyaient aussi souvent que possible malgré les limites que leur imposait leur travail respectif. Antoine emmenait Madeleine à son appartement, quatre étages au-dessus du restaurant, au sommet d'un escalier branlant. Ils y parlaient sans fin et s'embrassaient avec une passion grandissante et un désir enfiévré. Madeleine regardait vers le lit avec une envie de plus en plus irrépressible, mais Antoine refusait de lui faire l'amour.

— J'ai vingt-huit ans, se justifia-t-il — le jour de son anniversaire, la troisième semaine de mars. Vous n'en avez que dix-huit.

— Vous m'avez déjà dit que cela n'avait pas d'importance.

— Cela n'en a pas, en effet. Mais vous m'avez dit que j'étais votre premier amoureux et que vous étiez encore vierge.

Il lui embrassa l'oreille gauche.

— C'est cela qui donne le plus d'importance. Le moment

venu, il faut que vous soyez absolument certaine que c'est vraiment ce que vous voulez.

Madeleine savait ce qu'elle voulait. Il n'y avait pas un seul doute en elle. Le jour, il occupait toutes ses pensées et la nuit, la plupart de ses rêves — le seul moment où elle arrivait à se concentrer sur quelque chose d'autre, c'était pendant ses leçons avec Gaston Strasser. Depuis qu'elle avait commencé à mieux le comprendre, il ne l'intimidait plus et elle savait que, malgré leur différence de style, il enseignait bien. Son obsession des fastidieux exercices de pose de voix et de respiration la rendait toujours furieuse au point où elle arrivait tout juste à garder ses sentiments pour elle-même. Elle sentait ses capacités se développer, son énergie de performance grandir en même temps qu'elle avait un meilleur contrôle sur sa voix dont la teinte unique s'enrichissait et s'assouplissait.

Le premier lundi après-midi d'avril, peu après qu'elle eut servi le déjeuner des Lussac et avant de se changer pour aller rencontrer Antoine aux *Deux Magots,* Madeleine dut répondre à la sonnerie de la porte.

— Grüezi, Magdalen.

Stephan Julius se tenait sur le seuil. Cela faisait un peu plus de deux ans qu'elle ne l'avait vu, mais il n'avait pas changé. Son habit était gris, sa cravate, ses yeux, ses cheveux aussi. Madeleine le regarda fixement, se demandant s'il disparaîtrait aussi rapidement qu'il était apparu si elle battait seulement des paupières.

— Ne vas-tu pas m'inviter à entrer ?

— Bien sûr.

Madeleine recula, souhaitant avoir pu quitter son uniforme avant qu'il ne la vît. Elle se sentait en position d'infériorité dans sa petite robe noire de domestique, avec son tablier et son bonnet qu'elle arrangea d'ailleurs instinctivement d'une petite tape de la main droite.

— Ne t'inquiète pas, lui dit Julius, c'est tout à fait charmant.

— Que faites-vous ici ?

Madeleine était choquée à en être malade.

— Comment m'avez-vous retrouvée ?

— Charmant accueil, dit-il calmement. Je pensais que tu apprécierais peut-être une petite visite après tout ce temps.

— Madeleine ?

Édouard Lussac arrivait dans le hall.

— Monsieur Lussac, j'imagine ?

Stephan tendit la main.

— Mon nom est Julius.

— Il s'agit de mon beau-père, Monsieur.

Madeleine se sentit rougir.

— Je regrette que vous vous soyez dérangé.

— Pas du tout.

Il serra la main tendue.

— Enchanté, monsieur.

— Nous devrions monter dans ma chambre, intervint promptement Madeleine.

— C'est hors de question, Madeleine.

M. Lussac lui sourit chaleureusement.

— Pourquoi ne conduisez-vous pas votre beau-père au petit salon ? Vous pourrez vous y entretenir en paix.

— Merci, Monsieur.

— En fait, dit Stephan Julius, j'aurais plutôt souhaité avoir quelques minutes de votre temps, monsieur Lussac. Mon épouse, en particulier, s'est montrée soucieuse que je rencontre, à tout le moins, les employeurs de sa fille.

— Mais bien évidemment. Gabrielle, mon épouse, sera enchantée de faire votre connaissance. M'accompagnerez-vous au salon ?

Édouard Lussac jeta un regard à Madeleine derrière lui.

— Je vous en prie, joignez-vous à nous, ma chère.

Elle se força de sourire.

— Un instant, Monsieur.

La porte du salon fermée, Madeleine se précipita devant l'antique miroir ovale à l'extrémité du hall où elle examina son reflet. Elle enleva son bonnet blanc, défit l'impeccable boucle de son tablier, se regarda de nouveau et se sentit un peu mieux. Cependant, une bouffée de honte l'assaillit; jamais auparavant l'uniforme ne l'avait-il embarrassée. Elle était une bonne; c'était un travail tout à fait décent. C'était seulement Julius qui, avec sa toute première remarque condescendante, l'avait en quelque sorte souillée en son esprit.

S'armant de courage, elle alla au salon. Ils l'attendaient, assis dans des fauteuils à hauts dossiers.

— Asseyez-vous, Madeleine, l'invita Mme Lussac, souriante. Aimeriez-vous un peu de thé?

— Non merci, Madame.

Elle ne voulait pas le laisser un instant de plus seul avec eux.

— Je suis certaine que Mme Blondeau ne s'en formaliserait pas.

C'était là une manière subtile de laisser savoir à Madeleine qu'on la considérait en congé de service.

— Et rien pour vous, monsieur Julius?

— Je ne pense pas, Madame.

— Quelque chose d'un peu plus fortifiant, peut-être? suggéra M. Lussac.

— Non.

— Eh bien, engagea M. Lussac aimablement, que pouvons-nous donc faire pour vous, monsieur? Si ce n'est peut-être de vous dire à quel point nous apprécions Madeleine.

Stephan sourit.

— Nous avons appris que Magdalen avait changé son nom.

— Ce n'est pas tant un changement qu'une adaptation à son nouvel environnement, fit remarquer Mme Lussac.

— Tout à fait.

Les Lussac attendaient, calmement.

— C'est dommage, enchaîna Julius, se croisant les jambes et laissant ses mains, proprement jointes, reposer sur une cuisse élégamment habillée, que nous ayons dû apprendre le changement de nom de Magdalen et diverses autres petites choses d'un étranger plutôt que de Magdalen elle-même.

— C'est dommage en effet, acquiesça M. Lussac.

Julius continua.

— Magdalen a eu dix-huit ans en décembre dernier, monsieur Lussac, mais je me demande si vous saviez au moment où vous l'avez engagée qu'elle s'était enfuie de son domicile encore mineure, causant à sa famille une grande détresse et un embarras considérable.

— Nous étions au courant de quelques difficultés familiales, répondit M. Lussac, gardant des manières calmes et polies.

— Vous ne saviez peut-être pas que la famille de Magdalen est l'une des excellentes familles, vénérables et influentes de Zurich.

— Il n'a jamais été dans nos habitudes de fouiller la vie privée de nos employés, fit remarquer agréablement Gabrielle Lussac. Mais Madeleine étant une honnête jeune femme très ouverte, nous en sommes venus à apprendre un certain nombre de choses au sujet de ses antécédents.

— Mais rien qui puisse vous inciter à trouver décent de nous contacter, moi-même ou sa mère ?

— Non.

Mme Lussac se redressa un peu.

— Y a-t-il quelque chose que nous puissions vous dire, monsieur Julius, qui apaiserait votre esprit quant à votre fille et à son séjour parmi nous ?

— Eût-elle été faite plus tôt, pareille offre aurait été bienvenue, répliqua Julius, mais les choses étant ce qu'elles sont, j'ai récemment appris plus qu'il n'en faut et je vous assure que je n'ai certainement pas l'esprit apaisé.

Pour la première fois, Madeleine intervint.

— Qu'avez-vous appris très exactement ?

— Beaucoup de choses.

— Comme quoi, précisément ?

Stephan inclina la tête légèrement et concentra son

attention sur son visage.

— J'ai appris la sorte de gens que tu fréquentes depuis ton arrivée à Paris de même qu'au sujet de tes premières semaines passées chez Lévy, un homme qui t'a ramassée sur le bord de la Seine!

— Noah ne m'a pas ramassée, répondit Madeleine violemment, et il est le rabbin Lévy.

— Et je suppose que tu t'imaginais que ta mère et ta grand-mère seraient heureuses d'apprendre que tu vivais avec un chantre juif, un célibataire, qui plus est. Mais encore ici, j'imagine que cela faisait partie du plaisir, à savoir que tu blessais ta famille.

— C'est le proche ami du rabbin Lévy, le père Beaumarchais, intervint Édouard Lussac, qui nous a présenté Madeleine. Je vous assure que votre insinuation n'est absolument pas fondée.

— Vraiment? Il me semble clair, à moi, que Magdalen a fait de son mieux pour nous blesser en changeant radicalement, son nom, ses cheveux, en faisant les plus bas travaux, en prenant des cours de chant auprès d'un personnage réputé perverti et en se jetant effrontément dans les bras du premier serveur sorti de nulle part.

Madeleine bondit.

— Comment osez-vous? Comment osez-vous vous présenter ici sans invitation pour ensuite insulter mes employeurs, mes amis? Vous ne savez pas de quoi vous parlez.

— Hélas, je le sais.

Madeleine dut se battre pour se contenir, par délicatesse pour les Lussac, consciente de leur propre aversion grandissante. Rarement s'était-elle sentie aussi offensée. Elle en était venue à se sentir à l'abri de la domination des Gründli et des Julius, elle avait réussi à se bâtir une nouvelle vie, ne se doutant jamais un seul instant qu'on pourrait l'espionner.

— Qu'avez-vous fait? Mis un détective à mes trousses?

Un souvenir doux-amer lui revint à l'esprit : peut-être les personnages des romans tant appréciés de son père revenaient-ils la hanter.

— Bien au contraire, Magdalen, répliqua Julius avec satisfaction. Les gens avec qui tu te tiens t'ont trahie.

— Aucun de mes amis ne ferait une chose pareille.

Julius haussa les épaules.

— Je ne parle pas d'un ami, assurément. La jeune femme qui a écrit à ta mère anonymement a dit que tu lui avais volé son ami, ce serveur, Bonnard. Elle trouvait convenable que nous sachions la vie désordonnée que tu menais.

Sylvie Martin. Madeleine était consternée. Antoine avait dit qu'ils n'étaient pas amoureux et que Sylvie avait accepté leur rupture. C'était une chic fille, solide, avait-il dit, qui l'avait vite remplacé. Madeleine avait pourtant senti son antipathie, mais ne s'y était pas arrêtée tant elle se trouvait heureuse.

Elle se rassit.

— Que faites-vous ici ? demanda-t-elle à Julius. Vous ne vous attendez certainement pas à ce que je retourne avec vous et ce n'est sûrement pas ce que vous souhaitez.

— Pas à moins que tu ne le veuilles.

— Jamais, dit-elle. Et je ne vous laisserai pas voler ma vie ni mon indépendance. J'ai travaillé fort pour en arriver où j'en suis et je suis très heureuse.

— Si frotter des planchers et coucher avec des serveurs te rendent heureuse, ma chère Magdalen, alors loin de moi l'idée de gâcher ton plaisir.

Julius fit une pause.

— Je suis venu ici parce que j'espérais, naturellement, pouvoir rassurer Émilie et Hildegarde quant à ta sécurité et ton bien-être.

— Tout est parfait, merci.

— Si cela est tout, dit Édouard Lussac, alors...

— Pas tout à fait. Julius regardait toujours Madeleine. Je voudrais savoir si tu es au courant des allées et venues de ton père. As-tu été en contact avec Gabriel, Magdalen ?

— Non.

— Vraiment ? Nous avions tous l'impression que tu avais

quitté la maison surtout pour le retrouver. Je me rappelle combien passionnément tu as pris sa défense la dernière fois où nous avons parlé.

— Je ne l'ai pas retrouvé.

Madeleine regarda Julius froidement.

— Pourquoi cela devrait-il vous préoccuper?

— Tout simplement parce que je le crois en possession de certaines choses de valeur qui ont disparu de la maison de ton grand-père après son décès. Tu dois te rappeler, j'en suis certain, que c'est toi qui as attiré notre attention sur les biens d'Amadéus.

Éternité. Elle pensait rarement à la sculpture, mais elle se remémora soudainement l'acharnement avec lequel Julius l'avait interrogée la veille de son départ de la maison des Gründli, après qu'elle eut révélé le secret d'Opi de façon irréfléchie. Ils avaient tant de richesses accumulées, plus qu'ils ne pourraient jamais en dépenser, mais pourtant, ils devaient encore punir Amadéus et Alexandre pour de soi-disant fautes non pardonnées.

— Je ne sais pas où se trouve mon père, répéta-t-elle une autre fois, sèchement.

— Et si tu le savais, je doute que tu me le laisserais savoir.

Édouard Lussac se leva.

— Nous n'avons jamais eu de raison de douter de l'honnêteté de Madeleine, monsieur.

— Peut-être parce que vous n'avez jamais rencontré son grand-père, pas plus que son père. L'eussiez-vous fait, vous vous seriez rendu compte que son pedigree par ailleurs excellent a été, par leur faute, irrémédiablement ombragé.

— Madeleine n'est pas un animal, monsieur Julius, fit remarquer Gabrielle Lussac d'une voix toujours calme, mais sans plus d'aménité.

— Alors, elle le doit à sa mère, car les deux mâles Gabriel ne valaient guère mieux que des animaux en rut.

— Je vous serais reconnaissant de ne pas utiliser ce genre de vocabulaire dans ma maison, l'avertit Édouard Lussac qui avait pâli. Il serait peut-être préférable que vous quittiez cette demeure.

Madeleine restait assise, en proie à la fureur et à l'embarras, n'osant pas parler de peur de... Ces injures faites à son père et à Opi ne la bouleversaient pas tant que de voir ces gens décents et dignes contraints d'écouter Julius. C'était plus qu'elle ne pouvait en supporter.

Toute politesse mise de côté, les yeux de Stephan éclataient d'hostilité.

— Si je ne m'abuse, il est contraire à la loi d'engager quelqu'un qui n'a pas son permis de travail français.

— Si vous cherchez une querelle judiciaire avec nous, monsieur, dit brusquement Édouard Lussac en se dirigeant déjà vers la porte, je vous suggère de mettre cela entre les mains d'un avocat, mais d'ici là — il ouvrit la porte.

— Magdalen avait seize ans lorsqu'elle s'est enfuie de la maison, dit Julius en se levant. Je ne suis pas hypocrite. Aussi je ne prétendrai pas que sa présence me manquait. Elle s'est toujours montrée dérangeante et désagréable avec moi ; mais sa mère, son jeune frère et sa grand-mère, une dame âgée, ont souffert de ne pas savoir où elle se trouvait et ont craint pour elle.

— Vous êtes un menteur, éclata Madeleine, la voix tremblante.

Son beau-père l'ignora.

— Vous l'avez sciemment hébergée, monsieur Lussac, et votre épouse, j'imagine, était très heureuse de trouver une solide travailleuse à prix modique.

— Je vous prie de partir dès à présent, le somma Édouard, furieux.

— Je m'en vais, mais n'allez surtout pas vous imaginer que la question...

— Sortez !

Julius passa devant lui.

— Si j'étais vous, monsieur, je jetterais cette fille à la rue avant qu'elle ne vous occasionne davantage de problèmes.

Il éleva la voix, la dirigeant vers le salon :

— Adieu, Magdalen.

Comme la porte se fermait derrière lui, Madeleine pleurait déjà de frustration, incapable de retenir ses larmes, le bras de Gabrielle Lussac autour de ses épaules.

— Je suis si désolée, sanglota-t-elle.

— Ce n'est pas de votre faute, ma chère.

— Bien sûr que si.

— D'avoir comme beau-père un homme aussi déplaisant? Pas du tout.

— Je suis désolée, dit-elle de nouveau, fouillant dans sa poche en quête d'un mouchoir et s'essuyant les yeux.

— J'aurais dû lui dire de partir immédiatement! Je n'aurais jamais dû le laisser vous parler.

— Vous ne pouviez pas l'en empêcher, Madeleine.

Gabrielle leva les yeux vers Édouard au moment où il revenait dans le salon.

— Ça va, chéri?

— Oui, oui.

Il s'assit, l'air épuisé.

— Peut-être aurais-je dû me contenir un peu plus, mais j'ai bien peur d'avoir ressenti une telle envie de frapper cet homme que j'ai estimé préférable de lui montrer plutôt le chemin de la porte.

— C'est un homme abominable, dit Madeleine. Je suis désolée.

— Cessez de vous excuser, ma chère, dit Gabrielle Lussac, en la consolant. Nous devrions tous prendre un peu de thé, ou quelque chose d'un peu plus fort, et puis reprendre nos activités.

Elle regarda l'heure à l'horloge au-dessus du manteau de la cheminée.

— Ne deviez-vous pas sortir cet après-midi, Madeleine?

— Je devais, Madame, mais...

— Alors, allez vous changer.

— Mais — Madeleine hésita. Ce qu'a dit mon beau-père, que vous deviez me jeter à la rue — je pense que vous devriez le faire.

— Idiote, répondit Édouard, catégoriquement.

— Mais il va vous créer des difficultés et je ne le veux pas !

— Mon mari a un excellent avocat, dit Gabrielle. Il n'y a pas lieu de vous inquiéter le moins du monde.

Antoine attendait depuis plus de deux heures aux *Deux Magots* quand enfin Madeleine y arriva. En voyant la blancheur de son teint et la colère dans ses yeux, il commanda un cognac et l'enjoignit de boire quelques gorgées avant de la laisser parler.

— Dites-moi maintenant ce qui ne va pas.

— Tout.

— Sûrement pas.

Il lui caressa la joue.

Elle lui raconta tout, sa détresse s'amplifiant au fur et à mesure qu'elle parlait.

— Et maintenant, je n'ai pas d'autre choix que de quitter mon emploi.

— Les Lussac ne vous demanderont pas de rendre votre tablier.

— Bien sûr que non, mais je suis convaincue que Stephan va mettre ses menaces à exécution si je reste. Je ne pourrais pas supporter d'être la cause de leurs ennuis — ils se sont toujours montrés si gentils envers moi.

— Venez, lui dit Antoine en jetant de l'argent sur la table et en se levant.

— Où ?

— À l'endroit le plus approprié quand on a des problèmes.

Ils allèrent aux Jardins du Luxembourg et, découvrant le pavillon désert, ils s'y assirent, devant la fontaine des Médicis, entourés de vie, mais merveilleusement isolés à la fois.

— Tout est gâché de toute façon, dit Madeleine, maintenant qu'ils savent où je suis. Paris était à moi.

Elle ferma ses mains contre sa poitrine.

— Ma vie ici était tout à fait séparée de la leur, coupée

du passé. Ils viennent d'envahir ma vie privée.

— Pas vraiment, opina Antoine. Vous vous sentez comme cela en ce moment, mais ce n'est pas vrai.

Il haussa les épaules.

— C'était votre secret, ignoré d'eux ; peut-être savent-ils maintenant un certain nombre de choses, quelques petits détails concernant vos déplacements et les gens que vous avez pu rencontrer. Des squelettes sans chair, rien de plus. Ils n'ont pas envahi votre cœur ni votre esprit, ils ne peuvent changer vos expériences, ni vos sentiments, chérie.

— Mais je me sens épiée, même maintenant.

— Il ne faut plus. Pas si c'est Sylvie qui a envoyé la lettre.

Antoine secoua la tête, ses cheveux tombant un peu sur son front.

— J'ai peine à croire qu'elle ait pu nous trahir à ce point.

— Qui d'autre aurait pu le faire ?

— Qui en effet ? Ses yeux étaient emplis de colère. Je pensais que nous étions amis, vous savez. Elle a travaillé pour moi pendant quatre ans et notre liaison n'a duré que trois mois. Je n'ai jamais fait allusion à un quelconque engagement, elle non plus, d'ailleurs.

Madeleine dit doucement :

— Lui avez-vous parlé de nous ?

— Juste un peu — mais Sylvie s'est souvent trouvée au restaurant quand nous parlions, n'est-ce pas ? J'imagine qu'elle a prêté l'oreille.

Sa bouche se raidit.

— J'étais si soucieux de demeurer son ami — je voulais qu'elle sache que je l'appréciais comme personne même si j'étais amoureux de vous.

— Qu'allez-vous faire ?

Il alluma une cigarette.

— Sylvie quittera le restaurant dès ce soir.

— En êtes-vous certain ?

— Comment pouvez-vous en douter ?

Ils quittèrent le pavillon et déambulèrent, main dans la main, jusqu'au grand bassin octogonal où les enfants s'amusaient avec leurs petits bateaux à voiles. Madeleine se sentait un peu plus calme, maintenant. Mais elle éprouvait toujours la lourde certitude qu'il fallait qu'elle aille de l'avant, que la famille Lussac, à qui elle devait tant, ne devait pas être mise en péril, ne serait-ce que par la plus bénigne affaire judiciaire.

— Les poètes et les écrivains ont toujours choisi ce parc pour y trouver l'inspiration, lui apprit Antoine. Baudelaire, Hugo, George Sand et les peintres aussi. Je suis toujours venu ici dans les moments de crise et j'y ai souvent trouvé une solution.

Il sourit.

— Ou au moins une nouvelle chanson.

— Et moi?

— C'est déjà réglé.

— Comment?

Antoine jeta sa cigarette, l'écrasa du talon, puis s'en alluma une autre.

— Venez avec moi, lui dit-il doucement. Venez chez *Fleurette,* travailler avec moi, chanter pour moi. Venez vivre avec moi.

Madeleine leva son visage vers lui.

— Vous avez seulement besoin d'une nouvelle serveuse, dit-elle, ne plaisantant qu'à demi.

— C'est vrai.

— Vous pensez que je suis prête à chanter en public?

— Nous en aurons vite le cœur net. On verra si les clients s'en vont ou restent.

— Et votre lit? le défia-t-elle gentiment. Vous êtes enfin prêt à le partager avec moi?

La question lui brûlait les joues.

— Mon lit, dit-il, alors que son regard s'allumait de mystère, ma vie — mon cœur.

Il fit une pause.

— Si vous le voulez.

— Je le veux, dit Madeleine, depuis le tout premier

moment où je vous ai vu aux Tuileries. Je n'ai jamais changé d'idée.

Madeleine emménagea dans le petit appartement du quatrième étage au-dessus du restaurant au coin de la rue de l'Échaudé et de la rue Jacob deux semaines plus tard. Les Lussac avaient essayé, au début, de l'en dissuader et Andrée avait pleuré, sincèrement peinée à l'idée de la perdre. Assez vite, la famille en était venue à reconnaître que, bien que la visite de Stephan Julius ait pu précipiter les événements, cela se serait inévitablement produit d'ici peu.

— Vous n'allez pas nous oublier? lui dit Gabrielle Lussac le jour où Antoine vint la chercher. Nous ne vous oublierons certainement jamais, ma chère. Vous avez été la bonne la plus originale que j'aie connue.

— Unique, dit Édouard, souriant largement.

— Elle a été beaucoup plus qu'une bonne, fit remarquer Andrée.

— Elle a été notre amie, reconnut Hélène.

— Croyez-vous, mes chéries, que nous ne nous en étions pas rendu compte? demanda Gabrielle.

— Sinon, comment aurions-nous fait pour la supporter? demanda Édouard, en faisant un clin d'œil malicieux à Madeleine.

— Vous avez bien raison.

Madeleine embrassa Gabrielle.

— Puis-je venir vous voir à l'occasion, quand cela vous conviendra?

— Cela nous fera toujours plaisir, répliqua Édouard au nom de tous avant de se retourner et de serrer la main d'Antoine, la pressant fermement. J'ai presque l'impression d'avoir une troisième fille et je vous accorde la permission de nous la ravir. Prenez très grand soin d'elle, mon ami.

— J'espère que vous accepterez notre invitation chez *Fleurette,* dit Antoine.

— Très prochainement, promit Édouard.

Madeleine se montra sérieuse.

— Et, s'il vous plaît, jurez-moi de me le laisser savoir si mon beau-père vous crée des ennuis.

Elle fit une pause.

— Et, quoi qu'il dise, ne lui révélez pas où je me trouve.

— Vous êtes une adulte, ma chérie, dit Gabrielle. Ce que vous faites et où vous habitez ne concernent que vous, personne d'autre.

Le premier soir, Antoine descendit seul au restaurant afin de permettre à Madeleine de ranger ses affaires et de se préparer, tranquillement, pour son nouveau travail. Mais quand elle descendit, à dix-neuf heures trente, un peu craintive à l'idée de servir aux tables pour la première fois, elle constata que *Fleurette* était complètement vide.

— Pas de client? demanda-t-elle à Antoine, déconcertée.

— Pas un seul.

Il lui indiqua la porte avant, fermée à clé et verrouillée, puis l'emmena par la main au fond du restaurant. Une seule table avait été mise, leur table, dressée pour deux, éclairée par des chandelles.

— Je n'arrive pas à y croire, murmura-t-elle.

— Vous avez cru que je vous laisserais travailler ce soir, mon amour?

— Bien sûr.

Elle le laissa tirer sa chaise et déposer une serviette sur ses genoux.

— C'est un commerce, dit-elle — je suis prête à travailler; j'adore l'idée de travailler avec vous.

— Et c'est ce que vous ferez, mais pas ce soir.

Ils dînèrent, paisiblement, d'huîtres et de soufflé au saumon, trop amoureux pour manger autant que d'habitude, trop remplis d'émotions pour bavarder autant qu'ils le faisaient ordinairement et, un peu plus tard, Antoine alla au piano, du côté éloigné du bar, et il se mit à jouer tandis que Madeleine le rejoignait et chantait, juste pour lui, toutes les chansons que

Gaston ne lui avait jamais permis de chanter — ces chansons chaleureuses, sensuelles, libératrices qu'elle brûlait d'interpréter...

— Essayez celle-ci.

Antoine tourna les pages de musique et en indiqua une.

— Est-ce l'une de vos compositions ?

— Hélas non, mais c'est une de mes favorites.

— C'est en anglais.

— Essayez-la quand même. Elle fut écrite avant votre naissance.

Il joua les premières mesures et Madeleine, penchée au-dessus de son épaule, regarda les notes, fredonna d'abord, puis chanta « I'll be seing you », hésitante au départ, mais gagnant de plus en plus d'assurance.

Antoine se leva quand elle finit et comme il se retournait pour lui faire face, Madeleine vit que ses yeux s'étaient mouillés.

— Les clients ne feront pas que rester, lui dit-il, la voix un peu rauque. Ils viendront en foule pour vous entendre.

Elle rougit.

— Vous le pensez vraiment ?

— Cette chanson, chérie, était pour moi la preuve finale.

Il s'essuya les yeux et sourit. Quiconque la chante comme elle se doit d'être chantée me fait venir les larmes aux yeux. Et si on ne la chante pas bien, cela me fait mal. Voilà.

— Vous êtes fou, dit-elle, en souriant.

— Juste un peu, mon instinct en la matière est très fiable.

Sous une immense impulsion d'amour, Madeleine se jeta à son cou.

— Merci, merci, murmura-t-elle contre sa poitrine. Pour tout cela, pour cette soirée, pour votre amour...

Il pressa ses lèvres contre ses blonds cheveux, en huma la douce odeur, sentit son corps fragile tout en reconnaissant sa force et s'en trouva submergé.

— Viens. Il ne pouvait pas en dire plus.

— Où ?

Elle se détacha un peu de lui, le regarda droit dans les yeux et sentit soudain ses joues s'enflammer, un feu ardent lui dévorer tout le corps, ses mains, ses doigts, même ses orteils, frémir d'une splendide excitation comme jamais elle n'en avait ressenti auparavant. Enfin, pensa-t-elle. Enfin, enfin, enfin...

Comme ils se déshabillaient tous les deux, comme ils s'aidaient, en fait, à se dévêtir, au moment où leurs corps nus se touchaient pour la première fois alors qu'ils s'allongeaient, ensemble, sur ce lit qu'elle avait tant convoité, elle pensa que, si elle avait été une artiste peintre plutôt qu'une chanteuse, elle eût senti le besoin de s'éloigner d'un bond encore un peu juste pour enregistrer ce moment pour toujours. Il était aussi beau, aussi captivant à contempler qu'elle se l'était imaginé et, regardant son propre corps, elle remarqua des changements — dans le teint de sa chair, dans la rougeur de ses mamelons et l'aspect plus foncé de leurs aréoles, dans la manière dont le léger duvet sur ses cuisses se dressait comme il lui embrassait l'épaule — et tous deux formaient un couple des nus les plus doux de Matisse, ou des amants sculptés de Rodin ramenés à la joyeuse réalité des cœurs vivants, pompant un sang riche à travers des veines bien humaines...

— Même tes pieds sont enchanteurs, dit Antoine et, soudainement, comme ses lèvres effleuraient ses orteils, Madeleine ressentit une impulsion de désir presque électrique sourdre à travers elle. Elle mit fin à son rôle d'observatrice et devint une participante à part entière. S'il pouvait créer de si exquis et glorieux désirs en lui embrassant le pied, elle voulait en faire autant pour lui. Tel était le sens de l'amour, cet échange si merveilleusement émotionnel et sensuel.

— Embrasse-moi, dit Antoine dans un murmure féroce.

Elle se tortilla jusqu'à la base du lit, de sorte qu'ils se trouvent tous deux étendus au pied du lit, mais en travers, et l'embrassa avec le plus d'énergie qu'elle pût, généreuse et ouverte, entreprenante et remplie d'amour, de force et de passion; il lui répondit tout en gentillesse, mit ses bras autour d'elle, la souleva, puis la reposa encore, sa tête sur l'oreiller où il la regarda fixement, la dévorant des yeux.

— Ma belle, dit-il, et il lui embrassa le cou, juste sous l'oreille droite.

Elle trembla et lui embrassa le cou en retour. Sa main droite caressa son sein gauche, sentit le doux petit mamelon durcir contre sa paume et l'entendit gémir de plaisir. Et alors, à sa plus profonde satisfaction, il la sentit commencer à le toucher, sentit ses mains parcourir sa peau, caressant, touchant, voletant, puis Madeleine le poussa gentiment de sorte qu'il roule à ses côtés et qu'ils se retrouvent ainsi face à face. Il vit se dilater la noire pupille dans ses yeux turquoise brillants alors qu'elle l'aspirait littéralement, l'étudiait et, gentiment mais fermement, avec un doigté intuitif, elle prit son pénis dans sa main et, découvrant sa propre force de vie indépendante, commença à le caresser jusqu'à l'enflammer.

— Arrête, l'implora-t-il, et elle obéit sur le champ, gémissant de plaisir alors que ses doigts à lui exploraient son bas-ventre, puis commencèrent de fouiller l'enchevêtrement de ses poils pubiens, cherchant et trouvant la douce humidité cachée, puis il se mit à jouer de son corps de manière à lui démontrer que lui aussi pouvait taquiner, provoquer et l'amener à un état de désir étonnant, ahurissant, violent.

— S'il te plaît, le pressa-t-elle, la voix basse et frémissante, fais-moi l'amour maintenant, je veux te sentir en moi.

— Pas encore.

La main gauche d'Antoine caressait son petit fessier ferme et soyeux de sorte qu'elle arqua ses hanches vers lui.

— S'il te plaît, implora-t-elle, mettant ses bras autour de lui et, copiant son mouvement, elle le parcourait des mains et sentait ses muscles se durcir, entendant sa respiration basse et rapide.

— Maintenant, murmura-t-elle, et puis encore : Maintenant !

Antoine lui prit les bras, la retourna, doucement, sur le dos, l'embrassa encore et encore, sur la bouche, la gorge, les seins ; sa main gauche tenait fermement sa main droite tandis qu'il glissait l'autre plus bas, lui ouvrant les cuisses ; elle haleta d'anticipation, impatiente, et écarta les jambes plus largement, désireuse, si manifestement désireuse qu'Antoine la regardât, la vît, invitante et avide. Il laissa échapper un grognement de bonheur avant de s'introduire en elle, pénétrant sa splendide étroitesse, sa douce humidité — et enfin, il commença à bouger en elle, et Madeleine bougea avec lui, tout son instinct la conduisant vers leur plaisir mutuel.

Il s'enfonça davantage, sentit une résistance, réalisa que c'était son hymen, toujours intact.

— N'arrête pas, chéri, le pressa Madeleine.

— Je ne supporte pas l'idée de te faire mal.

— Tu ne vas pas me faire mal.

Alors il poussa davantage, Madeleine se soulevant, redressant son bassin pour lui faciliter la tâche et il sentit soudain ses doigts s'enfoncer dans la chair de son dos, perçut son bref sursaut de douleur étonné, ce qui l'amena à reculer un peu ; mais elle ne le laissa pas s'en aller, au contraire, le ramena, berçant un peu des hanches, puis en roulant, le regardant droit dans les yeux un moment, fermant les siens l'instant suivant, se laissant aller à ces sensations pures et enveloppantes, se donnant à l'acte, se donnant à lui, jusqu'à ce que la chaleur flamboyante de leurs reins atteigne un sommet insupportable mais exquis ; alors ils connurent le plaisir ensemble, pleurant, s'accrochant l'un à l'autre, se tenant solidement, ne voulant pas, jamais, jamais, laisser aller...

Plus tard, étendus l'un contre l'autre sous les couvertures, au chaud, en sécurité et indiciblement satisfaits, Antoine dit, doucement :

— Je voulais m'arrêter, mais je ne pouvais pas.

— Pourquoi t'arrêter ?

— Question de prudence.

— Pour ne pas me faire un enfant ? sourit Madeleine dans l'obscurité. J'aimerais avoir un enfant de toi plus que tout au monde.

— Nous avons amplement le temps pour cela, mon amour.

Il lui embrassa les cheveux.

— Je ferai davantage attention la prochaine fois.

Elle se dégagea un peu de lui, de manière à voir son visage.

— Je ne pourrais pas supporter que tu t'arrêtes, que tu te retires avant la fin. C'était presque le meilleur moment, te sentir éclater en moi.

— Il y a d'autres manières.

— Bien sûr, dit-elle et, l'entendant glousser, elle ajouta : Pourquoi ris-tu ?

— Je ris de la grande sagesse d'une adorable vierge suisse.

Madeleine lui mordilla l'oreille.

— Une adorable vierge suisse vivant à Paris, dit-elle. On ne peut pas vivre à Paris sans finir par tout apprendre à propos de la sexualité. Cela transpire des murs et remplit l'atmosphère.

Elle fit une pause.

— C'était merveilleux, n'est-ce pas ? J'ai pensé que c'était merveilleux.

— Sauf au moment où je t'ai fait mal, dit Antoine.

— Même cela était merveilleux. Une belle douleur. Penses-y seulement, chéri, plus jamais je ne vais ressentir cela, comme c'est triste.

Elle s'absorba dans ses pensées.

— La prochaine belle douleur que je vais éprouver sera sûrement quand j'aurai notre enfant. Imagine.

— J'aimerais mieux pas. Pas tout de suite.

Madeleine se redressa à demi.

— Tu ne veux pas qu'on ait un enfant. Jamais ?

— Bien sûr que je le veux. Mais je déteste l'idée de te voir souffrir.

Ses yeux marine s'étaient assombris et Madeleine perçut chez lui une vulnérabilité qui suscita en elle un énorme pincement d'amour et de sollicitude.

— Nous allons connaître ensemble la plus merveilleuse vie qui soit, n'est-ce pas ? dit-elle. *Fleurette* va devenir le meilleur endroit de Saint-Germain et ton patron va faire de toi son partenaire et puis, au bout d'un moment, nous lui achèterons le restaurant et vivrons ici pour toujours.

— Tu ne crois pas qu'on se sentira à l'étroit, à six ?

La gravité avait quitté son regard maintenant et une lumière dansait dans ses yeux.

— Six ?

— Au moins.

— Je suis d'accord. Mais pourquoi s'arrêter là ?

Elle dormit si profondément, si heureuse qu'elle ne s'aperçut pas qu'Antoine se leva, s'habilla et sortit, pas plus qu'elle ne s'aperçut de son retour jusqu'à ce qu'il l'embrasse doucement sur la joue et la réveille.

— Bonjour, paresseuse.

— Bonjour.

Madeleine lui sourit et s'étira sensuellement.

— Pourquoi n'es-tu pas ici avec moi ?

— Il fallait bien que quelqu'un aille chercher le petit déjeuner.

Elle se redressa brusquement et le drap qui la recouvrait retomba sur le lit.

— Tu n'es pas allé au marché sans moi ?

Antoine sourit.

— Pas aujourd'hui — Grégoire y est allé seul.

Madeleine regarda au-delà de lui.

— Les fleurs.

Elle n'avait pas remarqué, jusqu'à maintenant, que la petite chambre était remplie de vases de roses, merveilleuses, des roses-thé s'épanouissant richement dans plusieurs teintes de jaune pâle et de blanc. Elle bondit du lit et se jeta dans ses bras.

— Je rêvais justement d'odeurs, de magnifiques parfums, comme ce merveilleux mélange qui flotte au rayon des parfums des Galeries Lafayette. Et tout ce temps, c'était toi et ces roses...

Elle commença de déboutonner sa chemise, couvrant sa poitrine de baisers.

— Tu es le plus merveilleux homme au monde.

— Et celui qui a le plus de chance, marmonna-t-il à travers ses baisers, se dégageant juste assez pour indiquer, au pied du lit, le plateau du petit déjeuner.

— J'ai pensé que tu aurais faim.

Elle regarda le plateau, remarqua le bol de porcelaine rempli de fraises, l'élégant sucrier, les pétales de roses dispersés sur les serviettes blanches et dit alors, doucement :

— C'est comme la peinture, celle que j'aime tant.

L'une des toiles exposées en bas, dans le restaurant, était une reproduction d'une œuvre d'Hippolyte Lucas intitulée *Strawberry Tea (Thé aux fraises)* à propos de laquelle elle avait fait quelques commentaires et dont Antoine lui avait dit qu'elle lui rappelait certains après-midi d'été en Normandie.

— Mais nous avons aussi du café et des croissants chauds.

Antoine prit une serviette dans un petit panier.

— Voilà, mademoiselle.

— Nous allons faire des miettes dans le lit.

— Je vais mettre des miettes partout sur toi et ensuite les lécher.

D'un mouvement rapide et gracieux, Madeleine regagna le lit. Elle tapota le drap tout à côté d'elle.

— Assez bavardé, dit-elle. Reviens au lit et mangeons.

Antoine défit sa ceinture.

— Tu as faim ?

— Je suis affamée.

Ils commencèrent à vivre ensemble, construisant un foyer confortable et plein de joie qui était autant à elle qu'à lui. Antoine continua de gérer les affaires de *Fleurette* tout comme auparavant, mais maintenant que Madeleine travaillait à ses côtés, il pouvait consacrer un peu plus de temps à ses chansons qui devinrent plus lyriques et plus romantiques que jamais.

Madeleine adorait sa nouvelle vie. Elle ne pouvait pas

imaginer qu'on puisse souhaiter plus que cela. Deux fois par soir, six soirs par semaine, elle mettait de côté son tablier et chantait pour les clients qui l'acclamaient. Ils appréciaient l'écouter et la regarder, car elle semblait devenir de plus en plus belle au fil des mois. La vie était douce et riche, sa relation avec Antoine, franche et naturelle, et leurs échanges intimes devinrent de plus en plus prodigieux et satisfaisants au fil du temps. Ils vivaient chaque jour et chaque nuit à fond, ne dormant souvent qu'à peine, sortant dans la vibrante nuit parisienne après avoir fermé *Fleurette* afin de souffler un peu à *La Coupole* ou d'écouter du jazz au *Club Mars,* à *La Note bleue* ou au *Bilboquet,* avant de se rendre aux Halles au petit matin vers quatre heures. Là, ils y achetaient des produits frais pour la journée, bavardaient avec des connaissances au-dessus d'un bol de soupe à l'oignon, regardaient la parade des marchands poussant leurs diables à deux roues chargés de fruits et de légumes frais, de fromages et de viandes ; et alors, parfois, s'il leur restait quelque souffle, ils dansaient joue contre joue au *Chien qui fume.* Ils partageaient les amis qu'ils avaient chacun de leur côté ; ils partageaient tout ce qui se partage. Ils étaient jeunes et profondément amoureux.

Le bonheur la rendait généreuse et réfléchie, Madeleine célébra le premier anniversaire de son installation rue Jacob en écrivant à son jeune frère.

— Je ne pense pas qu'il réponde, dit-elle à Antoine, mais j'estime qu'il est temps que je clarifie les choses, au moins avec Rudi. Tout ce poison répandu par Stephan et notre mère et puis, par Sylvie.

Elle fit une pause.

— Il a presque quinze ans maintenant. Je ne peux m'empêcher de me demander de quoi il a l'air.

— Il n'y a rien là de surprenant, sourit Antoine, c'est ton frère.

— Penses-tu que j'aie raison de lui écrire ?

— Sans aucun doute.

Il lui prit la main.

— Et cela m'amène à penser qu'il est temps que nous

allions faire une visite en Normandie. Ma famille est si curieuse de te connaître qu'ils vont en devenir fous.

— Comment pourrions-nous laisser le restaurant?

— Gaston en sait assez pour gérer *Fleurette* — il pourra s'en tirer pendant quelques jours.

Les yeux de Madeleine s'enflammèrent.

— Quand partons-nous?

Ils empruntèrent la Peugeot de Noah et d'Estelle et partirent pour la Normandie le dimanche suivant, arrivant juste à temps pour le déjeuner à la *Pension Bonnard,* une coquette maison au toit de chaume tout habillée de lierre. Madeleine observa les effusions chaleureuses des retrouvailles familiales jusqu'à ce qu'elle aussi soit emportée dans les embrassades, les accolades et l'observation minutieuse de sa personne. La mère d'Antoine, Françoise, était une petite femme de quarante-huit ans pleine de vie avec des cheveux foncés aux boucles naturelles parsemés de mèches grises, des yeux bleus un peu plus pâles que ceux de son fils et un sourire généreux. Claude Bonnard, son père, était grand et fort, le crâne dégarni, mais beau avec sa moustache blonde et des yeux d'un remarquable bleu violacé. Jacqueline, sa sœur, sa cadette de deux ans, ressemblait tellement à son frère que Madeleine eut l'impression qu'elle l'aurait reconnue dans la rue.

— Nous savions, lui dit Jacqueline — alors que Mme Bonnard leur servait un appétissant ragoût de poulet et que Claude leur versait un Beaujolais — que tu étais très particulière. Nous n'en avons jamais douté parce que mon frère n'aurait pas pu donner complètement son cœur à moins d'être tout à fait sûr de ses sentiments.

— Moi aussi, j'étais tout à fait sûre, dit Madeleine, doucement, dès la première seconde où je le vis.

— Aux Tuileries, intervint Claude, étonnant Madeleine.

Il sourit largement, laissant paraître quelques couronnes en or.

— Antoine nous a écrit cette journée-là, vous savez —

pour nous dire qu'il venait d'avoir un coup de foudre, mais que vous étiez beaucoup mieux que le tonnerre puisque vous étiez en chair et en os.

— Tais-toi, Claude, le réprimanda Françoise. Tu vas embarrasser Madeleine.

— Pouf, rejeta-t-il. Cela ne la dérange pas du tout, n'est-ce pas, ma chère?

Madeleine rit.

— Comment pourrais-je être embarrassée?

À côté de la maison, il y avait un immense verger de pommes, près d'un boisé sauvage et pittoresque, situé à quelques pas d'une vue superbe de la Côte Fleurie. Pendant quatre jours, Madeleine et Antoine partagèrent leur temps entre le travail à la pension, les interminables discussions familiales, les promenades dans le boisé et en auto dans la région. Ils s'enivraient de paysages idylliques, s'arrêtant pour regarder les fermes et les troupeaux qui produisaient la célèbre crème et les merveilleux fromages du pays.

— Cette vie ne te manque-t-elle pas? demanda Madeleine à Antoine, avec curiosité.

— Terriblement, parfois.

Il haussa les épaules.

— Mais Paris me manquerait encore plus.

Il la regarda et caressa sa joue; elle posa sa main sur la sienne.

— Peut-être qu'un jour, dit-il, quand nous aurons vieilli et que nous serons repus de la ville, peut-être aurons-nous alors très envie de la Normandie, lorsque ma mère et mon père seront fatigués et qu'ils auront besoin d'aide.

— Ils travaillent très fort, dit Madeleine. Jacqueline aussi.

Antoine hocha la tête.

— Quand Jacqueline se mariera et qu'elle aura des enfants, ce sera dur pour mes parents de se débrouiller seuls. Il faudra qu'ils engagent quelqu'un et nous avons toujours essayé d'éviter ça.

— Tu parles de Jacqueline et de mariage. Est-ce que tes

parents désapprouvent notre façon de vivre?

Il n'y avait pas d'embarras dans la question de Madeleine. Ils avaient déjà parlé, brièvement, de la certitude qu'ils avaient de se marier, mais ils n'en ressentaient pas le besoin pour l'instant. Chaque jour nouveau leur apportait tellement de bonheur et de plaisir à se retrouver ensemble. Ils savaient qu'ils continueraient ainsi leur route tant qu'ils n'éprouveraient pas un nouveau besoin ou qu'ils ne se sentiraient pas mûrs pour quelque chose d'autre.

— Bien sûr qu'ils désapprouvent, sur le plan religieux. Mais ce sont des gens réalistes pour qui l'amour et les sentiments passent avant tout. Ma mère s'est toujours un peu inquiétée pour moi qui ai une vie de bohème. Elle t'est très reconnaissante, chérie, de me sauver de grands dangers inconnus.

Madeleine rit.

— Je ne suis pas vraiment un modèle de prudence.

— Mais tu as du bon sens et une bonne intuition — maman sait cela parce que tu m'aimes.

De retour à Paris, ils trouvèrent une réponse de Rudi. Il était clair, à la vitesse avec laquelle il avait répondu, qu'il avait été heureux de recevoir des nouvelles de sa sœur. Le ton de sa lettre était tendu, mais très juste. Il tenait compte du départ de Madeleine, ayant quitté la maison sans un regard derrière elle, ni plus qu'une vague pensée pour son frère. Rudi ne mentionnait pas grand-chose sur Émilie, Stephan, ou leur grand-mère. Là encore, entre les lignes, Madeleine sentit que son frère avait considérablement évolué par rapport au petit garçon soumis et obéissant qu'elle avait laissé à la Maison Gründli. Elle réalisa, davantage par l'aspect implicite de sa lettre que par le texte, qu'elle était totalement reniée par le reste de la famille. Vivant désormais dans le péché, dans ce qu'ils considéraient sans doute comme la décadence de Saint-Germain-des-Prés et travaillant aux côtés de son amant comme serveuse et chanteuse sous-payée, Madeleine répondait aux noires prophéties de Stephan Julius. Elle était la troisième génération *schwarzes Schaf* — le troisième mouton noir Gabriel.

— Il s'ennuie de toi, lui dit Antoine après avoir lu la lettre.

— Certainement pas. Nous n'avons jamais été proches l'un de l'autre et je ne me suis jamais montrée bien gentille envers lui, reconnut-elle honnêtement, ressentant un pincement de culpabilité. Je mériterais son mépris, si c'était l'inverse, je pense que je le détesterais.

Antoine secoua la tête.

— J'en doute. Tu parles de haine, mais je pense que le seul que tu hais vraiment est Julius.

— Je déteste ma mère.

— Tu éprouves de la passion, chérie, ce n'est pas nécessairement la même chose.

— Je la déteste pour ce qu'elle a fait subir à mon père.

— Même si tu sais maintenant ce qu'il a fait? s'enquit Antoine, gentiment.

Madeleine le regarda dans les yeux, intensément.

— T'imagines-tu que je pourrais cesser de t'aimer si tu faisais quelque chose de mauvais, si tu commettais une terrible erreur? Elle fit une pause. Je ne pourrais pas cesser de t'aimer.

— Alors pourquoi penses-tu que Rudi aurait cessé de t'aimer?

— Je ne sais pas, répondit Madeleine, doucement. Peut-être parce que je n'ai jamais compris qu'il m'aimait.

Elle écrivit de nouveau à Rudi, racontant leur visite en Normandie, lui parlant de la famille d'Antoine. Bientôt, le frère et la sœur engagèrent une correspondance régulière, de plus en plus reconnaissants pour cette nouvelle communication qui s'établissait entre eux. D'Alexandre, il n'y eut pas d'autres nouvelles. Quand Madeleine recevait de temps en temps des lettres de Konstantin Zeleyev de New York, cette faille dans son bonheur ressortait parce que le Russe n'avait pas non plus de nouvelle de son père. Mais, quoique cela la préoccupât encore terriblement, c'était moins fort qu'autrefois parce que Madeleine n'était plus seule maintenant. Elle avait de la famille. Pas la famille structurée au sein de laquelle elle était née, mais celle qu'elle s'était bâtie elle-même, celle qu'elle désirait. Son amour pour Rudi et son contact avec lui, ses chers amis Noah, Estelle et Gaston Strasser, ainsi que les Lussac formaient cette nouvelle famille. Antoine s'avérait le noyau, le cœur de sa vie. Il la comprenait mieux que quiconque ne l'avait jamais fait et les chansons qu'il composait pour elle la pénétraient par leurs douces et poignantes mélodies et leurs paroles sensibles.

Pourtant, sa première chanson demeurait toujours sa favorite. Quand Madeleine chantait Les nuits lumineuses chez *Fleurette,* elle sentait qu'elle devenait une partie intégrante de la chanson, vivant par ses paroles et son amour. Leurs nuits, ces quelques heures intimes passées dans leur petit foyer au-dessus du restaurant, étaient en effet lumineuses, leurs journées aussi et, quand Antoine l'écoutait et la regardait chanter sa chanson, il savait qu'il l'avait composée sous le coup d'une inspiration prémonitoire.

Le 10 juin 1961, après qu'ils eurent appris que Madeleine attendait un enfant, elle et Antoine se marièrent dans la tranquille beauté médiévale de l'église Saint-Séverin dans le Quartier Latin. Ce fut un mariage paisible et joyeux auquel assistèrent les parents d'Antoine, venus de Normandie, et Rudi, de Zurich.

— Je n'arrive pas à croire que tu sois vraiment là.

Madeleine secoua la tête d'émerveillement comme ils buvaient du champagne avant le déjeuner que Grégoire Simon avait préparé chez *Fleurette.*

— Stephan devait être furieux, sûrement, non?

— Pas très heureux, admit Rudi en grimaçant, quoique ni Mami ni Omi n'aient fait trop d'objections. Je pense qu'elles savaient que ce serait une perte de temps et, par ailleurs, bien qu'elle ne l'admettrait pas en présence de Stephan, je pense que Mami était heureuse que l'un de nous puisse être ici.

— Ou peut-être aimerais-tu bien le croire?

— C'est possible.

Il était difficile pour Madeleine de voir en Rudi autre

chose que le pâle reflet du petit garçon imparfait de ses souvenirs. C'était maintenant un jeune homme de dix-huit ans qui, sans un moment d'hésitation, l'avait prise dans ses bras quand ils furent réunis ce matin-là, puis qui avait chaleureusement serré la main d'Antoine. Même au cœur de son bonheur, Madeleine se sentit soudain saisie par un violent sentiment de doute. Elle s'était toujours montrée si sûre d'elle, si convaincue de la justesse de ses émotions, de son instinct, pourtant cela ne se pouvait pas que Rudi ait changé à ce point. Après tout, les gens ne changeaient pas fondamentalement ; alors, c'est sa perception de son frère qui avait été défaillante ?

— Vous vous ressemblez tellement, dit Antoine en les rejoignant, son visage tout en sourire, vous pourriez presque être des jumeaux.

— J'ai toujours pensé que nous étions aussi différents que le jour et la nuit, dit Madeleine, doucement, en pressant la main de Rudi. Je devais me tromper.

— Tu étais jeune, dit Rudi, d'un ton léger, et j'étais encore plus jeune. Il fit une pause. Et, contrairement à toi, j'étais un enfant influençable, sans force de caractère.

— Je ne pense pas.

Madeleine examina ce visage qui était si semblable au sien. Elle était terriblement consciente d'ignorer ce qui se passait derrière ces traits réguliers et beaux, sachant seulement que son frère avait fait preuve de générosité et de détermination en venant à Paris.

— Tu avais des idées et des sentiments différents, enchaîna-t-elle. J'étais convaincue que tu aurais dû partager les miens.

— Et maintenant, dit Antoine, vous avez une deuxième chance.

— Dieu merci, dit Rudi.

— Oui. Madeleine s'appuya contre son mari. Je ne pensais pas que rien ne puisse me rendre plus heureuse, mais tu y es parvenu, Rudi.

— Je me demande, risqua Rudi, je me demande si un jour

tu reviendrais pour rendre visite.

— Jamais, répondit-elle, calmement mais résolument. Je n'y retournerai jamais.

— C'est très long jamais, chérie, intervint Antoine.

— Et la vie est courte, dit Madeleine gentiment. Tous les clichés du monde ne peuvent cependant modifier ce que je pense d'eux. Tu n'avais que quatre ans quand Papi a quitté la maison, Rudi, tu ne pouvais pas comprendre. Moi, je ne leur pardonnerai jamais.

Son expression s'allégea.

— Maintenant, je veux ne plus penser à eux, mais me concentrer sur toi et sur le jour de mon mariage. Tu as rencontré les Lévy, n'est-ce pas, Rudi, mais les Lussac?

Les douleurs de Madeleine commencèrent le quatorzième jour de février 1962, jour de la Saint-Valentin, au moment où elle et Antoine déambulaient dans le jardin des Tuileries. Il neigeait un peu. Antoine avait apporté un sac de brioches fraîches afin de nourrir ses oiseaux et Madeleine, comme d'habitude, l'observait avec plaisir, quand ses premières contractions la prirent par surprise.

— Qu'est-ce que tu as? demanda aussitôt Antoine. Il la quittait rarement des yeux ces jours-ci. Une douleur?

— Je pense que oui.

— Devons-nous y aller?

— Pas encore. Elle sourit. Laisse les oiseaux finir.

La contraction suivante vint quinze minutes plus tard, si puissante qu'elle en poussa un petit cri de commotion. Antoine jeta au sol le reste des brioches et se précipita à ses côtés, lui empoignant le bras.

— Nous allons directement à l'hôpital, dit-il, le visage soucieux.

— Je veux aller à la maison prendre mon sac, dit Madeleine. Nous avons tout le temps, j'en suis sûre.

— J'irai chercher ton sac plus tard, dit Antoine d'un ton qui n'admettait pas de réplique. Peux-tu marcher, chérie, ou aimerais-tu mieux que je te porte ?

— Bien sûr que je peux marcher. Elle le regarda, les yeux brillants d'excitation. Il est prêt, Antoine, il vient !

— Ma fille, tu veux dire.

Ils avaient joué à ce jeu tout au long de la grossesse, bien qu'ils ne se souciaient nullement du sexe du bébé pourvu qu'il naquît fort et en bonne santé.

Le travail continua, à l'hôpital Saint-Vincent-de-Paul, pendant plus de neuf heures et durant tout ce temps, contre la volonté de l'obstétricien et des infirmières, Antoine demeura auprès de Madeleine, la laissant enfoncer ses ongles dans ses bras, essuyant son front avec des serviettes fraîches et lui murmurant des encouragements à l'oreille. Au moment de la naissance, il était absent. Il s'était rendu aux toilettes et trouva la porte close à son retour, jusqu'à ce que le tourbillon d'activités cesse.

— Un fils, lui dit le docteur, en souriant, vingt minutes plus tard. Un beau garçon bien en santé.

— Et mon épouse ? Comment va-t-elle ?

Une rayonnante expression d'approbation envahit le visage de l'obstétricien.

— Mme Bonnard est une patiente exemplaire, monsieur. Brave et vigoureuse. Après une petite période de repos, elle aura retrouvé toute sa forme.

Il salua de la tête.

— Je vous souhaite à tous une vie merveilleuse et j'attends le prochain.

— Merci, docteur. Antoine l'étreignit. Merci de tout cœur.

Madeleine se reposait, la tête enfoncée dans un oreiller blanc tout propre, le bébé au creux de son bras gauche. Ses cheveux courts, or foncé, luisaient encore d'humidité, ses yeux étaient cernés de fatigue, mais son sourire était radieux.

— Je suis désolé, mon amour, dit Antoine en se penchant pour l'embrasser.

— Pourquoi ?

— Ils ne voulaient pas me laisser rentrer, j'étais dans tous mes états.

— Pour être franche, je ne sais pas si je m'en serais rendu compte.

— Est-ce que cela a été atroce ?

— Atroce et merveilleux, les quelques derniers instants, j'ai cru qu'il allait m'arracher les entrailles, mais c'est ce que je voulais, j'avais besoin de sentir cette douleur. Je te l'avais dit, chéri, que ce serait une belle douleur. Elle le regarda d'une curieuse manière. Ne veux-tu pas prendre notre fils dans tes bras ?

— Je m'inquiétais de toi d'abord, maintenant notre fils.

Après, Antoine accorda toute son attention au nourrisson. Regardant fixement le petit paquet dormant paisiblement contre le sein de sa femme, il étudia le petit visage encore un peu fripé, marbré de rougeurs sur les joues et sur le front, les yeux fermés serré, les cils foncés comme les quelques cheveux mouillés éparpillés sur sa tête, le petit nez minuscule reniflant légèrement et d'exquises lèvres faisant un peu la moue.

Il ouvrit les bras, sans dire un mot, et Madeleine, avec toute la prudence anxieuse d'une mère débutante, lui passa le bébé.

— Tiens bien sa tête, chéri.

Pendant encore quelque temps, Antoine ne dit mot. Tenir ainsi leur enfant lui parut instantanément comme la chose la plus naturelle, la plus juste, la plus importante qu'il n'ait jamais faite de sa vie. Le bébé était si léger, emmailloté dans son lange, que son père éprouva le besoin de l'ouvrir un peu, prudemment, pour pouvoir, pendant un petit moment, toucher son corps, sa peau, sentir sa chaleur corporelle, percevoir son incontestable battement de cœur. Et l'amour alors l'emplit, l'emportant presque ; Antoine recouvrit son fils, l'emmitoufla dans son lange et le bébé ouvrit les yeux, bleus, bleu foncé comme les siens, et il se mit soudain à pleurer à pleins poumons.

— Bon Dieu, murmura Antoine, et il se rendit compte que lui aussi pleurait.

— Penses-tu qu'il a faim ? demanda Madeleine.

— Déjà?

— Il a fait un long voyage.

Elle sourit et Antoine replaça le bébé au creux de ses bras où il cessa presque immédiatement de hurler.

— Un petit futé, dit Antoine et puis, reprenant ses esprits, il ajouta : son nom, chérie. Il doit avoir un nom.

Ils avaient parlé un peu, durant la grossesse, de noms possibles, mais, au cours des derniers mois, tous deux sous le coup de la superstition, ils avaient cessé d'en parler, décidant d'attendre l'inspiration au bon moment.

— J'ai une idée, dit Madeleine, si tu le veux bien.

— Dis-moi.

— Valentin, dit-elle doucement. En partie à cause de la journée, pour Saint-Valentin, pour l'amour. Et en partie par égard pour mon grand-père, pour son grand amour, Irina Valentinovna. Elle fit une pause. Qu'en penses-tu?

— C'est merveilleux.

— Valentin Claude Alexandre Bonnard. Madeleine regarda Antoine. Ça va?

— C'est parfait, dit Antoine.

Chapitre 12

Un an et un jour plus tard, au cours de la soirée suivant la célébration du premier anniversaire de naissance de Valentin, Antoine était debout, près de la table d'un client, en train de déboucher une bouteille de Pommard, lorsque la bouteille lui échappa. Il leva sa main droite jusqu'à la tête, regarda autour de lui l'air confus, à la recherche de Madeleine, puis s'écroula, inconscient.

Gaston Strasser, qui jouait du piano, le rejoignit immédiatement, tâtant son pouls.

— Appelle une ambulance, commanda-t-il à Jean-Paul. Où est Madeleine?

Le restaurant s'était fait silencieux. Jean-Paul fixait Antoine sans bouger, trop abasourdi pour réagir.

— Ne reste pas là, crétin! lui lança Gaston, qui devait lutter pour ne pas paniquer.

Se penchant vers Antoine, il le tourna délicatement sur le côté, en prenant soin d'éloigner les éclats de verre. Jean-Paul se ressaisit et courut au téléphone pendant que les clients commençaient à s'agiter nerveusement sur leurs chaises.

— Madeleine! cria Gaston, en passant la main tendrement dans les cheveux d'Antoine.

— Elle est en haut, avec le bébé, lui répondit Georges, d'une voix sourde et effrayée.

Gaston releva sa tête chauve et l'on vit les veines de ses tempes se gonfler.

— Madeleine! hurla-t-il.

Les médecins expliquèrent à Madeleine qu'Antoine avait eu un accident cérébro-vasculaire. S'il survivait aux trois premières semaines, il réussirait sans doute à recouvrer une certaine fonctionnalité. L'attaque était survenue dans la partie gauche du cerveau, elle avait donc tout d'abord affecté la partie droite de son corps qui demeurerait probablement paralysée. Elle aura aussi, ajoutèrent-ils, probablement affecté son élocution et sa capacité à comprendre.

Lorsqu'elle le vit pour la première fois sur son lit d'hôpital, inconscient et parfaitement immobile, Madeleine pensa qu'il était mort, malgré ce que lui avaient dit les médecins et les infirmières. Un homme reposait là, mais ce n'était pas son Antoine, lui qui était toujours actif, jamais en repos, toujours si vibrant de vie. Cette personne semblait autant faire partie des meubles de la chambre d'hôpital que les murs eux-mêmes, son visage et son corps semblaient se fondre dans la blancheur des draps.

— Il est mort, dit-elle à la religieuse qui l'accompagnait, et Madeleine eut l'impression d'être morte elle aussi.

— Non, Madame.

— Il est si immobile, si absent.

La sœur prit doucement son bras et lui approcha la main du visage d'Antoine.

— Touchez sa joue, Madame. Prenez sa main, n'ayez pas peur.

Ce fut pourtant deux jours plus tard, lorsqu'Antoine reprit conscience, que toute l'horreur de l'accident surgit. Ce n'était pas la maladie elle-même, ni la paralysie partielle qui rendait tout son côté droit faible et inutilisable, ni son élocution difficile et incompréhensible, ni la grande difficulté qu'il éprouvait à comprendre ce qu'on lui disait. C'était la peur, la panique, la terreur pure qu'ils partageaient. Pour l'instant, c'était tout ce qu'ils pouvaient partager.

Madeleine se sentait comme dans un abîme, isolée et engloutie par ce cauchemar qui venait de détruire leurs vies, qui leur apportait le malheur. Les médecins essayèrent de lui expliquer.

— Ce genre d'attaque survient lorsqu'il y a une interruption de l'afflux sanguin au cerveau. Et, dans le cas de M. Bonnard, nous croyons que ceci a été causé par une hémorragie.

— Je ne comprends pas, leur répondit Madeleine, encore moins rassurée qu'auparavant.

— Nous croyons, madame, que votre mari a une faiblesse congénitale dans la paroi de l'une des artères qui alimentent le cerveau et que cette paroi a cédé, provoquant des dommages de ce côté-là du cerveau.

Ils en dirent encore davantage, beaucoup plus que ce qu'elle pouvait absorber à ce moment-là. Tout ce qu'elle désirait, c'était de savoir si Antoine survivrait. Puis, lorsque cela sembla le cas, elle ne pensa plus qu'à une seule chose : elle voulait qu'il se rétablisse complètement. Elle voulait qu'il redevienne l'homme qu'elle avait connu.

— Il est beaucoup trop jeune pour ça, répétait-elle, angoissée. Il n'a que trente-trois ans, il a toujours été fort, jamais malade.

— Ce sont des choses qui arrivent, madame.

— Oui, répondait-elle alors, mais son esprit n'arrivait pas à se rendre à l'évidence.

— Vous devez l'accepter, lui dit le médecin sur un ton ferme, un après-midi. C'est difficile, je sais, mais il est très important que vous et M. Bonnard cessiez dès maintenant de croire qu'il ne s'agit que d'un mauvais rêve qu'on oublie au réveil.

— Je ne peux pas l'accepter, lui répondit Madeleine, l'œil mauvais. Mon mari se rétablira. Nous devons lutter. Vous ne voudriez sûrement pas que nous abandonnions.

— Bien entendu, madame. Mais je désire avant tout que vous acceptiez les faits tels qu'ils sont.

Madeleine se mit à parler à Antoine constamment, dès qu'elle se retrouvait à son chevet. Dans les premiers jours où il avait repris conscience, elle se contentait de lui dire qu'elle l'aimait, qu'elle l'adorait, qu'il se rétablirait, qu'il retrouverait toutes ses facultés. Maintenant, elle lui disait tout ce qui lui passait par la tête. Valentin s'ennuyait de lui terriblement, lui disait-elle. N'était-il pas un père qui en avait fait beaucoup plus que la plupart pour son petit garçon? N'avait-il pas changé ses couches? Ne l'avait-il pas nourri après le sevrage? Ne l'avait-il pas baigné et n'avait-il pas joué avec lui à la moindre occasion? Tout allait bien chez *Fleurette,* on s'arrangeait sans lui, mais ce n'était pas pareil, rien n'était pareil sans lui. On avait besoin de lui, ils étaient plusieurs à avoir désespérément besoin de lui...

— Dormir, réussissait à prononcer Antoine.

— Bientôt, mon chéri, lui répondait-elle, et elle continuait son monologue.

— Va...t'en, lui disait-il, et elle voyait la douleur dans ses yeux, comprenait qu'il la trouvait sans pitié dans les encouragements continuels qu'elle lui apportait, qu'il voulait qu'elle cesse, mais son instinct la forçait à continuer.

Il s'était fait comme une muraille de maladie autour de lui, cachant ses peurs et s'enfonçant dans un défaitisme qui terrifiait Madeleine par-dessus tout.

Elle demanda l'autorisation d'amener Valentin rendre visite à son père et on lui répondit que les enfants n'étaient pas admis à l'hôpital. Lorsqu'elle annonça à Antoine son intention de passer outre à cette interdiction, son visage s'emplit d'horreur et il devint si agité qu'il fallut un bon moment pour le calmer. Malgré cela, elle continua de se fier à son instinct et, un matin, au moment où l'hôpital grouillait d'activité, elle revêtit un large manteau appartenant à Antoine et y cacha Valentin, qui trouvait cela très amusant. Elle entra dans la salle où se trouvait son mari, portant son fils sur sa hanche, demanda qu'on place des écrans autour de son lit et sortit le bambin de sous le manteau pour le déposer sur le lit de son père.

— Non, s'écria Antoine, non!

Il détourna son regard du bébé, angoissé.

— Il a insisté pour venir te voir, lui dit doucement Madeleine. Il a besoin de voir son père.

Antoine se força à les regarder, les yeux pleins de larmes.

— Te déteste ! énonça-t-il très clairement.

— Je sais.

Valentin ne bougeait pas, le fixant avec de grands yeux pleins d'étonnement et, pendant un instant, Madeleine crut qu'il allait se mettre à pleurer.

— C'est ton papa, dit-elle, et avec gentillesse, elle prit la main amorphe d'Antoine dans la sienne. Valentin avança sa petite main potelée et toucha lui aussi le pauvre bras droit de son père.

— Papa, dit-il, rayonnant. Papa, répéta-t-il.

Les larmes commencèrent à rouler sur les joues d'Antoine et Madeleine, étouffant ses sanglots en présence de l'enfant, prit la main gauche de son mari et l'approcha de la joue de son fils.

— Cette main-là est normale, dit-elle doucement. Sers-t-en pour l'aimer. Sers-t-en, et le reste suivra.

L'état d'Antoine s'améliora de façon marquée au cours des deux semaines suivantes. C'est à ce moment qu'on leur annonça qu'il pouvait sans crainte rentrer chez lui. Après que Madeleine, Gaston et Grégoire réussirent l'exploit de lui faire monter les quatre étages dans son fauteuil roulant, il continua de s'améliorer pendant toute la semaine suivante. Puis sa guérison sembla retomber au point mort.

Madeleine avait été transportée de joie aux premières victoires. L'annonce qu'il pourrait réintégrer son appartement de la rue Jacob l'avait extasiée, mais maintenant, son enthousiasme l'avait quittée. Les médecins leur expliquèrent que les progrès les plus rapides et les plus remarquables prenaient toujours place dans les trois premières semaines, lorsque les cellules qui n'avaient subi que des dommages temporaires, dans la périphérie de l'attaque, guérissaient spontanément. Après cela, la réhabilitation était beaucoup plus lente. Cela ne voulait pas dire qu'il n'y aurait plus d'amélioration. Seulement qu'ils devraient travailler beaucoup plus pour des résultats moindres.

— Vous avez tous deux de la chance, madame, lui dit un médecin en visite. Le handicap de votre mari est relativement mineur. Avec des encouragements, votre aide et de la volonté, ce dont il ne semble pas manquer, il devrait être capable de se lever seul de son lit dans un certain temps et même de marcher, avec des béquilles.

Madeleine connaissait sa propre force, émotive autant que physique. Elle avait aussi conscience de sa ferme volonté de prendre soin d'Antoine. Elle savait que rien au monde ne saurait l'empêcher de tout faire pour lui. Cependant, chaque semaine contribuait à accroître son angoisse et pesait de plus en plus sur ses épaules fatiguées. Lorsque Françoise et Claude Bonnard, bouleversés par leur dernière visite au petit logis encombré, la pressèrent de convaincre Antoine de revenir à la maison en Normandie, Madeleine faillit céder. Mais cela aurait signifié l'abandon de *Fleurette*. Paris et le restaurant constituaient tout l'univers d'Antoine, la vie qu'il aimait. S'il abandonnait cela, il pourrait, du coup, abandonner aussi tout espoir.

Leurs amis les aidèrent de façon extraordinaire. Estelle Lévy venait presque chaque matin et emmenait Valentin sur le boulevard Haussmann pour jouer avec ses deux petites filles et Noah venait au moins une fois par jour, sauf le jour du sabbat, pour parler à Antoine et l'aider à faire ses exercices. Mais ce fut Gaston Strasser qui les sauva, en allant aux Halles avant l'aube, le matin, chaque fois que Grégoire Simon en était empêché. Matin et soir, il venait s'occuper de *Fleurette*. Il ne réclamait pour tout salaire que ses dépenses et un bon repas, de sorte que Madeleine n'avait plus que la tenue des livres à faire, en plus de son numéro de chant quotidien.

Ils avaient de la chance, reconnaissait-elle, l'air désabusé. Valentin était un enfant si facile et faisait preuve d'une intelligence peu commune pour son âge. Il était toujours si plein d'énergie et pourtant, aussitôt qu'elle l'asseyait sur son père, il savait instinctivement qu'il devait être patient et sage. Mais c'étaient les frustrations d'Antoine et le fait de le voir si malheureux qui lui brisaient le cœur. Il se plaignait rarement, maintenant, mais ses limites physiques le rendaient fou. La tâche énorme de descendre les escaliers, en se laissant glisser sur les fesses, une marche après l'autre, puis de se laisser pousser dans son fauteuil roulant dans la rue, à chaque fois qu'il voulait prendre un peu d'air, était épuisante et humiliante. Et souvent, le regard plein de pitié des passants les ramenait rapidement en haut, où Antoine s'effondrait alors sur le lit, les yeux fermés, vidé par l'effort et l'air si misérable que, chaque fois, Madeleine le surveillait au moins une heure, terrifiée à l'idée qu'une nouvelle attaque le terrasse.

Pour la première fois depuis sept années qu'elle avait quitté Zurich, Madeleine regrettait la sécurité qu'elle avait abandonnée. Elle essaya de persuader Antoine de discuter de la possibilité d'aller à Trouville, dans sa famille. Mais Antoine ne voulait même pas en entendre parler. La pension de ses parents était beaucoup trop petite pour les accommoder tous sans, du même coup, anéantir leur gagne-pain.

— Mais tes parents aimeraient nous avoir avec eux, mon chéri, lui dit Madeleine.

Antoine secoua la tête.

— J'ai toujours dit qu'un jour, peut-être, nous pourrions y aller pour les aider. Ce serait dans l'ordre des choses.

— N'est-ce pas aussi naturel de les laisser t'aider ?

— Non, répondit-il, une expression entêtée peinte sur son visage. Ce ne serait naturel ni pour moi ni pour eux.

Puis, adoucissant son ton, il continua :

— Les choses s'arrangeront avec le temps, mon amour. Essaie de ne pas trop t'en faire.

Mais chaque jour amenait son cortège de frustrations, la moindre petite tâche devenait une lutte ardue, et Madeleine n'avait d'autre choix que de voir Antoine s'aigrir de plus en plus. On lui avait conseillé d'abandonner le tabac et de se nourrir convenablement, mais son esclavage de la gauloise était beaucoup trop fort et, alors que dans le passé il fumait par goût, maintenant, ses cigarettes, de même que le pastis bon marché et les trop grandes quantités de vin, devinrent aussi vitaux que les béquilles qu'il utilisait.

À la fin du mois d'août, Konstantin Zeleyev revint à Paris pour rendre visite à Madeleine et pour lui remettre en mains propres une lettre d'Alexandre.

— Dieu merci ! s'exclama-t-elle, lui arrachant presque la lettre des mains. Va-t-il bien ? Que raconte-t-il ?

— Il ne dit pas grand-chose. Lisez-la, vous verrez.

La lettre portait un cachet de la poste d'Amsterdam et était datée du mois de juin. Son père semblait souffrir de solitude et de culpabilité. Il avait hâte de savoir si Maggy se portait bien et si elle était heureuse, mais, apparemment, il n'osait pas encore laisser une adresse de retour.

— Pourquoi ne vous écrit-il pas où il se trouve ? demanda Madeleine d'une voix inquiète. Il sait qu'il peut vous faire confiance, il doit savoir que vous ne le dévoileriez qu'à moi et que jamais l'un de nous ne le trahirait.

— Il semble très troublé, lui répondit Zeleyev. Nous ne savons pas ce qu'il fait, ma chère, ni quels sont ses moyens de subsistance, ni quel genre d'individu il côtoie.

— Croyez-vous qu'il ait peur à ce point ?

— Peut-être.

Madeleine secoua la tête et reprit :

— Si les choses étaient différentes, j'irais peut-être à Amsterdam, je le chercherais, je n'abandonnerais pas avant de l'avoir trouvé. Mais c'est impossible.

Les yeux verts de Zeleyev s'emplirent de compassion.

— Je suis vraiment désolé, ma petite. Je ne puis exprimer ce que je ressens. Vous aviez l'air si heureuse, votre vie semblait si bien remplie. Je n'étais pas sûr qu'Antoine était l'homme qu'il vous fallait, mais je voyais bien dans vos lettres que vous n'aviez aucun doute sur ce sujet.

— Je n'en ai pas non plus aujourd'hui, Konstantin.

— Bien entendu.

Zeleyev était plus perturbé qu'il ne voulait l'admettre par l'état d'épuisement de Madeleine et la condition pitoyable de son jeune mari. Il se rappelait clairement les jours passés, dans le Dischmatal, où il avait semé des rêves de Paris dans la tête blonde de cette jeune fille bien-aimée et il se sentait lourdement responsable de ce qui lui arrivait maintenant. Il l'entendit chanter au restaurant, observant les yeux humides des clients, comme si tous les malheurs de Madeleine s'exprimaient dans sa voix, l'enrichissant magnifiquement. Il la regarda ensuite se hâter vers les escaliers, pour vérifier que son mari et son enfant se portaient bien, et il pensa amèrement que tout ceci était bien loin de ce qu'il avait imaginé pour elle.

Depuis qu'il avait appris l'état de santé de Bonnard, Zeleyev s'était renseigné et avait découvert que certains traitements spécialisés se prodiguaient à New York ; des chambres à oxygène étaient utilisées pour aider les malades. Ces traitements semblaient très efficaces pour les attaques cérébro-vasculaires.

— Antoine se rétablirait peut-être mieux avec ces traitements, suggéra-t-il à Madeleine.

— Peut-être, si nous étions à New York.

— Pourquoi pas ?

— Et pourquoi pas un voyage sur la lune ? répliqua-t-elle sèchement.

— Est-ce vraiment si absurde, ma chère ? Je fais ce voyage régulièrement. Si ce n'est qu'une question d'argent, je pourrais vous aider.

— Il n'en est pas question.

— Pourquoi pas ?

— Et il n'y a pas que l'argent. Antoine ne veut même pas entendre parler d'aller voir ses parents en Normandie. Comment pourrais-je le convaincre de quitter la France, de quitter l'Europe ?

Zeleyev ne s'avoua pas battu. Tout comme, jadis, il avait peint un portrait brillant et évocateur de Paris, il recommença, cette fois-ci, avec New York. C'était une ville merveilleuse, raconta-t-il à Madeleine, une ville présentant les contrastes les plus inattendus, d'une beauté remarquable et, ce qui la rendait encore plus admirable, c'était une cité totalement faite de main d'homme. Par ailleurs, on y découvrait une laideur fascinante juxtaposée à une incomparable beauté. On pouvait tout trouver à Manhattan et tout y rencontrer aussi; des gens très cultivés comme les pires analphabètes, des croyants avec de solides principes moraux comme des athées; il y avait des millionnaires et il y avait des indigents.

— On les appelle des *bums,* c'est l'équivalent new-yorkais des clochards parisiens. Il y a un immense parc en plein milieu de tous ces gratte-ciel de béton — des centaines d'ares de prairies, d'arbres, de lacs et de terrains de jeu. J'ai lu quelque part qu'il y aurait plus d'un millier de parcs dans cette ville, bien que je doive admettre n'en avoir visité que deux — mais c'est un endroit profondément humain, Madeleine, et c'est la ville la plus excitante du monde entier.

Zeleyev avait quitté sa Russie natale depuis plus de quarante ans déjà, mais il n'avait rien perdu du lyrisme et de la ferveur propre à son peuple. Son enthousiasme avait remué Madeleine lorsqu'elle n'était qu'une jeune fille et il ne manqua pas de la toucher encore une fois, ce que Zeleyev remarqua rapidement, et ce dont il se hâta de tirer profit.

— Vous devriez penser à y venir, ma chère — pas pour toujours, mais pour le rétablissement d'Antoine et pour votre avenir. Je pourrais faire les arrangements nécessaires afin que vous disposiez d'un endroit confortable et adéquat où habiter pendant la durée de ses traitements. Après, vous pourrez toujours revenir à Paris si vous le désirez. Quoique vous ne voudrez peut-être plus revenir, Manhattan est une ville de musique. Vous avez du métier, maintenant — je crois qu'à New York on vous adorerait, et lorsqu'on y devient célèbre, c'est absolument incomparable.

— Arrêtez, Konstantin, c'est impossible.

— Rien n'est impossible, ma petite, reprit-il, les yeux brillants. Et si vous vous sentez libre à Paris, vous vous sentirez mille fois plus libre en Amérique.

Elle sourit tristement.

— Cela semble merveilleux.

— Un seul mot et j'entreprends les démarches.

— Je ne peux pas.

— Prenez au moins le temps d'y réfléchir.

— Ça ne coûte rien de rêver, lui répondit-elle avec un haussement d'épaules.

La tentation était forte, puisqu'elle avait commencé à réaliser que le bon temps était chose du passé pour eux, à Paris. Mais elle craignait qu'arracher Antoine à son environnement familier, à tout ce qu'il connaissait et qu'il aimait, ne puisse lui être fatal. Tant que leurs amis ne leur feraient pas défaut, tant qu'ils pourraient continuer à faire marcher le restaurant et survivre pendant ces mois difficiles, elle croyait possible d'entretenir des espoirs.

Soudain, en novembre, sans prévenir, le propriétaire de *Fleurette,* Jean-Michel Barbie, revint de Provence et ce fut le désastre. Personne ne l'avait informé de l'état d'Antoine, ni de la gérance de Gaston. Barbie éprouva immédiatement une violente antipathie vis-à-vis de Strasser et, quoiqu'il exprimât sa sympathie envers la famille Bonnard, il n'eut d'autre choix que de leur donner un avis d'un mois pour quitter le logement qu'ils occupaient au-dessus de *Fleurette,* afin que le nouveau gérant puisse s'installer. Madeleine le supplia, Noah Lévy tenta de faire appel à ses bons sentiments. Gaston Strasser commença par discuter avec lui, puis, plein de mépris, finit par lui décocher un coup de poing au visage. Si auparavant Barbie était décidé, maintenant, il devint inébranlable.

Ce fut Estelle Lévy qui communiqua avec Rudi Gabriel, le suppliant de venir à Paris sans délai, et ce fut elle qui alla l'accueillir à la Gare de Lyon et qui l'amena rue Jacob pour que Rudi se rende compte de la situation difficile de sa sœur.

— Si je puis me permettre d'être franche, lui dit Estelle, dans le taxi qui les amenait de la gare, je suis surprise que vous ne sachiez rien des problèmes de votre sœur.

— Je serais venu à Paris bien avant si j'avais su, vous pouvez en être sûre, lui répondit-il tranquillement.

— Madeleine ne vous a rien dit au sujet d'Antoine?

— Elle n'écrivait que très peu et ses lettres laissaient supposer qu'Antoine avait eu à peine plus qu'un mauvais rhume. Puis secouant la tête, il continua : j'imagine que c'est pour éviter que j'en parle à notre mère ou à notre beau-père.

— Elle est très orgueilleuse, dit Estelle.

— Et entêtée!

Rudi ne perdit pas de temps. Une chose était claire, dit-il à sa sœur, la prenant à part chez *Fleurette,* là où il ne pouvait pas être entendu d'Antoine; elle devait revenir à Zurich avec lui afin d'y chercher les fonds qui lui étaient nécessaires, que ce soit pour aller en Amérique, ou pour rester en France.

— C'est hors de question, répondit Madeleine. Tu sais que je ne leur demanderai jamais de l'aide.

Rudi regarda Estelle et lui demanda :

— Pouvez-vous rester ici et remplacer ma sœur pendant que je l'amènerai déjeuner?

— Nous pouvons aussi bien déjeuner ici.

— Nous sortons, dit-il d'un ton sans réplique. Nous devons discuter de certaines choses en privé.

— Cela ne changera pas ma décision, rétorqua Madeleine sur le même ton.

— Un déjeuner avec ton frère ne pourra te faire de mal, n'est-ce pas? fit remarquer Estelle.

Il l'emmena loin de Saint-Germain, loin de la Rive gauche, jusqu'au Café de la Paix. Rudi commanda du foie de veau sauté avec des oignons pour eux deux. Devant l'air interrogateur de Madeleine, il lui assura qu'elle avait besoin de toutes ses forces et de toute l'énergie possible.

— Tu es maigre comme un échalas, lui dit-il.

— Merci!

— Un très joli échalas, mais avec un visage aux traits si tirés qu'il en fait peur.

— Ne crains rien pour moi, lui dit-elle, émue. Nous avons traversé une période difficile, mais nous nous en sortons.

— Mais tu devras admettre avec moi que vous vous en sortiriez encore mieux avec un peu plus d'argent.

— Évidemment, dit-elle dans un soupir. Mais cela ne change rien. Je ne veux pas discuter avec toi, Rudi, s'il te plaît. Je ne toucherai pas à l'argent des Gründli et je n'accepterais jamais, ne fût-ce qu'une miette de pain, de Stephan Julius.

— Ce n'est pas ce dont je veux te parler.

— De quoi, alors ? Puis, s'adoucissant, elle continua : Tu voudrais me prêter de l'argent ?

— Non, lui répondit Rudi. Ce que je possède me vient des Gründli ou de Julius et pour toi, cette source est intouchable. Je n'essaierais même pas de t'en persuader.

Le garçon vint et versa un peu de Fleurie dans le verre de Rudi. Il goûta et donna son approbation.

— Il est délicieux, dit-il à Madeleine. Bois-en un peu.

— Dans quelques instants.

— Non, maintenant.

— Tu as changé, répliqua-t-elle sèchement.

— J'ai quelque chose à te dire, au sujet de notre grand-père.

— Au sujet d'Opi ? Quoi ?

Rudi rompit un morceau de pain et le mastiqua pendant un moment.

— Il y a deux semaines, j'ai surpris une conversation entre Mami et Omi. Elles étaient dans le petit salon d'Omi et la porte était entrouverte. Elles ne savaient pas que j'étais à la maison.

— Continue.

— Elles parlaient d'une lettre laissée par Amadéus et dans laquelle il te léguait tout ce qu'il possédait. La maison, tout ce qu'elle contenait, ainsi que cette sculpture dont tu as parlé, le soir où tu es partie, *Éternité*.

Puis, après une pause, il reprit :

— La chose la plus importante, cependant et, à ce

moment, se penchant au-dessus de la table et prenant un ton confidentiel, est que notre beau-père a détruit cette lettre.

— Avait-il le droit de faire ça? L'avocat, Herr Walther...? C'est lui qui a dû organiser l'inventaire des biens de grand-père.

— S'il ne s'agissait que d'une lettre et non d'un testament en bonne et due forme, répondit Rudi, il l'a peut-être remise sans l'ouvrir. Puisque Stephan payait ses honoraires, il est probable que l'avocat n'a pas jugé bon d'intervenir dans les affaires privées de la famille.

Madeleine réfléchit quelques instants.

— Alors, cela signifie que notre père héritait des biens d'Opi — sauf que Mami et Omi ont obligé Papi à renier ses droits sur l'héritage de grand-père.

Elle hésita, puis reprit :

— Est-ce que cela signifie que notre mère en est l'héritière, ou si cela nous revient à tous deux?

— Je n'en ai aucune idée, répondit-il dans un haussement d'épaules. Mais ça n'a pas d'importance. La vente de la maison aurait dû te rapporter de l'argent dès ce moment, mais en ce qui concerne cette mystérieuse sculpture...

— Elle a disparu, annonça sombrement Madeleine.

— Mais, où est-elle?

Madeleine regarda son frère dans les yeux et ressentit immédiatement un grand soulagement en constatant qu'elle pouvait, après tout, lui faire confiance, qu'il était véritablement son frère.

— Notre père l'a prise, lui dit-elle. Il n'y avait que trois personnes, en plus d'Opi, qui connaissaient sa cachette : Papi, moi et Konstantin.

— Le Russe?

— Opi n'aurait jamais réussi à réaliser cette sculpture sans son aide. Ils ont vécu ensemble pendant cinq ans. Ils s'y sont consacrés totalement, Rudi, en mémoire d'Irina et ça, parce que tous deux l'ont beaucoup aimée.

— Et ces joyaux, tu crois qu'ils étaient vrais?

— Selon Konstantin, la sculpture est sans prix, dit-elle à

voix basse. Les joyaux seuls valent une fortune et si tu consi-dères qu'elle est entièrement faite d'or solide, d'or blanc, et que Konstantin a appris son métier de son père, qui lui-même travail-lait chez Fabergé en Russie.

Elle secoua la tête.

— Elle était exquise et pourtant, je suis certaine que grand-père n'a jamais pensé à la valeur qu'elle pouvait avoir.

— Mais il voulait que tu en hérites.

— Je suis sûre que Papi me la conservera bien précieu-sement.

— En es-tu vraiment certaine ? lui demanda-t-il genti-ment.

— À qui puis-je me fier ? lui demanda-t-elle d'un air de défi. À un homme qui m'a aimée sans restriction, ou à un homme si méprisable qu'il se permet d'ignorer les dernières volontés de mon grand-père ? Sans parler de ma propre mère qui l'a laissé faire.

— Elle se sent coupable, et Omi ne semblait pas plus heureuse. Elles n'en ont pas beaucoup parlé, mais il était évident qu'elles n'approuvaient pas sa conduite.

— Mais elles ne l'ont pas empêché de détruire cette lettre.

— Non.

Rudi la regarda dans les yeux.

— Et c'est précisément pourquoi je veux que tu reviennes avec moi à Zurich.

— Je ne m'abaisserai pas à ça !

— Pas pour les accuser. Je sais que tu ne ferais pas ça. Mais Stephan a volé ce qui te revenait de droit, Maggy, et il serait bien mal venu de te refuser l'argent qui t'appartient.

Pendant qu'ils terminaient leur déjeuner, Rudi s'enquit auprès de Madeleine de l'état d'Antoine, de l'étendue de son handicap, des traitements dont Zeleyev lui avait parlé, et de ce qu'elle entendait faire, maintenant qu'on venait de leur enlever leur gagne-pain.

— Je n'ai pas le choix, n'est-ce pas ? dit-elle, sur un ton las, pendant qu'ils marchaient sur la Place de l'Opéra, au retour.

L'idée même me rend malade, mais si je ne vais pas réclamer ce qui m'appartient, si je ne peux pas m'en servir pour subvenir aux besoins de ma famille...

— Je serai avec toi, lui dit-il en lui prenant le bras et en lui serrant affectueusement la main. Combien de temps te faudra-t-il pour être prête ?

— Je suis prête. Nous irons dès demain. Si j'attends plus longtemps, je serai incapable de les affronter.

Il avait commencé à pleuvoir et les taxis, qui attendaient habituellement devant le Grand Hôtel, avaient disparu. Mais elle ne s'était même pas rendu compte qu'il pleuvait.

— J'amènerai Valentin, mais nous irons à l'hôtel, je ne resterai pas à la maison.

— Bien entendu.

— Et je ne veux rien de spécial, seulement une petite chambre près de la gare, et que pour une nuit. Oh, mon Dieu !

Elle sentit l'angoisse commencer à la tenailler et elle s'agrippa au bras de son frère.

— J'avais juré ne jamais y retourner.

— Tu n'y retournes pas, Maggy, ma chérie.

— J'y retourne en rampant, je ne peux pas supporter cette idée.

— Ne dis pas cela, répliqua-t-il d'une voix cinglante. Tu es incapable de ramper et je t'interdis même de penser de cette façon. C'est une transaction d'affaire, rien de plus, rien de moins. Ils te doivent ça, Maggy. Ils te doivent beaucoup, ils le savent et nous le savons aussi. Tu ne prendras qu'une fraction de ce qui te revient de droit.

Tout au long du trajet, glissant doucement au milieu des belles campagnes, se rapprochant des paysages qui lui rappelaient son enfance, Madeleine essaya de se détendre, mais n'y parvint pas, se rongeant les ongles, l'estomac retourné, un mal de tête lui tenaillant les tempes. Les doutes l'assaillaient, se reprochant d'avoir abandonné Antoine pour toute une journée, craignant de se voir accusé d'utiliser Valentin comme argument émotif et, ce qui était pire, redoutant le moment où elle aurait à affronter Stephan Julius.

Rudi les emmena directement à l'hôtel Central, près de la Hauptbahnhof, cédant à sa demande de ne pas prendre une chambre dans l'hôtel cinq étoiles qu'il aurait plutôt choisi.

— On nous attend à quinze heures, lui annonça-t-il. Dois-je te laisser seule ? Tu pourrais te reposer un peu, te faire monter de quoi manger dans ta chambre — veux-tu que je trouve une gardienne pour Valentin ?

— Non.

Madeleine serrait son fils contre elle à tel point que ce dernier émit un petit cri de protestation. Il avait été si sage pendant le trajet, s'était balancé sur les genoux de sa mère et sur ceux de son oncle, regardant avec fascination les paysages qui se déroulaient de l'autre côté de la fenêtre, puis examinant avec curiosité les autres voyageurs. Enfin, pendant la dernière heure du voyage, il avait dormi profondément.

— Je l'emmène avec moi.

— Es-tu certaine ?

Rudi s'attendait à ce qu'elle ne désire pas que son fils l'accompagne à la Maison Gründli, pour ne pas contaminer sa belle innocence.

— J'essaie d'imaginer cette rencontre selon la suggestion que tu m'as faite. Il ne s'agit que d'une rencontre d'affaire. Seule, je ne suis que l'enfant ingrate, la fugueuse déloyale, avec Valentin, je suis la mère de leur petit-fils, l'arrière-petit-fils d'Omi. Laissons-les voir celui qu'ils ne pourront jamais posséder, ajouta-t-elle avec une lueur vindicative dans l'œil.

La rencontre fut désagréable, rigide, et même un peu triste. Quoique Madeleine crût déceler une petite étincelle de plaisir dans les yeux d'Hildegarde lorsqu'ils se posèrent pour la première fois sur Valentin et, quoiqu'elle perçût un léger trem-blement dans les mains d'Émilie lorsqu'elles se touchèrent briè-vement, l'attitude glaciale de son beau-père trancha rapidement tous ces liens fragiles.

— Selon Rudi, tu es ici pour nous demander quelque chose. Que veux-tu, Magdalen?

Madeleine fit taire toutes les émotions qui bouillonnaient en elle et tenta d'oublier tous les souvenirs douloureux que lui remémorait la vieille maison, de crainte que ceux-ci n'affaiblissent sa résolution.

— De l'argent, dit-elle clairement. J'ai besoin d'argent.

Elle parla simplement, directement et candidement, soulignant le mal dont son mari était atteint et exprimant sa foi dans le traitement qu'on lui avait dit être disponible en Amérique.

— Actuellement, nous ne pouvons pas nous payer le voyage jusqu'à New York. Je dois tout tenter afin d'obtenir la guérison d'Antoine, et c'est pourquoi je suis ici.

— J'ai dit à Maggy que je savais que vous feriez en sorte qu'elle ait tout ce dont elle a besoin, ajouta Rudi, prenant place aux côtés de sa sœur.

— Comment peux-tu en être si certain? lui demanda Julius.

— Ses droits, répondit Rudi.

— Ne crois-tu pas que ta sœur a perdu tous ses droits lorsqu'elle a décidé de quitter cette maison?

Rudi regarda son beau-père dans les yeux et répondit lentement :

— Je ne fais pas allusion à votre argent, ni à la fortune des Gründli. Je pense à ce qui lui appartient à elle.

— Existe-t-il autre chose?

— Je crois que vous savez ce dont je parle.

Une lueur de compréhension passa entre le jeune homme et son aîné, rapidement suivie par un regard d'intense antipathie de la part de Julius. Madeleine fut consciente d'assister à la fin silencieuse d'une relation qui avait dû commencer à s'écrouler lorsque Rudi avait assisté à son mariage, deux années auparavant.

— Stephan, intervint Hildegarde qui ouvrait la bouche pour la première fois. J'aimerais faire une suggestion.

— Je vous écoute, répondit Julius, en se retournant

brusquement vers elle.

Hildegarde n'avait pas beaucoup changé. Madeleine ne se souvenait pas de sa grand-mère autrement que comme une vieille dame âgée, mais encore belle, son formidable masque de dignité et de sévérité ne tombant que très rarement, bien qu'elle eût été très chaleureuse les quelques fois où elle s'était permis de montrer sa tendresse.

— Magdalen, as-tu songé à la possibilité d'amener ton mari et ton fils à la maison ?

— À la maison ?

— Dans ton pays, à Zurich.

— Vous voulez dire : cette maison ? demanda Madeleine froidement.

— Naturellement, reprit Hildegarde. J'ai cru comprendre que vous avez vécu jusqu'à maintenant dans un minuscule appartement situé au quatrième étage, sans ascenseur. Je crois que New York est une ville où l'on trouve encore moins de confort qu'à Paris.

— C'est impossible, répondit gentiment Madeleine.

— Dans cette maison, continua Hildegarde, ton mari pourrait bénéficier d'une chambre que nous pourrions faire adapter entièrement à ses besoins. Ce pourrait être au premier étage, avec accès aux jardins.

Émilie qui était demeurée silencieuse et pâle jusque-là, se hâta d'ajouter :

— Il pourrait se faire traiter par les meilleurs médecins d'Europe, Maggy. Ne serait-il pas plus sage de venir ici, le temps de consulter certains d'entre eux, avant de faire des milliers de kilomètres et de subir un soi-disant traitement qui pourrait n'être que du vent ?

— Peut-être, répondit lentement Madeleine, elle-même surprise par le sentiment de gratitude qui naissait en elle, lui aiguillonnant le cœur.

Elle leva son visage vers sa mère et rencontra son regard.

— Mais ce n'est pas possible. Vous devez en être consciente.

Valentin, assis près d'elle sur la causeuse, commença à montrer des signes d'impatience et Rudi le prit rapidement dans ses bras en lui soufflant doucement des mots tendres dans l'oreille. Le bébé, toujours sensible à l'affection qu'on lui prodiguait, émit un petit rire et, tendant la main, se mit à tirer les boucles blondes de son oncle.

— Accepterais-tu de réfléchir à cette proposition, Magdalen? lui demanda Hildegarde.

— Je n'ai pas besoin d'y réfléchir, Omi.

— En es-tu sûre, Maggy?, demanda à son tour Émilie, détournant son regard de Stephan. N'est-ce pas ridicule de choisir la voie la plus difficile lorsque tu pourrais avoir ici sécurité et confort?

Puis, après une pause, elle continua :

— Et ne dois-tu pas à ton mari au moins de lui demander son avis?

Le salon devint silencieux.

— Je parlerai à Antoine, dit Madeleine, ce à quoi elle ajouta, raffermissant sa voix : Mais aujourd'hui, je suis ici pour réclamer de l'argent.

— Combien?

La question de Stephan, prononcée d'une voix dure et sans émotion brisa aussitôt l'élan de sollicitude démontré par Émilie et Hildegarde et qui avait, pendant un court moment, adouci l'atmosphère.

— Combien nous coûtera cette dernière irresponsabilité?

Après avoir déposé dans le coffre de l'hôtel un chèque au montant de cinquante mille francs suisses, Madeleine alla dîner, ce soir-là, avec Rudi dans un petit restaurant réputé de Zinnen-Gasse. Elle avait refusé qu'une gardienne prenne soin de Valentin, et Rudi avait décidé de l'emmener à cet endroit tenu par deux de ses amis, où le bébé serait bien accepté.

— Comment te sens-tu? lui demanda Rudi, après qu'ils eurent commandé leur repas et que Valentin fut installé confor-tablement dans la chaise haute qu'on lui avait trouvée.

— Épuisée, lui répondit-elle.

— Mais contente d'être venue?

— Oui.

Puis, le regardant intensément, elle continua :

— Tu sais que rien n'aurait été possible sans toi, n'est-ce pas?

— Peut-être.

— Il n'y a pas de peut-être qui tienne. Je ne mérite pas tout ce que tu as fait pour moi.

— Ce que tu dis est insensé. Je suis ton frère.

— Et depuis quand ai-je été une sœur pour toi?

— Les circonstances étaient différentes, fit-il, avec un geste éloquent de la main. Et je sais que si les rôles étaient inversés, tu aurais fait la même chose pour moi.

Puis, caressant le genou potelé de Valentin, il lui demanda:

— Vas-tu faire part de la proposition à Antoine?

— Bien entendu, répondit-elle en hochant la tête.

— Mais tu ne crois pas qu'il choisira de venir à Zurich, dit-il, en devançant sa pensée. Je sais que c'est égoïste de ma part, mais je ne peux m'empêcher d'espérer qu'il acceptera. Je n'aimerais rien de plus que de te voir de retour à la maison.

— Je ne m'y suis jamais sentie chez moi, Rudi.

— Je sais.

— Si jamais Antoine acceptait — Madeleine s'arrêta un moment, car la seule pensée de cette éventualité la rendait malade — alors oui, Antoine aurait tous les soins, tous les conforts. Oui, il pourrait s'asseoir dans les jardins, tout en sachant que sa femme n'aurait plus à travailler vingt heures sur vingt-quatre. Mais le prix à payer serait trop élevé. Antoine et moi perdrions notre individualité et notre liberté — et, ce qui serait pire, notre enfant serait pris en charge par eux, il serait aspiré dans leur monde. Puis, avec un sourire triste, elle ajouta : Ce chèque fera toute la différence, Rudi, quoi qu'il advienne. En dépit de tout, je leur en suis reconnaissante.

— Ils te le devaient, Maggy.

— C'est plus que ce que j'étais prête à accepter.

— Mais cet argent t'appartient, de droit.

— Ils n'ont pas voulu l'admettre.

— Seulement parce que nous n'avons pas insisté, remarqua Rudi.

— Si nous avions insisté, Stephan ne te l'aurait jamais pardonné, et je ne voudrais surtout pas être responsable de cela. Déjà tu sembles l'avoir déçu beaucoup. Penses-tu qu'il finira par oublier cet épisode ?

— Pour être franc, répondit Rudi, je m'en fous complètement.

La rencontre avec sa famille avait épuisé Madeleine, mais l'atmosphère reposante et agréable du restaurant, conjuguée à la présence chaleureuse de son frère, lui rendirent son appétit, ce qui ne laissa pas de la surprendre. Lorsque vint le moment de s'allonger dans son lit moelleux, à l'hôtel, elle était persuadée que son frère avait eu totalement raison de la convaincre de venir réclamer son dû.

Elle ne s'était pas trompée sur la réaction d'Antoine à la suggestion d'aller s'établir à Zurich. S'il avait refusé d'être un poids pour sa propre famille qui l'aimait, il lui répugnait de recevoir une aide quotidienne des gens que sa femme avait fuis lorsqu'elle était encore adolescente. Il avait compris jusqu'à quel point la vie aurait pu être facile et confortable dans la Maison Gründli, il était en outre conscient que les soins médicaux dont il pourrait bénéficier en Suisse seraient au moins aussi avancés que ceux qui étaient disponibles à New York, quoi qu'en pense Zeleyev, mais il savait aussi que Madeleine serait très malheureuse dans cette maison austère, et que sa misère lui serait plus insupportable que tout.

— Si nous avons perdu *Fleurette,* lui dit-il, si nous avons aussi perdu Paris, alors nous devrions tenter notre chance et aller de l'avant. L'Amérique aura au moins le mérite d'être une aventure, ajouta-t-il, avec le premier signe d'optimisme qu'il ait montré depuis plusieurs mois. Cela sera sans doute de loin préférable à une prison dorée.

Konstantin Zeleyev avait eu raison, pensa Madeleine, lorsqu'il lui avait prédit qu'elle trouverait le bonheur à Paris. Le Russe avait été un ami incomparable pour son grand-père et il demeurait la seule personne au monde qui pouvait lui servir de lien avec Alexandre. Il avait été son allié depuis qu'elle avait quatorze ans et, même si elle ne le voyait que rarement, elle lui vouait une confiance sans bornes.

Même lorsqu'il s'agissait de la vie de son mari.

Ils prirent l'avion pour New York, la troisième semaine de février 1964, aussitôt après le deuxième anniversaire de Valentin, après avoir passé deux mois avec les Lévy et Hexi dans leur appartement du boulevard Haussmann, là où Madeleine avait commencé son séjour, huit années plus tôt.

Ils s'envolèrent à midi, d'Orly, et les sept heures du voyage s'avérèrent plutôt éprouvantes. Le Boeing 707 était rempli à pleine capacité, et ce ne fut qu'après le décollage qu'ils s'aperçurent que le passager qui occupait le siège situé immédiatement à l'arrière était allergique à la fumée de cigarette. Antoine ne put résister à l'effet combiné de la privation de cigarette et de l'espace réduit de son siège dans l'avion. Sa détresse se communiqua rapidement à son fils, qui, contre toute attente, cria et pleurnicha pendant presque toute la traversée. Madeleine fit de son mieux pour consoler Valentin et pour calmer son époux, tout en veillant sur lui comme une lionne le ferait, à tel point qu'elle crut que ses cheveux blanchissaient prématurément avec les kilomètres, tandis qu'ils s'approchaient de l'Amérique sous des cieux turbulents.

Zeleyev les attendait à l'aéroport international JFK, avec un fauteuil roulant et une limousine noire et spacieuse. Son étreinte fut le premier moment de détente de Madeleine depuis la matinée. Mais la randonnée sur le Long Island Expressway qui devait les mener à leur destination assombrit bientôt le plaisir de leur arrivée. Tout y était si laid, pensa Madeleine, la route elle-même, les petites maisons bizarres qui donnaient l'impression d'avoir été assemblées avec un marteau et quelques clous, juste pour donner un abri précaire à leurs habitants. Puis, au bout de vingt minutes, la limousine s'avança sur un petit pont et soudainement, la célèbre silhouette de Manhattan se dessina dans le ciel sous leurs yeux ébahis. Madeleine se tourna alors vers son mari, en ressentant une certaine fébrilité, mais le mince visage d'Antoine affichait un tel air de désolation qu'elle faillit demander au chauffeur de faire demi-tour et de retourner immédiatement à l'aéroport.

Zeleyev leur avait réservé une suite à Essex House, un hôtel de quarante étages sur le côté sud de Central Park. On leur montra la chambre, spacieuse, avec vue sur le parc, un lit immense, un petit lit d'enfant pour Valentin et une cuisinette.

— C'est trop pour nous, remarqua Madeleine, en jetant un regard aux tarifs affichés derrière la porte d'entrée. Je croyais que nous allions occuper un petit appartement.

— C'est le cadeau que je vous fais, lui répondit doucement Zeleyev. Après tout ce que vous avez eu à subir, vous méritez un peu de confort.

— Il n'en est pas question, intervint sèchement Antoine. Nous vous remercions pour cette attention, mais nous ne pouvons accepter.

— Vous ne pouvez refuser sans me blesser profondément.

Il caressa sa moustache, encore d'un blond roux et toujours entretenue soigneusement.

— Seulement trois nuits, mon ami. Si vous ne croyez pas pouvoir accepter pour vous-même, souvenez-vous des longues heures de travail de votre femme.

— Je ne sais pas, répondit Antoine, l'embarras lui rougissant les joues.

— Reposez-vous un moment, suggéra Zeleyev, et vous prendrez une décision plus tard.

— N'est-ce pas merveilleux ? demanda Madeleine, après le départ de Zeleyev.

Elle se laissa tomber sur le lit et regarda Valentin qui

rampait avec plaisir sur le tapis moelleux, son petit visage rempli de curiosité pour ce qui l'entourait.

— Et regarde la vue magnifique que nous avons!

— Cette suite ne doit pas se donner! répliqua Antoine d'un ton acide. Où sont mes béquilles?

Madeleine se releva rapidement et les lui apporta.

— Où veux-tu aller? Puis-je t'aider, chéri?

— Je veux aller pisser — ai-je ta permission?

Puis, se levant péniblement, il boitilla jusqu'à la salle de bains.

— Si ton ami avait eu la moindre considération pour moi, il aurait pensé que je devrai m'habituer à deux endroits maintenant au lieu d'un seul.

La porte se referma derrière lui dans un claquement et de chaudes larmes inondèrent le visage de Madeleine, ce qui provoqua immédiatement les hurlements de Valentin. Elle le prit dans ses bras et le serra tout contre elle, sentant sa petite poitrine se soulever avant chaque pleur. Elle souhaitait qu'elle aussi puisse se laisser aller à exprimer ses émotions aussi naturellement.

La porte se rouvrit et Antoine se tint debout en les regardant, dans l'embrasure de la porte, la lumière de la salle de bains faisant un halo autour de sa tête.

— Pardonne-moi, lui demanda-t-il.

— Ne t'en fais pas, lui répondit-elle, en essuyant ses joues mouillées, puis celles du bébé. Je sais comme cela doit être difficile pour toi. Enfin, peut-être que je ne peux pas comprendre exactement comment c'est — mais j'ai l'impression de partager ta douleur.

— Je sais. Ce serait peut-être moins dur pour toi s'il n'en était pas ainsi.

Antoine s'approcha lentement du lit et s'y laissa tomber.

— Il est un peu dur, dit-il, en tâtant le matelas, mais pas si mal, quand même.

— Et il est si grand!

— C'est un bon lit, acquiesça-t-il.

Madeleine, portant toujours Valentin dans ses bras, vint

s'asseoir près de lui.

— Préférerais-tu que nous partions, chéri ?

— Bien sûr que non, répondit-il avec un petit sourire. J'ai été dur. J'ai parfois l'impression d'agir comme un monstre, ces derniers temps. Ton ami a agi pour le mieux — je m'excuserai auprès de lui lorsque je le reverrai.

— Il comprend, j'en suis sûre.

— Je le ferai tout de même.

Zeleyev les appela du hall de l'hôtel deux heures plus tard.

— J'ai pensé qu'il serait bon de faire une petite promenade, avant le coucher du soleil. Si vous vous reposez trop maintenant, le décalage horaire vous gardera éveillés toute la nuit.

— Je ne sais pas, lui répondit Madeleine.

— Le plus tôt Antoine sortira de sa chambre pour visiter la ville, mieux ce sera pour lui, reprit Zeleyev, comprenant l'embarras de Madeleine. Il ne servirait à rien d'échanger une prison contre une autre, ma chère.

— Vous avez raison.

— N'ai-je pas toujours raison ?

Antoine protesta faiblement, puis, se rendant aux arguments de Madeleine, la laissa pousser son fauteuil jusque dans l'ascenseur, puisqu'il était trop épuisé pour utiliser ses béquilles. Après cela, tout se déroula avec tant d'aisance comparativement à ce à quoi il était habitué, tellement plus confortable, avec Valentin assis sur ses genoux, lui souriant, avec le portier de l'hôtel saluant de sa casquette en leur souhaitant un bon après-midi, avec la température encore si belle, malgré le temps frais. Et bien qu'ils savaient être dans le Nouveau Monde, sur un continent étranger, il y avait quelque chose d'indéfinissable à Central Park Sud qui leur rappelait un peu Paris. Le chemin qui bordait le parc était large et sur la rue, les conducteurs klaxonnaient impatiemment et juraient derrière leur volant, alors que les piétons semblaient ne pas voir toute cette circulation, les uns marchant à grands pas volontaires, d'autres se déplaçant lentement, d'un air détaché.

— Regarde les chevaux! dit Antoine à Valentin, lui montrant les calèches rangées le long du trottoir, attendant stoïquement des touristes de février qui n'étaient pas prêts de se matérialiser. Nous t'emmènerons peut-être faire un tour dans l'une de ces calèches, un jour, mon chéri.

— Vous vous rappelez notre promenade en traîneau, à Davos, il y a des lustres de cela? demanda Zeleyev à Madeleine.

— Il n'y a que dix ans de cela, lui répondit-elle.

Ils avancèrent lentement, paisiblement, dans le parc, passèrent sous de grands arbres aux troncs dénudés, virent des attroupements de pigeons, picorant la terre, une paire d'écureuils bondissant plus loin, devant eux.

— Il y a, pas très loin d'ici, un charmant petit étang, leur dit Zeleyev. Je suggère que nous nous y arrêtions un moment — Valentin adorera les canards et les cygnes — et vous pourrez y entrevoir la 5ᵉ Avenue avant que nous retournions à l'hôtel. Ça va, Antoine?

— Ça va bien, lui répondit ce dernier.

— Il y a des chevaux de selle dans ce parc, leur raconta le Russe, et des pistes réservées aux cyclistes. Il y a un immense terrain de jeu situé non loin d'ici, quoique le petit est encore trop jeune pour cela. Il y a aussi un zoo, ce qui pourrait l'exciter un peu — et, s'il neige assez dans les semaines à venir, vous pourrez voir des jeunes skier ou faire de la luge.

Ils sortirent du parc sur la 5ᵉ Avenue, traversèrent la 59ᵉ Rue en face de l'hôtel Plaza, et retournèrent à Essex House en passant devant l'hôtel St-Moritz, où Madeleine sourit à la vue des marquises rayées à l'extérieur du restaurant de l'hôtel, appelé le Café de la Paix. Zeleyev les avisa que dîner ou prendre le thé chez Rumpelmayer était l'un des passe-temps les plus prisés des New-yorkais.

— Les femmes élégantes suivent toujours un régime, ici, leur annonça-t-il, et elles sont toujours confrontées à de gargantuesques morceaux de gâteau au fromage et, même si elles n'oublient jamais d'être vertueuses, les salades qu'elles se permettent pourraient nourrir une famille entière.

Ils se déplaçaient dans un flot continuel de New-yorkais, les uns retournant dans leur foyer après une journée de travail, d'autres, des touristes se baladant, d'autres encore, marchant rapidement vers l'apéritif. Quoique Madeleine ne comprenait qu'à peine l'anglais, dans la cacophonie de toutes ces conversations animées, elle comprit que ce dépaysement, cette étrangeté, présentait une foule d'avantages, même si elle avait par ailleurs ses inconvénients. Et elle se sentit soudainement submergée par une vague de gratitude envers Konstantin pour les avoir sortis de la misère et de la douleur qui étaient devenues leur lot quotidien, et auxquelles ils n'auraient jamais pu échapper s'ils étaient restés à Paris.

De retour dans leur chambre, même Antoine se laissa aller au luxe et au confort. Le service aux chambres leur apporta d'énormes steaks tendres au point de fondre dans la bouche, puis ils prirent de longs bains chauds, débordant de mousse et ils se délassèrent en regardant d'amusants, quoique incompréhensibles feuilletons télévisés. Ils s'abandonnèrent à ce qu'ils réalisaient n'être que quelques jours de repos, de quasi fantaisie, presque de rêves, avant d'avoir à affronter les nombreuses difficultés d'emménager dans un nouvel appartement; avant aussi qu'Antoine n'ait à subir tous les examens de son évaluation médicale au Centre médical du Mont Sinaï, dans moins d'une semaine, maintenant. Pour quelques jours seulement, ils n'avaient à penser à rien, aucune obligation ne les attendait. Ils pouvaient se détendre, sans responsabilités, sans avoir à se remémorer le passé, sans s'inquiéter pour l'avenir; ils pouvaient, pour la première fois depuis longtemps, retrouver le sens d'une vie digne d'être vécue. L'attaque d'Antoine les avait frappés comme un coup de foudre moins d'une année auparavant, mais il leur semblait pourtant avoir perdu leur liberté depuis une éternité.

Ils firent l'amour, ce soir-là et, en soi, c'était presque un miracle. Pour la première fois depuis son attaque, Antoine cessa, comme par magie, d'être obsédé par le sentiment d'impuissance silencieux provoqué par son côté droit amorphe et insensible. Il lui était encore possible, réalisa-t-il soudainement en voyant le regard brillant et la peau translucide de Madeleine, d'exciter et de satisfaire sa femme.

Plus tard, tandis qu'ils étaient étendus l'un près de l'autre dans le grand lit américain, il essaya de lui expliquer:

— C'est comme si notre foyer était devenu une prison et, tant que nous y demeurions, tout m'y rappelait constamment ce que j'étais devenu incapable de faire.

Madeleine ne répondit rien et continua à le caresser tendrement, heureuse qu'il soit enfin capable de lui parler.

— Je savais, parce qu'ils n'ont pas cessé de me le répéter, que j'avais de la chance, que cela aurait pu être bien pire. Mais, plutôt que de me concentrer sur les parties de mon corps qui fonctionnent encore, celles qui n'ont pas été atteintes — la plus grande partie de moi, je suppose — j'ai laissé les mauvaises parties, celles qui ne servent plus, prendre le dessus.

— Toutes les parties de ton corps servent encore, intervint doucement Madeleine et, se soulevant pour s'appuyer sur son coude, elle laissa errer son regard sur le corps d'Antoine, ce qu'elle n'avait osé faire depuis plus d'un an. Tu es encore aussi beau, tu m'apparais aussi parfait que la première fois, le soir où j'ai emménagé chez *Fleurette*. Et je suis certaine que tu deviendras plus fort et que ton état s'améliorera.

— N'espère pas trop, chérie, lui répondit Antoine.

— Mais ça n'a pas d'importance pour moi, tu vois? lui dit-elle. Ce qui est important, c'est ce que tu ressens toi, comment tu te perçois, comment tu perçois la vie, avec quels yeux tu vois Valentin.

Elle prit sa main droite et lui embrassa l'extrémité de chaque doigt, l'un après l'autre.

— Je n'ai pas besoin de plus que ce que j'ai en ce moment, outre que tu sois de nouveau heureux et que tu aimes à nouveau ta vie.

Elle se tut un moment, puis elle lui dit, doucement :

— Nous n'en avons jamais parlé, mais, tous deux, nous avions peur de cet instant, n'est-ce pas?

— Peur de faire l'amour ? demanda Antoine, son regard s'assombrissant. Dans le passé, j'ai rarement eu peur. Jeune, j'ai eu de la chance puis, adulte, j'ai été fortuné. Soudainement, sans raison apparente, je suis devenu lâche.

— Ne dis pas cela, protesta Madeleine. J'avais peur autant que toi. Peu importe ce que les médecins nous disaient, qu'il y aurait probablement plus de bénéfices que de risques, je n'entendais que les mots : « probablement », « risques ».

— La roulette russe.

— Et nous avons gagné, continua-t-elle, en se collant davantage sur lui.

Ils avaient tout laissé derrière eux, pensa Madeleine avec contentement. Elle n'avait pas peur, n'avait pas d'attache, elle se sentait jeune de nouveau. Ils avaient misé beaucoup, ils avaient quitté la ville où ils avaient connu le bonheur et où ils l'avaient perdu et, maintenant, ils étaient étrangers dans un autre pays. Une source de jouvence où il était permis de croire aux miracles.

— Konstantin, Madeleine a raison : vous êtes un bon génie.

— Évidemment.

— Et toujours aussi modeste, ajouta Madeleine en riant.

— La modestie ne sert que les hypocrites, ma chère, lui répondit Zeleyev en les regardant à tour de rôle. Alors, vous pensez que vous serez à l'aise ici ?

— On ne peut pas demander mieux.

— Bien ! En vérité, il s'agit d'un coup de chance incroyable. J'ai parlé de votre situation à ma propriétaire, une digne dame originaire de Moscou, et je lui ai dit que le confort et un environnement plaisant étaient des facteurs essentiels à la guérison d'Antoine. Elle savait, grâce à l'une de ses nombreuses relations, qu'une de ces maisons très convoitées était disponible pour une courte période. Et voilà ! termina-t-il avec un sourire de satisfaction.

Ils ont loué une jolie petite maison de brique sur la Place Henderson, un cul-de-sac donnant sur la 86ᵉ Rue, près de l'avenue East End et du parc Carl Schurz. C'est ce très joli parc qui abritait Gracie Mansion, la demeure officielle du maire de New York. Avec la East River qui coulait à l'autre extrémité du parc et, grâce aux édifices qui l'entouraient et qui comptaient parmi les plus beaux du voisinage, la Place Henderson était un endroit où il faisait bon vivre, un endroit paisible où l'air était pur et frais.

— La maison est de facture anglaise ; elle est inspirée du style devenu populaire au cours du règne de la reine Anne, leur raconta Zeleyev. Originellement, il y avait vingt-quatre maisons reliées. Il n'en demeure plus que quelques-unes. Un peu de réno-vation ne ferait pas de tort et, hélas, il y a quelques marches qui mènent de la rue à la porte d'entrée...

— Il n'y a que cinq marches, intervint Antoine. Après les quatre étages de notre appartement de Paris, ce n'est rien, et puis, l'exercice me fait du bien.

— Si l'exercice vous tente, mon ami, vous devrez m'ac-compagner au gymnase un de ces jours, dit le Russe, un petit sourire lui retroussant le coin des lèvres.

— Vous allez dans un gymnase ? demanda Madeleine.

— Et comment aurais-je gardé la forme, toutes ces années ? répliqua Zeleyev. Toute ma vie, je me suis fait une règle de me garder en bonne santé, de tenir la forme, de rester mince et fort. Ce n'est certes pas le moment d'arrêter.

Antoine esquissa un léger sourire.

— Je crois qu'il faudra attendre un peu avant que je sois prêt à vous accompagner, Konstantin.

— Vous serez prêt à m'accompagner bien plus tôt que vous ne le croyez, mon ami.

— Quel âge a-t-il ? Antoine demanda-t-il à Madeleine une fois le Russe parti.

— Je n'en suis pas sûre. Je n'ai jamais pensé à lui en termes d'âge. C'est un homme qui ne semble pas vieillir.

— Il t'adore, dit Antoine. Il te vénère.

— Il est attaché à moi, je sais.

— C'est beaucoup plus que de l'attachement.

— Tu crois ?

Ils habitaient le premier étage qui comprenait une seule chambre, une petite salle de séjour, une minuscule cuisine et une salle de bains encore plus petite, et le service aux chambres n'était plus qu'un rêve. Néanmoins, l'appartement était d'un luxe inouï après ce dont ils avaient l'habitude dans la rue Jacob. La première journée, Madeleine laissa Antoine seul, bien installé avec un roman, et emmena Valentin sur l'avenue York, puis sur la 1re Avenue, à la recherche de ce qui était maintenant devenu une priorité : un tourne-disque et des disques. Le soir venu, ils se sentaient déjà presque chez eux dans la maison. Le petit réfrigérateur était rempli de nourriture, Valentin s'était endormi dans le lit qu'ils avaient ajouté dans leur chambre. Dans la salle de séjour, une délicieuse odeur de poulet rôti à l'estragon et de ratatouille flottait dans l'air, combinée à celle des gauloises, et Madeleine chantait en chœur avec Hoagy Carmichael.

Le premier rendez-vous d'Antoine avait été fixé à dix heures, le lendemain matin. Tous deux éprouvaient une certaine anxiété, mais, comme à son arrivée à Paris, Madeleine se sentait rassurée par le sentiment qu'ils faisaient ce qui se devait d'être fait. Les New-yorkais qu'ils avaient côtoyés jusqu'à maintenant avaient tous été gentils et accueillants et même, beaucoup plus patients vis-à-vis de leur ignorance de la langue que la plupart des Parisiens ne l'étaient face aux étrangers. La crainte secrète qu'Antoine et Madeleine avaient entretenue à l'idée de venir vivre dans la fameuse jungle de béton qu'était New York, s'atté- nuait. Ils commençaient à donner raison à l'instinct qui les avait poussés à y venir. Même la première impression très négative qu'ils avaient eue, lors de cette première promenade en limousine depuis l'aéroport, était presque oubliée. Ils commençaient même à penser que si la détermination et l'optimisme pouvaient jouer un rôle dans la thérapie d'Antoine, alors sa guérison était presque assurée.

Valentin s'éveilla, en larmes, vers minuit, et Madeleine

sauta du lit pour le prendre dans ses bras et le consoler. Bercé quelques minutes, serré contre sa mère, le petit garçon de deux ans oublia rapidement son mauvais rêve et se rendormit paisiblement.

— Notre fils est tellement facile, dit Madeleine, en se recouchant. Nous avons vraiment de la chance.

— Ma mère m'a toujours dit que j'étais un enfant très docile et très paisible.

Madeleine se blottit contre lui, au centre du lit. Il pouvait ainsi sentir sa chaleur, le long de son côté gauche, son côté encore vivant.

— Il te ressemble tellement, en tout, ajouta-t-elle en souriant.

— Pauvre petit! ironisa-t-il.

— Au contraire, c'est un petit garçon qui a beaucoup de chance.

— J'espère qu'il sera un homme aussi chanceux que moi de t'avoir connue.

Et ils firent l'amour de nouveau et ce fut le moment d'extase le plus doux et le plus pur qu'ils aient connu. Ils se souriaient dans le noir, se regardaient dans les yeux, tandis qu'un sentiment de paix, de joie et d'espoir les envahissait. Plus tard, ils s'endormirent, leurs corps encore enlacés, rassasiés de chaleur et de tendresse.

La première chose dont Madeleine prit conscience lorsqu'elle s'éveilla un peu avant sept heures, avant le réveille-matin, avant même les premiers gazouillis matinaux de Valentin, fut la froideur de la peau de son mari contre la sienne. Longtemps, elle resta immobile, respirant à peine, écoutant, attendant.

Et elle comprit.

Elle se retourna doucement vers lui, pour lui faire face et, sauf pour le rayon de soleil qui caressait maintenant sa chevelure noire désordonnée, il paraissait exactement comme elle l'avait vu avant de fermer les yeux, la veille. Infiniment calme et paisible.

Madeleine jeta un coup d'œil vers le petit lit où Valentin

dormait encore innocemment et elle trouva la force d'étouffer ce besoin presque irrésistible de hurler sa peine et son angoisse. Par un effort de volonté surhumaine, elle demeura complètement silencieuse. Et l'idée lui vint, une pensée errant aux confins de son subconscient, qu'elle pourrait tout simplement aller appuyer un oreiller sur le visage de son petit garçon, pour lui permettre de continuer à dormir ainsi pour toujours, dans l'innocence la plus complète, avant d'avaler tous les tranquillisants d'Antoine et ainsi, mettre fin à tout ceci.

C'est à ce moment que Valentin s'éveilla à son tour. Il s'assit dans son petit lit, très droit, et la regarda en face, lui faisant son sourire du matin. Et elle leva l'index de sa main droite devant ses lèvres pour lui faire signe de rester silencieux. Le garçon se recoucha, enlaçant son ourson dans ses bras, habitué d'attendre patiemment pour ne pas déranger le sommeil de son père.

Madeleine s'étendit de nouveau, dans le dernier lit qu'elle partagerait avec Antoine, et se pressa contre lui, s'imprégnant de sa forme, de son odeur et de son goût, désireuse de marquer sa mémoire de façon indélébile. Puis, très lentement, elle se leva, mit sa robe de chambre, prit Valentin dans ses bras, et se dirigea vers le hall pour téléphoner à Konstantin.

Troisième partie

Maddy
New York

Chapitre 13

Les jours qui suivirent plongèrent Maggy dans un abîme d'amertume et de chagrin. Cette étrange terre qu'Antoine et elle avaient cru être un endroit où les miracles pouvaient encore survenir, ressemblait plutôt à un enfer, à un désert sauvage. Madeleine ne connaissait que deux personnes habitant aux États-Unis, et l'une d'elles n'avait que deux ans. Elle ne comprenait pas la langue qu'on y parlait et personne ne la comprenait. Et elle s'en moquait.

Après que le corps d'Antoine eut été enlevé dans un sac noir de la maison de place Henderson, comme un sac de linge sale destiné à la buanderie, Madeleine s'était retirée de la réalité, de la vie. Elle ne parlait que rarement, ne mangeait plus, et ne survivait que grâce au thé sucré que Konstantin lui faisait boire plusieurs fois par jour.

— Nous devons parler, lui dit-il doucement.

Madeleine ne répondit pas.

— Il y a des arrangements à faire, des décisions à prendre, ma chère.

Pas un mot, un imperceptible hochement de tête fut sa seule réaction.

— Les funérailles. Où devront-elles avoir lieu ? Ici, ou en France ?

Zeleyev était peiné de voir son visage de glace, ses jolis

yeux d'où tout éclat avait disparu, ses pommettes qui semblaient chaque jour plus proéminentes tandis que sa silhouette s'amenuisait.

De l'autre côté de la salle de séjour, Valentin était assis sur le sol et jouait avec un gros chien en peluche dont il avait largement mâchonné l'oreille gauche. De temps en temps, il trottinait jusqu'à sa mère, tirait sur sa jupe, puis face à son silence, s'en retournait.

— Je crois que les parents d'Antoine aimeraient qu'il repose dans leur caveau de famille, en Normandie. Mais vous devez prendre la décision, ma chère. Ils respecteront vos désirs. Si vous pensez qu'il est préférable qu'il soit enterré ici, aux États-Unis...

— Ici ? Non !

Il crut la voir frémir un peu à cette pensée. Il prit sa main, froide et sans vie.

— Alors, ce sera en France.

Il s'occupa de tous les arrangements. Il discuta avec le commissaire et la compagnie d'aviation ; il écrivit des lettres et fit des appels téléphoniques. Puis il prépara leurs bagages et ferma la maison. Huit jours après la mort d'Antoine, il arriva avec une limousine pour emmener Madeleine et Valentin jusqu'à l'aéroport.

Après que leurs bagages eurent été enregistrés et les formalités remplies, Madeleine revint subitement à la vie. Apercevant l'avion, elle s'effondra.

— Je ne pars pas sans Antoine.

— Tout va bien, ma petite, lui dit Zeleyev, essayant vainement de la calmer. Nous sommes avec vous.

— Non !

Et avec une énergie qu'elle ne se connaissait pas, elle le repoussa alors que leurs bagages à main volaient dans toutes les directions.

— Vous ne pouvez pas m'obliger !

Valentin se mit à pleurer, effrayé, mais elle ne lui prêta

aucune attention.

— Où est-il?

Voyant que quelque chose ne tournait pas rond, deux employés vinrent à la rescousse, mais Madeleine les écarta rudement. Elle pleurait, pour la première fois, même si elle ne savait pas pourquoi. Ce petit enfant aux cheveux noirs bouclés et aux yeux bleu foncé la regardait en hurlant de panique, et cet homme aux cheveux roux essayait de la retenir, mais elle ne le laisserait pas la toucher — elle ne voulait que lui.

— Antoine!

Un agent de bord s'avança pour parler à Zeleyev.

— Nous ne pourrons pas la laisser monter à bord dans cet état, monsieur.

— Peut-être qu'un médecin...

Zeleyev regarda autour de lui, en proie à une grande détresse.

— Un tranquillisant, elle a besoin d'un tranquillisant!

Mais personne ne pouvait plus rien pour Madeleine. Les murs semblaient se refermer sur elle, une foule d'inconnus s'était approchée et la fixait sans retenue — elle pensa aux yeux des poissons, au moment où on jette de la nourriture dans un aquarium — Elle ne réalisait pas qu'elle s'était mise à hurler, un cri démentiel, hystérique, et la seule image à laquelle elle avait pu s'accrocher ces derniers jours, l'image d'Antoine, s'éloignait d'elle, hors de sa portée. L'aérogare et la foule grouillante disparaissaient dans un brouillard et elle continuait de hurler sa douleur, sans même s'en rendre compte.

— Que quelqu'un appelle une ambulance, dit un homme.

— Je peux me débrouiller seul, protesta Zeleyev.

— Je ne pense pas, monsieur, répliqua l'agent de bord.

C'est ainsi que le cercueil d'Antoine arriva seul, quelques jours plus tard, au terme de son ultime voyage. La cérémonie eut lieu dans le petit cimetière de Trouville, là où trois générations de Bonnard reposaient déjà. Pendant ce temps, la jeune veuve gisait, complètement anéantie, immobile et silencieuse, dans un lit de l'hôpital Jamaïca dans Queens, à New York.

Quelques jours plus tard, Zeleyev la ramena à son petit appartement, sur Riverside Drive, où il s'était occupé de Valentin pendant l'hospitalisation de sa mère. Le médecin personnel de Zeleyev vint examiner Madeleine et lui prescrivit un léger sédatif et du repos. Elle était trop faible pour protester lorsque Konstantin insista pour qu'elle occupe la chambre avec Valentin ; lui-même s'installerait sur le sofa de brocart.

L'appartement était situé au quatrième étage d'une jolie maison de pierre grise, à trois portes de l'intersection entre Riverside Drive et la 76ᵉ Rue. C'était un tout petit appartement, mais les fenêtres panoramiques de la salle de séjour donnaient sur le boulevard et sur le parc Riverside et, au-delà du parc, sur la rivière Hudson et les Palissades du New Jersey. Cela lui conférait un air étonnamment spacieux. Zeleyev en avait fait un univers saisissant, privé, et le soir, après que les lourds rideaux avaient été tirés, la salle prenait la forme d'une chaude enclave, encombrée de toutes les précieuses reliques qu'il avait pu emporter de Russie et qui lui prêtaient un air exotique.

Madeleine ne se souvenait pas avoir entendu son vieil ami parler de sa foi, mais une belle icône, peinte à la main, était accrochée à l'un des murs, tout près de trois photographies entourées de ravissants cadres. Les deux premières montraient ses parents, son père, austère, portant une longue moustache noire, et sa mère, élégante, aux traits réguliers. La troisième représentait les deux sœurs Malinskaya, Irina et Sofia, jeunes, riantes et très belles, enveloppées de zibeline, leurs longs cheveux noirs remontés haut sur la tête. Quelques objets placés sur une petite table en noyer bien poli rappelaient aussi la gloire passée du temps de Fabergé : un splendide samovar d'argent martelé, une dague à lame recourbée et à poignée de jade, ornée de dorures et enfin, une boîte à cigares en émail rouge guilloché.

— Ces objets m'ont suivi partout, raconta Zeleyev à Madeleine, le troisième soir, après qu'elle fut sortie de sa chambre quelques instants pour prendre un peu de thé. Je les ai emmenés à Paris, puis à Genève, et ils ont même orné la maison de votre grand-père lorsque j'habitais avec lui.

L'appartement était exactement ce qu'il fallait à Madeleine à ce moment-là. Elle venait à peine de sortir de son état quasi catatonique et elle acceptait maintenant de vivre et d'exprimer son chagrin ; les vieux souvenirs et l'univers différent de Konstantin les enveloppaient, elle et son fils et les gardaient en sécurité en attendant que la blessure se referme. Les semaines passaient mais elle ne se hasardait que très rarement à l'extérieur. L'isolement et la solitude de cet univers intérieur étranger convenaient mieux à son chagrin, tandis que le paysage hivernal extérieur, qu'elle avait trouvé si beau à son arrivée, l'effrayait maintenant.

Le printemps revint sur New York et Zeleyev ramenait des nouvelles d'une ville en pleine ébullition. L'Exposition internationale venait d'ouvrir ses portes sous le thème de « La paix par la compréhension » et des centaines de milliers de visiteurs accouraient de partout vers les quelque deux cent cinquante hectares de Queens qui l'abritaient. Dans l'appartement de Riverside Drive, Madeleine ne comprenait pas, pas plus qu'elle ne connaissait la paix. Mais les premiers rayons du printemps amenèrent un changement. Elle fut envahie de culpabilité. Elle avait trahi Antoine. Si elle avait été plus forte, plus rusée, il n'aurait perdu ni *Fleurette* ni Paris. Si elle avait été moins orgueilleuse, moins inflexible, il aurait pu vivre en sécurité à Zurich. Elle l'avait encouragé, convaincu, et peut-être, un peu forcé à venir en Amérique. Elle avait permis que ses propres besoins physiques aient préséance sur les craintes instinctives qu'il avait éprouvées cette dernière nuit. C'était elle qui lui avait enlevé la vie. Et, enfin, elle avait permis qu'il soit mis en terre, seul, sans sa femme ni son fils, sans personne pour déposer des fleurs sur sa tombe. Elle l'avait abandonné et les remords qui la tenaillaient étaient insupportables.

L'appartement devint étouffant et Madeleine commença à sortir, à errer dans les rues, parfois avec Valentin dans sa poussette, mais la plupart du temps seule. Pendant un certain temps, la température se réchauffa et le parc Riverside, avec ses

317

cerisiers en fleur, devint son endroit de prédilection pour s'y asseoir et continuer à se blâmer. Puis la température se rafraîchit de nouveau. Madeleine marcha jusqu'à la marina, au bout de la 79ᵉ Rue, et s'arrêta pour regarder la rivière et les bateaux, le regard fixe, ne voyant qu'à peine les paquebots amarrés aux quais, plus loin sur l'Hudson, claquant des dents, sans se rendre compte qu'elle avait froid.

« *Il y a quelque chose de mauvais en moi* », pensa-t-elle.

C'était la première fois qu'elle reconnaissait avoir un défaut. Après tout, sa famille avait raison. Elle ne valait pas mieux que les deux hommes de la lignée Gabriel qu'elle avait glorifiés, mais qui n'avaient été, elle le voyait maintenant, que des traîtres et des ratés. Hildegarde avait eu raison de condamner Amadéus et Dieu seul savait qu'Alexandre avait même trahi sa propre fille. Les Gabriel savaient comment aimer, mais on ne pouvait pas leur faire confiance, on ne pouvait pas se fier à eux.

Madeleine se mit à ressentir une très grande pitié pour Valentin et commença à prendre soin de lui avec acharnement, jusque dans les plus petits détails, jusqu'au moindre de ses désirs. Elle se mit à l'étouffer d'attentions, déterminée à ne pas le trahir comme elle avait trahi son mari. Pour soulager une partie de sa culpabilité envers Antoine, essayer par tous les moyens de se sentir près de lui, elle fit le tour des bureaux de tabac afin d'acheter des gauloises. Elle en trouva dans l'avenue Amsterdam et se mit à fumer sans cesse, non pas parce qu'elle aimait fumer, mais pour se sentir de nouveau enveloppée par cette odeur familière. Elle n'avait jamais aimé le pastis, mais puisque Antoine l'avait aimé, elle allait régulièrement chez un importateur, dans Broadway et, de retour dans l'appartement de Zeleyev, elle vidait la bouteille jusqu'à l'ivresse, verre après verre, détestant chaque gorgée. Elle s'habillait de noir, selon son habitude à lui, portait l'un des chandails d'Antoine, ne le lavant pas, de peur de perdre à jamais son odeur.

Un après-midi, au début de mai, alors qu'elle s'était assise sur un banc dans le parc Riverside pour fumer une gauloise, une dame d'âge moyen, aux cheveux châtains et dont le parfum bon marché cachait à peine son odeur, vint s'asseoir près d'elle.

— Vous êtes en deuil, dit-elle.

— Pardon ? demanda Madeleine, surprise qu'on s'adresse à elle.

— Vous avez perdu un être cher, reprit cette dame d'un ton affirmatif.

Elle était de Montréal et curieuse. Après avoir questionné gentiment et longuement Madeleine, elle parvint à apprendre son histoire. Elle lui offrit un moyen de se consoler. Un groupe de personnes de sa connaissance se réunissait chaque mois. La réunion avait lieu la fin de semaine suivante. Si Madeleine arrivait à entrer en contact avec son mari, cela pourrait l'aider à poursuivre sa vie. Madeleine s'y rendit. C'était dans un appartement situé dans le quartier des textiles, au coin de la 36e Rue et de la 8e Avenue. C'était un quartier où, durant la semaine, un flot continu d'employés couraient sur les trottoirs, les bras chargés d'échantillons de tissus, ou poussant des portemanteaux pleins de robes et d'habits, chacun se hâtant, s'injuriant, développant des ulcères. Toutefois, le quartier devenait étonnamment tranquille, les dimanches après-midi, et l'appartement avait un air d'irréalité et sentait l'encens. Madeleine paya quinze dollars à l'homme qui gardait la porte, vint s'asseoir à une table ronde et tint les mains d'une vieille Allemande et d'une jeune fille de Brooklyn qui venait de perdre ses parents. Le médium qui dirigeait la séance essaya en vain d'entrer en contact avec les disparus. Après quoi, Madeleine prit un autobus pour retourner sur Riverside Drive et, ne pensant même pas à nourrir Valentin, se mit à boire du pastis jusqu'à sombrer dans l'oubli.

À la fin du mois, convoqué par Konstantin, Rudi Gabriel arriva à New York. Effrayé par la fragilité de Madeleine et par son expression hagarde, il vida sa dernière bouteille de pastis dans l'évier de la cuisine et fit du café pour la rendre un peu sobre.

— Pouvez-vous garder Valentin ? demanda-t-il à Zeleyev.

— Tout ce que vous voulez, lui répondit le Russe, tendant

les mains dans un geste de désespoir. Je n'en peux plus, rien n'y fait — je commence à craindre pour sa santé mentale.

— Je vais l'emmener à mon hôtel, si je réussis à la convaincre. Peut-être que ce changement l'aidera à reprendre ses esprits, à redevenir un peu elle-même.

— Elle acceptera, lui dit Zeleyev. Elle ne lutte plus, elle accepte tout, comme un mouton.

Puis, baissant la voix, il ajouta :

— Elle est remplie de haine pour elle-même, mon ami, c'est ça le pire.

Rudi prit un taxi avec Madeleine jusqu'au Plaza, la mena en haut de l'escalier, recouvert de tapis, qui faisait face à la Fontaine de l'Abondance. Elle passa, sans les voir, à côté des plates-bandes de magnifiques fleurs printanières. Puis il l'emmena dans sa luxueuse suite aux plafonds hauts et au ravissant mobilier. Là, il la déshabilla, comme si elle était une petite fille, lui fit couler un bain chaud et rempli de mousse odorante. Enfin, il fit monter de la crème de poulet, des biscottes et de l'eau minérale.

— Je ne peux pas manger, dit-elle faiblement.

— Je vais te faire manger.

— Non.

— Peut-être veux-tu mourir, toi aussi ?

— Oui, répondit-elle.

— Tu voudrais que Valentin devienne orphelin ? Tu réalises qu'ils se hâteraient de l'emmener à la Maison Gründli et que ce serait Stephan qui l'éduquerait ? Ce pauvre petit oublierait complètement sa mère et son père, il serait adopté et porterait le nom de Julius et, quand il serait grand, il deviendrait marchand d'armes comme Stephan.

— Je n'ai pas faim !

— Et si tu deviens folle, on devra te placer dans un asile et l'avenir de Valentin sera le même. C'est ce que tu veux, Maggy ?

— Ne m'appelle pas ainsi ! répliqua-t-elle. Il y a des années que Maggy n'existe plus, continua-t-elle d'une voix tremblante. J'ai inventé Madeleine, ma deuxième journée à Paris, en me réinventant, en quelque sorte, je suppose. Maintenant, même cette Madeleine n'existe plus...je ne sais plus qui je suis.

Elle commença à pleurer, les larmes coulant doucement au début et, lorsque son frère la prit dans ses bras, en la berçant et en lui murmurant des petits mots de réconfort, sa tendresse, sa chaleur et la mémoire tragique de ses derniers jours précieux passés avec Antoine à Essex House, achevèrent d'ouvrir les digues. Elle avait vécu son deuil de plusieurs façons jusqu'à maintenant et, même s'il lui était arrivé de pleurer, ses larmes ne lui avaient encore apporté aucun réconfort, aucun soulagement; elle était incapable de lâcher prise. Maintenant, dans les bras de son frère, Madeleine pleura jusqu'à en être secouée dans la fibre la plus profonde de son être. Ses lourds sanglots s'exprimaient par des spasmes qui secouèrent son corps jusqu'à l'épuisement total. Rudi la laissa pleurer, ensuite il lui fit avaler quelques cuillerées de soupe, puis il la laissa sangloter encore quelques instants, jusqu'à ce qu'elle s'endorme. Elle dormit paisiblement de longues heures, d'un sommeil qui, pour la première fois depuis plusieurs mois, n'était pas agité, ni entrecoupé de réveils subits et de cauchemars. Le matin, après lui avoir servi son petit déjeuner au lit, qu'elle avala sans mot dire, il lui demanda gentiment ce qu'elle avait l'intention de faire.

— Que puis-je faire? demanda-t-elle d'une voix terne.

— Tu as le choix, lui dit Rudi. Tu pourrais revenir à la maison avec moi. Tu y serais installée confortablement et tu pourrais donner à Valentin toute l'attention nécessaire. N'oublie pas que je serais là aussi, avec toi.

— Tu sais que je ne ferai jamais cela.

— Tu pourrais retourner à Paris. Là, au moins, tu as de bons amis qui prendraient soin de toi, qui t'aideraient à recommencer. Ou encore... tu peux recommencer une nouvelle vie ici.

— Ici?

Les mains de Madeleine se mirent à trembler et elle déposa sa tasse de café sur le plateau du petit déjeuner.

— Ici, où j'ai perdu Antoine?

— Les choses terribles arrivent n'importe où, tout comme les événements merveilleux, d'ailleurs.

Puis, d'une voix basse, à peine audible, il ajouta :

— Antoine aurait pu mourir à Paris, Maggy, ou s'il était allé en Normandie, ou à Zurich, ça aurait pu tout aussi bien lui arriver là-bas aussi.

— Mais c'est ici que c'est arrivé.

— Alors, retourne à Paris.

— Sans Antoine ? rétorqua-t-elle en secouant la tête. Je ne sais pas si je pourrai jamais y remettre les pieds, Rudi. Nous avons vécu une vie tellement remplie dans cette ville, tu sais. Comme s'il n'y avait plus de lendemain. Nous avons vécu comme si nous avions su d'avance que le temps nous était compté !

Rudi prit le plateau et le déposa sur la petite table roulante recouverte d'une nappe blanche que le garçon d'étage avait apportée.

— Si tu décidais — quand tu seras prête à prendre cette décision — dit Rudi, sans finir sa phrase.

— Oui ?

— Si tu restes à New York, je viendrai y vivre aussi, répondit-il en se tournant vers elle.

— Que veux-tu dire ?

— La banque a un bureau ici, tu te souviens ? Je crois que si je demande à être muté, cela ne sera pas refusé.

Il prononça ces paroles rapidement, en haussant les épaules. Puis, levant les yeux, il demanda :

— Pourquoi me regardes-tu ainsi ?

— Tu ferais cela pour moi ? répondit-elle, d'une voix qui trahissait son émotion. Malgré la manière dont je t'ai traité ?

— Je crois que nous avions décidé de ne jamais en reparler, que tout cela était du passé. Oui, je ferais cela pour toi, et aussi pour moi.

— Je croyais que tu étais heureux à Zurich ?

— J'adore la ville de Zurich, j'aime la Suisse. Mais ce sont les gens qui sont importants, n'est-ce pas ?

— C'est ce que je pense aussi. Mais notre mère ? Et Omi ?

— Tu sais que j'ai beaucoup d'affection pour elles, dit-il, son visage devenant plus sombre. Mais si elles avaient à choisir entre lui et moi, Maggy, c'est lui qu'elles choisiraient.

— Tu veux dire Stephan ?

— Bien entendu, répliqua-t-il en se forçant à sourire. Mais cette conversation est prématurée, Maggy.

Puis il ajouta avec une grimace :

— Je ne peux m'empêcher de t'appeler comme ça — c'est encore ainsi que je pense à toi.

— Ça ne fait rien, dit-elle doucement. Veux-tu m'en parler, Rudi ? De ce qui est arrivé à la maison ?

— Pas maintenant. Il s'assit au bord du lit. Je voulais seulement que tu saches que si tu restais ici, tu ne serais peut-être pas seule. Mais il est encore trop tôt pour prendre une telle décision. Il faut d'abord que tu te reposes.

— Mais Valentin...

— Il est entre bonnes mains.

— Konstantin ? demanda-t-elle, en s'appuyant contre les confortables oreillers de l'hôtel. Pauvre cher Konstantin ! Je ne puis imaginer quel enfer cela a dû être pour lui. Il a tout fait pour moi, tout, et j'ai été — sa voix s'éteignit dans un tremblement.

— Dors, Maggy.

Il lui prit la main.

— Et quand tu te réveilleras, il faudra que tu manges encore un peu, puis tu pourras te reposer de nouveau. Et si tu as envie de pleurer, pleure. Ne garde pas cela à l'intérieur de toi, c'est pire. Laisse-toi aller.

— Et toi ? demanda-t-elle.

— Je serai ici, tout près.

Deux jours plus tard, ils allèrent prendre Valentin sur Riverside Drive, pour donner un peu de répit à Konstantin et pour lui permettre de retourner prendre sa place dans l'atelier du Marché des Joailliers, sur la 47e Rue, où, avait-il dit à

Madeleine, il pouvait travailler aux heures qui lui convenaient, comme il sied à un homme de son expérience et de son âge. Madeleine et Rudi étaient unanimes, Zeleyev était un être extraordinaire. Il avait plus de soixante-dix ans, pensait-elle, et il n'en paraissait pas soixante, avec le corps d'un quinquagénaire, grâce à l'exercice qu'il faisait régulièrement au gymnase.

— Ce fut le premier homme qui me fit prendre conscience que j'étais devenue une femme, dit-elle à Rudi, portant Valentin sur les genoux, à l'arrière d'un taxi. Il ne m'a jamais regardée comme une enfant, pas l'ombre d'un instant. Plus tard, lorsqu'il vint à Paris, il était vraiment furieux que je travaille comme bonne. Il était convaincu que je devais être chanteuse, devenir une célébrité.

— Il t'aime beaucoup.

— C'est ce qu'Antoine disait, aussi.

Puis, avec un petit sourire entendu :

— Je crois qu'il essaie de compenser pour l'absence de Papi. J'ai souvent eu l'impression qu'il se blâmait pour cette nuit, celle où Papi nous a quittés.

— Peut-être.

— Que veux-tu dire ?

— Rien. Seulement qu'il ne me donne pas l'impression de te regarder avec des yeux très paternels.

— Et comment me regarde-t-il alors ? demanda-t-elle en donnant un baiser sur la douce tête de Valentin.

— Comme un homme regarde une belle femme.

— Konstantin ne saurait regarder une femme autrement, dit-elle dans un sourire.

À un coin de rue du Plaza, se trouvait F. A. O. Schwarz, le plus grand magasin de jouets que Madeleine ait jamais vu. Elle permit à Valentin de s'y promener librement pendant plus d'une heure et demie, et ses petits cris de ravissement et de joie firent plus pour calmer les angoisses et le mal de vivre de Madeleine que tout le reste au cours des derniers mois. Le gamin ressortit fièrement du magasin en tenant, sous son bras, un magnifique écureuil de peluche au sourire attrayant. Ils s'achetèrent des hot dogs, de la choucroute, et Rudi insista pour que son neveu goûte son premier Coca-Cola, puisqu'il avait l'âge de le faire, selon lui. Puis ils marchèrent jusqu'à Central Park, tout près, pour pique-niquer. Valentin recracha sa boisson, réussit à mettre de la moutarde et de la sauce tomate sur tous ses vêtements, et prit beaucoup de plaisir.

— Es-tu prêt à me parler, maintenant, demanda Madeleine à son frère.

— Oui, mais pas ici, répondit-il en hochant la tête.

Il regarda autour d'eux, s'imprégnant de la beauté de ce magnifique début de soirée printanier, de l'air frais et parfumé qui disparaîtrait, dès la fin du mois, et admirant le vert tendre de l'herbe et du feuillage qui serait remplacé par un brun croustillant au mois d'août.

— Ce moment est trop parfait, je ne veux pas le gâcher.

Ce ne fut qu'après le coucher du soleil, lorsque Valentin fut endormi dans le petit lit que la direction de l'hôtel s'était empressée de leur faire monter, qu'il se mit à parler.

— Lorsque j'étais très jeune, dit-il, je crois que j'étais la prunelle des yeux de notre mère. Je ne suis pas certain de me souvenir de cela, mais elle me l'a dit très souvent. Et, lorsqu'elle épousa Stephan, je devins conscient d'être son préféré, en particulier puisque tu lui montrais que tu ne l'aimais pas, je pense.

— Je le détestais.

— Pas moi. Il était bon pour moi, il rendait Mami heureuse, et il m'apportait très souvent des cadeaux. Il m'a gâté, alors je l'aimais.

— Ce n'est pas un crime, dit-elle doucement.

— Après que tu as quitté la maison, j'ai été considéré encore longtemps comme un enfant en or. Pas parce que j'étais quelqu'un de spécial, mais à cause de la différence qu'il y avait entre toi et moi. J'ai toujours préféré le calme, je détestais les affrontements que je crois que tu provoquais.

— C'est vrai.

— Je savais que tu me blâmais de ne pas partager l'opinion que tu avais de notre beau-père, ni ta foi en notre vrai père. J'ai aussi réalisé à ce moment-là que tu ne t'étais jamais rendu compte de tout l'amour que j'avais pour toi. La nuit où tu as quitté la maison, je t'ai vue partir, tu sais. Je t'ai regardée, par la fenêtre, je t'ai vue t'enfuir avec Hexi et ta petite valise, et je me souviens d'avoir pleuré, espérant que tu te retournes et que tu me voies.

— Mais je ne me suis pas retournée.

Madeleine se leva de son fauteuil et vint s'asseoir près de lui sur le sofa recouvert de velours.

— Je suis désolée, Rudi. Si je m'étais rendu compte de l'importance que j'avais pour toi — dit-elle, puis elle hésita.

— Tu serais tout de même partie. La seule différence aurait été que tu te serais sentie coupable. Cela ne nous aurait aidés ni l'un ni l'autre.

Rudi avait terminé ses études avec des résultats respectables, sinon brillants, et c'est à ce moment qu'il avait dû affronter Stephan pour la première fois. Ce dernier avait présumé que Rudi travaillerait dans les Entreprises Julius. Stephan avait espéré trouver un jeune homme digne de confiance qui le seconderait dans ses affaires, quelqu'un qu'il pourrait modeler, en faire son protégé, mais il avait oublié la nature pacifiste de Rudi. Dans son enfance, Rudi avait toujours évité de jouer avec les armes et les soldats de plomb que son beau-père lui rapportait en grand nombre. Mais cela n'avait pas inquiété Julius, surtout parce que ce garçon était tellement plus facile à contrôler que sa sœur. Stephan était persuadé que le service militaire éliminerait toute trace de faiblesse et, après dix-neuf ans, lorsque la loi et l'armée l'obligeraient à conserver et à entretenir chez lui sa propre carabine, il devrait alors surmonter son antipathie. Longtemps avant son entraînement militaire, Rudi savait que rien ne le changerait et, avec une obstination qui ne lui ressemblait pas, il demanda à joindre les rangs du personnel de la banque Gründli.

— Je savais qu'il y avait probablement eu une confrontation entre vous, lui dit Madeleine. Lorsque je suis allée à Zurich avec toi, Stephan s'est montré incapable de cacher une certaine déception à ton égard. J'ai alors pensé qu'il ne te pardonnait pas d'entretenir une correspondance avec moi, ni que tu sois venu à mon mariage, à Paris.

— Il aurait accepté cela, et même mon refus d'aller travailler aux Entreprises Julius, si je ne l'avais pas déçu d'une autre façon, encore, répliqua-t-il d'un ton amer.

— Quoi donc ? demanda Madeleine.

Rudi la regarda dans les yeux et, sans broncher, lui annonça :

— Je suis gai. Je suis homosexuel, Maggy.

Elle demeura silencieuse.

— C'est à ce moment-là que les choses se gâtèrent, lorsque j'ai su que je devais leur apprendre la vérité. Ce fut la goutte qui fit déborder le vase pour Stephan.

L'acceptation de sa sexualité avait été douloureuse pour Rudi, et il lui avait fallu du courage pour en faire la révélation à ses parents. Il avait souhaité leur compréhension et leur appui, mais il avait été déçu brutalement. Julius n'avait fait aucun effort pour cacher son dégoût et son dédain et depuis lors, il avait invariablement traité Rudi avec le mépris le plus glacial.

— Et Mami ? demanda Madeleine. Elle a sûrement dû t'aider ? Peu importe ce que je ressens pour notre mère, je ne peux pas imaginer qu'elle cesse de t'aimer pour une raison quelconque.

— Tu as raison. Elle me fait comprendre, discrètement, de temps en temps, qu'elle m'aimera toujours quoi que je devienne, répondit-il d'une voix devenue triste et amère. Mais elle aussi considère que c'est un crime, ou au moins, un grave péché.

Un rictus tordit sa bouche.

— Et elle aime encore Stephan, elle adore être Mme Julius. Jamais elle ne l'affronterait ouvertement.

— En effet, acquiesça Madeleine.

— Et toi, Maggy ? lui demanda-t-il. Comment te sens-tu par rapport à moi, maintenant que tu sais ?

— Comment peux-tu oser me le demander ?

— Je n'ai pas le choix.

— D'accord. Il y a deux aspects à cette question. D'abord, ce que je ressens pour toi, mon frère, c'est la partie la plus facile. J'ai laissé les dix-huit premières années de ta vie s'écouler sans même me rendre compte de l'importance que tu avais pour moi. À partir du moment où mes yeux se sont posés sur toi, lors de mon mariage à Paris, j'ai su que je ne saurais jamais t'exprimer totalement les sentiments que j'éprouve à ton égard.

Elle prit sa main dans les siennes, et la serra fermement.

— Tu n'as cessé de me surprendre depuis ce jour, Rudi. Je ne pouvais pas imaginer à quel point tu es courageux, gentil et généreux.

— Et maintenant, je te surprends de nouveau.

— Cela n'a aucune importance pour moi — pourquoi en serait-il autrement? Tu es qui tu es — tu es Rudi Gabriel, et tu es tout ce que je viens de décrire, sauf qu'en plus, je sais maintenant que tu es gai.

— C'est le deuxième aspect de la question, n'est-ce pas?

Madeleine acquiesça.

— Si tu me demandes ce que je pense de l'homosexualité, c'est un peu plus difficile de répondre. D'abord parce que je n'y ai jamais réfléchi. À Paris, j'ai connu quelques homosexuels, des hommes, et des femmes aussi. Patrick, l'assistant de notre chef, vivait avec Jean-Paul, l'un des garçons de table. C'était comme cela, c'est tout. La pensée ne m'est même jamais venue de m'interroger sur le sujet. Dans le cas de Gaston, bien entendu — tu te rappelles Gaston Strasser?

— Ton professeur de chant?

— Dans son cas, cela a été terrible, mais parce qu'il a vécu sous le régime nazi. Je sais qu'il a horriblement souffert, mais sa situation était différente. Ces gens étaient des monstres. Elle fit une pause. Et toi, tu as déjà été amoureux?

Rudi sourit, ne s'attendant pas à cette question si soudaine.

— Une fois, seulement, répondit-il. Il s'appelait Jürg, et nous nous sommes rencontrés peu après mes dix-neuf ans. C'est fini maintenant, mais nous nous sommes vus pendant deux ans.

Leur idylle s'était terminée, raconta-t-il à Madeleine, lorsque subitement, l'autre homme s'était fiancé à une jeune fille que lui avait présentée sa famille. Rudi s'était senti plus blessé par la duplicité de Jürg que par le fait lui-même. Mais sa colère l'avait soutenu tout au long de la période difficile de la fin de leur relation. Toutefois, l'épisode l'avait rendu prudent. Il comprenait maintenant que certains savaient passer facilement d'une relation à une autre sans le moindre regard vers le passé, alors que lui-même, qui n'avait fréquenté presque personne auparavant, vivait des amours passionnés.

— Je crois que je suis comme cela, continua-t-il, le ton légèrement amer. Les personnes que j'aime représentent tout pour moi.

— C'est ce qui rend encore plus difficile le fait qu'elles te laissent tomber.

La détérioration de ses rapports avec Stephan était, admit-il, l'une des principales motivations qui le poussaient à vouloir venir à New York. Il pensait qu'il rendrait ainsi la vie plus facile à Émilie, en la laissant seule avec son mari. Si jamais Madeleine décidait de demeurer en Amérique, il pourrait se faire muter dans les bureaux de Manhattan de la banque Gründli et ils pourraient de nouveau être près l'un de l'autre.

— Je ne sais même pas ce que tu fais à la banque, lui dit Madeleine.

— Je m'occupe principalement des investissements de particuliers — je n'ai pas encore de poste important, bien entendu. Contrairement aux institutions plus modernes, cela prend des dizaines d'années avant d'occuper un poste de responsabilité à la banque Gründli. Il se leva. Je ne serai jamais un chef de file et je n'aurai jamais ta force de caractère, Maggy.

— Tu te trompes, protesta-t-elle. Et tu es courageux.

— Uniquement lorsqu'on me pousse à bout. Il émit un petit rire. Mais je suis un travailleur acharné, et je crois que les personnes avec qui j'ai travaillé me respectent. Je ne suis une menace pour personne et, si je demande une mutation, il n'y a aucune raison pour qu'on me la refuse.

Madeleine se leva, elle aussi, et se dirigea vers la fenêtre. Un léger brouillard pourpré tombait sur le parc, les automobiles circulaient librement sur Central Park South en ce début de soirée, et leurs feux allumés projetaient sur la cité une étrange impression de sérénité.

— C'est très joli, ici, dit-elle doucement. C'est si facile de s'habituer au luxe.

— Tu peux continuer à vivre dans ce luxe, si tu le désires.

— Je ne crois pas.

— Réclame ton héritage, Maggy.

— C'est ce que j'ai fait lorsque je suis retournée avec toi à Zurich. Notre grand-père ne possédait rien de valeur, sauf *Éternité*, bien sûr, et même si je l'avais en ma possession, je ne m'en séparerais pas.

Rudi regarda sa sœur.

— Tu dis que je suis fort, mais c'est faux. Si je quitte la Maison Gründli, ce sera pour m'installer dans un appartement luxueux. J'aime vivre dans le confort dans lequel j'ai grandi. J'en ai besoin.

— Il n'y a rien de mal à ça, Rudi.

— Je dois retourner là-bas bientôt, dit-il. Crois-tu que je peux te laisser seule ?

Elle hocha la tête lentement.

— Je crois. Grâce à toi.

Ils s'approchèrent tous deux du petit lit de Valentin. Le garçon reposait sur le dos, les bras loin du corps, les lèvres légèrement ouvertes. Madeleine se pencha et lui caressa doucement les cheveux.

— C'est de lui dont j'ai besoin, dit-elle, très doucement. J'ai aussi besoin de son père, mais je sais qu'il ne reviendra jamais.

Elle sentit sa gorge se serrer, comme si souvent dans les dernières semaines, et elle réprima les larmes qui lui venaient.

— J'aimerais beaucoup que nous soyons près l'un de

l'autre, Rudi, plus que je ne puis l'exprimer.

— Ta décision est prise, alors ? Tu resteras ici, à New York ?

— J'essaierai.

— Ce ne sera pas facile.

Comme celle de Madeleine, la voix de Rudi n'était plus qu'un souffle.

— Tu as besoin de sécurité, au moins pour ton fils si ce n'est pour toi.

— Je suis capable de travailler dur. J'y suis habituée maintenant.

Puis en lui souriant elle ajouta :

— Je sais que tu veux m'aider, je le sens, même lorsque tu n'en parles pas. Mais tu devras accepter que je vive ma vie comme je l'entends, Rudi.

— À la seule condition que tu me permettes de vous aimer, toi et ton fils.

— Ça, je te le permettrai toujours.

Rudi retourna à Zurich afin de préparer son départ pour New York pendant que Madeleine revenait à la vie petit à petit, douloureusement. Il était inconcevable à ses yeux qu'elle connaisse de nouveau le bonheur et cela n'avait aucune importance, mais elle avait l'impression d'émerger d'un long sommeil sans rêve, d'un sommeil de mort. Son deuil, le fait qu'elle continue à vivre sans Antoine, était une blessure qu'elle ressentait chaque jour aussi vivement, mais elle avait recommencé à s'intéresser aux gens qui l'entouraient et, surtout, à Valentin.

Zeleyev continuait d'être son pilier, inébranlable comme le roc ; elle savait qu'elle pouvait compter sur lui, pour les questions pratiques comme pour son support moral et affectif. De son côté, il était toujours prêt à l'entourer de tendresse et d'attentions. Il l'emmena à l'Université Columbia, une quarantaine de coins de rues plus loin, dans le West Side, et l'aida à s'inscrire à des cours d'anglais qu'elle suivrait trois soirs par semaine. Conscient de sa fierté et de sa dignité enfin retrouvées, il accepta, après qu'elle eut insisté, de reprendre sa chambre et, même s'il était encore impensable qu'elle se cherche un appartement, il l'encouragea à entreprendre des recherches en vue de se trouver un gagne-pain.

— Je peux garder Valentin pendant que vous cherchez un emploi.

— Et votre travail ?

— Je vous l'ai dit, je peux travailler aux heures qui me conviennent et même la nuit.

— Il y a une limite à ce que je peux exiger de vous, Konstantin.

— Pourquoi ? Parce que je suis vieux ?

— L'âge n'a rien à voir, lui répondit Madeleine.

— Vous croyez vraiment ce que vous dites ?

— Tout au long de mon enfance, j'ai souffert de discrimination à cause de mon jeune âge. Les gens accordent beaucoup trop d'importance à l'âge.

— Alors vous ne me considérez pas comme un vieil homme ? lui demanda Zeleyev avec une petite lueur dans l'œil.

— Jamais.

— Moi non plus.

Puis il changea de sujet :

— Et votre carrière ? Qu'advient-il de votre chant ?

Il continuait de croire qu'elle avait du talent et, selon lui, New York n'attendait qu'à la découvrir et à la récompenser.

— Ma carrière n'a plus aucune importance maintenant.

— Pourquoi ? Parce qu'Antoine n'est plus là ? Malgré votre jeune âge, la vie ne vous a rien épargné jusqu'à maintenant, Madeleine. Accordez-vous au moins cette chance.

— Je n'ai pas été si malmenée.

— Oh oui ! Je suis bien placé pour le savoir, ajouta-t-il, un soupçon d'amertume dans la voix. Je sais très bien ce qu'on peut ressentir dans cette situation.

— À quoi songez-vous ? lui demanda-t-elle.

Il secoua la tête, se forçant à éloigner les ombres de son passé.

— Ce n'est pas si important, ma chère.

— Vous ne vous plaignez jamais, Konstantin. Et pourtant, vous avez dû vivre tant de choses. Je ne vous ai jamais entendu même faire allusion à de mauvais souvenirs.

— C'est parce que j'ai appris à les affronter à ma façon. Je fais de l'exercice, je prends soin de mon corps — et je bois de la vodka.

— Et les femmes ? lui demanda-t-elle avec un sourire complice. Je sais que vous aimez les femmes, et elles vous le rendent sûrement.

Zeleyev s'empourpra soudainement, mais les yeux verts qui la fixaient ne bronchèrent pas.

— Bien sûr, dit-il.

Puis il ajouta :

— Je suis optimiste de nature, ma belle. C'est là mon grand secret.

À la fin du mois de septembre, Zeleyev reçut une lettre d'Alexandre Gabriel qu'on lui avait fait suivre depuis la boîte postale qu'il avait conservée à Paris. Madeleine était absente lorsqu'il l'ouvrit pour la lire. Gabriel lui écrivait qu'il était à Paris et qu'il était dans une situation très précaire. Pour la première fois, il donnait une adresse où on pouvait le joindre. Il suppliait son vieil ami de venir à son aide.

Ne révélant rien à Madeleine, Zeleyev s'envola pour la France deux jours plus tard, sous prétexte d'un voyage d'affaires. Arrivé à Orly à vingt-deux heures, il prit une chambre au Crillon, son hôtel préféré, et en ressortit aussitôt pour grimper dans un taxi qui l'emmena rue Clauzel, près de Pigalle.

Apercevant la maison, Zeleyev eut une petite moue de dégoût. L'immeuble lui-même était très vieux et dans un état lamentable. Il manquait plusieurs marches d'escalier, la rampe était rouillée et une franche odeur d'humidité et de moisi flottait dans l'air.

Il frappa à la porte située sur le dernier palier. Pas de réponse. Frappant plus fort de son poing fermé, il cria :

— Gabriel, c'est moi, Zeleyev.

Le silence persista, puis il entendit un bruit de pas traînant de l'autre côté de la porte.

— Je suis seul, Alexei — ouvre !

La clef tourna dans la serrure et la porte s'ouvrit.

— Konstantin, dit Alexandre dans un soupir de soulagement.

— Je croyais que tu allais me laisser poireauter sur ce palier infect.

— Entre, entre — même si ça ne vaut guère mieux à l'intérieur.

Alexandre referma la porte et se hâta de tourner le verrou.

— Merci d'être venu !

Zeleyev le regardait fixement, incapable de masquer le choc qu'il éprouvait à sa vue. L'homme qui se tenait devant lui n'avait pas encore cinquante ans, mais il en paraissait facilement dix de plus que le Russe. Il ne restait plus trace de son abondante chevelure blonde. Son crâne dégarni ne supportait plus que quelques mèches décoiffées et grisonnantes. Sa bouche était entourée de rides profondes, ses lèvres étaient fendillées et il n'était pas rasé.

— Je ne suis pas beau à voir.

— Non, lui répondit franchement Zeleyev.

— Je te remercie d'être venu, répéta Alexandre d'une voix rauque. Il sortit de la poche de son pantalon un mouchoir à la propreté douteuse et s'essuya le nez, brusquement, comme un garçon déterminé à ne pas montrer ses larmes.

— Tu savais que je viendrais, lui répondit Zeleyev. Mais pourquoi maintenant ? Pourquoi as-tu attendu si longtemps ?

Et, pensant à Madeleine et à toutes les épreuves qu'elle avait traversées, il fut content de ne pas lui avoir dit pourquoi il allait à Paris.

— J'ai besoin d'aide.

— C'est ce que je constate.

Gabriel s'assit lourdement sur le lit. Pour tout ameublement, il n'y avait qu'un lit, une table bancale et une petite chaise ; pas de tapis sur le plancher inégal, un évier fissuré était fixé au mur du fond.

— Comment va Maggy ?

— Elle est très belle et très brave. Plus mûre aussi.

— Est-elle mariée ? A-t-elle des enfants ?

— Elle a un fils. Ils vivent à New York avec moi.

Alexandre leva la tête, semblant soudainement revenir à la vie.

— Je croyais que tu étais ici, à Paris — je croyais qu'elle était encore à Zurich.

— Tu croyais beaucoup de choses.

— Dis-moi tout !

— C'est important ?

— Bien sûr que c'est important — mon Dieu, je pense à elle continuellement.

— Elle avait l'habitude de penser à toi, elle aussi, dit Zeleyev, intentionnellement cruel. Je pense qu'il lui arrive encore de penser à toi, à l'occasion. Si tu lui avais écrit, ou encore, si tu lui avais fait savoir où te retrouver.

— Je ne pouvais pas.

— Pourquoi ? Tu avais peur ?

— Tu ne peux pas imaginer à quel point, lui répondit Alexandre.

— Tu as toujours été lâche. Tu avais peur de ta femme, de ta mère — tu avais peur de désobéir à leurs règles, au cas où elles te dénonceraient, au cas où elles t'enverraient en prison. Si Madeleine était ma fille, j'aurais préféré faire face à l'emprisonnement plutôt que de la perdre.

— Madeleine ?

— Tu ne sais rien de ce qu'elle est devenue.

— Raconte-moi, répéta Alexandre. S'il te plaît.

— Si seulement j'avais su ! dit-il, beaucoup plus tard.

— Et alors ? lui demanda Zeleyev. Tu serais retourné en Suisse ? Ou tu serais venu à Paris ?

— Peut-être.

335

— Nous ne le saurons jamais, n'est-ce pas ?

La petite chambre sordide demeura un moment silencieuse.

— À quoi te drogues-tu ?

— Morphine, répliqua Gabriel. Tu vas m'aider, Konstantin ?

Il regarda ses mains tremblantes, vit la saleté sous les ongles, puis releva la tête vers son ami.

— Je ne t'en voudrais pas de refuser.

— Comment puis-je t'aider ? Qu'as-tu fait ?

— Des folies. Il y a quelques semaines, à Amsterdam, j'avais désespérément besoin d'argent. Ma source habituelle s'était tarie. Je me suis alors adressé à un prêteur sur gages. Le genre d'usurier qu'on retrouve dans les milieux louches.

Il humecta ses lèvres du bout de sa langue.

— Et j'ai fait ce que je m'étais juré ne jamais faire. J'ai placé *Éternité* comme garantie de mon emprunt.

Ses yeux se posèrent nerveusement sur Zeleyev, puis se détournèrent rapidement.

— Continue.

Gabriel raconta à Zeleyev que ce soir-là, plein de remords et surexcité par la morphine qu'il avait réussi à se procurer entre-temps, il était retourné à la boutique de l'usurier, y était entré par effraction et avait repris sa sculpture. Le lendemain, réalisant l'énormité du geste, il s'était hâté de quitter Amsterdam pour se rendre à Paris. Il espérait que Zeleyev — le seul être vivant qui pouvait comprendre le besoin impérieux qu'il ressentait de ne pas se séparer de *Éternité* — vivait encore dans cette ville où il avait une boîte postale. Pendant la dizaine de jours suivant l'envoi de sa lettre, Alexandre avait vécu dans une terreur constante, osant à peine quitter sa chambre minable. Il ne savait plus quoi faire, où aller, où se cacher. Il avait connu tant de honte au cours de sa vie, il avait refusé ou détruit toutes les chances qui s'étaient présentées depuis qu'Émilie et sa mère l'avaient mis à la porte ! Mais le fait d'avoir frôlé la perte de la sculpture qu'Amadéus avait léguée à Maggy, plongeait Alexandre dans un état de honte indescriptible, un état qu'il n'avait pas connu jusqu'à maintenant.

— Très bien ! dit Zeleyev.

— Tu vas m'aider ?

— Où est la sculpture ?

— Ici. Gabriel se leva, mais Zeleyev l'arrêta.

— Pas maintenant.

— Tu ne veux pas la voir ?

— Oui, mais pas maintenant.

Une grande fébrilité s'était emparée de lui à l'idée de revoir *Éternité*, à la pensée de toucher de nouveau le chef-d'œuvre de sa vie. Plus de dix années s'étaient écoulées depuis la dernière fois où son regard avait amoureusement enveloppé ces lignes pures. Toute une vie. Il était un homme raffiné. Le moment se devait d'être choisi.

— Tout d'abord, dit-il à Gabriel, il faut commencer par te mettre quelque chose sous la dent, pour reprendre des forces. Nous pourrons alors parler et organiser la suite.

— Je n'ai rien ici.

— C'est évident.

Zeleyev se dirigea vers la porte ; une douleur sourde, probablement due à la fatigue du voyage, lui serrait la tête dans un étau.

— Je vais aller chercher quelque chose à manger — ferme la porte à clef derrière moi.

Puis, se retournant, il ajouta :

— Je peux te faire confiance, Alexei ? Si tu recommences à t'injecter cette merde dans les veines, ce sera la fin de notre amitié.

— Personne ne peut me faire confiance, répondit Gabriel d'une voix lasse. Mais je n'ai plus rien ici et je n'ai pas d'argent. Si tu ne tardes pas trop à revenir, tu devrais me trouver à peu près dans cet état.

Sans perdre de temps, Zeleyev revint avec un poulet rôti, une miche de pain, du Reblochon, et une bouteille de vodka qui devait d'abord effacer les traces de fatigue dues à son long voyage. Alexandre était affamé, et il mordit à belles dents dans le pain et se servit une bonne portion du poulet. Durant le repas, il toussa à plusieurs reprises et dut s'arrêter de manger pour reprendre son souffle. Zeleyev lui servit alors de petites gorgées de vodka, craignant de multiplier les effets de la morphine encore présente dans son système.

— Ça va maintenant, dit enfin Zeleyev. Je suis prêt à la voir.

Il se sentait en pleine forme, autant psychologiquement que physiquement, prêt à revoir l'objet qu'il avait espéré retrouver à Paris. Bien entendu, il était venu d'abord pour Madeleine, mais *Éternité* demeurerait toujours le plus grand chef-d'œuvre de sa vie d'artisan.

Gabriel se mit à genoux et, se penchant sous le lit, en retira un paquet. Voyant qu'il avait enveloppé la sculpture dans une paire de pyjamas sales, vieux et dégoûtants, Zeleyev ressentit une profonde douleur. Il en connaissait la valeur, en comprenait la beauté profonde et aussi la source de cette beauté, comme personne avant lui, et comme personne après lui. Sa place était sur un socle, sous une cloche de verre. Pas dans cette chambre hideuse. Pas dans les mains tremblantes de cet homme pathétique qui n'en était pas digne.

Tendrement, avec plus de précautions que Zeleyev n'aurait pu lui en prêter, Alexandre déposa la sculpture sur la table.

— Seigneur Dieu, souffla Zeleyev, le regard rivé sur *Éternité*, elle est parfaite.

Avec des mouvements félins, il s'approcha de la table. Il la vit d'abord globalement, ses yeux ne distinguaient aucun détail, mais saisissaient l'ensemble, comme un parent reconnaîtrait un enfant devenu adulte, dix ans après l'avoir quitté. Puis ses yeux se posèrent sur le grain de la montagne d'or, la cascade en filigrane d'Amadéus, les glorieux joyaux Malinskaya, son plique-à-jour et son cloisonné, et il vit que c'était en effet le chef-d'œuvre qu'il portait dans sa mémoire. Le temps ne lui avait pas joué le tour d'embellir ce dont il n'avait pas pu profiter pendant toutes ces années.

— Elle est intacte, dit-il, adouci.

— Pensais-tu que je la laisserais se briser, sachant tout ce qu'elle signifiait pour mon père et pour toi ?

Zeleyev s'empara de la bouteille de vodka.

— À Amadéus, dit-il en buvant une large rasade. À Irina. Et il leva le coude de nouveau.

— Je peux ? demanda humblement l'autre homme, avec la voix d'un petit enfant.

— Seulement un peu.

Zeleyev s'assit sur la chaise, croisa les jambes, et se perdit dans la contemplation de son œuvre. De temps en temps, il s'avançait et la touchait avec une douceur infinie, relevant les joyaux montés sur charnière, vérifiant sa propre marque sous le saphir, laissant l'extrémité de son index reposer religieusement sur les initiales d'Irina sous le soleil de diamant jaune.

— Elle est très belle, dit Alexandre, en se laissant retomber sur le lit.

Zeleyev l'ignora. Il tenait la bouteille de vodka de la main gauche, s'en versant dans le gosier à intervalles réguliers, et il lui sembla que le décor répugnant qui les entourait se dissipait avec chaque gorgée, avec chaque regard, comme si la grâce et la beauté émanant de la sculpture pouvaient en effacer tout le sordide.

— Il nous a fallu plus de cinq ans, dit-il enfin.

— Je sais.

— Tu ne sais rien !

L'exubérance innée de son âme russe émergea soudainement d'un long sommeil qui semblait avoir duré des années ; elle remonta à la surface de son esprit et de son cœur, débordante de sève juteuse. Il se sentait subitement l'âme d'un poète, presque lyrique, si profondément ému par *Éternité* et la foule de souvenirs qu'elle lui rappelait, qu'il avait besoin de parler, de se remémorer à voix haute la période pendant laquelle lui et Amadéus l'avaient créée.

— J'ai tout abandonné, dit-il doucement. Tout ce temps,

toute la vie que je m'étais reconstruite après avoir quitté la Russie, ma vitalité. Amadéus n'a rien abandonné, puisqu'il n'était rien sans Irina.

— Mais tu avais de l'affection pour lui.

— Pourquoi pas ? Il m'a ému — la vision qu'il avait m'a ému. Mais il n'a jamais su, tout comme tu ne le comprendras jamais, tout ce que j'ai fait pour lui.

Zeleyev but encore à la bouteille.

— Ton père était fou, et de plusieurs façons — je le lui ai souvent dit, et il souriait, car il savait ce qu'il était. Mais au moins, il savait ce qu'est l'amour, contrairement à toi, mon pauvre Alexei.

Avec un soudain élan de sympathie, il tendit la bouteille à Gabriel qui s'en empara et but avidement deux larges rasades. Puis il la reprit.

— Aimer est un talent en soi, mon ami.

— Je n'ai jamais eu beaucoup de talent pour quoi que ce soit, répondit Alexandre.

— Madeleine en a, reprit Zeleyev. Comme Irina — elle savait aimer, sans compter, généreusement, instinctivement. Elle a fait des erreurs, elle a choisi sans discernement — mais elle aurait appris, si elle en avait eu le temps. Madeleine est très semblable, la passion précède toujours la raison chez elle, mais elle apprendra.

Il tituba un peu.

— Je l'aiderai.

— Je veux la voir.

Gabriel tenta d'humecter ses lèvres râpeuses avec le bout de sa langue.

— Dieu que j'ai soif ! Donne-moi la bouteille.

Zeleyev serra la bouteille contre lui.

— J'ai besoin de boire.

— Préfères-tu voir ta fille ou boire ?

— Tu n'as pas toujours été aussi sans-cœur.

— N'essaie pas de m'apitoyer, répliqua Zeleyev, le regard dur. Qu'attends-tu de moi, Alexei ? Veux-tu que je paie ta dette à ces hommes d'Amsterdam?

— Je ne sais pas.

— Tu ne réalises pas que même si je payais tes dettes, ces gens ont vu *Éternité*; ils ont sûrement compris sa valeur. Il s'approcha de nouveau de la table et caressa amoureusement la cascade. Ils prendraient mon argent, puis ils reprendraient la sculpture aussi.

— Peut-être pas, intervint Alexandre.

— Es-tu prêt à courir ce risque? demanda Zeleyev d'une voix cinglante. Madeleine n'a-t-elle pas assez perdu? N'as-tu rien compris de ce que je t'ai raconté de sa vie?

— Oui, j'ai compris!

Les yeux cernés d'Alexandre s'emplirent de larmes.

— Tout ça à cause de moi, tout est de ma faute, je sais, je sais!

— Alors, la chose la plus importante à faire est de sauvegarder ceci pour elle.

La voix de Zeleyev était redevenue douce.

— Demain matin, dès la première heure, j'irai placer la sculpture dans un coffre à la banque, jusqu'à ce que tu sois prêt à l'apporter à Madeleine toi-même.

— Comment arriverais-je jamais à lui faire face?

— Je te trouverai un médecin, Alexei. Zeleyev leva la bouteille et regarda l'autre homme à travers le verre transparent. Mais tu sais que tu dois vouloir laisser ce monde derrière toi, mon ami. Tu dois être prêt à faire face à ton passé et à ton futur autant qu'à ta fille.

Il vit le tremblement des mains de Gabriel s'accentuer.

— Tu es un drogué, ajouta-t-il simplement. Ce ne sera pas facile de te désintoxiquer.

— Mais je le veux.

— Mais tu as besoin de morphine en ce moment, n'est-ce pas?

— Tu le sais très bien.

— Moi, c'est cette vodka, mais seulement la vodka, et de moins en moins souvent. Et cela m'excite terriblement — tu te souviens, Alexei? La vodka a toujours donné vie à mon sexe, m'a toujours fait l'effet d'un feu qui coulait dans mes veines, tu te souviens?

— Bien sûr, je m'en souviens, répondit Alexandre, presque sans voix.

— Et cette nuit, persista Zeleyev, aiguillonné par l'alcool. Tu te souviens de cette nuit? Non, tu ne t'en souviens pas — c'est mieux ainsi, beaucoup mieux.

— N'en parle pas alors! Alexandre détourna son visage en restant assis sur le vieux matelas humide.

— Je ne fais que te rappeler les difficultés qui t'attendent, mon ami. Tu devras faire face à tout cela si tu veux revoir Madeleine, si tu veux enfin connaître ton petit-fils.

— Parle-moi de Valentin, dit Gabriel, sautant sur l'occasion pour changer de sujet. A-t-il les cheveux aussi blonds que Maggy?

— Il a la chevelure noire de son père et les yeux bleus, presque indigo sous certains éclairages.

Zeleyev fit une courte pause.

— Si tu réapparais publiquement, tu dois aussi penser qu'il est fort probable qu'Émilie et Stephan réagiront. Maintenant que même ton fils, dont son beau-père s'enorgueillissait tant, partage les mêmes tares que tous les Gabriel, leur déception risque d'aggraver leur désir de vengeance.

— Arrête! s'écria Alexandre, s'enfouissant le visage dans les mains.

— Ton fils est un pédé, tu sais, Alexandre.

Les mains s'éloignèrent du visage devenu livide.

— Que veux-tu dire?

— Rudi, ton fils, est un homosexuel. C'est un très gentil garçon, mais il est gai. Selon ce que j'ai cru comprendre, son beau-père est consterné.

— Pauvre petit Rudi.

— Il a vingt-deux ans, mon ami. Il est grand et beau, tout comme sa sœur qu'il adore. Je l'aime beaucoup. Il me rappelle ce que tu as été, il y a longtemps, mais il est plus fort.

— Tu es très cruel ce soir, Konstantin.

— Voler près de six mille kilomètres pour venir dîner dans ce trou à rats me rend méchant, peut-être, répliqua ce dernier en haussant les épaules. À moins que la vérité ne soit blessante?

Alexandre se tut.

— Pourquoi as-tu pris *Éternité*, Alexei?

— Pour la garder en sécurité, tu le sais.

— Alors, demain enfin, tu auras l'occasion de remplir la mission que tu t'es donnée.

— Si les banques étaient ouvertes, j'irais immédiatement.

— Bien.

Zeleyev bâilla longuement.

— Tu devrais te reposer.

— Tu ne vas pas à ton hôtel? demanda Alexandre.

— Je ne te quitterai pas un seul instant.

— Alors, prends mon lit.

— Tu as plus l'habitude de cohabiter avec la vermine que moi, mon ami. Je vais rester assis, ici, et je vais continuer à noyer mon inconfort.

En moins d'une demi-heure, Zeleyev avait terminé ce qui restait de vodka et s'était endormi, la tête appuyée sur ses bras qui reposaient sur la table. Il était plus de trois heures du matin. Encore éveillé, Alexandre regarda longuement le Russe dormir. La froideur de Konstantin l'avait blessé, même s'il était assez honnête pour reconnaître la vérité. Il était conscient que très peu d'hommes auraient accepté de traverser un océan pour venir au secours d'un être aussi dégénéré que lui.

— À quoi bon me raconter des histoires, se dit-il. Qui d'autre serait venu? À part Maggy.

Cet homme avait protégé son enfant lorsque son propre père ne pouvait pas. Cet homme l'avait sauvé de la prison il y avait près de vingt ans, et était demeuré son ami fidèle, depuis. Cet homme était son seul lien avec Maggy et avec son petit-fils.

Très doucement, pour ne pas le sortir de l'abrutissement causé par l'alcool, Gabriel souleva Zeleyev de sa chaise et, le soutenant par la taille, l'emmena jusqu'au lit, où il l'étendit. Konstantin émit un grognement. Alexandre lui enleva ensuite ses souliers au cuir impeccablement verni, et le recouvrit de son veston cher, à la coupe si élégante. En dépit de la nausée qui lui tordait l'estomac, Alexandre sourit. Voici un homme qui ne changeait jamais, qui ne diminuait jamais ses critères d'excellence. Il toucha la chemise du Russe, en pure soie, et se rappela que Zeleyev était loin d'être un homme parfait, que lui aussi était capable de débauches. Malgré cela, il était là, encore gentilhomme, toujours immaculé, et encore son ami, en dépit de tout.

Zeleyev commença à ronfler.

— Dors bien, lui dit Alexandre à mi-voix, puis, il s'assit sur la chaise. S'essuyant les paumes de la main sur sa chemise détrempée de sueur, il constata que son corps tremblait de nouveau, et que son estomac recommençait à subir les crampes devenues familières. Il avait désespérément besoin de morphine, et il avait menti lorsqu'il avait répondu à Zeleyev que sa réserve était épuisée. Il était drogué, et les drogués mentent toujours.

Il fallait qu'il s'arrête, il savait cela aussi clairement qu'il savait que ce serait la chose la plus difficile à accomplir au monde. Il connaissait ses faiblesses, et il savait qu'il ne survivrait peut-être pas à cette épreuve. Mais il essaierait, mais pas avant demain.

Il regarda sa montre-bracelet bon marché, se remémorant que de toutes les belles choses qu'il avait possédées il y a bien longtemps, pas une n'avait échappé à ses besoins maladifs. Il était un peu plus de quatre heures. S'il prenait la dernière dose qui lui restait, les effets bénéfiques seraient dissipés dans quelques heures. Il devait attendre. Il devait s'en priver aussi longtemps que cela était possible. Car au petit matin, il devrait agir, il aurait alors besoin de ce courage artificiel pour quitter sa chambre et se comporter comme un homme normal, en bas, sur la rue. Comme un homme normal, en bonne santé, décent.

Une autre crampe le plia en deux et il étouffa une plainte. Il tendit la main et la posa délicatement sur la sculpture qui représentait tout, maintenant. C'était le bien le plus précieux de son père. Maintenant, plus que jamais, il savait que sa place était auprès de Madeleine. S'il pouvait faire au moins ce geste, s'il pouvait placer *Éternité* entre ses mains à elle, s'il pouvait de nouveau voir la lumière de son regard en sachant qu'il avait réussi à faire au moins un geste décent pour elle dans toute sa vie, cela vaudrait toutes les souffrances à venir.

Il regarda Zeleyev dormir profondément sur le lit qu'il avait dédaigné un peu plus tôt. Ses paupières remuaient imperceptiblement et sa moustache, d'un roux doré, bougeait légèrement à chaque respiration.

Alexandre s'essuya le front, à l'aide de sa manche de chemise, et concentra son attention sur le Russe.

— Je monte la garde, vieil ami, murmura-t-il. Pas un seul pou n'osera sucer ton sang tant que je serai ici.

Et il continua sa vigile.

Il était plus de dix heures lorsque Zeleyev se réveilla avec la gueule de bois et qu'il constata qu'Alexandre n'était plus dans la chambre. Il s'assit, trop rapidement, et sentit immédiatement l'afflux sanguin tambouriner ses tempes. Il dut s'appuyer sur la chaise pour se rendre à la porte et regarder si l'autre n'était pas aux toilettes, sur le palier.

— Merde !

Les quelques vêtements de Gabriel étaient encore épars dans la chambre, là où ils étaient la veille, mais le veston de Zeleyev avait disparu, ainsi que la vieille valise appuyée sur le mur. Et il n'y avait aucune trace de la sculpture.

Un torrent de rage s'empara de lui, et il se reprocha amèrement sa folie, et son imprudence le rendit furieux contre lui-même. Il s'approcha du lavabo miteux, fit couler de l'eau froide et s'en aspergea le visage. Puis il s'essuya avec le mouchoir qu'il sortit de la poche de son pantalon. Son portefeuille était dans la poche intérieure de son veston, il contenait assez d'argent pour toute une semaine de morphine, assez pour acheter un billet d'avion pour Dieu sait où.

Zeleyev se secoua, soudain, comme un chien, et la douleur qui se propagea dans sa tête lui sembla un juste châtiment. Il n'avait pas eu pareille gueule de bois depuis des années, et juste au moment où il avait besoin de réfléchir, de concentrer toutes ses énergies.

La porte s'ouvrit alors.

— Où diable étais-tu donc ?

— C'est fait.

— Où est-elle ?

— En sûreté.

— Pour l'amour de Dieu, qu'as-tu fait de ma sculpture ?

Alexandre s'était remis à trembler, en partie à cause de son épuisement physique et de l'émotion, en partie à cause de l'effort qu'il venait de fournir pour monter l'escalier. Mais son regard était fiévreux d'excitation. Il déposa la valise et s'assit sur le rebord du lit.

— Je suis désolé d'avoir dû emprunter ton veston, dit-il, en l'enlevant avec précaution. Le mien était trop froissé. Avec le tien, j'avais presque l'air respectable.

— Au diable mon veston, rétorqua Zeleyev dans un grognement. Où est *Éternité ?*

Il prit la valise et, constatant à sa légèreté qu'elle était vide, la lança sur le sol.

— Alexandre, sombre idiot, dis-moi ce que tu as fait !

— Seulement ce que tu m'as dit de faire.

Gabriel se sentit subitement immensément las. Il avait pris le reste de morphine à sept heures, sans quoi il n'aurait jamais accompli sa tâche, mais il avait vu l'abîme sombre du sevrage et cela l'avait terrifié, comme chaque fois qu'il était en état de manque.

— Elle est à la banque — la Banque nationale de Paris, boulevard de Rochechouart. Dans un coffret, à l'intérieur de la voûte.

Zeleyev s'assit sur la chaise.

— Pourquoi ne m'as-tu pas réveillé ?

— Ce n'était pas nécessaire, répondit-il, encore essoufflé. C'était important pour moi de le faire seul.

Le Russe demeura silencieux.

— C'est ce que tu voulais, pour Maggy, continua Alexandre.

— Oui!

— Je t'ai fait peur, dit Alexandre, le regardant. Je suis désolé.

— N'y pense plus.

— Et maintenant? demanda Alexandre d'une voix incertaine. J'ai besoin de voir un médecin, Konstantin. Si je n'ai pas d'aide très bientôt, je suis un homme fini.

Recouvrant ses esprits, Zeleyev étendit le bras et prit son veston sur le lit, le secoua en enlevant quelques poussières.

— Viens. Nous commencerons par aller à mon hôtel, le Crillon. J'ai besoin d'un bain, et après, nous téléphonerons à Madeleine.

— Non!

— Pourquoi pas?

— Je ne peux aller au Crillon dans cet état. Regarde-moi — tu penses que je ne me rends pas compte de quoi j'ai l'air?

Il se passa une main sur les yeux.

— Si je ne prends rien d'ici quelques heures, je deviendrai complètement incohérent.

Il leva les yeux.

— Je veux lui parler, plus que tout au monde, mais il faut que ce soit maintenant ou il sera trop tard.

— Il n'est même pas cinq heures du matin, à New York.

— Tu crois qu'elle m'en voudra?

— Mais non! admit Zeleyev. Es-tu vraiment prêt à lui parler?

— Je ne suis pas certain d'être prêt un jour.

Dans l'appartement de Zeleyev sur Riverside Drive, à près de six mille kilomètres du bureau de poste sur le boulevard de Clichy, Madeleine s'éveilla à la sonnerie du téléphone et trébucha hors de son lit, encore tout embrumée par le sommeil.

— Madeleine?

— Konstantin?

Elle distinguait à peine le mobilier de la salle de séjour dans la noirceur de la nuit.

— Quelque chose ne va pas?

— Tout va bien. Il y a quelqu'un ici qui désire vous parler.

— Qui est-ce? Elle se frotta les yeux. Noah?

— C'est votre père.

Madeleine sentit le sol se dérober sous ses pieds et tendit la main pour s'agripper au mur.

— Papi?

— Il est à mes côtés, ma petite. Je te le passe.

Elle pouvait à peine respirer.

— Maggy?

De chaudes larmes inondèrent ses joues.

— Papi?

Sa main se resserra sur l'appareil.

— C'est vraiment vous?

— C'est moi.

Son gosier était sec.

— Comment vas-tu, Maggy?

— Bien, Papi — sa voix s'étrangla. Et vous?

— Ça ne va pas trop mal, Schätzli.

— Oh, mon Dieu! dit-elle.

— Je sais!

C'était à la fois si étrange et si angoissant, une réunion bizarre et frustrante, au téléphone, entre deux personnes qui s'étaient accrochées au passé pendant des années, chacune d'elles continuant d'aimer un souvenir, presque un mythe. Pour Madeleine, Alexandre était demeuré un père tendre, insaisissable, avili et tragique, mais toujours adoré; lui, pour sa part, avait chéri l'image de sa Maggy, à la chevelure rebelle, à la douce odeur, sa petite fille généreuse et impulsive.

— Vous avez un petit-fils, lui dit-elle précipitamment. Le savez-vous?

— Konstantin me l'a appris, lui répondit Alexandre. Il m'a

raconté aussi pour ton mari.

Il hésita.

— Je suis si désolé, Maggy.

— Comment vous a-t-il trouvé, Papi? Ou est-ce vous qui l'avez trouvé? Allez-vous venir à New York avec lui?

Les mots culbutaient sur ses lèvres.

— Pas tout de suite, Maggy. Mais bientôt.

Elle entendit le tremblement de sa voix.

— Pourquoi, Papi?

— Ce n'est pas possible.

— Alors, nous viendrons.

— Non, Maggy!

— Pour l'amour de Dieu, nous avons perdu assez de temps, plaida-t-elle. Je vous aime, Papi, je vous aime tant! Ça n'a pas d'importance — rien n'est important.

Madeleine pleurait et sa voix se brisait, mais elle poursuivit, saisissant chaque seconde.

— Je sais ce qui est arrivé, cette nuit-là, à Zurich, et je m'en fous, et je veux que vous veniez ici me rejoindre, à la maison. Je veux vous voir tenir Valentin dans vos bras, Papi — il est si merveilleux, c'est l'enfant le plus beau du monde.

— Pardonne-moi, Maggy.

— Il n'y a rien à pardonner.

— Je sais ce dont je suis coupable, Schätzli. Et je n'ai aucun moyen de réparer tout le mal que je t'ai fait.

— Papi, c'est tout.

— Non, attends, s'il te plaît. Je veux que tu saches jusqu'à quel point je t'aime, Maggy. Jusqu'à quel point je suis désolé pour tout, plus désolé que tu ne pourras jamais te l'imaginer — et que tu saches que je vais me battre à partir de maintenant, que je vais vraiment essayer.

— Je comprends, Papi, répondit Madeleine, dans un effort pour faire passer ces mots dans sa gorge serrée. Nous vous attendrons — et Rudi sera ici bientôt, lui aussi. Est-ce que Konstantin vous a dit au sujet de Rudi? Il est devenu un si bel homme — je n'aurais jamais pensé que nous serions réunis.

La ligne téléphonique transatlantique commença à émettre des bruits, la communication s'affaiblissant.

— Maggy, es-tu encore là ?

— Je suis là, Papi.

— Dieu te bénisse, Schätzli !

— Et vous aussi, Papi.

La communication fut coupée, puis ce fut le silence. Et dans la salle de séjour sombre de l'appartement silencieux de Riverside Drive, Madeleine se tint encore un long moment debout sans bouger, le récepteur à la main, des larmes de joie et de deuil coulant sur ses joues.

Zeleyev ramena Alexandre dans l'horrible petite chambre de la rue Clauzel et ressortit aussitôt. Il revint avec deux baguettes jambon fromage et une bouteille d'eau d'Évian.

— J'ai acheté un peu d'aspirine aussi, dit-il à Gabriel. Pour t'aider à supporter la douleur si cela s'accentuait trop, et prends ceci.

Il lança un livre de poche sur la table.

— Je me souviens que tu as toujours adoré Chandler.

Alexandre le ramassa.

— Merci.

Ses mains s'étaient remises à trembler de manière incontrôlable et il déposa le livre aussitôt.

— Tu pars longtemps ?

— Je dois prendre un bain et me reposer un petit moment, répondit l'autre en secouant la tête.

— Je fermerai la porte à clef.

Le Russe sourit gentiment.

— Ne sois pas si effrayé, Alexei. Si personne n'est sorti de l'ombre, ce matin, lorsque tu es allé à la banque, je ne crois pas qu'ils savent encore où te trouver. Veux-tu que je prenne la clef du coffret de la banque, par mesure de précaution ?

— Non. Merci, ça va aller.

Alexandre enleva son veston défraîchi. Il commençait à transpirer. L'appel téléphonique l'avait épuisé, et il espérait pouvoir dormir.

— C'était vraiment merveilleux de pouvoir entendre sa voix, Konstantin. Je t'en serai toujours reconnaissant.

— Reste ici, mon ami. Ne disparais pas une autre fois. C'est tout ce que je te demande, dit Zeleyev en se dirigeant vers la porte. Lorsque je me serai reposé un peu, je me mettrai à la recherche d'un bon médecin. Et je reviendrai.

— Je ne te remercierai jamais assez. D'abord pour être venu, et puis maintenant — c'est plus que ce que je mérite.

Zeleyev prit sa main dans la sienne.

— N'abandonne pas Madeleine une seconde fois, Alexei. Pense à elle et à ton petit-fils.

Le luxe et le confort de la chambre de Zeleyev au Crillon le délivrèrent de sa gueule de bois et de sa fatigue ; il se reposa dans son bain jusqu'à ce que l'eau soit froide. Puis il tomba endormi entre les draps du grand lit propre, et tous ses rêves furent doux : Madeleine, portant le gros diamant jaune d'Irina autour du cou, ou *Éternité*, exposée sur un coussin de velours rouge, devant une foule béante d'admiration...

Il dormit jusqu'à six heures, se réveilla avec une faim de loup, et dîna d'une excellente casserole de pigeonneaux, but un cognac au bar, puis, se sentant rétabli, prit son courage à deux mains pour retourner rue Clauzel.

Son nez se plissa de dégoût tandis qu'il montait l'escalier et qu'il frappait à la porte. Comme la première fois, il n'y eut pas de réponse. Il frappa plus fort.

— Alexei ! cria-t-il, puis, ne décelant aucun bruit en provenance de la chambre, il frappa encore et appela de nouveau, une pointe d'urgence dans la voix.

S'accroupissant, il regarda par le trou de la serrure. La clef y était encore et lui obstruait la vue. Il n'avait d'autre choix que d'enfoncer la porte. Il se recula de quelques pas, heureux, dans ces circonstances, d'avoir toujours entretenu sa forme physique, et chargea de son épaule droite la porte qui céda avec un craquement sinistre.

Gabriel reposait à plat ventre sur le lit. Zeleyev le tourna sur le dos, chercha le pouls à l'artère de son cou, vit qu'il était mort, puis il aperçut sur le sol, près du lit, la bouteille d'aspirines vide. Il y avait deux feuillets pliés sur la table. Les prenant dans sa main, il constata qu'il s'agissait des pages de garde de la nouvelle de Chandler, utilisées en l'absence de tout autre papier. Il parcourut rapidement des yeux les lignes du premier feuillet. L'écriture d'Alexandre était irrégulière, mais ses vœux étaient clairs. Il ne voulait pas être laissé seul à Paris, ni être ramené en Suisse. Il demandait à Konstantin de l'obliger une dernière fois en faisant les arrangements pour que sa dépouille soit transportée en Amérique, près de sa fille.

Son mot pour Madeleine était très bref, mais poignant.

Je t'aurais probablement encore fait défaut.
Pardonne-moi, si tu le peux.

La police vint, après que l'ambulance eut emmené le corps. Ils prirent les feuillets, remirent un reçu à Zeleyev et promirent qu'ils lui seraient rendus le plus tôt possible.

— Nous vous aiderons pour les formalités, si vous le désirez, lui dit un agent. À la condition, bien entendu, qu'il n'y ait pas de complications.

— Vous en prévoyez? s'enquit Zeleyev.

— C'est tout ce que M. Gabriel possédait? lui demanda un second agent de police.

— À ma connaissance.

— Vous nous dites que le décédé n'avait aucune adresse connue?

— C'était un drogué, répondit Zeleyev. Il était continuellement en mouvement.

— Et vous croyez qu'il est mort d'une dose excessive d'aspirine?

— La bouteille était pleine lorsque je l'ai laissé, ce matin. Je crois qu'il avait pris de la morphine, plus tôt. Mais il m'a affirmé qu'il n'en avait plus.

— Seulement de l'aspirine?

Zeleyev regarda le policier bien en face.

— C'est moi qui lui ai donné l'aspirine.

— Et pourquoi lui avoir donné de l'aspirine, monsieur?

— Parce que je savais qu'il serait en manque bientôt. Et j'ai cru préférable qu'il avale quelques aspirines plutôt que de se mettre à la recherche de drogues.

— Aviez-vous des raisons de penser qu'il pourrait mettre fin à ses jours?

— Bien au contraire! répondit Zeleyev. Lorsque j'ai laissé Alexandre, il était — il se reprit — il semblait plein d'espoir, et résolu à chercher de l'aide pour vaincre son accoutumance.

— Et pour quelle raison était-il plein d'espoir?

— Je l'ai accompagné au bureau de poste afin qu'il puisse téléphoner à sa fille. Ils ne s'étaient pas parlé depuis plusieurs années, et cette conversation fut d'un grand réconfort pour lui. Elle lui a demandé de venir en Amérique pour les rejoindre, elle et son fils.

— Pourquoi aurait-il pris une dose excessive, alors?

— Peut-être a-t-il eu peur d'échouer de nouveau, répondit calmement Zeleyev. Je crains d'avoir sous-estimé la gravité de son état. Maintenant, je vois que je n'aurais jamais dû le laisser seul. Mais enfin, il a été seul et laissé à lui-même pendant de nombreuses années.

— Alors vous ne pouviez pas savoir, monsieur.

— Non.

L'autopsie confirma en tout point la version des événements de Zeleyev. Les arrangements furent pris pour qu'il accompagne le cercueil d'Alexandre à New York dès la semaine suivante. Zeleyev ne pouvait tolérer l'idée d'annoncer cette nouvelle à Madeleine au téléphone, et il craignait pour son équilibre si elle assistait à son arrivée à l'aéroport.

Une fois les formalités remplies et les différents papiers signés et scellés, il fut libre de quitter Paris, mais Zeleyev avait un dernier rendez-vous. Il savait cela dès qu'il avait retrouvé le corps sans vie d'Alexandre. Il savait ce qu'il devait faire.

Il avait pris la clef du coffret bancaire dans la poche d'Alexandre avant d'appeler l'ambulance. S'ils l'avaient trouvée, il y aurait eu des questions sans fin, et aucune garantie que la sculpture retourne à sa propriétaire légitime. Il avait la clef et, le cas échéant, il pourrait montrer l'acte de décès et les documents lui donnant le pouvoir de ramener le corps et les possessions de son ami en Amérique.

Il arriva à la banque, boulevard Rochechouart, un peu après dix heures, le jour de son départ. Il en repartit, une heure plus tard, les mains vides. Le dernier geste d'Alexandre Gabriel avait — délibérément ou pas, il ne le saurait jamais — trahi leur amitié. Ses instructions à la banque étaient formelles et inviolables. Personne d'autre que Gabriel lui-même, ou sa fille, Madeleine Bonnard, née Magdalen Gabriel, en personne et sans mandataire, ne pouvait avoir accès aux biens déposés dans le coffret de la banque.

— Mais Mme Bonnard habite New York, répéta Zeleyev à plusieurs reprises au gérant.

— Je suis sûr qu'elle voudra bien, le cas échéant, se présenter elle-même à nos bureaux de Paris.

— Cela lui serait très difficile de faire ce voyage.

— Je suis désolé, monsieur, mais le coffret de sûreté demeurera dans la voûte jusqu'à ce qu'elle puisse se présenter ici en personne.

Zeleyev savait que Madeleine ne voudrait pas revenir à Paris maintenant plus que jamais. Même si elle le voulait, elle ne le pourrait pas. Elle venait de commencer à travailler à New York sans visa d'immigration et elle pourrait avoir d'énormes difficultés à retourner aux États-Unis. Il maudit l'esprit embrumé de drogues de Gabriel, oscillant sans cesse entre la confusion et la plus grande clarté, qui lui avait d'abord permis de donner de telles instructions à la Banque nationale de Paris et qui, par la suite, avait permis que Madeleine ne soit pas obligée de venir assister à ses funérailles en France. S'il avait su, Zeleyev aurait détruit le dernier feuillet, n'aurait jamais permis qu'il tombe entre les mains des policiers.

Pour lui, la tournure des événements était difficile à croire. Il lui était difficile de ravaler la rage qui remontait dans sa gorge lorsqu'il y pensait. Il avait pris *Éternité* dans ses mains il y avait à peine quelques jours. Elle était maintenant enfermée, hors de portée. Il devrait retourner à New York, revoir Madeleine, les mains vides. Avec un cercueil.

Deux semaines plus tard, debout sous une pluie chaude près de la fosse où serait enterré son père, son frère à sa gauche et Konstantin à sa droite, Madeleine essayait de ne pas entendre les paroles vides de sens du pasteur, qui tentait de faire l'éloge d'un homme dont il ne savait rien.

Alexandre Léopold Gabriel
Père bien-aimé de Madeleine et Rudolf
1915-1964

Ce nouveau sentiment de tristesse était entièrement différent de l'angoisse qui l'avait paralysée après la mort d'Antoine. Madeleine réalisait que ce deuil représentait plutôt la fin d'un rêve qu'elle avait bercé toute sa vie. Depuis l'âge de sept ans, Alexandre n'avait été qu'une ombre prenant rarement forme. Et, étrangement, cette conversation où tous deux avaient finalement trouvé la possibilité d'exprimer mutuellement leur amour indestructible, avait rendu la nouvelle, que rapportait Zeleyev de Paris, plus facile à accepter. La mort de son père n'était pas le choc, la terrible fin de tout son passé, comme elle l'avait appréhendé. Si Alexandre était venu habiter New York — si elle avait pu, enfin, le voir, jour après jour — elle aurait peut-être dû découvrir et reconnaître toutes ses faiblesses. De cette manière, Alexandre demeurerait, à tout jamais, une force abstraite dans sa vie et, en quelque sorte, un produit de son imagination.

Personne n'avait vraiment connu Alexandre Gabriel. Madeleine réalisait qu'il y avait des aspects de sa vie dont elle ne savait rien, et tout cela n'avait plus aucune importance, maintenant. Ce qui en restait, tandis qu'elle lançait la froide poignée de terre américaine sur sa tombe, était un sentiment déchirant à la pensée que la vie de son père avait été remplie de douleur, de culpabilité et de tristesse, et qu'à la fin, elle n'avait pu rien faire pour le soulager.

Il avait été son père et elle l'avait aimé.

Rien d'autre n'avait d'importance.

Chapitre 14

— Que puis-je vous servir aujourd'hui, Monsieur?
— Comment est le cabillaud?
— Excellent, Monsieur.
— Alors, donnez-m'en un kilo. Et l'esturgeon?
— Magnifique, comme toujours. Combien en voulez-vous?
— Pas si vite, pas si vite. Qu'est-ce que je vais prendre, de l'esturgeon ou du cabillaud?
— Et pourquoi pas les deux, Monsieur?
— Le hareng tranché sent merveilleusement bon.
— C'est dimanche, Monsieur — vous aurez bien le temps de les manger tous les trois.
— Non, le hareng me donne des brûlures d'estomac.
— Alors, ce sera seulement l'esturgeon et le cabillaud?
— Arrêtez de me bousculer, voyons!
— Je suis désolée, Monsieur.
— Bon, bon, ça va — si vous tenez absolument à m'embêter, donnez-moi donc aussi cinq cents grammes de saumon fumé.
— Vous êtes écossais, Monsieur?
— Mais, qui croyez-vous donc que je suis, Rockefeller?

Au début de l'année 1965, Madeleine travaillait plus que jamais, plus encore que sa dernière année passée à Paris, mais elle ne s'en plaignait pas. Elle s'était déniché deux emplois, tous deux à quelques pas de l'appartement de Zeleyev, le premier chez Zabar's & Co., une épicerie fine d'excellente réputation, située sur Broadway. Le magasin était reconnu depuis plus de trente ans pour ses spécialités juives. On y vendait plus de quarante variétés de pain, du café frais moulu et des centaines de fromages de toutes sortes, de même que les très populaires poissons fumés et les foies hachés. Madeleine travaillait chez Zabar's les lundi et mardi, de deux heures de l'après-midi jusqu'après minuit, ce qui lui laissait ses matinées avec Valentin. Du mercredi au samedi, elle travaillait le matin et passait les après-midi avec son fils, avant de se rendre à son deuxième emploi dans un restaurant près de Times Square. Elle y faisait le service de six heures jusqu'à la fermeture et revêtait un smoking pour interpréter des chansons populaires en compagnie des autres serveurs et serveuses. Le dimanche, Zeleyev était plus disponible pour consacrer du temps à Valentin, Madeleine en profitait pour travailler chez Zabar's de neuf heures le matin à minuit. Murray Klein, le propriétaire, la réprimandait de travailler autant, mais Madeleine se remettait mieux en travaillant beaucoup. Lorsqu'elle se démenait à l'ouvrage, tous ses chagrins étaient relégués au plus profond de son esprit — et, de toute façon, plus elle travaillait plus elle réussissait à mettre de l'argent de côté.

Son seul but était maintenant d'assurer une vie confortable à Valentin. Elle espérait bien un jour pouvoir payer une fraction de la dette immense qu'elle avait auprès de Konstantin — elle espérait également pouvoir rembourser sa dette à sa famille, qui éprouvait encore une certaine rancœur à son égard, peu importe ce que Rudi ne cessait de lui répéter. Tout cela, hélas, prendrait encore beaucoup de temps. Entre-temps, Zeleyev avait exigé d'elle qu'elle reprenne ses cours de chant. Elle avait hésité longuement, puis elle avait enfin accepté de s'y replonger tête première, profondément angoissée, puisque cela lui enlevait quelques-uns des précieux moments qui lui restaient avec Valentin. Il y avait beaucoup de boîtes de nuit, à New York, où les nouveaux venus étaient encouragés — s'ils avaient du talent — à exécuter un numéro ou deux. Tandis que les mois passaient, il y eut de nombreuses soirées où le Russe ou son frère étaient assis parmi les invités au Bon Soir, au Café Au Go Go ou au Bar No 1, situés à Greenwich, ou encore, à deux occasions, en ville au Jackie Kannon's Rat Fink Room. Dans cet endroit, les clients venaient en partie pour avoir le plaisir d'être habilement insultés par Kannon en personne, et aussi pour y entendre les jeunes chanteuses et chanteurs qui aspiraient au métier de vedette. La clientèle de ce club avait la réputation de ne pas être très tendre vis-à-vis des nouvelles têtes qui ne faisaient pas l'affaire. Ces soirs-là, Madeleine portait du noir et brossait longuement ses cheveux courts afin qu'ils chatoient sous les feux des projecteurs. Elle se faisait appeler Maddy Gabriel parce que c'était plus facile à prononcer. Et elle plaisait.

Rudi était venu s'établir à Manhattan un peu avant Noël 1964. Il s'était trouvé un appartement au vingtième étage d'un immeuble distingué de la 5ᵉ Avenue, tout près de Washington Square. Chaque jour, il se levait plus tôt qu'il ne l'avait jamais fait lorsqu'il habitait à Zurich et se rendait à la banque sur la rue Broad, en plein cœur du quartier de Wall Street. Il y travaillait opiniâtrement, s'occupant des investissements des particuliers, tout en y trouvant beaucoup de satisfaction.

— De temps à autre, dit-il à Madeleine sur un ton épanoui, je réalise que mes qualités personnelles sont impor-tantes pour les clients et que je ne suis pas un employé anonyme de la banque. Avant, je ne me permettais jamais de prendre une décision avant de m'être posé quinze fois la question. Je n'ai jamais vraiment cru en moi, mais, dernièrement, j'ai appris à avoir confiance en mon intuition. Je ne savais pas que j'avais de l'intuition, auparavant.

Rudi adorait la vie à Greenwich, dont le contraste avec la banque, en tenue veston et cravate, était saisissant. Presque chaque soir, il sortait dîner dans l'un des multiples bons petits restaurants ou cafés italiens situés rue Bleecker, poussant parfois son exploration dans la Petite Italie ou un peu plus loin, jusqu'au triangle coloré du Chinatown. Après son repas, il retournait chez lui se reposer une heure ou deux puis, rafraîchi, sortait de nouveau encourager sa sœur qui chantait dans un club, ou alors il gardait Valentin afin que Zeleyev puisse, à son tour, aller applaudir Madeleine. Rudi se liait d'amitié facilement ; les New-yorkais appréciaient son attitude amicale et enjouée et il se sentait, lui-même, libéré et en sécurité. Son départ de Zurich était certainement la meilleure décision qu'il avait pu prendre et il ne s'en portait que mieux. Son unique regret, jusqu'à maintenant, était de ne pas pouvoir aider financièrement Madeleine qui refusait fermement son argent.

— Que tu achètes des cadeaux à Valentin, c'est une chose, insistait-elle doucement. Mais je ne te laisserai certainement pas payer mon loyer, et nous ne viendrons pas habiter chez toi. De toute façon, tu n'as pas assez de place.

— Il y a autant de place ici que chez Konstantin !

— Oui, mais pas plus, et même si tu voulais...

— Je sais que tu refuses de venir t'installer ici parce que c'est la banque qui paie mon loyer.

— Ne m'en veux pas, Rudi, je t'en prie.

— Tu ne comprends donc pas que je veux seulement t'aider ?

— Oui, bien sûr, mais toi aussi, tu dois essayer de me comprendre.

— Je sais, je sais.

Ils avaient eu cette conversation des dizaines de fois.

— Mais pourquoi ne me laisses-tu pas t'avancer un peu d'argent, seulement pour que tu puisses te trouver un endroit. Tu pourrais me rembourser quand tu voudras — nous pourrions même faire des papiers, si tu y tiens.

— Je n'y tiens pas du tout. Je dois déjà plus que je ne pourrai jamais rembourser.

Madeleine caressa tendrement la joue de son frère.

— Si jamais j'avais réellement besoin d'aide, tu serais la première personne à qui je m'adresserais.

— Jure-le-moi.

— Arrête, Rudi.

Malgré l'insistance de Rudi, malgré les arguments qu'il lui présentait, Madeleine ne se laissait pas influencer. Rudi était maintenant son propre maître, cela ne faisait plus aucun doute. Toutefois, l'argent qu'il gagnait appartenait toujours aux Gründli. Elle n'aurait jamais souhaité qu'il quitte la banque et elle n'éprouvait nullement l'envie d'imposer à Rudi ses propres réserves à l'égard de sa famille. Mais bien qu'elle sache que l'argent qu'elle avait accepté de son beau-père pendant la maladie d'Antoine lui revenait de droit, cela l'avait profondément blessée d'être contrainte de le prendre. Jamais plus, elle n'accepterait quoi que ce soit d'eux.

Zabar's comptait des douzaines de clients réguliers. On trouvait parmi eux ceux qui sortaient du magasin plusieurs fois par semaine, les bras chargés de sacs pleins ; ceux qui venaient une fois par jour s'offrir leurs mets préférés ; d'autres préféraient passer des commandes téléphoniques parfois gargantuesques, ceux-là ne venaient que rarement au magasin ; et il y avait ceux qui passaient parfois une heure, debout, à reluquer et à saliver, pour finalement quitter la charcuterie un seul petit pain ou croissant à la main, qu'ils avaient acheté en rougissant, puis revenant le lendemain pour recommencer le même manège.

Madeleine connaissait tous les clients réguliers de vue et la plupart par leur nom, mais l'un d'eux était son préféré. C'était un homme très grand, avec des yeux marron chaleureux, des cheveux châtains bouclés et un sourire amical et taquin, et qui avouait une passion sans bornes pour la nourriture. Il téléphonait chez Zabar's à des heures diverses, mais il s'arrangeait toujours pour venir en personne lorsque Madeleine travaillait et bien qu'elle soit consciente qu'il était là avant tout pour se ravitailler, elle savait aussi qu'il préférait être servi par elle. Il s'appelait Gédéon Tyler et habitait un peu plus bas dans le village, sur la rue Bleecker. Il avait un bureau non loin du magasin et arrivait parfois avec son vieux saxophone usé. C'est tout ce qu'elle savait sur lui et tout ce qu'elle voulait savoir.

Elle ignorait que Gédéon Tyler était au magasin lorsqu'elle s'était présentée à une entrevue afin d'obtenir l'emploi chez Zabar's. Après avoir entendu la conversation entre elle et Murray Klein, Tyler avait attiré ce dernier dans un coin pour lui dire son point de vue. À son avis, avait-il dit au perspicace propriétaire d'origine russe, une fille qui réussit à rendre une grosse tranche de fromage Roquefort aussi séduisante qu'une partie de plaisir sur une peau de lion près d'un feu de bois en décembre, avait beaucoup trop d'avenir comme vendeuse pour qu'il se permette de refuser sa précieuse candidature.

— Tu me dis maintenant quoi faire? s'était enquis Klein.

— J'essaie seulement de te faire comprendre que je risque de passer plus de temps ici, donc dépenser plus d'argent, si jamais cette fille est engagée.

— Tu es déjà l'un de mes meilleurs clients, fit remarquer Klein.

— Eh bien, alors, tu ne risquerais pas de me voir commencer à fréquenter le Manganaro's.

— Ça ne me traverserait même pas l'esprit que tu sois tenté d'y mettre les pieds, répondit Klein sur un ton de confidence. De toute façon, tu penses que je suis stupide, Tyler? Je l'ai déjà engagée.

Il y avait fort peu de détectives privés à Manhattan qui portaient un nom comme celui de Gédéon Baruch Joshua Tyler. L'origine de ce nom de famille provenait d'une incongruité dont son grand-père avait été victime en 1898, à son arrivée à Ellis Island. Les fonctionnaires de l'immigration n'avaient pas jugé bon d'essayer de comprendre le nom de famille russe qu'ils trouvaient difficile à prononcer et, bien que le jeune homme eût essayé, en vain, de leur expliquer dans son anglais approximatif qu'il était tailleur de profession, il s'était vu alors octroyer le nom de Baruch Moshe Tyler.

Le jeune homme de vingt-deux ans et sa femme, Marushka, s'installèrent avec des cousins qui vivaient déjà dans un petit deux pièces, sans eau chaude, sur la rue Rivington dans le Lower East Side. Ils y donnèrent naissance à trois enfants, dont le père de Gédéon, Ephraïm, en 1900. Ils purent ensuite s'offrir un appartement bien à eux, dans un grand bâtiment de briques foncées, sur la 100ᵉ Rue Est, dans Harlem. C'est là que Gédéon vit le jour, en 1920, et qu'il vécut, à l'étroit dans ce petit trois pièces, avec ses parents, ses deux sœurs et sa grandmère, jusqu'en 1933 (Baruch était mort en 1919). Puis ils déménagèrent tous ensemble, de l'autre côté de la rivière Hudson dans la ville de Jersey, en banlieue de Greenville, dans un bel appartement où Marushka prenait soin de polir amoureusement les grands chandeliers, chaque jour du Sabbat.

Jusqu'à treize ans, Gédéon n'avait rien connu de tous les dangers et des aventures passionnantes, inhérentes à la vie d'une grande ville. À cet âge, sa curiosité insatiable avait pris le dessus. Si sa mère, Myriam, avait su que son fils prenait régulièrement le tramway jusqu'à Journal Square, puis ensuite le métro jusqu'à Greenwich, elle se serait fort probablement évanouie. De temps à autre, Myriam se risquait à sortir avec une amie, généralement pour faire une dépense chez John Wanamaker's, sur Broadway. Elle s'asseyait un moment sous l'ombre d'un orme près de la fameuse Arche de Washington, observait les étudiants de l'université de New York, les mères en compagnie de leurs jeunes enfants du quartier italien et les artistes du coin. Elle avait l'impression d'observer un cirque exotique. Myriam Tyler était toujours soulagée de retourner à Greenville, bien en sécurité dans un quartier typiquement juif.

Gédéon, pour sa part, aimait bien se mêler à la foule. La vue étroite de ses parents sur la vie en général l'opprimait ; il se liait facilement d'amitié — ses amis étaient juifs, protestants, catholiques, noirs, italiens ou arabes. Pour Gédéon, les gens étaient tous pareils ; ou bien vous vous entendiez avec eux ou bien vous ne vous entendiez pas. On trouvait à Jersey de petits bars laitiers où il était possible de se procurer des cornets à deux sous, ou des glaces, ou encore du lait de poule aromatisé au chocolat. Toutefois, Gédéon préférait le frisson de liberté qui l'envahissait lorsqu'il dépensait son argent au village. Là encore, âgé de treize ans seulement, il avait développé certains goûts comme de mâchouiller longuement un *egg roll* dans une rue de China-town, ou acheter des *cannelloni* au Ferrara's dans la Petite Italie, ce qui, évidemment, aurait provoqué un choc chez ses parents, s'ils l'avaient su. Lorsque Ephraïm Tyler désirait passer une soirée excitante, il empilait sa famille à l'intérieur de sa berline, une Nash achetée d'occasion, pour les conduire dans un restaurant casher à Newark. Bien que leur maison de Greenville fût très confortable, avec une jolie cour arrière ensoleillée, et que Gédéon eût sa propre chambre ainsi qu'un lavabo et un miroir, tout y était si ennuyeux. Si parfaitement calme.

Gédéon aimait sentir son pouls s'accélérer lorsqu'il participait à une bataille de rue entre des enfants italiens ou à une discussion enflammée avec quelques excentriques du village. Mais il avait également une facilité naturelle pour rétablir l'ordre, bien qu'après son quinzième anniversaire, lorsqu'il se mit à pousser comme du chiendent, il ne trouvât mieux à faire que de fourrer son nez là où il avait des chances de le faire casser. Il y avait de réels dangers dans les rues de la grande ville, de vrais crimes, certains d'entre eux provoqués par la trop grande pauvreté ou par le désespoir. Ce qui importait le plus dans la vie, se disait Gédéon, tandis qu'il avançait à grands pas vers l'âge adulte, était l'égalité, la loi et la justice. Il pensa qu'il serait utile de jouer un rôle dans la pratique de cette justice. Il pensa aussi qu'il serait bien de devenir policier.

Joindre les rangs des forces policières de New York n'était pas un exploit facile. Tout d'abord, un aspirant devait résider dans la ville même de New York depuis au moins un an avant que sa candidature ne soit admissible. Puis les temps s'annonçaient difficiles avec les rumeurs de guerre qui circulaient et l'Amérique était encore secouée par la Grande Dépression. Puisque des milliers de robustes New-yorkais se trouvaient au chômage, la compétition pour occuper les bons emplois s'avérait âpre et difficile. La municipalité se réservait le droit de choisir les meilleurs d'entre eux ; ainsi un candidat idéal devait peser pas moins de soixante-trois kilos, être parfaitement bien constitué physiquement et démontrer des capacités intellectuelles et des aptitudes générales supérieures à la moyenne.

Gédéon quitta le toit familial le jour de ses dix-huit ans. Il déménagea rue Sullivan, à Greenwich, partageant un petit appartement, au quatrième étage d'un immeuble, avec deux autres recrues des forces policières avec qui il s'était lié d'amitié. À dix-neuf ans, il passa les examens écrits de son service civil, ainsi qu'une évaluation psychologique et physique, et prêta le serment d'office. Il fut ensuite envoyé dans une école d'entraînement intensif, où non seulement, il survécut, mais où il excella, prêt à commencer sa période de service quatre-vingt-dix jours après ses vingt ans. Ses parents étaient affolés. Tailleur comme son père et son grand-père avant lui, Ephraïm était un homme sévère, bon et orthodoxe, qui lisait le Talmud à ses moments perdus. Il avait un œil sur une petite boutique de vente au détail à Jersey et il avait espéré que son fils souhaite la prendre en charge. Myriam, lorsqu'elle ne cuisinait pas, qu'elle ne cousait pas ou qu'elle ne s'occupait pas de ménage dans son intérieur bien-aimé, lisait des histoires d'amour et un peu de poésie. Ils étaient tous deux prudents et réservés, éprouvant une méfiance innée vis-à-vis de la police, et les histoires d'horreur cosaques que Baruch et tous les autres immigrants juifs avaient ramenées des pogroms d'Europe de l'Est, ne contribuaient qu'à accroître cette méfiance.

— Si tu aimais la justice, tu aurais pu devenir avocat, lui répétait chaque vendredi Myriam, lorsqu'il venait souper chez ses parents.

Il ne leur avait pas encore appris qu'il devrait travailler le jour du Sabbat, tout comme les autres jeunes recrues.

— Je ne suis pas assez brillant pour être avocat, maman.

— Il n'est pas trop tard — tu pourrais aller à l'université, tu serais un bon avocat.

— Il aurait pu être tailleur, disait Ephraïm sur un ton sans aménité. Et s'il aime la justice à ce point, il pourrait au moins lire le Talmud comme un bon juif.

— Je peux être un homme décent, papa, répliquait Gédéon fermement. Et le fait que je sois un policier ne m'empêche pas d'être juif.

— Tu seras tué.

Myriam se mettait à pleurer pour la centième fois, tout en servant la soupe au poulet.

— Mon fils unique sera abattu au fond d'une ruelle !

— Allons, maman, calme-toi. Il ne sera pas tué, intervenait alors Abigail, la plus jeune sœur de Gédéon, cherchant à rassurer sa mère.

Marianne, la sœur aînée de Gédéon, s'était mariée deux ans plus tôt et présidait maintenant à sa propre table, à Brooklyn.

— Je ne vois pas comment je serais tué en dirigeant la circulation et en rédigeant des contraventions. J'ai plus de chance de me couper les doigts avec des ciseaux, ou encore de me piquer avec des aiguilles, en étant tailleur.

Myriam changeait alors de tactique.

— Et qu'est-ce que tu manges pendant la semaine? Tu me dis que tu sais cuisiner, mais lorsque tu habitais à la maison, tu réussissais même à faire brûler une casserole d'eau.

Ses larmes se mettaient à couler de nouveau.

— Si jamais ils ne te tuent pas, alors tu mourras de faim !

Et cela continuait chaque semaine. Gédéon qui, malgré sa stature — il avait l'air d'un véritable géant à côté de sa mère — était fondamentalement bon et affectueux, s'en voulait de causer un tel désarroi à ses parents dont le discours inquiet finissait par l'épuiser. Pourtant, ce ne furent ni la désapprobation de Myriam ni celle d'Ephraïm qui le conduisirent à quitter la police, à peine deux ans après son entrée.

Il rencontra Susan Klein, eut le coup de foudre, et épousa la gentille et jolie fille de Brooklyn, dans les trois premiers mois de 1941. Ses parents approuvèrent le choix de leur fils et la jeune mariée trouva excitant, au début de leur union, d'être la femme d'un jeune policier séduisant. Toutes ses amies avaient épousé des hommes tellement ordinaires — un docteur, un boucher kasher, un caissier de banque, un pharmacien. Être la femme d'un représentant de l'ordre avait du sex-appeal, et le fait que Gédéon manquât peut-être d'ambition ne la gênait pas puisqu'elle en avait pour deux. Elle envisagea leur avenir favorablement; il serait sergent dans un an ou deux, après cela lieutenant, puis capitaine — et finalement, pourquoi pas le premier commissaire juif de New York?

Gédéon, par contre, avait bien d'autres idées en tête. Il était satisfait de sa vie, en général. Il aimait Susan et sa famille, appréciait son travail et la plupart de ses collègues. Il éprouvait de la reconnaissance vis-à-vis de Susan qui avait fait un compromis en acceptant d'habiter un appartement du côté nord de la rue Bleecker, entre les rues Sullivan et MacDougal, ce qui convenait davantage au goût de Gédéon qu'au sien. Il était également conscient que Susan avait du mal à s'expliquer le malaise qui habitait son mari. Il aimait la musique, les fleurs, le sexe et la bonne chère, mais ne portait que peu d'intérêt à sa carrière et à son avenir. Gédéon dévorait avidement et avec plaisir les repas qu'elle préparait, lui faisait l'amour tendrement et lui offrait de petits cadeaux chaque fois qu'il le pouvait, puis s'entraînait physiquement chaque jour pour maintenir la forme nécessaire à ses fonctions. Il était grand et large, bel homme et impressionnant à regarder lorsqu'il portait son uniforme bleu. Mais, de jour en jour, il était de plus en plus mal à l'aise de le porter.

Gédéon n'était pas un homme politique, mais il avait rapidement compris, qu'à l'instar de plusieurs autres forces policières, la police de New York était bourrée de rivaux, prêts à manœuvrer pour obtenir plus de pouvoir. Cette vérité l'avait fait sursauter puisque les règles qui s'appliquaient à son entrée dans la police lui semblaient fort justes; seuls les plus qualifiés s'y retrouvaient. De l'intérieur, pourtant, il lui avait tout de suite semblé clair que souvent, ce n'était pas la feuille de route d'un policier, ni sa compétence, qui l'aidaient à obtenir des promotions, mais bien avec qui il s'entendait et l'ambition qu'il nourrissait. Très mal à l'aise devant cette réalité, Gédéon fit quelques commentaires. Il fut accusé de faire trop de bruit et de mal s'intégrer au service. Déçu, il envisagea d'abandonner la partie.

C'est à ce moment-là que les Japonais bombardèrent Pearl Harbour et l'Amérique entra en guerre au printemps 1942; Gédéon Tyler fut appelé au combat comme soldat d'infanterie. Il servit pendant trois ans en Europe. Il fut témoin d'actes sanguinaires, de terreur, d'actes de bravoure et de gestes héroïques, de tragédies, puis il revint au pays, fut retourné honorablement à la vie civile et dut faire face à la réalité. Il pouvait retrouver l'emploi qu'on lui avait gardé au service de police ou réorienter sa carrière. Il remit sa démission.

Pendant un an, Gédéon lutta pour mener une vie normale, mais il avait peu d'aptitudes pour autre chose. Il n'avait pas hérité du moindre des talents de son père pour tenir une aiguille ou des ciseaux. Malgré l'effondrement de toutes ses ambitions, Susan fit de son mieux pour aider son mari, mais elle trouvait la situation de plus en plus difficile et de plus en plus exaspérante. Elle avait fait tout selon les règles, se trouvant un travail dans une usine de matériel de guerre et l'accueillant à bras ouverts à son retour à la maison. Mais elle avait espéré plus de stabilité dans un foyer où tous deux voulaient élever des enfants. Lorsqu'en 1947, Gédéon trouva enfin ce qui lui permettrait de réaliser ses rêves — en formulant une demande de permis de détective privé — Susan explosa. Six mois plus tard, leur mariage était brisé.

Gédéon avait conservé l'appartement de la rue Bleecker, l'utilisant comme bureau, avant de trouver un endroit plus approprié dans Broadway, près de la 91e Rue. Son divorce l'avait énormément chagriné; il ressentait beaucoup de culpabilité d'avoir échoué dans son rôle d'époux et d'avoir causé une grande douleur à Susan. Au fil des mois, il réalisa que sa plus grande erreur avait été de se marier trop jeune, trop impulsivement. Lorsqu'il apprit que Susan s'était fiancée à un dentiste du quartier du parc Gramercy, il put, au moins, se défaire d'un peu de culpabilité et recommencer à jouir de la vie. Son travail exigeait qu'il passe la plupart de son temps à espionner les gens et, de nature, il n'était pas enclin à se mêler des affaires des autres. En général, ses clients désiraient retrouver des disparus ou se débarrasser de quelqu'un, la plupart du temps par un divorce. Quelques clients n'étaient pas particulièrement sympathiques. Mais l'expérience et la maturité que Gédéon avait acquises à la guerre lui avaient appris qu'il ne devait pas s'attendre à ce que sa vie professionnelle lui apporte une profonde satisfaction, et qu'il n'en tenait qu'à lui d'enrichir ses moments libres. Se trouvant un jour dans un dépotoir, à la recherche d'indices, il ramassa par terre un vieux saxophone bosselé qu'il ramena chez lui et qu'il rafistola patiemment jusqu'à ce qu'il soit en état de jouer. Gédéon rencontra alors un joueur de saxophone au village Vanguard, qui lui donna des leçons de musique contre six mois d'occupation gratuite de son canapé. Son saxophone le suivait partout où il allait; tant qu'il avait le loisir de s'entourer de musique et de bonne chère, il était un homme heureux et de temps à autre, il tombait sur une affaire qui lui donnait l'impression d'être vraiment utile. Il s'attaquait alors au travail avec le même enthousiasme que devant un bon repas.

Ce fut la nourriture qui le conduisit jusqu'à Madeleine.

La qualité des repas était une préoccupation fondamentale dans la vie de Gédéon, et son travail de détective l'obligeait souvent à se contenter des moments de pause pour avaler une bouchée. Il lui était donc devenu essentiel, sinon vital, de trouver quinze minutes par jour pour téléphoner à son épicerie préférée. Depuis le jour où Madeleine avait commencé à travailler là, Gédéon était toutefois forcé d'admettre que le saumon fumé, le foie haché et le fromage Suisse n'occupaient plus le centre de ses pensées.

Cette fille était un ange, la plus merveilleuse créature qu'il n'ait jamais vue. Pieds nus, Tyler mesurait un mètre quatre-vingt-huit. Il semblait gigantesque et indestructible; mais chaque fois qu'il entrevoyait un bref instant la silhouette de Madeleine Bonnard, il avait le souffle coupé et ses jambes se transformaient en gelée, et lorsqu'il entendait sa voix, si chaude avec ce doux enrouement si particulier, cet accent si merveilleux, des frissons le parcouraient de la tête aux pieds. La vue de l'alliance qu'elle continuait de porter l'empêcha pendant six mois de lui parler. Mais un après-midi, inquiet de la voir absente du magasin, il demanda de ses nouvelles. Il apprit alors que son fils avait un mauvais rhume et par la même occasion, que son ange était veuve.

— Depuis quand ?

— Sais pas. Elle parle pas beaucoup.

— Il y a quelqu'un dans sa vie ?

— Elle ne l'a jamais mentionné.

Madeleine ne se doutait pas le moindrement du monde des sentiments qui habitaient Tyler. Elle aimait bien sa façon de parler, avec courtoisie et bienveillance, comment il s'informait de sa santé comme si cela le préoccupait vraiment, et elle appréciait par-dessus tout le fait qu'il n'ait jamais essayé de lui faire du charme. Elle imaginait qu'il avait une femme ou une petite amie et au moins deux enfants, mais elle ne s'en informa jamais, de même qu'avec tous les autres clients. Ils bavardaient un peu pendant qu'il choisissait du poisson ou de la viande ; leur conversation tournait autour de la recette de sauce pesto qu'il avait essayée la veille, ou s'il était d'humeur à prendre des pâtisseries, de la glace ou les deux, ou sur le temps qu'il faisait, et c'était tout.

Jusqu'au jour où, un jeudi après-midi à la mi-mai, en 1966, Tyler vint au magasin, fit ses achats sans dire un mot, sortit aussitôt, puis réapparut brusquement à l'intérieur et se dirigea vers Madeleine qui se tenait debout derrière le comptoir à fromages.

— J'ai deux billets pour le concert de Mendelssohn au Théâtre philharmonique, ce soir — aimeriez-vous venir ?

Madeleine fut si surprise par cette invitation si soudaine, elle avait si complètement exclu de son cœur et de sa tête la possibilité de sortir avec un homme, qu'elle laissa tomber le couteau qu'elle tenait pour couper un morceau de fromage Brie.

— Oh, mon Dieu ! s'écria Tyler avec consternation. Vous êtes-vous blessée ?

— Non, tout va bien.

Elle se pencha pour récupérer le couteau et fit tomber trois Camembert.

— Merde, dit-elle, puis elle devint écarlate. Je suis désolée.

— C'est moi qui suis désolé. Est-ce que ça va?

— Oui, ça va, merci.

— Les billets.

Tyler, troublé, refit sa demande.

— Seriez-vous libre, par hasard?

— Non.

— Oh!

— Non, je veux dire...

— C'est bien.

Comme un chat échaudé, Tyler fourra les billets dans la poche de son veston, s'excusa, et sortit avec raideur du magasin, laissant Madeleine plus embarrassée qu'elle ne l'avait été depuis longtemps. Dieu sait si elle n'avait pas voulu paraître désinvolte. Il semblait tellement gentil et c'était un si bon client. Elle se baissa rapidement pour ramasser les fromages, heureuse que le patron n'ait pas vu sa maladresse.

Lorsqu'il se présenta au comptoir le matin suivant, Madeleine l'attendait.

— Puis-je vous parler un instant, monsieur Tyler?

— Bien sûr, mais si c'est à propos d'hier...

— Justement, oui.

— Écoutez, je suis désolé — je n'aurais jamais dû vous demander cela.

— Pourquoi?

Madeleine jeta un regard furtif autour d'elle, s'assurant que personne ne pouvait les entendre, puis elle prit une grande inspiration.

— J'aimerais que vous me laissiez m'expliquer, monsieur Tyler.

— Vous n'avez pas d'explications à me donner.

— Si, insista-t-elle.

— D'accord.

Tyler bougea maladroitement.

— J'aurais bien aimé aller au concert, mais je travaille tous les soirs.

Elle garda le silence quelques secondes avant d'ajouter :

— De plus, je dois vous dire que je ne veux pas m'engager dans une relation avec un homme.

— Je vois.

— Par contre, j'ai besoin d'amis.

Il se détendit légèrement.

— Alors, ce sera peut-être pour une autre fois ?

— Si vous me comprenez.

— Bien sûr.

Gédéon la regarda de nouveau dans les yeux, sentit encore une fois ses jambes ramollir et pria pour qu'elle ne s'en rende pas compte.

— Où travaillez-vous le soir ?

— Ici, quelquefois, et le reste du temps dans un restaurant à Times Square.

— Vous êtes une femme occupée.

Il dénicha le nom du restaurant et s'y rendit le soir suivant. C'était samedi et l'atmosphère se prêtait à la fête. Il observa Madeleine transporter ses plateaux, prendre des commandes, verser des boissons puis, divine dans son smoking, chanter quelques numéros de « Oklahoma », de « West Side Story » et de « Oliver » en compagnie de ses collègues. Lorsqu'elle s'arrêta quelques moments à sa table, après lui avoir servi une tasse de café, Gédéon bavarda avec elle sur un ton prudemment amical, déterminé à ne pas se lier plus qu'elle ne le désirait, bien qu'il la trouvât irrésistiblement attirante. Lorsqu'elle lui apporta la facture, il s'éternisa sur le pourboire qu'il devait laisser. On ne pouvait pas laisser d'argent à une femme dont on était tombé amoureux, mais bien sûr, il ne voulait pas qu'elle sache cela ; d'un autre côté, s'il lui laissait un trop généreux pourboire, elle pourrait avoir l'impression d'être traitée avec condescendance, mais s'il lui laissait un petit pourboire, elle pourrait penser qu'il était radin...

Ils devinrent réellement amis, deux semaines plus tard, dans des circonstances particulières. Tyler, qui adorait le jazz, fréquentait les nombreuses boîtes de nuit du village, quelquefois pour entendre, quelquefois en traînant son saxophone dans l'espoir qu'un gérant compatissant lui accorde cinq minutes, pour déverser les frustrations de sa journée dans un blues à la Charlie Parker. Gédéon savait qu'il était un musicien moyen avec tout juste le soupçon de talent qu'il fallait, mais son grand enthousiasme pour la musique irradiait souvent jusqu'au public, rendant les auditeurs plus tolérants qu'ils ne l'auraient été en d'autres circonstances.

Il était assis dans la cave du Café Au Go Go tard un soir, sirotant une tasse de café noir refroidi depuis longtemps, lorsqu'il entendit la présentation.

— Vous l'avez adorée la dernière fois, alors nous l'avons invitée à chanter pour vous, ce soir. La voici — avec une petite touche de Paris dans l'air — Maddy Gabriel !

Tandis qu'elle se dirigeait vers l'unique rond de lumière en plein centre de la scène, Gédéon, assis, raide comme un piquet, la regarda aller sans en croire ses yeux. Elle paraissait si petite, si fragile, si belle qu'il pensa suffoquer d'admiration. Les musiciens jouèrent les premières mesures de l'illustre et obsédant Jobim, et Madeleine commença à chanter « The Girl from Ipanema ».

Gédéon agrippa sa tasse de café de sa main droite si fort qu'elle se brisa. Le liquide froid se répandit sur la table et sur son jeans, et un éclat de porcelaine s'enfonça dans la paume de sa main. Il n'y fit pas attention. Elle portait un fuseau noir et un petit décolleté de la même couleur, sans ornement, qui soulevait sa poitrine tout en accentuant sa minceur, tandis que ses épaules et ses bras parfaits luisaient sous les projecteurs comme une soie blanche. Sa voix le stupéfia, l'enchanta au-delà de toute espérance — une voix forte mais merveilleusement contrôlée qui glissait sans effort, alors qu'elle chantait les paroles de Norman Gimbel, s'éteignant mélancoliquement, puis repartait de plus belle afin d'interpréter « Stormy Weather », une de ses chansons préférées des années trente. Sa tasse fut remplacée, sa table nettoyée, mais Gédéon ne s'aperçut de rien sinon de la présence de Madeleine. Il avait l'impression d'être monté au ciel et n'éprouvait nullement l'envie de redescendre plus bas, et il était difficile de savoir, lorsqu'elle termina son tour de chant, si les applaudissements les plus frénétiques provenaient de lui ou d'une autre table à laquelle étaient attablés deux hommes, l'un âgé, l'autre beaucoup plus jeune qui ressemblait étrangement à Madeleine.

C'est alors qu'elle le vit et remarqua le plaisir sincère qui se dégageait de son visage ; elle lui adressa un sourire chaleureux. Dix minutes plus tard, il rencontra deux des trois plus importants hommes de la vie de Madeleine Bonnard : Konstantin Zeleyev, ainsi que son frère, Rudi. Le troisième, le petit Valentin, était profondément endormi sur un lit de fortune, à l'arrière-scène. A l'instant où elle vit Gédéon admirer le bambin de quatre ans aux joues roses et aux longs cils soyeux, si totalement adorable, toutes les traces de résistance qu'elle avait encore se dissipèrent. Et tandis que Madeleine observait Gédéon en notant l'expression d'extase sur son visage pendant qu'il fixait son fils, elle sut, sans le moindre doute, qu'elle venait de trouver un autre ami très particulier.

New York commençait à tisser sa propre toile magique autour de Madeleine. Bien qu'elle dût travailler la plupart du temps, à un endroit ou à un autre, il lui restait quand même suffisamment de moments libres pour qu'elle puisse explorer la grande ville qui se rapprochait d'elle, graduellement, et devenait tranquillement son foyer. Elle choisissait un quartier à la fois et, la plupart du temps, accompagnée de Valentin, elle essayait d'en connaître les aspects, le caractère, l'âme et la forme, tout en le reliant au reste de Manhattan. Elle avait souvent l'impression d'être une touriste, appréciant son séjour et son isolement. Elle se rappelait ses premiers jours à Paris, le sentiment d'appartenance qui l'avait instantanément enveloppée là-bas et savait que sa relation avec New York était totalement différente. Konstantin l'avait fidèlement décrite malgré tout son lyrisme; toutes les grandes villes étaient faites de contrastes, mais aucune n'en avait de si flagrants et si éblouissants que New York. Si elle suivait Broadway tout au long depuis son origine dans le Battery, à travers Manhattan, jusqu'à la traversée de la rivière Harlem, il lui était possible de rencontrer sur son chemin toutes les couleurs de la ville, ses saveurs, ainsi que des individus de toutes les races qui peuplaient la terre. Et à leurs yeux aussi, elle devait avoir l'air d'une étrangère, et cela faisait justement d'elle une Newyorkaise, puisque cette ville était, en apparence, principalement peuplée d'étrangers.

Elle commença à voir Gédéon plus souvent. Il venait parfois chez Zabar's deux fois par jour au lieu d'une et, sur un ton anxieux, en évitant de trop laisser paraître ses sentiments, lui reprochait de ne pas prendre assez soin d'elle.

— Vous ne mangez pas assez.

— Je mange comme un ogre, lui répondait-elle en riant.

— Je ne vous vois jamais manger.

— Vous me faites penser à Konstantin. Lui aussi s'inquiète trop de moi.

— Il fait bien de s'inquiéter — vous travaillez beaucoup trop.

— J'y suis habituée.

Elle haussa les épaules.

— J'aime ça.

— Mais vous ne dormez presque pas.

— Je n'ai pas besoin de dormir beaucoup.

Comme les autres, Gédéon l'appelait Maddy, à l'exception de Konstantin et de Rudi qui l'appelaient encore Maggy. Il adorait le son de son nom français lorsqu'elle le prononçait, mais dans sa bouche à lui, il le détestait. La seule langue étrangère que Gédéon parlait avec facilité était l'espagnol, qu'il utilisait régulièrement dans son travail. Il se rappelait à quel point les différentes modulations, timbres et accents des pays européens l'avaient enchanté lors de son service militaire. Par contre, il n'avait pas beaucoup de talent pour les langues étrangères et, bien qu'il eût appris quelques notions de français à ce moment-là et à l'école, il les avait oubliées depuis longtemps.

— Si seulement je pouvais parler français.

— Vous oubliez toujours que je ne suis pas française, mais suisse. Elle échappa un rire. Vous essaierez de suivre notre conversation lorsque Rudi et moi parlons le dialecte de notre région — même les allemands n'en comprennent pas un mot.

— C'est quand même injuste que ce soit vous qui fassiez tous les efforts.

— J'adore parler anglais. Malgré tous les cours que j'ai suivis à Columbia, je crois que j'ai appris davantage en travaillant une seule semaine chez Zabar's. Tant de gens intéressants s'y rendent et tous parlent toujours de la même chose.

— C'est à dire?

— Manger.

Madeleine se sentait à l'aise en compagnie de Gédéon. Elle savait qu'il comprenait fort bien qu'elle ne désirait pas d'amant, qu'elle avait seulement besoin d'un ami; ainsi, elle put s'ouvrir à lui, partager son passé et le laisser s'installer dans sa vie. Elle lui dit presque tout, sa famille à Zurich, Amadéus et Irina; elle parla de son père et du plaisir qu'il aurait eu de rencontrer un vrai détective privé à Manhattan, un héros semblable à tous ceux dont il lisait les aventures. Elle parvint même à lui parler d'Antoine — mais seulement des bons souvenirs, de la joie, puisque personne au monde ne pouvait ou ne devait comprendre les mauvais moments et la souffrance que son cœur cachait encore.

Gédéon ne cessait d'être fasciné. Au début de leur amitié, il avait été tenté de la traiter comme Myriam, sa mère, traitait les minuscules bibelots Steuben que son mari lui avait offerts à l'occasion d'anniversaires importants. Mais au fil du temps, il apprenait à quel point Maddy était plus forte qu'il n'y paraissait. Elle était toute faite d'émotions. Son cœur et son âme dominaient chacune de ses actions, même aujourd'hui, bien qu'elle eût refermé la partie d'elle-même qui avait appartenu à Antoine Bonnard. Il arrivait parfois à Gédéon d'imaginer que sous son manteau de chair tendre et douce, Maddy avait des nerfs d'acier.

Ses parents étaient tous deux décédés, mais Gédéon avait encore ses deux sœurs. Marianne, la plus âgée, avait déménagé à Chicago avec sa famille et Abigail s'était installée à Philadelphie. Un désir ardent le tenaillait de présenter Maddy à sa famille, de leur dire qu'il avait trouvé la femme de sa vie, celle qu'il avait attendue pendant tant d'années ; il devait pourtant réprimer cette folle envie et se contenter d'inviter Madeleine et Valentin chez son oncle et sa tante qui habitaient toujours Greenville, près de New Jersey.

Ils y allèrent prendre le thé, un dimanche après-midi où Madeleine avait pris une journée de congé. Gédéon vit la petite lueur de plaisir qui dansa dans les yeux de son oncle lorsqu'il posa un premier regard sur Maddy. Sa tante Ruth qui sembla tout d'abord alarmée par la présence de la jeune femme, se demandait pourquoi, après des années de solitude et de célibat, son neveu se présentait en compagnie d'une jeune étourdie et de son enfant, une étrangère par surcroît.

— Gédéon m'a beaucoup parlé de vous, dit Madeleine, lorsqu'ils s'installèrent, gênés, dans le salon.

— C'est plus qu'il n'en a jamais dit à votre sujet, répondit Ruth en pinçant les lèvres, malgré son intention d'être polie.

— C'est compréhensible, madame, fit Madeleine gentiment. Je suis seulement une amie — vous êtes sa famille.

— Seulement de bons amis, hum ? s'enquit Mort Tyler en adressant un clin d'œil à Gédéon.

— Tout à fait, monsieur.

— Appelez-moi simplement Mort, d'accord ?

— Avec plaisir.

— Quel âge a votre petit garçon ? demanda Ruth.

— J'ai quatre ans, répondit Valentin, pour lui-même. En grandissant, le gamin était devenu presque bilingue et, malgré qu'il passât encore presque tout son temps entre sa mère et

Zeleyev, son anglais était meilleur, plus détendu et plus américain que celui de Madeleine qui avait un accent plus prononcé et guindé.

Ruth Tyler leur servit du thé, versa trop de lait dans la tasse de Madeleine, mais cette dernière le but comme si c'était un pur nectar et accepta une seconde tasse.

— Oh! mon dieu, dit-elle, soudainement.

— Qu'y a-t-il? demanda Ruth.

— Votre gâteau au fromage.

— Qu'est-ce qu'il a, mon gâteau au fromage?

— Rien, au contraire.

Madeleine déposa sa fourchette à côté de l'immense tranche de gâteau qui garnissait son assiette.

— Gédéon m'avait bien dit que vous faisiez le meilleur gâteau au fromage du monde, mais je vous avoue que je ne l'ai pas cru — jusqu'à maintenant.

— C'est une vieille recette juive, répondit Ruth. Aimez-vous cuisiner, Maddy?

— Malheureusement, je n'en ai pas beaucoup le temps.

— Gédéon nous a dit que vous chantiez, dit Mort.

— Un peu, fit Madeleine sur un ton modeste.

— C'est un rabbin qui lui a appris à chanter, ajouta Gédéon malicieusement, sachant que son professeur avait été Gaston Strasser, mais il aimait trop taquiner sa tante pour laisser passer l'occasion.

— Vraiment? Un rabbin? Ruth semblait incrédule.

— Oui, je t'assure, tante Ruth. Les Lévy étaient les meilleurs amis de Maddy à Paris, et Noah Lévy a eu une grande influence sur elle.

— Vraiment? répéta Ruth Tyler, tandis que son visage s'éclairait, et elle se retourna vers Madeleine avec un intérêt renouvelé. Dites-moi, ma petite, est-ce que votre défunt mari — que Dieu ait son âme — était juif, lui aussi?

— Non, madame, il ne l'était pas, répondit Madeleine, presque sur un ton d'excuse.

— Mais ce Lévy était réellement un rabbin?

— Absolument.

— Ça, au moins, c'est quelque chose.

Ruth souleva le plateau sur lequel reposait le gâteau à deux étages.

— Je peux vous resservir du gâteau, ma petite?

Valentin s'était pris d'amitié pour le grand Américain dès le premier instant. Gédéon pouvait jouer avec lui des heures, sans broncher, ne paraissant jamais s'ennuyer, jamais fatigué des nombreux jeux que Valentin lui proposait. Rudi Gabriel aimait beaucoup Tyler, lui aussi. Pour lui, un homme respectable qui s'intéressait avec autant de transparence et de tendresse à sa sœur, avait sa bénédiction. Seul Zeleyev avait des réserves.

— Avez-vous vraiment besoin de passer tellement de temps avec cet homme?

— De qui parlez-vous, de Gédéon?

— Qui d'autre voyez-vous donc dans les rares moments qui vous restent? Évidemment, je parle de Gédéon.

— Que lui reprochez-vous donc? s'enquit Madeleine calmement.

— Premièrement, vous n'avez rien en commun avec lui.

— C'est-à-dire?

— C'est un détective. Il mène une vie tout à fait sordide.

— Absurde!

— Vous pensez que c'est un métier honorable d'être détective privé, ma chère?

— Aussi honorable que de rester debout toute la journée derrière un comptoir à fromages et de revenir à la maison avec une odeur de poisson fumé collée à la peau. Je ne crois pas que Gédéon se vante d'exercer le plus honorable des métiers, mais moi non plus.

— Vous vous obstinez délibérément, se plaignit Zeleyev. Je peux accepter, contre ma volonté, que certaines personnes doivent parfois faire des choses, histoire de survivre en ce bas monde.

— Vous voulez dire, des choses pas convenables? suggéra Madeleine. Par exemple, être une bonne, ou servir aux tables ou dans un magasin ?

— Mais cet homme est beaucoup plus vieux ! Quel âge a ce Tyler au fait ?

— Quarante-six ans.

— Voilà. Un homme d'âge mûr qui n'a pas eu à s'enfuir de chez lui à l'âge de seize ans, sans expérience. Il a sûrement dû avoir la chance de faire quelque chose d'utile dans sa vie.

— Il a déjà été policier, Konstantin.

Elle le vit grimacer.

— Et s'il n'était pas entré dans la police, il serait probablement devenu tailleur comme son père. Cela vous aurait-il davantage impressionné ? J'en doute fort.

— C'est justement ce que j'essaie de vous faire comprendre, Madeleine. Gédéon Tyler n'est pas un homme impressionnant ! Ce n'est certainement pas un homme digne de vous.

— C'est mon ami, pas mon amant.

Madeleine essaya de rester calme et patiente, bien que cela soit parfois difficile avec Konstantin. Elle s'était heurtée à ce qu'elle appelait son snobisme enraciné, à plusieurs occasions déjà et, habituellement, elle était capable d'en rire. Il lui arrivait parfois, par contre, de dépasser les bornes.

— Je sais que vous êtes trop têtue pour accepter l'aide de votre frère, continua-t-il. Mais vous pourriez au moins essayer de le laisser vous introduire à quelques-uns de ses amis. Un gentil et riche courtier de Wall Street, peut-être — ça, ce serait beaucoup plus convenable. Pas l'idéal, mais convenable.

— C'est bien là le genre d'hommes avec qui je serais incapable de m'entendre.

— Vous vous entendez pourtant bien avec Rudi.

— C'est mon frère, Konstantin !

Zeleyev ravala sa réplique, sachant fort bien qu'il serait malaisé de poursuivre en ce moment. Madeleine avait parlé, dernièrement, de se trouver un appartement. Grâce à ses emplois et au loyer ridiculement bas que Konstantin n'acceptait de lui faire payer qu'à contrecœur, elle n'aurait aucun problème à signer un bail. Cette perspective le hantait. De la voir, si belle, si obstinée et impétueuse se débrouiller toute seule dans un petit logis médiocre, guère plus habitable que le logement pitoyable qu'elle avait partagé avec son mari, le faisait frémir. Que ferait-elle lorsqu'il ne serait plus là pour la guider ?

— Gédéon est un homme bon, intelligent et intéressant, poursuivit Madeleine. Et il me comprend très bien.

— Comment peut-il comprendre une femme de votre classe ?

— Konstantin, essayez-vous de me mettre en colère ?

— Loin de moi cette idée, ma chère, dit-il, puis se murant dans un silence obstiné, il se promit au même moment de refuser de garder Valentin la prochaine fois qu'elle formulerait le désir de voir Tyler. C'était déjà suffisant qu'elle le voie chaque jour au travail, Zeleyev n'allait sûrement pas l'encourager à passer plus de temps encore avec un policier juif raté dont les grands-parents avaient probablement habité dans quelque *shtetl* russe perdu.

Quelques semaines plus tard, un mercredi après-midi, alors que Madeleine quittait Zabar's à la fin de son travail, elle aperçut Gédéon qui l'attendait à l'extérieur, adossé contre la porte ouverte de sa voiture.

— Sautez vite à l'intérieur.

Madeleine éclata de rire.

— Le seul exercice que je fais dans ma journée, c'est de marcher jusqu'à la maison. Vous ne me ferez pas prendre la voiture !

— Je n'ai pas l'intention de vous ramener chez vous, répondit Gédéon.

— Mais je dois y aller.

— Vous avez une heure de répit avant de retourner travailler, n'est-ce pas ?

Gédéon la vit contourner la voiture. Il s'installa et mit le moteur en marche.

— Je vous en prie, Maddy — je ne vous le demanderais pas si ce n'était pas important.

— D'accord, fit-elle. Où allons-nous ?

— C'est une surprise.

Il arrêta la voiture du côté ouest de Central Park, devant l'un des impressionnants vieux immeubles qui donnaient sur le parc.

— Nous y sommes.

— Nous sommes où ?

— Allez, venez.

— Mais où m'emmenez-vous ?

— Voir la surprise.

Madeleine regarda, médusée, tandis que Gédéon s'entretenait quelques instants avec l'élégant portier en uniforme, avant de lui prendre la main et de l'entraîner dans l'un des trois ascenseurs jusqu'au douzième étage.

— C'est ici, dit-il, en arrivant devant l'appartement 12C.

— C'est ce que vous avez dit lorsque nous étions dehors.

Gédéon ouvrit la porte. Il la poussa gentiment à l'intérieur d'un grand vestibule sombre.

— À qui est cet appartement ? demanda Madeleine.

— À moi, répondit Gédéon.

— À vous ?

— Oui, apparemment, c'est à moi.

— Pourriez-vous me donner quelques détails ? fit-elle sur un ton calme.

Gédéon referma la porte.

— Il semble qu'on m'a laissé un appartement.

— Celui-ci ?

— C'est exactement cela.

— Mais que voulez-vous dire par « laisser » ? Elle semblait soucieuse. Quelqu'un est mort ?

— Oui, un client.

Il observa son visage dans le faible éclairage du hall d'entrée.

— Je sais. On se sent bizarre, n'est-ce pas, c'est difficile de se faire à l'idée.

Il s'avança et ouvrit les portes doubles.

— Venez jeter un coup d'œil à l'intérieur. J'ai besoin de votre avis.

Ils étaient dans un grand salon, immense selon les critères de Manhattan, aussi sombre que le hall d'entrée à cause de volets obstruant la lumière extérieure et une odeur de renfermé s'était installée dans l'appartement. Toutefois, lorsque Gédéon ouvrit tout grand les volets tandis que les rayons de soleil ruisselaient à travers les fenêtres, Madeleine put voir un joli plancher de bois, de splendides corniches, une cheminée en marbre d'une beauté remarquable et, en levant les yeux, elle admira un lustre ravissant.

— Mon Dieu! dit-elle, tout doucement.

— C'est ce que j'ai pensé.

Gédéon lui sourit.

— Tout l'appartement est ainsi — ça a du chic, n'est-ce pas? Excepté pour les boules de naphtaline.

— Des boules de naphtaline?

— Dans chaque placard, chaque tiroir, j'ai retrouvé des petits sacs remplis de ces boules. Ma mère avait l'habitude d'en garder dans nos tiroirs aussi. C'est seulement en quittant la maison, que j'ai réalisé que tous les chandails ne sentaient pas automatiquement le camphre.

— Mais qui est ce client? s'informa Madeleine, intriguée.

— Une vieille dame nommée Lilian Becker. Je me suis occupé d'une affaire pour elle il y a longtemps — dix, onze ans peut-être.

— Qu'est-ce que vous avez fait pour elle?

— J'ai retrouvé sa fille. Gédéon haussa les épaules. Ce n'était rien de très spécial, Maddy, même pas un cas de personne portée disparue. C'était simplement une histoire de famille. Toutes deux s'étaient brouillées quelques années auparavant et la vieille dame tenait à revoir sa fille de nouveau.

— Vous avez réussi à la retrouver?

— Oui, en Floride. Il se rappelait de tous les détails. À Miami Beach. Elle n'était pas très enchantée, ni de savoir que je l'avais recherchée un peu partout, ni à l'idée de revoir sa mère. J'ai fini par réussir à la convaincre.

— Et cela faisait aussi partie du contrat?

— Peut-être un peu, bien que ce ne soit pas si difficile, au fond. En plus, Mme Becker s'était montrée fort généreuse, le tarif de base plus mes dépenses courantes. Elle était satisfaite, je l'étais aussi. Gédéon s'interrompit quelques instants. Pourtant, être de nouveau réunie à sa fille a transformé sa vie. J'ai cru qu'elle était malade à l'époque et qu'elle désirait faire la paix avant de mourir. Mais elle a tout de même vécu jusqu'au mois dernier. Son avocat m'a informé qu'elle était à l'hôpital depuis longtemps déjà.

— C'est merveilleux qu'elle ait pensé à vous laisser quelque chose, dit Madeleine, mais un appartement à vous tout seul? Surtout un appartement grand comme celui-ci? Elle réfléchit un moment. Et qu'en pense sa fille? N'est-elle pas fâchée que sa mère ne le lui ait pas laissé?

— Selon l'avocat, elle a hérité d'une maison quelque part au Massachusetts, et d'une villa dans le sud de la France. Apparemment, elle se soucie fort peu de moi — elle connaissait les sentiments de sa mère, elle n'aime pas New York et elle n'est pas intéressée à hériter d'un appartement à louer et des tracas qui s'y rattachent.

— Mais si c'est un appartement à louer, demanda Madeleine, comment Mme Becker a-t-elle pu vous le léguer?

— Peu de gens possèdent un appartement dans cette ville, Maddy. Lilian Becker m'a laissé un bail signé de cinq ans avec une option de renouvellement. Toutefois, sachant que je ne pourrais jamais me permettre un tel appartement, elle s'est occupée de faire préparer un fonds en fidéicommis pour le payer. L'avocat m'a dit que cette pratique était peu courante et que peu de propriétaires accepteraient d'honorer ce genre de legs. Mais, dans son cas, elle était en bons termes avec la personne à qui appartient cet immeuble. En plus, tout est kasher, ici. C'est incroyable, je sais.

— Je trouve cela merveilleux. Et quand allez-vous

emménager ?

— Je ne vais pas emménager.

— Et pourquoi pas ?

— Me voyez-vous, tout seul, ici, avec mes habits de travail et mon saxophone ?

— Les murs ont l'air très solides.

Gédéon prit une inspiration avant de lui parler.

— J'ai pensé que, si vous l'aimez — Il hésita. J'ai pensé que Valentin et vous aimeriez peut-être vous installer ici.

Stupéfaite, Madeleine sentit ses joues s'enflammer.

— Je ne serais jamais capable de payer un tel loyer.

— Le loyer est gratuit. Le fonds en fidéicommis, vous vous rappelez ?

Le silence sembla s'éterniser.

— Je crois, Gédéon, que vous ne me connaissez pas encore très bien.

— Bon Dieu, fit-il, d'un air consterné. Je vous ai offensée.

Elle secoua la tête.

— Non, au contraire, je suis touchée de votre attention. Mais il ne me viendrait jamais à l'esprit d'accepter, même si je pouvais. Et d'ailleurs, je ne peux pas.

— Pourquoi ?

Elle était encore toute rose d'embarras.

— Je vous aurais téléphoné ce soir pour vous le dire, seulement, vous êtes arrivé et...

— Que vouliez-vous me dire ?

— J'ai trouvé un appartement. Je suis allée le voir très tôt ce matin. Je dois aller signer mon bail plus tard ce soir. J'ai déjà conclu l'entente avec le propriétaire.

— Où est-ce ? Gédéon paraissait complètement démonté.

— Près d'Amsterdam, sur la 74e Rue. Il y a deux chambres. Je suis désolée, Gédéon.

— Il ne faut pas.

Madeleine choisit ses mots soigneusement.

— Je ne veux pas qu'on m'offre tout sur un plateau

d'argent jusqu'à la fin de mes jours, Gédéon. J'ai tellement dû m'appuyer sur Konstantin depuis notre arrivée en Amérique. Je ne sais pas si je serais encore vivante sans lui, sans son aide. Mais j'ai envie depuis longtemps d'avoir un endroit à moi seule, si je traînais encore, c'est seulement parce que je savais que Konstantin en serait peiné et contrarié. Mais il est temps, maintenant.

— Je comprends, Maggy. J'ai seulement cru bon, lorsque j'ai su que j'héritais de cet appartement.

— Vous vouliez m'aider. Elle lui adressa un sourire. Vous êtes un ami merveilleux et je ne vous en aime que davantage. Toutefois, j'ai besoin d'avoir mon indépendance. Ce n'est pas que je craigne ne pas l'avoir si j'acceptais votre offre, mais j'aurais l'impression d'être...

Elle hésita, trouvant difficile de trouver les mots justes.

— Vous auriez l'impression d'être un parasite ?

— Exactement.

— Dans ce cas, dit Gédéon sur un ton ironique, il ne me reste plus qu'à devenir propriétaire et à louer cet endroit. Il secoua la tête. Je n'ai jamais aimé être payé à ne rien faire, mais il faudra sans doute m'y habituer.

— Ce sera désormais moins gênant pour vous de nous rendre visite, fit Madeleine, qui savait que Gédéon était tout à fait conscient que Konstantin n'encourageait pas ses visites.

— Quand pourrais-je voir votre appartement ?

Madeleine leva la tête vers lui et lui adressa un sourire chaleureux.

— Vous voulez venir avec moi lorsque j'irai signer le bail ? J'aimerais bien, moi aussi, avoir votre avis.

— J'en serais honoré.

Madeleine et Valentin emménagèrent dans leur nouvel appartement pendant la première semaine de 1967. Leur logement était au troisième étage d'une belle maison sur la 74ᵉ Rue Ouest, en face de l'école Calhoun. L'avenue Amsterdam était à quelques coins de rue de là et Zeleyev habitait trois rues plus loin à l'ouest. Malgré tout, la proximité de son nouvel appartement n'avait pas empêché le Russe de vociférer bruyamment dans ses efforts pour décourager Madeleine de s'installer là.

— Vous auriez dû chercher quelque chose dans l'un de ces grands immeubles sur le West End, lui dit-il. Ces appartements ont de la classe, ils sont solides, et des portiers vous ouvrent la porte.

— Ils sont plus chers.

— Mais la rue est large, plus éclairée et beaucoup plus sûre.

— J'ai du soleil dans l'appartement tout l'après-midi, répondit Maddy. De plus, Gédéon et Rudi ont tous deux surveillé le quartier le soir, et ils croient qu'il est aussi sûr que partout ailleurs.

— Pas autant que Riverside Drive.

— Je ne peux pas rester chez vous pour toujours, Konstantin, lui rappela-t-elle gentiment. Valentin grandit et il a besoin d'espace. Moi aussi, j'ai besoin d'espace, et vous aussi.

— Que vais-je faire sans vous ?

— Mais je ne serai pas loin. Je resterai toujours près de vous, Konstantin.

— Je n'en suis pas si certain, répliqua Zeleyev, d'une voix morose.

Valentin adorait l'appartement. C'était un petit garçon normal, enjoué et dynamique, mais du plus loin qu'il pouvait se souvenir, il n'avait jamais eu d'endroit où jouer. Bien sûr, maman l'emmenait chaque fois qu'elle le pouvait, pour jouer au parc ou sur un terrain de jeux, mais dans l'appartement de Konstantin, il avait toujours dû faire attention afin de ne rien briser. Maintenant, il avait sa propre chambre et maman le laissait jouer partout, à moins qu'elle n'ait de la visite ou que ce soit l'heure pour lui d'aller au lit. C'était à peu près leur seul sujet de discorde.

— Mais je ne suis pas fatigué, maman, lui dit-il, un soir où elle était à la maison et qu'elle le bordait. Ce n'était pas un mensonge puisqu'il lui semblait avoir plus d'entrain lorsqu'il faisait noir.

— Cela m'est égal, lui répondit Madeleine, il est tard et tu dois dormir.

— Mais je ne dormirai pas. Je vais rester allongé et gigoter dans mon lit.

— Alors, je vais te lire une histoire.

Valentin s'installa entre les draps et les taies d'oreillers de coton qu'il avait aidé sa mère à choisir chez Macy's. Konstantin dit que je suis un oiseau de nuit, comme toi, maman.

— Même les oiseaux de nuit ont besoin de sommeil.

— Lorsque oncle Rudi est ici, il me laisse veiller jusqu'au moment où tu es sur le point de rentrer. Il leva vers elle un visage rayonnant.

— Il sait que je n'aime pas ça ?

— Il dit que lorsque tu étais petite, tu te faisais toujours gronder parce que tu ne voulais pas te coucher, le soir.

— Par contre, j'y allais quand même, lui fit remarquer Madeleine. Je n'avais pas le choix. Ma mère était très stricte avec moi. Même si je n'avais pas sommeil, je devais rester immobile et faire ce que l'on me disait.

— Mais tu n'étais pas fatiguée, maman, n'est-ce pas ?

— Pas toujours, c'est vrai.

— Alors, tu dois savoir comment je me sens.

Madeleine ébouriffa sa chevelure.

— Oui, mon chéri, je sais.

— Maman ?

— Oui, mon cœur.

— On pourrait avoir des fleurs dans l'appartement, s'il te plaît ? Je veux dire, des vraies fleurs, dans des vases, comme dans un vrai jardin.

— Bien sûr, chéri, c'est une idée tout à fait charmante.

— Maman ?

— Oui.

— On pourrait avoir un téléviseur, s'il te plaît ?

— Non, mon cœur. Pas tout de suite.

— Pourquoi ?

— C'est trop cher.

— Maman?

Madeleine leva un doigt sévère.

— Dernière question.

— Est-ce que Gédéon pourrait nous emmener à Coney Island? Il dit que c'est génial, mais que je dois d'abord te le demander. On pourrait y aller?

— Oui, certainement, chéri, mais je ne sais pas quand. Je travaille presque tout le temps.

— Dimanche prochain? Gédéon m'a dit qu'il y avait un parc immense, juste pour les enfants.

— C'est difficile, le dimanche. Je travaille chez Zabar's toute la journée, tu le sais bien.

Le visage de Valentin se rembrunit.

— Je m'ennuie lorsque tu travailles, maman.

— Je sais.

Prise de remords, Madeleine s'accorda une journée de congé le dimanche suivant afin que Gédéon puisse les emmener, comme il l'avait promis à Valentin, à Coney Island. Ils prirent le train qui longeait l'océan jusqu'à l'avenue Stillwell — la meilleure façon de s'y rendre, insista Gédéon — jusqu'à l'extrémité sud-ouest de Brooklyn. Ils passèrent au moins deux heures au Ward's Kiddyland afin que Valentin puisse faire toutes les promenades en petite voiture qu'il désirait, après quoi ils déambulèrent le long du grand trottoir, le vent leur fouettant les joues. Valentin poussait des cris de joie en courant de tous côtés, observant les mouettes en plein vol par-dessus l'océan ou encore l'immense et bruyant carnaval du côté de la terre ferme. Ils se rendirent jusqu'à la plage, enlevèrent leurs chaussures et s'amusèrent à glisser leurs pieds dans le sable et les vagues encore gelées, Madeleine étreignant la main gauche de Valentin et Gédéon sa droite, au cas où sa trop grande exubérance l'entraînerait plus loin dans le courant dangereux.

— Il a besoin d'amis de son âge, dit Gédéon à Madeleine, plus tard, tandis qu'ils s'asseyaient sur un banc tout en surveillant

Valentin, qui, les mains toutes collantes de barbe à papa, jouait tranquillement dans un carré de sable. C'est un petit garçon courageux. Il échappa un rire. Je pense qu'il serait prêt à aller tout en haut des montagnes russes si vous le laissiez faire, seulement pour nous donner du bon temps.

— Il passe tout son temps en compagnie d'adultes, répondit Madeleine tandis que ses yeux brillants s'assombrissaient.

— Il a déjà cinq ans, Maddy — vous devez l'envoyer à l'école.

— Je sais, je sais — j'y pense tout le temps. Mais comment faire?

Elle avait délibérément remis à plus tard ses réflexions sur la précarité de son statut aux États-Unis. À l'origine, elle était entrée au pays en tant que touriste, mais elle avait travaillé pendant plus de deux ans sans mentionner à ses employeurs qu'elle n'avait pas le droit de le faire. Dernièrement, cette pensée la troublait de plus en plus, et elle ne savait absolument pas comment se sortir de cette situation fâcheuse.

— Vous devez faire quelque chose, Maddy, continua Gédéon. Un de ces jours, quelqu'un signalera aux autorités qu'un petit garçon habite ici sans jamais aller à l'école.

Madeleine savait qu'il avait raison. Rudi le lui avait répété à maintes reprises, tout comme Konstantin. Et la vue quotidienne de son petit garçon actif et intelligent qui grandissait sans les bienfaits d'une bonne éducation et d'une intégration parmi ses pairs la déchirait. Effrayée par le changement, angoissée à la pensée qu'en faisant une demande officielle, elle ne réussirait qu'à alerter les autorités en mettant le feu aux poudres, elle s'était caché la tête dans le sable en espérant que le problème se règle de lui-même par magie.

— J'ai une solution, dit Gédéon subitement.

— Quel genre de solution?

— Laissez-moi d'abord voir quelles sont toutes les alternatives, d'accord? Même si vous formuliez le vœu de travailler à la banque de votre famille, ce qui n'est pas le cas, vous ne pourriez pas vraiment prétendre pouvoir vous qualifier pour ce genre de travail. Ainsi, pour que cela fonctionne, vous seriez dans l'obligation de faire appel à votre mère, afin qu'elle arrange quelque chose pour vous.

— Ça, jamais! répliqua Madeleine sèchement. À moins que la vie de Valentin n'en dépende.

— Le deuxième choix qui s'offre à vous est de vous jeter dans les bras du département de l'Immigration. On pourrait se montrer compréhensif ou on pourrait tout aussi bien être très ennuyé par le fait que vous ayez attendu si longtemps.

— Croyez-vous qu'on pourrait nous expulser? demanda-t-elle rapidement.

— J'en doute. Gédéon réprima un frisson. Mais je n'oserais certainement pas courir un tel risque.

— Mais que voyez-vous d'autre?

— Une seule chose, mais ce serait une complète garantie.

— Mais pour l'amour du ciel, qu'est-ce que c'est? s'enquit Madeleine, impatiente. Dites-le-moi.

— Le mariage, répondit Gédéon. Avec un citoyen américain. Il s'efforçait de paraître calme et détendu, mais une partie de la tension qu'il éprouvait s'était glissée, malgré lui, dans le ton de sa voix. Un mariage de convenance.

— Vous voulez rire.

— Je suis prêt et disposé à le faire. Il se sentit rougir. Évidemment, nous n'habiterions pas ensemble — ce serait simplement un arrangement entre amis.

Il attendit un peu qu'elle parle et se mit à bredouiller en voyant qu'elle ne réagissait pas.

— Maddy, j'ai trop d'affection pour vous et Valentin pour vous voir enlever tout ce qui vous appartient — vous avez travaillé trop fort pour mériter cela.

Madeleine était trop estomaquée pour pouvoir répondre. Elle oublia où elle était, oublia même pendant quelques instants de garder un œil sur Valentin. Elle savait que de tels mariages étaient courants en temps de guerre, mais maintenant? C'était d'une façon si — malhonnête. Et elle était toujours, au plus profond de son âme et de son cœur, la femme d'Antoine. Jamais, elle n'avait été tentée de regarder un autre homme.

— Ce ne serait qu'un bout de papier, poursuivit Gédéon, en devinant ses pensées. Cela n'a rien à voir avec un vrai mariage.

Madeleine reprit ses esprits.

— Mais vous? demanda-t-elle. Ce serait beaucoup trop injuste, Gédéon. Vous tomberez peut-être amoureux, vous voudrez peut-être vous marier encore — aucune femme sur terre n'accepterait cette situation.

— Je doute fort que cela arrive et, si cela arrivait — et bien, nous pourrions divorcer.

— C'est insensé.

— Non, je ne crois pas.

Elle plongea son regard dans le sien et vit toute la bonté qui l'habitait.

— Beaucoup de gens m'ont aidée, Gédéon, mais c'est la chose la plus gentille, la plus généreuse qu'on ait jamais voulu faire pour moi, et je vous en remercie tendrement.

— Alors?

Une mouette piqua au-dessus de leur tête et Valentin éclata de rire.

— Mais c'est complètement fou.

— Seulement un peu fou.

— Et impossible.

Le mariage eut lieu à l'Hôtel de ville, le septième jour d'avril. Rudi et son ami, Michel Campbell, un courtier de Wall Street âgé de vingt-six ans, avec qui Rudi partageait son appartement depuis plus de neuf mois, furent les témoins, tandis que Konstantin, qui avait exprimé son indignation devant ce mariage qu'il qualifiait de comédie burlesque, avait tout de même consenti à préparer un déjeuner à son appartement pour célébrer, insistait-il, non pas le mariage de Madeleine mais plutôt son nouveau statut.

Son nom était maintenant Madame Gédéon Tyler, sur tous les documents officiels. Dans les boîtes de nuit où elle continuait à chanter, et où sa popularité augmentait en même temps que la durée de ses numéros, elle demeurait Maddy Gabriel. Dans son cœur, elle était toujours Madeleine Bonnard.

Depuis qu'il fréquentait une école publique, connue sous le nom peu inspiré de PS 87, à quelques pas de chez lui, Valentin — désigné par ses nouveaux amis sous le nom de Val — était resplendissant de santé. Cependant, le mariage de convenance semblait avoir creusé un fossé entre Madeleine et Gédéon. Il lui sembla plus sage de téléphoner à son ami moins souvent; elle voulait s'assurer qu'il ne se sente pas bousculé ou oppressé par elle ou son fils. Elle ne pouvait pas supporter l'idée de gâcher sa vie sociale. Au moment où il rencontrerait quelqu'un, lui répétait-elle souvent, il devait lui promettre de lui dire, et elle s'arrangerait pour demeurer hors de son chemin — et si ça devenait trop sérieux, s'il désirait un vrai mariage — elle lui accorderait alors le divorce sans la moindre seconde d'hésitation.

À certains moments, Gédéon avait l'impression que la situation était trop insupportable. Il savait qu'il était sans doute trop vieux pour Madeleine, il savait aussi qu'elle ne pourrait jamais le considérer autrement qu'en ami. Pourtant, chaque fois qu'elle prononçait le mot divorce, il avait l'impression de se faire assener un coup de poignard au cœur. De son côté, il lui laissait aussi plus d'espace qu'avant, s'occupant de signer des papiers lorsqu'il y avait lieu, l'accompagnant à l'école de Valentin lorsque c'était nécessaire, mais jamais, autrement, il ne faisait référence à leur mariage pour ne pas agrandir son malaise. Il se jetait à corps perdu dans son travail, acceptait des dossiers plus lourds, suivait la piste de maris ou d'épouses infidèles, devint garde du corps pour des témoins ayant besoin de protection, tout en s'entraînant comme un forcené au gymnase Gleason, dans le Bronx, s'efforçant de ne pas apporter de cadeaux à Valentin plus d'une fois par mois.

Rudi Gabriel savait que Gédéon était amoureux de sa sœur, et Konstantin Zeleyev le savait aussi. Mais Gédéon avait fait jurer Rudi sur la bible de ne rien dire à Maddy, et Zeleyev se serait bien gardé de le lui dire, quand bien même Gédéon l'aurait supplié de le faire, en tenant un revolver appuyé contre sa tempe.

Chapitre 15

En septembre, la carrière de Madeleine prit un essor important ; elle faisait un numéro de chant trois soirs par semaine depuis déjà plus de quatre mois, chez Lila, un club-restaurant de la 2ᵉ Avenue, lorsque l'imprésario Joey T. Cutter l'entendit. Ce numéro comprenait l'interprétation de six chansons et, pendant l'une d'elles, elle laissait son micro sur scène et se promenait de table en table, en chantant pour chacun des invités comme s'ils étaient l'unique raison de sa présence.

Cutter fut vivement impressionné par la sincérité de sa voix rauque et par sa beauté. Il lui laissa sa carte avec une note l'invitant à venir le rencontrer à son bureau dans l'immeuble Brill.

Elle n'était pas aussitôt assise, nerveuse, lui faisant face au-dessus du grand bureau, qu'il lui demanda :

— Voulez-vous seulement chanter ou devenir une vedette ?

— Très franchement ?

— Oui.

Madeleine le regarda dans les yeux et aima ce qu'elle y vit.

— En vérité, il ne m'est jamais venu à l'esprit de devenir une vedette. On m'a dit que ce n'était pas la bonne attitude et peut-être que ces gens avaient raison, mais je ne veux rien d'autre que chanter.

Elle lui sourit.

— Et gagner ma vie en chantant, c'était presque un miracle.

— Vous êtes mariée?

— Oui.

— Votre mari aime vous entendre chanter?

— Beaucoup.

— Vous avez des enfants?

— J'ai un fils.

— Voyager vous poserait des problèmes?

— Cela dépend de la destination et de la durée du voyage.

— Est-ce que votre mari pourrait s'occuper de votre garçon pendant toute une semaine à la fois?

— Cela dépendrait des circonstances, monsieur Cutter, lui répondit-elle en le regardant droit dans les yeux.

L'imprésario prit un petit cigare sur son bureau et se mit à en mâchonner le bout.

— Et si je vous trouvais des engagements dans deux ou trois cabarets, mademoiselle Gabriel? Dans des endroits comme Boston, ou Miami — et même à Las Vegas, peut-être? Que pensez-vous de ces circonstances?

— Elles me semblent très excitantes, répondit-elle avec des papillons dans l'estomac.

— Il n'est question que de premières parties, vous comprenez?

— Bien entendu, monsieur Cutter.

— Mais cela ne vous dérangerait pas, n'est-ce pas, demanda-t-il ironiquement, puisque ça ne vous dit rien d'être une vedette?

— Exactement, admit-elle rapidement.

— Vous êtes française, n'est-ce pas?

— Je suis née en Suisse.

— En Suisse? Et il continua, en réfléchissant à voix haute: Nous dirons que vous êtes française, de toute façon — ça va mieux avec votre style. Puis après une pause : Avez-vous déjà fait un disque?

— Un disque?

— Un enregistrement, vous savez. Vous a-t-on déjà enregistrée?

— Pas encore, dit-elle. Pensez-vous que je pourrais?

— Bien sûr! Pourquoi pas? Il continua à mâcher son cigare. Il est question de disque de démonstration, mademoiselle Gabriel. Je ne fais pas que gérer la carrière d'interprètes, je m'occupe aussi de compositeurs. Lorsque j'essaie de vendre des compositions, je fais faire des enregistrements de démonstration, et c'est ce que j'envoie aux compagnies de disques. Si le matériel est bon, ils engagent alors une vedette pour faire un véritable disque qui sera mis sur le marché. Parfois, quelqu'un se souvient que la voix du démonstrateur était meilleure. Si vous avez de la chance, vous pouvez devenir une vedette de cette façon. Mais n'y comptez pas trop.

Madeleine, qui n'avait jamais eu d'agent ou d'imprésario, fut ravie de voir ses revenus augmenter sensiblement, même dans les clubs où elle avait travaillé depuis plus de deux ans. Et si les engagements dans les cabarets qu'il lui avait mentionnés ne s'étaient pas encore concrétisés, elle avait déjà fait plusieurs enregistrements de démonstration, et Cutter, qui aimait son style, l'encourageait à travailler davantage, développant son intuition naturelle, lui enseignant comment viser un certain genre d'auditeurs et comment modeler son apparence et son numéro en conséquence.

— Je ne peux pas être juste moi-même? lui demanda-t-elle après une répétition plutôt harassante.

— Bien sûr, mais vous devez l'être encore plus.

Un an s'était écoulé depuis le mariage de Madeleine et de Gédéon lorsque Konstantin Zeleyev, lui rendant visite un soir, dans sa minuscule loge chez Lila, lui suggéra qu'il serait peut-être temps qu'elle se rende à Paris pour y prendre possession d'*Éternité*.

— Vous êtes légalement libre d'aller et venir comme bon

vous semble, maintenant, ma chère, et franchement, il me fait de la peine de penser que notre magnifique trésor accumule de la poussière dans la voûte d'une banque française.

Madeleine hésita. Elle avait adoré cette sculpture et elle désirait la revoir. Mais la vie dans laquelle elle avait contemplé *Éternité* semblait maintenant à des années-lumière, faisant partie d'un passé qu'elle préférait oublier.

— Je ne sais pas, dit-elle. Elle est en sécurité, là-bas.

— Elle pourrait être tout autant en sécurité dans le coffret d'une banque de New York, argumenta-t-il. Et en plus, nous pourrions la contempler de temps en temps.

La valeur incomparable de la sculpture la troublait également d'une autre façon. Elle avait toujours considéré la création de son grand-père comme une expression unique de son amour pour Irina, mais lorsqu'elle l'aurait en sa possession, elle subirait alors une pression croissante pour la vendre, car comment pourrait-elle payer ses dettes autrement? Et comment pourrait-elle donner à Valentin tout ce qu'elle souhaitait pouvoir lui offrir?

— Je ne suis pas sûre, dit-elle.

— Je ne comprends pas.

— Ce que je voudrais réellement faire de cette sculpture, tenta-t-elle d'expliquer, est ce qu'Opi aurait voulu que j'en fasse.

— Amadéus n'a jamais pensé aussi loin que cela, répondit Zeleyev gentiment. C'était suffisant pour lui de savoir qu'il avait joué un rôle dans sa création. Il m'a dit, un jour, je m'en souviens, qu'il ne se souciait que très peu de ce qui arriverait à *Éternité* après sa mort.

— Mais il l'a conçue comme un mémorial.

— À Irina, bien sûr. Et moi aussi, je l'ai conçue ainsi.

— C'était sans doute aussi en témoignage de la vie qu'ils ont partagée en Suisse. Madeleine hésita alors, soucieuse de ne pas heurter Konstantin. Je ne peux voir aucune raison de l'amener en Amérique. Pas maintenant, en tout cas.

Le visage de Zeleyev s'assombrit.

— Je n'aurais jamais imaginé que vous pouviez être

malhonnête, dit-il.

— Je ne crois pas être malhonnête en ce moment, répliqua-t-elle, surprise.

— Vous l'êtes. Ce que vous ressentez réellement, ma chère, c'est la peur. Vous ne pouvez supporter l'idée de retourner à Paris, même pour une courte visite. Paris est la ville où vous avez été le plus heureuse et c'est la ville qui vous a fait le plus souffrir. Vous avez tout simplement peur.

Madeleine ne sut que répondre.

— Comment va Konstantin? lui demanda Gédéon, quelques jours plus tard, en s'arrêtant chez Zabar's, où Madeleine continuait de travailler six matinées par semaine.

— Il va bien, je crois. Pourquoi?

— Je ne te demande pas s'il se porte bien physiquement.

— Quoi, alors? demanda-t-elle, inquiète. Je ne savais même pas que tu l'avais rencontré.

— Il est venu au gymnase à plusieurs reprises. Chez Gleason.

— Il a toujours été obsédé par sa forme physique, dit-elle avec un haussement d'épaules. Lorsque nous vivions encore avec lui, je ne l'ai jamais vu manquer une seule journée d'exercice. Elle sourit. S'il faisait beau, il allait au parc, et s'il pleuvait, ou s'il neigeait, il sautillait dans tout l'appartement ou encore, il faisait ces horribles redressements assis.

— Irais-tu jusqu'à dire qu'il était maniaque?

— Disons qu'il était à la limite de l'obsession.

— Eh bien, il a dépassé les limites, maintenant, répliqua sèchement Gédéon. Il a plus de soixante-dix ans et je jurerais qu'il essaie de rivaliser avec moi, Maddy. Non, je sais que cela semble invraisemblable, mais si tu le voyais, tu comprendrais. Gleason est essentiellement fréquenté par des boxeurs. Pour moi, c'est important de savoir que je peux me défendre dans la rue, mais c'est complètement insensé qu'il vienne s'entraîner là.

— Est-ce dangereux pour lui?

— Dieu sait qu'il est dans une forme superbe pour son

âge, mais le risque est là. Va pour le saut à la corde, mais si j'utilise le sac de sable, Konstantin l'utilise immédiatement après moi, si je passe au ballon rapide, lui aussi. Si je lève des haltères, il vérifie s'il peut lever le même poids que moi.

Gédéon secoua la tête.

— Le plus étrange, c'est qu'il puisse le faire et, Maddy, crois-moi, je suis en excellente forme moi-même.

Madeleine aperçut Murray Klein qui regardait dans sa direction.

— Je dois retourner au travail, dit-elle. Je ne sais vraiment pas quoi dire.

— J'ai toujours su que Konstantin ne m'aimait pas. Et c'est encore pis depuis notre histoire de mariage. Il se gratta la tête. Peut-être devrais-je ralentir un peu mon rythme au gymnase, aller plus lentement.

— Tu veux dire que tu lui ferais croire qu'il a réussi à t'épuiser?

— Je sais à quel point Konstantin est important pour toi, Maddy. Je ne veux pas risquer qu'il se blesse et je ne veux surtout pas me sentir responsable s'il avait une crise cardiaque.

— Je te dirais bien que je vais lui parler, dit Madeleine, mais je sais que ça ne servirait à rien. Lorsque Konstantin a quelque chose en tête, rien ni personne ne peut le faire changer d'avis.

Zeleyev invita Madeleine à dîner environ une semaine plus tard.

— Chez moi, mardi, vous ne travaillez pas le mardi soir, n'est-ce pas?

— Voulez-vous que j'arrive tôt avec Valentin, ou seule, plus tard?

— Plus tard, ma chère. Vraiment plus tard.

Lorsque Madeleine arriva, la salle de séjour exotique, aux murs rouges, était illuminée par un grand nombre de bougies. Il y avait du champagne Krug sur de la glace, du caviar et une grande soupière en argent pleine de bortsch froid.

— Comme c'est beau! s'exclama-t-elle, ravie. Que célébrons-nous, Konstantin? Ai-je oublié quelque chose?

— Pas du tout, la rassura-t-il. Je désire simplement que vous vous détendiez et que vous vous amusiez, deux arts que vous êtes en train de perdre, à mon avis.

Il ouvrit la bouteille.

— Un peu de champagne?

Il semblait surexcité et d'humeur étrangement joyeuse. Il versa du champagne, tandis qu'il buvait des verres de vodka maintenue dans la glace. Il refusait de lui expliquer les motifs de ce qui, indubitablement, avait des allures de grand faste.

— Valentin vous envoie un gros baiser, lui dit-elle. Au début, il était un peu maussade de ne pas être invité, puis il a pris son air adulte pour me dire que je méritais bien une soirée de congé. Elle renifla. Que faites-vous cuire? L'odeur est merveilleuse.

— Un saumon Kulebiaka — j'espère que vous avez faim, ma belle.

— Je suis affamée.

— Commençons, alors.

Ils débutèrent par le caviar — du Béluga servi avec des œufs et de l'oignon émincé, du citron et du pain noir — puis, Zeleyev servit le bortsch dans de grandes assiettes à soupe à l'aide d'une louche, avec les gestes posés et maniérés d'un acteur de soutien jouant les maîtres d'hôtel.

— Est-ce bon? demanda-t-il en s'asseyant en face d'elle.

— Merveilleux.

Il mangea un peu, continuant à boire sa vodka glaciale en surveillant Madeleine attentivement, intensément, comme un renard aux yeux verts. Elle se surprit à admirer sa chevelure immaculée et sa moustache dont pas un seul poil ne dérangeait l'ordre parfait, et se demanda si Konstantin ne teignait pas ses cheveux puisqu'ils auraient dû être blancs depuis très longtemps déjà. Elle eut subitement une vision de lui, debout devant la glace de sa salle de bains, de la teinture fraîche sur le crâne, en train d'en appliquer soigneusement sur sa lèvre supérieure.

— Vous souriez, ma chère, lui dit Zeleyev. C'est bien.
Madeleine rougit un peu.
— Vous ne prenez pas de cet excellent bortsch.
— Je me réserve pour la suite. Nous aurons du Vareniki
pour dessert, avec une sauce aux cerises.
— Vous n'êtes pas toujours si intensément russe, dit
Madeleine.
— Ceci n'est pas une soirée ordinaire.
— Mais qu'a-t-elle d'extraordinaire? demanda-t-elle en-
core une fois.
Pour toute réponse, Zeleyev ne fit que lever son index
jusqu'à sa bouche pour indiquer que c'était un secret. Il versa
encore du champagne, avala encore un peu de vodka, et apporta
le plat principal de la cuisine.

Madeleine ne se souvenait pas d'avoir jamais été mal à
l'aise en présence de Konstantin, mais tandis que la nuit avançait, un étrange trouble l'envahit. Toutes ses tentatives de conversation normale s'avérèrent vaines, son appétit, déjà diminué par
la richesse du caviar et de la soupe, disparut presque en remarquant l'effet de la vodka sur les joues rosies de son vieil ami et
en constatant la tension qui semblait monter en lui.
— Je ne sais pas si je pourrai profiter du Vareniki,
dit-elle d'un ton qu'elle voulait léger. Tout était si bon.
— Ça ne fait rien.
— Vous sentez-vous bien, Konstantin? demanda-t-elle
gentiment. Vous n'avez presque rien mangé.
— Je ne me suis jamais senti aussi bien.
Il se leva pour desservir la table.
— Laissez-moi vous aider, offrit-elle en se levant.
— Non, dit Zeleyev. Vous restez assise.
Elle s'assit.
Lorsqu'il revint de la cuisine, il prit une petite boîte
recouverte de velours noir de sa poche et la plaça devant elle sur
la table. Ses mains, marquées de taches brunâtres, tremblaient.
— Ceci remplacera le dessert.

Madeleine le regarda.

— Mon anniversaire est en décembre, lui dit-elle.

— Je sais très bien, répondit-il. Je sais tout de vous, Magdalena Alexandrovna.

— Qu'est-ce que c'est ?

Elle essaya de conserver un ton léger, mais elle entendit les trémolos de sa voix la trahir.

— Cette soirée est déjà bien assez agréable, Konstantin. Les cadeaux ne sont pas nécessaires. Son estomac commençait à se tendre sous l'effet d'une curieuse appréhension. Et je n'ai rien apporté pour vous.

Debout près d'elle, Zeleyev se pencha et ouvrit l'écrin. Une bague en or, surmontée d'une énorme émeraude d'un vert très riche, reposait sur un petit coussin de velours.

— Cette pierre m'a été léguée par Irina Valentinovna, dit-il doucement. C'est une très belle pierre, une émeraude de Colombie.

Madeleine fixait la bague, les joues empourprées. Elle restait sans voix, ne sachant quoi dire. En un mouvement subit et impulsif, Zeleyev prit ses deux mains et se laissa tomber à genoux à ses côtés. Elle sentit un monstrueux éclat de rire monter en elle, mais elle réussit avec peine à le réprimer.

— Épousez-moi, ma chère, dit-il d'une voix étranglée.

Son esprit lui jouait des tours. Il n'était pas possible que Konstantin ait prononcé les paroles qu'elle croyait avoir entendues. Elle se remémora les inquiétudes de Gédéon quant à son comportement, l'impression bizarre que le vieil homme tentait d'entrer en compétition avec lui de manière incongrue. Elle réalisa que Gédéon avait raison. Mais comment cela était-il possible ? Cet homme était son ami éternel, l'ami d'Opi, le fidèle confident de son père.

— Je veux que vous soyez ma femme, Madeleine, reprit-il.

Elle examina son visage et comprit qu'il était totalement, terriblement sérieux.

— S'il vous plaît, murmura-t-elle, encore abasourdie. Levez-vous, Konstantin.

— Pas avant que vous ne me répondiez.

Ses sentiments explosèrent alors en un torrent de mots.

— Je vous ai aimée depuis le premier instant où je vous ai vue — cette exquise petite fille en haut de l'escalier, à Zurich — puis, plus tard, lorsque vous deveniez une femme. Ne vous souvenez-vous pas, Madeleine, comment cela a été entre nous, depuis le tout début ? Comment vous m'avez fait confiance, instinctivement ? Et cet instinct était juste, plus sage que toutes les intentions que vous avez eues par la suite et qui ont semé tant de confusion dans votre vie.

— S'il vous plaît, Konstantin.

— Bien entendu, l'amour que j'avais pour vous à cette époque était celui que l'on porte à un enfant. Vous étiez la pureté et l'innocence personnifiées, ma petite Maggy, mais je savais, comme personne d'autre n'aurait pu le soupçonner, que vous étiez destinée à réaliser de grandes choses. J'ai attendu que vous deveniez une femme, j'avais hâte de voir ce que vous deviendriez — et lorsque je vous ai vue de nouveau à Paris, âgée de dix-sept ans, et que vous étiez la créature la plus jolie, la plus enchanteresse, c'est à ce moment que je suis tombé amoureux de vous.

Il continuait de tenir ses mains dans les siennes. Épouvantée, Madeleine essaya de les retirer, mais il les tenait fermement.

— Je ne veux rien entendre d'autre, Konstantin, le supplia-t-elle.

— Mais si ! Le moment est arrivé où je dois vous livrer mon cœur.

Konstantin ne pouvait plus s'arrêter.

— Je savais que vous étiez trop jeune, bien entendu, et que si je vous avais alors parlé, vous auriez été bouleversée. Je ne pouvais pas supporter l'idée de perdre votre amitié. Puis, lorsque nous nous sommes revus, vous aviez déjà épousé Antoine.

— Vous étiez jaloux d'Antoine ?

Le murmure de Madeleine était incrédule, et le sentiment de trahison qu'elle éprouvait lui donna la nausée.

— Ne soyez pas si outrée, ma belle. J'ai accepté à ce moment de vous perdre pour toujours. Puis il est tombé malade et j'ai pleuré pour vous. Je voulais qu'il se rétablisse, pour vous. C'est pourquoi je vous ai suppliée de venir en Amérique, afin qu'il puisse guérir et que vous soyez de nouveau heureuse. Il s'arrêta pour reprendre son souffle. Après sa mort, j'ai compris votre peine comme personne n'aurait pu le faire et je savais que vous aviez besoin de temps pour vous rétablir.

Madeleine se sentit submergée par un sentiment d'horreur indicible. Tous ces mois, pendant qu'elle vivait dans cet appartement avec son fils, pendant qu'elle dormait dans le lit de Konstantin, pleurant Antoine, il la désirait, elle habitait ses rêves lubriques.

— Je savais que j'étais déjà vieux, continua-t-il, que je perdais un temps précieux, mais le terme qualité a toujours eu une signification particulière pour moi. Une seule année de joie et de plénitude avec vous en vaut facilement vingt sans vous.

Pendant un instant, elle se sentit étourdie. Il tenait encore ses mains et elle regarda son visage. Elle n'avait jamais considéré son âge, ne l'avait jamais perçu comme un vieillard, mais, en cet instant précis, elle vit chacune de ses soixante-seize années — chaque ride de peau pâle et ramollie, son cheveu clairsemé méticuleusement soigné et, d'un roux toujours étonnamment ardent — et elle sut que les heures de travail rigoureux qu'il avait passées au gymnase n'avaient pas été que pour faire compétition avec Gédéon, le rival plus jeune. Elle comprit que c'était pour elle.

Elle se força à parler, d'une voix tremblante.

— Vous oubliez que je suis remariée, Konstantin.

Elle désirait que tout ceci cesse, mais sans le heurter plus qu'il n'était nécessaire.

— Je suis la femme de Gédéon.

Il balaya l'objection du revers de la main.

— Le divorce est une chose courante en Amérique et puis, ce n'était pas un vrai mariage.

— C'est ce qui nous a permis de demeurer ici, ce qui a fait de nous des Américains.

— Ce n'est pas un divorce qui va changer votre citoyenneté.

Puis, lui serrant les mains avec encore plus de ferveur, il reprit :

— Si vous m'épousez, nous pourrions nous établir à l'endroit qu'il vous plaira. Je vous donnerai tout ce que je possède. Je pourrais vous faire visiter les endroits les plus merveilleux, Madeleine. Nous pourrions retourner à Paris ensemble, je serais là pour vous protéger du passé. Nous pourrions reprendre possession d'*Éternité*, ensemble, comme il est de notre destin de le faire.

Elle réussit enfin à retirer ses mains de son emprise, mais Zeleyev, vif comme l'éclair, tendit les bras et lui saisit le visage, l'attira à lui et l'embrassa. Prise par surprise, Madeleine tenta de lui échapper, mais ses mains lui enserraient les joues, et ses lèvres molles, vieillies et humides cherchaient les siennes avec avidité.

Elle s'arracha à lui violemment et se leva brusquement, renversant sa chaise avec fracas. Elle haletait et ses yeux inondaient son beau visage de larmes en montrant toute la révulsion qu'elle éprouvait.

— Madeleine, je suis désolé !

Il vit qu'il était allé trop loin.

— Ne me touchez pas !

— Pardonnez-moi — bredouilla-t-il, se relevant. Ce n'était pas mon intention de — je ne voulais pas vous effrayer.

Elle cherchait son sac, le trouva sur un fauteuil et le prit en lui tournant le dos. Elle ne pouvait plus supporter sa vue.

— Madeleine ! Ne partez pas, je vous en prie. Je vous en supplie !

Mais elle avait déjà ouvert la porte d'entrée, et elle courait dans les escaliers, loin de cet appartement, loin de Zeleyev, elle courait sur Riverside Drive, courait encore dans la 72e Rue, vers les gens et la circulation, vers son foyer et son fils. Elle n'avait plus qu'une idée, s'éloigner de cette démence et de ce délire.

Elle ne le revit que très rarement après cette nuit-là, l'évitant chaque fois que c'était possible. Le lendemain matin, avec le lever du soleil, une certaine compréhension lui était venue, avec un peu de sympathie et beaucoup de pitié. Elle chercha au fond d'elle-même de la culpabilité, se demandant si jamais, par inadvertance, elle ne l'avait pas légèrement encouragé, si elle ne lui avait pas permis de croire, mais elle savait qu'elle ne l'avait jamais, pas même une seule seconde, considéré autrement que son vieil ami toujours fidèle.

Elle détestait être cruelle et se reprochait constamment son manque d'empathie. Après qu'un mois eut passé, elle commença donc à lui téléphoner chaque semaine, pour s'assurer qu'il se portait bien. Mais dans les rares occasions où elle le rencontrait, elle n'était jamais seule. Elle lui permit périodiquement de voir Valentin, au parc, ou dans des restaurants ou des cafés, mais lorsqu'elle avait besoin de faire garder son fils, elle demandait l'aide de Gédéon ou de Rudi, ou encore, elle recourait aux services de jeunes filles que lui fournissait une agence respectable. Elle ne raconta à personne les événements de cette soirée, pas même à son frère, parce qu'elle n'avait aucun désir d'humilier ce vieil ami qui ne méritait pas de voir ses nombreuses années de générosité effacées par la folie d'un soir.

À l'automne, Joey Cutter remplit enfin ses promesses tant attendues d'une série d'engagements dans des cabarets. La tournée devait débuter en octobre et l'obliger à voyager à Boston, Lac Tahoe, Washington DC, Miami Beach, et se terminer à Las Vegas dans la deuxième semaine de novembre. Elle passerait en deuxième partie du spectacle de Tony Bennett. Gédéon et Rudi se partagèrent la tâche de prendre soin de Valentin, de sorte que l'un d'eux était toujours disponible pour voyager avec elle, l'aider à surmonter son trac avant de monter en scène et l'applaudir depuis la salle. La tournée fut un grand succès, les spectateurs aimaient Maddy Gabriel et étaient sensibles à sa sincérité. Elle revint à New York, impatiente d'y retrouver Valentin, et apprit que Joey Cutter venait de signer une autre série d'engagements pour la période du Nouvel An.

— Et nous aurons aussi quelques enregistrements de démonstration à faire d'ici là, lui dit-il. Es-tu heureuse, Maddy?

— Très heureuse, lui répondit-elle sincèrement. Mais je suis contente d'être de retour à la maison.

— Tu as l'air vraiment resplendissante, tu sais.

— Merci, Joey, dit-elle en lui embrassant la joue. Je peux te poser une question?

— Tout ce que tu voudras.

— T'arrive-t-il jamais de fumer ces cigares?

Cutter se mit à rire.

— Ça m'est arrivé une fois, seulement qu'une. Lorsque j'ai commencé dans le métier, j'étais timide et je ne savais jamais quoi faire de mes mains. Quelqu'un m'a suggéré de tenir un cigare, comme pour me faire une image, tu comprends? Le seul problème, c'est que je ne fume pas.

Madeleine se mit à rire elle aussi.

— C'est pourquoi tu les mâches, maintenant.

Elle prépara son premier vrai repas d'Action de Grâce le vingt-huit du même mois, invitant chacune des personnes qui, à New York, avait fait preuve d'amitié pour elle, ou pour Valentin: Murray Klein, bien entendu, Lila Novak, qui avait gardé la place de Madeleine pendant qu'elle parcourait le pays, en tournée, Joey Cutter et Betty, son épouse. Et aussi, Konstantin. Valentin avait invité son meilleur ami, Howie Blaustein, à venir dormir à la maison. Rudi vint avec Michel, et Gédéon arriva avec un nouveau venu — un teckel femelle au poil court, qui répondait au nom de Chanel. C'était son cadeau d'Action de Grâce pour Valentin et Maddy.

— Elle est absolument merveilleuse, s'exclama Madeleine avec ravissement.

Noah lui avait écrit, l'automne précédent, pour lui faire part de la mort d'Hexi. Et, depuis ce temps, elle avait pensé à plusieurs reprises qu'il serait merveilleux d'avoir un autre teckel.

— Elle est la victime d'un autre foyer désuni, expliqua Gédéon. Elle appartenait à l'un de mes clients qui m'avait engagé pour obtenir des preuves d'infidélité de sa femme. J'ai bien peur de lui avoir donné satisfaction — et le jugement provisoire a été rendu irrévocable il y a quelques jours.

— Cela signifie qu'ils sont divorcés, expliqua Rudi à Valentin.

— Je sais ce que cela veut dire, oncle Rudi, répliqua Valentin, sur le ton de celui qui en avait assez qu'on le prenne pour un enfant.

— Mais ni l'un ni l'autre ne désiraient garder Chanel? demanda Madeleine.

— Le mari est incapable de prendre soin d'un chien, et la femme veut voyager. Il n'y a pas de place pour un teckel dans ses bagages.

— Et puisque vous avez plus de loisirs depuis que vous ne travaillez plus pour moi, renchérit Murray Klein, ce chien vient de se trouver un nouveau foyer.

Chanel savait reconnaître un bon foyer. Sa maîtresse précédente était constamment au régime, et un teckel qui se respecte ne se permettrait pas de regarder deux fois du fromage blanc. L'appartement de Madeleine était douillet, et avait l'air d'un endroit où il fait bon vivre et, ce soir, il embaumait la dinde rôtie et bien d'autres mets. Tandis que la soirée avançait, le problème le plus important que rencontra le minuscule petit chien fut de décider sur quels genoux il se sentait le mieux, qui donnait les caresses les plus douces et quel invité laissait tomber le plus de viande blanche.

Après le dîner, Madeleine chanta quelques chansons, pleura un peu, ce qu'elle avait tendance à faire lorsqu'elle était réellement heureuse, puis Gédéon l'aida à laver la vaisselle et attacha la laisse de Chanel pour faire une promenade.

Madeleine alla les reconduire à la porte.

— Tu sais toujours, dit-elle doucement, ce qui me rend heureuse, n'est-ce pas ?

— J'essaie de faire de mon mieux.

Gédéon la regarda et son envie d'elle, qui ne cessait de croître, faillit le submerger. Elle demeurait son ange, tout aussi inaccessible, et il y avait des moments, comme celui-ci, où il arrivait à peine à le supporter.

— Merci, lui dit-elle, pour tout.

— Rien ne me fait plus plaisir que de te voir heureuse, lui répondit-il la gorge serrée.

— N'ai-je pas droit à un petit câlin, ce soir ? demanda-t-elle.

— Oh ! bien sûr. répondit-il d'une voix qu'il voulait détachée.

Et lorsqu'elle fut dans ses bras, pressée contre sa poitrine, la gratitude et la tendresse qu'elle ressentait devinrent, soudainement et sans préavis, quelque chose de tout à fait différent. Tous deux s'en rendirent compte. Tous deux ressentirent cette émotion plus forte qui naissait. Et, pour Madeleine en tout cas, ce désir était tout à fait inattendu. Gédéon continua de la tenir serrée contre lui gentiment, comprenant sa fragilité, terrifié à l'idée que la peur la pousse à s'enfuir et désirant la tenir dans ses bras pour toujours. Madeleine restait là, n'osant pas bouger, essayant de comprendre ce qui arrivait sans oser mettre fin à ce moment si agréable et si troublant, jusqu'à ce que Chanel émette un petit jappement sec pour montrer son impatience. Ils se séparèrent alors, à contrecœur.

— Il serait peut-être mieux que tu partes, murmura Madeleine.

— Oui, acquiesça Gédéon, sans bouger pour autant.

Elle sourit.

— Allez !

Il sortit et, pendant longtemps, Madeleine demeura immobile, essayant encore de comprendre ce qui venait de se produire. Un sentiment de surprise, mais aussi de plaisir inattendu, s'emparait tranquillement d'elle. Elle se plongea quelques instants dans une profonde introspection, essayant de découvrir du regret, mais elle ne trouva rien. Elle se demanda alors depuis combien de temps Gédéon éprouvait des sentiments pour elle, et la réponse lui vint immédiatement et clairement. Et elle réalisa que pour la deuxième fois, et de façon impardonnable, elle avait été aveugle.

Se rappelant subitement ses invités, elle se retourna vivement. Et son regard rencontra celui de Konstantin qui se tenait debout, sur le seuil de la salle de séjour. Et elle vit qu'il les avait observés.

Et, même si ça n'avait été qu'une impression fugace, rapidement remplacée par un sourire, ce qu'elle avait vu dans ses yeux au moment où elle s'était retournée, la glaça jusqu'à la moelle.

Chapitre 16

    Les jours qui suivirent furent pleins de confusion et de douloureux questionnements. Gédéon, doutant de lui-même, resta loin de Madeleine. Le onzième jour, Valentin et la gardienne qu'il préférait, une résidente de Queens nommée Jennifer Malkevitch, marchaient dans Central Park après la sortie de l'école, près du terrain de jeu Hecksher, lorsque Chanel disparut.

    Ce n'était pas la première fois qu'on laissait la petite chienne gambader sans sa laisse et il n'y avait jamais eu de problème. Elle aimait ses nouveaux maîtres et n'avait jusqu'ici montré aucun signe de vouloir faire une fugue. De plus, Madeleine avait pris soin de munir Valentin, qui avait maintenant six ans, de petits morceaux de foie qu'il transportait dans la poche de son anorak; elle lui avait montré comment s'en servir comme appât s'il en avait besoin. Mais cette fois, après avoir disparu dans un petit buisson, Chanel n'était pas revenue, et les promesses, les appâts et les longues minutes de recherches n'avaient rien donné. Valentin était au bord des larmes, Jennifer se blâmait et Madeleine passa plus de deux heures avec Rudi, ce soir-là, à se promener dans les environs, mais en vain. Ils posèrent des affiches sur tous les arbres du quartier, mais sans succès.

    Madeleine alla elle-même chercher Valentin à l'école, chaque après-midi, durant toute la semaine suivante. Chaque fois, peu importe la température, ils passaient par le parc, et cela lui brisait le cœur de voir le visage plein d'espoir de son fils alors qu'elle appelait la petite chienne sans arrêt, avant d'abandonner, enfin, et de faire une visite au poste de police qui était sur leur chemin. Gédéon demanda à Madeleine s'il devait essayer de trouver un nouveau chiot avant Noël, mais Madeleine savait trop ce qu'était de perdre un être cher. Valentin n'avait pas connu Chanel longtemps, mais cela avait été le coup de foudre, et il lui faudrait beaucoup de temps avant de l'oublier.

Un mardi après-midi, huit jours avant Noël, Rudi téléphona à Madeleine.

— Nous avons un visiteur, lui dit-il.

— Qui?

— Notre beau-père.

— Est-il seul? Que nous veut-il? demanda-t-elle, à la fois ébranlée et consternée par l'annonce de cette visite.

— Il est seul. Et il tient à te voir. Il est arrivé depuis à peine une demi-heure. Il m'a téléphoné à la banque. Michel et moi sommes revenus à la maison aussitôt. Nous lui avons servi du thé et il t'attend.

— Comment Michel s'entend-il avec lui?

— Comme ci, comme ça, comme tu peux imaginer.

— Mon Dieu! Dois-je absolument y aller? demanda-t-elle.

— À moins que tu préfères qu'il ne se rende chez toi?

En moins de quarante-cinq minutes, elle arriva chez Rudi, dans le village, se répétant sans arrêt, à l'arrière du taxi, que Stephan Julius ne pouvait plus rien contre elle, qu'il ne la touchait même plus. Sa résolution disparut au moment où elle le vit, calmement assis, les jambes élégamment croisées, dans l'un des confortables fauteuils de Michel et de Rudi.

— Magdalen, dit-il en se levant.

— Stephan.

Il avait l'air un peu plus vieux, mais il n'avait pas changé.

— Je devrais dire madame Tyler, maintenant, n'est-ce pas?

— Oui.

— Ta période américaine, avec le mari assorti.

Puis, regardant derrière elle, il ajouta :

— C'est dommage, j'avais espéré faire sa connaissance.

— Il a eu un empêchement.

— Ça ne fait rien. Il se rassit. Ta mère vous envoie tout son amour, à toi et à ton fils. Est-ce que Valentin est en bonne santé ?

— Il va très bien, merci. Et comment se portent Mère et Omi ?

— Ta grand-mère vieillit, comme nous tous. Émilie se porte très bien. Rudi me raconte que tu as beaucoup de succès. Je ne crois pas qu'il y ait eu un chanteur ou une chanteuse de cabaret dans notre famille auparavant.

Puis, posant son regard sur Michel qui était assis à côté de Rudi sur le sofa, il poursuivit :

— Mais il y a un début à tout, n'est-ce pas ?

— Assieds-toi, Maddy, lui dit Michel, tapotant le coussin libre à côté de lui.

Elle s'assit, heureuse de ne pas être seule avec Stephan. Elle le méprisait plus que jamais.

— Alors, c'est Maddy, maintenant ? demanda ce dernier avec un sourire ironique. Comme c'est gentil !

— Pourquoi êtes-vous à New York ? demanda Madeleine.

— J'y ai des affaires à régler. Et je tenais à vous rendre visite à tous deux, bien entendu. Je voulais aussi aller me recueillir sur une tombe.

Personne ne dit mot.

— Depuis que nous avons appris que votre père était enseveli, de façon quelque peu mystérieuse, dans un cimetière de Westchester County, je croyais séant que l'un de nous, au moins, vienne y déposer quelques fleurs.

— Il tient à vérifier par lui-même que Papi est vraiment mort, dit Madeleine à l'intention de Rudi.

Elle était devenue pâle et son calme extérieur ne laissait pas voir le tumulte de ses émotions.

— Et il n'y a là rien de mystérieux , continua-t-elle pour Stephan. Notre père désirait reposer près des gens qui l'aimaient.

— Je ne vois pas comment l'un de vous aurait pu s'y objecter, intervint Rudi.

— Sa mort ou son enterrement ne nous concernent pas, répondit Julius. Et pour être franc, ce fut plutôt un soulagement après la vie qu'il a menée.

Madeleine se leva.

— Y a-t-il autre chose?

La colère qui bouillonnait en elle semblait sur le point d'atteindre un summum, de sorte qu'elle se sentait dynamisée par elle.

— Je n'ai plus qu'une question. Où est la sculpture? demanda-t-il, comme s'il s'agissait du plus insignifiant des détails. J'aimerais bien la voir, après toutes ces années.

— Je ne l'ai pas, répliqua Madeleine. Et si je l'avais, je doute fort que je vous permettrais de vous en approcher.

— L'as-tu vendue?

— Jamais je ne la vendrai.

— Veux-tu me dire où elle se trouve?

— Mais bien sûr. Elle est dans un coffret de sûreté, dans une banque.

— Ici? À New York?

— Non, répondit Rudi, venant prendre place près de sa sœur. Que vous importe?

— L'as-tu vue, Rudi?

— Non.

— Peut-être n'existe-t-elle pas, après tout, dit Julius entre ses dents.

— Qu'est-ce que cela peut vous faire, Stephan? demanda Madeleine, répétant la question de son frère. C'est une très belle sculpture et elle est peut-être sans prix, mais vous n'en avez aucun besoin. Avec tout l'argent des Gründli et avec tous les revenus que vous apporte le sang des autres, pourquoi continuer toujours à vous intéresser à *Éternité*?

— La curiosité, répliqua-t-il, en souriant. Et je n'ai jamais toléré qu'on me roule.

— Personne ne vous a roulé, rétorqua froidement Rudi.

— Je n'aime pas plus qu'on roule ma femme.

— La seule personne qui ait été roulée, c'est Maggy, comme vous le savez très bien.

— Ah! Maggy! s'exclama Julius en souriant de plus belle. La femme au nom qui se métamorphose continuellement. Un jour suisse, le lendemain français, et maintenant américain.

Il se leva et dirigeant son regard vers Madeleine, il déclara :

— Je crois que les autorités de ce pays ont horreur des mariages de convenance, n'ai-je pas raison?

— Je ne sais pas ce dont vous parlez, dit-elle froidement.

— Vraiment?

— Vous devriez partir, maintenant, se hâta d'intervenir Rudi.

— Et toi? As-tu payé les droits annuels qui te dispensent de ton service militaire?

— Pourquoi ne retournez-vous pas en Suisse pour enquêter là-dessus?

— Oh! Rudi!

Julius étendit le bras droit et passa la main dans les cheveux blonds de son beau-fils. Le visage cendreux, Rudi ne broncha pas.

— Tu m'as beaucoup déçu, tu sais, ainsi que ta mère.

Il regarda Michel, assis, puis baissant les yeux sur sa main avec dégoût, il sortit un mouchoir de sa poche et s'en essuya la paume.

— Sortez d'ici, commanda Rudi.

— Avec plaisir.

— Quel homme charmant! s'exclama Michel, lorsque la porte fut refermée.

— Maggy? Ça va? s'enquit Rudi, en s'approchant de sa sœur.

— Mal!

— Je sais, moi aussi.

Madeleine s'assit, les jambes flageolantes. Maintenant que son beau-père était parti, la colère se dissipait lentement.

— C'est extraordinaire l'effet que cet homme a sur moi. C'est seulement la troisième fois que je le rencontre depuis que j'ai quitté la maison, et il a encore le pouvoir de me mettre les nerfs en boule.

— Si je crois tout ce que m'a raconté Rudi, dit lentement Michel, Julius est un homme habitué a obtenir tout ce qu'il désire, c'est un être dominateur. Jusqu'à maintenant, vous avez tous deux réussi à échapper à sa domination, et il en devient fou de rage.

— Je n'aime pas ses menaces à peine voilées au sujet de ton mariage, dit Rudi. Penses-tu qu'il peut te causer des problèmes?

— Qui sait? répliqua Madeleine en secouant la tête. Il m'a aussi fait des menaces à Paris, mais il ne les a jamais mises à exécution. Mais ces menaces étaient dirigées contre les Lussac, pas contre moi directement.

— Peut-être serait-il préférable que Gédéon vienne habiter chez toi pendant un moment, suggéra Michel, au cas où il tenterait quelque chose. Et le cas échéant, ajouta-t-il, il y aurait bien assez de gens qui pourraient venir prêter serment et affirmer que vous êtes le couple marié le plus heureux en ville.

— Je n'ai pas vu Gédéon depuis deux semaines, remarqua Madeleine. Comment saurions-nous que Stephan ne nous fait pas surveiller? Elle sourit de dépit. Peut-être y a-t-il un détective privé qui en surveille un autre?

— Ne lui donnons pas la satisfaction de devenir paranoïaques, dit Rudi d'un ton décidé. Je parie qu'il n'est venu que par affaires, et qu'il a décidé de se payer une petite distraction amusante en venant nous rendre visite.

Madeleine garda le silence, se rappelant comment son beau-père lui avait donné l'impression de se sentir surveillée dans ses moindres mouvements à Paris. Il l'avait obligée à quitter la maison des Lussac et il aurait très bien pu gâcher sa vie, alors, s'il n'y avait eu Antoine. Stephan n'avait pas réussi à Paris, et elle ne lui permettrait pas plus maintenant. Valentin s'était très bien acclimaté à sa nouvelle vie et personne ne viendrait changer quoi que ce soit à cela. Elle se permit, pendant un bref instant, de penser à Gédéon et aux moments qu'ils avaient partagés à l'Action de Grâce. Elle avait commencé depuis quelques jours à se demander si cette intimité soudaine, étonnante, n'avait pas été le fruit de son imagination; mais elle savait, en étant honnête avec elle-même, qu'elle n'avait pas rêvé, que cela était vraiment arrivé, et qu'avec un peu de temps et de patience, cela se reproduirait encore.

À moins que Stephan Julius n'intervienne pour tout détruire.

— Maggy, tu trembles, dit Rudi, inquiet, en lui prenant la main.

— C'est si étrange, dit-elle. Lorsque Stephan est venu à Paris, il n'a réussi qu'à me pousser dans les bras d'Antoine. Bizarrement, je pourrais dire que je lui dois le plus grand bonheur de ma vie. Mais pourtant...

— Quoi, ma chérie?

— Je sens qu'il ne peut que porter malheur.

— Ce ne sont que des spéculations, se hâta de dire Michel.

— Vraiment?

Le soir suivant, un mercredi, à vingt heures quinze, peu après que Madeleine eut quitté l'appartement pour se rendre chanter chez Lila, Jennifer Malkevitch lisait encore une autre histoire à Valentin, dans le vain espoir que l'enfant s'endorme. Valentin, qui dormait beaucoup moins qu'un enfant de six ans, ne semblait pourtant jamais souffrir du manque de sommeil.

La sonnette de la porte d'entrée se fit entendre.

Jennifer déposa son livre et se leva.

— Attendons-nous quelqu'un, Val?

— Si c'est le Père Noël, il arrive un peu trop tôt.

— Je ferais mieux d'aller lui dire de revenir mercredi

prochain.

À la porte de la chambre, elle se retourna.

— Et tu restes couché, jeune homme.

— Oui, Jen, répondit ce dernier en prenant son livre. Est-ce que je peux finir cette histoire ?

La sonnette retentit de nouveau.

— Attends-moi, ce ne sera pas long.

Jennifer Malkevitch se rendit près de la porte de l'appartement, où se trouvait l'interphone lui permettant de communiquer avec les visiteurs qui attendaient dans la rue.

— Qui est-ce ?

Elle écouta la réponse, poussa le bouton commandant l'ouverture de la porte de l'immeuble, et ouvrit la porte de l'appartement.

Après un moment, le visiteur apparut sur le palier et entra. On était encore à sept jours de Noël, mais le visiteur portait deux colis enveloppés de papier de Noël, un gros et un petit. Valentin sortit de sa chambre vêtu de son pyjama, émit un petit cri de plaisir et courut se jeter dans les bras du visiteur.

— Est-ce pour moi ? demanda-t-il, les yeux ronds.

— Le gros cadeau est pour toi.

Puis, souriant à l'endroit de Jennifer, il lui demanda :

— Seriez-vous assez gentille de m'offrir une tasse de café ? Il fait très froid dehors.

— Avec plaisir.

Elle alla dans la cuisine et tourna le robinet. Il fallait toujours quelques secondes avant que l'eau ne devienne vraiment froide. Dans la salle de séjour, Valentin se lança à l'assaut de son colis, par terre, devant le téléviseur que sa mère avait acheté après sa tournée de cabarets, et se mit à déchirer le papier joliment décoré.

Le visiteur suivit Jennifer dans la cuisine et referma la porte derrière lui.

Gédéon était dans le voisinage et il savait que Madeleine

devait chanter ce soir-là. Il était un peu plus de dix heures lorsqu'il lui prit subitement l'envie de venir s'assurer que Valentin allait bien, et il vint sonner à la porte. N'obtenant aucune réponse, il commençait à rebrousser chemin, lorsqu'il se souvint que Rudi et Michel avaient été invités à dîner à Wall Street, ce soir-là, et que Valentin devait donc nécessairement se trouver chez Madeleine, puisque cette dernière ne demandait plus jamais les services de Konstantin pour garder son fils. Utilisant la clef que Madeleine lui avait confiée en cas d'urgence plusieurs mois avant, il ouvrit la porte, entra et se dirigea vers les escaliers qui menaient à l'appartement.

Au premier coup d'œil, tout semblait normal. Les lumières illuminant le sapin de Noël brillaient de tous leurs feux, le téléviseur était en marche et on y voyait Bing Crosby chanter « White Christmas ». Une grosse boîte vide entourée de papier déchiré était devant, sur le sol. Mais il n'y avait aucun signe de Valentin, ni dans sa chambre, ni dans celle de sa mère.

L'estomac noué par la peur, Gédéon vit que la porte de la cuisine était fermée. Il ne l'avait jamais vue fermée auparavant. Il s'approcha et l'ouvrit.

Il savait que la jeune fille était morte avant même de vérifier le pouls dans son cou. Il vit la bouilloire dans sa main, ses longs cheveux bruns agglutinés par le sang à l'arrière de sa tête, là où elle avait été frappée. Il ne vit nulle part l'arme qui aurait pu servir à ce crime. Il sentit la colère et la pitié sourdre en lui, eut une envie folle de la soulever, de l'éloigner de l'évier, d'étendre son corps avant que la rigidité cadavérique ne s'en empare. Mais il savait qu'il ne devait rien toucher, et il réprima son impulsion et revint dans la salle de séjour.

C'est alors qu'il aperçut le second paquet, sur la table à dîner. Une petite boîte blanche, attachée avec un ruban de soie bleue. Gédéon s'approcha, l'ouvrit, y trouva une oreille ensanglantée de Chanel, et lut le mot :

La vie du garçon, en échange d'*Éternité*.

Le mot avait été tapé sur une machine à écrire manuelle, et la forme des lettres ressemblait à celle de la vieille Remington dont il se servait pour taper ses rapports.

Gédéon n'avait jamais vu *Éternité*, le trésor secret de Maddy, mais il avait beaucoup entendu parler de sa beauté et de sa grande valeur, et il se souvenait d'avoir entendu Konstantin Zeleyev, un soir qu'il avait bu beaucoup de vodka, dire qu'il y avait des gens sans scrupule, en Europe, qui tueraient pour entrer en sa possession.

Des gens qui ne réalisaient pas que Maddy ne l'avait pas, qu'elle n'avait pas posé les yeux sur la sculpture depuis plus de dix ans.

Gédéon se demanda à combien de personnes Zeleyev s'était ainsi vanté de sa création. Lorsque le Russe buvait, sa langue se déliait trop, et il perdait tout sens commun...

Il réexamina le mot et, pour la première fois, il se rendit compte qu'il tremblait à la pensée que Valentin était entre les mains de celui ou de ceux qui avaient tué Jennifer. Qu'elle soit morte sur le coup, ou qu'elle soit morte au bout de son sang, à la suite des blessures reçues à la tête, n'enlevait rien à la sauvagerie de l'attaque. Ce magnifique garçon, intelligent, rondelet et si souriant, qui avait été pendant longtemps la seule raison de vivre de Maddy.

Gédéon se rendit près du téléphone, souleva le récepteur, puis changea d'idée et le reposa. S'il appelait la police maintenant, s'il mettait cette machine en route, ils le garderaient pour le questionner et enverraient une voiture chez Lila pour en ramener Maddy. Il n'y avait plus qu'une seule chose claire dans son esprit. Il devait être le premier à la voir, à lui annoncer la nouvelle, même s'il lui semblait que c'était une tâche insurmontable.

Madeleine avait interprété la moitié de la chanson « Yesterday » lorsqu'elle aperçut Gédéon. L'expression de son visage était à ce point sinistre qu'elle faillit s'interrompre brusquement. Toutefois, elle se ressaisit immédiatement, termina la chanson avant de dire quelques mots, à voix basse, au trio de musiciens qui l'accompagnaient, puis elle vint le rejoindre sans tarder.

— Il est arrivé quelque chose à Valentin ?

Il hocha la tête laconiquement.

— Un accident ?

— Non. Je te raconterai dans l'auto.

Pendant tout le trajet de la voiture vers son appartement, après qu'il lui eut raconté tout ce qu'il savait, et passé à travers trois différents embouteillages, elle ne desserra pas les lèvres et ses yeux demeurèrent secs. Mais Gédéon, lui jetant un regard à la dérobée de temps en temps, vit ses mains crispées en deux poings serrés posés sur ses cuisses et, lorsqu'il l'aida à descendre de la voiture, il remarqua que ses ongles avaient laissé de petites marques sanglantes en forme de croissant sur ses paumes.

— N'entre pas, lui dit-il, une fois dans l'appartement, devant la porte de la cuisine. Je vais prévenir la police, puis je devrai te laisser seule pendant un moment.

Il détestait l'idée de l'abandonner, mais il y avait des choses qu'il pourrait faire pendant que la police, au lieu de perdre son temps à le questionner s'il restait là à les attendre, s'occuperait également de faire son travail.

— Que vas-tu faire ?

C'étaient ses premières paroles depuis qu'il lui avait appris le drame, et sa voix était étrange, étranglée par le choc et par la peur.

Il trouva une bouteille de cognac dans une armoire et lui en versa dans un verre.

— Je vais questionner des gens dans le milieu et essayer de voir s'il n'y aurait pas des rumeurs.

— Stephan ! dit-elle soudainement.

— Quoi ?

— Mon beau-père.

Madeleine était devenue livide.

— Il est ici, à New York. Il était chez Rudi, hier. Il nous a fait des menaces, ajouta-t-elle en regardant fixement Gédéon.

— Quel genre de menaces?

— Au sujet de nous, de notre mariage.

Gédéon la fit asseoir sur le sofa et lui donna le cognac.

— Ton beau-père n'irait pas jusque-là? N'est-ce pas?

— Il m'a parlé d'*Éternité*, dit Madeleine.

Elle essaya de lever le verre jusqu'à ses lèvres, mais sa main tremblait si violemment qu'elle ne put même y tremper les lèvres.

— Non, c'est idiot! Il ne ferait pas cela.

— Une drôle de coïncidence, cependant, dit Gédéon en se rendant au téléphone. Raconte cela à la police lorsqu'ils te questionneront, dis-leur tout ce à quoi tu peux penser, même si cela te paraît complètement fou ou invraisemblable.

Elle l'accompagna jusqu'à la porte après son appel.

— Ça va aller? lui demanda-t-il, sachant très bien que ce serait le contraire.

— Va! lui répondit-elle. Je me débrouillerai.

— Je ne pense pas que Rudi et Michel soient déjà de retour, mais essaie de les appeler tous les quarts d'heure, et demande à Rudi de venir ici. À part cela, laisse le téléphone libre, au cas où...

— Au cas où ils appelleraient.

— Je ferais peut-être mieux de ne pas m'en aller, dit Gédéon, voulant la prendre dans ses bras.

— Si quelqu'un peut retrouver Valentin, c'est toi.

Madeleine ouvrit la porte, s'approcha de lui, et le laissa la serrer brièvement contre sa poitrine, puis recula.

— Va! lui dit-elle.

— Ferme la porte à clef lorsque je serai sorti.

— Il est trop tard pour cela, dit-elle, et pour la première fois, sa voix fut étranglée par les sanglots.

— Oh! Maddy.

— Va!

Deux policiers en uniforme arrivèrent d'abord. Calmes, polis et efficaces, ils prirent en note ce que Madeleine leur raconta, jetèrent un rapide coup d'œil dans la cuisine et dans le reste de l'appartement, puis ils appelèrent le Poste 20 pour prévenir l'escouade des détectives.

— Que se passe-t-il maintenant ? demanda Madeleine.

— Le capitaine de service et le sergent de patrouille viendront nous relever, m'dame. On établira un cordon autour de l'immeuble, et il y aura une foule de gens qui viendront enquêter dans l'appartement et dans toute la rue.

— Que puis-je faire ?

— Restez assise et essayez de rester calme, m'dame. Ils viendront prendre des photographies, relever les empreintes digitales, et questionner tous vos voisins au cas où l'un d'entre eux aurait aperçu quelque chose — vous seriez surprise de constater tout ce que les gens voient sans savoir que c'est important.

— Mais, mon fils ? Qui va chercher mon fils ?

— Les détectives des Personnes disparues seront ici d'un instant à l'autre. Ils auront besoin de toute l'aide que vous pourrez leur apporter : photographies, description complète, vêtements. Savez-vous ce que portait votre fils, m'dame ?

— Des pyjamas, répondit-elle d'une voix tremblante. Des pyjamas de coton, avec un éléphant sur la poche. Il était prêt à aller au lit lorsque je suis partie.

— Et vous dites que votre mari est revenu le premier, que c'est lui qui a trouvé le corps et le mot.

— Et l'oreille de la chienne.

— Oui, m'dame. Je ne suis pas certain de comprendre pourquoi il vous a laissée seule ici, madame Tyler. Vous dites qu'il est allé à la recherche de votre fils, c'est bien cela ?

— Et il est allé parler à des gens.

— Quelles sortes de gens ?

— Je ne sais pas. Je vous ai dit qu'il était détective privé, il a des amis, des relations.

Madeleine le regarda dans les yeux.

— Il a déjà été officier de police, il y a plusieurs années.

— Pourquoi a-t-il quitté la police ?

— La guerre, il a été mobilisé.

425

— Et il n'a pas repris son service après sa démobilisation ?
— Non.

Madeleine comprit combien Gédéon avait eu raison de partir avant que les policiers n'arrivent. Il avait dit qu'ils perdraient leur temps à le questionner, lui.

— Quand commenceront-ils à rechercher mon fils ? demanda-t-elle.

— Ils seront ici d'un instant à l'autre, m'dame, et dès qu'ils auront les renseignements dont ils ont besoin, ils commenceront la recherche. Ils communiqueront la description de Valentin par radio dans toute la municipalité, et chaque policier de Manhattan gardera l'œil ouvert. Entre-temps, quelques policiers commenceront le ratissage du voisinage — ils iront frapper à toutes les portes de l'immeuble, puis de tous les immeubles voisins, puis ceux de l'autre coin de rue.

Les détectives arrivèrent enfin, tandis que le jeune policier rejoignait toute cette nouvelle et incessante agitation. Madeleine dut reconnaître qu'ils savaient ce qu'ils faisaient ; leur priorité semblait être de retrouver Valentin de toute urgence. Mais lorsqu'elle eut fourni une description très précise de son fils et quelques photographies de lui prises à l'Action de Grâce, les quelques enquêteurs qui demeurèrent sur place commencèrent à se concentrer minutieusement sur Jennifer.

— Quand l'emmènera-t-on ? demanda Madeleine à un policier.

La culpabilité et l'horreur qui l'envahissaient chaque fois qu'elle pensait au corps de la pauvre Jennifer qui gisait encore dans sa cuisine, devenaient de plus en plus intolérables.

— Il y en a encore pour un bon bout de temps, m'dame. Ils ne doivent rien précipiter de peur de perdre le plus petit élément. Et quand je dis le plus petit, c'est le plus petit. Vous seriez surprise de voir que, parfois, des détails microscopiques deviennent les plus solides éléments de preuve.

Ils prirent ses empreintes digitales, relevèrent celles qui pourraient se trouver sur toutes les surfaces de son appartement, prirent des photographies sous tous les angles imaginables et l'interrogèrent longuement. Toutefois, le délai écoulé entre le moment de la découverte du corps de Jennifer et leur arrivée sur les lieux du crime les agaçait beaucoup; ils étaient loin d'être heureux que le premier témoin sur les lieux soit parti sans les attendre. Et, lorsque Madeleine leur eut dit qu'elle et Gédéon ne vivaient pas ensemble, elle put immédiatement voir les soupçons s'installer sur leurs visages.

— Et mon beau-père? demanda-t-elle. Je ne peux l'imaginer commettre un tel acte, mais il a de l'argent, et c'est un homme puissant. Il pourrait avoir engagé quelqu'un pour...

— Pour enlever votre fils? Pour tuer la gardienne?

Le détective qui l'interrogeait la regarda intensément.

— Et pour quel mobile aurait-il fait cela? Pour cette statue?

— Sculpture, le reprit-elle, puis elle s'affaissa. Non, il n'y a pas de mobile, la suggestion est même un peu loufoque. Mais, il est à New York, et Gédéon m'a bien dit que je devrais vous mentionner toutes les idées que je pourrais avoir.

— Eh bien! Là-dessus, au moins, il avait raison, répliqua sèchement le policier.

Ils partirent un peu avant l'aube, à six heures quarante-cinq, après que le Coroner eut permis qu'on enlève le corps de Jennifer Malkevitch. Il y avait plus de huit heures qu'ils étaient là, et Madeleine sentait que son équilibre mental ne tenait plus qu'à un fil. Elle savait que si cette foule d'étrangers ne la laissait pas seule au moins un court instant, elle ne pourrait plus résister. Elle devait garder ses esprits, pour l'amour de Valentin, mais elle ne savait pas comment elle réussirait cet exploit si Gédéon ne ramenait pas son fils bientôt. Madeleine se rappelait s'être sentie aussi démunie et impuissante le soir où Antoine avait eu son attaque, et combien elle avait prié Dieu pour ne plus jamais se sentir ainsi.

— Gédéon le retrouvera! dit-elle à voix haute, avec les murs comme seuls auditeurs.

Son mari, qui n'avait rien d'un époux, mais qui était

devenu son ami le plus cher. Leur meilleur ami — elle savait combien il aimait Valentin et combien son fils adorait cet homme.

Gédéon retrouverait Valentin.

Elle alla dans la cuisine, sans réfléchir, pour se faire du café, y vit les traces de sang sur l'évier, et ressortit aussitôt, le cœur battant, se sentant nauséeuse et faible. Elle essaya encore d'appeler Rudi, mais personne ne répondait. Elle essaya de se souvenir où avait lieu ce dîner où Rudi avait été invité — Michel et son frère adoraient les hôtels, et avaient souvent, dans le passé, continué ce genre de fête à Wall Street durant toute la nuit. Si c'était encore une fois le cas, Rudi retournerait sans doute directement à la banque, sans passer par son appartement, et il était encore trop tôt pour tenter de l'y rejoindre.

Elle marcha, sans but, dans l'appartement, voyant le visage de Valentin partout où elle regardait. Elle ferma les yeux et essaya de lui envoyer des messages de force et de courage, l'encourageant à être brave, priant pour qu'il ne lui arrive rien. Rien n'avait d'importance, rien sur cette terre n'avait autant d'importance pour elle que lui.

La laisse de Chanel était encore accrochée près de la porte d'entrée. Elle avait posé ce crochet sur le mur à peine trois semaines auparavant, assez bas pour que Valentin puisse y avoir accès sans avoir à se tenir sur la pointe des pieds. Madeleine repensa au teckel, à la petite boîte blanche rosie par ce sang innocent, et une rage intense et sauvage s'empara d'elle ; elle réussit pourtant, par un immense effort de volonté, à la réprimer dans son for intérieur.

Ce n'est pas le moment de me laisser aller à ces pensées.

Si elle pensait à Chanel, elle commencerait à imaginer ce qui était arrivé à Jennifer, et à ce que pouvait maintenant subir Valentin. Si elle se laissait aller à son imagination, elle deviendrait sûrement folle.

Lorsque la sonnette de la porte retentit, un peu avant huit heures, Madeleine courut à l'interphone.

— Gédéon?

— C'est Konstantin, ma chère.

— Est-ce Gédéon qui vous a demandé de venir?

— C'est exact.

Elle pressa le bouton commandant l'ouverture de la porte et éclata en sanglots. Elle devait avoir perdu l'esprit en pensant qu'elle désirait être seule — elle avait désespérément besoin de la présence réconfortante d'un ami qui partageait et comprenait ses inquiétudes.

— Madeleine?

Il se tenait dans l'embrasure de la porte, toujours aussi élégant, dans un manteau de cachemire gris foncé, un chapeau assorti à la main.

— Dieu merci!

Elle courut se réfugier dans ses bras, cherchant le réconfort de sa poitrine, puis, elle recula d'un pas, se remémorant bien malgré elle, le dîner chez Konstantin.

— Je suis si contente que vous soyez ici, dit-elle rapidement, pour cacher le malaise qu'elle ressentait subitement et la culpabilité qui l'accompagnait.

— La police est partie? lui demanda-t-il.

— Il n'y a pas très longtemps, répondit-elle, même si j'ai l'impression d'avoir été laissée seule depuis une éternité.

— Je suis là, maintenant.

— Entrez et asseyez-vous. Que Gédéon vous a-t-il dit? A-t-il trouvé une piste?

— Je veux que vous prépariez un bagage, un tout petit, juste assez pour une seule nuit.

— Pourquoi? Il est impensable que je parte maintenant.

— Vous devez venir avec moi, ma chère, insista Zeleyev.

— Je ne comprends pas. Madeleine semblait confuse. Est-ce que Gédéon vous a dit que je devais vous accompagner? Qu'arrivera-t-il si le ravisseur de Valentin appelle?

— Il n'appellera pas.

— Il pourrait, dit-elle d'un ton entêté. C'est vraiment gentil de votre part, Konstantin, mais ce n'est pas le moment que j'aille chez vous. La police s'attend à ce que je demeure ici, au cas où, et si...

— Faites votre bagage.

Madeleine leva la tête de surprise à la sécheresse de sa voix.

— Je crois que vous ne comprenez pas, Konstantin. Je ne bouge pas d'ici. Il pourrait survenir quelque chose, ou on pourrait avoir besoin de moi.

Ses yeux s'emplirent de larmes.

— Ou Valentin pourrait revenir à la maison.

— C'est vous qui n'avez rien compris, dit Zeleyev, et son ton était subitement devenu dur. Vous allez faire exactement ce que je vous demande. Et si vous perdez encore une seule minute, vous ne reverrez plus jamais Valentin.

Il mit sa main droite dans la poche de son manteau, et Madeleine le regarda avec horreur tandis qu'il en ressortait un couteau. La dague à la lame recourbée qu'elle avait vue dans sa salle de séjour. Il la tenait devant lui, la lame brillante pointant vers le sol, la poignée de jade et de dorures serrée dans son poing.

— Mon Dieu! dit-elle, et ses paroles semblèrent suspendues dans l'air, faisant écho à l'intensité de la surprise qu'elle éprouvait. Pas vous!

Zeleyev regarda vers la cuisine.

— J'ai frappé la fille avec le manche. Voyez?

Il toucha le manche avec deux doigts de sa main gauche.

— Il est regrettable qu'elle soit morte, bien entendu, mais...

Il fit un geste impuissant de ses deux mains.

Madeleine eut la nausée. Il y avait moins d'un mois, cet homme l'avait abasourdie avec sa surprenante demande en mariage. Et puis maintenant, ceci. Elle lutta pour ne pas s'évanouir et pour garder contact avec la réalité.

— Où est Valentin?

— Il est en sécurité, pour l'instant.

— Où est-il?

— Il n'y a aucune raison pour que vous sachiez cela maintenant. Faites votre valise et donnez-moi votre passeport.

— Pour l'amour de Dieu ! Expliquez-moi.

— Nous allons faire un petit voyage, dit-il en consultant sa montre. Et il ne nous reste que peu de temps, alors dépêchez-vous. Son regard était perçant et vif. Et, je veux cette clef.

— Quelle clef ?

— Celle que je vous ai remise lorsque j'ai ramené votre père de Paris. La clef du coffret de sûreté.

Madeleine s'effondra.

— Et c'est ce qui justifie tout ceci ? *Éternité ?*

Elle ne pouvait pas y croire. C'était impossible.

— Vous avez assassiné une jeune fille pour cette sculpture ?

Elle regardait fixement ce visage qu'elle avait connu, ou qu'elle avait cru connaître pendant si longtemps, pendant tant d'années.

— Vous tueriez mon fils seulement pour cela ?

— J'ai soixante-dix-sept ans, dit Zeleyev. Aussi en forme qu'un homme de vingt ans de moins peut-être, mais néanmoins, le temps continue de fuir pour moi. Je ne peux plus attendre, Madeleine.

— J'irai la chercher, dit-elle avec hâte, avidement, la voix tremblante. Si vous laissez Valentin revenir à la maison, j'irai immédiatement à Paris et je la rapporterai.

Elle tendit la main et lui toucha le bras gauche. Il la repoussa vivement.

— Je ne dirai jamais rien à qui que ce soit au sujet de Jennifer, je vous le jure.

— Je ne vous fais plus confiance, dit-il lentement.

— Mais vous devez savoir que je ferais n'importe quoi pour Valentin.

— Oui, et c'est pourquoi vous allez faire exactement ce que je vous demande.

— Je ne peux pas.

— Cette décision vous appartient totalement, ma belle, lui

dit Zeleyev avec un sourire mauvais. Vous pouvez venir avec moi à Paris maintenant, ce matin, pour me remettre *Éternité*, et vous reverrez votre beau Valentin sans qu'aucun mal ne lui arrive.

— Ou alors? questionna-t-elle, le cœur battant à tout rompre.

— Ou alors il mourra.

Même s'il s'agissait d'une journée de semaine ordinaire, la circulation était inhabituellement légère, et ils arrivèrent en avance pour prendre le vol TWA où ils avaient des réservations. Le sentiment qu'elle vivait le plus grotesque des cauchemars semblait soutenir Madeleine et l'aider à faire tous les gestes nécessaires à la vérification des passeports et à l'embarquement. Elle était maintenant assise dans la vingtième rangée de l'avion, acceptant une boisson rafraîchissante de l'agent de bord, et écoutant, sans vraiment l'entendre, la voix du capitaine qui tombait des haut-parleurs. Elle était en route vers l'Europe pour la première fois depuis plus de quatre ans, voyageant avec un homme qui avait été son ami pendant plus de la moitié de sa vie.

Un meurtrier.

Après un moment, il commença à parler.

— Je ne voulais pas tuer la fille, dit-il doucement. J'avais l'intention de l'endormir pour une heure ou deux, le temps de partir avec Valentin et de vous faire peur, le temps que vous preniez panique et que le mot que j'ai laissé soit pris au sérieux.

— Et Chanel, l'avez-vous tuée aussi?

— Elle était encore vivante lorsque je suis parti.

Madeleine examina son profil.

— Je trouve très difficile, reprit-elle, puis elle secoua la tête. Non, beaucoup plus que très difficile — il m'est impossible de croire que vous nous fassiez cela, Konstantin. Êtes-vous malade? Que vous est-il arrivé qui puisse vous affecter ainsi? Vous êtes mon ami depuis toujours — vous avez tout fait pour m'aider, toujours.

— Dois-je m'expliquer?

— Si vous le pouvez.

— Ce n'est pourtant pas difficile à comprendre.

— Je vous écoute.

Il la regarda.

— Je vous aime. Je vous ai fait l'aveu, il n'y a pas longtemps, que je vous ai aimée depuis votre tendre enfance. Je vous ai toujours désirée, Magdalena Alexandrovna. Il détourna son regard et le riva à l'arrière du siège qui était devant lui. Tout comme j'ai toujours voulu *Éternité.*

— Pourquoi ne pas me l'avoir dit? Que vous la vouliez pour vous seul.

— Jusqu'à il y a trois ans, je ne savais même pas où elle se trouvait. Et depuis ce moment, depuis qu'elle languit dans ce coffre à Paris, vous avez eu trop peur d'y aller pour la réclamer. Et je ne la voulais pas pour moi seul, ma chère, je voulais la partager avec vous.

Elle aurait dû lui appartenir de droit, continua-t-il. Les joyaux Malinskaya auraient dû lui revenir à lui, et non à Amadéus, ce fruste montagnard. Au pays, avant qu'elle ne le quitte, avant que le deuil et le malheur ne s'abattent sur elle, Irina avait aimé Zeleyev, et elle avait été son premier grand amour dans ce pays en perdition, dans ces jours glorieux de Saint Pétersbourg, lorsqu'elle était encore forte et en santé, et qu'elle était la joie de vivre personnifiée, celle qu'Amadéus Gabriel n'avait jamais connue.

— Je suis venu à Davos afin d'y trouver Irina, et je n'ai trouvé que votre grand-père. Mais j'ai pu constater que, lui aussi, l'avait aimée profondément. C'est pourquoi, par amour pour Irina, pour sa mémoire, je l'ai aidé à recréer la cascade.

Il avait appris à apprécier Amadéus, et un véritable attachement s'était développé entre eux. Il s'était véritablement donné dans leur œuvre commune, y consacrant toute son habileté, sa créativité et sa maîtrise de l'art, mais sa première blessure ne s'était jamais complètement cicatrisée. Irina ne lui avait laissé qu'une seule émeraude, et le simple joaillier avait ajouté un rubis, puis, plus tard, lorsque la sculpture avait été terminée, il lui avait donné encore trois pierres, et il avait cru que c'était assez.

Le vol rencontra quelques turbulences et autour d'eux, les passagers commencèrent à montrer des signes d'inquiétude alors que les membres de l'équipage multipliaient les sourires tout en vérifiant les ceintures de sécurité. Mais Zeleyev, maintenant qu'il avait commencé, continuait son monologue encore et encore, par saccades, les mots se déversant de sa bouche comme une bile amère, réprimée pendant de trop longues années.

— Je ne vous ai jamais parlé des injustices dont je fus victime au fil des années — je voulais que vous croyiez, vous aussi, les histoires que je racontais à votre grand-père et à Alexandre, au sujet de la vie brillante et dorée que je menais dans toutes les grandes cités d'Europe.

— Ce n'était pas vrai ?

Il ne se passait pas un instant sans que Madeleine ne pense à Valentin, se remémorant à chaque seconde qu'elle était là pour lui, pour sa sécurité, et elle continuait à lutter pour parler rationnellement, presque amicalement.

— Aucune de ces histoires n'était vraie ?

— Je n'ai jamais manqué de rien, reprit Zeleyev avec un sourire amer. J'ai toujours eu du travail, ce qui est plus que ce dont la majorité des émigrés peuvent se vanter, mais personne ne m'a jamais apprécié à ma juste valeur. Ceux qui comprenaient, ceux qui me respectaient, me disaient ne pas pouvoir se payer un artisan de mon talent et de mon expérience, et plusieurs se contentaient de regretter le temps passé. Ils me rappelaient, comme si je ne le savais que trop, l'immensité de l'empire du Maître — plus de cinq cents personnes travaillaient pour Fabergé à l'apogée de sa Maison, disaient-ils, et moi, Konstantin Ivanovitch Zeleyev, je n'étais que le fils de l'un des quelconques employés.

— Mais ils méconnaissaient votre talent !

— Et je les ai méprisés pour cela, et je les ai détestés pour leur manque de respect à mon égard. Je connaissais ma propre valeur et je savais que si ces paysans avaient pu poser le regard sur la plus belle de mes créations, ils auraient alors été obligés de ramper à mes pieds.

— Opi m'a raconté, lui dit-elle, hésitante, qu'un jour, vous avez apporté *Éternité* chez un expert, mais que vous aviez été très discret sur cette entrevue.

— Parce que je n'avais pas réussi à la montrer à qui que ce soit, répliqua-t-il, les lèvres serrées. Il y avait un fameux collectionneur suisse, Maurice Sandoz, connu pour avoir accumulé plusieurs des plus belles créations du Maître. J'ai appris qu'il était à Genève, alors je me suis empressé de m'y rendre afin de le rencontrer. Mais il n'y était pas.

— Vous avez alors ramené la sculpture à Davos comme vous l'aviez promis.

— J'étais un homme d'honneur, Madeleine. Je n'aurais jamais trahi votre grand-père, comme il m'a trahi.

— Vous vous êtes senti trahi parce qu'il m'a laissé *Éternité*?

— Naturellement. Il a toujours admis que cette sculpture n'aurait jamais pu voir le jour sans moi. Je comprenais qu'il tienne à l'avoir près de lui de son vivant, en souvenir d'Irina, mais après sa mort, je pensais qu'elle devait me revenir de droit. S'il vous l'avait laissée, j'aurais accepté, de mauvaise grâce, mais j'aurais accepté, puisque j'aurais su qu'elle serait entre des mains dignes, tendres et aimantes. Et j'aurais su que vous comprendriez et que vous permettriez, enfin, qu'elle soit vue et admirée comme il se doit.

— Mais mon père s'en est emparé.

— Alexei a gâché toute sa vie, en s'abandonnant et en se laissant détruire par les drogues, par ses craintes et par ses insuffisances.

Si Zeleyev n'avait pas répondu à son appel, et s'il ne s'était pas rendu à Paris au secours de son ami, la sculpture aurait pu tomber entre les mains de voleurs incultes, l'or fondu, l'émaillage brisé en mille miettes, et seuls les joyaux auraient survécu.

— Alexandre Gabriel n'était digne ni de son père ni de sa

fille, déclara-t-il à Madeleine après que l'agent de bord eut enlevé les plateaux où leurs repas demeuraient intacts. Et même dans la mort, même après que j'eus parcouru des milliers de kilomètres pour voler à son secours, il m'a trahi et m'a insulté. S'il n'avait pas rendu la chose impossible, ma chère, je vous aurais rapporté la sculpture dès 1964, et nos deux vies auraient pu être très différentes, je crois.

Ils atterrirent à Orly à vingt-deux heures quarante-cinq, et Zeleyev l'amena au Crillon, la tenant par le bras pendant qu'on leur montrait une magnifique chambre donnant sur la Place de la Concorde, une chambre qui ne comprenait qu'un seul lit. Madeleine pensa immédiatement que s'il devait la violer, elle en mourrait sûrement, en sachant pourtant qu'elle endurerait même cela si elle le devait, pour Valentin. Mais Zeleyev ne la toucha pas. Il resta là à la regarder, durant toutes ces heures avant qu'elle ne tombe endormie et, même là, chaque fois qu'elle s'éveillait de son sommeil agité et nerveux, il était là à la surveiller, les yeux bien ouverts, ne disant plus un mot maintenant, comme si son long monologue dans l'avion lui avait enlevé jusqu'à la volonté de parler.

Au matin, à neuf heures, ils se rendirent en taxi jusqu'à la Banque nationale de Paris située boulevard Rochechouart, et on les conduisit aussitôt dans la voûte qui abritait les coffrets de sûreté. Madeleine montra son passeport comme pièce d'identité, signa le livre, et annonça qu'elle renonçait à conserver le coffre. On ne lui posa aucune question et il n'y eut aucune complication. Zeleyev ne regarda pas la sculpture, toujours enveloppée dans le dégoûtant pyjama d'Alexandre Gabriel. Il ne fit que la tâter à travers le tissu, sut qu'il l'avait enfin en sa possession et la plaça dans la petite malle de cuir qu'il avait apportée.

Au Crillon, ils se rendirent directement dans leur chambre. Zeleyev ferma la porte à clef, ouvrit la petite valise et plaça la sculpture sur la jolie petite table d'acajou ouvré qui était située près de la fenêtre, de sorte que les rayons du soleil faisaient briller et scintiller l'objet de son désir maladif.

— Enfin! dit-il. Enfin un décor digne.

Il lui lança les vieux pyjamas sales.

— Ils appartenaient à votre père. Peut-être désirez-vous les conserver?

Il se rendit dans la salle de bains, et Madeleine l'entendit se laver les mains. Il revint, encore en train de les essuyer minutieusement, d'une manière qui tenait un peu de l'obsession, à l'aide d'une serviette turque.

— Savez-vous, ma chère, que les colonnes qui ornent l'entrée de cet hôtel ont été construites par l'un de vos homonymes, Jacques-Ange Gabriel? Cet hôtel a toujours été mon préféré à Paris, et si proche de chez Maxime.

— Konstantin?

— Oui, ma chère?

— Vous l'avez enfin.

— En effet.

— Qu'arrive-t-il maintenant?

Il ramena la serviette dans la salle de bains, revint, et se tint devant elle. Son cheveu clairsemé, aux reflets de feu, brillait dans la lumière du jour qui entrait par la fenêtre, tandis que son visage baignait dans l'ombre.

— Vous avez encore un choix à faire, dit-il d'une voix sourde.

— Et quel est-il? demanda-t-elle lentement.

— Demandez le divorce et épousez-moi.

Il s'arrêta et sa voix eut un trémolo.

— Je vous donnerai tout ce que vous voulez, je vous aimerai et vous chérirai jusqu'à la fin de mes jours.

Sa réponse vint rapidement et comme un coup de massue.

— J'aimerais mieux mourir!

Il se retourna, brusquement, comme si elle l'avait giflé, et le soleil illumina ses traits. Et Madeleine assista, impuissante, à la désintégration des derniers vestiges de son amour pour elle, et elle vit une haine inexorable prendre sa place. Et elle sut. Elle sut avec une certitude absolue qu'il allait la tuer.

Chapitre 17

Après avoir laissé Madeleine, la veille, un peu avant vingt-trois heures, Gédéon avait parcouru presque tout Manhattan en essayant de localiser toutes les relations et les informateurs de sa connaissance, espérant recueillir la moindre bribe d'information pouvant lui être utile dans son enquête. Même les plus viles créatures des bas-fonds voulaient habituellement aider lorsqu'il s'agissait d'un crime commis contre un enfant, mais cette fois, personne ne savait rien. Gédéon commença alors à demander qu'on honore des dettes qu'on avait envers lui, essayant d'apprendre si un enfant de six ans, aux yeux bleu marine, avait été vu à JFK, à La Guardia, ou à l'un ou l'autre des trois principaux héliports ; ou si on l'avait aperçu montant dans un train à la gare Centrale ou Pennsylvania, ou encore si quelqu'un n'avait pas vu qu'on l'embarquait dans un autobus au terminus Port Authority. Désireux de couvrir toutes les possibilités, il se rendit même en personne au minuscule Consolidated Terminal, sur la 41ᵉ Rue, puis conduisit à vive allure jusqu'au terminus du pont George Washington, avant de revenir sur ses pas et de visiter tous les meilleurs hôtels afin de retracer le beau-père de Madeleine. Il lui fallut moins d'une heure pour apprendre que Julius avait quitté le Pierre quelques heures après avoir rencontré Maddy et Rudi, pour se rendre directement à l'aéroport où l'attendait un vol de nuit pour la Suisse. Cela l'éliminait de l'enquête, à moins qu'il n'ait engagé quelqu'un et, dans ce cas, Dieu seul savait ce qui avait pu se passer.

Il était venu à l'esprit de Gédéon que Konstantin Zeleyev était peut-être celui qui pourrait le renseigner le mieux sur ceux qui connaissaient l'existence de la sculpture, ou, encore mieux, sur les gens à qui il avait parlé après avoir bu un peu plus que de raison, et qui la désiraient assez pour commettre un meurtre et un enlèvement pour l'obtenir. Il avait essayé de lui téléphoner à quelques reprises au cours de la nuit, mais n'ayant pas obtenu de réponse, il s'était présenté à l'appartement de Riverside Drive, vers huit heures du matin. N'obtenant pas plus de réponse à ses coups de sonnette, il allait repartir, lorsqu'il apprit d'un voisin que Zeleyev venait à peine de partir.

— Êtes-vous sûr? J'ai essayé de lui téléphoner.

— Sûr que je suis sûr! Ai-je l'air aveugle?

— Non, monsieur. Était-il seul?

— Tout seul.

— Puis-je utiliser votre téléphone, monsieur?

— Croyez-vous que ceci ressemble à un bureau de poste?

— Il s'agit d'une véritable urgence, monsieur.

— Alors, utilisez une cabine téléphonique!

La porte lui claqua au nez et il entendit un chien aboyer au loin dans l'appartement. Gédéon se hâtait dans la rue vers la cabine téléphonique la plus proche lorsqu'un premier signal d'alarme vit le jour dans son esprit et lui fit dresser les cheveux sur la tête.

Il trouva un téléphone payant et appela Maddy. N'obtenant pas de réponse, il devint subitement, intensément effrayé. Il appela l'appartement de Rudi sans plus de résultat, fouilla le répertoire téléphonique, y trouva l'inscription pour la banque Gründli de Zurich, et composa le numéro. Rudi arrivait tout juste à son bureau.

— Qu'y a-t-il?

— Viens chez Maddy immédiatement!

— Qu'est-il arrivé?

Gédéon le lui raconta succinctement.

— Bon Dieu de bon Dieu! lâcha Rudi. J'arrive tout de suite.

— Et avertis la police!

Gédéon n'avait pas ouvert une porte par effraction depuis des années, mais c'était le genre d'habileté qu'une fois apprise, on n'oublie plus. La première chose qu'il aperçut fut la Remington placée sur la table de travail du Russe.

— Valentin! cria-t-il. Es-tu ici?

La petite voix était faible et effrayée.

— Gédéon?

— Où es-tu?

— Dans la salle de bains.

La porte était verrouillée et la clef n'était pas dans la serrure.

— Éloigne-toi de la porte et couvre-toi le visage, lui cria Gédéon. Je vais enfoncer la porte.

— Comme à la télévision?

Gédéon se permit un petit sourire et fonça sur la porte, l'épaule gauche en avant. Valentin était accroupi dans un coin, derrière le lavabo, et il tenait Chanel dans ses bras.

— Il lui a coupé une oreille, dit-il, près des larmes.

— Elle va bien? Laisse-moi la voir.

Gédéon prit le teckel sous son bras gauche et souleva Valentin avec son bras droit, le pressant contre sa poitrine.

— Est-ce qu'il t'a fait mal?

Valentin secoua la tête.

— En es-tu certain? Laisse-moi regarder. Gédéon le tint à bout de bras. D'accord, tout a l'air bien. Maintenant, tu peux me raconter ce qui est arrivé?

— Je veux aller à la maison, s'il te plaît.

— Bientôt, Val — raconte-moi d'abord.

Ses traits tirés soulignaient sa fatigue, mais les yeux du gamin exprimaient un intense soulagement.

— J'étais au lit, hier soir, et Konstantin est arrivé. Il m'a donné un tigre en peluche — je l'ai laissé là sur le tapis — et,

Konstantin et Jen sont allés à la cuisine pour faire du café.

— Et alors?

— Alors, il est sorti de la cuisine et il m'a dit qu'il avait retrouvé Chanel, et qu'il avait appelé maman chez Lila, et qu'elle avait dit que je pouvais aller avec lui chercher ma chienne. Alors, j'y suis allé.

— Tu avais hâte de revoir Chanel, n'est-ce pas?

Gédéon le fit sortir de la salle de bains, le fit asseoir et déposa la petite chienne encore toute tremblante sur ses genoux.

— Que t'a-t-il dit au sujet de Chanel?

— Il m'a dit qu'il l'avait retrouvée dans le parc, près de l'endroit où nous l'avons perdue, mais je pense qu'il mentait. Je lui ai demandé ce qui était arrivé à son oreille, et il m'a répondu qu'elle avait dû se battre avec un autre chien. Lorsque je suis arrivé ici, Chanel était très contente de me voir, mais elle grognait et elle avait peur chaque fois que Konstantin s'approchait d'elle. Et Chanel ne grogne jamais, n'est-ce pas?

Et l'enfant serra le petit animal sur sa poitrine.

— Quand t'a-t-il enfermé dans la salle de bains?

— Après que je lui ai demandé si nous pouvions retourner à la maison. Il m'a répondu que nous devions rester ici pour toute la nuit, mais je lui ai dit que je voulais montrer l'oreille de Chanel à maman et, lorsqu'il s'est fâché, j'ai pleuré. C'est là qu'il nous a poussés dans la salle de bains et qu'il a verrouillé la porte.

— Tu es resté dans la salle de bains toute la nuit? demanda Gédéon, ayant peine à contenir sa rage.

— Il ne nous a même pas donné quelque chose à manger, poursuivit Valentin. Il était vraiment bizarre. Je n'aime plus Konstantin.

— Non, dit Gédéon. Moi non plus, je ne l'aime plus.

Gédéon essaya d'appeler à l'appartement de Madeleine une autre fois, mais Rudi n'était pas encore arrivé. Après avoir donné un peu d'eau à Valentin et à Chanel, il entreprit une fouille rapide, mais ne sachant pas ce qu'il devait rechercher, il ne trouva rien.

Il essaya de nouveau l'appartement de Maddy et, cette fois-ci, Rudi répondit aussitôt.

— La police est arrivée en même temps que moi, lui dit Rudi, mais il n'y a toujours aucun signe de Maddy. Où es-tu, Gédéon ?

Avant que Gédéon ne puisse répondre, un détective prit la communication.

— Écoute, Tyler. Si tu ne t'en viens pas directement ici, et immédiatement, tu peux dire adieu à ton permis de détective privé, et c'est une promesse que je tiendrai, sois-en sûr !

— J'ai retrouvé le garçon, répondit froidement Gédéon. Mais ma femme...

— Comment est-il ?

— Il n'est pas blessé. Mais je pense...

— Je me fous de ce que tu penses, Tyler. Je veux te voir ici, tout de suite.

Dans la voiture, au cours de la brève randonnée qui les ramenait dans la 74ᵉ Rue, Gédéon fit de son mieux pour adoucir ce que l'enfant devrait subir inévitablement au cours des heures à venir. Jennifer avait eu un accident, lui raconta-t-il, et Madeleine avait dû s'absenter. La police était là pour enquêter sur ce que Konstantin lui avait fait et sur ce qu'il avait fait à Chanel et, si les policiers lui posaient beaucoup de questions, il ne devait pas avoir peur et il devait leur répondre en toute franchise.

— Où est maman ?

Gédéon regarda le visage grave de l'enfant et décida qu'il était plus sage de lui donner une vérité partielle plutôt qu'un tas de mensonges pieux qui ne pourraient qu'être démentis dans les heures à venir.

— Je ne sais pas, Val.

— Elle va bien ? demanda-t-il d'une voix soudainement effrayée.

— Oui, je suis sûr qu'elle va bien. Et aussitôt que la

police aura fini de m'interroger, j'irai la trouver et je la ramènerai.

— Tu le jures?

— Croix de bois, croix de fer, si je meurs je vais en enfer!

L'interrogatoire de Valentin fut rapide et gentil, mais lorsque ce fut le tour de Gédéon, le ton monta rapidement, les questions semblèrent se succéder sans s'arrêter et la frustration qui en résulta dépassait les bornes. Gédéon comprit rapidement qu'au moins un des détectives de l'escouade des homicides aimait l'idée qu'un mari délaissé, un homme qui avait quitté la police de New York alors qu'il était jeune, puisse être impliqué dans l'affaire. En tout cas, cette idée semblait beaucoup plus plausible que la fable invraisemblable que Gédéon leur répétait au sujet d'un Russe invisible, de sa sculpture fabuleuse en or, ensevelie pendant des années dans un coffre de sûreté d'une banque parisienne, et que c'est là qu'il fallait chercher la clef du mystère d'un enlèvement et d'un meurtre commis en plein Manhattan.

— Essaie de comprendre notre point de vue, Tyler. La nuit dernière, nous avions un cadavre, un enfant disparu et une mère en larmes. Ce matin, tu apparais miraculeusement avec l'enfant, et c'est la mère — l'épouse avec qui tu ne vis pas — qui joue les courants d'air.

Gédéon réussit encore une fois à rester calme.

— Vous avez parlé à Valentin — il vous a dit que Zeleyev était venu ici, qu'il est allé dans la cuisine avec la fille. Il vous a dit que le Russe l'a emmené et qu'il l'a enfermé.

— Mais nous n'avons pas ce Russe ici, maintenant. C'est toi que nous avons.

— Recherchez-vous Zeleyev, au moins?

— Pour qui nous prends-tu? Une bande d'amateurs?

— Dieu m'en garde!

— Ça ne te mènera nulle part de jouer au plus fin, Tyler.

On les ramena sous escorte sur Riverside Drive, afin que Valentin puisse montrer aux détectives l'endroit où il avait été tenu captif. Puis on donna la permission à Rudi d'emmener le garçon et la chienne, d'abord chez le vétérinaire, puis à son appartement, et on emmena Gédéon au poste 20 pour un interrogatoire plus détaillé. Ce ne fut que tard dans l'après-midi qu'on lui permit de partir, et à la stricte condition qu'il ne cache aucun élément de preuve, même les plus insignifiants, sous peine de se retrouver derrière les barreaux.

Gédéon retourna directement à l'appartement de Zeleyev et commença une seconde fouille. Cette fois-ci, il trouva en quelques minutes ce qu'il cherchait : l'horaire d'une compagnie aérienne, dans le tiroir d'une table de chevet. Le livret s'ouvrait de lui-même à la page où on l'avait ouvert précédemment. Le fourrant dans l'une des poches de son veston, il redescendit les escaliers quatre à quatre, sauta dans sa voiture et conduisit à toute vitesse jusque chez Maddy.

— Son passeport ? demanda-t-il à Rudi, au téléphone. Sais-tu où elle le range ?

— Je n'en suis pas certain, mais elle conserve généralement ses papiers importants dans le dernier tiroir de sa lingerie, dans sa chambre.

Gédéon trouva leur certificat de mariage, une enveloppe rigide contenant le certificat de décès d'Antoine et leur acte de mariage, le certificat de naissance de Valentin, quelques photographies et le mot de suicide de son père. Et pas de passeport.

Il rappela Rudi.

— Ils sont allés à Paris.

— En es-tu certain ?

— Je ne puis être certain de rien, mais c'est l'endroit le plus probable.

— As-tu averti la police ?

— Pas encore.

Gédéon consulta sa montre.

— Il est trop tard pour qu'ils puissent les faire arrêter à Orly. Il y avait deux vols partant de JFK ce matin. D'une manière ou d'une autre, ils auront sûrement quitté l'aéroport avant qu'Interpol n'ait le temps de réagir — et ça, seulement si je réussis à convaincre quelqu'un de me croire.

— Que pouvons-nous faire alors?

— Je préviendrai la police — plus il y aura de gens à leur recherche là-bas, mieux ce sera. Mais je ne les appellerai que lorsque je serai sur le point de monter à bord de l'avion.

— Tu y vas?

— J'ai le choix?

— Je t'accompagne.

— Il faut que tu t'occupes de Val.

— Michel est ici. Et puis, depuis quand parles-tu français? Si tu espères trouver quelque chose ou quelqu'un à Paris, tu as besoin d'un interprète.

— J'appelle l'aéroport et je te rappelle immédiatement.

Dix minutes plus tard, il était de nouveau en communication avec Rudi.

— Le vol de Pan Am est plein, mais j'ai réservé deux places sur le vol d'El Al qui décolle à vingt-deux heures et qui atterrit à Orly à onze heures demain matin.

— Rien avant?

— Même pas un cargo!

— Je prépare une petite valise. Tu passes me prendre? Je crois qu'il est préférable que ce soit toi qui annonces à Valentin ce qui se passe. Il semble croire que tu es Philip Marlowe incarné.

Gédéon eut un petit sourire triste.

— Je serai là à dix-neuf heures.

Il sentait son pouls s'accélérer, et s'efforça de rester calme, sachant qu'il ne pouvait rien faire de plus avant d'arriver à Paris.

— Est-ce que Michel pourra rester avec Val jusqu'à notre retour?

— Il ne le quittera pas une minute. Et je pense que je vais appeler Joey Cutter, pour lui apprendre la nouvelle. Il pourra communiquer avec Lila.

— Joey et Betty pourraient peut-être venir faire une petite visite. Je sais que Val les aime beaucoup.

— Je laisserai mon bottin téléphonique à Michel, au cas où il en aurait besoin.

Rudi hésita une fraction de seconde.

— Gédéon?

— Oui?

— Pourquoi Zeleyev voudrait-il qu'elle soit là, avec lui? Je sais que c'est pour récupérer cette satanée sculpture, mais penses-tu qu'il y a une autre raison?

Gédéon sentit un grand poids peser lourdement sur sa poitrine.

— Je donnerais une main pour le savoir.

En route vers Paris au milieu de la matinée de vendredi, Gédéon et Rudi savaient exactement ce contre quoi ils allaient buter. Ils avaient eu beaucoup de temps pour parler et planifier leur action au cours des longues heures de vol au-dessus de l'Atlantique. Ils devaient présumer que Zeleyev et Madeleine étaient arrivés la veille, après l'heure de fermeture des banques et qu'ils avaient dû passer la nuit dans un hôtel de la ville. Mais il était impensable de persuader les hôteliers parisiens de leur donner accès au registre des clients, tout comme il s'avérerait impossible de découvrir dans quelle banque Alexandre Gabriel avait déposé *Éternité*.

— Je ne peux pas croire qu'elle ne t'a jamais dit où cette sculpture était, répéta Gédéon à Rudi.

— Elle était soulagée de la savoir en sécurité à Paris. Tu sais qu'elle ne voulait pas revenir à Paris et nous ne parlions jamais de cela. Tu connais ma sœur, ce n'est pas la femme la plus matérialiste qui soit.

Gédéon contemplait les rues de la ville à travers la fenêtre du taxi. Tout était aussi attrayant que dans les souvenirs qu'il avait gardés de son bref séjour à la fin de la guerre et, en d'autres circonstances, il aurait été excité et ému à l'idée de revoir tous ces lieux. Mais les circonstances actuelles transformaient plutôt la ville en enfer.

Le chauffeur du taxi demanda quelque chose qu'il ne put

comprendre.

— Il veut savoir à quel endroit il doit nous déposer.

À Orly, ils lui avaient demandé de les emmener au centre de la ville.

Gédéon ouvrit le petit carnet d'adresses qu'il avait pris dans la salle de séjour de Madeleine.

— Dis-lui que nous allons au 32 bis boulevard Haussmann.

— Chez les Lévy?

— Nous aurons besoin de toute l'aide possible, répliqua Gédéon. Mais pour le moment, nous avons surtout besoin d'avoir avec nous un citoyen français respectable.

Noah était sorti, mais Estelle était là, et elle savait comment le rejoindre. Apprenant que Madeleine avait des problèmes, il arriva immédiatement à l'appartement. Il n'avait jamais rencontré Gédéon, mais Madeleine lui avait longuement écrit au sujet de son mariage de convenance et de leur grande amitié. Noah jeta un coup d'œil au grand Américain nerveux aux yeux bruns et sut immédiatement qu'ils étaient faits l'un pour l'autre, que Madeleine en fût consciente ou non.

— Puisque vous ne savez pas le nom de la banque et encore moins où elle se trouve, leur fit remarquer Noah, et puisque Zeleyev doit sûrement avoir vidé le coffret de sûreté à l'heure qu'il est, je dirais que nous aurions plus de chance en commençant par enquêter dans les hôtels.

— Savez-vous où il a l'habitude de descendre lorsqu'il vient à Paris? demanda Gédéon.

Noah secoua la tête.

— Je ne l'ai rencontré qu'une fois ou deux, tout au début, lorsque Madeleine travaillait encore chez les Lussac, et je n'ai jamais su à quel hôtel il descendait, ni s'il en changeait chaque fois qu'il venait à Paris. Mais je me souviens l'avoir entendu dire qu'il appréciait le grand luxe. S'il est revenu à Paris pour satisfaire une vieille obsession, je serais étonné qu'il choisisse un hôtel miteux, n'est-ce pas?

— Les Lussac se souviennent peut-être du nom de son hôtel, suggéra Rudi.

— J'en doute, répondit Noah.

— Je vais leur téléphoner, proposa Estelle. Mais, pendant ce temps, vous pourriez commencer vos recherches.

Ils commencèrent par le Plaza-Athénée, avenue Montaigne.

Chapitre 18

Zeleyev n'avait plus desserré les dents depuis que Madeleine avait fait sa dernière et fatale erreur. Elle réalisait maintenant qu'elle aurait dû accepter sa proposition, qu'elle aurait dû accéder à toutes ses demandes. Elle était aussi pleinement consciente, en voyant son nouveau visage, tel un masque de granit, qu'il était beaucoup trop tard pour prétendre changer d'avis maintenant. Il lui avait été impossible, jusqu'à ce moment, bien qu'elle ait découvert qu'il avait tué Jennifer, malgré le long voyage, malgré la longue nuit irréelle et la banque ce matin — il lui avait été impossible de comprendre que Konstantin Ivanovitch Zeleyev avait perdu l'esprit.

Il avait toujours été excentrique, un peu maniaque, un homme au tempérament changeant, un homme à l'ego phénoménal, mais jamais il n'avait été déséquilibré, ou méchant, Madeleine en était encore certaine. Il avait été son ami. À moins que cela n'ait été qu'une grotesque mise en scène? Si elle essayait de se rappeler les événements au cours des années et, même, il y a longtemps, la fameuse nuit où son père avait été banni.

Elle n'osait plus penser.

Il commanda un déjeuner léger pour chacun d'eux, un œuf en aspic pour lui-même, et une sole sur le gril pour elle, une bouteille de Montrachet pour elle, une bouteille de vodka pour lui. Lorsque le garçon arriva, Zeleyev lui donna son pourboire sur le seuil de la porte, et roula lui-même la petite table dans la chambre, ne quittant pas Madeleine des yeux pendant toute l'opération. Puis il verrouilla la porte de nouveau et s'assit entre elle et le téléphone. Et il commença à lire.

— Toujours Victor Hugo? commenta Madeleine, d'une voix enrouée par la peur.

— C'est un livre qui exerce une fascination sans bornes sur moi, comme vous le savez.

Il baissa les yeux de nouveau et elle remarqua qu'il ne lisait pas le livre usé par le temps et les relectures, mais qu'il fixait sans arrêt la même page.

— Vous devriez manger, dit-il, sans lever les yeux.

— Je n'ai pas faim.

— Dommage!

À treize heures, Zeleyev se leva, et alla chercher deux serviettes de lin blanc à la salle de bains. Il en enveloppa minutieusement la sculpture avec des gestes tendres et amoureux.

— Venez.

— Où allons-nous?

— Au coffre de l'hôtel.

— Et après?

— Vous verrez.

— Vous avez *Éternité* maintenant, dit-elle. Il n'y a sûrement aucune raison pour que vous me gardiez plus longtemps. Je veux retourner chez moi!

— Chez vous?

— Avec Valentin.

— Et avec Tyler?

— Avec mon fils!

Zeleyev se dirigea vers la porte.

— Souvenez-vous, dit-il d'une voix très calme, lorsque nous serons en bas, que la vie de Valentin est encore entre mes mains, même si je suis ici avec vous.

Madeleine se força à regarder son visage dur.

— Je n'aurais jamais imaginé que j'en viendrais à vous haïr, Konstantin, lui dit-elle avec force.

Il hocha la tête.

— Il est toujours surprenant de voir ce que la vie nous réserve, n'est-ce pas ? Il ouvrit la porte. Venez !

Ils quittèrent l'hôtel à treize heures trente, sans apporter leurs bagages, laissant la chambre dans l'état où elle se trouvait. Konstantin portait son manteau de cachemire, son chapeau et un foulard de cachemire noir. Madeleine portait un tailleur dont la veste était longue et le pantalon évasé, la première chose qui lui était tombée sous la main, la veille, lorsque Zeleyev lui avait donné peu de temps pour se préparer. Il faisait très froid et elle grelottait déjà pendant que Zeleyev demandait au portier de leur appeler un taxi, mais elle supposa qu'elle aurait grelotté, même si la température avait été supérieure à vingt degrés.

Leur taxi s'approcha et Zeleyev versa un généreux pourboire au portier. Il fit monter Madeleine à l'arrière, se pencha par la fenêtre de la portière avant, du côté du passager, pour donner leur destination au chauffeur, puis il monta à côté d'elle.

— Où m'emmenez-vous ?

— C'est une petite surprise, répondit-il, puis il se tut.

Elle ferma les yeux brièvement et pria.

Au moment où elle se rendit compte qu'ils approchaient de la place Denfert-Rochereau, Madeleine sut.

— Non ! dit-elle, horrifiée. Pour l'amour de Dieu, Konstantin, non !

— Parlez moins fort, lui dit Zeleyev. Souvenez-vous de Valentin.

— Je pense que vous bluffez au sujet de Valentin.

— Mais en êtes-vous sûre ?

Ils descendirent du taxi et il passa son bras sous le sien, la tenant solidement.

— N'oubliez pas la dague, ma chère. Je vous jure que si

vous faites le moindre geste pour attirer l'attention, je ferai de votre fils un orphelin sans la moindre hésitation.

Elle le regarda, se remémorant ce qui gisait là, à l'endroit où il l'entraînait.

— J'ai pensé que vous étiez un peu fou lorsque vous m'avez amenée ici, il y a si longtemps.

— C'était en 1957, dit-il, au mois d'avril.

— J'ai eu des cauchemars pendant des semaines, après, se rappela-t-elle, et soudain, la réminiscence de tous ces mauvais souvenirs fit naître une étrange torpeur, qui parcourut son corps jusqu'au cerveau.

— J'ai pensé ne jamais être capable de vous pardonner. J'aimerais ne pas l'avoir fait.

Il lui fit traverser la rue, ne réagissant pas à ses mots.

— Bien, dit-il, la porte est ouverte.

Madeleine fixa les pavés, vit les mêmes mots qu'elle avait lus onze ans auparavant, gravés dans le ciment :

ENTRÉE DES CATACOMBES

— S'il vous plaît, plaida-t-elle. Ne me forcez pas.

— Taisez-vous, la prévint-il, et enlevant son bras de sous le sien, il la prit fermement par la main et paya le caissier. Et maintenant, nous descendons.

Elle se souvenait de tout, l'horrible et interminable escalier en spirale, le vertige, la sensation de s'enfoncer profondément sous la terre. Il descendait derrière elle, de sorte qu'elle n'avait d'autre choix que de continuer, de plus en plus bas, jusqu'à ce qu'enfin elle arrive au bas de l'escalier, où elle trébucha, et rapidement, aisément, Zeleyev la rattrapa par le bras et la remit sur pied.

— Continuez, commanda-t-il, et maintenant, bien que les tunnels fussent étroits, il passa de nouveau son bras sous le sien. C'est pour me garder les mains libres, expliqua-t-il avec courtoisie. L'une pour le couteau, l'autre pour ma lampe de poche.

Il alluma le faisceau de la lampe qu'il venait de sortir de sa poche droite.

— Vous pouvez me lâcher, lui dit Madeleine. Je ne me sauverai pas.

— Taisez-vous et avancez, lui commanda-t-il.

Elle ne pouvait plus penser, elle ne ressentait plus que la peur sans nom qui l'étreignait, comme la main d'un géant, lui écrasant le cœur et l'abdomen. Le tunnel était sans fin, tournant à gauche, puis à droite, l'argile humide faisait des bruits de succion sous ses pas, l'odeur de moisissure pénétrant ses narines, glaçant sa gorge, lui rendant difficile la tâche de respirer. De l'eau sale et gluante dégoulinait du plafond sur sa tête et elle se demanda si les égouts se trouvaient au-dessus ou au-dessous d'elle. Le sol était inégal et elle glissa de nouveau, l'entraînant avec elle; il cracha un juron entre ses dents.

— Je suis désolée, dit-elle, sa voix comme un soupir douloureux.

— Soyez plus prudente, la réprimanda-t-il, et ils continuèrent à avancer.

Madeleine se souvint que, la dernière fois, des gens, des touristes, jeunes et vieux, se trouvaient là, attirés par cette attraction ancienne et macabre. Mais cette fois, il n'y avait personne. Qui, en effet, hormis un vieil homme déséquilibré, désirerait descendre dans ce monde infernal, quelques jours à peine avant Noël?

— Mon Dieu! pria-t-elle subitement à voix haute, réalisant à peine qu'elle priait, et Zeleyev, pour la punir, la tira encore plus près de lui, de sorte qu'elle sentit sa force et ses muscles à travers le manteau et le chandail qu'il portait dessous. Mon Dieu! répéta-t-elle, sauvez-moi.

— Je vous ai demandé de vous taire, dit-il d'une voix qui ressemblait à un grognement venant du plus profond de sa poitrine, et la peur de Madeleine, une peur paralysante, en partie réprimée, commença à se répandre et à s'emparer de tout son être. Parce qu'elle savait qu'ils approchaient du centre des catacombes, de leur cœur, et elle s'en souvenait, mon Dieu! comme elle s'en souvenait.

C'est à ce moment que Zeleyev pointa le faisceau de sa torche sur l'affiche placée au-dessus de l'entrée peinte en blanc et noir, et elle comprit que son cauchemar ne faisait que commencer.

Ils pénétraient dans l'empire de la mort.

Gédéon, Rudi et Noah avaient découvert que Zeleyev s'était enregistré au Crillon avec une autre personne, une jeune femme. Personne ne répondait au téléphone dans leur chambre, mais ils n'avaient pas payé la note.

— Ils sont peut-être au bar, leur dit le concierge. Ou peut-être sont-ils encore au restaurant, pour un déjeuner tardif?

— Nous avons vérifié, lui dit Gédéon. Ils n'y sont pas.

Rudi se pencha vers l'homme et lui parla lentement.

— Il est absolument vital que nous voyions la chambre de M. Zeleyev.

— C'est impossible.

— Demande-lui s'il a déposé quelque chose dans le coffre de l'hôtel, suggéra Gédéon.

— C'est une affaire absolument privée, monsieur.

Les volets de la discrétion se refermaient toujours aussi rapidement sur eux et il fallut toute la diplomatie que Rudi avait apprise à la banque, et l'offre de Noah d'assumer l'entière responsabilité de l'affaire, avant d'apprendre qu'il y avait en effet une boîte au nom de Zeleyev dans le coffre de l'hôtel, et que c'était le paquet le plus volumineux parmi le contenu du coffre.

Il était près de quinze heures lorsqu'ils eurent enfin accès à la chambre. Gédéon vit le sac de Madeleine, contenant les quelques objets essentiels qu'elle avait eu le temps de prendre pour le voyage — et cette preuve irréfutable qu'il avait eu raison, que le vieil homme fou l'avait forcée à quitter son foyer et qu'elle avait été entraînée contre son gré dans une ville qu'elle n'était pas encore prête à affronter, le remplit d'une nouvelle colère froide et impuissante.

— Où sont-ils? demanda Noah, sachant que personne ne

pouvait lui répondre.

— Si la sculpture est dans le coffre, pourquoi ne sont-ils pas ici ? demanda Rudi, d'une voix inquiète.

— Si elle sait qu'il est le meurtrier de la jeune fille — et Noah ne put continuer à formuler les pensées qui lui venaient.

Gédéon, mortellement silencieux, fouillait la chambre, observant avec intensité les moindres détails que son regard rencontrait, ratissant tout dans l'espoir d'un indice, même le plus minuscule, qui pourrait les mener à Madeleine avant qu'il ne soit trop tard.

— Regarde ceci, dit Rudi.

Il avait ramassé, sur la table de chevet, la copie des Misérables, encore ouverte à la page lue par Zeleyev.

— Quelque chose a été souligné — c'est effacé, maintenant, mais...

Il pâlit, et passa le livre à Noah. Pouvez-vous traduire ces lignes pour Gédéon, s'il vous plaît ?

— Les égouts, lut-il, dans l'ancien Paris, sont le lieu de repos de tous les échecs et de tous les efforts. Il regarda Gédéon. Avez-vous lu ce livre ?

— Non.

— Hugo a écrit longuement sur les égouts de Paris, ce labyrinthe de tunnels nauséabonds creusés sous la ville, et qui le fascinaient.

Les tunnels abritaient beaucoup plus que les égouts, expliqua Noah. Ils contenaient aussi les tuyaux de l'aqueduc, les fils du téléphone et le réseau de la poste pneumatique.

— J'ai entendu dire, continua-t-il, que si tous les tunnels étaient mis bout à bout, ils s'étendraient de Paris à Istanbul. C'est un endroit parfait pour se cacher, ajouta-t-il d'une voix tendue.

Gédéon avait vu le corps de Jennifer Malkevitch, il avait vu l'horrible blessure qu'elle avait à la tête, il avait vu son sang répandu dans la cuisine de Madeleine.

— C'est aussi, dit-il doucement, un endroit parfait pour commettre un meurtre.

Ils appelèrent la police.

Konstantin Zeleyev et Madeleine se tenaient au milieu d'un immense et grotesque charnier qui avait été créé dans des tunnels infiniment plus anciens que ceux des égouts de la cité. Les murs d'ossements qu'elle avait été incapable d'oublier au cours de ces onze années les entouraient de nouveau, hideusement, la faisant suffoquer. Il y avait là les os et les crânes nus de personnes mortes depuis très longtemps, la peau et les muscles étant tombés en poussière ailleurs, et on les avait arrachés à leurs tombes il y avait plus d'un siècle. Madeleine restait immobile, fixant les crânes, hypnotisée par les orbites creuses et vides, et une vision subite de vers qui creusaient et qui s'engraissaient, envahit son esprit, lui donnant une telle nausée qu'elle faillit vomir.

— Nous y sommes presque, lui dit Zeleyev.

Madeleine était incapable d'émettre le moindre son. Tout l'engourdissement salutaire ressenti jusque-là avait maintenant disparu et il n'y avait plus rien, ni effarement, ni sensation d'irréalité, pour la protéger de ses terreurs.

— Ils ont vidé tous les cimetières de Paris et ils ont transformé ces catacombes en nécropole, raconta Zeleyev de sa voix calme. Le saviez-vous, ma chère? Cela s'est passé au dix-huitième et au dix-neuvième siècles, lorsque les cimetières étaient remplis et qu'il fallut faire de la place pour les morts plus récents.

Il continuait de la faire avancer, mais leur progression était maintenant beaucoup plus lente.

— Ces tunnels s'étendent sur des kilomètres sous la ville. Réalisez-vous tout ce que cela signifie? Vous voyez ces chaînes et ces barrières qui ferment l'entrée de certains des tunnels? demanda-t-il en pointant avec sa torche. Elles ont pour objet de nous empêcher de commettre une erreur irréparable. Si jamais nous quittions ce chemin, si nous nous perdions dans le labyrinthe qu'il y a au-delà de ces barrières, on ne pourrait plus jamais nous retrouver.

Il s'arrêta subitement.

— Quoi? commença Madeleine, mais d'un geste brusque,

il tira sur son bras, lui intimant le silence.

Il demeurait silencieux. Elle pensa qu'il écoutait et, elle aussi, tendit l'oreille dans l'espoir d'entendre les pas de quelqu'un s'approchant, de quelqu'un qu'elle pourrait appeler à l'aide. La menace de la dague qu'il avait en main ne l'effrayait pas autant que les dangers inconnus, inimaginables, que Zeleyev semblait lui destiner.

Puis, soudainement, sans aucun avertissement, Zeleyev se mit en mouvement. Entraînant Madeleine avec lui, il s'avança vers la bouche béante et noire de l'un des tunnels clôturés, il tendit une main et arracha la chaîne qui en condamnait l'entrée d'un geste brutal et il la tira derrière lui dans le noir. Elle commença à crier, mais il lui mit une main sur le visage, la poussa rudement contre un mur et, utilisant ses doigts pour lui ouvrir la bouche, il y inséra un mouchoir, le poussant tout entier entre ses dents, lui aplatissant la langue. Elle eut immédiatement un haut-le-cœur, toussa, cherchant désespérément un peu d'air, pendant que de brûlantes larmes coulaient le long de ses joues et qu'elle luttait de toutes ses forces contre cette poigne de fer.

— Il est inutile de lutter, lui souffla-t-il à l'oreille.

Pendant un instant, son esprit cessa de fonctionner. Elle se sentit près de perdre contrôle, et craignit de ne plus jamais pouvoir recouvrer ses esprits, à deux doigts de la mort, emprisonnée sous l'étreinte d'un homme qu'elle ne reconnaissait plus. Un étranger. Un fou. Un tueur.

— Nous devons attendre, maintenant, ajouta-t-il dans un chuchotement à peine audible, et elle sentit son haleine dans le cou.

Brusquement, elle se rendit compte qu'il attendait que les Catacombes ferment pour la nuit et qu'il ne ferait rien avant qu'ils ne se retrouvent complètement seuls.

Elle tenta de se calmer, s'efforçant de respirer par le nez et de ne pas avaler afin de ne pas s'étrangler. Elle gardait les yeux fixés sur le mince filet de lumière qui leur parvenait encore du couloir principal qu'ils avaient laissé derrière eux. Et, en silence, elle pria.

Pendant très longtemps, ce fut le silence total. Puis ils entendirent deux voix, l'une féminine et l'autre, masculine, jeunes et rieuses. Puis de longues minutes s'écoulèrent encore dans un silence oppressant. Environ quinze minutes plus tard, deux gardes passèrent lentement, distraits et las, vérifiant négligemment s'il ne restait plus personne dans les Catacombes. Madeleine pria pour qu'ils remarquent la chaîne brisée. La poigne de Zeleyev se fit plus ferme que jamais. Les voix graves des deux hommes devinrent de plus en plus faibles avant de s'éteindre complètement.

Les lumières s'éteignirent à leur tour.

Et Zeleyev commença à parler.

— Je vais vous dire, dit-il tranquillement, en relâchant un peu son étreinte, ce que je sais au sujet d'Alexandre Gabriel. Il ne serait pas correct que vous mourriez sans connaître la vérité au sujet de sa vie, et de sa mort.

Madeleine émit une faible plainte et ses yeux, aveugles dans la noirceur absolue, le supplièrent, mais il ne la vit pas et ne s'en souciait même plus.

— Vous ne l'avez jamais cru capable de commettre les gestes dont on l'avait accusé, n'est-ce pas, Magdalena Alexandrovna? Vous aviez raison. C'est moi qui ai attaqué cette femme, cette prostituée. C'était la vodka, le moment, l'endroit, l'atmosphère. Alexei était si drogué, si complètement parti dans son monde intérieur, qu'il ne pouvait se souvenir de rien. Il était si facile de lui faire croire que c'était lui le coupable, puisqu'il aurait très bien pu commettre ces actes.

Madeleine sentit sa raison vaciller, affaissée contre le mur, l'obscurité semblant s'épaissir autour de son visage, de ses yeux, lui enlevant son dernier souffle de vie. Puis, soudainement, Zeleyev retira le mouchoir de sa bouche et en entendant ses hoquets et ses halètements, il utilisa le mouchoir humide pour essuyer son visage, sachant en dépit de l'absence de lumière que des larmes coulaient sur ses joues.

— Je savais que sa famille, si riche et si puissante, l'aiderait, qu'il ne verrait jamais les murs d'une prison, alors que si, moi, j'avouais ce crime.

— Vous êtes monstrueux !

Madeleine reconnut à peine sa propre voix, rauque et étranglée par le bâillon et par la terrible éruption de haine que provoquait la confirmation cynique de ses soupçons.

— Ce n'est pas tout, ajouta Zeleyev. Pensez-vous que j'ai laissé cette bouteille d'aspirines à votre père en toute innocence, sans savoir ce que je faisais ? Mais oui, bien sûr, c'est ce que vous pensiez ! Vous avez toujours été une enfant si naïve sous certains aspects.

Ne voyant même plus l'obscurité, ses yeux se mirent à fixer un point au loin.

— Vous l'avez tué ! affirma-t-elle, sans voix.

— Pas exactement, je n'ai fait que l'aider, au cas où il souhaiterait mourir. Il disait qu'il voulait lutter pour que vous soyez fière de lui, ma belle Madeleine, mais, s'il l'avait vraiment voulu, et s'il en avait vraiment été capable, il serait encore vivant aujourd'hui. Mais je connaissais ses faiblesses. Je l'ai laissé dans sa chambre miteuse avec un surdosage auquel il ne pouvait résister. Je savais qu'il risquait d'être mort avant la tombée du jour, et c'est ce qui est arrivé.

— Et maintenant, vous allez me tuer à mon tour.

C'était une affirmation.

— Si seulement vous aviez accepté ma proposition, Madeleine — si seulement vous aviez été capable de mentir. Si vous n'aviez pas été si honnête et cruelle, je n'aurais jamais eu à vous révéler toutes ces choses et nous aurions pu vivre ensemble, comme mari et femme, jusqu'à ma mort. Seulement quelques courtes années avec vous, à partager *Éternité*, je ne vous demandais rien de plus. Mais maintenant, je ne vois pas d'autre alternative. Il eut un frisson. Je n'ai pas fait tout cela, ni attendu si longtemps, pour finir mes jours en prison.

— Alors, qu'allez-vous faire ?

— Je vais récupérer ce qui m'appartient de droit et je vais essayer de profiter au maximum du peu de temps qui me reste à vivre.

— Pourquoi est-il nécessaire que je meure? demanda Madeleine dans un murmure. Ne vous reste-t-il donc aucun sentiment? Pas pour moi, mais avez-vous pensé à Valentin? Une nouvelle terreur s'empara d'elle et raidit tous ses membres. Vous ne le tuerez pas lui aussi? Elle pouvait à peine bouger sa main droite, mais elle tenta en vain d'atteindre son visage avec ses ongles. Vous ne feriez pas cela, Konstantin, par pitié, dites-moi que vous ne le pourriez pas!

— Non, lui répondit-il, assez gentiment. Je ne ferais pas ça.

— Alors, emmenez-moi hors d'ici, supplia-t-elle doucement. Je vous aiderai, je ferai tout ce que vous voudrez. Je leur dirai que vous n'aviez pas l'intention de tuer Jennifer, et vous pourrez garder *Éternité*.

— Je ne vous crois pas!

— Je ne vous ai jamais menti — vous l'avez dit vous-même.

— Mais vous m'avez trahi! Toute ma vie, j'ai été trahi — d'abord la Russie, puis Irina, après ce fut Amadéus et votre père, et enfin, vous. Après tous mes rêves pour vous, vous m'avez fourni la preuve que vous ne valiez pas mieux que les autres Gabriel. Vous m'avez toujours déçu, à chaque fois, vous avez choisi de vivre en-deçà de votre destinée.

— En-deçà de vos attentes, pas des miennes!

— Et à la fin, vous avez craché sur moi, sur mon amour pour vous.

— C'est faux, Konstantin.

— Et même maintenant, continua-t-il, en dépit de tout, je continue de vous désirer, le savez-vous, Madeleine? Ici, dans l'obscurité, alors que je ne peux même plus voir votre adorable visage, je continue de sentir le parfum de vos cheveux, je peux toucher la douceur de votre peau.

Elle sentit son visage près du sien et elle dut lutter contre son intense répulsion.

— Alors, faites ce que je vous demande, Konstantin, emmenez-moi hors d'ici.

Il continuait à la tenir fermement de sa main gauche, et de la droite, il ouvrit son veston et chercha son sein gauche, le caressant au travers du chandail et lui pinçant le mamelon. Madeleine se raidit de surprise et de douleur, sentit la nausée revenir; elle ne voulait plus que le fuir, lui arracher les yeux de ses ongles, lui donner un coup de genou dans l'entrejambe, mais il la serrait de près et avec tout son poids, et elle savait que si elle faisait le moindre mouvement maintenant, il la tuerait immédiatement, sans sourciller.

— Embrassez-moi, commanda-t-il.

Elle demeura immobile et sans voix.

— Si vous voulez vivre, embrassez-moi!

Sa bouche trouva la sienne, sa langue molle, humide et dégoûtante se fraya un chemin entre ses lèvres, ses dents heurtèrent les siennes et, instinctivement, Madeleine émit une plainte exprimant toute sa révulsion. L'un de ses genoux lui ouvrit les jambes et sa main quitta son sein pour descendre sur sa taille, puis elle sentit ses doigts rudes bouger entre ses cuisses.

— Non!

Elle le repoussa, violemment, en utilisant tout son corps. Elle l'entendit grogner, comme un animal blessé, puis, presque immédiatement, il retrouva le contrôle de lui-même, la plaquant de nouveau contre le mur.

— Vous voyez? demanda-t-il, essoufflé par l'effort. Vous voyez comment vous me trahissez, quelle garce vous êtes, quelle menteuse! Je vous aurais adorée, j'aurais été le plus merveilleux, le plus tendre de tous les amants, mais voyez ce que vous avez fait de moi, ce que vous avez fait de nous!

Madeleine le sentit se déplacer légèrement et entendit de petits sons tandis que sa main libre fouillait sa poche. La dague, pensa-t-elle, et ses yeux s'ouvrirent tout grand, scrutant l'obscurité.

— On ne vous retrouvera jamais, Magdalena Alexandrovna.

Il y eut un déclic, la torche s'alluma et Zeleyev la déposa sur le sol d'argile humide. Les yeux de Madeleine prirent un instant à s'habituer à cette soudaine clarté, mais comme il continuait de la maintenir fermement adossée au mur, elle se rendit compte pour la première fois que ce mur était entièrement fait de crânes, de petits crânes, certains même minuscules — des crânes de bébés.

Il lui remonta les bras dans le dos et il put s'appuyer sur elle de tout son poids, tout en ayant les deux mains libres. Son haleine était chaude et fétide, et Madeleine ne put retenir un gémissement de terreur et de dégoût. Zeleyev sortit d'une poche intérieure une petite bouteille de verre, puis un grand mouchoir froissé. Il enleva le bouchon de la bouteille et humecta le mouchoir de son contenu.

Madeleine sentit immédiatement une forte odeur d'éther.

Elle inspira très profondément, mobilisa toutes les énergies qui lui restaient et le repoussa vivement, utilisant sa tête, sa poitrine et son ventre. Déséquilibré, Zeleyev chancela et elle en profita pour lui assener un coup de pied sur le tibia. Elle entendit un bruit métallique et elle comprit que la dague venait de lui échapper pour tomber sur le sol. Tout en sanglotant et en émettant des grognements, elle se pencha vivement pour l'atteindre, ses ongles griffant la poussière du sol. Elle sentit tout à coup sous ses doigts la froideur de l'acier.

— Chienne, hurla-t-il, et il s'élança vers elle.

Madeleine était déjà hors de portée, saisissant l'arme solidement par la poignée, et elle lança son bras en avant. Elle sentit d'abord la résistance du tissu, puis la lame recourbée ouvrit aisément son chemin, pénétrant sa chair, glissant entre ses côtes, s'enfonçant dans son corps.

Zeleyev, surpris, poussa un hurlement qui mourut sur ses lèvres.

— Pour mon père ! lança-t-elle dans un souffle.

Il tomba sur elle, son pied frappant la torche dont le faisceau décrivit une course folle sur la voûte du tunnel, son corps blessé devenant de plus en plus lourd — et Madeleine vit qu'il continuait de tenir à la main le mouchoir imbibé d'éther. Elle sentit les efforts qu'il faisait pour lever son bras et lui couvrir le visage de ce mouchoir. Elle tournait la tête d'un côté et de l'autre, tentant d'échapper à son étreinte, mais, dans un effort désespéré, il y arriva, et couvrit son nez et sa bouche du tissu nauséabond.

Madeleine tenta de crier — se sentit glisser, tomber. Et l'obscurité devint encore plus épaisse.

Les hommes s'étaient entendus pour que Noah demeure au Crillon au cas où Zeleyev revienne, alors que Gédéon et Rudi se hâtaient de rencontrer les policiers à l'entrée principale des égouts sur le Quai d'Orsay.

Il était tout juste dix-sept heures lorsque l'assistant-gérant de l'hôtel vint à la chambre de Zeleyev, accompagné par l'un des portiers.

— Nous avons des nouvelles pour vous, monsieur Lévy.

Le portier venait à peine de reprendre son service, lorsqu'un garçon d'étages lui avait raconté le drame qui se déroulait. Ce portier s'était alors souvenu d'avoir appelé un taxi pour le Russe et la jeune femme blonde.

— Mais ils ne se sont pas dirigés vers les égouts, monsieur!

— Comment le savez-vous?

— Parce que le monsieur m'a dit avant que j'appelle un taxi qu'il désirait se rendre à la Place Denfert-Rochereau. Ils se sont peut-être rendus au Quai d'Orsay par la suite, mais ça me semble une coïncidence assez bizarre que l'entrée des Catacombes se trouve justement sur cette Place.

— Cela n'a peut-être aucune importance, mais j'ai jugé bon de vous avertir aussitôt, monsieur Lévy, ajouta l'assistant-gérant.

— Vous avez eu tout à fait raison et je vous en remercie.

L'esprit de Noah, qui, pour la première fois depuis des années, avait relégué aux oubliettes le Sabbat et sa synagogue, était en pleine effervescence. Essayer de transmettre un message à la police dans les égouts pourrait prendre plus de temps que de s'y rendre directement.

— Serait-il possible que l'hôtel mette une voiture à ma disposition ?

— Vous voulez partir immédiatement, monsieur ?

— Le plus tôt sera le mieux.

Noah arriva à l'entrée du Quai d'Orsay et y trouva une activité intense au niveau de la rue. Il dut questionner trois hommes avant d'obtenir une réponse et d'apprendre que Gédéon se trouvait en bas, étudiant les plans avec les égoutiers, les experts chargés de nettoyer et de faire l'entretien des égouts, et qui s'étaient portés volontaires pour la battue.

— Pour l'amour de Dieu !

Noah entendit Gédéon longtemps avant de l'apercevoir, sa profonde voix s'exclamant impatiemment et montrant la colère et la frustration du New-yorkais devant le souci du détail et la lenteur légendaire des fonctionnaires.

— Gédéon ! appela Noah, en s'avançant avec précaution vers lui, soulagé, mais avec tous les remords de circonstance devant cet élan d'égoïsme, qu'on ne lui demanderait pas de descendre dans les égouts, ni de s'y aventurer. Il éprouvait une terreur incontrôlable à l'idée d'avoir à affronter même un seul rat.

— Dieu merci ! vous voici, Noah. Voulez-vous expliquer à ces gens que je veux seulement leur emprunter une de leur chaloupe, pour aller voir dans ces égouts au plus vite ?

— Gédéon !

— Je comprends qu'ils veulent bien faire et je sais que Maddy et Zeleyev pourraient être n'importe où maintenant, mais si nous ne commençons même pas à les rechercher.

— Gédéon, je vous prie de m'écouter !

— Qu'y a-t-il ?

— Ils ne sont pas ici !

Gédéon releva subitement la tête, les yeux emplis d'espoir.

— Sont-ils revenus ? Ils sont au Crillon ? Et Madeleine va bien ?

— Non, ce n'est pas ça ! Écoutez-moi.

Entraînant l'Américain plus loin, Noah lui raconta ce que lui avait rapporté le portier de l'hôtel, et lui raconta ce dont il s'était souvenu à l'instant où l'homme lui avait mentionné les Catacombes.

— Zeleyev l'a déjà emmenée dans les Catacombes — il y a dix ou onze ans de ça. Il nourrissait une obsession sur Hugo et les égouts, et il pensait qu'il serait amusant d'explorer les Catacombes avec Madeleine. Elle a raconté sa visite à Estelle par la suite, et elle est restée longtemps épouvantée. J'aurais dû m'en souvenir lorsque j'ai vu le livre de Hugo, mais — ajouta Noah, dont le visage était empreint de culpabilité.

— Vous n'avez pas à vous sentir coupable ! l'interrompit Gédéon. Comment puis-je m'y rendre ?

— L'hôtel a mis une voiture et un chauffeur à ma disposition.

— Je les prends, lança Gédéon, déjà en route dans la direction d'où était venu Noah, ce dernier, courant derrière lui.

— Vous ne pouvez pas y aller seul, Gédéon !

— C'est ce que vous croyez ? demanda Gédéon sur un ton sec de commandement. Trouvez Rudi — Il est là-haut en train de discuter avec la police. Dites-lui ce que vous venez de m'apprendre — et dites-lui de les emmener là rapidement, puis retournez à l'hôtel.

— Je viens avec vous.

— Vous êtes un rabbin, dit-il à Lévy, qui était déjà hors d'haleine, avec un petit sourire triste. Vous ne feriez que m'encombrer, et puis, j'ai besoin de vous au Crillon, au cas où ils y retourneraient.

— Avez-vous une arme ? s'enquit Noah.

— J'ai un pistolet et une lampe de poche — et ne le dites pas aux policiers avant que je sois parti, d'accord ?

— Soyez prudent, Gédéon ! lui conseilla-t-il, en le retenant par le bras, à bout de souffle.

Le regard de Gédéon se fit très sombre et il répondit sourdement :

— Je retrouverai Maddy, quel qu'en soit le prix.

Madeleine chassa les derniers effets de son lourd sommeil induit par le chloroforme à l'odeur sucrée et nauséabonde. Sa tête allait éclater, elle avait le cœur au bout des lèvres, et le sol où était posée sa joue était froid, humide et gluant. Elle ouvrit les yeux, et elle ne vit que l'obscurité — relevant la tête, elle souleva, en tremblant, sa main glacée devant son visage. Elle ne pouvait même pas voir ses doigts — elle était devenue aveugle.

Puis elle se souvint.

Son cœur commença à battre à tout rompre. Lentement, avec précaution, elle s'assit, tâtant la terre autour d'elle, cherchant la lampe, la dague, ou... Sa main droite buta sur un obstacle froid et recouvert de poils. Elle eut le souffle coupé et retira vivement sa main en reculant, se heurtant l'épaule sur le mur. Elle se rappela alors où elle se trouvait, les crânes, les ossements, et elle s'élança en avant, pleurant de panique.

— Oh! mon Dieu!

Elle s'efforça de retrouver son calme encore une fois. Pendant un instant, elle tendit l'oreille; un silence complet, pur, l'entourait. Elle était seule, entièrement seule. Si Zeleyev était là, avec elle, il était certainement mort, fini, incapable de lui faire du mal.

— Trouve-le, marmonna-t-elle entre ses dents.

Elle reprit sa progression, à tâtons, les bras en avant. L'objet couvert de poils qui l'avait terrifiée, n'était que son chapeau. Trouve-le, se répéta-t-elle. Trouve-le, et tu seras certaine, et alors, tu pourras sortir d'ici.

Il n'était pas là.

Madeleine se souvenait lui avoir enfoncé la lame du poignard dans la poitrine, elle avait senti l'arme pénétrer son corps, avait senti la chaleur de son sang sur ses mains.

Mais il avait survécu, l'avait endormie avec le chloroforme, puis il avait disparu.

Elle essaya, désespérément, de penser rationnellement, de ne pas céder à la panique.

— Des allumettes, dit-elle.

Elle se rappelait avoir mis un carnet d'allumettes dans la

poche de son veston. Elle les avait ramassées dans un cendrier à l'hôtel, négligemment, sans but précis. Maintenant, maladroitement, fébrilement, elle les retrouva, arracha une allumette et elle essaya de la frotter, mais elle était humide et ses doigts gourds la laissèrent échapper. Du calme, du calme, se dit-elle, et elle en arracha une autre. La flamme jaillit brièvement, puis s'éteignit, ne laissant qu'une mince odeur de soufre. Elle essaya de nouveau, plaçant ses mains en forme de coupe autour de la flamme vacillante — cent crânes béants se moquèrent d'elle, mille os jetèrent un éclat blanc pendant un instant, et ses mains tremblèrent si violemment, qu'elle laissa tomber l'allumette et ce fut de nouveau l'obscurité.

Elle n'avait jamais pu imaginer une obscurité aussi totale, plus sombre que la plus sombre des nuits, et l'odeur de la mort et du sang de Konstantin était présente partout autour d'elle, sur elle.

Elle s'assit, plia les genoux et entoura ses épaules de ses bras. Elle aurait voulu s'endormir pour toujours. Elle aurait voulu mourir à l'instant, pour ne plus avoir peur. Elle savait que si elle bougeait, et qu'elle quittait ces lieux, elle se perdrait dans le labyrinthe, qu'elle mourrait lentement, hantée par ce cauchemar jusqu'à la dernière seconde, jusqu'à la dernière étincelle de vie.

Elle entendit un bruit.

Le sang battit ses tempes et son cœur cogna lourdement dans sa poitrine, comme si, lui aussi, il cherchait une issue. Elle se sentait étourdie, désorientée. Zeleyev était encore là, dans le noir, quelque part, à l'attendre.

Et Madeleine sut qu'elle s'était trompée, qu'elle ne voulait pas dormir et surtout, qu'elle ne désirait pas mourir. Elle voulait vivre, de toute son âme, de toute sa volonté.

À l'entrée silencieuse et déserte de la Place Denfert-Rochereau, Gédéon utilisa la crosse de son pistolet pour fracasser la serrure de la porte verte, puis il la fit sauter de ses gonds d'un solide coup d'épaule. Il s'élança immédiatement à l'intérieur, en s'éclairant avec le faisceau de la lampe de poche qu'il avait empruntée à un jeune agent, dans les égouts. Sautant par-dessus le tourniquet d'entrée, il dévala l'étroit escalier en spirale, tous les sens en alerte. Lévy avait raison, ils devaient sûrement être ici. Maddy se trouvait là, en bas, il en mettrait sa main au feu.

Depuis sa plus tendre enfance, Gédéon Tyler avait eu une peur incontrôlable de l'obscurité, ce qu'il n'avait, par ailleurs, jamais osé avouer à quiconque. Les longues périodes de surveillance et de filature la nuit ne lui avaient jamais posé de problèmes dans la ville, là où les rues étaient illuminées jusqu'à l'aube. Mais, il détestait se retrouver dans le noir, il détestait se retrouver sous terre et il ne prenait que très rarement le métro. Il n'aurait jamais accepté de devenir mineur, au risque même d'en mourir de faim.

Essayant maintenant de contrôler ces peurs bien ancrées, il atteignit le pied de l'escalier et s'élança dans le premier des tunnels, conscient de devoir progresser prudemment, de pouvoir entendre sans être entendu. Cet endroit était de loin le pire qu'il n'ait jamais eu à visiter, mais il repoussa cette pensée et se força à centrer son attention sur Madeleine et ce fou meurtrier qui l'avait entraînée dans un monde souterrain sombre et sinistre. Il entendait et sentait le sol faire des bruits de succion sous ses pas, l'humidité ruisseler sur les murs et sur sa tête. Il imaginait les égouts circulant au-dessus de lui, le poids de leur matière pestilentielle écrasant la voûte du tunnel.

Maddy! Je viens! N'aie plus peur! voulait-il crier. Mais il poursuivit son chemin en réprimant cette envie, allongeant le pas, tout en s'efforçant de ne pas se mettre à courir, de peur de manquer quelque chose. Même sa respiration lui semblait trop bruyante dans cette immensité sourde. Zeleyev pourrait peut-être l'entendre en premier, pourrait voir le faisceau de sa lampe, ou le pistolet dans sa main droite. Cette lampe, surtout, présentait un danger, mais sans elle, Gédéon se retrouverait lui-même une victime et il ne pourrait plus rien pour Maddy.

Au moment où il vit les premiers crânes, il s'arrêta net, comme s'il avait été frappé de plein fouet, paralysé par le choc et sa répugnance.

— Oh! Mon Dieu! murmura-t-il. Je ne pourrai pas continuer.

Il voulait reculer, fuir ce lieu infect, grimper quatre à quatre l'escalier infernal et retrouver l'air pur et frais de l'extérieur. C'est à cet instant que lui revint le souvenir de sa première visite à la maison de l'horreur à Coney Island. Il n'était qu'un gamin alors, et son copain, Murray Goldblatt, l'avait mis au défi. Il avait cru en mourir sur-le-champ, il avait cru qu'il ne pourrait plus jamais ressortir de la maison. À la fin de la journée pourtant, l'estomac tout retourné d'avoir avalé trop de bonbons et, vivant malgré tout, il avait bien ri de toutes ses terreurs. Il avait maintenant quarante-huit ans, et la femme qu'il aimait était prisonnière d'un véritable monstre dans cette tanière, et Gédéon allait la trouver. Il balaya le mur du faisceau de sa torche, s'obligeant à regarder les crânes empilés devant lui, observant les tas d'ossements, et il pensa à Maddy, à Valentin resté à New York, qui dépendaient tous deux de lui, et il avança vers l'entrée du tunnel suivant.

Il marchait depuis plus d'une demi-heure dans le sous-sol, lorsqu'il perçut son parfum. Il ne s'agissait que d'une légère trace, si faible que par moments, il se demandait si ce n'était pas le fruit de son imagination. Mais il ferma les yeux et il huma profondément, et il sut avec certitude qu'elle n'était plus très loin.

Incapable de se contrôler plus longtemps, il l'appela.

Roulée en boule sur le sol, les bras autour de ses genoux, prisonnière de son enfer personnel, Madeleine essayait d'arrêter le constant tremblement qui animait ses membres, essayait de ne pas perdre la tête et elle crut subitement qu'elle avait des hallucinations. C'était comme de traverser un désert sans eau — après plusieurs jours, on commence à voir vraiment ce qu'on désire le plus voir. On entend ce qu'on souhaiterait entendre le plus au monde.

— Maddy!

Elle l'entendit de nouveau. Ce n'était pas possible. Gédéon

ne pouvait pas être ici, à des milliers de kilomètres de Manhattan, ici, en bas, dans cette tombe immonde.

Puis elle sut que c'était possible, que ce devait l'être, que c'était sa voix, et elle releva la tête. Et elle lui répondit, aussi fort et aussi clairement qu'elle le pouvait.

— Je suis ici!

Son soulagement était indescriptible.

— Maddy! Je viens te chercher! Maddy! Es-tu seule?

— Oui! vint la réponse. Seule!

Elle semblait plus loin qu'il y avait un instant à peine, le son plus faible et étrangement déformé. Il était très difficile de déterminer de quelle direction provenait sa voix, qui rebondissait et faisait écho sur les murs et la voûte du plafond.

— Parle-moi, Maddy, cria-t-il. N'arrête pas de me parler. Tu dois me guider jusqu'à toi.

— Gédéon! M'entends-tu? Je ne sais pas.

— Je t'entends, lui répondit-il vivement, entendant la panique dans sa voix. Maddy! Je t'entends! hurla-t-il à pleins poumons. Ne bouge pas, quoi qu'il arrive! Je viens, je te trouverai.

Il sentit l'odeur du sang une fraction de seconde avant le choc massif, alors que Konstantin Zeleyev s'élançait sur lui, par-derrière, avec toute la force et l'énergie d'un taureau rendu fou par ses blessures. Gédéon tomba face contre terre, sa tête heurtant durement le sol, le pistolet et la torche lui échappant des mains. La lampe de Zeleyev se mit à décrire des arabesques funèbres pendant qu'il s'élançait pour rattraper le pistolet de son adversaire.

Lorsque le coup partit, un mur d'ossements vieux de deux cents ans, les têtes et les bras sans chair de centaines d'hommes, de femmes et d'enfants, vibra, se fragmenta et s'effondra.

Et ensevelit les deux hommes accroupis sur le sol d'argile humide.

Le bruit effrayant du coup de feu et le grondement du

mur qui s'écroulait provoquèrent une nouvelle panique dans l'esprit surmené de Madeleine. Elle se leva de sa position foetale et recula en titubant, sans vraiment s'en rendre compte, s'éloignant instinctivement de Zeleyev, pénétrant plus profondément dans le labyrinthe. Le seul son qui parvenait à ses oreilles était maintenant le bruit saccadé de sa respiration sanglotante. Les mains tendues devant elle, elle courait comme une aveugle — deux fois, trois fois, elle se heurta à des murs, gémissant de terreur pure.

Puis elle s'arrêta soudainement, comme ses esprits lui revenaient. Et elle comprit qu'elle venait de commettre la plus grande erreur possible. Si Konstantin était encore vivant, il ne pourrait pas la retrouver. Mais si le survivant était Gédéon, lui non plus ne pourrait pas la retrouver. Zeleyev l'avait annoncé quelques heures auparavant. Personne ne la retrouverait jamais.

Elle s'était perdue de façon irréversible.

Toute une éternité s'écoula avant qu'elle n'entende la voix qui perçait l'obscurité. Elle lui parvenait de si loin, adoucie et assourdie.

— Madeleine !

Elle resta assise, figée, tendant l'oreille, essayant de deviner de quelle bouche provenait cette voix, tous ses muscles contractés, prête à reprendre la fuite au moindre danger. La complexité de l'antique labyrinthe et la nature du sol dénaturaient les sons, les rendaient méconnaissables, les enrobaient comme l'aurait fait un épais brouillard.

— Maddy ! Il est mort, Madeleine — tout ira bien maintenant.

Elle entendit son nom prononcé par cette voix, les syllabes comme une douce supplication, une voix amoureuse et pleine de tendresse. Puis elle se transforma et devint la voix cajoleuse et persuasive de la folie et de la mort. Une grande lassitude l'envahit. Elle ne pouvait plus supporter cette angoisse, elle était au-delà des larmes, au-delà de la peur, tout près de la fin.

— Maddy, chante pour moi, lui dit la voix. Chante pour moi, pour que je puisse te retrouver.

Toutes ses extrémités nerveuses étaient douloureuses, ramenant son cerveau du bord du précipice, le forçant à fonctionner de façon cohérente. Elle sut ce qu'elle devait faire. Et cela valait la peine d'être essayé — tout valait la peine d'être essayé s'il y avait une chance que cela la mène hors de cet endroit, que cela mène à la mort ou à la vie.

Sa propre voix lui sembla étrangement aiguë, l'écho se réverbérant sur les murs d'ossements qui l'entouraient.

— Dis-moi ce que je dois chanter, demanda-t-elle. Je veux que tu me dises quoi chanter!

Puis elle attendit.

La réponse fut longue à venir. L'homme comprenait, savait ce qu'elle voulait, ce qu'elle désirait entendre, mais son épuisement physique et mental affectait sa mémoire autant que ses muscles.

Il fouilla ses souvenirs et, à la fin, il trouva.

Il était sûr de lui et sa voix était forte.

— Maddy — chante « Unforgettable »!

Les tremblements de Madeleine s'accentuèrent jusqu'à devenir insupportables. Elle pensa qu'elle pourrait bien tomber en pièces détachées, que son corps, tendu à l'extrême, gonflé par chaque battement de son cœur, ne pourrait survivre.

Il avait choisi la première chanson qu'elle avait interprétée chez Lila, le lendemain de leur mariage, une chanson qu'elle n'avait jamais interprétée auparavant. Elle se souvenait d'avoir pleuré en la chantant et qu'elle s'était concentrée sur Gédéon pour se ressaisir, son ami très cher, son époux.

Konstantin les avait reçus à déjeuner ce jour-là, mais il n'était pas venu à leur mariage. Et il n'était pas venu chez Lila au cours de cette soirée.

Madeleine commença à chanter.

Le besoin qu'éprouvait Gédéon de la prendre dans ses bras était tellement puissant qu'il commença à courir follement, en direction de sa voix. Puis la raison lui revint lentement et il promena sa lampe autour de lui, conscient qu'il devait laisser une trace derrière lui, quelque chose qui lui permettrait de ramener Madeleine vers le tunnel principal.

Des os. C'était probablement un geste sacrilège, mais à ce moment précis, il s'en moquait éperdument. Il n'y avait que des os dans ces tunnels. Il commença à les ramasser, des tibias, des fémurs, et même des crânes complets.

— Continue à chanter! lui cria-t-il. J'arrive, Maddy — tout ira bien — continue à chanter, je t'en prie!

Et Madeleine chanta, sa voix rendue rauque et rugueuse par le froid et l'humidité, par la peur, la détresse et l'épuisement, mais elle ne s'arrêta pas un seul instant, ne reprenait qu'à peine son souffle, elle chanta, et chanta...

Il trouva la chaîne brisée et il sut qu'il se rapprochait, mais l'obscurité et la complexité du labyrinthe continuaient de tromper son oreille, son sens de l'orientation et même son équilibre. Il entrait dans des tunnels, sentait soudainement qu'il s'éloignait, et frénétiquement, il se hâtait de rebrousser chemin, n'oubliant pas de ramasser les ossements qu'il laissait tomber pour retrouver sa route. Il ne se rendait pas compte qu'il pleurait, il n'avait aucune conscience de sa douleur, ni de son corps. Il ne désirait qu'une chose : la trouver, la prendre dans ses bras, la ramener là-haut, à l'air libre.

La voix de Madeleine était presque complètement éteinte lorsque les narines de Gédéon perçurent l'odeur de soufre et que ses oreilles entendirent un nouveau bruit, un petit grattement.

Puis il la vit, dans le faisceau de sa lampe.

Elle était assise sur le sol, les genoux ramenés près de la poitrine, chantant de façon presque inaudible et frottant une allumette sur un carton, la laissant brûler, puis en allumant une autre.

— Maddy?

Elle semblait ne pas le voir et regardait fixement dans la lumière. Son visage était crasseux, ses yeux immenses encore aveugles et ses lèvres continuaient à former les paroles de « Unforgettable », ne réalisant pas qu'il n'y avait plus aucun son qui sortait de sa gorge.

Gédéon franchit les derniers mètres qui le séparaient d'elle, s'accroupit et, avec une tendresse infinie, lui toucha la joue.

Et Madeleine s'arrêta de chanter.

— Peux-tu te lever? lui demanda-t-il, en murmurant doucement.

Elle acquiesça et il l'aida à se relever, vit du sang, et il promena le faisceau de lumière sur elle, cherchant où elle avait été blessée.

— Ce n'est pas mon sang, dit-elle, la voix âpre.

— Dieu merci!

Il essaya de la prendre dans ses bras, mais pendant encore un instant, elle le repoussa, puis, ses yeux s'habituant à la lumière, elle examina ses traits et constata qu'il s'agissait réellement de Gédéon, encore tout anxieux, et elle commença à pleurer, faiblement.

— Maddy, mon amour.

Très doucement, il l'étreignit, l'entendant crier son angoisse et son soulagement contre sa poitrine.

— Il n'y a plus rien à craindre, maintenant, mon amour, susurra-t-il tendrement, la berçant dans ses bras, comme si elle n'était qu'un tout petit enfant.

Elle prononça quelques paroles, la bouche contre sa poitrine.

— Quoi? Qu'as-tu dit, mon amour?

Elle releva un peu la tête.

— Valentin? Puis s'agrippant à lui : As-tu trouvé Valentin?

— Il est sain et sauf. Il embrassa le dessus de sa tête. Sois rassurée, il est en sécurité.

Il la souleva, s'émerveillant de sa légèreté et, pointant le faisceau de la torche vers le sol, il suivit la grotesque trace d'ossements qu'il avait laissée, la ramenant vers le monde réel, loin de toute cette horreur.

— Dieu! l'entendit-il dire, et jetant un regard, il vit qu'ils passaient près du corps de Zeleyev, à moitié enfoui sous les squelettes qui s'étaient effondrés sur lui lorsque le coup de feu avait résonné.

— Ne regarde pas! lui souffla-t-il à l'oreille, et il la sentit se détendre pour la première fois, contre lui, et il eut envie de crier sa joie, de hurler de gratitude et de triomphe à la face du monde. Mais il garda le silence et continua d'avancer, remerciant le ciel de l'avoir guidé jusqu'à elle.

La route lui sembla interminable jusqu'au pied des escaliers. Là, il dut la déposer par terre, même s'il lui répugnait qu'elle quitte l'emprise de ses bras, même pour quelques secondes.

— L'escalier n'est pas assez large pour que je te porte, dit-il avec anxiété. Crois-tu pouvoir y arriver?

— Essaie seulement de me retenir! lui répondit-elle de sa voix rauque.

— Je serai juste derrière toi!

Ils commencèrent l'escalade trop rapidement, oubliant tous deux le grand nombre de marches, et Madeleine devint si étourdie qu'elle faillit retomber sur Gédéon qui dut l'arrêter quelques instants, pour lui permettre de reprendre son souffle avant de poursuivre l'escalade. Ils recommencèrent à grimper, lui, avec une main dans son dos, la supportant, la protégeant, jusqu'à ce que, après une éternité, ils sentirent la gifle de l'air frais nocturne et qu'ils entendirent les sons de la ville un vendredi soir.

Il semblait à Gédéon qu'il avait été sous terre pendant des heures, même s'il ne s'était écoulé qu'à peine une heure et demie depuis son arrivée, et les escouades de policiers ne faisaient qu'arriver sur place, les moteurs tournaient encore, les gyrophares attirant la foule de curieux qui s'approchaient en parlant bruyamment.

— Maggy !

Rudi courut vers elle, le visage blême, et arracha sa sœur de l'emprise de Gédéon pour la serrer dans ses bras.

— Je n'ai rien, lui dit-elle en s'accrochant à lui.

— Dieu merci ! s'écria-t-il, les épaules secouées de sanglots.

Puis il leva son regard vers Gédéon, une question muette dans le regard.

— Zeleyev est mort, répondit Gédéon.

Rudi hocha la tête, satisfait.

Un inspecteur de police s'avança vers elle pour l'envelopper d'une couverture et lui annonça :

— Une ambulance vous attend, madame.

— Pas maintenant, lui répondit-elle, d'une voix rauque sans réplique, et elle regarda Gédéon.

Pendant un instant, le policier les regarda, puis il s'éloigna, et Rudi, apercevant l'expression de Gédéon, se défit de l'étreinte de sa sœur pour la pousser dans les bras ouverts du grand Américain.

Ils ne s'étaient encore jamais embrassés, ni comme amants, ni comme mari et femme. Mais ce premier baiser, dans l'air glacial, pur et exquis de décembre, représenta infiniment plus que l'union de leurs lèvres, que l'effleurement de leurs langues, que l'éveil de leur passion.

Ce baiser contenait toute la joie qu'ils partageaient, le soulagement et la gratitude qu'ils éprouvaient. C'était la preuve réelle et tangible de leur survie, c'était leur foi dans la vie et, par-dessus tout, c'était l'amour qu'ils ne s'étaient pas permis d'exprimer jusqu'à maintenant et qu'ils avaient craint ne plus jamais pouvoir partager après les interminables heures passées sous les catacombes.

L'horreur était maintenant chose du passé. L'avenir leur appartenait.

Chapitre 19

Madeleine put quitter l'hôpital moins de vingt-quatre heures après son entrée et elle rejoignit Gédéon à l'hôtel Saint-Simon, un charmant petit hôtel très intime, situé à quelques pas du boulevard Saint-Germain, l'âme et le cœur de tous les souvenirs qu'elle avait essayé d'oublier depuis les quatre dernières années. Après tout ce qui venait de se produire, elle était enfin prête à faire face à la mémoire d'Antoine, le souhaitait même, acceptant autant la tristesse, prête à partager ce passé avec Gédéon. Elle désirait tout partager d'elle-même avec lui.

Gédéon avait passé toute la première journée avec la police, tentant par tous les moyens de protéger Madeleine et de lui éviter un traumatisme supplémentaire. Les policiers s'étaient satisfaits de prendre sa déposition et de la laisser aux soins des médecins. Rudi avait fait des arrangements avec l'hôtel et devait retourner à New York dès le dimanche matin, pour ramener Valentin le lundi, de sorte que toute la famille fut réunie à Paris pour Noël.

Avant d'aller se reposer, Madeleine insista pour passer deux coups de téléphone, que Gédéon dut faire à sa place, étant donné l'état lamentable de son larynx — l'un à son fils et l'autre à la famille Malkevitch de Queens, pour leur annoncer qu'à défaut de mieux, le meurtre de leur fille était vengé. Elle dormit ensuite toute la journée du samedi, sans le moindre sédatif. Le même soir, partageant une chambre avec son mari pour la première fois depuis leur mariage, elle se sentit si éveillée, si soulagée et si remplie de joie, qu'elle comprit que cette grande intensité ne pourrait durer toujours.

— Il est vrai, n'est-ce pas, demanda-t-elle à Gédéon, que lorsqu'on voit la mort de près, on se sent par la suite animé d'un désir intense de vivre et de vivre chaque seconde au maximum? Elle le regardait tendrement, voyant jusqu'à quel point l'interrogatoire que les autorités lui avaient fait subir l'avait épuisé. Je m'attends à retomber sur terre bientôt, et avec un grand "bang"

— Pas si j'y puis quelque chose, déclara Gédéon, en se versant un verre de whisky, ses mains tremblant de fatigue.

— C'est vraiment dommage, annonça-t-elle légèrement.

— Qu'y a-t-il?

— Il est dommage que tu ne puisses profiter de notre première nuit ensemble dans le même lit.

— Qui dit que je ne pourrai pas en profiter?

— Ta femme.

— Qu'est-ce qu'elle en sait?

— Elle sait que son mari est si épuisé qu'il tombera endormi comme une bûche, dès que sa tête touchera l'oreiller.

Il était trop fatigué pour se disputer.

— Je suis désolé, dit-il.

— Pourquoi serais-tu désolé?

— Je déteste l'idée de perdre une seule seconde avec toi, imagine alors, si je dois perdre toute une nuit!

Madeleine commença à le déshabiller tendrement.

— Il y aura beaucoup, beaucoup d'autres nuits, lui répondit-elle.

Il dormit profondément durant sept heures et, pendant ce temps, Madeleine s'était allongée près de lui, sans le toucher, appuyée sur un coude, et elle le regardait. Elle prenait la mesure, pensa-t-elle, de cet homme qu'elle connaissait si bien sous certains aspects, mais qui était tout de même demeuré un inconnu sous d'autres. En dormant, Gédéon se retournait périodiquement, s'agitant, repoussant les couvertures, et Madeleine profita de chaque minute pour l'étudier intensément, mémorisant chaque trait, chaque poil, chaque cicatrice, chaque muscle et tendon, et chaque once de chair, tout cet être qui reposait, inconscient.

Et au petit matin, lorsqu'il se réveilla, revivifié, elle était prête, et Gédéon, qui avait attendu si longtemps, qui s'était tant langui pour ce moment précis, fut submergé de gratitude et de joie extatique. Ils allaient enfin faire l'amour, et pas le moindre petit geste ne devrait être hâté. Il avait tellement rêvé de cet instant, qu'il prendrait tout son temps, pas un centimètre du corps de cet ange ne serait négligé, pas plus qu'il ne lui ménagerait le plus petit soupçon de plaisir dans sa hâte. Il saurait contrôler son désir et son ardeur...

Au début, même si son corps répondait aux caresses, même si son désir et sa passion croissaient, Madeleine maintenait une certaine réserve mentale, puisqu'elle voulait faire plus que simplement vivre cette première relation. Elle désirait se rappeler chaque seconde, en absorber la signification profonde, elle voulait comprendre chaque étape de la progression de son intimité avec cet homme, avec cet être vaillant, tenace et remarquable. Elle n'avait été intime qu'avec un seul autre homme, et elle ne ressentait aucune culpabilité à se le rappeler. Antoine lui avait toujours semblé si beau, si doux dans sa force et dans sa virilité, si intrigant, comme si ses rêves de jeune fille s'étaient matérialisés pour lui apporter joie, vie et amour — mais elle était là, maintenant, dans cette même cité romantique, avec Gédéon, son nouvel amour, immensément différent, farouche, beau et direct comme un gros ours docile, solide, fiable et passionné — et si merveilleusement habile et expérimenté qu'elle crut soudainement, dans son bonheur sans mélange, qu'elle allait exploser.

Madeleine permit à ses souvenirs de s'apaiser, libéra Antoine, le laissa aller, maintenant consciente que son cœur et son âme le garderaient toujours, quoi qu'il arrive, et réalisant qu'il y avait de la place pour un autre amour, pour une nouvelle vie, réalisant aussi que le cœur humain avait une capacité infinie de ravissement émotif et physique. C'était un nouveau commencement...

— Merci, mon amour, murmura-t-elle, le sentant bien profondément en elle.

— Merci, mon amour, Gédéon fit-il en écho, et il y avait des larmes dans ses yeux, alors qu'ils bougeaient ensemble et que l'urgence de leur désir commençait à obnubiler toute pensée rationnelle.

Madeleine ferma les yeux au moment où son mari, son amant plongeait encore plus profondément en elle et son pelvis vint à sa rencontre, son dos se cambrait, ses jambes s'emmêlaient aux siennes pour le prendre, le retenir. À un niveau plus élevé, son esprit conservait cependant une étrange clarté, continuant d'absorber, apprenant, comprenant.

C'est ça la vie, la sienne et la mienne, son esprit lui dit-il. Ensemble, maintenant, pour toujours.

Au cours des jours qui suivirent, après que Rudi, Valentin et Michel furent arrivés, et après que les festivités de Noël furent terminées, Madeleine les emmena tous avec elle dans son voyage de redécouverte. Elle les emmena à chacun des endroits qu'elle et Antoine avaient préférés à Paris, ceux où elle avait vécu avec lui, et aussi dans tous les lieux qu'elle avait connus avant de le rencontrer. Elle les emmena sur la rue Jacob pour leur montrer *Fleurette,* quoiqu'elle refusât d'y entrer, ayant juré de ne jamais pardonner à Jean-Michel Barbie, le propriétaire, ce qu'il avait fait à son époux. Au dernier soir de leur séjour, Noah et Estelle les reçurent à dîner. Gaston Strasser fut invité, de même que les Lussac, ainsi que Grégoire Simon et Jean-Paul du restaurant. Rudi s'était rendu à la police, cet après-midi-là, pour se faire remettre *Éternité,* et ils l'admiraient tous, autour de la table, alors que Madeleine versait des larmes amères en souvenir de la pureté de l'amour interdit qui avait mené à sa création, pour la fascination morbide qu'elle avait inspirée et pour les événements tragiques qu'elle avait causés.

Ils prirent le train pour Zurich, le lendemain matin, parce que Madeleine avait pris la décision de rencontrer sa famille le plus tôt possible, afin de rétablir la mémoire de son père et, bien qu'elle se rende compte de son illogisme, pour régler sa dette envers sa famille.

Rudi avait raconté à sa mère, au téléphone, les événements des dernières semaines et Émilie les attendait elle-même à la porte principale de la Maison Gründli pour leur souhaiter la bienvenue. Lorsqu'elle prit sa fille dans ses bras pour l'embrasser, Madeleine ne fit aucun mouvement pour la rejeter, mais supporta, rigide, son étreinte.

— Je ne peux pas croire que tu as eu à subir tout cela, lui dit Émilie. C'est vraiment trop terrible. Elle tendit une main glacée et nerveuse à Gédéon. Monsieur Tyler. Je sais que nous avons une grande dette envers vous.

Gédéon accepta la poignée de main.

— Je suis heureux de vous rencontrer, Frau Julius.

Il passa son bras autour des épaules de Madeleine, pendant qu'Émilie embrassait Rudi, puis, elle vint face à face avec Michel Campbell, et se pencha nerveusement pour donner une poignée de main à son petit-fils intimidé.

— Tu ne te souviens pas de moi, Valentin? Émilie lui demanda-t-elle gentiment.

— Non, lui répondit franchement ce dernier.

— Comment le pourrait-il? demanda Madeleine. Il ne vous a rencontré qu'une seule fois et il n'avait pas encore deux ans.

— Où est Omi? demanda Rudi.

— Elle est au salon, avec Stephan. Sa santé n'est plus ce qu'elle était, et toutes ces nouvelles lui ont donné un choc.

— Il est peut-être préférable que nous discutions sans elle, alors, intervint Madeleine, retenant à peine sa colère. Ce que j'ai à dire risquerait de la perturber davantage.

Le regard d'Émilie devint rempli d'appréhension.

— Non, dit-elle. J'imagine qu'il s'agit de quelque chose

que nous devrions tous entendre.

— Comme vous voulez, répliqua Madeleine en s'avançant vers le salon.

— Veux-tu que je reste ici avec Val? lui demanda Michel.

— Je te remercie, lui répondit-elle en souriant. Mais il fait partie de la famille, comme toi.

Elle tendit la main à son fils.

— Tout va bien, mon chéri?

— Bien sûr, maman.

Elle leur donna le compte rendu détaillé, tel que Konstantin lui avait fait, de ce qui s'était réellement produit dans la chambre, dans la rue Niederdorf, ce samedi soir de juin 1947, la nuit où Alexandre Gabriel fut exilé de son foyer et de son pays, alors qu'elle n'était âgée que de sept ans, et où son frère n'en avait que quatre. Madeleine vit sa grand-mère devenir livide sous le choc, sa mère se mettre à pleurer et son beau-père se tenir plus droit et plus rigide que jamais.

— Il n'a jamais nié les accusations, murmura Émilie.

— Parce qu'il croyait Zeleyev, répliqua Rudi.

— Tout comme vous l'avez cru, maman, ajouta Madeleine.

Elle était très calme.

— Tu n'as aucun droit de l'en blâmer, intervint Stephan. Même toi, qui as connu cet homme bien mieux et pendant plus longtemps que ta mère, tu as cru qu'il était ton ami jusqu'au moment où il a essayé de te tuer.

— Oui, je l'en blâmerai, répondit Madeleine d'une voix calme mais forte. Tout comme je blâme ma grand-mère de ne pas avoir cru en mon père, comme moi je croyais en lui. Que j'en aie le droit ou pas, et que cela soit justifié ou non, je les blâmerai toujours de l'avoir arraché à ses enfants, d'avoir tenté d'empoisonner notre amour pour lui. Et d'avoir détruit sa vie.

— Tout cela est l'œuvre de Konstantin Zeleyev, dit Stephan. Tu es une femme honnête, tu dois au moins reconnaître cela.

— Il est bien sûr que Zeleyev est la cause directe et le premier responsable. Notre père était un homme faible et vulnérable. Et je ne doute nullement qu'il a dû être une pauvre caricature de mari. Mais il n'a jamais été capable de violence et, même petite fille, de cela, j'étais sûre. Sa femme et sa mère auraient dû le savoir aussi, particulièrement sa mère.

Hildegarde prit la parole pour la première fois, d'une voix tremblante, ses yeux bleus remplis de larmes.

— Je devrai emmener cela avec moi dans ma tombe, Magdalen.

— Oui, Omi, dit Madeleine, doucement. J'en suis désolée.

— Que pouvons-nous faire ? demanda Émilie.

— Rien, répliqua Madeleine, sauf reconnaître et accepter la vérité.

Elle sourit à Valentin, planté fermement debout aux côtés de son fauteuil, son petit visage grave, observant tout, conscient, en dépit du ton de la conversation, du choc et de la tristesse visibles sur les traits des deux dames âgées, que sa mère semblait triste, mais satisfaite. Gédéon et Michel, les deux étrangers, se tenaient immobiles, détestant la rencontre qui se déroulait sous leurs yeux et l'effort qu'elle demandait à Madeleine et à Rudi, mais ils savaient que cela était nécessaire, et que sans elle, aucun d'eux ne pouvait espérer envisager la paix et la sérénité dans l'avenir.

Madeleine fit face à Stephan.

— Vous n'étiez pas ici en 1947, lui dit-elle. Mais, vous avez été l'objet et le point de mire de ma haine dès que vous êtes arrivé dans nos vies. Je ne vous ai jamais aimé et vous m'avez toujours détestée, et je doute qu'il soit possible d'y changer quoi que ce soit. Elle fixa son regard froid et gris. Vous n'êtes en rien responsable de ce qui est arrivé à notre père et je suppose, si je suis une honnête femme, comme vous l'avez dit, qu'il me faut reconnaître publiquement que je vous ai toujours blâmé principalement pour votre loyauté envers ma mère.

Les mâchoires de Julius étaient serrées et volontaires,

comme toujours, mais un soupçon à peine perceptible de respect passa dans ses yeux, derrière l'expression toujours impassible.

— Votre femme, dit-il à l'intention de Gédéon, semble avoir toujours été capable de faire ressortir les pires aspects de ma personnalité, monsieur Tyler.

— C'est malheureux, répliqua Gédéon, tranquillement. Elle semble, en général, faire ressortir ce qu'il y a de mieux chez la majorité des gens.

C'est à ce moment que Madeleine sortit la sculpture du sac que transportait Gédéon et qu'elle la plaça sur la petite table à café, au centre de la pièce, de sorte que tous purent la voir. Lorsqu'elle annonça à sa mère que c'était la seule façon de rembourser l'argent qu'ils lui avaient prêté en 1963, Émilie s'effondra complètement.

— Non, dit-elle.

— Vous devez l'accepter, lui répondit Madeleine brusquement. Elle est belle, n'est-ce pas ? demanda-t-elle à Stephan, en voyant la lueur de fascination dans son regard, pendant qu'il examinait la qualité du travail et la valeur des joyaux. Pourquoi ne la prenez-vous pas ? Vous voulez savoir si elle est faite d'or solide, n'est-ce pas ?

— N'y touche pas ! cria Émilie Julius, sur un ton de détresse. C'est à toi, Maggy, tu sais qu'elle t'appartient.

— Je ne sais pas à qui elle appartient légalement, répliqua Madeleine, plus gentiment, cette fois. Je sais cependant que mon grand-père n'a jamais eu l'intention qu'elle crée le plus petit ennui à quiconque, et elle n'est qu'une source de misère et de malheur. Au moins, elle est de retour en Suisse, maintenant, et c'est ce qu'il aurait souhaité.

— Maggy — essaya d'interrompre Émilie.

— Faites-en ce que vous voulez — vendez-la s'il le faut.

— Maggy, je t'en prie, écoute-moi.

Émilie parlait sans regarder Stephan, malheureuse d'avoir à se montrer déloyale, même dans un moment comme celui-ci.

— Tu ne nous dois rien, pas un centime. Tout au

contraire, c'est nous qui te devons beaucoup. Ses doigts serraient et tordaient nerveusement un mouchoir. Ton grand-père a laissé une lettre.

— Mère, ce n'est pas nécessaire, dit Madeleine.

— Non, laisse-moi te dire, s'il te plaît.

— Continuez, Mami, ajouta Rudi, tranquillement.

— Il t'a légué *Éternité*, comme il t'a aussi légué sa maison et tout ce qu'il possédait. Dieu sait que ses biens avaient peu de valeur, mais ils t'auraient peut-être été précieux, Maggy, et tu aurais dû en bénéficier.

Émilie recommença à pleurer, son mouchoir pressé sur sa bouche.

— Ne pleure pas, intervint Stephan, se levant et venant prendre sa femme dans ses bras. Ne te fais pas tant de mal — tu n'es pas responsable.

— C'était par dépit, dit Hildegarde abruptement. Une vengeance folle, sans raison, pour sauver la fierté d'une vieille femme qui avait été rejetée. Elle fit face à sa petite-fille. Personne n'a jamais voulu que tu sois spoliée de tes droits à tout jamais, Magdalen. Lorsque la lettre fut découverte, ta fugue nous semblait encore un coup de tête, une folie momentanée, et nous étions certains que tu nous reviendrais bientôt et que tu choisirais la voie de la raison.

— Nous ne pouvions pas prévoir ce qui allait arriver — que tu serais si forte, si déterminée, continua Émilie. Nous ne pouvions pas prévoir que ton mari deviendrait si malade et que tu aies besoin d'argent si désespérément. Il y aurait, de toute façon, tellement de richesses qui te reviendraient éventuellement — la lettre a été jetée au feu dans un moment de colère, sur une impulsion, et lorsque tu es revenue nous demander de l'aide, il était trop tard pour confesser notre faute.

— Ma faute, dit brusquement Stephan. La sculpture t'appartient. Prends-la pour l'amour de Dieu, Magdalen. Il la prit sur la table et la lui mit entre les mains. Les joyaux, à eux seuls, valent une fortune, mais je ne peux me prononcer sur la qualité du travail. Si je veux une sculpture, j'irai à une vente aux enchères et je miserai. Si je veux des bijoux pour ma femme, j'irai chez Cartier et je lui achèterai un collier.

Conscients de ce qu'avait coûté cette confession à Émilie, les visiteurs acceptèrent de rester pour la nuit, la première que Madeleine passait dans la maison d'Aurora Strasse depuis plus de treize ans. À la fin de la soirée, Valentin étant endormi, et Gédéon discutant avec Michel dans la bibliothèque autour d'un cognac, Rudi et Madeleine prirent place près du foyer du vivoir, où brûlait un grand feu, et parlèrent avec Émilie. La conversation fut beaucoup plus détendue et ouverte que ce dont Rudi lui-même pouvait se souvenir.

Madeleine avait seize ans lorsqu'elle avait quitté Zurich, et elle était maintenant à moins d'un an de son trentième anni-versaire. D'une certaine manière, elle se sentait exactement la même : encore impulsive et sujette à vivre pleinement ses émotions qui l'emportaient tout entière. Elle serait toujours honnête, manquant souvent de sagesse, et elle continuerait à faire des erreurs à cause de son entêtement. Mais elle avait appris beaucoup de choses, surtout au sujet de l'amour, et un peu au sujet de la haine. Elle avait été tellement convaincue, à ce moment, qu'elle détestait sa mère et, maintenant, elle comprenait qu'elle n'avait ressenti vraiment qu'une immense et amère décep-tion. Elle ne serait jamais capable de lui pardonner complètement et elle n'oublierait sûrement pas, et elle ne crut pas vraiment Émilie, lorsque cette dernière lui affirma, tard ce soir-là, qu'elle avait toujours aimé sa fille. Mais sa mère avait aussi ajouté qu'elle les avait toujours respectés, elle et son frère. Madeleine pensa que le respect était aussi important que l'amour.

Rudi et Michel retournèrent à New York, et Madeleine, Gédéon et Valentin se rendirent à Davos, en partie pour les souvenirs rattachés à cet endroit, en partie parce que Madeleine avait décidé d'offrir *Éternité* en prêt permanent au musée Heimat à Davos Dorf, là où la sculpture ferait partie du monde parti-culier qui avait mené à sa création.

Une famille vivait dans la petite maison de bois dans le Dischmatal, mais les gens étaient gentils et compatissants. Ils avaient entendu parler d'Amadéus et d'Irina, et ils accueillirent chaleureusement les visiteurs, les invitèrent à faire le tour de la maison, à s'asseoir sur la terrasse ensoleillée que l'arrière grand-père de Valentin avait construite de ses mains pour l'usage de sa bien-aimée.

Puis ils se rendirent jusqu'au petit cimetière, entouré d'un muret de pierre, où reposaient, côte à côte, les amants. C'est à ce moment qu'il vint à l'esprit de Madeleine, pour la première fois, que le vieux Konstantin Zeleyev n'avait personne pour pleurer sur sa tombe et, malgré tout le mal qu'il lui avait fait, cela la chagrina. Pendant que Valentin jouait un peu plus loin dans la neige, Gédéon lui apprit alors la nouvelle qu'il n'avait pu se résoudre à lui communiquer tant qu'ils étaient encore à Paris.

Il lui révéla que lorsque les policiers étaient allés fouiller les catacombes, après qu'ils en furent sortis eux-mêmes, ils avaient trouvé le mur d'ossements effondré et ils avaient vu des traces de sang. Mais ils n'avaient pas retrouvé le corps de Zeleyev.

— Mais, c'est impossible, s'exclama Madeleine, toute tremblante. Je l'ai vu — et toi aussi. Levant son regard vers Gédéon, elle ajouta : Je l'ai frappé avec la dague — j'ai senti la lame pénétrer entre ses côtes.

Gédéon la prit dans ses bras et la serra contre lui.

— Et moi, je sais que mon coup de feu l'a atteint en pleine poitrine.

Le vieillard n'aurait jamais pu retrouver les forces suffisantes pour grimper cet escalier, ne pouvait pas avoir quitté, vivant, la nécropole. L'hypothèse officielle de la police parisienne et d'Interpol, avec laquelle Gédéon et Rudi concouraient, stipulait que Zeleyev avait dû s'égarer profondément dans le labyrinthe et qu'il y était mort de ses blessures.

— Enterré vivant, murmura Madeleine, secouée d'un violent frisson.

— C'est le sort qu'il te réservait, dit Gédéon, gentiment.

— Je sais.

Il leur restait une dernière visite à faire avant de retourner à New York, à la famille d'Antoine, en Normandie. Claude et Françoise Bonnard avaient attendu de longues et dures années avant de pouvoir enfin revoir leur petit-fils. Sachant jusqu'à quel point Madeleine avait souffert de la mort de leur fils, ils furent ravis de la voir heureuse de nouveau, avec ce grand Américain, si différent d'Antoine.

Madeleine se rendit seule, sur la tombe de son premier amour. Elle y porta des roses rouges, douces et veloutées, semblables à celles qu'il lui donnait si souvent, et elle resta longuement assise sur l'herbe, près de la pierre tombale, et elle lui parla. Elle lui raconta tout ce qui lui était arrivé, sa vie en Amérique, elle lui parla de Valentin, de Gédéon. Puis, comme elle quittait le petit cimetière, situé dans la cour de l'église, elle ressentit la confirmation de ce qu'elle avait compris, la première nuit, avec Gédéon. Elle sut que son amour et que sa peine devant la perte d'Antoine n'étaient pas morts, qu'ils ne le seraient jamais, devait-elle vivre cent ans, mais cela n'empêchait pas qu'elle puisse de nouveau connaître le bonheur, qu'elle puisse aimer encore.

Chapitre 20

Ils retournèrent à New York et Gédéon emménagea dans l'appartement de Madeleine. Quatre mois plus tard, lorsqu'ils apprirent que celle-ci était enceinte, ils déménagèrent dans le beau et grand appartement, situé sur Central Park West, que Lilian Becker avait laissé à Gédéon. Malgré le fait que Joey Cutter avait signé des ententes pour une autre tournée à Las Vegas et en Floride, il refusa que sa cliente préférée se rende où que ce soit après son cinquième mois de grossesse. Elle enregistra son premier album pour la maison Columbia en novembre 1969 et, toujours aussi entêtée, elle insista auprès de Joey pour qu'il n'accepte le contrat qu'à la condition que « Les nuits lumineuses » fasse partie du disque.

— Ils n'accepteront jamais cette condition, crois-moi, lui dit Joey, mâchonnant son éternel cigare.

— Alors, je refuse de faire cet album.

— Maddy, tu es folle.

— Je suis enceinte. J'ai droit à mes caprices.

Ils acceptèrent son caprice et Madeleine continua de chanter chez Lila, presque tous les soirs, jusqu'à ce que son travail commence et qu'elle donne naissance, après cinq heures de labeur seulement, à une petite fille qu'ils prénommèrent Alexa. Elle avait une tignasse d'or indisciplinée et les yeux du même bleu turquoise que ceux de sa mère.

Lorsque Alexa eut deux ans, et Valentin dix — longtemps après leur terrible aventure à Paris, longtemps après que l'appartement de Zeleyev sur Riverside Drive eut été fermé et que ses possessions eurent été vendues à l'encan public — Madeleine et Gédéon reçurent un appel du musée Heimat de Davos, qui leur annonçait qu'on avait pénétré par effraction dans le musée, la nuit précédente. Rien n'avait été touché dans le musée, sauf qu'*Éternité* avait disparu.

Trois jours plus tard, un dimanche soir au milieu de mars en 1972, alors que Gédéon et Madeleine regardaient le bulletin de nouvelles sur la chaîne 2, à la télévision, il y fut question d'un vieillard, encore non identifié, qui s'était rendu au Museum of Modern Arts, en fin d'après-midi, y avait déposé une sculpture d'or solide, incrustée de joyaux précieux, sur une table, avait dégainé une dague antique et s'était suicidé sur place.

Gédéon se rendit, l'après-midi suivant, pour identifier le corps. Le Russe avait l'air vieilli et pathétique, le cheveu rare et la moustache entièrement blancs, le corps qui avait été entretenu de façon maniaque était devenu flasque et ridé.

— Il n'y avait que peu de doutes, lui confia le détective chargé de l'affaire. Il y avait ces deux cicatrices qui correspondaient à vos déclarations, l'une à son côté gauche et une blessure due à une balle de pistolet à la poitrine. Mais nous devions être absolument certains.

— C'est Zeleyev, dit Gédéon.

Après les funérailles, Madeleine lui demanda :

— Penses-tu qu'il fut toujours ce fou maniaque, planifiant longuement ses crimes ? Ou ne l'avons-nous pas un peu aidé ? Ses yeux se firent implorants. N'avons-nous pas tous trahi son amitié ?

— Je ne crois pas que nous devions nous sentir responsables, lui répondit Gédéon, fermement et avec assurance. Et, honnêtement, je pense que cela n'a plus aucune importance.

— Oh oui ! répliqua vivement Madeleine. Oh oui, c'est

important !

— Dans ce cas, dit Gédéon, je crois que je serai dans l'obligation de désobéir à mes parents et que je devrai dire du mal des morts.

Elle demeura silencieuse.

— Konstantin Zeleyev, commença Gédéon, était un homme talentueux, qui voulait tout posséder, même les personnes qu'il aimait. Il avait ses bons côtés, je te l'accorde, mais je ne crois pas me tromper en affirmant qu'il fut toujours un salaud. Il a battu une prostituée lorsque tu n'étais encore qu'une enfant, Maddy, et il a menti, pour laisser croire que c'était l'œuvre de ton père. Il est plus ou moins responsable de la mort de ton père. Il a coupé l'oreille d'un petit chien. Il a assassiné de sang-froid une innocente et jolie jeune fille. Il a enlevé ton fils. Et il a imaginé un plan diabolique pour te tuer, toi aussi. Gédéon reprit un moment son souffle. Et je suis, on ne peut plus content, de le savoir vraiment mort et enterré. C'est l'une des choses qui me fait le plus plaisir depuis longtemps et, crois-moi, il y a beaucoup de choses dont je suis satisfait depuis quelques années.

— Eh bien ! dit Madeleine lentement, souriant bien malgré elle. Si tu le prends sur ce ton.

— Oui ! l'interrompit Gédéon. Y a-t-il autre chose ?

— Les enfants sont tous deux endormis et Chanel a fait sa promenade.

— Et alors ?

Elle lui sourit de nouveau.

— Alors ? Tu vas nous servir un grand verre à chacun.

— Et après ?

— Après, tu vas m'aider à oublier.

— Est-ce que j'y réussirai ?

— Tu as toujours très bien réussi jusqu'à maintenant.

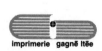
imprimerie gagné ltée